북학의

완역 정본 북학의

박제가 지음 | 안대회 교감 역주

2013년 7월 8일 초판 1쇄 발행
2024년 11월 20일 초판 4쇄 발행

펴낸이 한철희 | 펴낸곳 돌베개 | 등록 1979년 8월 25일 제406-2003-000018호
주소 (10881) 경기도 파주시 회동길 77-20 (문발동)
전화 (031) 955-5020 | 팩스 (031) 955-5050
홈페이지 www.dolbegae.co.kr | 전자우편 book@dolbegae.co.kr
블로그 blog.naver.com/imdol79 | 트위터 @Dolbegae79

편집 이경아
표지디자인 민진기디자인 | 본문디자인 정운정·이은정·박정영
마케팅 심찬식·고운성·조원형 | 제작·관리 윤국중·이수민
인쇄·제본 상지사P&B

ISBN 978-89-7199-552-5 (93810)

이 도서의 국립중앙도서관 출판시도서목록(CIP)은 e-CIP 홈페이지
(http://www.nl.go.kr/ecip)에서 이용하실 수 있습니다.(CIP제어번호: CIP2013009791)

책값은 뒤표지에 있습니다.

相對三千里外人 欲逢佳士寫眞愛
君丰韵將綵北 知裏梅花化作身
阿堂逢君役親忽閒別栽話破辛
淡今淡漠着佳士唯有離情最愴神
既作墨梅幸眼 又復爲之富
彆因作此聖三絶州詩別云
乾隆五十五年八月十八日揚州兩峯道人時年
京師琉璃廠之觀齋圖

_ **박제가 초상화**　중국 개인 소장. 1790년 박제가가 두 번째로 연경에 갔을 때, 양주화
파 揚州畵派의 저명한 화가인 나빙羅聘(1733~1799)이 선물한 초상화와 시이다. 청나
라 소조小照 양식의 그림으로, 40세 전후 박제가의 풍모를 인상적으로 묘사했다. 이 그
림은《치지회수첩》置之懷袖帖이란 이름의 화첩에 실려 있다.

_매화도　나빙이 박제가에게 초상화와 함께 그려 준 매화도. 《치지회수첩》에 실려 있다. 초상화와 매화도는 훗날 차례로 추사 김정희와 자하 신위, 옥수玉垂 조면호趙冕縞 (1804~1887)가 소장하였고, 근대에 들어 후지스카가 입수해 보관하다가 일본의 수장가의 손을 거쳐 현재 중국 수집가가 소장하고 있다.

青蓝云牧児
倒騎牛是天
然畵意若騎
腰正中是俗
牧児不暁事
貞蕤居士

_ **목우도**牧牛圖 개인 소장. 문인의 기품이 느껴지는 그림이다. "목동이 소를 거꾸로 타는 것, 이는 천연의 화의畵意다. 소 허리 정중앙에 탄다면 이는 속된 목동의 물정을 모르는 짓이다"(牧児倒騎牛, 是天然畵意, 若騎腰正中, 是俗牧児, 不暁事)라는, 이덕무가 『이목구심서』耳目口心書에서 말한 청언淸言을 박제가가 화제畵題로 썼다. 그림을 그린 화가는 알 수 없다.

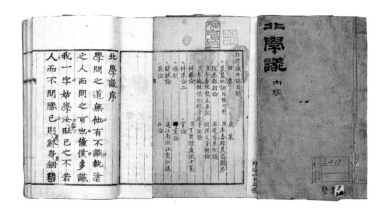

_ 박제가 친필고본親筆藁本 『북학의』 내편 외편 2책   1989년 '백상추념희귀본전'百想追念 稀貴本展에 출품된 이겸로李謙魯 구장의 사본으로 '외편 목록' 일부와 박지원 친필의 서 문이 보인다. 지금은 수원의 화성박물관에서 소장하고 있다.

_ 삼한총서본三韓叢書本 『북학의』 외편 목록   고려대학교 만송문고晚松文庫 (만송 E2 A33 1) 소장. 연암산방燕巖山房 원고지에 필사되었고, 연암 박지원이 편집한 대외관계 총서 의 하나다. 초고본의 모습을 가장 잘 보여 준다. 외편 목록이 아직 미완된 상태이다.

城市全圖　朴齊家

君不見漢陽宮闕天中起綵以層城四十里左廟右
社宏樹立背貢叢山面遠水天開地關南平壤舊邦
新命先王以文明日月近搏桑慶會風雲護仙李六
曹高臨白道宬七門聳出丹霞東民惟五部之統轄
兵乃三營所管理戢·尾鱗四萬戶彷佛淪漪隱魴
鯉畫工思入秋毫細暎以玻瓈編以紙五城衙衕列
次第大都宮殿疏源委風俗猶傅董越賦方言驚說
倪薰紀事有孫穆類外別圖從徐競經中搗設色詳
於輿地家掌故宜先職方氏川渠巷陌紛可數歷、
闤闠連郊鄽豆人寸馬䇿伯屋僅如黍樹如蟻社
陵花接甍陵氣別有光景生微紫仙山樓閣卷何有
汴河清明弖可擬震離敦化讀畫先從禁籞
始分開昌德與昌慶建陽一門中間峙青蔥樹認春
塘路軟羅巾歸洋官士北苑松陰特地寒羽衛甬乚
皇壇祉西望翩徙家高慶熙金牓晴空倚乍閭凜
鰲近御溝復有槐花拂彤叱小李金碧夕陽山愛此
玲瓏入骨峴鍾樓及七㙮是為都城三大市百
工居業人磨有萬貨趁利車連軋鳳城羨帽燕京縣
北闚麻布韓山枲米菽禾黍粟穄麥檃栯楛漆松梧

_ 박제가의 칠언고시 「성시전도응령」城市全圖應令 필사본　수경실修綆室 소장. 1792년 왕명으로 지어 정조로부터 '말할 줄 아는 그림'(解語畵)이란 평가를 받으며 2등으로 뽑혔다. 박제가는 이후 자신의 서재 이름을 해어화재解語畵齋라고 불렀다. 정조 시대 서울의 번화한 풍물과 시장 등을 생동감 있게 묘사한 명작이다.

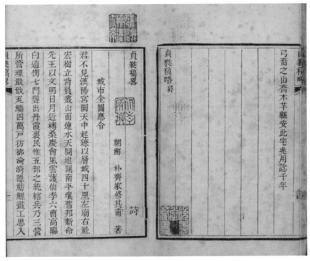

_ 박제가 시문 선집 『정유고략』貞蕤稿略　미국 버클리대 소장 간본. 요이재聊爾齋 이중혁李重赫 구장. 박제가가 1차 편집하여 1801년 2월 사은사謝恩使 일행으로 연경에 갈 때 가지고 간 것을 바탕으로 청나라 학자 진전陳鱣이 서문을 써서 간행했다. 이것을 오성란吳省蘭이 『예해주진』藝海珠塵이란 총서에 넣어 간행했다. 수록된 작품의 양은 조금씩 다른데 단행본으로도 간행되어 중국과 조선에서 널리 읽혔다.

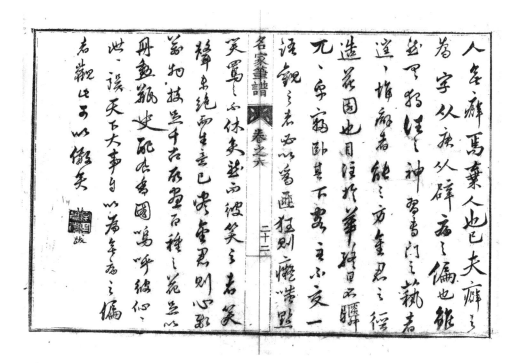

_ 박제가 친필 「백화보서」百花譜序   백두용白斗鏞이 편찬한 『명가필보』名家筆譜에 수록되어 있다. 1785년 5월에 화훼를 전문적으로 그린 화가로서 규장각에 함께 근무한 자비대령 화가 김덕형金德亨의 꽃그림 화첩에 붙인 글이다. 그 화첩에 유득공도 「서른두 폭의 그림을 그린 화첩에 붙이다」(題三十二畵帖)를 써서 주었고, 이덕무도 시를 써 주었다. "벽癖이 없는 사람은 버림받은 사람이다"라고 하여 몰입과 전문성을 강조했다.

9

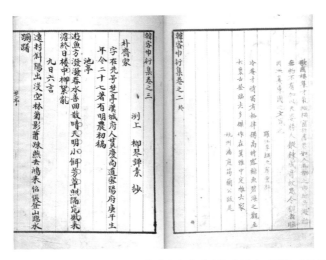

_ 박제가 친필 『북학의』 외편의 「과거론 2」　본 책의 218쪽과 427쪽에 내용이 있다. 박제가는 자신의 작품을 몹시 아껴 한 획 한 글자도 정성드려 필사했다.

_ 유금柳琴의 『한객건연집』韓客巾衍集　수경실 소장 필사본. 유금이 이덕무·유득공·박제가·이서구의 시를 뽑아 편집했다. 1776년 겨울 북경에 가서 이조원李調元 등으로부터 비평과 서문을 받아 돌아왔다. 조선 후기에 가장 널리 읽힌 시선집이다.

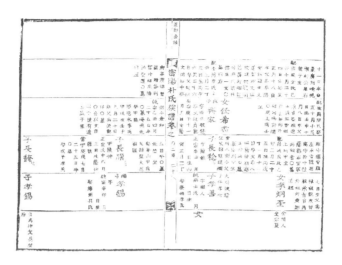

_ 밀양박씨족보密陽朴氏族譜 정랑공파正郎公派　　이 족보는 박제가의 입양된 적형嫡兄인 박제도朴齊道가 1804년에 만든 갑자보甲子譜를 계승하여 1851년에 간행한 신해보辛亥譜이다. 박제가와 그 가족의 정보가 비교적 상세하게 올라 있다. 그러나 친모와 둘째 사위를 누락시켜 혼동하게 만든다.

_『화림신영』畵林新詠 권2의 박제가 조　　이도거사頤道居士 진운백陳雲伯이 청나라 화가의 계보와 특징을 시로 묘사한 저서다. 외국의 화가로 박제가를 비중 있게 다뤘다. 저자는『정유고략』을 간행한 진전의 아들이다. 중국 지식인 사회에 박제가가 널리 알려진 정황을 보여 준다. 박제가가 그림을 잘 그린다고 소개한 것은 와전된 사실이나 그는 조선과 중국에서 화가들과 친밀하게 교유하여 화단에 큰 영향을 끼쳤다.

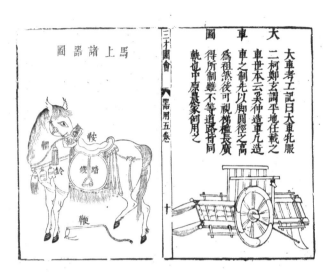

_ 대차도大車圖와 말에 쓰이는 안장을 비롯한 도구를 그린 삽화   『삼재도회』三才圖會「기
용」器用 조에 실려 있다.

_ 합괘대차도合掛大車圖   명明 송응성宋應星이 지은 『천공개물』天工開物 초간본(1657
년)에 실린 삽화. 이 기술서는 상세한 내용과 삽화로 조선 후기 실학자들에게 크게 주
목받았다.

완역 정본

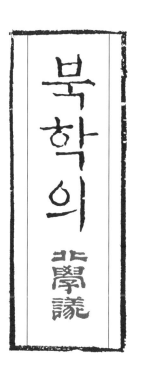

북학의
北學議

박제가 지음 ● 안대회 교감 역주

돌베개

서문

박제가와 『북학의』는 우리 고전에 관심을 둔 이래로 늘 마음 한구석을 차지하고 있는 주제다. 18세기 한국 사회가 안고 있는 문제를 그처럼 냉소와 열정을 함께 담아 분석하여 대안을 마련한 것을 음미하면서 지식인이 자기가 처한 시대에서 무엇을 어떻게 해야 하는지를 잘 보여 준다고 생각해 왔다. 보는 이에 따라 그의 시각을 긍정할 수도 부정할 수도 있지만, 낡은 관습과 사유에 주눅 들지 않고 선이 굵은 논리를 세우는 지적인 힘과 과감하게 주장하는 행보에는 모두들 공감을 표시할 것이다. 앞으로도 『북학의』는 한국인이 읽어야 할 고전으로서 변치 않는 가치를 가진다고 믿는다.

　『북학의』는 처음 보면 옛날의 기술책을 읽는 듯한 인상을 받기 쉽다. 조선의 현황을 지나치게 낮추어 보는 반면에 중국과 일본, 서양의 수준을 지나치게 추켜세워 그 태도가 거슬리기도 한다. 중국어를 공용어로 쓰자는 주장에 이르러서는 주체성을 의심받기도 한다. 그러나 조선의 부국강병과 민생 향상, 사회와 개인의 문명과 인간다운 삶을 설계하고자 하는 충정이 그 밑바탕에 깔려 있다. 설정한 목표를 실현하려는 사유의 깊이와 분석의 예리함은 그가 살던 시대의 굴레를 벗어나 미래를 내다보는 예지를 보여 준다. 때때로 맞닥뜨리는 거슬림에도 불구하고 『북학의』는 우리의 의식과 실상을 이해하고 더 나은 문명을 성취하려는 현재와 미래 세대들에게도 강렬한 자극을 줄 수 있을 것이다.

『북학의』는 널리 알려진 고전이고, 그에 걸맞게 번역도 몇 종이 나와 있다. 꼭 10년 전에 역자 역시 번역서를 출간했다. 중요한 고전인 만큼 정확하게 번역하느라 많은 노력을 기울였고, 호평도 받아 쇄를 거듭했다. 그러나 시간이 흐르면서 큰 아쉬움을 느끼지 않을 수 없었다. 가장 큰 아쉬움은 이렇게 중요한 고전이 이본 조사는커녕 정본 작업조차 제대로 되지 않았다는 점이었다. 박제가에 관심을 가진 연구자로서 부끄러움과 아쉬움을 갖고 『북학의』만큼은 엄밀한 정본을 만들겠다고 생각해 왔다.

오랜 동안 국내와 국외에서 이본을 찾아 수집하고, 기회가 닿는 대로 번역과 주석을 수정하고 첨가했다. 수집한 이본 20종을 꼼꼼하게 교감하여 정본 텍스트를 만들었고, 그에 따라 번역을 새로 하고 주석을 대폭 첨가했다. 박제가가 열정을 불사르고 많은 학자들이 공감을 표시한 『북학의』의 본래 모습을 복원하고, 그 텍스트가 어떤 변화의 과정을 거쳐 형성되었는지를 밝혀 내고자 하였다. 교감하고 표점을 달고 번역하고 주석을 달고 연보를 작성하는 일련의 과정에서는 엄밀한 학문적 태도를 지키려고 노력했다.

이 책에서 20종에 이르는 많은 이본을 교감할 수 있었던 것은 여러 소장자의 자료 제공과 지인들의 도움이 컸다. 그분들의 후의에 깊은 사의를 표한다. 이 책이 『북학의』의 비평판 텍스트로서 널리 활용되기를 기대한다. 여전히 부족한 점이 적지 않을 것이다. 그것은 앞으로 계속 보완하고자 한다.

2013년 5월 1일
안대회

차례

● 북학의 외편外編

- ## 진상본進上本 북학의

輯校(標點) 北學議

일러두기

1. 이 책은 20종의 『북학의』를 교감하여 정본定本을 만들고, 그 정본에 의거하여 번역하고 주석을 달았다. 20종의 목록과 서지書誌는 해제에 밝혔다. 원문은 표점標點을 붙이고 교감하여 뒤에 수록하고 번역문은 주석을 달아 앞에 수록했다.

2. 번역문의 기본 틀은 원본을 대체로 따랐다. 번역문에서 한 줄을 떼운 것은 원본에서 행갈이를 하여 앞 단락과 내용을 구별한 방식을 그대로 반영했다.

3. 번역문의 목록과 원문의 목록은 차이가 있다. 번역문의 목록은 본문이 있는 것에 제한했고, 원문의 목록은 각 이본에 실린 목록을 교감하여 제시했다. 원문의 목록은 내편, 외편, 진상본 각각의 앞머리에 나뉘어 실려 있으나 번역문은 일괄하여 앞에 수록했다.

4. 원본에는 원저자의 주석이 달려 있는데 번역문에서는 줄표(긴 하이픈)로 연결하여 본문을 설명하는 원저자 주석임을 표시했다.

5. 각주는 저자의 의도를 이해하는 데 도움이 되는 역사적인 사실을 자세하게 설명하고자 했다. 『북학의』는 사상사적으로나 학술사적으로나 중요한 고전이므로 사전적 의미를 밝히는 일반적인 주석을 넘어 역사적 문헌으로서 가치를 살려 내는 주석을 붙이고자 했다. 학술적인 교감과 번역, 주석을 가해 신뢰할 수 있는 텍스트로 이용되기를 기대한다. 용어의 사전적 의미를 간단하게 풀이한 주석은 본문의 괄호 안에 넣었다.

6. 교감은 이본을 충실하게 대조하여 밝혔다. 다만, 이체자異體字와 같이 의미의 변화 없이 자형字形만 차이가 나는 것이나, 일일이 밝힐 필요가 없다고 판단되는 명백한 오자나 탈자, 연자衍字는 반영하지 않았다.

7. 부록으로 수록한 연보는 『북학의』의 충실한 이해를 돕고 나아가 초정 박제가를 깊이 이해하는 데 도움이 되도록 관련 자료를 섭렵하여 충실하게 작성했다.

8. 삽도는 글만으로는 이해하기 어려운 옛 제도와 기술, 문화를 보여 주는 도판 자료를 제시하고자 했다.

북학의 北學議

자서自序

·

나는 어릴 적부터 고운孤雲 최치원崔致遠과 중봉重峯 조헌趙憲의 사람
됨을 사모하여 비록 사는 시대는 다르나 말을 끄는 마부가 되어 그분
들을 모시고 싶다는 간절한 소망을 지니고 있었다.[1] 당唐에 유학하여
진사進士가 된 최치원은 고국에 돌아온 뒤로 신라의 풍속을 혁신하여
중국의 수준으로 진보시킬 방도를 고민했다. 그러나 쇠락한 시대를
만난 까닭에 가야산에 은거하여 어떻게 인생을 마쳤는지조차도 알

---

1   기꺼이 존경하는 분의 마부가 되어 수레를 끌고 싶을 만큼 흠모함을 말한다. 『사기』
(史記) 「관안열전」(管晏列傳)에 "안자(晏子)가 지금 이 세상에 살아 있다면, 그를 대신
해 내가 말채찍을 잡을지언정 기쁜 마음으로 그를 받들어 모시고 싶다"는 사마천(司馬遷)
의 말이 나온다. 한편, 박제가는 『초정시집』 권3 「동짓날 지은 시에 다시 차운하다」(再次
冬至韻)에서 최치원과 조헌에 대한 존경심을 이렇게 읊었다. "난양의 여름철은 계문의 겨
울에 이어지니/내년에는 이 길에서 분명 봄을 만나리라./천 년 전 빈공과에 급제했던 최
치원 선생과/만 마디 봉사를 올렸던 조중봉 어른!/옅은 재주 형편없어 사신 노릇 창피하
고/당당한 선배들과 감히 행적을 겨루랴./가소롭다 역관에 의지하여 만사를 처리하니/
책문만 들어서면 하는 일 거의 없네."(瀋陽夏接薊門冬, 來歲春應此路逢. 千載制科崔致
遠, 萬言封事趙重峰. 微才碌碌慙專對, 前輩堂堂敢比蹤. 可笑周旋憑象譯, 柵門纔啓一
丸封.) 연암 박지원도 조헌을 존경하여 동방 선현의 도학(道學)을 논하는 자리에서 "대개
독서하고 학문하는 길에는 실용에 쓰이느냐 쓰이지 않느냐 두 갈래 갈림길이 있다. 조중
봉의 『동환봉사』는 오로지 사업으로 마음을 삼았다"(大槪讀書爲學, 有致用不致用之分.
我東諸賢如趙重峯東還封事, 專以事業爲心)라고 하여 높이 평가했다(『과정록』過庭錄
권4).

수가 없다.[2]

조헌은 질정관質正官[3]의 자격으로 연경燕京에 들어갔다가 돌아와서는 임금님께 『동환봉사』東還封事를 올렸다. 이 상소문에는 중국의 문물을 보고서 우리 조선의 처지가 어떤지를 깨닫고, 남의 좋은 점을 보고서 자신도 그와 같이 되려고 애쓰는, 적극적이고도 간절한 정성을 담았다.[4] 중국의 문화를 받아들여 조선의 현실을 변화시키고자 애쓰는 정성 아닌 것이 없었다. 압록강 동쪽의 우리나라가 천여 년을 지내 오면서 규모가 작고 외진 곳에 있는 이 나라를 한번 개혁하여 중국의 수준으로 높이 올려놓고자 노력한 사람은 오로지 이 두 분밖에 없었다.

올해 여름 진주사陳奏使가 중국에 들어갈 때[5] 나는 청장관青莊館 이덕무李德懋(1741~1793)와 함께 사절단을 따라갔다. 연경과 계주薊州[6]

2 최치원(857~?)은 당(唐)에 유학하여 과거에 급제하고 벼슬하다 28세에 귀국했다. 하지만 이때는 혼란한 신라 말엽이라 그의 뜻을 펴지 못했다. 진성왕(眞聖王) 7년 2월에 시무(時務) 10여 조를 올려 조정의 개혁을 주장했으나 실현되지 못했다. 그 이후 벼슬에 뜻을 잃고 소요자적(逍遙自適)하다 생을 마쳤다.
3 북경에 가는 사신의 수행원으로 특별히 문관 한 명을 차출하여 이문(吏文)이나 방언(方言) 등의 의문점을 물어서 바로잡는 일을 맡아보게 했다. 이를 조천관(朝天官)이라고 했는데 나중에 질정관으로 명칭이 바뀌었다.
4 조헌(1544~1592)은 선조 때의 명신으로 1574년 5월에 질정관의 신분으로 성절사(聖節使) 박희립(朴希立)을 보좌하여 중국 연경에 가서 그 해 11월에 귀국했다. 그는 명나라 문물제도를 관찰하고 조선에 적용할 만한 일 여덟 가지를 먼저 아뢰고 다음에 16개 조항을 간추려 선조에게 바쳤다. 1622년 안방준(安邦俊)이 두 가지 상소문을 합하여 '동환봉사'라는 이름으로 순천 송광사에서 목판으로 간행했다. 안방준은 발문에서 이 저술이 경세제국(經世濟國)의 문장이라고 높이 평가했다. 조헌의 문집 『중봉집』(重峯集)에도 수록되었다.
5 진주사는 정례적인 사절단인 동지사(冬至使) 외에 외교적으로 처리할 일이 발생했을 때 임시로 보낸 사절단이다.

사이의 광야를 실컷 돌아보고, 오吳와 촉蜀 지방의 선비들과 교유를 맺었다. 몇 개월 동안 그곳에 머물면서 평소에 듣지 못한 사실을 새롭게 들었다. 나는 중국의 오랜 풍속이 여전히 남아 옛사람이 나를 속이지 않았음을 확인하고 감탄을 금치 못했다.

그래서 그들의 풍속 가운데 본국에서 시행하여 일상생활을 편리하게 할 만한 것이 있으면 발견하는 대로 글로 기록했다. 아울러 그것을 시행하여 얻을 수 있는 이익과 시행하지 않아서 발생하는 폐단까지 덧붙여서 주장을 펼쳤다. 그러고는 『맹자』孟子에 나오는 진량陳良의 말을 가져다가 책의 이름을 '북학의'北學議라고 지었다.[7]

이 책에서 주장한 내용 가운데 시시콜콜한 것은 소홀히 여기기 쉽고, 번잡한 것은 시행하기 어려울 것이다. 그렇지만 과거의 제왕은 백성을 교화할 때 집집마다 찾아다니며 일일이 가르치고 깨우치지 않았다. 성인이 절구를 한번 만들어 내자 천하에는 껍질을 벗기지 않은 낟알을 먹는 사람이 사라졌고, 신발을 한번 만들어 내자 천하 사람들이 맨발로 다니지 않게 되었으며, 또 배와 수레를 한번 만들어 내자 아무리 험준한 곳이라도 운반하여 유통시키지 못하는 물건이

6 계주는 지금의 톈진 시(天津市) 북쪽에 있는 지 현(薊縣)이다. 심양에서 북경으로 가는 조선 사신의 연행로(燕行路)에 있던 유서 깊은 지역이다.

7 『맹자』「등문공 상」(滕文公上)에 "나는 중화(中華)가 오랑캐를 변화시켰다는 말은 들었지만 중화가 오랑캐에 의해 변화되었다는 이야기는 듣지 못했다. 진량(陳良)은 초(楚)나라 출신이다. 주공(周公)과 공자(孔子)의 도(道)를 좋아하여 북쪽의 중국에 가서 공부했다. 그 결과 북방의 학자들 가운데 진량보다 나은 자가 없었다"(吾聞用夏變夷者, 未聞變於夷者也. 陳良, 楚産也, 悅周公仲尼之道, 北學於中國, 北方之學者, 未能或之先也)라는 내용이 나온다. 곧, 문명은 높은 수준에서 낮은 수준으로 내려가는 것이지 그 역은 성립하지 않는다는 맹자의 주장이 담겨 있다.

없어졌다.[8] 그와 같은 방법이 얼마나 간소하면서도 쉬운가!

이용利用과 후생厚生은 둘 중 하나라도 갖추어지지 않으면 위로 정덕正德을 해친다.[9] 따라서 공자께서 "인구를 불리고 풍족하게 해 주며 그다음에 백성에게 교화를 베풀어라!"[10]라고 말씀하셨고, 관중管仲은 "의식衣食이 풍족해진 다음에 예절을 차리는 법이다"라고 말했다.

8　『역경』(易經)「계사 하」(繫辭下)에서 "(황제와 요순 임금이) 나무를 깎아 절구공이를 만들고 땅을 파서 절구를 만들었다. 절구와 공이의 이로움으로 만백성이 큰 도움을 받았다"(斷木爲杵, 掘地爲臼, 臼杵之利, 萬民以濟)고 했다. 이처럼 절구를 비롯하여 수레와 배, 신발을 성인이 만들자 그 제작법을 배워 백성들이 혜택을 누리게 되었다고 했다.

9　『서경』(書經)「대우모」(大禹謨)에 나오는 구절로 우(禹)가 순(舜)임금에게 아뢴 내용이다. "덕은 선정을 베푸는 것에 있고, 정치는 백성을 잘 기르는 데 있습니다. 물과 불과 쇠와 나무와 흙과 곡식을 잘 가꾸시고, 정덕과 이용과 후생을 조화롭게 성취하십시오."(德惟善政, 政在養民, 水火金木土穀, 惟修; 正德利用厚生, 惟和.) 여기서 정덕은 백성의 덕을 바로잡는 것을, 이용은 백성의 생활을 편리하게 하는 것을, 후생은 백성의 삶을 풍요롭게 하는 것을 말한다. 이러한 생각은 '진상본'의 「농업과 잠업에 대한 총론」에서 구체적으로 전개된다. 박제가의 주장은 박지원의 『열하일기』(熱河日記)「도강록」(渡江錄)에서 "이용이 있은 뒤에야 후생이 가능하고, 후생이 있은 뒤에야 덕을 바로잡을 수 있다. 쓰임을 편리하게 하지 못하고서 삶을 풍요롭게 누릴 수 있는 자는 거의 없다. 삶을 풍요롭게 누리지 못하는 상태에서 어떻게 그 덕을 바로잡을 수 있겠는가?"(利用然後可以厚生, 厚生然後正其德矣. 不能利其用而能厚其生, 鮮矣. 生旣不足以自厚, 則亦惡能正其德乎?)에서도 거의 비슷하게 주장되고 있고,『연암집』(燕巖集)「홍범우익서」(洪範羽翼序)에서도 "이제 내가 오행의 쓰임에 대해 먼저 말할 텐데 그것으로 구주(九疇)의 이치를 쉽게 밝힐 수 있을 것이다. 왜냐하면 이용이 있은 뒤에야 후생이 가능하고, 후생이 있은 뒤에야 정덕이 가능하기 때문이다"(今吾先言五行之用, 而九疇之理可得而明矣. 何則? 利用然後可以厚生, 厚生然後德可以正矣)라고 재차 언급된다. 비슷한 사유를 공유하고 있음을 확인할 수 있다.

10　이 말은『논어』(論語)「자로」(子路)에서 "공자께서 위나라에 가셨을 때 염유가 말을 몰았다. 공자께서 '백성들이 많구나!'라고 말씀하시자 염유에 '백성들이 많은 다음에는 무엇을 더 해야 하는지요?'라고 물었다. 공자께서 '그들을 부유하게 만들고 …… 교육을 시켜라!'라고 말씀하셨다"(子適衛, 冉有僕. 子曰: '庶矣哉!' 冉有曰: '旣庶矣, 又何加焉?' 曰: '富之, …… 曰敎之')라고 한 것을 말한다.

현재 백성들의 생활은 날이 갈수록 곤궁해지고, 국가의 재정은 날이 갈수록 궁핍해지고 있다. 상황이 이런 데도 불구하고 사대부가 팔짱을 낀 채 바라만 보고 구제하지 않을 것인가? 아니면 과거의 습속에 젖어 편안히 안락을 누리면서 실정을 모른 체할 것인가?

　주자朱子가 학문을 논하면서 "이와 같이 해서 병이 된다면, 이와 같이 하지 않으면 약이 될 것이다"[11]라고 말씀하셨다. 병이 무엇인지를 안다면 처방약은 손쉽게 찾아질 것이다. 따라서 이 책에서는 오늘날의 폐단이 발생한 근원에 대해 특별히 정성을 기울였다. 비록 이 책에서 말한 것이 당장 시행되지는 못한다 할지라도 이 일에 쏟은 정성은 후세 사람들이 인정해 주리라. 고운과 중봉 두 분의 뜻도 그러했을 것이다.

　금상今上(정조) 2년 무술년戊戌年(1778) 가을 9월 그믐 전날 위항도인葦杭道人[12]은 비 내리는 통진通津의 농가에서 쓴다.

11　주자(朱子)의 「아무개에게 답하는 편지」(答或人書. 『朱子大全』 권64) 서두 부분에서 따온 말이다. "이와 같이 해서 병이 됨을 안다면, 이와 같이 하지 않으면 약이 될 것이다. 만약 다시 어떻게 하여 이와 같이 될 수 있느냐고 묻는다면 그것은 나귀를 타고 나서 다시 나귀를 찾는 격으로 쓸데없는 이야기를 한바탕 늘어놓는 데 지나지 않을 것이다."(知得如此是病, 卽便不如此是藥. 若更問何由得如此, 則是騎驢覓驢. 只成一場閒說話矣.)
12　위항도인은 박제가의 호다. 『시경』(詩經) 위풍(衛風) 「하광」(河廣)의 "그 누가 황하를 넓다고 했나! 갈대 다발 묶어서도 건너가는 것을"(誰謂河廣, 一葦杭之)이라는 구절에서 가져왔다.

북학의서 北學議序

박지원

•

학문의 방법은 다른 것이 없다. 모르는 것이 나타나면 길 가는 사람이라도 붙잡고 물어보는 것, 그것이 올바른 학문의 방법이다.[1] 어린 종이 나보다 한 글자라도 더 안다면 예의염치를 불문하고 그에게 배울 것이다. 남보다 못한 것을 부끄러워하면서 저보다 나은 자에게 묻지 않는다면 아무 기술도 갖추지 못한 고루한 세계에 종신토록 자신을 가두어 버리는 꼴이 되리라.

순임금은 농사를 짓고, 질그릇을 굽고, 물고기를 잡는 일을 직접하고서 결국 제왕이 되셨는데 그분은 남에게서 배우지 않은 것이 없었다.[2] 공자께서는 "나는 젊어서 비천한 사람이었기에 잘하는 비천한

---

1 박지원의 서문 서두는 『맹자』의 글투를 흉내 내어 씀으로써 성리학적 학문과의 대결을 염두에 두었다. 『맹자』 「고자 상」(告子上)에서 "학문의 방법은 다른 것이 없다. 방심(放心)을 찾으면 될 뿐이다"(學問之道無他, 求其放心而已矣)라고 하여 윤리적·심학적(心學的) 공부를 강조한 반면, 박지원은 그 점을 무시하고 실천적인 공부를 강조함으로써 학문의 대상 및 태도에서 큰 변화를 제기했다. 그보다 앞서 남인 학자인 정시한(丁時翰, 1625~1707)은 "학문의 방법은 다른 것이 없다. 책을 읽을 때에는 그 의리를 찾고, 일을 처리할 때에는 올바르게 할 것을 구하면 된다"(學問之道無他, 讀書而求其義理, 處事而求其當否)라고 말했는데 학문하는 태도에서 차이를 보인다.

2 이중환(李重煥, 1690~1756)은 『택리지』(擇里志) 「사민총론」(四民總論)에서 "옛날 순임금은 역산에서 밭을 갈고, 황하 물가에서 질그릇을 구웠으며, 뇌택에서 고기잡이를 하였다. 밭갈이 한 것은 농부의 일이고, 질그릇 구운 것은 공인의 일이며, 고기잡이 한

일이 많다"³라고 하셨다. 그분이 말한 비천한 일이란 농사를 짓고, 질그릇을 굽고, 물고기를 잡는 일 따위이다. 순임금이나 공자는 성인이면서 동시에 기예에도 능하신 분이다. 그렇지만 물건을 접할 때마다 기술을 발휘하고, 일에 닥칠 때마다 기구를 제작하자면 시간도 부족하고 지혜도 미치지 못할 수밖에 없다. 순임금이나 공자께서 성인이 되신 까닭은 남에게 묻기를 좋아하고 남이 말해 준 것을 잘 배운 것에 지나지 않는다.

우리 조선 선비들은 세계 한 모퉁이의 구석진 땅에서 편협한 기풍을 지니고 살고 있다. 발로는 모든 것을 가진 중국 대지를 한번 밟아보지도 못했고, 눈으로는 중국 사람을 한번 보지도 못했다. 태어나서 늙고 병들어 죽을 때까지 조선 강토를 벗어나지 못하는 것이다. 긴다리의 학과 검은 깃의 까마귀가 제각기 자기 천분天分을 지키며 사는 격이며, 우물 안 개구리와 작은 나뭇가지 위 뱁새가 제가 사는 곳이 제일인양 으스대며 사는 꼴이다. 그런 탓에 예법이란 세련되기보다는 차라리 소박한 편이 좋다고 생각하고, 초라한 생활을 두고 검소하다고 잘못 알고 있다. 이른바 네 부류의 백성⁴도 겨우 이름만 남아

것은 상인의 일이다"(昔舜耕於歷山, 陶於河濱, 漁於雷澤, 耕農也, 陶工也, 漁商也)라고 하여 순임금을 농부이자 공인이자 상인으로 간주했다. 당시 사대부가 공유한 시각이 엿보인다.

3 『논어』「자한」(子罕)에서 공자가 한 말이다. "태재가 자공에게 물었다. '선생님은 성인인가 봅니다. 어쩌면 그렇게 잘하는 기술이 많습니까?' 자공이 '진실로 하늘이 큰 성인으로 만들고자 하시기에 잘하는 기술이 많습니다'라고 답했다. 그 사연을 공자께서 들으시고 '태재는 나를 잘 아는구나! 나는 어려서 비천했기 때문에 비천한 일을 잘하는 것이 많다. 다른 군자들은 많을까? 많지 않을 것이다.'"(大宰問於子貢曰, '夫子聖者與? 何其多能也?' 子貢曰, '固天縱之將聖, 又多能也.' 子聞之曰, '大宰知我乎! 吾少也賤, 故多能鄙事. 君子多乎哉? 不多也.')

있을 뿐이요, 이용利用과 후생厚生에 필요한 도구에 이르면 날이 갈수록 곤궁한 지경에 처해 있다. 그 원인은 다른 데 있지 않고 학문할 줄 모르는 잘못에 있다.

잘못을 깨달아 제대로 학문을 하고자 한다면 중국을 제쳐 두고 어디로 가겠는가? 그러나 사람들은 "오늘날 중국을 통치하는 자는 오랑캐다"라고 하면서 그들에게 배우기를 부끄러워하고, 한술 더 떠 중국의 떳떳한 옛날 제도까지 싸잡아서 천시해 버린다.

저들이 변발을 하고 옷깃을 왼쪽으로 여미는 오랑캐라고 하자. 그러나 저들이 점거하고 있는 땅이 하은주夏殷周 삼대三代 이래로 한漢 당唐 송宋 명明이 지배했던 그 넓은 중국이 아니던가? 그 대지 위에서 살고 있는 백성들이 하은주 삼대 이래 한 당 송 명의 후손들이 아니란 말인가? 법이 훌륭하고 제도가 좋다면 오랑캐라도 찾아가서 스승으로 섬기며 배워야 한다. 더구나 저들은 규모가 광대하고 마음 씀이 정미精微하며 제작이 거창하고 문장이 빼어나서 여전히 하은주 삼대 이래의 한 당 송 명의 고유한 문화를 간직하고 있지 않은가?

우리를 저들과 비교해 보면 한 치도 나은 점이 없건만 한 줌의 상투를 틀고 천하에 자신을 뽐내면서 "지금의 중국은 옛날의 중국이 아니다"라고 말한다. 저들의 산천을 비린내 풍기고 누린내 난다고 헐뜯고, 중국의 백성을 개나 양이라고 욕한다. 저들의 언어를 되놈의 말

4   사농공상(士農工商)을 말한다. 『서경』 「주관」(周官)에서 사민(四民)을 말한 이래 백성을 이 네 가지로 분류하여 보통은 사족(士族)을 우두머리로 농민, 공인, 상민의 순서로 직업을 차별하여 이해했다. 그러나 『곡량전』(穀梁傳) 「성공 원년」(成公元年)에는 "옛날에 네 부류의 백성이 있어 사민(士民), 상민(商民), 농민(農民), 공민(工民)이 있었다"라고 하여 상민을 사족의 아래 농민의 위에 두기도 했다.

이라고 중상하고 중국 고유의 훌륭한 법과 좋은 제도까지 싸잡아서 배척한다. 그렇다면 누구를 모범으로 삼아서 개선해야 하나?

내가 연경에서 돌아왔더니 초정楚亭이 그가 지은『북학의』내편 외편 2권을 내어 보여 주었다. 초정은 나보다 먼저 연경에 들어갔었다. 초정은 농사, 누에치기, 가축 기르기, 성곽의 축조, 집 짓기, 배와 수레부터 기와, 삿자리, 붓, 자의 제작에 이르기까지 일일이 눈여겨보고 마음으로 비교하여 보았다. 눈으로 보아서 알 수 없는 것이면 반드시 물어보았고, 마음으로 비교하여 풀리지 않는 것이 있으면 반드시 배웠다.

시험삼아 책을 한번 펼쳐 보니 내가『열하일기』에 기록한 내용과 조금도 어긋나는 것이 없어 마치 한 사람의 손에서 나온 듯했다. 이것이 바로 초정이 나에게 기쁜 마음으로 선뜻 보여 준 이유이자 내가 흔연히 사흘 동안 읽고도 싫증을 내지 않은 이유다. 아! 이것이 한갓 우리 두 사람이 눈으로 직접 본 것이라서 그렇겠는가? 일찍이 비 내리는 지붕 아래, 눈 오는 처마 밑에서 연구한 내용과 술기운이 거나하고 등불 심지가 가물거릴 때 맞장구를 치면서 토론한 내용을 눈으로 한번 확인해 본 것이기 때문이다.

중요한 것은 이 책을 남에게 말해서는 안 된다는 점이다. 남들은 당연히 믿지 않을 것이기 때문이다. 믿지 않는다면 자연스럽게 남들은 우리에게 화를 내리라. 화를 내는 성격은 편벽된 기운에 원인이 있고, 우리 말을 믿지 못하는 근본적인 이유는 중국의 산천을 여진족 땅이라고 죄악시하는 데 있다.

신축년辛丑年(1781) 중양일重陽日에 박지원朴趾源[5] 연암燕巖은 쓴다

5 박지원(1737~1805)은 정조 연간의 사상가이자 문학가이다. 자는 중미(仲美)이고 연암은 호이다. 박제가보다 13살 연상의 선배로 학문적으로나 인간적으로나 깊은 관계를 맺었다. 정조 4년(1780) 5월부터 10월까지 진하 겸 사은별사(進賀兼謝恩別使)의 일원으로 북경에 다녀와『열하일기』를 저술했다. 농서(農書)로『과농소초』(課農小抄)가 있다.

북학의서 北學議序

서명응

•

성곽과 주택, 수레와 기물은 어느 것 하나 그에 합당한 규격과 제작
법이 없을 수 없다. 규격과 제작법을 제대로 갖추면 견고하고 완전하
여 오래 사용할 수 있지만, 그렇지 않으면 아침에 만든 것이 저녁이
면 벌써 못 쓰게 되어 백성과 국가에 끼치는 폐해가 적지 않다.

  이제 『주례』周禮[1]를 살펴보면, 도로의 너비에도 일정한 한도가 있
고, 가옥의 깊이에도 일정한 치수가 있다. 또 수레의 바퀴통을 바퀴
살의 세 배 크기로 만들면 진흙이 바퀴살에 달라붙지 않는다고 설명
해 놓았고, 지붕을 이을 때 경사를 가파르게 만들면 낙숫물이 쉽게
빠진다고 설명해 놓았다. 심지어는 금과 주석의 배합 비율이나 가죽
의 팽팽하고 느슨한 정도에서부터 물에 실을 담가 두는 법과 옻칠하
는 법에 이르기까지 빠짐없이 상세하게 기술해 놓았다.[2]

  이 사실을 통하여 성인은 넓으면서도 정밀한 식견을 가져 삼라만
상의 규격과 제작법을 포함하여 온갖 구체적 사물에 대하여 극치에

---

1   책 이름으로 본래 이름은 『주관』(周官)이다. 전통적으로 주공(周公)이 지은 책으로
간주했다. 주나라의 정치와 각종 제도를 서술한 책이다. 그 가운데 「고공기」(考工記) 부
분은 갖가지 기술제도를 상세하게 설명했다. 중국 고대의 이상적인 제도와 기술을 설명
한, 가장 중요한 문헌의 하나로 후대에 큰 영향을 끼쳤다.
2   이상은 『주례』「고공기」에 상세하게 나온다.

이르는 지식을 소유하고 있음을 깨달았다. 성인께서 그런 것을 자질 구레하다고 하여 무시하고 없앤 적이 한 번이라도 있었던가?

그러나 한대漢代로부터 삼라만상의 규격과 제작법을 깊이 알지 못한 학자들이 "이따위 것은 공인工人들이나 할 일이다"라고 뭉뚱그려 말해 버렸다. 그래서 당시의 제도를 기록한 서적에서는 대강의 사실만을 실어 놓고 말았다.

그렇다고는 하나 중국의 경우에는 직업마다 전문성이 있고 스승으로부터 기술을 전수받는 관례가 서 있다. 또 재간과 지혜를 지닌 각처의 선비들이 소질에 따라 제각기 정교한 기술을 습득하여 서로들 전수해 왔다. 성곽과 주택, 수레와 기물을 성인이 제정한 규격과 제작법을 위배하여 만드는 경우가 거의 드물다. 따라서 중국 사람이 만든 물건은 정교하고 견고하여 재물을 축내거나 백성들에게 손해를 입힐 우려가 없다.

반면에 우리나라는 그렇지 못하다. 산림과 하천에서 산출되는 모든 이로운 물산이 하나같이 부서지고 망가진 것을 보수하는 비용으로 충당된다. 더군다나 그 비용조차도 계속 마련하지 못하기 일쑤인데 그때마다 "우리나라는 가난한 나라다"라고 한탄한다. 아아! 우리나라가 진정 가난한 나라란 말인가? 혹시 규격과 제작법이 올바르지 못한 결과가 아닐까?

박제가朴齊家 차수次修[3]는 기이한 선비다. 무술년戊戌年(1778)에 진주사陳奏使[4]를 따라 연경燕京에 들어가서는 중국의 성곽과 주택, 수레

---

3 차수는 박제가의 자(字)다.

4 1778년 3월 사은진주사(謝恩陳奏使)로 청나라에 다녀온 사행(使行)이다. 정사(正使)는 채제공(蔡濟恭), 부사(副使)는 정일상(鄭一祥), 서장관(書狀官)은 심염조(沈念

와 기물 따위를 마음대로 관찰했다. 그러고는 "아! 이것이 바로 명나라의 제도로구나! 명나라의 제도는 또 『주례』의 제도다"라고 감탄했다. 그는 우리나라에서 통용하고 시행할 만한 것이면 무엇이든 세밀하게 관찰하여 몰래 기록해 두었다. 이해하지 못할 것이 나타나면 다시 이 사람 저 사람에게 물어서 의혹을 해결했다. 고국에 돌아온 뒤에 기록해 둔 내용을 정리하여 『북학의』 내외편內外編을 만들었다.

이 책에서는 규격을 상세하게 설명했고, 제작법을 명료하게 규명했다. 게다가 뜻을 같이하는 동료의 견해까지 첨부하여 덧붙였다. 한 번 책을 펼쳐 읽으면 그 내용을 현실에 적용하여 시행할 만하다. 아! 그의 마음씀이 어쩌면 이렇게도 주도면밀하고 또 진지하단 말인가! 차수여! 더욱 노력할진저!

현재 성상께서는 모범으로 삼을 서적 한 종을 편찬하여 국가의 법서法書를 집대성하고자 하신다. 그래서 주공周公께서 『주례』를 지으신 예를 참고하여 먼저 육조六曹와 기타 모든 관아에 명령하시어 각기 맡은 직책에서 행하는 임무를 기록하게 하시고, 그 내용을 간추려서 서적을 한 종 완성할 계획을 세우셨다. 이 『북학의』가 그 책을 만들 때 채택되지 않겠는가?

바람이 불려고 하면 솔개가 먼저 울고, 비가 내리려고 하면 개미가 먼저 둑을 쌓는다[5]고 한다. 이 『북학의』가 채택될지 그 여부는 정녕 알 수 없지만 우리나라에서 법서를 편찬할 때 저 솔개나 개미의 구실

─────────

祖)였다. 이때 이덕무가 동행했다.

5   『비아』(埤雅)에 "비가 오려고 하면 개미가 나와서 흙으로 막아 봉우리를 만드는데 황새가 그것을 보고 길게 울며 좋아한다"(將雨則蟻出而壅土成峰, 鸛鳥見之長鳴而喜)라고 했다.

을 하지 말란 법은 없다. 따라서 나는 가슴속에서 느낀 생각을 책머리에 써서 차수에게 돌려보낸다.

임인년(1782) 늦가을 성상聖上으로부터 보만재保晚齋라는 호를 하사받은 서명응徐命膺[6] 군수君受가 쓴다.

6　서명응(1716~1787)은 영조·정조 연간의 정치가이자 학자이다. 군수(君受)는 그의 자이다. 육조의 판서와 대제학, 수어사(守禦使) 등의 고위직을 두루 역임했으며, 국가의 주요한 편찬 사업에 깊숙이 간여했다. 다양한 학술 분야에 관심을 기울여 수많은 저작을 남겼는데, 특별히 천문학과 농학, 역학 등 과학과 실용의 학문에 깊은 조예가 있었다. 저서에 『보만재집』(保晚齋集)·『보만재총서』(保晚齋叢書)가 있다. 이 서문은 『보만재집』 권7에도 실려 있다. 서명응은 1781년 정조로부터 보만재란 호를 하사받았고, 1782년 『보만재집』 24권을 열람한 정조로부터 칠언율시 한 수를 하사받았다.

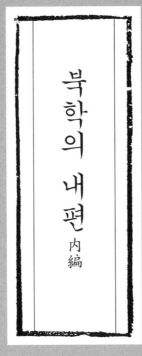

북학의 내편 内編

박제가 차수(次修) 학(學)*

* 학(學)은 학인(學人)이란 뜻을 가지고 있는데 저(著)나 찬(撰), 술(述), 편(編)과 같은 의미로 쓰였다. 저자의 의미로 '학(學)'을 쓰는 관례는 오래전부터 있었다. 고려 말에 간행된 『주자통서』(周子通書)에서 주희는 편집인인 자신을 '주희(朱熹) 학(學)'이라고 표기했다. 1429년 경자자로 간행된 『주자감흥시주해』(朱子感興詩註解)에도 편자를 밝힐 때 '문인(門人) 채모(蔡模) 학(學)'이라고 썼다. 서명응도 1767년에 지은 『염계이서』(濂溪二書)의 저자 표시를 똑같이 '학(學)'이라고 썼는데 그도 이렇게 표기하기를 좋아했다. 명청(明淸)의 학자들 가운데 자신의 저술을 '학(學)'으로 표기하는 경우가 제법 많았다. 박제가는 만년에 저술한 『주역해』(周易解)에서도 저자를 '수기(修其) 뇌옹(類翁) 학(學)'으로 표시했으므로, 의도를 가지고 이렇게 썼음을 알 수 있다.

수레車

．

사람이 타는 수레는 바퀴가 구른다. 수레의 지붕은 기와를 펼쳐 놓은 것과 같다. 짐을 싣는 수레는 굴대가 구른다. 수레 바퀴살은 공자卄字처럼 생겼다. 수레의 바탕(輿: 수레 몸체의 밑바닥)이 굴대와 만나는 곳에는 쇠를 박아 반달 모양의 그림쇠를 만든다. 수레에 짐을 다 싣고 나면 이 쇠를 빼도 좋다. 쇠를 박는 법은 그림쇠 등판에 송곳니 세 개를 만들되 머리는 넓고 밑동은 뾰족하여 마치 관棺에 박는 은정隱釘[1]처럼 만든다. 이것을 옆으로 끼우면 쇠가 빠지지 않는다.

사람이 타는 수레를 태평차太平車라고 부른다. 바퀴 높이가 사람의 배에 닿는다. 대추나무를 다듬어 바퀴를 만들고 가장자리를 쇠로 감싼다. 또 작은 버섯 모양을 한 쇠못을 사용하여 바퀴의 양옆을 완전히 둘러 바퀴가 구르다가 부딪히는 것을 예방한다.

수레 바탕에 놓인 몸체는 한 사람이 누우면 종아리가 나오는 크기다. 두 사람이 앉을 경우에는 발을 내린다. 수레의 휘장은 청포靑布를

---

1 옛날 관목은 쇠못을 사용하지 않고 나무만을 써서 조립했다. 그래서 관뚜껑과 관목을 붙이는 나무판자의 양끝은 넓게 하고 중간은 좁게 만들어 조립하여 덮개와 관이 꼭 짜이도록 만들었다. 이것을 한대(漢代)에는 소요(小腰)라고 불렀고, 조선에서는 은정이라고 불렀다.

많이 사용하나 능단綾緞을 사용하기도 한다. 여름에는 수레의 사면에 모두 발을 쳐서 마음대로 걷어 올릴 수 있다. 휘장 끝의 좌우에는 작은 창문 모양의 네모난 구멍을 따로 뚫어서 단추를 사용하여 여닫는다. 유리를 이용하여 창을 내거나 색칠한 대나무로 발을 드리워 밖을 구경하도록 하였다.

수레의 앞부분에는 가로로 널판을 한 쪽 놓고 마부가 앉는다. 어떤 때에는 수레 안에서 나와 널판에 앉기도 한다. 노새나 말, 나귀 한 마리가 멍에를 매는데, 먼 길을 갈 때에는 말의 숫자를 늘린다.

수레 뒤편 바탕의 끝에도 한 사람이 걸터앉을 수 있는 공간이 있다. 멍에채의 좌우에도 두 사람이 걸터앉을 수 있다. 때때로 마부가 수레에서 내려 말을 몰다가 진창이나 물이 고인 곳을 지나갈 때 잠시 뛰어올라 걸터앉은 채 지나간다. 수레 한 대의 힘으로 다섯 명을 실어 나를 때가 있다.

짐을 싣는 수레를 대차大車라고 한다. 수레의 바퀴는 높이가 태평차와 같지만 조금 두껍다. 짐을 실은 다음에는 배의 뜸처럼 갈대로 만든 자리를 팽팽하게 쳐서 위를 덮고 그 속에 사람이 앉거나 눕는다. 보통 대여섯 마리의 말이 수레를 끄는데, 수레 뒤에 나머지 말을 매달아 가다가 중간에 지친 말과 교대하여 쉬게 한다.

마부는 손에 긴 채찍을 낚싯대를 잡듯이 쥐고서 힘을 쓰지 않는 말을 내리친다. 말의 귀를 때리거나 옆구리를 때리는데 마부 마음대로 안 되는 것이 없다. 마부가 내려치는 채찍 소리가 온 골짜기를 울린다.

수레 옆에는 요령을 달고, 말의 목덜미에는 작은 방울을 무수하게 달아서 딸랑딸랑 소리를 내며 야간의 사고를 경계하며 지나간다. 이

태평차(위)와 대차(아래)
청나라 민간에서 사용하던 수레. 사람을 운송하는 태평차와 사람과 화물을 함께 운송하는 대차다. 청나라 말엽 서양인들이 스케치한 그림으로 『서양 사람이 그린 중국 풍정도』(西方人筆下的中國風情畵, 王鶴鳴 등 편집, 上海畵報出版社, 1997)에 실려 있다.

들은 모두 관문을 나서는 산서山西 지방²의 장사꾼들이다.

또 외바퀴 수레(獨輪車)가 있는데 소규모 장사꾼들이 많이 사용한다.³ 바퀴는 쇠를 두르지 않았고, 크기가 조금 작으며, 두께가 얇다. 수레의 바탕은 앞은 넓고 뒤는 좁아서 겨드랑이에 끼고 달릴 수 있다. 바퀴의 절반이 바탕 위로 돌출되어 있다. 돌출된 모양에 따라서 반쪽짜리 북처럼 감싸서 바탕과 단절시켰다. 진흙이 튀는 것을 막으려는 장치다.

좌우에는 활 모양의 나무를 달아 놓았다. 짐을 실은 뒤에는 이 나무를 수레 가운데에 끼워서 집어넣는다. 이것을 수레 난간의 대용으로 이용한다. 또 두 발 상 기자丌字 모양의 물건을 멍에채 뒤에 붙여 놓았는데 길을 갈 때에는 늘 들어서 올려놓고 수레가 멈추면 바퀴와 함께 멎어 수레를 지탱한다. 이것은 수레가 기울지 않게 한 장치다. 보통은 한 사람이 수레를 뒤에서 밀고 간다. 수레가 무거울 때에는 한 사람은 마치 배의 닻줄을 끌듯이 앞에서 당긴다. 그러면 두 마리 말이 끄는 효과와 맞먹는다.

아낙네 네 명이 좌우에 나란히 앉은 상태에서 동쪽 서쪽에 각각 물

---

2   산서 지방은 태항산(太行山) 이서, 황하(黃河) 이동 지역으로, 중국의 서부 지역이다.
3   이시필의 『소문사설』(謏聞事說. 백승호 등 옮김. 휴머니스트, 2011, 83~85쪽)에도 북경의 외바퀴 수레를 견문하고 도입할 것을 주장하는 내용이 있다. 박지원의 『열하일기』 「일신수필」(馹汛隨筆) '거제'(車制)에는 태평차를 비롯하여 외바퀴 수레 등에 대하여 『북학의』의 내용과 비슷한 묘사가 상당히 많다. 이규경(李圭景)은 『오주연문장전산고』(五洲衍文長箋散稿) 「독륜차변증설」(獨輪車辨證說)에서 외바퀴 수레(獨輪車)의 내용을 거의 모두 전재하여 설명했고, 서유구(徐有榘)는 『행포지』(杏蒲志)에서 이 수레의 사용을 적극 권장했다.

외바퀴 수레
서유구는 외바퀴 수레가 요동에서 북경까지 널리 사용되고 있다고 하였으며, 박제가와 마찬가지로 이 수레가 거름을 나르는 데 매우 유용하다고 적극적으로 사용을 권장했다. 『천공개물』

통 여섯 통을 실은 장면을 보았다. 또 수레에 돛을 달아 바람을 이용하여 가는 장면도 목격했다. 배가 가는 것과 같은 원리를 이용한 수레로 보였다.[4]

연경에는 대낮에 수레바퀴가 구르는 소리가 덜컹덜컹 들려서 항상 우레가 치는 듯하다. 길거리와 시장을 한가로이 다닐 때마다 좌우에서 수레 타라고 외치며 선 사람이 줄 지어 있다. 그들은 꼭 "수레 타실래요?"라고 말한다. 제각기 말에 멍에를 맨 수레를 세워 놓고서 손님을 기다리며 값을 받고자 한다.

수레를 타는 삯의 고하는 수레와 말의 화려함에 달려 있다. 대략 10리를 가는데 5, 60전錢을 받는데, 두 사람이 함께 타면 그 삯에 3분

---

4   박제가가 묘사한 수레는 일종의 풍범차(風帆車)다.

의 1을 추가한다. 우리나라 돈으로 계산할 때, 서울 동대문 밖의 교외나 삼강三江[5] 등지를 가려고 하면 수레 타는 삯이 3, 40문文을 넘지 않는다.—나귀를 세내어 타려면 10리에 10전을 낸다. 북경에는 사람이 많아 값이 비싸다.

수레 안에서는 책을 읽을 수 있고, 손님과 마주 앉아 담소를 나눌 수도 있으니 그야말로 움직이는 집[6]이다. 나는 유리창琉璃廠[7] 서남쪽

5   조선 시대 후기에 전국 화물의 집결지인 한강(漢江)은 주요한 포구의 숫자에 따라 삼강(三江), 오강(五江), 팔강(八江)으로 불렸는데, 그 지역은 전하는 사람과 시대에 따라 차이가 있다. 18세기 이전에는 세 지역을 중심으로 삼강(三江)이라 불렸으나 이후에는 오강, 팔강으로 주요 지역이 확대되었다.

6   박지원의 『열하일기』 「일신수필」 '거제'에도 "무릇 수레는 ……땅 위를 다니는 배이자 움직이는 집이다"(大凡車者, ……用旱之舟而能行之屋也)라고 하였다. 수레를 '움직이는 집'(能行之屋)이라고 똑같이 표현한 것은 박제가와 박지원이 수레를 두고 생각을 공유했다는 사실을 보여 준다.

7   북경 남쪽 지역에 있는 거리 이름. 청나라 건륭(乾隆) 연간에 사고관(四庫館)을 개설하면서 전국의 학자들이 북경으로 몰려들었다. 이에 서적, 골동품, 서화, 비첩(碑帖), 문구 등을 취급하는 상점을 개설했는데 특히 서점이 많았다. 부찰돈숭(富察敦崇)의 『연경세시기』(燕京歲時記)에 "창전(廠甸)은 정양문(正陽門) 밖 2리쯤 되는 곳에 위치하고 있는데 옛날에는 해왕촌(海王村)이라 불렸다. 지금 공부(工部)의 유리창(琉璃廠)이 이곳이다. 거리의 길이는 2리쯤 되는데 상점들이 숲처럼 늘어서 있다. 남북이 똑같다. 파는 물건은 골동품, 서화, 문구, 서첩(書帖)이 주종이니 문인들이 감상하는 장소이다"라고 했다. 중국에 간 우리나라 사신들이 자주 들러 서화, 문구, 서적을 구입하는 장소였다. 홍대용(洪大容)과 이덕무(李德懋) 등 많은 연행 사신이 유리창에 관한 기록을 남겼다. 홍대용의 『연기』(燕記)에는 다음 내용이 실려 있다. "유리창이라고 하는 곳은 유리기와와 벽돌을 굽는 공장이다. 푸르고 누른 색깔의 기와와 벽돌은 모두 유리처럼 광택이 난다. 그래서 어용(御用)의 여러 색깔의 기와와 벽돌을 모두 유리라고 부른다. 공인들이 일하는 관서는 창(廠)이라고 부른다. 유리창은 정양문 밖 서남쪽 5리에 있는데 유리창 가까운 곳의 길을 따라 시장이 형성되어 있다. 동서에 여문(閭門)을 세우고 유리창이라는 편액을 달아 놓았기 때문에 그것이 시장의 호칭이 되었다. 시장에서는 서적, 비판(碑版), 정이(鼎彝), 골동품 등 감상용 기물이 많다. 상인들은 과거를 보아 관직을 구하려는 남방의 수재들이 많다. 그래서 이 시장에 노니는 사람들 중에는 명사가 많다. 시장은 5리 정도 뻗어 있다. 누각과

지역에서 무관椵官[8]과 함께 자주 수레를 탔다. 국자감國子監, 옹화궁雍和宮, 태액지太液池, 문산묘文山廟, 법장사탑法藏寺塔과 같이 사신들이 외출하여 유람하는 명소를 함께 수레를 타고 다녔다.

수레는 하늘을 본받아 만들어서 지상을 운행하는 도구이다.[9] 수레를 이용하여 온갖 물건을 싣기 때문에 이보다 더 이로운 도구가 없다. 유독 우리나라만이 수레를 이용하지 않는데 그 까닭은 무엇일까?[10] 내가 그 까닭을 물으면 사람들은 곧잘 "산천이 험준하기 때문이

난간의 호사스러움은 다른 시장에 미치지 못하나 진기하고 교묘한 물건들이 여기저기 쌓여 넘쳐흐르며, 위치가 고풍스럽고 우아하다. 길을 따라서 천천히 걸어가면 마치 페르시아의 보물 시장에 들어간 듯 휘황찬란하게 눈에 들어와 종일토록 가도 한 물건도 감상할 수 없다. 서사(書肆)가 일곱 개가 있는데 벽 삼면을 돌아가며 십수 개의 서가를 달아 놓았다. 아첨(牙籤)이 질서정연하게 정돈되어 있고, 매 서투(書套)마다 초첨지(草籤紙)가 꼽혀 있다. 한 서사의 책을 계산해 보니 수만 권 아래로 내려가지 않는다. 고개를 쳐들고 한참을 보아도 그 초첨지를 다 보지 못했는데 벌써 눈이 어질어질해졌다." 현재도 천안문 광장 앞에 문화의 거리로 유리창이 존속해 있다.

8 무관은 이덕무(1741~1793)의 자(字)로 박제가와 함께 중국을 다녀왔다.

9 『주례』(周禮)에 "수레의 뒤턱나무(軫)는 네모난 모양으로 땅의 형상을 본받았고, 수레의 덮개는 둥근 모양으로 하늘의 형상을 본받았으며, 바퀴살은 해와 달을 본받았다"라고 했다. 박지원의 『열하일기』「일신수필」'거제'에도 "대체로 수레는 하늘에서 나와서 지상을 운행하는 도구이다"(大凡車者, 出乎天而行于地)라고 하였다.

10 박제가를 전후하여 지식인들 사이에서 수레를 사용하지 않는 조선의 실정을 비판하는 일이 많았다. 유득공(柳得恭, 1749~1807)도 『고운당필기』(古芸堂筆記) 권4「수레의 사용」(用車)에서 "모두들 수레 사용의 이로움을 말하는데 아직껏 실제로 수레를 사용하는 것을 보지 못했다"(人皆言用車之利, 而迄未見其用車)라고 하여 수레의 사용 문제가 당시 지식인들에게 깊은 관심거리였음을 말해 준다. 그 구체적인 사실은 일일이 들 필요가 없다. 정동유(鄭東愈)는 『주영편』(晝永編)에서 조선의 풍속을 냉정하게 비판하며 수레를 들었다. "나는 일찍부터 조선의 풍속에서 지극히 졸렬한 것이 세 가지요 지극히 어려운 것이 두 가지가 있다고 생각해 왔다. 그 졸렬한 것은 천하만국에 없고, 어려운 것도 천하만국에 있을 수 없는 것이다. 우리나라에는 바늘이 없다. 반드시 중국의 시장에서 사 온

다"라고 대꾸한다. 그런데 신라와 고려 이전에도 수레를 사용하지 않았을 리가 없다. 옛날에는 검각劍閣, 구절九折, 태항太行, 양장羊腸[11]의 험준한 지역을 통행하는 수레도 있었다. 지금 중국으로 들어갈 때 요동 이전은 모두 산골짜기다. 여기에는 마천령摩天嶺이란 데가 있는데 고개 높이가 20리이다. 청석령靑石嶺이란 곳도 있는데 험한 바위가 마구 솟구쳐 가파르기가 짝이 없다. 가파른 경사가 마치 남한산성南漢山城의 서문西門으로 들어가는 길과 같다.[12] 말을 재촉하여 지나가려면 차바퀴가 바위를 쳐서 벼랑이 무너지는 듯한 소리를 낸다. 말이 전전 긍긍 지나가기는 하나 넘어지지 않고 잘도 간다. 모든 것이 우리가 직접 눈으로 확인한 사실이다.

그러나 저런 험지에 대해서는 굳이 말할 필요가 없겠다. 그저 통행하기 좋은 지역만이라도 수레를 통행시켜 도道마다 그 도에 적합한 수레를, 고을마다 그 고을에 적합한 수레를 쓰는 게 어떤가. 만약 고개 때문에 사용을 꺼린다면, 고개를 넘을 때만 사용하는 수레가 얼마든지 있다. 수레 한 대가 천 리 만 리를 가는 경우는 중국에서도 드물다. 더욱이 우리나라는 중국 촉蜀 지방의 잔도棧道와 같이 극도로 험준한 지형은 없지 않은가?

다. 만약 중국과 무역이 통하지 않는다면 베와 명주가 있어도 옷을 꿰맬 길이 없으니 첫번째 졸렬한 일이다. 여섯 가지 가축 가운데 소와 양을 최고로 친다. 그런데 우리나라에서는 소는 사육하지만 양은 기르지 못하니 두 번째 졸렬한 일이다. 고대 중국의 황제 이래로 육지에 다닐 때에는 수레를 사용하고, 물에 다닐 때에는 배를 사용하였으니 어느 지역인들 그렇지 않은 곳이 없다. 그런데 우리나라에서는 배는 있으나 수레는 없으니 세 번째 졸렬한 일이다. 어찌 천하만국에 없는 일이 아니겠는가?"

11 이상은 모두 중국 서부 지역에 있는 험준한 산지이다.
12 현재 경기도 성남에 있는 남한산성의 서문은 경사가 대단히 가파른 험준한 지형이다.

수레가 다니면 길은 자연스럽게 만들어진다. 정말 깊은 두메산골
이라면 사람들의 통행도 마찬가지로 적어서 외부에서 들어오는 수레
의 통행도 당연히 드물다. 단지 고을 안에서 통행하는 농사용 수레만
을 사용해도 충분할 것이다.[13]

함경도에서는 예로부터 수레를 사용하여 현재에 이른다.[14] 군문軍
門에는 대차大車가 있고, 준천사濬川司[15]에는 모래차가 있다. 북쪽 몽
골의 제도[16]를 채용한 이들 수레는 하나같이 너무 조잡해서 법도에

---

13 수레 사용에 관한 박제가의 논의는 그보다 후배 세대로서 비변사 서리를 지낸 서경창
(徐慶昌, 1758~?)의 생각과도 비슷하다. 『학포헌집』(學圃軒集) 권1 「무비설」(武備說)
의 '소차'(小車)에는 "배와 수레의 두 가지 도구는 수상과 육상의 교통에 필요하므로 어느
하나 팽개쳐 두어서는 안 된다. 고금 천하만국에서 모두 사용하건만 오로지 우리 동방만
이 홀로 수레 제도를 사용하지 않는데 그 이유가 무엇일까?"(舟車二器, 卽幷濟水陸, 而
不可偏廢者也. 古今天下萬國咸用, 而惟我東方則獨不用車制者, 何故也)라고 하며, 수
레 사용의 논리와 제작법을 상세하게 설명하고 있다.
14 유만주(兪晩柱)는 『흠영』(欽英. 제12책 1781년 8월 초9일자 일기)에서 함경도 지역
에서 사용하는 수레의 편리함을 사례를 통해 설명하고 있다. 당시에 함경도 지역의 수레
사용이 지식인들에게 주목받았음을 말해 준다. "或言北路用車之法甚輕利, 載柴載穀, 雖
多無難. 鍾城府曾有謫死人, 將返葬湖右, 計其程, 過二千餘里, 運櫬以馬或牛, 則費可
累萬. 有一人創智爲輄車以載柩, 用八夫夾行, 有餘夫以交替. 輄設遊柱低仰之法, 雖遇
傾險, 柩不動搖, 以之日馳百里, 無顚覆之患, 視諸馬牛, 費減三之一, 是頗有中原意思.
盖中原幅員闊大, 離家宦遊者, 多死於萬里之外. 若如東俗, 必以人夫或馬牛, 則天下無
萬里返葬者矣." 제17책 1784년 5월 초사흘 일기에도 차승지학(車乘之學)을 하는 식자
들이 수레 제도를 시행하자고 주장하는 논리를 설명하고 그에 대해 찬동하고 있다.
15 준천사는 1760년 도성 안의 하수도인 개천(開川: 지금의 청계천)을 준설하여 소통시
키고, 백악·인왕산·남산·낙산의 나무를 보호하고자 설치한 관청이다.
16 '북쪽 몽골'은 원문이 북로(北路)인데 이 부분이 진상본의 「수레」(車)에는 몽원(蒙
元)으로 바뀌어 있다. 북로는 보통 함경도를 가리키지만 여기서는 몽골을 가리키는 말로
사용했다.

맞지 않는다.

　대체로 수레를 지극히 가볍게 만들고자 하지만 그러면 짐의 하중을 견딜 힘이 없어 부득이 무겁게 만든다. 현재 수레의 나무 부재가 너무 무거워 빈 수레로 다녀도 벌써 소 한 마리를 지치게 한다. 또 수레 바탕 옆에 놓인 굴통 두 개의 사이가 너무 벌어져서 빈 공간은 많으나 실제로 실을 물건은 적다.

　그러나 대차大車를 소 다섯 마리가 끌어 곡물 열다섯 섬을 싣는다면, 소나 말 다섯 마리가 각각 두 섬씩을 끄는 경우와 비교하면 벌써 3분의 1을 더 실어 이득이다. 여기에다가 중국의 수레 제도를 배운다면 그 효과는 어떻겠는가?

　수레바퀴는 높게 만들수록 한결 빨리 달린다. 지금 살이 없는 바퀴는 나무를 둥글게 갈아서 만드는데 그 크기가 큰 주발 아가리만 하며, 수레 네 모퉁이에 단다. 이것을 동차東車라고 부른다. 내가 언젠가 준천사에서 일꾼 두 명이 옮길 수 있는 바위를 동차로 운반하는 것을 본 적이 있다. 큰 소 한 마리에 멍에를 지워서 한 사람이 수레를 끌고 가는데 바퀴가 작아서 자주 도랑에 빠졌다. 또 한 사람이 긴 막대기를 들고 옆에서 들어 올리느라 반나절을 시끌벅적 소란을 피웠다. 사정이 이렇다면 수레 한 대와 소 한 마리가 쓸데없이 가외로 소용되는 것이다. 저런 실정이므로 지금 사람들이 수레는 아무 이득이 없다고 말하는 것도 틀린 말이 아니다.

　수레를 사용하되 각자의 생각대로 만들어도 괜찮다고 말하는 이들이 있는데 이는 그렇지 않다. 그 크기와 무게, 빠르기에 대해 중국인이 겪어 보고 연구해 놓은 수준은 매우 높다. 솜씨가 좋은 장인을 시켜 모방해서 운행하되 치수의 차이가 없이 꼭 그들과 합치되도록 힘써야 한다.

　우선 관서 지방의 고을마다 관장의 품계에 따라 차등을 두어 해마다 중국으로 가는 사행使行 편에 수레 몇 대를 구매하여 비치해 둔다. 신구 교체되는 수령을 전송하거나 영접할 때와 중국을 왕래하는 사신들이 통과할 때마다 이 수레를 이용한다. 그렇게 우리 백성들이 수레에 친숙해지도록 한다. 그러면 수레를 배우는 데 분명히 일조할 것이다. 서장관書狀官 심념조沈念祖[17]가 "내 생각도 정말 자네와 똑같네"라며 동의했다.

　짐을 싣는 상자는 두 바퀴 사이에 놓인다. 따라서 짐 상자에 실리는 물건의 크기는 바퀴의 폭에 따라 제한을 받는다. 반드시 나무 널판을 상자 위에 가로로 다시 얹어 그 위에 짐을 더 싣고 바퀴가 널판 아래에 놓이게 한다. 이것은 배 위에 가로로 널판을 설치한 것과 같은 구실을 한다.

　우리나라는 동서의 길이가 천 리이고 남북의 길이는 그 세 곱절로서 서울이 그 중앙에 위치한다. 사방의 산물이 서울로 몰려 들어와

17　심념조(1734~1783)는 조선 정조 연간의 문신이다. 자는 백수(伯修), 호는 함재(涵齋)로서 1776년에 별시문과에 을과로 급제했다. 1778년에 사은 겸 진주사(謝恩兼陳奏使) 채제공(蔡濟恭)의 서장관으로 박제가·이덕무와 함께 청나라에 다녀왔다. 그의 아들이 심상규(沈象奎)인데, 박제가와 교분이 깊었다. 저서에 『함재잡고』(涵齋雜稿)가 남아 있다.

쌓이는데 각지로부터 거리가 횡으로 500리를 넘지 않고 종으로 천리를 넘지 않는다. 또 삼면이 바다로 둘러싸여 바다와 가까운 지역에서는 배로 운송한다. 이렇게 따지면 육지로 통행하여 장사하는 사람은 아무리 먼 곳이라도 오륙 일이면 넉넉하게 목적지에 도달하고, 가까운 곳이라면 이삼 일 걸린다. 한쪽 끝에서 다른 한쪽 끝을 가면 앞에서 걸린 거리의 곱절이다. 잘 달리는 사람을 대기시켜 놓았던 유안劉晏처럼 한다면[18] 사방 물가物價[19]의 고하는 수일 안으로 고르게 조정할 수 있을 것이다.

그럼에도 불구하고 산골에 사는 사람은 아그배를 담가 식초를 얻어서 소금이나 메주 대용으로 사용하고, 새우젓과 조개젓을 보고서 특이한 음식이라 여긴다. 가난한 형편이 이 지경인 것은 대체 무슨 까닭인가? 단언코 수레가 없기 때문이다.

지금 전라도 전주의 상인이 있다고 하자. 상인이 처자식을 이끌고

---

18 유안(715~780)은 당(唐)나라 남화(南華) 사람이다. 덕종(德宗) 연간에 재정과 물자 수송에 관한 국사를 총괄하여 탁월한 능력을 발휘했다. 그는 피폐한 당나라의 재정을 확충하는 데 진력하여, 운하를 준설해 조운을 편리하게 함으로써 국가의 재정을 건실하게 하는 한편, 백성에게 부과하는 세금을 경감해 그가 정책을 맡는 동안에는 당나라의 재정과 국민의 부세 문제가 매우 견실했다. 『자치통감』(資治通鑑) 226권에는 780년 유안이 전운사(轉運使)로 재직할 때의 업적을 소개했다. 그 글에 "유안은 늘 높은 값으로 달리기를 잘하는 사람을 불러모아 그들을 배치한 연락처를 서로 연결시켜 사방의 물가를 살펴서 보고하게 했다. 아무리 먼 지방이라도 며칠이 지나지 않아 모두 그에게 보고되어 물가를 조정하는 권한을 모두 손아귀에 쥐었다. 그래서 국가는 이익을 얻고 천하에는 아주 비싸지고 아주 싸지는 것을 걱정할 일이 사라졌다"라고 했다. 이덕형(李德馨)은 「진시무팔조계」(陳時務八條啓. 『한음문고』漢陰文稿 권8, 문집총간 65집)에서 삼면이 바다인 조선은 해산물과 소금 자원이 풍부하므로 유안이 한 것처럼 판매하여 재정을 충실하게 하고 물가를 조절하자고 제안하였다.
19 '물가'(物價)가 진상본에서는 물화(物貨)로 바뀌었다.

생강과 빗을 사서 도보로 걸어 의주로 가 물건을 판다면 본전의 몇 곱절 나가는 이익을 얻을 수 있다. 하지만 근력을 길거리에서 다 소비할뿐더러 가정을 이루고 사는 즐거움을 누릴 기회가 없다. 원산의 상인이 말에 미역과 명태를 싣고서 서울로 팔러 온다고 하자. 사흘 만에 팔고 돌아가면 이득이 조금 남고, 닷새만에 돌아가면 본전이며, 열흘을 머물면 손해가 크다. 돌아가는 말에 물건을 싣고 가 남긴 이득이 크지 않고 그동안 말을 먹이느라 든 비용이 매우 많다.[20]

따라서 영동에서는 꿀이 많이 나지만 소금이 없고, 관서지방에서는 철이 생산되지만 감귤이 없으며, 함경도에서는 삼이 잘 되고 면포가 귀하다. 산골에서는 팥이 지천이고 바다에서는 젓갈을 물리게 먹는다. 영남의 옛 절에서는 명지名紙(과거 시험에 쓰던 품질이 좋은 종이)가 산출되고 청산靑山 보은報恩에는 대추나무 숲이 많다. 서울로 가는 길목이자 한강 입구인 강화도에는 감이 많이 난다. 자기가 사는 지역에서 많이 나는 물건으로 다른 데서 산출되는 필요한 물건을 교환하여 풍족하게 살려는 백성이 많으나 힘이 미치지 못한다.

어떤 사람은 말을 이용하면 되지 않느냐고 말한다. 그의 말대로 말 한 마리가 수레 한 대에 맞먹고 매우 기민한 이점이 있기는 하다. 그러나 수레의 짐을 끄는 힘과 말등에 짐을 싣는 힘은 현격하게 다르다. 따라서 수레를 끄는 말은 병들지 않는다. 게다가 대여섯 마리가 수레 한 대를 끌면 대여섯 필의 말이 각각 등에 싣는 짐보다 이익이

---

20 유득공의 『고운당필기』 권4 「북어」(北魚)에 따르면, 어상(魚商)이 원산에 집결하여 수레에 북어를 싣고 남쪽 땅으로 내려가는데, 철령(鐵嶺) 이남의 산골짜기에서 말고삐를 나란히 하고 방울을 딸랑딸랑 울리며 끊임없이 이어지는 수레 행렬이 모두 북어장사라고 했다.

몇 곱절이다.

한편 등에 짐을 싣고 다닌 말은 잡아당긴 끈 자국이 뱃가죽에 파여 있고 초췌하여 사람이 탈 수가 없다. 따라서 좋은 말을 기르는 사람은 모두 일하지 않고 놀고먹는 사람이다. 나귀와 말을 한 마리라도 기르려면 하루에 사람이 먹는 음식의 갑절을 먹여야 한다. 주인이 외출하지 않아 나귀와 말의 힘을 이용하지 않는다면 도리어 나귀한테 부림을 받는 셈이다. 이야말로 짐승을 데려다가 사람을 먹게 하는[21] 꼴이다.

사신 행차를 가지고 말해 보겠다. 세 명의 사신[22]과 비장, 역관을 비롯한 정식 관원 몇 사람만이 각기 역말과 쇄마刷馬를 가지고 있다. 장사꾼 외에 많은 심부름꾼과 물건을 대 주는 인원 가운데 도보로 따라가는 자가 말의 수효보다 곱절이 훨씬 넘는다. 만 리 길을 가면서 사람을 도보로 따라가게 하는 곳은 우리나라밖에 없다. 도보로 따라가게 하는 데만 그치지 않는다. 또 반드시 좌우를 떠나지 못하고 빠르거나 느리거나 간에 말과 똑같이 보조를 맞추게 한다. 그러므로 중국에 들어가는 마졸馬卒은 모두 죄수처럼 봉두난발을 한 채 마른 땅 진창을 가리지 않고 마구 다닌다. 다른 나라에 보이는 부끄러운 꼴로 이보다 심한 것은 없다. 땀을 뻘뻘 흘리거나 숨을 심하게 헐떡거려도 감히 쉬지를 못한다. 온 나라 안의 종과 역부의 질병은 여기에 그 근

---

21 『맹자』「양혜왕 상」(梁惠王上)에 "푸줏간에는 살찐 고기가 가득하고 마굿간에는 살찐 말이 가득한데도 백성들 얼굴에는 굶주린 기색이 역력하고 들판에는 굶어죽은 시체가 널려 있다. 이것은 짐승을 몰아다가 사람을 잡아먹게 하는 것이다"(庖有肥肉, 廐有肥馬, 民有飢色, 野有餓莩, 此率獸而食人也)라고 했다.
22 정사(正使)와 부사(副使), 서장관(書狀官)을 가리킨다.

본 원인이 다 있다.

　일본의 도쿠가와 이에야스德川家康(1543~1616)가 "물건을 절제함이 없이 실어 소와 말을 많이 상하게 하는 것은 어진 사람이 행할 정사가 아니다. 이제부터는 몇 근을 넘어서는 짐은 싣지 못한다"[23]라는 명령을 내렸다. 일본에서는 짐승도 저런 대우를 받고 있으니 우리나라는 사람을 어떻게 대우해야 할까?

　나는 중국의 벼슬아치 한 사람이 작은 가마를 타고 가는 것을 본적이 있다. 그 가마는 지붕이 날렵하고도 멋졌고, 청단靑緞으로 둘러쳤으며, 비단 옷감으로 휘장을 드리웠고, 유리로 창문을 달았다. 가마 안에는 맞춤 맞게 의자를 하나 놓고 앞에는 작은 탁자를 둔 채 벼슬아치가 앉아서 책을 읽고 있었다. 가마의 허리께에 구멍을 뚫고 장대로 꿰어서 가마를 떠메었기에 옆에서 잡아 주는 사람이 없어도 가마가 기울지 않았다. 앞뒤에서 각각 두 사람이 종縱으로 가마를 떠메었다.

　가마 메는 법은, 두 가마채 사이를 줄로 가로질러 대고 작은 나무를 이용하여 그 줄을 들어서 메었다. 가마의 하중이 완충 작용을 일으켜서 타기가 편안하고 속도는 빨랐다. 우리나라 사신들은 쌍교雙轎가 저들 가마보다 못하다며 저도 모르게 탄식을 토해 냈다.

　가마 뒤를 대차大車 한 대가 따라가는데 거기에는 모두 열아홉 명이 타고 있었다. 이 수레는 말 다섯 마리가 끌어 그 벼슬아치를 따라

---

23 『화한삼재도회』(和漢三才圖會) 권37에 "성무제(聖武帝)가 천평(天平) 11년에 명령을 내려 말에 싣는 짐의 무게를 개정하라고 명령했다"라고 하고, 그 주에 "이보다 앞서서 말 한 필에 싣는 짐의 무게가 대략 200근이라 매우 무거워 말을 피로하게 했는데, 이때 여러 주(州)에 명령을 내려 150근으로 제한했다"라고 밝혀 놓았다.

쌍교(좌)와 초헌(우) 김홍도金弘道, 〈평생도〉 부분, 19세기, 견본채색, 각 53.9×35.2cm, 8폭병풍, 국립중앙박물관 소장(중박 201306-3065)

가는 중이었다. 수레에 탄 사람들은 교대하기 위한 인부들로 5리나 10리마다 한 번씩 교대하여 인부의 왕성한 힘을 사용했다. 인부의 힘을 사용하기에 앞서 종일토록 말의 뒤를 따르게 하여 힘을 소진시키는 것은 자기에게도 유리하지 않다. 따라서 수레를 이용하면 말의 수효를 더 보태지 않고도 도보로 가는 사행 인원이 없다. 아래로는 인부들이 병들지 않는 효과가 있고, 위로는 왕성한 인부의 힘을 얻는다고 말하는 것이다.

또 우리나라에서는 2품 이상의 문신文臣이 바퀴가 한 개 달린 높은 수레를 타는데 이것을 초헌軺軒[24]이라 부른다. 이 수레는 바퀴가 작고 높이가 한 길이라 멀리서 바라보면 사다리를 타고 오르는 집 꼴이기에 위태롭기가 이루 말할 나위가 없다. 게다가 수레를 움직이자면 다섯 사람이 아니면 불가능하다. 또 그 뒤를 따르는 인부가 꼭 필요하다. 옛날의 수레는 수레 한 대로 사람 여섯을 태웠는데, 초헌이란 수레는 여섯 사람을 걷게 하고 한 사람만을 태운다. 이에 대해 귀한 사람이 천한 사람을 부리는 것은 천지의 변함없는 법칙이자 고금에 통하는 이치라고 강변하는 자가 있다. 그러나 귀천의 분별이란 이런 것을 두고 한 말이 아니다. 훌륭한 제왕은 귀천을 구별할 때에도 실용을 앞세우고 그다음에 격식을 차렸다. 『한서』漢書에는 주륜朱輪(왕후와 귀족이 타는 수레로 바퀴를 붉게 칠했음), 반주륜半朱輪의 등급이 있으나 타는 것은 동일했다. 『주례』에는 전차와 사냥용 수레, 진창길용 수레, 육지를 다니는 수레와 같이 서로 다른 종류의 수레가 있었으나 물건을 실

---

24 조선 시대 종2품 이상의 벼슬아치가 타던 수레. 명거(命車)·목마(木馬)·초거(軺車)라고도 했다.

는다는 점에서는 똑같았다.

옛날의 승헌乘軒[25]은 오늘날의 승헌과는 다르다. 또 오늘날 초헌을 타는 사람은 노인이 많기는 하지만 아무래도 안거安車[26]와 포륜蒲輪[27]의 의미를 지닌 것은 아니다. 더구나 다급한 상황을 만나면 쓰러지는 낭패를 당할 것은 자명하다.

지방 수령의 어머니와 부인, 어사와 감사는 모두 쌍교雙轎[28]를 탄다. 쌍교는 두 말 사이에 가마를 매달기 때문에 뒤에 가는 말이 앞에 가는 말을 보지 못하므로 발을 맞추기가 어렵다. 두 개의 가마채는 길이가 두 길이고 가마통은 크지만 그 안에서 눕지 못한다. 공력을 들여 가마를 잘 꾸미느라 무게가 무겁다. 또 가마 밑바닥에 공간을 띄워서 가죽으로 그물처럼 엮어 놓았기 때문에 앉기가 편치 않고, 언제나 하인들이 사사로운 물건을 숨겨 놓는다.

가마 안에는 퇴침, 찬그릇, 타구唾具, 서안書案 따위의 물건을 놓아 둔다. 또 가마 뒤에는 술병과 삿자리, 옷가지, 신 따위를 달아 둔다.

---

25 고대에 벼슬하던 대부(大夫)가 타던 수레로서 천자나 제후가 타는 승여(乘輿)와는 등급이 달랐다. 조선 시대의 초헌에 해당하는 수레다.

26 앉아서 타는 고대 중국의 수레. 옛날의 수레는 대개 서서 타는 것이지만 이것은 앉아서 타는 것이기에 안거라 했다. 연로한 고관이나 귀부인이 주로 탔는데 고관이 나이가 들어 고향으로 돌아갈 때나 명망이 높은 현인을 초빙할 때 안거에 모셨다. 박제가는 「연경잡절」(燕京雜絶) 제131수에서 "안거는 의자가 뒤편에 있고/보여는 가마채가 허리에 있네./명산을 굳이 찾아다닐 것 있나?/시장을 소요하며 구경하려네"(安車檻在尾, 步輿杠在腰. 名山何必問, 只願市逍遙)라고 하여 당시의 안거와 보여(步輿)의 장점을 구경하는 즐거움을 묘사했다.

27 부들로 바퀴를 감싼 수레로, 바퀴가 구를 적에 비교적 진동이 적었다. 옛날에는 봉선(封禪)을 행할 때나 현자를 초빙할 때 사용하여 존경하고 예우하는 뜻을 보였다.

28 쌍교는 말 2필(匹)이 끌고 가는 가마로 쌍가마라 한다. 종2품 이상의 고관과 승지를 지낸 수령에게 허용된 탈것으로 주로 지방에서 사용했다.

가마 자체의 무게도 대단히 무겁고, 가마 외의 무게도 몇 근이 나가는지 알 수 없다. 가마 좌우에는 보통 가마를 보살피는 사람이 각각 서넛이 따른다. 나머지 사람들은 도보로 뒤를 따라가며 교대를 기다린다. 있는 힘을 다해 가마 뒤를 따라가느라 가마를 보살필 힘은 아예 없고 그저 가마에 붙어 갈 뿐이다.

가마 한 채는 타는 사람의 원래 무게에 잡다한 물건의 무게가 더해지고, 이밖에 몇 사람을 매달고 가는지 모른다. 가마 한 채의 무게를 계산해 보면, 얼추 작은 배 한 척의 무게에 해당한다. 말이 죽어도 그 원인이 어디에 있는지를 깨닫지 못하고서 말이 거꾸러지면 마부에게 잘못을 돌려 매질을 해 댄다. 그러므로 수레를 사용하면 말의 수효가 줄어도 사람은 절로 한가롭다고 말하는 것이다.

지금 부인이 타는 가마는 가마채가 허리께에 있지 않아 쉽게 기울어진다. 그렇다고 가마를 말 등에 얹어 놓은 것은 더욱 위험하다.[29] 혼사와 상례, 이사 때마다 부녀자가 여행하기가 대단히 힘이 드는데 수레를 사용한다면 그런 걱정거리가 사라진다.

탄소彈素 유금柳琴[30] 선생은 "우리나라는 수레가 없어서 백성들의

---

29 이렇게 말이나 소의 등에 가마 한 채를 올려 놓고 그 뒤에서 사람이 끌채를 잡아 균형을 잡은 가마를 독교(獨轎), 독마교(獨馬轎) 또는 외가마라 한다. 이 가마는 당상관은 되어야 탈 수 있었다.

30 유금(1741~1788)은 영조·정조 연간의 시인이자 과학자로 그 역시 북학을 주장했다. 본명은 연(璉)이고 자는 연옥(連玉)이었으나 1776년 연행(燕行)한 뒤로 금(琴)으로 개명하고 자도 탄소(彈素)로 바꾸었다. 기하학과 천문학, 수학에 능통하여 호를 기하(幾何)라고 했다. 연행했을 때 이덕무와 유득공·박제가·이서구의 시를 뽑아 『한객건연집』(韓客巾衍集)을 편찬하여 중국에 널리 소개했다. 이 시집은 그 이후 조선에서 가장 널리

집이 모두 규모가 작다"라고 말했다. 말 한 마리의 등에 실을 수 있는 목재보다 큰 목재는 사용하지 못함을 지적한 말이다. 내 생각으로는 나막신과 짚신 값이 뛰는 원인도 수레가 없어서다.

담헌湛軒 홍대용洪大容[31] 선생은 말했다. "수레가 통행할 길을 닦는다면 전답 몇 결結을 잃게 될 것이다. 그러나 수레로 얻는 이익은 잃은 것을 넉넉하게 보상할 것이다."

수레의 특성은 언덕배기는 꺼리지 않으나 구덩이는 꺼린다. 지금 도성 안의 작은 도랑을 먼저 복개하여 하천이 복류伏流하도록 해야 한다. 세로로 판자를 얽어 놓은 나무다리는 당연히 가로로 얽어 놓아야 한다.

재상이나 부인들은 앞에서 논한 만듦새로 만든 가마를 타고, 그 나머지 수령과 양반, 백성들은 모두 태평차를 타는 것이 좋겠다.

읽힌 시선집의 하나가 되었다. 시집 『낭환집』(蜋丸集. 박희병이 편역한 『말똥구슬』이 돌베개에서 출간되었다.)이 남아 있는데, 시집 안에 박제가와 주고받은 시가 여러 편 실려 있다. 박제가와는 절친하였고, 실학자인 유득공은 그의 조카이다.

31 홍대용(1731~1783)은 영조·정조 연간의 실학자다. 담헌은 그의 호고, 자는 덕보(德保)다. 지전설 등을 주장한 과학자로서 1765년 11월부터 6개월간 중국을 여행하고 『연기』(燕記)를 남겼다. 그는 청나라에 대한 인식의 패러다임을 바꾸는 데 결정적인 구실을 하였다. 연행을 다녀온 뒤인 1766년 여름에 완성한 『회우록』(會友錄)은 박제가에게 큰 충격을 주어 박제가로 하여금 중국 여행을 꿈꾸게 했다. 박제가는 「회인시」(懷人詩)에서 홍대용을 "공무를 처리하다 만리를 그리워하노니/최고운의 옛 고을에서 중국을 꿈꾸네./인생에서 서양 배를 탈 수 있다면/장사꾼이 관내후보다 낫겠네"(朱墨餘閒萬里愁, 孤雲舊縣夢中州. 人生若上西洋舶, 估客優於關內侯)라고 묘사했다.

수레를 타면 덜컹거려서 편치 않다고 말하는 사람이 있다. 수레축을 뒤로 옮겨 수레 바탕 끝을 바짝 받치도록 한다. 그러면 좌석이 항상 매달려 있어서 쌍교와 똑같다. 지금 서장관이 타는 수레는 태평차의 바퀴를 사용하여 지붕을 바꾸고 가마를 실어서 운행한다. 이것은 약하면서도 무거워서 처음보다 훨씬 못하다. 일을 제대로 알지 못하면서 함부로 고치면 이런 꼴이다.[32]

---

32 유만주는 『흠영』(제21책 1786년 3월 24일자 일기)에서 "수레 제도를 우리나라에서 지금 조금씩 시행하고 있다. 삼륜차(三輪車)가 있고 독륜차(獨輪車)와 쌍륜차(雙輪車), 분합륜(分合輪)이 있는데 요컨대 중국의 제도에는 미치지 못한다"(車制本國之今稍稍行之, 有三輪焉, 有獨輪焉, 有雙輪焉, 有分合輪焉, 然要不逮華制也)라고 하여 당시 수레의 사용이 확대되고 있으나 중국 수레만 못하다는 생각을 밝혔다.

배 船

●

중국의 배는 내부가 깨끗하여 물이 한 방울도 없다. 곡식을 실을 때에는 곧바로 배의 바닥에 쏟아 붓는다. 그 위에는 반드시 가로로 갑판을 가설하여 사람이나 말을 포함하여 물을 건너는 모든 것이 그 위에 앉는다. 빗물과 말오줌 따위가 배 안에 전혀 고이지 않는다.

배를 대는 언덕에는 모두 가교架橋(건너기 위해 놓은 다리)가 가설되어 있다. 멀리 운행하는 배에는 모두 뱃집이 있다. 다락집이 있는 경우에는 얼추 3층 높이다. 배 뒤편의 치켜 올려진 곳을 뚫어서 치미鴟尾(망새. 전통 가옥의 용마루 양쪽 끝머리에 얹은 장식 기와)를 꽂았다.

통주通州[1]의 동로하東潞河(현재의 북운하北運河)는 연경과의 거리가 40리다. 남쪽으로 직고해直沽海(톈진 시의 항구로서 원·명·청 시대에 조운의 중심지로 현재 톈진 시의 중심 항구임)와 통하는데, 모든 조운선漕運船이 여기로 들어온다. 100리 사이에 배의 돛이 대나무 숲의 대나무보다도 더 빽빽하게 차 있다. 배에는 깃발을 세워 큰 글자로 절강浙江, 산동山

---

1 베이징 동쪽에 있는 도시로 현재는 베이징 시의 구(區)로 편입되었다. 대운하(大運河)의 교통 요지로 연행로의 길목에 있어 사신들이 꼭 들른 곳이다. 박지원의 『열하일기』「관내정사」(關內程史)에도 『북학의』와 비슷한 시각에서 통주의 풍경과 물산을 묘사하고 있다.

東, 운남雲南, 귀주貴州라는 명칭을 써 놓았다.

여기서 산동독무관山東督撫官 하유성何裕城이라는 사람을 만났다. 좁쌀 30만 석의 운송을 감독하는 그 사람은 마침 배 안에 있었다. 배마다 각기 무명으로 만든 자루를 곡물 수량만큼 실었다가 여기에 도착해서 비로소 곡물을 자루에 나눠 담아서 작은 배를 이용하여 옥하玉河로 운반했다.

그가 탄 배는 크고도 아름다웠다. 사신과 나는 무관楙官(이덕무)과 함께 그 배에 올라가 보았다. 배는 길이가 10여 길이었다. 무늬를 꾸민 창이 달려 있고, 색칠한 다락집이 높다랗게 솟아 있었다. 안에는 내실이 있고, 위에는 다락, 아래에는 창고가 있었다. 내부를 들여다보니 서화와 패액牌額, 휘장과 금침衾枕이 있었고, 향기가 자욱하여 깊고 아늑한 느낌을 주었다. 구불구불 가로막혀 있어 얼마나 깊숙한지 짐작하기가 어려웠다. 우리가 배에 올랐을 때 깊숙한 곳에서 우리를 구경하는 부녀자들이 수놓은 저고리에 패물로 장식한 비녀를 꽂고 있었다. 물어보았더니 하유성의 가족이라고 했다.

그가 우리에게 의자를 권하고 차를 내오라 하여 향을 피우고 필담을 나누었다. 주렴 너머 창밖으로는 가끔 갈매기, 구름과 안개, 누대와 사람들이 보였고, 또 모래사장과 강언덕, 돛단배들이 나타났다 사라졌다. 내가 머물고 있는 곳이 물 위라는 사실을 까마득하게 잊고 마치 숲 속에 몸이 놓여 있고, 그림을 두리번거리며 구경하는 느낌이었다. 이 정도라면 만 리 뱃길이 바람이 불고 파도가 높이 쳐서 때때로 위험하다 해도 바다에 배를 띄우고 멀리 여행하는 것을 꺼릴 이유가 없겠다. 먼 곳을 여행하는 중국 사람들이 많은 것이 당연하다.[2]

우리나라는 수레를 이용하는 이익을 완전히 포기했을 뿐만 아니라 배도 제대로 이용하지 못한다. 배에 들어오는 물을 막나? 빗물을 막나? 아니면 짐을 많이 싣나? 뱃사공의 힘이 들지 않나? 배에 실은 말이 위태하지 않나? 이 가운데 한 가지 이점도 없다.

배는 물에 빠지는 것을 모면하자는 수단이다. 그러나 나무를 정밀하게 깎지 못하여 틈으로 새어드는 물이 언제나 배에 가득하므로 배를 탄 사람의 정강이는 냇물을 건너는 것처럼 젖어 있다. 배 안에 고인 물을 퍼내는 일을 한 사람이 전담하여 하루 종일 그 일만 한다.

그래서 곡식을 배에 그대로 싣지 못하고서, 볏짚으로 가마를 만들어 곡식 높이보다 곱절이나 높게 쌓고 그 위에 곡식을 싣는다. 그렇게 해도 밑에 깔린 곡식이 물에 젖어 썩을까 걱정이다. 사람이 배에 앉을 때에는 싸리나무로 엮은 똬리를 사용하지만 울퉁불퉁하여 편치가 않다. 하루 동안 배를 타고 노닐면 꽁무니가 여러 날 동안 아프다. 또 가을에서 겨울로 넘어가는 철에는 뜸을 구비하지 않기 때문에 서리를 그대로 맞는다. 고생스럽기가 천태만상이라서 배를 타는 즐거움이 전혀 없다.

또 배에 가로로 걸쳐 놓은 널판이 없어서 사람과 물건이 함께 배안에 있으므로 짐을 가득 싣지도 못하고 또 물건을 높이 싣지도 못한다. 뜸이 있는 배도 길이가 짧아서 배의 고물이나 이물을 빈 공간으로

2　통주에서 하유성의 배를 탄 내용은 '진상본'에 실린 「노하운선기」(潞河運船記)에 한 편의 완결된 기문(記文)으로 작성되어 부록으로 실렸다(이 책 345쪽). 비슷한 내용과 문장이므로 함께 보는 것이 좋다. 또 박제가는 「연경잡절」 제132수에서 "빽빽하게 몰려든 강남 배가/통주성 아래에 정박해 있다./성 안에는 먼지가 너무 많아서/즐거운 배 속 생활 되레 그립다"(矗矗江南船, 通州城下泊. 城裏苦多塵, 却憶船中樂)라고 읊어서 배에서 생활하는 즐거움을 묘사했다. 통주의 체험이 그에게 깊은 인상을 남겼음을 보여 준다.

남겨 두기에 비가 내리면 배는 빗물을 담아 두는 물 저장고로 변한다.

또 배를 정박하는 강가에 가교를 설치하지 않아서 사람은 업어서 건너고, 말은 펄쩍 뛰어 들어간다. 가교를 설치해야 할 높은 곳을 건너뛰어서 널판을 가로로 걸쳐 놓지 않은 속이 깊은 배 안으로 들어가자니 다리가 부러지지 않을 말이 몇 마리나 되겠는가? 그래서 배를 잘 타는 말과 배를 잘 타지 못하는 말이라는 주장까지 나온다. 이것은 가교가 없기 때문이다.

지금 제주에서 공물로 바친 말들이 삐쩍 말라서 죽기를 잘한다. 배 안이 평탄하지 않아서 말을 함부로 꽁꽁 묶어 놓아 말의 성질을 거스른 결과다. 마구간의 마판(마구간의 바닥에 깔아 놓은 널판)을 물 위와 육상이 다르게 사용하는 것은 배의 만듦새가 합당하지 않기 때문이다.

복건성福建省의 시장에서 팔리는 유구琉球(현재의 오키나와)산 말은 배를 타고 왔다. 그 말들이 제주도에서 건너오는 말과 같은 처지라면 어떻게 시장에서 교역하겠는가? 틀림없이 올바른 운송 방법을 사용했을 것이다.

외국인이 바다에 표류하다 바닷가 고을에 정박하는 일이 발생하면, 반드시 그들이 타고 온 배의 만듦새를 비롯한 다른 기술을 꼼꼼하게 질문하고, 재주가 좋은 장인匠人을 시켜 그 방법대로 배를 만들게 한다. 표류한 배를 직접 보고 모방하여 배우기도 하고, 표류한 사람을 잘 접대하여 저들의 기술을 완전히 전수하게 한 다음 돌려보내는 것도 무방하다.

토정土亭 이지함李之菡[3] 선생이 옛날 외국의 상선 여러 척과 통상

하여 전라도의 가난을 구제하고자 했는데 선생의 식견이 탁월하고도 원대하다.[4]

　수레를 운행하려면 배를 정박할 곳에 꼭 가교를 설치하고, 배 안에 가로로 널판을 걸쳐 놓아야 한다는 것이 내 생각이다.

3　이지함(1517~1578)은 조선 중기의 학자로, 토정은 그의 호이다. 서경덕(徐敬德)에게 공부했고, 천문 지리와 의학, 복서(卜筮) 등에 통달했다. 1578년 아산현감이 되자 걸인청(乞人廳)을 만들어 빈민을 구제하는 등 특이한 행정을 펼친 분으로 유명하다. 토정의 주장은 『토정유고』(土亭遺稿)에는 나오지 않고 반계(磻溪) 유형원(柳馨遠)의 『반계잡지』(磻溪雜誌)에 실린 「교역설」(交易說)에 나온다. "土亭嘗言, 我國民貧, 若於南方歲接琉球南洋船數三舶, 可以瞻裕. 此語誠然, 或以爲若通路, 不無後日之慮. 此不然, 地則不甚遠如日本女眞, 則已熟通無可諱者, 若琉球西南洋, 則形勢絶遠, 非兵謀可及, 本無萬慮, 而況爲國自有其道, 能治其國家, 將遠人慕畏, 豈但諱虛實而已耶." 한편, 이 주장이 이규경의 『오주연문장전산고』 「여번박개시변증설」(與番舶開市辨證說)에도 수용된다.

4　거의 같은 내용이 「강남 절강 상선과의 통상론」(通江南浙江商舶議)에 거듭 실려 있다(이 책 253쪽, 363쪽).

성城

●

성은 모두 벽돌로 쌓았다. 회를 써서 벽돌을 붙였는데 벽돌이 겨우 붙을 만큼 몹시 엷게 회를 사용했다. 벽돌을 쌓는 방법은 먼저 돌을 사용하여 성의 기단을 쌓는데 큰 벽돌을 사용하기도 한다. 그다음 벽돌을 차곡차곡 쌓는다. 가로나 세로로 쌓거나, 눕혀서나 세워서 쌓는다. 성벽의 겉과 안이 서로 어긋나도록 쌓아 성의 두께 전체를 벽돌로 채운다. 흙으로 겉과 안 사이를 채우기도 하지만 그렇더라도 흙으로 채운 폭이 성벽 두께 전체의 3분의 1을 넘지 않는다. 그러면 대포를 맞아도 엿덩이가 엉긴 것과 같아서 성이 모조리 부서지지 않는다.

성의 안팎에는 모두 성가퀴(女牆: 성 위에 쌓은 낮은 담)를 쌓았다. 성가퀴의 안쪽 담(곧 내탁內托)에는 돌 홈통을 내어 빗물이 흘러내리게 했다. 바깥 담에는 탄환과 활을 쏘는 구멍[1]을 만들어 놓았다. 그 구멍 가운데 근총안近銃眼은 성 밑쪽을 바로 내려다보아 마치 날을 뽑아 놓은 대패 구멍과 같아서 적들이 감히 접근하지 못하도록 했다.

성 밑에는 반드시 해자를 설치했고, 성문에는 반드시 옹성甕城(적이 직접 성문에 접근하는 것을 차단하고자 중요한 성문 밖이나 안쪽을 둘러막은 시설)을 만들어 문을 감쌌다. 옹성에는 다시 문을 내었는데 왼편에 뚫거나

---

1 곧, 총안(銃眼)과 전안(箭眼)을 말한다.

오른편에 뚫었는데, 좌우 양편에 모두 뚫기도 하였다. 그러나 성문과 곧장 마주보게 하지는 않았다. 성가퀴를 오르는 곳에는 문 안쪽으로 계단을 놓았다. 계단 주변에는 목책木柵을 세워 봉쇄함으로써 사람이 그 안에 들어간 뒤로는 도망하려고 해도 도망하지 못하도록 하였다.[2] 벽돌의 수량으로 계산해 보니 성의 높이가 대개 다섯 길 반에서 여섯 길쯤이었다. 낡은 성의 벽돌이 빠지거나 부서진 곳은 새로 구운 벽돌로 보수하여 색깔이 얼룩덜룩했다.

이른바 성곽이란 것은 적을 방어하는 설비인가? 아니면 적이 침입할 때 버리고 도망하는 설비인가? 후자라면 모르겠거니와 그렇지 않다면 우리나라에는 성곽이 하나도 없다. 무엇 때문에 그렇게 말하는가? 첫 번째 이유는 벽돌을 사용하지 않는 것이다. 내 말을 듣고 어떤 이는 "벽돌이 견고하다지만 돌의 견고함에는 전혀 미치지 못한다"고 응수할 것이다. 내 생각은 이렇다. 돌 하나를 놓고 보면 당연히 벽돌 하나보다 훨씬 견고하다. 그러나 돌을 쌓아 만든 견고함은 벽돌을 쌓아 만든 견고함에는 미치지 못한다. 돌의 성질은 잘 접착이 되지 않는 반면 1만 개의 벽돌은 회로 바르기만 하면 전체가 하나로 합쳐지기 때문이다.[3]

---

2 이희경(李喜經)은 『설수외사』(雪岫外史)의 성곽을 논한 글(아세아문화사 영인, 1986; 진재교 외 옮김, 『북학 또 하나의 보고서, 설수외사』, 성균관대출판부, 2011, 97~105쪽. 이하 『설수외사』의 인용 면수는 모두 이 책을 따른다)에서 『북학의』의 「성」에서 다룬 내용과 비슷한 주장을 두세 가지 펼쳤다.
3 박제가가 성곽을 축조할 때 벽돌과 돌의 견고함을 대비하여 말한 이 대목은 박지원의 『열하일기』(「도강록」 6월 28일 기사)에서 박제가의 주장으로 인용되고 있다. "내가 정진사에게 '성을 쌓은 제도가 어떻던가?'라고 물었더니 '벽돌이 돌보다 못하다'라고 답했

또 돌은 언제나 사람이 깨고 다듬는 노력을 필요로 하므로 여기에 얼마나 많은 힘이 들어가는가? 그러나 벽돌은 원하는 대로 쉽게 만들어도 다 네모반듯하다. 또 돌은 크기가 일정하지 않아 하루하루 일을 시킬 때 인부의 노동량을 조절하기가 어렵다. 그러나 벽돌의 경우에는 치수가 같아서 인부가 근면하게 일하는지 태만하게 일하는지 바로 나타난다.

다. 그래서 내가 말했다. '자네가 모르는군. 우리나라의 성곽 제도가 벽돌을 쓰지 않고 돌을 쓰는 것은 잘못일세. 벽돌은 한 틀에서 찍어 내면 만 개의 벽돌이 똑같아 다시 깎고 다듬는 공력을 들일 필요가 없네. 가마 하나에서 구워 내면 벽돌 만 개를 앉아서 얻으므로 인부를 모아 돌을 나르는 고생도 전혀 없네. 크기가 일정하고 반듯하여 힘을 덜고 수확은 곱절이네. 운반하기 가볍고 쌓기가 쉬워 벽돌만 한 것이 없지. (…) 내가 일찍이 차수(次修: 박제가의 자)와 더불어 성곽 제도를 논할 때 어떤 이가 벽돌이 견고하고 굳다 한들 돌을 당하겠나 하고 말했네. 차수가 소리를 버럭 지르며, 벽돌이 돌보다 낫다는 것이 어찌 벽돌 하나와 돌 하나를 두고 한 말이냐고 했네. 이야말로 바꿀 수 없는 철칙일세. 요컨대, 석회는 돌에 잘 들러붙지 않는데 그래서 석회를 많이 쓰면 쓸수록 더 터지고 갈라져 돌을 밀어내고 들떠 일어나네. 따라서 돌은 항상 저 혼자 떨어져 있고, 석회는 흙과 붙어 굳어 버릴 뿐이지. 벽돌을 석회로 붙이면, 마치 아교풀로 나무를 붙이고 붕사(鵬砂)로 쇳덩이를 접착한 것과 같네. 만 개의 벽돌이 하나로 뭉쳐 아교처럼 하나의 성을 이루네. 따라서 벽돌 한 장의 단단함이야 돌보다 정말 못하지만 돌덩이 하나의 단단함은 벽돌 만 개가 아교로 단단히 붙은 것을 당하지 못하지. 여기서 벽돌과 돌의 이로움과 해로움, 편리함과 불편함을 쉽사리 알 수 있지.'"(余謂鄭曰: '城制何如?' 鄭曰: '甓不如石也.' 余曰: '君不知也. 我國城制不甎而石, 非計也. 夫甎一陶出矩, 則萬甎同樣, 更無費力磨琢之功. 一窯燒成, 萬甎坐得, 更無募人運致之勞. 齊勻方正, 力省功倍. 運之輕而築之易, 莫甎若也. (중략) 余嘗與次修論城制, 或曰: 甓之堅剛, 安能當石. 次修大聲曰, 甓之勝於石, 豈較一甓一石之謂哉? 此可爲鐵論. 大約石灰不能貼石, 則用灰彌多, 而彌自皸坼, 背石卷起. 故石常各自一石, 而附土爲固而已. 甎得灰縫如魚膠之合木·鵬砂之續金, 萬甓凝合, 膠成一城. 故一甎之堅, 誠不如石, 而一石之堅, 又不及萬甎之膠. 此其甓與石之利害便否, 所以易辨也.) 여기에서 박제가의 강한 주장을 엿볼 수 있고, 그와 박지원의 견해가 상당히 연결되어 있음을 보여 준다. 이 밖에도 『열하일기』에는 성곽 제도에 대해 『북학의』와 비슷한 견해를 밝히고 있다.

지금 무거운 돌을 하나라도 겹쳐 놓으면 겉으로 보기에는 웅장한 듯 보이지만 실상은 이가 맞지 않아서 그 가운데 하나라도 빠지면 성벽이 무너지는 것을 막을 도리가 없다. 성벽이 조금 높으면 붕괴되기가 더욱 쉽다. 성이 무너지려 하면 배가 점차 불러 마치 벼를 담은 자루처럼 된다. 또 성가퀴가 자주 무너지는 것은 회로 때운 곳이 돌덩이처럼 굳어지지 않았기 때문이다.

외방 고을에서는 담장 위에 기와를 덮는다. 큰 나무를 사용하여 서까래를 줄지어 얹고 그 위에 기와를 얹는다. 보통 돌로 나무를 덮어서 나무가 썩는 것을 방지하므로 기와와 벽돌이 생겼다. 성 위에 나무 시렁을 얹는 것은 썩기를 방지하는 것이 아니라 썩기를 부추기는 것일 뿐이다.

더구나 기와 틈을 흙으로 채우는 탓에 기와가 잘 움직여 아래로 떨어지는 경우가 잦다. 참새 따위의 새가 구멍을 뚫고 바람과 비가 쳐들어와서 손상시키므로 보수하는 경비를 날마다 지출해야 한다. 온 힘을 다해 썩는 것을 방지하느라 그 비용을 걱정하는 판국에 지금 온 힘을 다해 썩는 것을 부추기니 좋은 방법이 아님은 자명하다. 그러므로 중국의 제도를 배우자고 하는 것이다. 먼저 궁성부터 벽돌로 쌓고, 나무시렁을 설치할 비용으로 성가퀴를 만든다. 지금도 구광화문舊光化門[4]에는 석회를 사용한 흔적이 뚜렷하게 남아 있다.

어떤 사람은 "궁궐 담을 성으로 고쳐 쌓으려면 경비가 너무 많이

---

4 임진왜란으로 경복궁이 불에 타 폐허가 된 뒤로 궁성(宮城)을 재건하지 않고 단지 남쪽과 북쪽의 문 두 개만을 다시 세웠다. 원래 광화문이라 불리던 남문에는 '구광화문'(舊光化門)이란 편액을 달았는데 그 글씨를 조윤량(曺允亮)이 썼다. 관련한 사실이 『한경지략』(漢京誌略)과 『동국여지비고』(東國輿地備考)에 나온다.

든다"라고 말한다. 비천한 백성이 초가집을 엮느라 10년 동안 들이는 비용이 기와를 얹는 것보다 많다. 국가가 만세토록 이어갈 사업을 세우려면 잠깐 고생하고 영원히 편안하게 지낼 방법을 택하는 편이 이익이 막대하다. 그러나 이 일도 수레가 없으면 벽돌로 축조하는 이익이 그다지 많지 않다. 모름지기 수레를 먼저 만들어 사용하고 그다음에 벽돌로 성을 축조하는 것이 옳다.

두 번째로[5] 성의 둘레가 너무 넓다. 현재 지방에 소재한 군의 성은 대개의 경우 길이가 10리가 넘는다. 40리에 달하여 한양성과 맞먹는 성도 있다. 그리하여 성안의 백성과 군사, 남자와 여자를 모두 동원해 성곽에 벌려 세워도 절반을 못 세운다. 이런 성을 어디에 쓰겠는가? 중국은 심양瀋陽과 같이 번성한 고을도 성곽의 길이는 10리에 불과하다. 계주薊州나 영평永平 같은 고을도 모두 그렇다. 저들이 설치한 위치소衛置所 역시 규모가 극히 작다. 맹자孟子께서 내성內城은 3리 외곽外郭은 7리라고 말씀한 바도 있다.[6]

세 번째로 성의 외부만 신경 쓰고 내부는 팽개쳐 둔다. 성곽의 바깥쪽은 높이가 서너 길인데 성 내부에서는 곧바로 성으로 올라간다. 바깥쪽에는 성가퀴를 둘러쳤지만 안쪽에는 담이 없다. 성벽을 수비하는 군사가 죽음이 목전에 다가왔다면 도망가지 않을 자가 어디에 있겠는가? 평소에 훈련을 받지 않은 오합지졸들은 모두 병기를 버리

---

5   위 문장에 우리나라에 성곽다운 성곽이 없는 "첫번째" 이유가 명시되지 않았다. 그 첫 번째 이유는 벽돌로 축조하지 않은 점이라는 것을 앞에서 길게 설명하였다.

6   『맹자』 「공손추 하」(公孫丑下)에 "천시(天時)는 지리(地利)보다 못하고, 지리(地利)는 인화(人和)보다 못하다. 3리의 내성과 7리의 외곽을 에워싸고도 공격하여 이기지 못하는 경우가 있다"(孟子曰: 天時不如地利, 地利不如人和. 三里之城, 七里之郭, 環而攻之而不勝)라는 대목이 있다.

고 도망하여 날아드는 화살과 돌을 잠깐이라도 피하려 할 텐데, 이 것은 인정상 충분히 예상할 수 있다. 군법으로 처형해도 막을 도리가 없다. 그러므로 성이 없는 것과 똑같다는 말이 나온다.

네 번째로 성가퀴에 뚫은 현안懸眼인데 이 구멍은 성의 몸통을 뚫어서 아래로 향하게 만들지 않았다. 성이 높으면 높을수록 외적은 더욱더 가까이 접근하는데 그렇다고 탄환이나 화살로 포물선을 그리며 적을 쏘아 맞히겠는가? 더구나 성 밑에는 해자를 파지 않았으니 사정이 어떠하겠는가? 어떤 사람은 "우리나라는 산을 의지해서 성을 만들기 때문에 해자를 파지 않는다"라고 변명하기도 한다. 아무리 그렇더라도 해자를 팔 수 있는 곳이라면 반드시 파야 한다. 적도 방어하고 물이 스며들지 못하게 하여 성의 뿌리도 보호하기 때문이다.

다섯 번째로 옹성이 없다. 현재 흥인문興仁門(서울의 동대문) 하나만이 옹성이 있을 뿐인데 여기에도 문은 없다. 지방 고을에는 간혹 옹성을 설치했는데 그곳은 또 성가퀴가 없다. 옹성에 문이 없으면 지킬 수가 없고, 성가퀴가 없으면 올라갈 수가 없으므로 제 눈을 가리는 장애물이 될 뿐이다.

"옹성에 무슨 이익이 있느냐?"고 묻는다면 나는 이렇게 답하겠다. 성문은 모두 도로에 나 있어서 성문이 한번 무너지면 적이 곧바로 성 안으로 들어올 수가 있다. 따라서 다른 시설보다 특히 중요하다. 다른 시설은 길에 있지 않고 지붕이나 담, 나무로 막혀 있어서 성벽이 무너지더라도 적이 깊숙이 침투할 수 없다. 따라서 반드시 옹성을 설치하여 성문을 보호해야 한다. 만일 바깥에 있는 문이 무너지더라도 안에 있는 문은 여전히 남아 있다. 게다가 옹성을 통하여 네 모퉁이에 있는 적도 두루 살피고, 또 대포도 막는다. 송宋나라의 채경蔡京[7]이 수도 변경汴京의 성을 (옹성을 쌓지 않고) 곧게 만들었기에 금金나라 군대가 네 모퉁이에서 대포를 설치하여 성문을 붕괴시켰다. 화력火力을 직선으로 성에 폭발시킨 덕분이다.

어떤 자는 "토성土城이 어떠냐?"고 말하기도 한다. 내가 평양과 안주安州의 새로 축조된 토성을 지나가며 본 적이 있다. 토성의 이점은 마치 대지가 자연스럽게 습기를 머금듯 비에 젖을까봐 두려워할 필요가 없다는 데 있다. 그런데 그 성들은 울타리와 같은 담을 엉성하게 축조하여 연결 부분의 석회가 돌덩이처럼 단단하지 않았다. 그 높이는 나무하는 아이나 소치는 아이들이 간간이 넘어서 갈 정도였다.

일반 주택에서도 100보步 길이의 담에 해마다 볏짚을 덮어씌워야 한다면 그 경비를 지탱할 수가 없다. 더구나 10리, 5리 길이의 성벽을 어떻게 지탱하겠는가? 그대로 방치해 두자니 안 되겠고, 보수하자니 그 비용을 감당할 수 없다. 차라리 그 비용을 전용하여 성 근처에 수십 개의 가마를 만들었다면 지금은 거의 모든 성을 벽돌로 쌓았을 것이다.

어떤 자는 강화도의 벽돌로 만든 성이 자주 붕괴되어 제 구실을 못한다고 반론을 제기하고 그 잘못을 벽돌로 성을 쌓자고 발의한 사람에게 돌린다. 하지만 이것은 성의 축조를 잘못한 탓이지 벽돌의 잘못이 아니다. 석회를 제대로 바르지 않는다면 벽돌이 없는 것과 같다. 또 성 전체를 모두 벽돌로 쌓지 않으면 성을 쌓지 않은 것과 똑같다. 토성의 겉에 벽돌을 한 겹 덧붙여 놓고서 웅장하게 보이고 무너지지

---

7 채경(1047~1120)은 중국 송나라의 대신으로, 왕안석(王安石)이 추진한 신법(新法)을 옹호했다. 휘종(徽宗) 때 정권을 잡아 토목공사를 크게 벌였다.

않기를 바라는데 그것은 있을 수가 없는 일이다.

이희영李喜英[8]은 "우리나라의 성은 모두 그림 속에 있는 성일 뿐이

8   인명이 이본마다 상당한 차이를 보인다. 친필본·숭실본·국편본에는 이희영(李喜英)으로 되어 있다. 삼한본에는 이주민(李朱民)으로, 자연본·장서각본·연경본·금서본·도남본에는 이길대(李吉大)로, 월전본·가람본·국립본·규장각본·육당본에는 혹왈(或曰)로 되어 있다. 저자 친필본을 직접 보고 필사한 숭실본과 친필본을 교감에 참고한 국편본에 이희영으로 되어 있으므로 박제가는 인명을 이희영으로 썼음이 분명하다. 이희영(1757~1801)은 호가 추찬(秋餐)으로 18세기 후반의 천주교 신자·화가로서 신유박해 때 죽임을 당했다. 그에 관한 자세한 사실은 '외편' 「이희경의 「농기도서」」의 각주(이 책 207쪽 각주 11번)에 설명되어 있다. 이길대는 박제가의 글 「기술자의 대우」(謝鄭吏議志儉求見李吉大書. 『궁핍한 날의 벗』 해당 글과 역자의 해설 참조)에 나오는 수레를 잘 만드는 천민 기술자다. 그렇다면 이주민은 누구일까? 박지원의 『열하일기』 「환연도중록」(還燕道中錄) 8월 20일자에는 고국의 이주민을 회상하는 대목이 나온다. "이주민(李朱民)은 풍류가 있고, 문아한 선비다. 평생 중국을 기갈이 든 것처럼 사모하였다. 유독 술을 마시는 것은 옛 법을 즐기지 않았다. 술잔의 크고 작기와 소주 탁주를 가리지 않고 손에 닿으면 곧 병을 기울여 입을 벌리고 한꺼번에 쏟아 넣었다. 동인(同人)들은 복주(覆酒: 술을 뒤집는다)라 하며 고상한 익살로 여겼다. 이번 연행에 반당(伴當)으로 정해졌으나 '술주정이 심해 가까이할 수 없다'고 헐뜯은 자가 있었다. 나는 그와 10년 동안 술을 마셨으나 얼굴에 홍조를 띤 적이 없고, 입에 거품을 게워 낸 적이 없다. 많이 마실수록 더욱 점잖았다. 다만 그의 술을 뒤집어 마시는 법이 조금 흠이다. 주민은 '옛날 두보도 술을 뒤집어 마셨다. 그의 시에 「아이를 불러 손 안의 술잔을 뒤집으라 한다」고 했는데 이는 입을 벌리고 드러누워 아이를 시켜 술을 뒤집어 쏟게 하는 게 아닐까!'라며 늘 근거를 댔다. 사람들이 웃는 소리가 대청을 떠들썩하게 했다. 만리타향에서 불쑥 친구가 생각난다. 주민은 지금 이 시각에 어떤 술자리에 앉아서 왼손으로 술잔을 잡고 만리타향에 노니는 나를 생각할까?" 이 글의 내용으로 보아 이주민은 박지원, 박제가와 절친한 지식인임을 알 수 있다. 박지원 친필 초고본 연민문고본 「환연도중록」의 같은 대목은 다른 이본과 상당히 차이가 나는데 이주민이 이성흠(李聖欽, 1749~?)으로 되어 있다. 아마 이주민과 이성흠이 같은 사람일 것이다. 또 연민문고본 『잡록』에 수록된 같은 글에서 이성흠(李聖欽)이 이희명(李喜明)으로 되어 있다. 이희명은 이희경(李喜經)의 아우이자 이희영(李喜英)의 형으로서 성흠은 그의 자이다. 박제가와 친분이 깊다. 이렇게 보면 이주민, 이성흠, 이희명은 동일인이다. 그의 이름에서 돌림자를 제외한 주민(朱民), 명(明), 흠(欽)은 함의가 일관되는데, 주씨(朱氏)의 백성은 명나라이고 그 나라는 흠모할 만하다는 생각을 표명하고 있다. 『북학의』와 『열하일기』가 똑같이 인명을 바꾸어 이희명을 굳이 '주민'으로 쓴 이유는 이것이 이

다"라고 말했다. 성이 외면은 그럴 듯해 보이지만 내실은 그렇지 못함을 꼬집는 말이다.

희명의 또 다른 자(字)로서 신유사옥(辛酉邪獄)에서 그 아우인 이희영이 처형당한 사건과 관련된다. 이희명 자신도 천주교와 관련하여 문제가 있었기에 그것을 숨기고자 이주민으로 쓴 것으로 보인다. 이렇게 원본에서 이희영으로 된 인명을 이길대 또는 이주민으로 쓰거나 아예 인명을 밝히지 않았는데 이는 모두 이희영이 천주교 신자로서 처형당한 이력 탓이다. 정조 사후 벽파 정권에서 발생한 사학(邪學) 교도를 향한 공포 분위기가 이렇게 신자들의 이름을 기피하도록 만들었다.

벽돌甓

•

벽돌은 크고 작기를 마음대로 한다. 늘 사용하는 벽돌은 네 개를 쌓으면 면面이 같고, 세로로 세 개를 놓으면 길이가 같다. 벽돌을 서로 문질러서 판판하게 만든 다음 사용한다. 문지를 때 나오는 벽돌 가루는 석회와 섞어 쓴다.

벽돌 가마는 종을 덮어 놓은 형상인데 나선형으로 만들었다. 굴뚝은 그 정수리에 내 놓았다. 가마 안에 벽돌 하나씩 건너 띄워서 쌓는데 마치 요사이 꿀떡을 켜켜이 쌓아 놓은 모양과 같다. 그다음 중앙부에 아궁이를 설치했다. 그렇게 하면 화력이 균일하게 퍼져서 멀고 가까운 거리에 따라 덜 구워지고 더 구워지는 차이가 없을 듯했다.[1]

가마 하나에서 8천 개의 벽돌을 생산했다. 여기에는 수레 두 대 분량의 수숫대가 소요되었다. 그 양은 대략 말 너댓 필에 실어 나르는 정도에 불과하다. 내가 가마를 설치한 곳 한 군데를 탐방한 적이 있는데 그때 가마 주인이 나를 이끌어 가마 안으로 들어오게 해서 주고

---

1 『북학의』에서 중국의 벽돌을 굽는 방법을 조사한 내용은 『열하일기』와 『설수외사』를 비롯한 여러 책에 비슷한 내용이 실려 있다. 벽돌 굽는 법은 『북학의』에 앞선 실용서인 『소문사설』(謏聞事說)의 「벽돌 만드는 법」(造甓法)에 더 자세하게 실려 있다. 그 내용은 1727년에 조선에 표류해 온 중국인을 데리고 북경에 다녀온 의원 이추(李樞)가 배워 온 것이다. (이시필 저, 백승호 등 옮김, 『소문사설, 조선의 실용지식 연구노트』, 휴머니스트, 2011.)

받은 문답의 내용이 이상과 같았다.

현재 천하는 지면 위로 5~6길과 지면 아래로 5~6길이 모두 벽돌이다. 벽돌을 위로 높게 쌓아 만든 건축물로 누대, 성곽, 담이 있고, 깊이 파서 만든 건축물로 교량과 분묘, 운하와 제방 따위가 있어서 천하 만국을 옷처럼 두르고 있다. 백성들이 수재나 화재의 피해, 도적의 침입, 썩거나 물에 젖는 것, 건물이 기울고 무너지는 것을 염려하지 않는다. 이 모든 것이 벽돌의 힘이다. 벽돌의 효과가 이 정도인데도 불구하고 우리나라 수천 리 강토 안에서만은 벽돌에 대해 강구하지 않고 팽개쳐 두고 있다. 실책이 너무 크다. 어떤 사람은 "벽돌이 흙으로부터 만들어진 것이라서 우리나라에는 기와는 있지만 벽돌은 없다"고 말하기도 한다. 이는 전혀 그렇지 않다. 둥글게 만들면 기와가 되고, 네모나게 만들면 벽돌이 된다.[2]

중국에서는 키 작은 담장조차도 성과 차이가 나지 않는데 벽돌을 사용하는 덕분이다. 길을 끼고서 양편에 점포를 개설했는데 그 점포의 뒷면은 모두 벽돌이다. 길의 양끝에 마을 공동의 문을 만들어 누각을 세워 놓았다. 그리고 그 문을 닫아서 마을을 지킨다. 이 문을 지나야 마을의 점포로 들어갈 수 있으므로 도적도 경솔하게 공격해 들어올 수 없다. 옛날에 '골목의 전투', '대로의 전투'라는 말이 나온 것은 이 때문이다.

---

2   이 단락의 전체 내용이 '진상본'의 「창고 쌓기」 가운데 두 번째 내용으로 다시 나온다(이 책 340쪽).

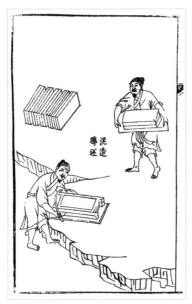

벽돌 굽는 장면 「천공개물」

　누군가가 "개인적으로 벽돌을 구우면 나라 전체에 쓰지는 못해도
자기 집안에서 사용하는 것쯤은 가능하다"라고 말하기도 한다. 그 말
도 옳지 않다. 백성들의 일상생활에 긴요한 것은 반드시 상호간에 도
움을 주고받으면서 쓰여야 한다. 지금 나라 안에서 벽돌이 사용되지
않는데 나만 홀로 만든다고 하자. 벽돌 굽는 가마도 내가 만들고, 접
착용 석회도 내가 만들고, 벽돌 싣는 수레도 내가 만들어야 한다. 많
은 공인이 할 일을 내가 모두 직접 해야 한다면 발생하는 이익이 얼
마나 되겠는가? 흙이나 나무가 풍족한 시골이라면 혹시 가능할지도
모르겠다.
　이제 벽돌의 사용을 권장하고자 한다면 반드시 백성들이 구운 벽

돌을 관청에서 후한 값으로 구매해야 한다. 10년 내로 나라 안에서 모두들 벽돌을 사용할 것이다. 나라 안에서 모두들 벽돌을 사용한다면 벽돌 값을 싸게 하려고 애쓰지 않아도 저절로 싸질 것이다. 다른 물건도 다 마찬가지다. 이것이 위에 있는 자의 힘이다.

아주 먼 서양에서는 벽돌을 구워 가옥을 짓기에 천 년이 지나도 보수하지 않는 건물이 있다고 들었다.[3] 이것은 비용을 절약하는 극단적인 사례라고 하겠다. 이것이 사실이라면 중국의 장화궁章華宮이나 아

---

3   서양의 고건축에 관한 이 정보는 줄리오 알레니가 지은 『직방외기』(職方外紀. 천기철 옮김, 일조각, 2005)의 유럽총설(歐邏巴總說)과 이탈리아 항목에서 얻은 지식으로 보인다. "그곳의 집에는 세 가지 등급이 있다. ⋯⋯돌로 지은 집과 벽돌로 지은 집은 기초를 다질 때 매우 깊이 파내어, 위로 6층이나 7층까지 쌓을 수 있어서 그 높이가 10여 길에까지 이를 수 있다. ⋯⋯보통 벽돌이나 돌로 지은 집은 모두 천년을 지나도 무너지지 않는다."(其屋有三等. ⋯⋯石屋磚屋築基最深, 可上累六七層, 高至十餘丈. ⋯⋯凡磚石屋, 皆歷千年不壞.) "일찍이 하나의 큰 신전을 지었는데 둥근형으로 넓고 크며 웅장하고 화려하여 비할 데가 없다. 위로 둥근 지붕은 모두 벽돌을 썼고, 벽돌의 위에는 다시 연판을 덮었다. ⋯⋯이 신전은 지어진 지 2천여 년의 세월이 흘렀지만 여전히 남아 있다."(曾建一大殿, 圓形寬大, 壯麗無比. 上爲圓頂, 悉用磚石, 磚石之上復加鉛版. ⋯⋯此殿至今二千餘年尙在也.) 줄리오 알레니가 말한 건물은 로마에 있는 판테온 신전으로 서기 115~124년 무렵에 하드리아누스 황제가 세웠다. 이 책은 정두원(鄭斗源, 1581~?)이 1630년 명나라에서 가져온 이래 18세기에 진보적 지식인에게 널리 읽혔다. 박제가와 절친한 성대중(成大中)의 글 「한가한 때 김진욱이 소매 속에서 서양인 알레니의 『직방외기』를 꺼내 보여 주기에 읽어 보고 쓰다」(閑中金生振郁袖示西洋人艾儒略職方外紀, 覽而書之)에는 "만국의 사절단이 큰 당나라로 달려왔으니, /당태종의 위대한 업적이 궁벽한 지역까지 개척했네. /그래도 새로 그린 〈왕회도〉(王會圖)를 비웃나니, /유럽에서 제일가는 나라가 누락돼서지"(萬國衣冠走巨唐, 太宗洪業拓窮荒. 却哈王會新圖裡, 但欠歐羅第一方)라고 했다. 박제가도 「일본방야도병풍가」(日本芳埜圖屛風歌)에서 『직방외기』를 언급하고 있어 그가 이 책을 읽었음을 확인할 수 있다. 이 책이 당시 서울 지식인에게 읽힌 정황은 역자의 「박제가 사상의 성립 배경과 영향」(『초정 박제가 연구』, 사람의 무늬, 2013) 참조.

방궁阿房宮[4]이 현재까지도 남아 있다는 말이므로 후세의 제왕들이 궁궐을 축조하는 토목공사로 백성들의 힘을 고갈시키는 일이 다시는 없을 것이다.

우리나라 사람들은 아침저녁의 일조차도 걱정하지 않는다. 그래서 온갖 기예가 황폐해져 날마다 해야 할 일이 번잡하게 쌓여 있다. 백성들은 그런 탓에 일정한 의지가 없고, 나라는 그런 탓에 변치 않고 유지되는 법령이 없다. 그 원인은 모두 임시변통하는 대처에서 나온다. 그런데도 그런 대처가 백성을 곤궁하게 만들고 재정을 고갈시키는 해악을 끼쳐 나라를 나라꼴이 아닌 상태로 전락시켰다는 사실을 전혀 모른다.[5]

가령 벽돌로 담을 쌓아 수백 년 동안 담이 붕괴되지 않는다면 나라 안에 담을 쌓는 공사가 사라져 소득이 많아질 것이다. 나머지 일은 이 사례를 통해서 미뤄 짐작할 수 있다. 지금 지은 지 한 달만에 담이 붕괴되고, 1년만에 집이 부서지는 일이 일어나는 이유가 도대체 무엇인가?

---

4   장화궁은 일명 장화대(章華臺)로 기원전 535년에 초(楚)나라 영왕(靈王)이 거국적으로 몇 년의 기간을 들여 건축한 거대한 별궁이다. 화려함의 극치를 달리고 수많은 미인들을 모아서 세요궁(細腰宮)이라고도 불렸다. 중국 후베이 성(湖北省) 첸 강(潛江) 룽완(龍灣)에서 그 유적이 발굴되었다. 아방궁은 진(秦)나라 시황제(始皇帝)가 천하를 통일하고 기원전 212년에 세운 궁전으로 규모가 거대하기로 유명하다. 현재 중국 산시 성(陝西省) 시안 시(西安市) 서교(西郊)의 아팡 촌(阿房村) 일대가 그 유적지다.

5   박제가는 「연경잡절」 제123수에서 "지상에선 벽돌이 제일 유용한데도/동국 사람들 전혀 도모하지 않네./웃음거리 한 가지 더해 보자면/말을 타고 견마잡이 앞세우는 것"(地用甓爲先, 東人都不講. 還添一笑資, 騎馬使之控)이라고 하여 벽돌을 사용하지 않는 것과 견마잡이를 사용하는 것을 비판했다.

수고水庫6의 설치에 필요한 물건은 여섯 가지다. 그것으로 쌓음(築)과 덮개(蓋)와 바름(塗)의 준비를 한다. 쌓고 덮는 데 소용되는 물건에는 세 가지가 있다. 네모난 돌(方石)과 벽돌(甌甎)과 석란石卵이 바로 그것이다.

회를 바르는 데 소용되는 재료는 세 가지로 석회石灰, 모래, 기와가루(瓦屑)이다. 이 세 가지 재료를 다 혼합한 것을 삼화회三和灰라 하고, 모래나 기와가루 가운데 한 가지를 뺀 것을 이화회二和灰라 한다. 구워서 석회를 만드는 돌(煉灰之石)은 그 색깔이 파란 것도 있고 흰 것도 있는데, 결이 조밀하여 색깔이 윤택한 재료가 좋다. 그렇지 않은 재료는 거칠어서 잘 달라붙지 않는다. 재료를 굽는 데는 땔나무를 쓰기도 하고 석탄을 쓰기도 하는데 이틀 반 동안 계속 불을 충분하게 가해야 한다. 잘 구워졌는지를 시험하는 방법은 먼저 돌 하나를 취하여

6   수고는 빗물이나 눈 녹은 물을 저장하여 가뭄에 대비하는 장치이다. 이 수고의 내용은 웅삼발(熊三拔)의 저서인『태서수법』(泰西水法)의 일부 내용을 그대로 전재한 것이다. 서양의 관개법을 중국에 소개한 책인『태서수법』은 명(明) 서광계(徐光啓)의『농정전서』(農政全書)에도 전문이 수록되어 있고, 서유구의『임원경제지』(林園經濟志)「섬용지」(贍用志)에서 다시 전재되고 있다. 조선 후기의 학자들은 이 수고법에 큰 관심을 표명하여『북학의』뿐만 아니라 박지원의『과농소초』(課農少抄)「수리」(水利), 이규경의『오주연문장전산고』권32「용화수고변증설」(龍華水庫辨證說) 등에서 이를 소개했다. 몇 가지 사례를 통해 당시 실학자들 사이에서 수고의 사용에 대한 관심이 높았음을 짐작할 수 있다. 저자인 웅삼발의 원명은 Sabbathino de Ursis(1575~1620)이다. 명(明) 말엽에 중국에 온 제수이트파(Jesuit) 선교사로, 이탈리아 사람이다. 만력(萬曆) 34년(1606)에 중국에 와서 마테오 리치에게 중국어를 배우고, 그의 조수가 되었다. 그 뒤 서광계·이지조(李之藻)와 협조하여 행성(行星)에 관한 글을 번역하고, 아울러 북경(北京)의 경도(經度)를 측량했으며, 물을 끌어들여 비축하는 여러 가지 기계를 제조했다. 만력 14년(1616)에 예부시랑(禮部侍郎) 심확(沈㴶)이 천주교의 포교 금지를 주청할 때 오문(澳門, 마카오)으로 쫓겨났다. 저서에『간평의설』(簡平儀說),『표도설』(表度說) 등이 있다.

그 무게를 달아 본 다음 다른 돌과 함께 굽는다. 다 구워진 다음 꺼내어서 무게를 달았을 때 처음 무게에 비해 3분의 1이 줄어들었다면 돌의 질이 좋은 것이며, 화력이 잘 가해진 것이다.

모래는 세 가지 종류가 있다. 호수에서 채취한 것, 땅에서 채취한 것, 바다에서 채취한 것이 있다. 바다에서 채취한 모래가 가장 낮고, 땅에서 채취한 모래가 그다음이며, 호수에서 채취한 모래가 그다음이다. 모래는 세 가지 색깔이 있다. 붉은 것이 가장 낮고, 검은색이 그다음이며, 흰 것이 또 그다음이다. 모래를 분별하는 법은 세 가지가 있다. 모래를 비벼서 소리가 사각사각 나면 순수한 모래이고, 자세히 살펴보아 제각기 뾰족하고 모가 나 있으면 순수한 모래이고, 모래를 베 위에 흩어 놓고 흔들어서 다 빠져나가 찌꺼기가 남지 않으면 순수한 모래이다. 이상의 경우에 해당하지 않는다면 흙이 섞여 있는 모래인데 그것으로 반죽을 하면 견고하지 못하다.

기와가루는 기와를 굽는 가마에서 나온 못 쓰는 기와나 벽돌을 쇠나 돌로 만든 절구통에 넣고서 빻은 다음에 그 가루를 체로 친다. 새로 만든 기와가 없어서 오래된 기와를 쓸 경우에는 우선 물에 씻어서 햇볕에 말리고, 완전히 마른 기와를 빻아서 체로 친다. 체로 칠 때에는 세 가지 단계가 있다. 곱기가 석회와 같은 것이 고운 가루이고, 그보다 조금 커서 모래와 같은 것이 중간 정도 좋은 가루이고, 두 번 체로 치고 남은 것으로서 그 크기가 콩알만 한 것은 찌꺼기이다.

주注: 네모난 돌과 벽돌은 수고水庫의 담을 쌓거나 덮개를 만들려고 준비했다. 이 두 가지 물건은 정해 놓은 일정한 치수가 없다. 담을 쌓는 돌은 정방형正方形의 것을 취하고, 너비·

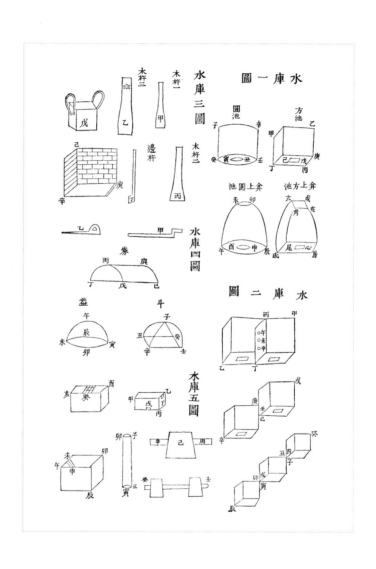

수고의 제작법
『농정전서』農政全書에 수록된 『태서수법』의 도판

길이·두께에 정해진 치수가 없다. 담장이 두꺼우면 견고하고, 견고하면 오래간다.

덮개로 쓸 것은 오목하게 만드는데 이 돌들을 합치면 반원꼴이 된다. 오목하게 만드는 법은 세 가지가 있는데 아래에서 자세하게 설명된다. 석란石卵이란 거위알만 한 돌로서 수고의 밑바닥을 만드는 준비물이다. 이 재료가 없을 경우에는 작은 돌로 대체하되 아무리 큰 돌이라도 한 근을 넘어서는 안 되고, 작은 돌은 잡석을 사용해도 무방하다. 석란이나 작은 돌을 막론하고 단단하고 윤택이 있으며 결이 촘촘해야 한다. 그렇지 않은 돌은 단단하게 달라붙지 않는다.

"이틀 반 동안 계속 불을 가하라"고 했는데 30시각[7]이면 충분하다는 말이다. "도"陶란 가마(窰竈)이다. "영적"瓴甋이란 벽돌이다. 대체로 기와에 쓰이는 흙이 벽돌에 쓰이는 흙보다 낫다. 그러므로 벽돌에서 채취한 흙을 쓸 때에는 잘 가려서 써야 한다. "체"(篩)는 세상에서는 '사라'篩羅라는 글자로 쓴다. "사"㳙는 찌꺼기라는 말이다. 찌꺼기는 체로 거르지 않고 너무 큰 것만을 손으로 골라 버린다. "삼화회"三和灰는 요사이 장인匠人들이 많이 쓴다. 첫 번째 재료가 흙인데 흙만을 쓰면 단단하지 않다. 기와가루를 쓰면 그보다 낫고, 뒤에 소개한 법대로 반죽하면 또 그보다 낫다. 서양에는 특별한 재료가 한 가지 있다. 흙과 비슷하나 흙은 아니고, 돌과 비슷하나 돌도 아닌 재료인데 땅속에서 산출되는 이것을 캐내어 취한다.

7　과거의 한 시간은 현재의 두 시간에 해당하므로 30시각은 이틀 반이 된다.

큰 것은 탄환만 하고, 작은 것은 콩알만 하다. 색깔은 누르고 검으며, 구멍이 사방에 뚫려 있어서 그 형상이 좀벌레가 구멍을 뚫어 놓은 것과 같다. 그것은 분명 돌이기는 하나 체질이 대단히 가볍다. 그것을 비벼서 가루를 만든 다음 빻아서 모래를 대신하여 사용하기도 하고, 기와가루를 대신하여 사용하기도 한다.

횟물이 빈틈으로 스며들어서 굳게 응고된 뒤에는 강철보다 더 단단하다. 수십 년 전에 옛날의 수도水道[8]를 발굴한 일이 있었다. 흙을 걷어낸 다음에는 가래도 호미도 들어가지 않아 아무리해도 파 들어갈 수가 없었다. 그 밑부분에 구멍을 파자 그제야 무너져 내렸다. 그 벽돌에 바른 회를 자세히 살펴보니 바로 이 재료를 사용했는데 그 두께가 겨우 반 치 남짓했다. 이 수도는 그 유래가 대단히 오래되어 경과된 햇수를 계산해 보니 한漢나라 무제武帝 시대[9]였다고 한다.

이 일이 있은 뒤로는 회를 섞어 쓸 때에는 이 재료를 대단히 귀중하게 여겼다. 거푸집(室模)을 만들 때 이 재료를 회와 섞어서 발랐더니 높낮이와 크고 작기를 마음대로 할 수 있었다. 거푸집을 만든 뒤에는 야동冶銅이나 주철鑄鐵보다도 훨씬 나았다.

이 재료가 산출되는 곳은 적지 않다. 진秦·진晉·농隴·촉蜀[10]에는 지대가 높고 양지바른 곳이 많은데, 그곳에는 반드

---

8 뒤에 이 수도의 연대가 한대(漢代)의 무제(武帝) 시대라고 추정한 것으로 보아 고대 로마의 수도를 발굴한 사실을 언급한 것으로 보인다.
9 한나라 무제의 시대는 기원전 140년에서 기원전 88년이다.

시 많이 산출되리라고 추정한다. 그 형상은 크기가 부석浮石
과 같다. 그 덩어리가 작고, 색깔이 붉고 누르며, 질質이 약한
점이 부석과 다를 뿐이다. 『본초강목』本草綱目[11]에 실려 있는
재료와 대조해 보니 토은얼土殷孽[12]의 부류에 해당했다.

이 재료는 건조한 곳에서 잘 나므로 흙이 유황硫黃 기를 띠
고 있는 장소를 찾아야 한다. 유황을 생산하고 있는 곳, 온
천·화석火石·화정火井이 가까이 있는 곳, 땅속에서 때때로 인
화燐火가 나오는 곳이 바로 그런 장소이다.

이 재료를 구하는 방법은 위에서 말한 장소 가운데 풀이
무성하지 않고 짧고 메마르게 자라고 있거나, 또 풀이 짧게
자라는 풀밭 가운데 말(斗)이나 돗자리 크기 정도의 작은 분
지가 있어서 풀이 조금도 자라지 않은 데가 보이면 바로 몇
자를 파 내려간다. 그러면 이 재료를 반드시 얻을 것이다. 서
양에서는 그것을 파초랄나巴初剌那[13]라고 부르는데 그것을 구

---

10 진(秦)·진(晉)·농(隴)·촉(蜀)은 모두 중국의 지명이다. 진(秦)은 섬서성(陝西省)을
가리키고, 진(晉)은 산서성(山西省)을, 농(隴)은 감숙성(甘肅省), 촉(蜀)은 사천성(四川
省)을 가리킨다.
11 『본초강목』은 한의학 책 이름으로, 명(明)의 이시진(李時珍)이 지었으며 모두 52권
이다. 만력 6년(1578)에 완성되었다. 전체 내용은 16부, 60류로 분류·서술되어 있다. 약
물(藥物) 1,892종이 수록되어 있는데, 중국 16세기 이전의 약물학·식물학·의학 등의 유
산을 총결산하는 저서이다.
12 토은얼은 석재(石材)의 일종으로, 토혈(土穴)에서 생긴다.
13 파초랄나는 라틴어나 근대 이탈리어의 음역(音譯)으로 추정되는데 이에 상당하는 원
어를 찾을 수가 없다. 16세기 이탈리아 구어(口語)로 추정되며, 문맥으로 보아 현재의 부
석(浮石)에 해당하는 듯하다. 이규경은 『오주연문장전산고』「파초랄나변증설」(巴初剌那
辨證說)에서 파초랄나를 추정하는 글을 수록하고 있는 것을 통해 이 물질에 대한 조선 학
인의 관심을 엿볼 수가 있다.

해 채취하면 토석土石 공사에 크게 보탬이 된다. 기와가루나 모래가 둘 다 없거든 청백석靑白石의 가루로 대체하기도 하는데 그 굵고 잘기의 등급은 기와가루와 같다.

【두 번째, 재료의 혼합】 재료의 혼합은 구비한 건축 재료를 말과 섬으로 계량하여 물로 혼합한다. 건축 재료의 전량(凡)을 3등분할 때 석회가 3분의 1, 모래가 3분의 2가 되도록 한다. 그것을 된죽과 같이 반죽한 것을 추제婺齊[14]라고 한다. 추제를 3등분할 때 3분의 1에 해당하는 양의 물을 더 섞은 것을 축제築齊라고 한다.

회 바르기에 쓰는 재료의 혼합에는 세 종류가 있는데 하나같이 된죽과 같이 반죽한다. 그 전량을 4등분할 때 기와가루가 4분의 2, 모래가 4분의 1, 회가 4분의 1인 것을 초제初齊라 부른다. 그 전량을 3등분할 때 중간 크기의 가루가 3분의 2, 회가 3분의 1인 것을 중제中齊라 부른다. 그 전량을 5등분할 때 가는 가루가 5분의 3, 회가 5분의 2인 것을 말제末齊라고 부른다.

건축 재료를 혼합할 때에는 반죽하는 횟수를 늘리면 늘릴수록 좋다. 따라서 사용하기에 급급하여 빨리 끝내지 말 것이며, 힘을 아껴서도 안 된다. 하루에 두 번씩 반죽하여 닷새만에 만든 것이 신제新齊이다. 신제가 쌓여 있으면 항상 물로 적셔 주고 저습한 곳에 저장하며 흙으로 덮어 두되 기간이 오랠수록 좋다.

---

14 '재료의 혼합'(齊) 항목에는 여러 가지 명칭이 나타나는데, 이 명칭은 사용 용도에 따라 붙여진 것으로 보인다. 가령 추제는 벽돌쌓기에 소용되는 반죽을 가리키는 듯하다.

주: 석회를 계량할 때는 반드시 가마에서 나온 회를 사용해야 한다. 기와가루를 계량할 때에도 반드시 확(臼)에서 나온 가루를 사용해야 하며, 모래를 계량할 때에는 반드시 햇볕에 말린 모래를 사용해야 한다. 이는 모두 건조된 것을 사용해야 한다는 것을 의미한다. 된죽과 같다는 것은 오늘날 미장이들이 사용하는 말로, 담에 벽돌을 쌓거나 담을 바를 때 된정도를 손으로 들어서 계량하는 반죽이다. 반죽이 너무 되면 달라붙지 않고, 너무 질면 붙어 있지 않는다.

물을 더하여 축제를 만든다는 것은 된죽을 희석시키듯이 물을 부어서 뒤섞은 반죽을 의미한다. 집을 짓거나 성의 담을 쌓거나 묘역墓域을 만들 때에는 여러 종류의 혼합 방법을 참작해서 사용한다.

혼합하는 데 사용하는 물은 샘물이나 강물, 빗물을 쓰는데, 소금기나 소금버캐가 섞여 있는 것은 사용하지 않는다. 눈을 녹인 물도 사용하지만 오래 묵은 것이 아니면 사용하지 않는다. "범"凡이란 전량을 나타내는 총수總數이다.[15]

벽돌은 크기를 막론하고 단단하고 좋은 품질의 점토를 쓰고, 화력을 충분하게 가하는 데 달려 있다. 모름지기 8월과 9월 사이에 물기가 많은 점토를 잘 이겨서 몹시 차지게 만들어 크고 작은 벽돌 틀에

---

15 이 책 81쪽의 "수고의 설치에 필요한 물건은 여섯 가지다"에서 여기까지의 내용은 『태서수법』「수고기」(水庫記)의 일부를 전재한 글로서 벽돌과 깊은 관련을 맺는다고 판단하여 저자가 「벽돌」의 한 칙(則)으로 인용했다. 따라서 저자 자신의 생각을 직접 밝힌 글이 아니다.

넣어 찍는다. 찍은 벽돌을 응달에서 말리고 믿을 만한 가마장이에게 맡겨서 한 번의 불로 구워 꺼낸다. 불의 세기가 적당하고 고르게 가해져 두드려서 쇠종이나 경쇠 소리가 나는 벽돌을 골라내어 최상품으로 친다. 벽돌을 사용하기에 앞서 다시금 네모반듯하게 다듬고, 번쩍거릴 정도로 간다.

반드시 8월과 9월의 점토를 사용하는 이유는 가을이나 겨울 사이에는 토질이 단단하게 엉겨붙는 반면 봄과 여름 사이의 토질은 푸석푸석하고 무르기 때문이다. 가마 주인에게 물어보았더니 가을에 나온 점토 벽돌은 열에 하나도 부서지는 것이 없는 반면, 봄과 여름 사이의 벽돌은 열에 두셋은 부서진다고 했다. 그의 말이 틀림없는 증거가 되리라.

벽돌 사이의 틈을 붙이는 데는 아주 고운 석회를 사용한다. 오동기름을 사용하여 석회를 차지도록 방아공이로 다져 이긴다. 벽돌을 쌓을 때 이 석회를 준비했다가 벽돌의 네 면에 바른다. 제1층 벽돌을 붙일 때에는 그 아래의 2층은 벌써 단단하게 굳어 움직여지지 않을 것이다.

이때 집을 짓거나 담을 쌓을 때 늘 해 오던 대로 벽돌의 네 가장자리에만 석회를 사용하고 그 속은 비워 두자는 장인들의 말을 곧이곧대로 들어서는 안 된다. 이는 옹색한 방법이다.

벽돌은 한 가마당 네 명의 인부가 나흘 동안 일하면 제조 작업이 끝난다. 그 사이에 풀이나 수숫대 짚 300단을 베어 놓는다. 물에 담가 떡가루를 반죽하듯이 진흙을 뒤섞어 벽돌판에 채운다. 벽돌판은 하나의 틀에 널판을 끼워 두 개의 판으로 분리한다. 흙이 고르게 되기를 기다리되 진흙을 몹시 탁하게 섞었으므로 손으로 다지지 않아도 저절로 잘 섞인다.

한 사람당 하루에 초벌 벽돌 400개를 다져 만든다. 천을 덮어 두고 바짝 말린 다음 가마에 넣고 밤낮으로 사흘 동안 불을 때면 벽돌이 구워진다. 큰 가마에서는 1만 개의 벽돌을 얻을 수 있다. 벽돌 100개당 은 1전錢 2푼分의 값이 나간다. 한 가마에서 네 사람이 나흘 동안 일하여 벽돌 1만 장으로 은 12냥을 벌 수 있다. 작은 가마는 대체로 인부와 날짜가 더 줄어들고 벽돌 4~5천 개를 얻을 수 있다.

기와瓦

·

중국의 기와는 둥근 원통을 4등분한 모양으로 길이는 우리 기와의 길이와 같고, 너비는 우리 기와 길이의 반이다. 중국에는 수키와가 없고 기와를 번갈아 깔아 서로 암수가 되도록 한다. 오직 궁궐과 사묘祠廟에서만 수키와를 사용할 수 있다. 처마 끝의 수키와는 모두 그 끝에 말발굽처럼 막새를 질렀다.

기와가 크다고 좋은 것이 아니다. 수키와를 사용하지 않는 것도 무방하다. 기와가 크면 만곡도彎曲度가 커서 회를 바를 데가 반드시 많아진다. 현재 우리나라에서는 기와의 위아래에 모두 흙을 채운다. 그래서 지붕이 너무 무거워 기울기 쉽다. 게다가 여러 해가 지나면 흙이 빠져나가 기와가 떨어진다.

둥근 원통을 4등분한 모양의 기와는 그다지 심하게 동그랗지 않고, 또 서로 암수가 되어 이가 잘 맞는다. 두 개의 기와 사이에 틈이 벌어지지 않아서 석회를 발라 붙이면 돌과 같이 단단하다. 따라서 중국의 지붕은 참새나 쥐가 감히 구멍을 뚫지 못한다.

담과 벽에 통풍도 시키고 밖을 내다보도록 하는데 기와를 두 개씩 서로 합해 쌓아서 저절로 암수가 되게 하면 물결무늬가 만들어진다. 네 개를 합하면 둥근 원통이 되고, 네 개를 서로 등지게 놓으면 노전

고노전古魯錢 이덕무가 지은 『윤회매십전』에 실린 매화의 여러 모양 중 하나가 고노전이다. 버클리대 소장 사본.

魯錢[1] 모양이 된다. 그리고 두 개씩 합해서 5개를 나열하면 꽃받침 모양이 된다. 단지 기와 하나를 가지고 천하의 대단히 멋진 무늬가 만들어진다. 모두 우리 기와가 미치지 못하는 장점이다. 다른 까닭이 아니라 기와가 크고 규격이 맞지 않기 때문이다.[2]

---

1   노전은 고노전(古魯錢) 모양을 말한다. 『삼재도회』(三才圖會)를 비롯하여 이덕무의 『윤회매십전』(輪回梅十箋. 『청장관전서』 권62) 등에 수록된 매화 그림 가운데 '다섯 개의 꽃잎이 말려 있고 가운데의 꽃술이 나오지 않은 모양'(五瓣卷而中不吐藥者)의 꽃잎을 고노전이라고 설명했다.
2   이 단락은 박지원의 『열하일기』 「일신수필」의 일부 내용과 흡사하다. "저 깨진 기와 조각은 천하의 버리는 물건이다. 그러나 민가(民家)의 담에서 어깨 높이 위로는 깨진 기와를 둘씩 포개어 물결무늬를 만든다. 네 개를 모아 둥근 가락지 모양을 만들기도 하고 네 개를 등지고 합해 고노전 모양을 만들기도 한다. 속이 뚫려 영롱하여 안팎이 서로 어리비친다. 깨진 기와 조각을 버리지 않아도 천하의 무늬가 여기에 있다."(夫斷瓦, 天下之棄物也. 然而民舍繚垣肩以上, 更以斷瓦兩兩相配, 爲波濤之紋. 四合而成連環之形, 四背而成古魯錢, 嵌空玲瓏, 外內交映. 不棄斷瓦, 而天下之文章斯在矣.)

자기瓷器

중국 자기는 정교하지 않은 것이 없다. 아무리 외진 마을의 쓰러져 가는 집이라도 모두 금벽金碧으로 화려하게 그림을 그려 넣은 병, 술잔, 주전자, 주발 따위의 그릇을 가지고 있다. 그 사람들이 꼭 사치를 좋아해서 그런 것이 아니다. 토공土工이 하는 일이 마땅히 이렇게 되어야 한다.

우리나라의 자기는 지극히 거칠다. 모래가 바닥에 붙은 상태 그대로 구워 만들어서 마른 밥알이 붙은 것처럼 두들거린다. 자기를 당기면 밥상과 탁자를 긁어서 못 쓰게 만들고, 씻으면 더러운 찌꺼기가 그대로 끼어 있다. 자기를 바닥에 놓으면 늘 기우뚱하여 잘 넘어진다. 주둥이가 비틀어지고 빛깔이 추하여 무어라 형용할 길이 없다. 나라에 법도가 없는 정도가 이 물건에 이르러 극에 도달했다.

순舜임금이 황하의 물가에서 질그릇을 구웠을 때 그릇이 거칠거나 일그러지지 않았다고 전한다.[1] 하은주夏殷周 삼대三代의 그릇은 오래

---

1 『사기』「오제본기」(五帝本紀)에, "순임금이 역산(歷山)에서 농사를 지었는데 …… 황하의 물가에서 질그릇을 구워 내자 그 지역에서 나오는 그릇은 거칠거나 이지러진 것이 하나도 없었다"고 했다. 또『한비자』(韓非子)「난일」(難一)에 "동이(東夷)의 도공이 만든 질그릇은 거칠고 이지러졌는데 순임금이 가서 그릇을 구워 내자 1년만에 그릇이 모두 튼튼했다"고 했다. 그 때문에 순임금은 도공의 비조로 추앙받는데 옛 도자기에는 곧잘 '하빈유범'(河濱遺範)이란 명문(銘文)을 새겨 넣었다. 남송 때 자기 가운데 북제주 신창리 해

남송 때 자기의 밑바닥에 새겨진 하빈유범河濱遺範 명문銘文 북제주 신창리 해저 출토 유물

된 것일수록 더욱 정교했다. 지금 운종가雲從街(현재의 서울 종로) 거리에서는 수천 개의 자기를 진열해 놓고 판다. 만약 삼대의 시대였다면 팔기 위해 진열대에 놓일 수 없는 물건들이다. 부수어 버려도 조금도 아깝지 않다. 부숴도 아깝지 않은 마음이 생기지만 아까운 생각이 드는 그릇도 완전한 물건은 아니다. 지금 사용원司饔院[2]에서 쓰는 그릇 가운데 대단히 정교하다는 칭송을 얻는 물건도 너무 퉁퉁하고 무겁다. 그렇지만 그렇게 만들지 않으면 반드시 상한다고 하면서 도리어 중국 그릇의 흠을 잡는다.

대체로 물건이 오래가고 손상 입지 않는 것은 사람이 물건을 어떻게 간수하느냐에 달린 것이지 그릇의 두께에 달려 있지 않다. 그릇의

저 출토 유물의 자기 바닥에 새겨져 있다.

2   사용원은 조선 시대에 국왕의 식사와 대궐 안의 음식 공급 일을 관장한 기관이다. 박제가는 1784년 무렵 사용원에 근무한 적이 있다.

에도 막부 시대 일본의 자기를 굽는 장면 1799년에 간행된 『일본산해명산도회』日本山海名産圖會에 실린 시토미 간게쓰蔀関月의 삽화다. 박제가와 이희경은 일본의 도자기 제작 수준을 높게 평가했다.

견고함을 믿어 마음놓고 사용하는 것보다는 차라리 그릇을 아끼면서 늘 조심하여 사용하는 편이 훨씬 낫다. 따라서 인가에서 혼례와 잔치가 있을 때나 국가에서 사신을 접대하고 제향祭享이 있는 날에는 비복婢僕과 하인들 손에서 부서지는 그릇이 얼마나 되는지 알 수 없다. 이것이 과연 그릇 탓이랴?

장인匠人이 처음에 물건을 거칠게 만들자 그것에 젖어든 백성들이 거칠게 일하고, 그릇이 한번 거칠게 만들어지자 백성들이 그것에 길들여져 마음이 거칠어졌다. 그런 태도가 이리저리 확산되어 습관으로 굳어졌다. 자기 하나를 제대로 만들지 못하자 나라의 온갖 일들이 모두 그 그릇을 본받는다. 이렇듯 물건 하나라도 작은 것이라고 무시하여 소홀하게 다루어서는 안 된다. 마땅히 토공土工을 단속하여 법식에 맞지 않는 그릇은 시장에 내다 팔지 못하도록 해야 한다.

누군가가 이렇게 말했다.

"자, 여기 어떤 사람이 있어 자기 굽는 기술을 배워서 정성과 힘을 다하여 그릇을 만들었다고 합시다. 그런데 나라에서 그릇을 사주기는커녕 도리어 세금을 무겁게 매긴다면 기술 배운 것을 후회하고 버리지 않을 기술자가 거의 드물 것입니다."

일본의 풍속은 온갖 기예技藝에서 천하 제일(天下一)이라는 호칭을 얻은 사람이 있으면 비록 그의 기술이 자기보다 꼭 낫지 않다는 점을 분명히 알고 있더라도 반드시 그를 찾아가서 스승으로 모신다. 그리고 그가 평하는 좋다 나쁘다는 말 한마디를 가지고 자기 기술의 경중輕重을 판단한다.[3] 이것이 기예를 권장하고 백성들을 한 가지 기예에

---

3 박제가와 절친한 이희경 역시 『설수외사』에서 도자기에 관하여 상세하게 다루고 있는데(위의 책 156~163쪽), 그 내용과 의견에는 박제가와 비슷한 부분이 매우 많아 함께 보는 것이 필요하다. 한편, 박제가의 생각은 강항(姜沆)의 『간양록』(看羊錄. 신호열 외, 『국역 해행총재』 II, 민족문화추진회, 1974~1981에 수록)에 실려 있는 「승정원에 나가 올린 계사」(詣承政院啓辭)에서 제기한 견해로부터 영향을 받은 것으로 보인다. 그 대목은 다음과 같다. "왜국의 풍속은 백공(百工)의 모든 일에서 반드시 한 사람을 내세워 천하제일로 삼는다. 한번 천하제일의 손을 거치면 몹시 추악하고 몹시 보잘것없는 물건이라도 반드시 금은으로 무겁게 값을 쳐 준다. 천하제일의 손을 거치지 않으면 몹시 기묘해도 인정하지 않는다. 나무를 묶고, 벽을 바르며, 지붕을 잇는 하찮은 기술에도 모두 천하제일이 있다. 심지어 서명하고 표상(表相)하고 수결(手決)하는 것에도 천하제일이 있다. 한번 그가 고치거나 한번 그가 돌아다보기만 해도 선뜻 금은 30~40덩이로 값을 보상한다. 굴전직부(掘田織部)란 이가 있어 온갖 일에 천하제일이라는 칭호를 얻었다. 무릇 꽃과 대나무를 재배하고 심거나 다옥(茶屋)을 장식하고 짓게 되면 반드시 그에게 황금 100덩이를 가져다주면서 한번 평가해 주기를 청한다. 숯을 담은 깨진 쪽박이나 물을 긷는 나무통이라도 직부(織部)가 좋다고 말만 하면 더 이상 값을 따지지도 않는다. 습속으로 굳어져 식자들은 더러 비웃거나 할 뿐 금지하지 못한다. 직부의 집안은 재산이 도쿠가와 이에야스에 비길 만하다. 그 밖의 천하제일도 다 이런 부류들이다."(倭俗每事百工, 必表一人爲天

집중하게 하는 방법이 아닐까?[4]

下一. 一經天下一之手, 則雖甚麤惡, 雖甚微物, 必以金銀重價之. 不經天下一之手, 則
雖甚天妙, 不數焉. 縛木塗壁蓋屋等薄技, 俱有天下一, 甚至於着署表相花押, 亦有天下
一. 一經點抹, 一經眄眒, 輒以金銀三四十錠塞其價. 有掘田織部者, 每事稱天下一, 栽
植花竹, 裝造茶屋, 必以黃金百錠, 要一品題. 盛炭破瓢, 汲水木桶, 若言織部稱賞, 則
更不論價. 習俗已成, 故識字者, 雖或姍笑, 莫能禁止. 織部之家, 富擬家康, 其餘天下
一皆此類.) 굴전직부는 무인이자 다도의 명인인 후루타 오리베(古田織部, 1544∼1615)
를 묘사한 것으로 보인다. 강항의 일본에 관한 주장은 이후 성호 이익의 『성호사설』(星湖
僿說) 권13 「물건에는 공인의 이름을 새긴다」(物勒工名)에 다시 언급되고, 이덕무의 『청
령국지』(蜻蛉國志) 권2 「기복」(器服)에 언급되고 있어 18세기 실학자들에게 널리 공유
된 사실이다.

4 『회남자』(淮南子)에 "장사꾼은 취급하는 물건이 많으면 가난하고, 공인(工人)은 다
루는 기술이 많으면 곤궁하다. 마음을 한곳에 집중하지 않은 탓이다"라고 했다.

삿자리簟

●

중국에서 아주 유용하게 쓰이는 물건 세 가지가 있는데 수레와 벽돌과 삿자리이다. 수레로 물건을 운반하고, 벽돌로 건물을 쌓고, 삿자리로 지붕을 덮으면 집을 짓는 일이 절반은 완성된다. 우리나라도 본래 삿자리가 있기는 하지만 폭이 좁고 넓지 못하다. 현재 점방의 온돌이나 배 안에 이 삿자리를 많이 사용하고는 있으나 너무 커서 규격이 고르지 않다.

중국의 삿자리는 모두 중국 구들(炕)의 너비를 기준으로 삼는다. 집을 지을 때 서까래를 걸고는 바로 삿자리를 덮는다. 삿자리는 청결하고 결이 촘촘해서 천장에 흙을 바르는 일도 없고, 천장판을 얽지 않아도 된다. 지붕이 대단히 가벼워져서 집이 기울지도 않는다.

또 여름날 뙤약볕이 내려 쪼일 때에는 시장 점포의 양쪽 편에 긴 장대를 지붕보다 높게 세우고 골목길의 너비만큼 삿자리를 덮는다. 그러면 가장 큰 길을 제외하곤 모두 햇볕이 보이지 않는다. ─들어보니 이 물건은 모두 세를 내어 빌려오는데 가을이 되면 주인이 모두 걷어 간다고 한다.

조선관朝鮮館[1]의 앞뒤 뜰과 통관通官이 머무는 집도 공부工部에서

---

1   조선 사신이 북경에서 머물던 관사로 현재의 대사관에 해당하는 기구다. 조선 사신은

삿자리를 내주고 있다. 한복판의 두세 장은 양쪽에서 끈으로 잡아당겨 마음대로 여닫게 했다. 그 끈을 기둥에 묶었다가 해가 져 방안이 먼저 어두워지면 삿자리를 걷어 빛이 들어오게 한다. 평상을 그 아래로 옮겨서 바람을 쐬기도 하고 일을 마치면 다시 덮는다.[2]

상가에서는 문 안팎에 반드시 삿자리를 집처럼 높이 걸어서 음악을 연주하고 불경을 염송하는 장소로 이용한다. 마당놀이나 연극도 마찬가지다. 용마루와 서까래, 층층다락은 삿자리로 덮어서 아스라한 풍경을 연출하고 비바람도 들어오지 않아 대궐 같은 건물 하나가 훌륭하게 만들어진다.

1748년부터 1905년까지 옥하교관(玉河橋館)에 머물렀는데 그 이전에 조선 사신이 묵던 옥하관(玉河館)의 남쪽으로 조금 떨어진 곳에 있었다. 이곳에는 현재 베이징 시 공안국이 위치하고 있다.

2   같은 시기에 연행한 이덕무의 『입연기』(入燕記) 하권 5월 18일 기사에도 같은 내용이 실려 있다. "공부(工部)에서 삼사(三使)가 묵는 집의 뜰에 높고 넓은 삿자리 천막(箽棚)을 설치했다. 높고 깊어서 매우 서늘했다. 일꾼들이 잠깐 사이에 재빠르게 설치했는데 그 장면 역시 볼만했다."(工部設箽棚於三使之庭, 高邃饒凉意, 役者敏速, 斯須而設, 亦足可觀.)

주택宮室[1]

•

주택은 모두 일자형으로 서로 붙이거나 꺾지 않았다. 맨 처음에 놓인
집이 주가 되면 그 좌우에 있는 곁채가 소목昭穆[2]이 되어 향배向背가
다르다. 그러나 짓는 구조는 대략 같고, 세 겹 네 겹으로 짓기까지 한
다. 반드시 문을 한복판에 내어서 모든 문을 활짝 열고 멀리 바라보
면 사람들은 점점 작아져 보이고 문의 모양은 갈수록 뾰족해 보인다.
이처럼 멀고 곧게 문을 내었다.

　대략 집 한 채의 크기는 4~5칸이고 너비는 5량梁에서 7량이다.

1　궁실(宮室)은 대궐 건물을 가리키는 말로 사용되나 원래는 일반 가옥을 뜻한다. 여기
서는 일반적 주택을 의미하는 말이다. 이규경은 『오주연문장전산고』 「영실제도변증설」(營
室制度辨證說)에서 중국의 주택 제도를 조선에 소개한 사람으로 이기지, 박지원, 박제가
를 들고 "李一齋入燕, 最重屋制, 詳記制度, 取本藁可考也. 朴燕巖·朴貞蕤各有所記.
朴貞蕤有『北學議』可考, 而中原私室, 不敢用元央瓦, 但以央瓦鱗比. 草屋則取草稻雜
蓋, 必以穗莖向上, 根莖向下, 層層庇蓋, 如削馬鬣狀. 凡階下簷鈴處, 以溪邊江干水磨
石片, 列置作鳥獸草卉之狀, 不使簷溜潰缺而沙漬露出, 故軒堂無沙㞕之弊. 蓋屋瓦簷
之外有法製長生屋, 以泥灰爲甄築之"라고 설명했다. 여기서 이일재는 『일암연기』(一庵
燕記)를 저술한 이기지(李器之)로서 그의 연행기에는 건축에 관한 내용이 풍부하다.
2　종묘(宗廟)나 가묘(家廟)에서 신주를 모시는 차례를 정하는데 왼편에 모시는 것을
소(昭)라 하고, 오른편에 모시는 것을 목(穆)이라 한다. 예를 들어 종묘에서는 태조(太
祖)의 신주를 중앙에 세우고, 2·4·6대 임금을 왼편에, 3·5·7대 임금을 오른편에 모신다.
이처럼 중앙에 본채가 위치하고 좌우에 곁채가 놓여 있는 가옥의 구조를 소목으로 설명한
것이다.

한 칸의 크기는 우리나라 칸에서 3분의 1을 더했다. 중문中門의 안은 3등분하여 동서 양쪽에 작은 문을 내었다. 작은 문 안은 3등분하여 남북으로 마주보고 중국 구들(炕)을 놓았다. 구들의 남쪽은 모두 출입문을 내었다. 출입문은 반드시 안쪽으로 걸어 두어 마치 먼지받이와 같았다.

구들 높이는 걸터앉을 만한 정도이고, 구들 아래에는 모두 벽돌을 깔았다. 중문 안쪽 네 모서리에 아궁이를 만들었다. 남쪽 처마 밑 작은 문 안쪽에 아궁이를 만들기도 한다. 반드시 굴뚝에 공을 들이는데 그 높이가 작은 탑만 하다. 벽 속에 끼워 지붕 위로 솟게 만들거나 땅을 파고 묻어 뜰에 세워 짓는다.

점포의 뜰은 모두가 활쏘기를 할 수 있을 만큼 시원스럽게 넓다. 수레와 말이 드나들고, 가축도 기를 만하다. 환하게 드러나 보이는 것이 싫으면 조장照牆[3]을 설치하여 문을 막는다.

벽돌은 사이를 띄워서 마치 음괘陰卦 모양으로 만든다.[4] 어떤 것은 아자亞字 모양으로 가운데를 비워서 창살 대용으로 쓰는데 벽돌을 절약하는 효과도 본다. 간혹 벽돌 위에 백토를 발라서 난초와 국화 따위의 묵화墨畵를 그려 넣기도 한다. 크기가 들쭉날쭉한 돌로 벽을 쌓거나 섬돌을 만들면 면이 고르지 않다. 그럴 경우에는 청회靑灰로 메워서 모두 가요哥窯 무늬[5]가 만들어진다. 집의 양쪽에는 둥근 창을 뚫

---

3 조장은 조벽(照壁) 또는 영벽(影壁), 병풍장(屏風墻)이라고도 한다. 중국 전통 건축의 독특한 형식으로 대문 안에 세워서 내부가 보이지 않도록 가로막은 담이다.
4 음괘(陰卦)는 효(爻)가 서로 나뉘어 있어 중앙이 비어 있다. 벽돌을 쌓을 때 어간에 한 장씩 비우고 쌓음을 의미한다.
5 '가요'(哥窯)는 형(兄, 哥哥)의 도자기란 뜻으로, 곧 '용천요'(龍泉窯)를 가리킨다. '용천요'는 중국 송대(宋代)의 저명한 도요지로 여기서는 장생일(章生一)과 장생이(章生

었고, 벽돌로 박풍搏風(박공博栱)을 만들었는데 마치 깎은 듯하다.

산해관山海關 동쪽 지방에 사는 빈민들은 흙집을 많이 짓는다. 그 방법은 삼면에 담을 쌓고 앞쪽 한 면에만 나무로 문틀을 만든다. 수숫대를 긴 홰처럼 묶어 다발을 만든다. 그 다발을 담장 위에 가랑이를 벌려 지붕을 덮어서 서까래와 기와 대용으로 쓴다. 이를 여러 겹으로 덮으면 그 두께가 몇 자가 되는데 용마루를 둥그스럼하면서 거의 평탄하게 만든 다음 그 위에 흙이나 회 등을 덮는다. 지붕을 평평하게 만든 목적은 비가 오더라도 흙이 흘러내리지 못하게 하려는 데 있다.

기와집을 만드는 제작법도 똑같다. 이를 '들보 없는 집'(無梁屋)이라고 부른다. 어떤 사람은 요동 평야에는 바람이 심하여 들보를 낮추고 흙으로 덮어 눌러야만 기와가 날아가지 않는다고 했다.

초가집은 대략 14~15년에 한번씩 지붕을 잇는다. 지붕잇기를 하는 방법을 보면, 볏짚을 재료로 사용하는데 먼저 짚을 추리고 그 뿌리를 잘라서 가지런히 한다. 짚을 한 줌 남짓 쥐어서 처마 끝에 죽 벌려 놓되 짚의 뿌리 부분을 아래로 하고 이삭이 달렸던 부분을 위로 놓는다. 짚 한 줌에 진흙 반죽 한 덩이로 눌러서 벼를 거꾸로 심듯이 한다. 두께가 두 자 이상 되도록 쌓고 방망이로 두들겨 매우 단단하게 붙인다. 점차 한 켜 두 켜 쌓아 올라가는데 한 켜의 사이를 매우

二)가 자기를 생산했는데 형인 장생일이 만든 도자기를 '가요'(哥窯), 동생인 장생이의 자기를 '제요'(弟窯)라고 했다. 가요의 특징은 흑갈색(黑褐色)의 자태(瓷胎)를 가졌으며, 문편(紋片)을 띠고 있다. 그래서 잘게 갈라진 것처럼 보이는 자기의 무늬를 가요 무늬라고 한다.

짧게 한다. 첫 켜부터 두꺼우면 짚의 뿌리께가 점차 높아지고 이삭께는 점차 낮아져서 두 번째 켜에 이르면 볏짚은 벌써 거꾸로 서게 된다. 따라서 지붕을 덮은 모양이 마치 말갈기를 자른 다음 그 끝을 보는 것과 같다.

용마루는 진흙 반죽이나 회를 바른다. 지붕 좌우에는 큰 나무나 돌덩어리를 사용하여 누른다. 혹은 기와와 벽돌을 사용하여 용마루나 양옆을 마치 옷에 가장자리 선을 대듯 하였다. 짚은 우리나라에 비하여 대여섯 곱절을 더 쓴다. 요동에는 무논이 없기 때문에 모두 조의 짚을 사용하지만 남방에서는 당연히 볏짚을 사용한다.

우리나라의 지붕은 머리를 빗질하듯, 털을 솔질하듯 잇는다. 한 줄기의 짚이라도 세워 두면 먹을 갈 듯이 썩지만 눕혀 두면 종잇장 썩듯한다. 이것이 중국과 우리나라의 지붕을 잇는 방법의 차이다.

저들 중국의 집은 비록 엉성하고 꺾임이 없이 단순하기는 하나 다음과 같은 유익한 점이 몇 가지 있다. 첫째 삼면에 쓸데없는 처마가 없어서 지붕 아래는 한 자 한 치라도 모두 쓰임새가 있다. 둘째 벽을 벽돌로 쌓아서 기울지 않는다. 셋째 벽이 두터워 춥지 않다. 넷째 한 번 문을 닫으면 곳간문과 궤짝문, 부엌문, 방문 등을 모두 잠근 것과 같아서 밤에 도둑을 걱정할 일이 많이 줄어든다. 아무리 들판에 외따로 있는 집이라도 집을 지으면 담은 갖추어진 셈이다.

우리나라는 1천 호戶가 사는 마을이라도 반듯하여 살 만한 집을 한 채도 찾아볼 수 없다. 평평하지 않은 언덕에 다듬지도 않은 나무를 세우고 새끼줄로 묶어 기둥과 들보로 삼는다. 기울든 똑바르든 불문하고 흙손을 사용하지도 않고 손으로 진흙을 바른다. 문에 틈이라도 생기면 개가죽을 베어 못으로 박아 놓으니 그 못에 옷이 걸리기 일쑤다. 혹은 짚을 머리 땋듯이 땋아서 그 틈에 붙이기도 한다. 구들장은 울퉁불퉁하여 앉고 누우면 늘 몸이 기운다. 불을 때면 연기가 방안에 가득하여 숨이 꽉 막힐 지경이다. 문창에 종이가 찢어지면 해어진 버선으로 막아 버린다. 이렇듯이 법도가 전혀 없다.

백성들은 살아오면서 눈으로는 반듯한 것을 보지 못했고, 손에는 정교한 기술을 익히지 못했다. 온갖 분야의 장인匠人과 기술자들이 모두가 이 가운데 배출되었으므로 모든 일이 형편없고 거칠며, 번갈아들며 그 풍습에 전염되었다. 이런 상태에서는 아무리 훌륭한 재간과 고매한 지혜를 소유한 자가 나타나도 이렇게 굳어진 풍속을 타개할 방도가 없다. 그렇다면 어떻게 해야 하나? 중국을 배우는 것 이외에는 방법이 없다.

지금 도성에는 화려하고 사치한 저택이 간간이 있는데 그 저택의 대청이나 구들장이 평평한 데가 없어 바둑판을 놓으려면 반드시 바둑돌을 가져다 바둑판의 다리 하나를 괴어야 한다. 작은 여염집은 고개를 들고 서 있지 못하고, 누울 때에는 다리를 마음대로 펴지 못한다. 이런 집 100호戶가 있어도 실제로는 중국의 집 10호도 당하지 못한다.

또 도랑물이 뚫려 있지 않아 변소에는 늘 분뇨가 가득하고, 비가 조금이라도 오면 물이 부엌으로 들어온다. 그래서 개울 옆에 사는 집에서는 대개 장마에 물이 범람할까봐 걱정하여 여름날 비 오는 것을 원망한다. 무슨 문제인가? 중국처럼 도랑과 하천을 준설하고, 제방을 쌓지 않았기 때문이다.

또 지세의 높낮이를 따지지도 않은 채 물이 말라 모래 바닥이 조금 드러나면 경계를 침범하여 집을 짓는다. 그런 탓에 시냇물이 막히기 일쑤고 도로가 제대로 통하지 않는다. 이 지경에 이르면 가옥 제도의 정교함과 거침은 굳이 논할 처지도 못 된다. 여기서 국가 제도의 흥폐를 얼추 짐작할 수 있다.

일본의 주택은 구리기와, 나무기와의 차등은 있으나 집 한 칸의 너비와 창호의 치수는 위로는 왜황倭皇과 관백關白에서부터 아래로는 서민에 이르기까지 차이가 없다. 예를 들어 한 집에서 부족한 것이 있으면 사람들은 모두 그것을 시장에 나가 사온다. 이사를 하면 장지문, 탁자 같은 물건이 부절符節을 합한 듯 서로가 맞는다.『주관』周官에서 서술한 제도가 도리어 바닷속 섬에 가 있을 줄을 생각지도 못했다.[6]

------

6 박제가는 일본의 기술 수준과 문물 제도를 매우 높이 평가하고 있다. 그가 일본의 그림에 쓴 장편시「일본방야도병풍가」(日本芳埜圖屛風歌)에서 "일본의 번화함이 오랑캐 중 으뜸일 뿐이랴?/그 제도가『주관』의 수준임을 자못 아긴다./긴 노래로「직방외기」를 보완하고자 하나/서불(徐市)이 한번 간 후 천추에 소식 없다"(詎但繁華雄百蠻, 頗憐制度能周官. 長歌擬續職方紀, 徐市一去秋漫漫)라고 하여 여기서도 일본이『주관』에서 묘사한 기술 제도를 갖추고 있는 나라라고 평가했다. 박제가가 일본을 바라본 시각에는 1748년 통신사 종사관으로 일본에 다녀온 조명채(曹命采)의 견해가 반영된 것으로 보인다. 조명채는『봉사일본시문견록』(奉使日本時聞見錄)에서 다음과 같이 말한 바 있다. "볼만한 것은 기율이 있다는 것이다. 법률과 도량형은 온 나라가 하나같다. 무릇 온갖 일이 질서 정연하여 모두 법도가 있다. 전답에 이르러도 모두 개간되어 한 이랑도 삐뚤어지지 않았다. 마을에는 재를 버리는 이가 없고, 똥이나 오물이 보이지 않는다. 그 규모를 깊이 헤아려 보면 모두 획일법(劃一法)에서 나왔다."(可觀者, 惟有其紀律也. 律度量衡, 通國如一, 凡其百爲, 無不井井然, 皆有法度. 至於阡陌皆開, 一疇不斜, 村無棄灰, 糞穢不見. 原其規模, 皆出畫一之法.『국역 해행총재』X, 262〜263쪽)

창호窓戶

•

단청을 칠하지 않았다면 창틀 밖에 창호지를 바른 창이 많다. 창은 대개 방 안에서 밀어 열기 때문에 바깥쪽을 바르면 종이가 손에 닿지 않는다. 비바람은 바깥에서 들어오기에 바깥 면에 창호지를 바르면 벗겨지지 않는다. 햇볕이 곧바로 들어와 창틀에 그림자가 지지 않아서 곱절이나 환하다. 또 창살에 먼지가 쌓이지 않는다. 이런 것들은 작은 일에 불과하지만 반드시 눈여겨볼 점이 있다. 창호 안에는 끈을 묶어 방울을 매달기도 하는데 조금이라도 열면 딸랑딸랑 소리가 울린다.

뜰階砌

•

물에 씻겨 반들반들해진 주먹만 한 크기의 조약돌이 물가에 많다. 조
약돌은 둥글고 미끌미끌하여 쓰임새가 별로 없다. 돗자리를 짜는 끈
에 매달아 고드랫돌로 쓰기는 하나 버리는 물건에 지나지 않는다. 그
러나 중국인들은 이것을 계단과 뜰에 깔아서 추녀의 낙숫물을 받거
나 발로 밟는 용도로 많이 이용한다. 잘게 부순 조약돌을 가로 세로
적절하게 깔아서 꽃과 새 등 각양각색의 모양을 만든다.

포지鋪地 조약돌과 자갈 따위를 이용하여 정원의 뜰과 길을 장식한 것. 계성計成의 『원야』園冶에서는
이를 포지라 하여 중시했다. 중국 정원의 기본적인 장식의 하나다.

도로道路

•

황성皇城의 대로大路는 그 너비가 우리나라 한양의 육조六曹 거리보다 3분의 1이 더 넓다. 각 문마다 앞에 물을 담은 옹기를 놓아 두고 자주 물을 뿌려 먼지가 이는 것을 막고, 화재에도 대비한다. 통주通州로부터 조양문朝陽門에 이르기까지 40리는 모두 돌을 깐 길인데 도로의 너비가 2칸이다. 빗돌처럼 너른 돌을 평평하게 갈아 도로에 깔았다. 3면 또는 2면을 이음새가 꼭 어긋나게 하여 수레로 인해 길이 갈라지는 것을 방지했다. 폭우가 내려도 버선을 신고 다닐 만하다. 성문이나 다리의 양편 입구에는 모두 돌을 깔아서 발걸음이 한곳에 집중되어 길이 파이는 것을 방지했다.

심양瀋陽으로부터 연경燕京에 이르기까지 모두 길 양옆에 나무를 심어 놓았다. 간간이 한 역참驛站이나 두 역참 쯤 나무가 없는데도 다시 심지 않은 데가 있기는 하나 대략 1,500여 리에 이르는 길을 행인들이 녹음 아래로 갈 수 있다. 저 요동 벌판은 망망하게 넓어서 의지할 만한 한 점의 작은 언덕도 없다. 바람이 거세게 불거나 무더운 여름에는 이 나무가 없으면 행인들은 쉴 곳이 전혀 없다.

가로수를 심게 한 법령은 옹정제雍正帝 시대에 시행되었다. 우리나라 사람들이 그것을 보고서 수隋나라에서 변경汴京에 나무를 심은 시책과 똑같다고 여긴다.[1] 내 판단으로는 그렇지 않다. 도로에만 나무

108

를 심은 것이 아니다. 중국 사람은 모두들 나무를 심는 데 열성이다. 시장과 골목에도 구름 속에 뻗은 나무가 서로 얽혀서 번화한 풍경을 연출하고 있거니와, 그 울창한 모습은 그림으로 그릴 만하다. 지금 평양의 대동강변에만 나무가 곧게 수십 리 길에 뻗어 있어 아름다운 장관을 이루고 있다.[2] 다른 곳의 길에도 그렇게 식목을 하면 10년 안에 나무가 벌써 무성하련만 그렇게 할 줄을 모른다. 또 길옆에는 반드시 도랑을 낸다. 그것은 길을 닦기 위한 목적만이 아니라 전답을 보호하기 위한 목적도 있다.

또 어로御路(임금이 거둥하는 길)는 황토를 다져서 만드는데 길의 두께가 거의 한 자 남짓이다. 폭은 일반 도로와 같지만 거울처럼 평탄하게 닦아 놓았고, 도로 양편 가장자리가 깎은 듯하다. 황제가 8월에 성경盛京과 흥경興京에 있는 능묘에 배알하러 거둥할 때 직도直道(곧은 길)를 닦으라는 조칙이 내려온다. 그러면 4월과 5월 사이에 군현에서 기한에 앞서 장정을 징발하는데 삼태기와 삽을 가지고 모인 장정들이 마주보고 선다. 표목標木을 세우고 줄자를 대고 맞추어 길을 닦으므로 서서 바라보면 조금도 굴곡이 없고, 옆으로 보면 조금도 기운

---

1   수 양제(隋煬帝)가 강회(江淮)의 백성 10여만 명을 동원하여 도로와 운하를 파서 산양(山陽)에서 양자강에 이르게 했다. 운하 폭이 40보(步)였고, 운하의 옆에는 어도(御道)를 만들었고, 가장자리에는 버드나무를 심게 했다. 우리나라 사람이 옹정제의 이 시책을 폭군인 수 양제가 한 일과 다를 바가 없다고 사안시(斜眼視)하여 제국 멸망의 조짐으로 이해했다.

2   대동강 남쪽 강안에 조성된 숲의 아름다움은 당시에 널리 알려졌다. 이중환(李重煥)은 『택리지』(擇里志) 평안도 항목에서 "대동강 남쪽 둑에는 십 리에 뻗은 긴 숲이 있는데 관아에서 벌목과 방목을 금하여 기자 때로부터 지금까지 나무가 무성하다. 봄과 여름에는 녹음이 짙게 드리워 하늘의 해가 보이지 않는다"(江南岸爲十里長林, 官禁樵牧, 自箕子時至今繁盛. 每春夏綠陰掩映, 不見天日)라고 밝혔다.

데가 없다. 높은 데는 깎아 내고 깊이 파인 곳은 흙으로 메운다. 새로 파 온 흙으로 다지고 녹독碌碡[3]으로 땅을 고른다.[4]

길의 중간 폭은 2칸이며 좌우에는 작은 길을 각각 1칸씩 내어 황제를 따르는 수행원들이 열을 지어 간다. 매 칸은 줄자로 재어 흙을 일구는데 대개 그 줄 안에 든 땅은 백성들이 이미 파종을 했더라도 곡식을 베어 낸다. 시일이 오래되어 풀이 생겨나면 다시 베어 내고, 사람들의 통행을 금지한다. ─9월에 유혜풍柳惠風(유득공)이 심양에서 왔을 때 길 양옆에 말의 통행을 금지하는 푯대를 세웠는데 모두 황금색이었다고 한다.[5]

60리마다 역참을 한 개씩 설치했는데 길옆에 평방 100보가 되는 평지를 조성하여 쉬거나 자고 가는 행궁行宮으로 삼았다. 또 10보마다 반드시 몇 말씩의 흙을 쌓아 놓았는데 파인 곳을 메꾸기 위한 대비이다.

현재 우리나라에서 도로를 닦는 것은 모두 지표면을 깎아서 그 빛

---

3 녹독은 굴레, 돌태로 번역되며 길을 닦는 데 쓰는 롤러다.
4 박제가는 「연경잡절」 제38수에서 "황제가 능묘를 참배하는 장면/일찍이 심양에서 구경하였지./2천 리를 곧게 뻗은 어로(御路) 길을/모두 다 녹독(碌碡)으로 닦았다네"(皇帝拜陵時, 曾於瀋陽見. 直道二千里, 都將碌碡碡)라고 묘사했는데 위 기록과 비슷한 내용이다. 유득공의 기록에도 등장한다.
5 1778년 3월 17일 박제가와 이덕무가 중국으로 갔다가 6월 16일 연경을 출발하여 귀국했다. 그들이 귀국할 무렵인 윤6월 유득공과 박제가의 자형 임희택이 조선과 가까운 성경(盛京)에 행행(行幸)한 건륭제를 위문하기 위한 문안사(問安使)의 수행원으로 심양(瀋陽)에 다녀왔다. 유득공이 심양에서 본 장면은 이때의 것이다. 자세한 내용은 '연보'에 나와 있다. 한편, 숭실본에는 "심양에서 왔을 때" 뒤에 "도중의 길에 황토를 한 자 높이로 다져 놓았더라고 말했다"(言中路築以黃土, 高一尺)의 내용이 덧붙여 있는데 삭제한 흔적이 있다.

깔만 새롭게 하는 것으로 실제로는 몇 걸음도 평평하지가 않다. 또 돌을 간 경우에는 평탄치가 못하여 휘청거리다가 넘어지기 쉽다. 또 여염의 천한 백성들이 점포를 열어 장사하는데 그것을 '가게'(假家)라고 부른다. 처음에는 처마 밑에 붙여 지은 임시 가옥에 불과하여 옮기면 집 안으로 들여놓을 수 있다. 그러나 점차 흙을 발라 집을 짓고 마침내는 길을 차지하여 문 앞에 나무를 심는 지경에까지 이른다. 그러니 사람과 말이 서로 부닥쳐서 왕왕 길이 좁아 다닐 수가 없다. 도로와 거리의 길 너비는 모두 규격이 있다. 법률에도 도로를 점유하여 가옥을 짓는 것을 벌하는 조문이 있거니와 이 법을 신칙申飭(단단히 타일러 경계함)하여 단속해야 한다.

교량橋梁

•

다리는 모두 무지개 꼴이라서 큰 다리 아래로는 돛배가 지나가고, 아무리 작은 다리라도 작은 배가 통과한다. 벽돌로 다리를 세우는 방법은 우선 나무를 엮어 기둥을 만든다. 다음에 기둥마다 한 개의 큰 벽돌로 주춧돌을 삼고 그 기둥의 둘레를 벽돌로 감싼다. 그러면 물이 기둥을 적시는 일이 없다.

무지개다리를 세우는 법은 나무를 엮어서 다리의 틀을 만들고, 벽돌이 마른 다음에 그 나무틀을 뽑아 버린다. 다리에는 반드시 난간을 설치한다. 나무 난간은 붉게 칠하여 찬란하고, 돌 난간은 천록天祿[1]이나 돌사자 따위를 설치하여 입을 쩍 벌린 모양이 살아 있는 듯 생생하다.

다리를 아치형으로 둥글게 만들고자 애쓰는 이유는 다리를 높게 만들 수 있기 때문이다. 현재 한양漢陽 성안에 놓인 돌다리는 모두 평평하여 큰 비가 내리면 항상 물에 잠긴다. 그러다보니 도회지의 큰길조차도 한 해를 무사히 넘기는 다리가 없다. 나무를 얼기설기 얽어

---

1 천록은 전설 속에 등장하는 짐승의 이름이다. 뿔이 하나인 것이 천록, 둘인 것이 벽사(辟邪)다. 한대(漢代)에는 이 짐승을 돌로 조각하여 장식했다.

다리를 세우고 그 위를 솔잎으로 덮은 다음 흙으로 다시 덮어 놓고 그 위를 걸어 다닌다. 그러다 보니 말의 발굽이 자주 빠진다. 그 다리가 무너질까 염려되면 백성들을 동원하여 물속에 들어가 다리의 기둥을 잡고 서 있게 한다. 정말 다리가 무너져 사람이고 말이고 전부 나뒹군다. 그래 다리가 사람의 힘으로 붙잡아 버틸 수 있는 물건이란 말인가! 근본 대책을 마련하지 않고 실질이 없기가 이 지경이다.

정鄭나라 재상 자산子産은 수레에 사람을 태워 건네주었는데도 정치할 줄을 모른다는 비난을 받았다.[2] 지금 시도 때도 없이 백성을 동원하여 하루 종일 물속에 서 있게 만드니 저 다리는 어디에 쓰겠는가? 내가 여름인데도 물속에서 추워 벌벌 떨고 있는 백성들이 불쌍하여 사신에게 요청하여 빨리 그만두게 했다.

이런 일이 너무 많이 발생한다. 그러니 백성들이 어떻게 소요를 일으키지 않겠는가? 따라서 백성들을 편안하게 하려면 먼저 쓸모 있는 기구를 잘 이용해야 하는데 쓸모 있는 기구를 잘 이용하는 사람은 제 할 일을 척척 잘 처리한다.[3] 제 할 일을 척척 잘 처리해야 백성들은

2　『맹자』「이루 하」(離婁下)에 "자산이 정나라의 정치를 맡았을 때 자기 수레에 사람들을 태워 진수와 유수를 건네주었다. 그러자 맹자가 이렇게 말했다. '은혜로운 일이기는 하나 정치할 줄을 모른다. 11월에 도강(걸어서 건너는 다리)이 완성되고 12월에 여량(수레가 건너는 다리)이 완성되면 백성들은 물 건너는 일을 근심하지 않는다. 군자가 고르게 정치하면 행차할 때 벽제(辟除)를 해도 좋다. 어떻게 한 사람 한 사람 강을 건네주겠는가? 따라서 정치를 하는 위정자는 모든 사람을 즐겁게 하고자 하면 제아무리 세월이 많아도 백성을 만족시킬 수 없을 것이다"(子産聽鄭國之政, 以其乘輿濟人於溱洧. 孟子曰: 惠而不知爲政. 歲十一月徒杠成, 十二月輿梁成, 民未病涉也. 君子平其政, 行辟人可也, 焉得人人而濟之. 故爲政者, 每人而悅之, 日亦不足矣)라고 한 내용에 출전을 두고 있다.

3　원문은 "利其用者, 善其事也"다. 이 말은 『논어』「위령공」(衛靈公)에서 공자의 제자

베개를 높이 베고 편안하게 잠을 잘 수 있다.

자공(子貢)이 인(仁)을 행하는 방법을 묻자 공자가 답한 "장인이 제 일을 잘하려면 반드시 먼저 자기의 연장부터 날카롭게 만들어야 한다"(工欲善其事, 必先利其器)라는 말에 뿌리를 두고 있다.

목축 畜牧

•

요동遼東과 요서遼西 2천 리 사이에는 가축이 우는 소리가 번갈아 들
리고, 방목하는 가축이 떼를 지어 다닌다. 도보로 다니는 사람들이
거의 없어 거지들조차도 나귀를 끌고 다닌다. 조금 부유한 집에서는
기르는 가금家禽과 가축의 수가 각기 10여 종 수백 마리다. 말·노새·
나귀·소가 각각 10여 필이고, 돼지·양이 각각 수십 필이며, 개가 몇
마리 있고, 간혹 낙타도 한두 마리 키우며, 닭·거위·오리가 각각 수
십 마리다.[1] 또 집비둘기, 화미조畫眉鳥, 밀화부리, 솔잣새 따위의 새
를 멋진 새장과 화려한 둥지에 두고 길러서 애완하는 취미를 즐긴다.[2]
 관마산官馬山이란 데가 있는데 관아에서 말을 키우는 농장이다. 말
이 거의 산을 뒤덮다시피 했다. 그 밖에도 수천 마리 가축떼를 모두

---

1 이희경은 『설수외사』에서 "중국의 부유한 백성의 집을 보면, 농업과 상업에 힘을 기
울일 뿐만 아니라 기르는 가축도 번식을 잘 시켰다. 한 집안에는 말발굽이 수백이고, 소뿔
은 100개며 노새와 나귀는 100필이고, 양과 돼지는 100마리며 닭과 거위, 오리는 이루 헤
아릴 수 없다"(每見中國富民之家, 非但全力於農商之業, 其所蓄物, 亦爲繁殖. 一家之
內, 馬之蹏數百, 牛之角百, 騾驢百匹, 羊與豕百頭, 鷄鵝鴨鳧不可勝計)라고 설명해 놓
았다. 목축을 보는 시각이 박제가의 관점과 매우 유사하다.
2 박제가는 「연경잡절」 제48수에서 "늘어선 집은 금빛 단청 휘황하고/백성들은 수놓은
옷 걸쳐 입었지./양탄자엔 삽살개가 컹컹 짖고/어기(御旗)엔 밀화부리 날아간다"(列屋
輝金碧, 編氓彈繡衣. 臥氈雪猧吠, 御旗蠟嘴飛)라 하여 평민들도 주택과 의복이 화려하
고 애완용 개와 새를 키우는 윤택한 삶을 영위한다고 묘사했다.

들에 방목한다. 눈 오는 날씨라도 제 마음대로 다니며 물 마시고 풀을 뜯어 먹도록 내버려 둔다. 그 말들을 모두 마굿간에 가두고 곡식을 주려 한다면 제아무리 재산 많은 천자라도 배겨 내지 못할 것이다.

때때로 일을 시키는 가축도 있는데 일의 경중輕重에 따라 먹이를 곱절로 늘인다. 하루에 먹는 먹이의 양이 가끔 두 말에 이르기도 한다. 모두 보리, 수수, 밀, 콩 따위를 소금으로 간을 맞춰 볶는데 쌀겨나 쭉정이, 지게미와 같이 사람이 먹지 않는 것을 가축의 먹이로 주지 않는다. 가축의 먹이도 대부분 사람이 먹는 곡식이다. "흉년이라 말이 조를 먹지 못한다"는 옛사람의 글을 가지고 판단하건대, 평상시에는 말이 조를 사료로 먹었음을 짐작할 수 있다. 어떤 사람은 중국의 말이 우리나라 말에 비하여 절반을 먹는다고 하는데 그릇된 낭설이다. 중국은 곡식이 풍부하여 말에게 곡식을 먹이는 것이 그다지 어렵지 않다는 의미일 뿐이다.

해가 질 때면 한 사람이 들로 나가 길이 잘 든 말을 좇아가 타고서 소리를 질러 한번 부르고 막대기를 잡고 휘두른다. 그러면 말과 다른 가축이 모두 그를 따라서 집으로 들어간다. 무리가 어지럽게 흩어지지도 않고 놀라서 달아나지도 않으므로 열 살 남짓 어린아이도 그 일을 충분히 할 수 있다. 양과 돼지를 모는 사람이 제각기 수백 마리를 몰고 오다가 길에서 다른 무리와 만나면 갑자기 가축이 뒤섞여 제어할 수 없을 때도 있다. 그러나 휘파람을 한번 불고 채찍을 치는 소리가 나면 동편으로 가던 가축은 동편으로, 서편으로 가던 가축은 서편으로, 가던 길을 따라서 간다.[3]

---

3   이희경은 또 『설수외사』에서 "또 일찍이 길에서 멀리 바라보니 한 무더기의 검은 구

목축이란 것은 나라의 큰 정책이다. 농사는 소의 사육에 달려 있고, 군대는 말의 훈련에 달려 있으며, 주방의 음식은 돼지, 양, 거위, 오리에 달려 있다. 지금 사람은 이 목축에 대해 전혀 강구하지 않고 음식은 꼭 쇠고기를 먹고, 말은 꼭 견마잡이를 잡히며, 양을 키우는 개인이 없다. 돼지 너댓 마리를 모는 자가 귀를 뚫어 끌고 가면서도 여전히 달아날까봐 안달이니 짐승을 다루는 방법이 날이 갈수록 쇠퇴한다. 짐승을 다루는 방법이 쇠퇴하면 그로부터 국가는 마침내 부강하지 않게 된다. 그 이유는 다른 데 있지 않다. 중국을 배우지 않은 잘못에 있다.

름이 땅을 쓸며 다가왔다. 처음에는 무엇인지 몰랐는데 가까이서 보니 돼지들을 몰아오는 것이었다. 그 속에 한 사람이 손에 장대 하나와 긴 채찍을 들고 천천히 걸어갔다. 앞에 있는 수백 마리의 돼지가 굼실굼실 떼를 지어 사람이 이끄는 대로 따라가서 좌우로 흩어지거나 서로 어지럽게 싸우지 않았다"(又嘗路上望見, 一團黑雲扡地而來. 初未知其爲何物也, 近看是群豬之驅來者也. 中有一人手持一竿長鞭, 緩步而行, 前有數百豬蠕蠕爲隊, 隨其所往, 無左無右, 不相鬨亂)라고 묘사하여 박제가의 기록과 비슷한 관점을 보여준다.

소牛[1]

•

소는 코를 뚫지 않는다. 그러나 중국 남방의 물소만은 성질이 사나워서 코를 뚫는다. 간혹 서북방 개시開市[2]를 통해 수입된 우리나라의 소도 보이는데 우리나라 소는 콧잔등이 낮아서 처음 보자마자 바로 분간할 수 있다.

소의 뿔이 못생기고 울퉁불퉁하나 바로잡으면 훤칠하게 만들 수 있다. 털빛이 온통 검은 빛깔을 한 소도 있다고 하나 본 적은 없다. 소는 항상 목욕을 시키고 솔질을 하기 때문에 죽을 때까지 한 번도 씻기지 않아서 똥과 오물이 말라붙어 갈라진 우리나라 소와는 다르다. 당시唐詩에 "기름으로 파랗게 칠한 수레는 날렵하고 금빛 송아지는 살져 있도다!"(油碧車輕金犢肥)라고 묘사한 대목이 있는데 소의 털빛이 윤기가 흐름을 의미한다.[3]

---

1   정약용(丁若鏞)은 『목민심서』(牧民心書) 권7 호전(戶典) 6조의 권농(勸農) 항목에서 "농사는 소로 지으므로 진실로 농사를 권장하려면 도살을 금지하고 목축을 권장해야 한다"(農以牛作, 誠欲勸農, 宜戒屠殺而勸畜牧)라고 하고서 『북학의』에서 '소' 내용 전체를 인용했다.
2   개시는 조선 조정에서 다른 나라와의 통상을 허가한 시장을 말한다. 중강(中江)에서 요동과 무역한 것을 비롯하여 중강후시(中江後市), 책문후시(柵門後市), 회령개시(會寧開市) 등이 있다.
3   인용한 시는 온정균(溫庭筠)이 지은 「춘효곡」(春曉曲)의 한 구절이다. 원문의 '碧'은

이곳에서는 소의 도살을 금지하고 있다. 황성皇城 안에는 돼지고기
간이 72개소가 있고, 양고기간이 70개소가 있다. 고깃간 1개소마다
날마다 돼지 300마리씩을 파는데 양도 똑같다. 고기를 이렇게 많이
먹는데도 쇠고깃간은 오로지 2개소만이 있다. 내가 길에서 고깃간을
운영하는 사람을 만나서 자세하게 물어보았다.

통계를 내 보면, 우리나라에서는 날마다 소 500마리를 도살하고 있
다. 나라 제사나 호궤犒饋(군사들에게 음식을 베풀어 위로함)에 쓰려고 도살
하고, 성균관成均館 동네와 한양漢陽 오부五部 안에 24개 고깃간이 있
고,[4] 360개 고을의 관아에서는 빠짐없이 소를 파는 고깃간을 열고 있
다. 작은 고을은 날마다 도살하지 않지만 큰 고을에서 두어 마리씩 도
살하므로 전체적으로 날마다 잡는 셈이 된다. 또 서울과 지방에서 벌
어지는 혼사, 연회, 장례, 활쏘기할 때에 잡는 것과 법을 어기고 사사
로이 도살하는 것까지 포함하여 그 수를 대충 헤아려보면 위의 500마
리라는 통계가 나온다.[5]

'壁'의 오자다.

4　소고기를 파는 현방(懸房)을 말한다. 소고기를 걸어 놓고 팔기에 현방이라 이름 하는
데, 서울 안팎에 20여 개가 설치되어 있었다. 유본예(柳本藝)의 『한경지략』(漢京誌略)에
는 23개소가 있다고 하였다. 성균관 하례(下隸)들에게 소고기를 판매하여 생업을 일구고
세금으로 국가에 고기를 납부하여 성균관 유생의 식비를 대도록 했다.

5　이덕리(李德履)는 『상두지』(桑土志. 『여유당전서보유』與猶堂全書補遺 3책 479쪽)
에서 "국가에서 크게 금하는 것이 바로 소와 술과 소나무인데 작은 고을에서 1년에 몰래
도살하는 소를 계산해 보면 수백 마리 밑으로 내려가지 않는다. 금지가 풀리는 명절에 도
살하는 것이 수도 없으나 관아로 들어오는 소가죽과 뿔은 거의 드물다"(國家大禁卽牛酒
松, 而計小邑一年內潛屠者, 不下數百. 歲時除禁, 則宰殺無數, 而皮角之入官者幾希)
라고 하였다. 박제가와 동시대의 시인인 홍신유(洪愼猷)는 "六畜牛爲大, 柔順受人鞿. 服

소는 열 달만에 새끼를 낳고 3년을 키워야 새끼를 낳는다. 몇 년에 새끼 한 마리를 낳는 소를 날마다 500마리씩 도살해서는 안 된다는 것은 자명하다. 소가 날로 품귀를 겪는 현상이 당연하다. 그래서 소한 마리 구비하고 있는 농부가 거의 드물어 항상 이웃 사람에게 소를 빌린다. 빌린 일수를 계산하여 품앗이를 해 주느라 농사가 제 시기를 놓치기 일쑤다.

소를 일체 도살하지 않는다면 몇 년 안에 제 농사 시기를 놓쳐 농사짓는다는 탄식은 나오지 않을 것이다. 어떤 사람은 우리나라는 다른 가축이 없어서 소의 도살을 금하면 결국 고기를 먹지 못할 것이라고 걱정한다. 이는 그렇지 않다. 반드시 소의 도살을 금한 다음에야 백성들이 다른 가축을 키우기에 힘을 들일 것이고, 그러면 돼지와 양이 번식할 것이다.

여기 돼지를 산 사람이 있다고 하자. 그가 돼지 두 마리를 등에 지고 가다가 돼지끼리 서로 눌리기에 잡아서 고기를 판다고 하면 다 팔지를 못해 하룻밤을 묵이게 될 것이다. 사람들이 돼지고기를 즐기지 않아서가 아니라 소고기가 너무 흔해서다. "돼지고기나 양고기가 우리나라 사람의 식성에 맞지 않으므로 질병이 생길까 염려스럽다"고

箱千里致, 負未耕作爲. 所以天子貴, 無故不殺之. 古人殺老牛, 不肯爲之尸. 如何東國人, 獨不念及玆. 宰殺如鷄犬, 少無惻隱垂. 二十四屠肆, 羅列在京師. 外而八路中, 列闤與監司. 三百六十州, 鎭邑尊且卑. 一日殺一牛, 殺亦擇膌肥. 一年旣如此, 萬年又如斯. 牛亦生而聚, 日殺牛何之. 田野無由闢, 農作自愆期. 東國在海中, 海錯供四時. 鷄豚畜處處, 魚鼈牣洿池. 多少諸葐蔘, 皆可爲犧牲. 何必食肥牛, 舌上味獨滋. 食之雖甚美, 殺之豈不悲. 猗歟栗谷公, 牛肉味不知. 止殺豈無術, 徘徊吾已衰"(『白華子集抄』, 「垂戒」 제2수)라는 장편시를 통해 소의 도살 문제를 비판하고 있는데, 박제가가 주장한 논지와 상당히 비슷하다.

말하는 이도 있다. 이 또한 그렇지 않다. 음식은 자꾸 먹어 버릇하면 습관에 의하여 먹을 수가 있다. 그런 식이라면 돼지고기나 양고기를 먹는 중국 사람들은 전부 병이 들어야 하지 않는가?

율곡栗谷 선생은 평생 소고기를 먹지 않고 "그들의 힘을 빌려 쌀을 먹으면서 또 그 고기를 먹어서야 되겠는가?"라고 하셨다. 그 이치가 참으로 지당하다.[6]

---

6   홍대용이 연행했을 때 중국 인사에게 박제가와 유사한 말을 한 바 있다. "내가 말하기를 '우리나라의 율곡 선생은 큰 선비시라. 평생에 소고기를 먹지 않고서 말씀하기를 이미 그 힘으로 밥을 먹고 또 그 고기를 먹는 것이 어찌 옳으리오 하니 이 말이 어떠한가?' 반생이 말하기를 '이는 짐짓 군자의 소견이로다.'"(『을병연행록』 권1) 박제가와 교유가 있는 중인 신분의 시인인 홍신유 역시 "그 힘으로 밥을 먹고서 또 그 고기까지 먹으니/어질지 못한 행동 어째서 이런 지경인가?"(旣食其力又食肉, 不仁胡爲若是耶, 『白華子集抄』, 「牛車行」)라고 율곡의 견해를 인용한 것으로 보아 당시 지식인들이 공감한 견해였다.

말馬

•

말을 끌 때 말의 왼편에 견마잡이가 선다. 그러나 말을 탈 때에는 견마잡이를 두지 않고 재갈을 고삐에 매어 스스로 말을 몬다. 말의 성질에 보조를 맞추어 빨리 달리기도 하고 천천히 걷기도 하며, 말에서 내려 걷다가 말에 올라타기를 자주 반복하여 말을 쉬게 한다. 늘 털을 빗질하고 목욕을 시키므로 청결하여 냄새가 나지 않는다.

날씨가 온화하고 풀이 파랗게 자란 봄철에는 숫놈에 방울을 달아 마음대로 돌아다니게 하여 암컷과 교미할 기회를 준다. 숫놈의 주인은 은 5전錢을 그 대가로 받는데, 암말이 훤칠하고 빼어난 노새를 낳으면 다시 은 5전을 덤으로 받는다.

말에 견마잡이가 있는 것은 올바른 법이 아니다. 말은 사람이 힘이 들지 않으려고 타는 도구다. 지금 우리나라에서는 한 사람은 말에 타고 또 한 사람은 고생되게 걷는다. 말은 빨리 달리려고 사용하는 도구인데 이제 사람에게 끌려 다니느라 한 번에 몇 리를 내달리거나 하루에 1천 리 길을 달리지 못한다. 말이 전쟁터에 나가 적진을 내달릴 때 늘 끌려다니던 말은 아무리 위급해도 끌지 않으면 명령을 따르지 않는다. 이것은 전투에서 반드시 패하는 길이다.[1]

말을 끄는 견마꾼은 제가 갈 길을 골라 가느라 말을 험지로 집어

122

넣기에 말 위에 앉은 사람이 편치 못하다. 또 견마꾼의 손에 재갈이 잡혀 있어서 말고삐는 있으나마나 하여 말이 놀랐을 때 아무리 해도 제어하지 못한다. 또 견마꾼이 말의 목을 억지로 눌러서 제 걸음에 맞춘다. 이것은 말을 사람의 보폭에 맞추는 격이라서 말의 재능을 온전히 발휘시키는 방법이 아니다. 한술 더 떠 말에 물과 먹이를 제대로 주지 않고, 말을 제대로 달리게 하지 않는다. 말에게 입이 있다면 분명 할 말이 많을 것이다.[2]

또 지금 몇 길 되는 긴 가죽끈으로 열 걸음 밖에 서서 말을 느슨하게 끄는 자도 있는데 이를 좌견左牽이라고 부른다. 사환가仕宦家(대대로 벼슬하는 이가 많은 집안)들이 이 방식을 많이 채용하는데 대체 무슨 법인지 모르겠다. 모양새도 나지 않고 말을 넘어지게 할 뿐이다.

또 말을 가진 이들이 다리 힘이 빠진다고 하여 죽을 때까지 교미를 시키는 법이 없다. 나라 안 말이 수천 필이 넘는데 이렇게 되면 한 해마다 수천 마리의 말을 잃는다. 간혹 어미 말의 뒤를 따르는 새끼가 보이는데 이는 천 마리 백 마리 가운데 금하는 짓을 벌인 결과에 불과하다. 이렇게 교미를 금하는데도 병은 중국의 말보다 많이 나고,

---

1   유만주는 『흠영』(제17책 1784년 4월 15일자 일기)에서 견마잡이를 비판하여 "고려의 말은 모두 끌기 때문에 잘 걷지를 못하고 멀리 가지 못한다. 말의 온갖 폐단은 단지 견마 잡이에서 나온다"(高麗之馬, 皆以牽故而不能善步, 不能遠行. 馬之百弊, 止生於牽)라고 지적했다. 홍신유는 시를 지어 "우리나라에는 바보짓 세 가지가 있지./말을 타고 사람이 또 끄는 것과/밝은 달빛 아래 횃불 켜는 것과/눈 내리는 추운 날씨에 부채를 쥐고 있는 것이다"(東國三痴在, 騎行人又牽. 炬燃明月夜, 扇把雪寒天. 『白華子集抄』, 「雜詩」 제4수)라고 조선의 바보짓 세 가지의 하나로 견마잡이를 들었다.
2   유득공은 『고운당필기』 권4의 「동방 사람의 말타기」(東人御馬)에서 우리나라 사람의 말을 다루는 폐단을 박지원과 이기원(李箕元) 등의 언급을 빌려 자세히 설명하고 있다.

울어대며 말을 안 듣기가 중국의 말보다 훨씬 심하다.

중국의 말은 우리의 말보다 월등하게 크지만 우리 말이 덤비고 소란을 피워도 무시하고 상관하지 않으며 입을 다물고 의젓하게 서 있다. 조회朝會하러 궁궐에 가면 천 명의 관원이 모두들 궁궐 밖에 말을 놓아둘 뿐 묶어 두거나 지키지 않는다. 그래도 수많은 말이 조용하게 머리를 한 줄로 나란히 하고 선 채 자리를 바꾸지 않는다. 조회가 파하여 밖으로 나온 관원이 자기 말을 찾을 때도 소란을 피우며 말을 다투는 일이 없다. 이렇게 되어야만 행진할 때도 엄숙하고 출입할 때도 조용하다. 그것은 평소에 말을 잘 길렀기 때문이다.

말을 다루는 일은 무사에게 맡겨야 하고 문신은 할 필요가 없다고 말하는 이가 있는데, 이는 그렇지 않다. 활쏘기에는 문무文武의 차이가 있어도 말에는 문무의 차이가 있을 수 없다. 오늘 문신이 타는 말은 전쟁이 벌어졌을 때는 전사戰士가 탈 말이다. 따라서 말 다루는 법은 반드시 중국을 배워야 한다. 그러면 군사를 고생시키지 않고도 군사의 도구가 저절로 갖추어질 것이다.

말에게는 말죽을 먹이지 않는다. 말린 곡물에 소금을 간하여 볶아서 먹인다. 짠 먹이를 먹여서 냉수를 마시게 한다. 짠 것은 목이 말라 물을 마시도록 유도한다. 물을 마시게 하는 것은 오줌을 잘 누도록 유도하려는 것이다. 무릇 말이라는 짐승은 오줌을 잘 누면 병이 없다.

정악鄭鍔은 이렇게 말했다. 짐승은 사람과는 다른 종류라서 아픈 데를 말하거나 가려워 긁지를 않는다. 따라서 짐승의 병은 알기가 어렵다. 짐승의 병을 치료하는 법은 먼저 약제

藥劑를 먹여서 걷게 한다. 걸어가면 병이 어디에 있는지를 알수 있다. 그러나 쉬지 않고 걸으면 병이 심해지므로 조절하여 멈추게 한다. 이렇게 걷게 하는 것은 맥기脈氣를 먼저 움직이게 하려는 것으로 맥기가 움직이지 않으면 약을 써 볼도리가 없다. 기가 발동하는 장소를 찾아서 그 부위의 기운을 길러 주면 병을 제거할 수 있다.

말의 외상外傷을 치료하려면 먼저 약을 먹인다. 약을 먹인다음에는 외상의 나쁜 부위를 긁어내어 나쁜 살을 제거한다.나쁜 살을 제거한 다음에는 외상에 약을 붙인다. 안으로 기운을 북돋아 주기 위해 꿀을 먹인다. 이것이 짐승의 외상을치료하는 방법이다. —『주례』「수의」獸醫의 주에 나온다.[3]

『주례』에 "무릇 말은 숫말의 숫자가 전체의 4분의 1을 차지한다"라고 하였다.[4] — 한 마리의 숫말이 세 마리 암말과 교미하여 새끼의 성질이 같도록 한다. 사물은 기운이 같으면 마음이 같아진다. 정사농鄭司農(정농鄭農)이 "숫말의 숫자가 전체의 4분의 1을 차지한다는 말은 암말 세 마리에 숫말 한 마리꼴이라는 의미이다"라고 했다.[5]

---

3 이 내용은 송(宋)나라 왕여지(王與之)가 편찬한 『주례정의』(周禮訂義) 권8의 「수의」(獸醫)에 나오는 정악(鄭鍔)의 주석이다. 정악은 송대의 학자로 순희(淳熙) 연간에 『주례』 전체를 연구하여 『주례해의』(周禮解義)를 저술했는데 상당한 내용이 왕여지의 저술에 전재되어 있다.
4 『주례』하관(夏官) 「교인」(校人) 조항에 나오는 구절이다.
5 이 주석은 『주례』에 붙인 한대(漢代) 정현(鄭玄)의 주석이다. 원문에는 "암말 네 마리에 숫말 한 마리 꼴이다"(四牝一牡)로 되어 있으나 이는 오류이다.

『예기』禮記의 「월령」月令에 "늦봄 3월이 되면 교배기의 소와 발정기의 말이 떼를 지어 암컷과 교미하도록 방목한다"고 했다.

　　진혜전秦蕙田이 이렇게 말했다.[6] 수인廋人[7]은 숫말을 쉽게 하는 일을 맡는데 말을 과도하게 부리지 않도록 하여 말의 기혈氣血을 안정시킨다. 교인校人[8]은 여름에 숫말을 거세시킨다. 암말이 새끼를 배었을 때 숫말을 거세함으로써 암말에 접근하지 못하도록 하여 말을 번식시킨다. 모두 선왕先王께서 때의 변화에 맞추어 사물을 육성하고, 사물의 본성을 온전히 발휘시키려는 뜻을 담고 있다.

6　진혜전(1702~1764)은 청나라 때의 저명한 학자로 자는 수봉(樹峰), 호는 미경(味經)이다. 특히 예학(禮學)에 조예가 깊어서 서건학(徐乾學)의 『독례통고』(讀禮通考)를 계승하여 『오례통고』(五禮通考)를 저술했다. 여기에 인용한 것은 그의 『오례통고』 권 244 「군례」(軍禮) 12, '마정 상'(馬政上)에 실려 있는 내용이다. 이 거질의 예서는 적어도 1780년 이전 조선 왕실에 수입되어 규장각에서 근무한 학자들이 열람했고, 국왕 정조도 열람했다. 현재 규장각에는 1753년(건륭 18)에 간행된 미경와장판(味經窩藏板)이 소장되어 있는데 이것이 그때 수입된 판본으로 보인다. 이덕무는 그의 족질로서 예학에 밝은 이광석(李光錫)에게 보낸 편지에서 "『오례통고』는 올해 연경 시장에서 사 와 내각(內閣)에 간수하였네. 근일에 형부상서(刑部尙書) 진혜전이 편찬한 책이네. 오례라고 이름하고도 특별히 상례(喪禮)를 보완하였네. 서건학의 『독례통고』와는 조금 다른 주장이 있네. 무릇 120책으로 자세하고 볼만한 책이나 책값은 알 수가 없으니 사대부 집에서 소유할 힘은 없네"라고 밝힌 것을 통해 짐작할 수 있다.
7　수인은 주대(周代)의 관직명으로 마구간에서 말의 양육을 담당하는 관원이었다. 『주례』 하관 「수인」(廋人) 조항에 상세하게 나온다.
8　교인은 말에 관한 정책을 총지휘하는 관원으로, 『주례』 하관 「교인」(校人) 조항에 상세하게 나온다.

나귀驘

•

나귀는 중국에서는 천하게 여기는 가축이다. 당나라 말엽에 사대부들이 사치를 부린다고 하여 말을 타지 못하게 하자 과거 시험을 보러 가는 사람들이 모두 나귀를 탔다. 우리나라에서는 도리어 나귀를 귀하게 여긴다. 나귀가 토산품이 아니라서 그런 것만은 아니다. 나귀의 힘을 사용할 일이 극히 드물어 어쩌다 한번 타고 출타나 할 뿐이다. 중국에서 나귀를 이용해 물을 긷고 연자방아를 돌리며, 수레를 끌고 심지어는 밭을 갈기까지 하지만, 우리는 그렇게 하지 못한다. 지금 서둘러 중국의 사례를 배우고 싶어도 그렇게 하지 못한다. 나귀를 아껴서가 아니다. 나귀와 관련된 도구가 하나도 갖추어지지 않아서다. 물통에 귀가 없어서 반드시 귀를 뚫어 물통을 고쳐야만 사용할 수 있는 식이다. 따라서 가난한 백성은 나귀를 기르지 못하고, 그래서 번식하는 종자가 갈수록 드물어진다.

연자방아를 돌리는 나귀는 가죽 조각으로 두 눈을 가린다. 빙빙 도는 것을 모르게 하기 위해서다. 빙빙 도는 것을 나귀가 알면 현기증을 일으킨다. 물고기를 기를 때 섬을 만들어 주면 물고기가 섬을 빙빙 돌면서 하루에 천 리 길을 헤엄치는 줄 착각하는 것과 같은 이치이다.

나귀 등에 쌀을 실을 때에는 길마(소의 등에 얹어 물건을 나르는 기구)를 쓰지 않고 다섯 말[1] 들이 긴 면포綿布 전대를 세 개 만든다. 그 중간 부분은 비우고 전대 양 끝에 쌀을 넣어서 나귀 등 위에 드리운다. 그러면 등에 착 달라붙어 흔들리지 않는다. 전대를 물레의 바퀴살처럼 두 개는 좌우로 비켜 놓고 하나는 가로질러 놓는다.

나귀가 물을 길 때에는 길마를 사용한다. 대개 물통은 모두 길쭉한데 두 귀를 뚫어 놓았다. 길마에 막대를 가로질러서 좌우에 있는 물통의 귀에 꽂았다. 그다음에 혼자서 집으로 갔다가 다시 우물로 오게 한다.

역참에 소속된 나귀는 10리 길을 가는데 10문文의 비용을 삯으로 준다. 따라가는 사람이 없고, 다만 도착할 역참의 아무 주막에 타고 간 나귀를 맡기면 된다. 인편이 있을 때마다 그 나귀를 부쳐 온다. 그편에 있는 나귀가 이편으로 올 때도 똑같이 한다. 나귀는 머무르게 될 역참에 도착하면 한사코 가려 하지 않는다.

---

1   삼한본에는 '열 말'로 되어 있다.

안장鞍

●

안장이 대단히 가볍고 편하다. 등자鐙子(말을 탔을 때 두 발로 밟는 도구)를 앞에 늘어뜨려서 말을 타고 앉으면 다리를 죽 펴고 앉은 것과 같아서 하루 종일 말을 타도 다리를 늘어뜨려서 생기는 고통이 없다.

말다래(障泥: 안장 양쪽에 달아 늘어뜨려서 옷에 흙이 튀는 것을 막는 도구)는 모두 등 전체를 덮고 그 양쪽에 구멍을 뚫어서 배를 묶은 끈 끄트머리를 그 구멍에 집어넣어 갈고리 모양의 매듭을 지었다. 말에서 내리지 않고도 그 끈을 조이거나 느슨하게 할 수 있다.

말을 쉬게 할 때에는 안장을 풀어서 베개 삼아 베고 말다래는 자리로 이용한다. 나무로 만든 뱃대는 대단히 얇아서 물건이 살에 닿지 않게만 하면 충분하다. 수레를 끌 때 쓰는 뱃대는 종이연의 얼레와 같이 가죽을 감도록 만들었다.

나라 안에서 할 일 가운데 말이 중요하고, 말에서도 안장이 시급하다. 지금 안장과 뱃대의 무게가 사람보다 무겁다. 재갈과 언치 따위의 말을 감싸는 도구가 거칠고 뻣뻣하여 편치 않으므로 말의 피부는 늘 종기가 나 있다.

『송사』宋史에는 "말의 안장이 편안하지 않아 방향을 바꾸기가 거북하니 거란의 제도를 따라 만들기를 요청합니다"라는 기사가 나온다.[1] 반면에 우리나라는 요사이 중국의 안장을 보고서도 팽개치고 우리 식으로 바꾼다. 오직 별군직別軍職[2] 무사武士만이 내사內賜한 중국 안장을 얻어서 사용할 뿐, 다른 이들은 꺼려하며 타려 하지 않는다. 잘못된 습속이 이런 지경이다.

또 가죽으로 안장을 씌워 안갑鞍甲이라고 부르며 이 안갑이 없으면 말을 타지 않는다. 손을 두는 안장 봉우리는 늘 헤져 버린다. 속에 튼튼한 나무를 대기는커녕 바깥에 얇고 연한 가죽을 대어 낭비하고 있다. 이것은 무익할 뿐만 아니라 말에 해를 끼친다. 이 습속은 오래되지 않았고 처음에는 유지油紙를 대서 비를 막았을 뿐인데 나중에는 가죽을 유지 대용으로 썼고 날이 맑을 때도 사용하게 되었다고 들었다. 또 말다래를 두 폭으로 만들어 자주 잡아매면 쉽게 떨어진다. 배를 덮는 띠의 갈고리가 위로 올라와 있지 않아서 말이 배가 고파 배가 홀쭉해지면 반드시 안장에서 내려 다래를 걷고 고쳐 매 줘야 한다. 급한 상황이 발생하면 반드시 곤경에 처하게 된다.

또 등자가 말다래의 정중앙에 드리워져 등자를 밟지 않으면 위태롭고 밟으면 다리에 늘 힘이 들어간다. 그래서 말을 타는 고생이 때로는 걸어서 가는 것보다 심하다. 또 행구行具를 안장의 앞 봉우리에 많이 걸어둔다. 중국은 뒤에 걸어두는데 이것이 합당하다. 말의 안장은 앞에 놓인 것이 많고, 나귀의 안장은 뒤에 놓인 것이 많다. 그 이유는 말의 힘은 앞다리 어깻죽지에 있고, 나귀의 힘은 넓적다리에 있기 때문이다. 노새는 힘이 허리에 있으므로 안장이 중앙에 놓이는 것

---

1   현재의 『송사』에는 이 내용이 보이지 않는다.
2   조선 시대에 임금을 측근에서 시위하며 죄인을 적발하는 일을 맡았던 무관직이다.

이 합당하다.

　『송사』「병지」兵志에는 이러한 기사가 보인다. "희녕熙寧 5년 겨울에, 기병이 큰 안장에 타는 것이 야전野戰에 불편하다는 이유로 비로소 작은 안장을 만들었다. 가죽 언치와 나무 등자가 회전하기에 좋고 말달리며 활쏘는 기병이 내달리기에 좋았다. 또한 말을 잘 다루는 변방 사람을 선발하여 여러 군대에 나누어 편입시켰다."[3]

3　『송사』 권197 「지」(志) 제150, '병'(兵)의 기갑지제(器甲之制)에 실려 있는 내용이고, 거기에는 희녕(熙寧) 6년의 사실로 기록했다.

구유통 槽

•

말구유는 위가 넓고 아래가 좁다. 긴 널판 세 조각을 합치고 양끝을 막은 다음 비녀못(빠지지 않게 깊이 박는 긴 못)을 끼워 박아 합하거나 떼거나 한다. 구유통의 다리는 높이가 두 발 상床만 하다. 통나무를 파내어 만든 우리나라 구유통과 같지 않다.

객점客店에서는 길가에 구유통을 늘어 놓고 볏짚을 썰어 놓아 행인들이 말에게 먹이게끔 한다. 말이 다 먹고 나면 먹인 시간의 길이에 따라서 동전을 던져 주고 떠난다. 연경의 우물가에는 돌로 만든 구유통을 따로 설치하여 대통으로 물을 끌어 대어 지나가는 말이 마시게 한다.

시장과 우물市井

•

연경의 아홉 개 성문 안팎으로 뻗은 수십 리 거리에는 관아와 아주 작은 골목을 빼놓고는 대체로 길을 끼고 양옆으로 상점이 늘어서 있다. 시골도 마찬가지로 그렇게 점포가 늘어서서 마치 옷에 가선을 두른 것과 같다. 상점은 제각기 점포 이름과 파는 물건 이름을 가로세로로 간판을 세워 걸어 두었으므로 금빛 글자가 휘황찬란하게 빛난다. 큰길에는 따로 판잣집을 더 설치하여 붉게 칠해 놓았고, 골목 입구나 문 앞에는 제각기 화표華表(옛날 궁전이나 능 따위의 큰 건축물 앞에 아름답게 조각한 돌기둥)나 목궐木闕을 세워 놓았다. 점포 안에는 늘 사람들이 빽빽하게 들어차서 마치 연극을 관람하는 인파와 같다. 또 동악묘東岳廟[1]와 융복사隆福寺[2] 등지에서는 특별한 날을 정해 시장을 여는데 진

---

1   동악묘는 조양문(朝陽門) 밖에 있는 도관(道觀)으로 북경에서 가장 큰 규모였으며 현재도 잘 보존되고 있는 문화재다. 박제가와 동행한 이덕무는 『입연기』 5월 15일 일기에서 "신시(申時)쯤 되었을 때 동악묘에 들어갔더니 묘 안에서 시장이 열려 물화가 구름처럼 쌓였고 인파가 아주 많았다. 삼사(三使)가 정묘(正廟)에 들어갔다. 화려하고 거대한 건물과 기괴한 신상을 보고는, 일찍이 보지 못한 것이라고 감탄하지 않는 이가 없었다"(日旣晡, 入東岳廟. 廟中開市, 物貨雲委, 人衆波溢. 三使入正廟, 棟宇之華敞, 像設之瑰奇, 人莫不歎其未曾有也)라고 하여 동악묘의 시장과 풍광을 기록했다.
2   융복사는 북경에서도 큰 사찰로, 당시 북경에서 인파가 집중되던 곳이다. 이곳에서는 큰 시장이 열렸는데, 이것을 융복시(隆福市)라고 불렀다. 20세기 들어 화재로 절이 헐리고 난 뒤로 큰 시장이 서서 융복사가(隆福寺街)라고 하는 북경의 중심 쇼핑가로 거듭났

기한 보물과 괴상한 물건들이 매우 많다.

우리나라 사람들은 번화한 중국 시장을 처음 보고서는 "오로지 말단의 이익만을 숭상한다"라고 말한다. 이것은 하나만 알고 둘은 모르는 말이다. 무릇 상인은 사농공상士農工商 네 부류 백성의 하나이지만 그 하나가 나머지 세 부류 백성을 소통시키므로 열에 셋의 비중을 차지하지 않으면 안 된다.

지금 쌀밥을 먹고 비단옷을 입고 있다면 그 나머지는 모조리 쓸모없는 물건으로 간주할 수 있다. 그러나 쓸모없는 물건을 활용하여 쓸모있는 물건을 유통시키고 거래하지 않는다면, 이른바 쓸모있다는 물건은 대부분 한곳에 묶여서 유통되지 않거나 그것만이 홀로 쓰여서 고갈되기 쉽다.

따라서 옛날의 성왕聖王께서는 보석과 화폐 따위의 물건을 만들어 덜 긴요한 물건으로 더 긴요한 물건의 상대가 되도록 하셨고, 쓸모없는 물건으로 쓸모있는 물건을 사도록 하셨다. 게다가 배와 수레를 만드셔서 험준하고 외진 곳까지도 물건을 유통시키셨다. 그렇게 하고도 천 리 만 리 먼 곳에 물건이 이르지 못할까봐 염려하셨다. 이렇듯

다. 박제가는 「연경잡절」 제129수에서 "융복사엔 인파가 북적거려 어깨를 부딪히고/법장사 칠층탑은 빙빙 돌아 오른다./여기에 국자감을 하나 더해야겠지./동방의 사신은 세 번이나 밟길했다"(肩磨隆福集, 螺旋法藏塔. 却添國子監, 東使屨三及)라고 하여 그 번화함을 이야기하고, 자주 찾아갔음을 밝혔다. 이 지역은 조선의 사신들이 꼭 들르던 번화가였다. 한편, 이렇게 도관이나 사찰 주변에서 부정기적으로 열리는 시장이나 행사를 묘회(廟會)라고 하여 도회지의 시장 기능을 대신했다. 묘회는 많은 사람이 모이는 종교적 제례(祭禮)를 뜻하지만 뒤에는 그 행사에 따라 열리는 각종 노점이나 오락 행사를 가리킨다. 우리나라의 전통적인 장시(場市)에 비교가 된다.

이 백성들에게 폭넓게 베풀어 주셨다.

　지금 우리나라는 지방이 수천 리라서 인구가 적지 않고 갖추어지지 않은 물산이 없다. 그럼에도 불구하고 산과 물에서 얻어지는 이로운 물건을 전부 세상에 내놓지 못하고, 경제를 윤택하게 하는 도道를 제대로 갖추지 않았다. 그런데도 날마다 쓰는 물건과 할 일을 팽개쳐 둔 채 대책을 강구하지지 않는다. 그러고서 중국의 주택, 수레와 말, 색채와 비단이 화려한 것을 보고서는 대뜸 "사치가 너무 심하다!"라고 말해 버린다. 중국이 사치로 망한다고 할 것 같으면 우리나라는 반드시 검소함 탓에 쇠퇴할 것이다.

　왜 그러한가? 물건이 있음에도 불구하고 쓰지 않는 것을 검소함이라고 일컫지 자기에게 물건이 없어 쓰지 못하는 것을 검소함이라고 일컫지는 않는다. 현재 우리나라에는 진주를 캐는 집이 없고 시장에는 산호珊瑚의 물건 값이 매겨져 있지 않다. 금이나 은을 가지고 점포에 들어가서는 떡과 엿을 사먹지 못한다. 이런 우리 풍속이 정녕 검소함을 좋아하여 그렇겠는가? 단지 재물을 사용할 방법을 모르는 것에 불과하다. 재물을 사용할 방법을 모르기에 재물을 만들어 낼 방법을 모르고, 재물을 만들어 낼 방법을 모르기에 백성들의 생활은 날이 갈수록 궁핍해 간다.

　재물은 비유하자면 우물이다. 우물에서 물을 퍼내면 물이 가득 차지만 길어 내지 않으면 물이 말라 버린다. 마찬가지로 비단옷을 입지 않으므로 나라에는 비단을 짜는 사람이 없고, 그 결과로 여성의 기술이 피폐해졌다. 조잡한 그릇을 트집 잡지 않고 물건을 만드는 기교를 숭상하지 않기에 나라에는 공장工匠과 도공, 풀무장이가 할 일이 사라졌고, 그 결과 기술이 사라졌다. 나아가 농업은 황폐해져 농사짓는 방법이 형편없고, 상업을 박대하므로 상업 자체가 실종되었다. 사농 공상 네 부류의 백성이 너나 할 것 없이 다 곤궁하게 살기에 서로를 구제할 길이 없다. 나라 안에 보물이 있어도 강토 안에서는 용납되지 않으므로 다른 나라로 흘러간다. 남들은 날마다 부유해지건만 우리는 날마다 가난해지니 이것은 자연스러운 추세다.

지금 종각鐘閣이 있는 종로 네 거리는 연달아 있는 시장 점포의 거리가 1리里가 채 안 된다. 중국에서는 내가 거쳐 간 시골 마을의 점포가 대개 몇 리에 걸쳐 있었다. 또 거기에 운송되는 물건의 번성함과 품목의 다양함이 모두 온 나라의 물건으로도 미치지 못한다. 점포 한 개가 우리나라보다 더 부유한 것이 아니라 물자가 유통되느냐 유통되지 못하느냐에 따른 결과이다.

채 판서蔡判書[3] ― 이름은 제공濟恭으로 연행 당시 진주사陳奏使의 부사副使였다. ―께서는 이렇게 말씀하셨다.

"지금 종루鐘樓의 북쪽 거리는 조금 비좁다. 길을 확장하여 거리를 나란하게 정비하고 시장 사람들이 제각기 상호를 달고 '영남산 면포 판매' '남원산 평강산 부채와 종이 판매' '강삼江蔘 나삼羅蔘 판매'[4]라

---

3 '蔡判書' 다음에 있는 '名濟恭, 時副价'의 주석이 삼한본·자연본·연경본·도남본·장서각본·숭실본 등에는 누락되었다. 또 자연본·연경본·도남본·장서각본에는 '判書' 앞에 한 글자가 들어갈 공란을 비워 두었다. 금서본에는 단순히 판서로만 되어 있다. 남인의 영수인 채제공의 이름을 밝히는 것을 감추고자 비워 두거나 성을 삭제한 것으로 추정한다. 더욱이 삼한본에는 '蔡判書'가 아예 '上使'로 되어 있다. 노론(老論)인 연암 박지원이 채제공에 혐의를 두어 아예 인명이 드러나지 않은 상사(上使)로 바꾼 것으로 보인다.
4 원문은 강라인삼(江羅人蔘)으로 강삼(江蔘)과 나삼(羅蔘)을 가리킨다. 서유구의 『임원경제지』 「관휴지」(灌畦志) 권4 '인삼'(人蔘) 조에서 인삼의 명칭에 대해 다음과 같

는 글자를 대서특필하여 써 붙여서 흥인문興仁門에서 숭례문崇禮門까지 제도를 완전히 바꾼다면 대단히 통쾌하지 않겠는가?"

중국은 우물이 아무리 커도 반드시 석판이나 나무판에 구멍을 뚫어 덮는데 입구를 작게 만들어 우물에 빠지거나 먼지가 들어가는 것을 방지한다. 도르래를 설치하고 두레박 두 개를 매달아 줄 하나는 왼편으로, 하나는 오른편으로 움직인다. 하나가 위로 올라가면 하나는 아래로 내려가게 만들었으니 보통 물을 푸는 것보다 곱절이나 많은 양을 푼다.[5]

이 설명하고 있다. "우리나라 풍속에서는 영남과 호남에서 나는 인삼을 나삼(羅蔘)이라 하고, 관서(關西)와 강계(江界) 등지 및 강원도 여러 군에서 나는 인삼을 강삼(江蔘)이라 하며, 관북(關北)에서 나는 인삼을 북삼(北蔘)이라 한다."(東俗以産於嶺湖南者爲羅蔘, 産於關西江界等地, 及江原道諸郡者爲江蔘, 産於關北者爲北蔘.)

5   박제가는 「연경잡절」 제59수에서 "우물 위엔 도르래를 매달아 두고/바퀴와 덮개를 설치하였네./좌우로 두레박줄 번갈아 도니/효과가 몇 배는 더 좋다네"(井上作轆轤, 車輪與覆蓋. 左右綆雙旋, 厥功已加倍)라고 하여 우물에 설치한 도르래를 묘사했다.

장사商賈

•

중국 사람은 가난하면 장사를 한다. 그렇더라도 정말 사람만 현명하면 원래 가진 풍류와 명망은 그대로다. 그래서 유생儒生이 거리낌없이 서사書肆를 출입하고, 재상조차도 직접 융복사隆福寺 앞 시장에 가서 골동품을 산다. 내가 융복사에서 지체가 매우 높은 인물을 만난 적이 있는데 우리나라 사람들이 모두 그 사람을 비웃었다. 그러나 그렇게 비웃을 일은 정말 아니다. 이 풍습은 청나라의 풍습이 아니라 송宋과 명明 때부터 벌써 그러했다.

우리나라는 풍속이 허례허식을 숭상하고 주위의 눈치를 살피며 금기하는 것이 너무 많다. 사대부라면 차라리 놀고먹을지언정 농사짓는 따위의 일을 하지 않는다. 그래도 들녘에서 농사를 지으면 남들이 알아차리지 못할 수도 있다. 어쩌다 양반이 잠방이를 걸치고 패랭이를 쓴 채 "물건 사시오!"라고 외치며 장터를 돌아다닌다거나 먹통이나 칼, 끌을 가지고 다니면서 남의 집에 품팔이하며 먹고산다면 부끄러운 짓을 한다고 비웃으며 혼사를 끊지 않는 자가 드물 것이다. 그러므로 집안에 동전 한 푼 없는 자라도 모두가 다 성장盛裝을 차려입어 차양 넓은 갓에다 넓은 소매를 하고서 나라 안을 쏘다니며 큰소리만 친다. 그러나 그들이 입고 먹을 것이 어디에서 나오겠는가?

마지못해 세력가에 빌붙어 권력을 얻으려고 하므로 청탁하는 풍습이 형성되고 요행수나 바라는 길을 찾는다. 이러한 짓거리는 장터의 장사꾼들도 더럽게 여기는 행위이다. 따라서 나는 차라리 중국처럼 떳떳하게 장사하는 행위보다 못하다고 말한다.

은 銀

•

우리나라는 해마다 은 수만 냥을 연경에 실어 보내 약재와 비단을 사
오는데 그 반면에 우리나라 물건을 팔아 저들의 은을 바꿔 오는 일
은 없다. 은이란 천년이 지나도 없어지지 않는 물건이지만 약은 사람
에게 먹여 반나절이면 사라져 버리고 비단은 시신을 감싸서 묻으면
반 년만에 썩어 없어진다. 천년이 지나도 없어지지 않을 물건을 날마
다 달마다 녹아 없어지는 물건으로 바꾸어 오고, 우리 산천에서 산출
되는 한정된 재물을 한번 가면 다시는 돌아오지 않을 땅으로 보낸다.
당연히 은이 날이 갈수록 품귀 현상을 빚는다. 무릇 화폐란 이리저리
유통되어 끝날 때가 없는 것이 그 특성이다. 그렇지 않다면 바닷속으
로 들어가는 진흙소¹와 다를 것이 있겠는가?²

---

1 『경덕전등록』(景德傳燈錄)의 「담주용산화상」(潭州龍山和尙) 조에 나오는 말이다.
"동산화상(洞山和尙)이 또 '무슨 이치를 깨달았기에 이 산에 머무는가?'라고 묻자 용산화
상(龍山和尙)이 답했다. '나는 두 마리 진흙소가 싸우다가 바다로 들어가는 것을 보았는
데 지금까지 아무런 소식이 없더이다.'" 그 뒤로 '진흙소가 바다로 들어간다'는 말은 한번
가서 돌아오지 않아 감감무소식인 것을 비유한다. 여기서는 조선의 은이 청나라에 흘러
들어간 뒤에는 다시 조선으로 돌아오지 않는 실정을 비유한다.
2 조선의 은이 청나라로 유출되기만 하는 현상을 분석한 박제가의 인식은 이후 정약용
의 「전폐의」(錢幣議) 후반부에서 비슷한 시각으로 재론된다.

화폐錢

•

중국 건륭제乾隆帝 때 주조한 화폐는 강희제康熙帝 때 주조한 화폐보다 못하다. 그러나 재질이 좋아 여전히 깨끗하고 윤택이 나며 크기가 똑같다. 우리나라에서 새로 주조한 화폐는 서로 크기가 다르다. 게다가 주석이 많이 섞여 결이 성글고 재질이 물러서 꺾어질 수 있다. 최상책은 지금 동전의 수량이 많으므로 굳이 새로 주조하지 않는 것이다. 차선책은 동전을 주조하는 틀을 반드시 똑같이 만들어 동전의 형체를 완전하고 순수하게 만드는 것이다. 그다음 차선책은 동전의 주조에 들어갈 비용을 들여 중국의 동전을 수입하는 것인데 그러면 몇 곱절의 이익을 볼 것이다.[1] 외조부 이공李公께서 남기신 문집文集에

---

1 18세기 경제에서 가장 중요한 문제거리로 대두한 전황(錢荒)의 대책을 강구한 글이다. 본격적으로 화폐를 사용하기 시작한 17세기 후기 이후 필요한 통화량의 부족으로 숙종 말엽 영조 초엽부터 전황 현상이 극심해졌다. 영조와 정조의 치세 내내 화폐의 부족은 경제 운용에서 가장 중요한 난제의 하나였다. 전황의 대책으로는 대소전 병용(大小錢竝用)과 은화의 주조, 청나라 화폐의 수입과 같은 몇 가지 방안이 지속적으로 제기되었다. 조정에서는 일정한 시기마다 몇 개 기관에서 동전을 주조하여 화폐의 양을 늘림으로써 문제를 해결하는 방향을 취했다. 정치인이나 지식인들도 전황 문제에 깊은 관심을 가지고 전황의 폐단을 논의하고 대책을 제안했다. 1742년(영조 18)에 박문수 등이 청나라 동전의 수입을 주장했다. 이후 영조 말엽 홍양호(洪良浩)가 이를 반대하여 「청나라 동전 수입의 중단을 청하는 상소」(請寢唐錢貿來疏. 『이계집』耳溪集 권12)를 올렸다. 성해응(成海應)의 「전론」(錢論) 9칙(『연경재전집』研經齋全集 권47)의 글도 참조가 된다. 박제가가

「청전통용론」淸錢通用論(청나라 동전을 우리나라에서 통용하는 데 대한 논의)이
실려 있다.[2]

이 항목에서 제기한 대책도 동시대를 전후한 학자들의 주장과 긴밀한 관련이 있다.

2   박제가의 외조부에 대해서는 알려진 사실이 없다. 그의 네 살 손위 누이는 치재(卮
齋) 임정(任珽)의 서자 임희택(任希澤)과 혼인했는데 풍천 임씨 죽애공파(竹崖公派) 파
보에 그 누이의 외조부가 전주 이씨 이정화(李正華)라고 밝힌 것을 통해 외조부의 이름이
이정화임을 알 수 있다. 이정화는 주부(主簿)로서 서얼통청(庶孽通淸) 운동에도 참여한
것을 통해 서족(庶族)으로 추정된다. 그 아들은 이재천(李在天)으로 무과에 급제하여 구
례현감을 지냈다. 이정화는 세종의 왕자 영풍군(永豊君)의 봉사손으로서 이들 부자가 영
풍군과 관련하여 조정에 하소연한 「서영풍군사」(書永豊君事)를 박제가가 썼다. 박제가
가 외가의 일이기에 그 사연을 쓴 것으로 보인다.

철鐵

•

철은 모두 석탄을 사용하여 제련한다. 석탄은 화력이 세어 단단한 쇠도 제련할 수 있다. 따라서 중국의 병기兵器와 농기구는 우리보다 곱절이나 견고하고 예리하다. 중국에서 사들여 온 철제품이 손상되기라도 하면 우리나라에서는 다시 단련하지 못한다.[1]

---

1   이시필은 『소문사설』에서 "석탄은 방서에서 오금석이라고 부르는데 우리나라 갑산 지방에도 있다. 다만 석탄을 태우면 비린내가 나서 어지럼증을 견딜 수 없다. 따라서 지역민이 사용하지 않는데, 중국 산물은 그다지 비린내가 나지 않는다"(石炭方書稱烏金石, 我國甲山地方亦有之. 但燒之有腥臭, 人不堪其暈, 故土人不用之, 中國之物不甚腥矣)라고 하여 석탄이 산출됨에도 사용하지 못하는 실태를 지적했다. 이덕리는 『상두지』 하권에서 석탄을 이용한 철의 제련을 언급했다. 이가환(李家煥)도 『정헌쇄록』(貞軒瑣錄) 47조(민족문학사연구 30, 436쪽)에서 "연경의 시장에서 들여온 칼과 가위는 한번 부서지면 다시 벼릴 수 없다. 사람들이 그 이유를 모르는데 이는 석탄으로 불려 제련한 것이라서 그렇다. 석탄으로 제련한 쇠는 숯으로는 다시 제련할 수 없다"(刀子剪刀從燕市來者, 壞則不可復鍊. 人不曉其故, 此由石炭鍊成故也. 凡鐵經石炭吹鍊者, 不得用木炭再鍊)라고 했는데, 이는 박제가와 견해를 공유한 것이다.

목재 材木

·

중국은 아무리 귀한 물건이라도 풍부하지만 우리나라는 아무리 천한 물건이라도 넉넉하지 않다. 도대체 이유가 무엇일까? 요동 들판은 천리를 가도 산이 없건만 큰 목재가 긴 성벽처럼 쌓여 있어 사람의 힘으로 장만한 것 같지 않다. 그 목재는 모두 장백산長白山(백두산)에서 나온 것으로 뗏목으로 만들어 압록강에 띄워서 바다까지 운송했다.

우리나라는 서울에서 100여 리만 벗어나면 소나무와 측백나무가 하늘을 가린다. 하지만 집을 짓고 관재棺材(관을 만드는 재목)에 쓸 나무를 얻기 어려워 몹시 걱정한다. 근본적인 원인을 찾아보면, 모두 도구가 편리하지 않은 데 있다. 또 중국은 목재를 벌채하면 한 자 한 치도 치수의 차이가 나지 않는다. 그들은 이렇게 정교하다.[1]

---

1   유득공은 『고운당필기』 권4 「서북 지역의 목재」(西北之材) 조항에서 서북 지역의 울창한 삼림을 중국은 압록강 뗏목을 이용하여 활용하는 반면 우리는 전혀 이용하지 못하는 실태를 말하고 대안을 제시했다. 그쪽 지역의 건물이 팔도 감영의 선화당(宣化堂)보다 규모가 큰 이유가 바로 목재 조달에 있음을 지적했다. 박제가의 주장과 논지를 공유한다.

여성복 女服

•

여자의 의복은 상의나 하의가 모두 섬세하고 산뜻하여 옛 그림에 보이는 옷과 같다. 상의는 길이가 하체를 다 가리지만 무릎을 겨우 가리기도 한다. 깃을 둥글고 좁게 만들어 목을 두르고 턱에 와서 깃의 단추를 잠근다. 치마폭은 앞뒤가 3대 4의 비율이고 전체가 가늘고 긴 주름을 잡았다.

쪽진 머리는 소주蘇州 양식을 최상으로 여긴다.[1] 시골 여자의 쪽진 머리는 높다랗게 정수리에 틀어 올렸고, 연경 사대부가士大夫家 여자의 쪽진 머리는 낮고 조금 뒤쪽으로 틀었다. 여자들이 빗질할 때에는 먼저 정수리의 가르마를 타되 네모반듯하게도 타고 둥그스럼하게도 타서 원하는 모양을 낸다. 마치 지금 아이들이 쓰는 화양건華陽巾 모양과 같다. 그다음에 붉은 끈으로 머리 밑동을 묶고 머리채를 빗어 고르게 한다. 다음에는 머리채를 구부려서 중간을 비우는데 그 모양이 갓양과 같다. 다음에는 머리채의 끝으로 머리밑동을 감는데 머리

---

1 박제가는 「연경잡절」 제62수에서 비슷한 생각을 펼쳤다. "구름같은 쪽진 머리 소주 양식을 배워/대여섯 개 비녀를 섞어 꽂았네./윗입술에 연지를 붉게 바르고/아랫입술 비위두고 바르지 않네."(雲髻學蘇州, 雜釵五六七. 上脣抹臙脂, 下脣留不抹.) 박제가의 관점은 뒤에 박지원이 다시 확인하고 있다. 박제가의 도움을 받아 1797년에 쓴 「서이방익사」(書李邦翼事.『연암집』권6)에서 중국인에게 들은 말이라면서 "중국 부인의 쪽진 머리는 소주 양식을 좋은 것으로 친다"(婦人首髻, 當以蘇州樣爲善)라고 밝혀 놓았다.

털의 길이에 따라 조절한다. 한 번 감을 때마다 비녀 하나를 꽂는데 전후좌우에 10여 개의 비녀를 꽂기도 한다. 귀밑머리털은 비스듬히 모아서 뒤로 돌리는데 쪽찐 곳으로 합하여 감는다. 결혼하지 않은 처녀는 이마 정중간에 머리털을 세로로 갈라서 구별한다.

대체로 여자의 의복은 본을 따라 만드는데 의복 상점에서 산 것에는 만주 옷의 제도가 잘못 섞여 있을 우려가 있다. 나는 오촉吳蜀 지역 사대부로서 북경에 와서 벼슬하는 인사에게 여자 의복을 구하고자 했으나 은銀이 없어 목적을 이루지 못했다. 대신 당원항唐鴛港 원외員外[2]의 집에서 의복제도를 자세하게 살펴보고 왔다.

봉작封爵을 받지 못한 자는 양관梁冠을 쓰거나 홍포紅袍를 떨쳐입거나 타대拖帶를 띠거나 하는 일을 엄두도 내지 못했지만 지금은 부자들이 다 그 복장을 하고 있다. 홍치弘治(명 효종의 연호로 1488~1505) 연간에 부녀자들의 웃옷이 겨우 허리를 가릴 정도였다고 한다. 부자들은 나단羅緞과 사견紗絹을 사용해 금채통수金彩通袖를 짜 입었으며, 치마는 금채슬란金彩膝襴을 입었다. 쪽진 머리는 한 치 남짓이나 되었다. 정덕正德(명 무종의 연호로 1506~1521) 연간에는 웃옷이 점차 커져서 무릎 아래까지 내려왔고, 치마는 짧아지고 주름은 가늘게 되었으며, 쪽진 머리는 관모官帽만큼 높아져 모두 철사로 심을 박아 동여매었다. 그 높이는 예닐곱 치쯤이고, 그 둘레는 한 자 두세 치다.

---

2   당원항 원외는 박제가가 북경에서 만난 호부원외랑(戶部員外郞) 당낙우(唐樂宇)로, '외편'에 실린 「용미차설」의 각주를 참고하기 바란다(이 책 210쪽).

세계는 어딘가에 결함이 있어서 늘 괴로운 것이다.[3] 천하의 남자들은 변발을 하고 호복胡服을 입고 있지마는 여자들의 복장은 여전히 옛 제도가 남아 있다. 우리나라 남자들은 옛 의관衣冠 제도를 따르고 있지마는 여자들의 복장은 모두 몽골의 의복제도를 그대로 따르고 있다. 오늘날 사대부들은 호복을 입는 중국이 수치스럽다는 것만 알고 몽골 복장이 제 집안을 지배해도 금지하지 못하는 것은 눈치채지 못한다.

내가 연경에서 몽골의 여인과 원나라 때의 인물을 그린 화첩을 보았는데 그 모양이 우리나라와 완전히 같았다. 고려 왕실에서 원나라 공주를 왕비로 데려온 일이 많았다. 민간에 고려 왕실의 의복제도가 유전되어 현재까지 그대로 유지되고 있다. 또 남자의 머리털을 모아서 다리를 만들어 머리에 얹어 놓고도 태연자약하게 아무 이상할 것이 없어 한다. 저고리는 날마다 짧아지고 치마는 날마다 길어진다. 그 모양을 하고 제사상 앞이나 손님 사이를 오가고 있으니 어찌 한심한 일이 아닌가? 옛 예법에 뜻을 둔 인사가 빨리 바꾸어 중국의 제도를 따르게 하는 것이 옳다. 한 친구가 "오늘날 가정 내에서 힘깨나 쓰는 대장부가 전혀 없어서 이 일은 아무래도 이루기 어렵지"라고 장난삼아 말한 적이 있다.[4]

---

3 불교에서는 이 세계가 결함이 있다고 파악한다. 『송사』 「이항전」(李沆傳)에 나온다.
4 박제가 여성의 의복제도를 개혁해야 한다고 한 주장은 당시 북학파 학자들이 공유하고 있다. 특히, 이덕무는 『사소절』(士小節) 제6 「부의」(婦儀) 1의 복식(服食)과 『앙엽기』(盎葉記) 8의 「여성의 복식은 중국 제도를 따르자」(女服從華制), 「갓은 비를 막는 도구다」(笠爲雨具), 「갓은 개조해야 한다」(笠當改造), 「갓의 폐단」(笠弊), 「다양한 갓을 논한다」(論諸笠)를 써서 여성의 의복제도를 개혁하자고 주장했는데 박제가의 주장과 상통한다. 특히, 갓에 대한 이덕무의 비판은 매우 날카롭고도 흥미롭다. 이희경 역시 『설수외

言者未辨者之覧
髮毛長慎剔還
戒進言巳慎起之衛
窀巳札吾御先
異不慎剔既是
官人之武則浩
法其未齊著是
髮之流爲謁者
巳田期目巳曰
貴曰償不須勒
僾多勝乎四美
必取出未幷之
寀而行之族

言王后六服亦有編次之制剔取藏者
刑者之髮而爲之則假髦爲飾自三代
巳然也竊謂聖人之意必不欲損人益
巳而刑者正罪而巳則又宣可因刑而
取利乎左傳說衛莊公登城而望巳氏
之妻髮美乾之爲呂姜髦飾之弊今
昔巳然則雖有三代巳行之制淩不可
以流來巳久而不恩草袪也
芝溪李公在誠髦結議法之善者未必無
弊固之草之損之益之視其時可也其未
　　　自然經蔵
善者雖無弊苟有尙者亟去之不可苟爲
損益於其間而巳也又兄不能無弊乎竊
睿儒臣有以今俗婦人首飾之非剴且弊
甚陳於莚席請有以正之者可其議下
儀曹竟不行也竊恍夫有司之識何惜於
此而莫之能奉行也竊以婦人首飾在古
無可稽之文今俗所用未知實昉於何代
也咸曰勝國時胡元公主有出嫁者東俗
艶而效之至今不敢知其必然歟知非
古昔聖王之遺制也何者聖人之道仁恕

이재성의「체계의」 박규수의 복식 관련 저술 『거가잡복고』권2에 이재성의 「체계의」가 전재되어 있다. 일본 오사카 시립 나카노시마 도서관 소장 사본.

동자들이 머리를 땋아서 쌍머리 꼭지를 하는 것을 마땅히 금해야 한다. 남녀를 불문하고 머리를 땋는 것은 모두 오랑캐의 풍속이다. 따라서 만주 여자들의 머리는 땋아서 감아 올렸다. —이중존李仲存[5]이 지은 글에「다리를 땋는 것에 대한 논의」(髢結議)[6]가 있는데 상당히 채택할 만하다.

사」에서 조선 여인의 예복을 비판적으로 보고 개혁할 것을 주장했다(55~58쪽).

5   이중존은 박지원의 처남 이재성(李在誠, 1751~1809)이다. 자가 중존(仲存)이고, 호는 지계(芝溪)이다. 그는 박제가를 비롯해 이덕무, 이서구 등과 친하게 지냈다. 벼슬하지 않고 재야의 선비로 일생을 보냈다. 영평현령으로 지내던 박제가를 찾아온 일이 있어 박제가가 그에게「중존 이재성이 관아를 찾아와 지은 시에 차운한다. 때마침 차원으로 차출된지라 낙담하여 바로 떠났다」(次韻李仲存見訪縣齋, 適有差員之役失意徑去)란 시를 썼다. 문집으로『지계집』(芝溪集)이 있으나 현재 전하지 않는다.

6   이재성의「체계의」(髢結議)에서 結는 발음이 '계'로 머리를 묶는다는 뜻이다. 박지원의「북학의서」에 "한 줌의 상투를 틀고"(以一撮之結)라는 대목이 보이는데 이 글의 結와 뜻과 발음이 같다.『연암산고』8의「북학의서」해당 대목의 난외에는 "結 자는 髻 자로 의심된다"(結字疑髻字)라는 주가 첨부되어 있는데 그 의견처럼 結와 髻는 상통한다. 박지원의 손자 박규수(朴珪壽, 1807~1876)의 복식 관련 저술인『거가잡복고』(居家雜服攷.『瓛齋叢書』4, 대동문화연구원, 1996) 권2「내복」(內服)에 전문이 인용되었다. 박규수는 근세에 여성들이 다리를 땋아 올리는 것을 일절 금해야 한다고 주장하고 그런 주장을 뒷받침하는 글로「지계 이재성 공의「체계의」(芝溪李公在誠髢結議)를 인용했다. 이재성은 다리를 금지해야 하는 이유를 몇 가지로 들고 있다. 첫째, 다른 인간의 머리털을 잘라 자기 머리를 장식하는 것 자체가 비윤리적이다. 둘째, 다리가 매우 고가라서 그에 드는 비용이 과다하게 지출된다. 셋째, 다리의 머리털이 불결하고 사악한 인간이나 남자의 머리털일 수도 있어 여성의 머리에 올려 놓을 수 없다. 넷째, 옛 제도에 근거가 없으므로 자신의 머리털로 꾸미는 것이 옳다.

연극場戲

•

중국의 황성皇城과 시장의 길가에서는 곳곳마다 연극演劇을 벌인다. 연극에 사용되는 황금색 조복이나 상아홀, 가죽삿갓, 복건 따위의 복장에는 옛날의 의복제도가 고스란히 남아 있다. 이를 우리나라의 복장과 비교해 보면 옛날의 양식이 전해진 점에 상호 우열이 있을 수밖에 없다. 도포는 소매가 좁고 겨드랑이를 트지 않은 중국의 제도가 올바르다. 승려로 분장한 광대가 착용한 의복이 바로 우리의 도포인데 소매도 마찬가지였다.

　방령方領에는 자줏빛으로 가선을 둘렀는데 당나라 의복제도이다. 또 항상 바지를 입고 있는데 그 양식이 우리나라와 아주 흡사하다. 다만 우리의 바지는 품이 너무 넓은데 이는 분명히 옛날의 만듦새와 어긋나게 만들어진 탓이다. 이 양식을 잘 본받아 잃지 말고 최선의 양식을 만들려고 노력해야 한다.

　아아! 중화中華가 멸망한 지 100여 년이란 세월이 흘렀는데도 여전히 한두 가지 의관이 광대와 승려들 사이에 보전되는 것을 보면 하늘이 이 점에 큰 뜻을 두는 것이리라. 그러니 연극을 잡희雜戲라 하여

1　박제가는 「연경잡절」 제76수에서 비슷한 생각을 펼쳤다. "옛날의 의관을 찾고자 하면/배우들 무리에게 물어야 하네./중국의 옛 풍속을 어디서 보랴?/극장에서 남녀가 구분해 앉네."(要尋舊衣冠, 戲子叢中詰. 何處見華風, 觀場男女別.) 박제가의 견해는 연행

업신여길 수 있겠는가?[1]

────────────

을 했던 지식인이 공감한 의식의 하나였다. 19세기 홍석모(洪錫謨)는 『유연고』(游燕稿)의 「길옆에서 광대의 복색을 보고 감회가 일어나 세 편을 짓다」(路傍見戲子服色有感作三章)에서 "역대의 의관이 연극장에 남아 있어,/마음속 슬픔이여 이보다 슬플 수 없다./옛 의복을 입은 광대마저 없다면,/어디에서 한당과 송명의 제도를 보랴?"(歷代衣冠在戲場, 心悲傷矣莫悲傷. 若無戲子被遺服, 何處見明宋漢唐)라고 한 예가 그중의 하나이다.

중국어漢語

●

중국어는 문자文字의 근본이다. 예를 들면, 천天을 그대로 티엔(天)이라고 부르는데 우리처럼 우리말로 풀어서 '하늘 천'이라고 하는 겹겹의 장벽이 전혀 없다. 따라서 사물의 이름을 분간하기가 특히 용이하다.[1] 글을 모르는 부인이나 어린아이도 일상적으로 쓰는 말이 모두 제대로 문구文句를 이루고, 경전과 역사, 제자서諸子書, 문집에 있는 글월이 입에서 줄줄 쏟아져 나온다. 어째서 그러한가? 중국은 말로 인하여 문자가 생성되며, 문자를 탐구해서 그 말을 풀이하지 않기 때문이다.[2] 따라서 외국이 문학을 숭상하고, 독서하기를 좋아하여 그 수준이 거의 중국에 가깝다고 해도 결국에는 중국과 차별이 발생하

---

1   박제가의 이 조항은 이희경이 『설수외사』에서 주장한 것과 매우 유사하여 함께 읽을 필요가 있다. 특히, 이 대목은 그 책의 다음 내용과 유사하다. "글자는 말의 근본인데 우리나라는 글자를 말로 쓰지 않고 따로 말을 만들었다. 그래서 천(天)을 그대로 천(天)이라 부르지 않고 '하늘 천'이라 하는데 다른 것도 모두 이와 같다. 이는 한 글자에서 소리와 뜻이 전혀 달라 말은 말대로 사용하고, 글자는 글자대로 사용하는 것이다."(蓋文者, 言之本, 而不以文爲言, 別作其言. 故號天, 不曰天, 而曰寒乙天, 他皆如此. 是其一字之中, 音義判異, 言自言而文自文也.)
2   박제가의 이 문제에 대한 인식의 한 측면이 그가 정약용에게 한 말에서도 등장한다. "朴檢書齊家云: '兒稚受書, 但知有衆僧發足多落樓巴辣鍼. 然其措諸俗也, 衆與僧有男女之別, 發與足有人牛之分, 多落爲藏弃之所而樓供登覽, 巴辣爲刺衣之具而鍼用決癰. 此言與文之判爲二塗之致也. 分曉安得不艱?'"(정약용, 『아언지하』雅言指瑕 7칙則)

지 않을 수 없다. 언어라고 하는 하나의 커다란 눈꺼풀을 결코 벗어버릴 수 없기 때문이다.

우리나라는 중국과 가깝게 접경하고 있고 글자의 소리가 중국의 글자 소리와 대략 같다. 그러므로 온 나라 사람이 본래 사용하는 말을 버린다고 해도 안 될 이치가 없다. 이렇게 본래 사용하는 말을 버린 다음에야 오랑캐라는 모욕적인 글자로 불리는 신세를 면할 수 있고, 수천 리 동국東國에 저절로 주周·한漢·당唐·송宋의 풍속과 기운이 나타날 것이다. 이 어찌 크게 상쾌한 일이 아닌가?

이 말에 어떤 자는 이렇게 반박하기도 한다.

"중국은 말이 문자와 동일하다. 따라서 말이 변하면 문자의 소리도 그에 따라서 변한다. 우리나라는 말은 말대로 사용하고, 글은 글대로 사용한다. 따라서 맨 처음 받아들여 배운 한자의 소리를 그대로 유지할 수가 있다. 중국의 경우 침운侵韻이 진운眞韻과 혼동되어 쓰이나 우리나라는 입성入聲에 여전히 종성終聲이 남아 있다. 어느 것이 옳고 어느 것을 취해야 할지 누가 판단하여 결정할 수 있으랴?"[3]

그 반박에 나는 이렇게 답하겠다. 내가 앞에서 말한 것은 그렇게 해야만 중국과 대등해질 수 있다고 생각해서다. 중국과 대등해지지 않는다고 할 것 같으면 한자의 소리가 옛날의 소리와 같다고 한들 아무런 소용이 없다. 따라서 문자와 말을 하나로 통일시키면 충분하다. 옛 한자의 소리가 바뀐 문제는 운학韻學에 정통한 학자에게 맡겨 고증하게 해도 충분하다.

---

3 이처럼 한자 음운에서 우리나라 한자음이 옛 소리에 가까워 당시 중국의 발음보다 고음(古音)이란 인식이 유득공의 『고운당필기』 권6 「동방의 소리가 중국의 소리보다 낫다」(東音勝華音), 권4 「동방에는 고음이 있다」(東方有古音) 등 여러 곳에서 보인다.

옛날 기자箕子가 5천 명의 백성을 이끌고 평양에 와서 도읍을 정했다. 그러므로 백성들이 기자가 쓴 중국의 말을 배웠을 것이 분명하다. 한漢나라 때에는 조선이 그 영역으로 편입되어 한사군漢四郡이 설치되기도 했다. 그때 사용되던 중국말이 전해지지 않는데 그 이유는 무엇일까? 혹시 발해渤海의 땅이 완전히 요동遼東으로 편입되면서 한사군의 백성들이 중국으로 들어가고 우리 조선으로 귀속하지 않은 결과는 아닐까?[4]

현재 토착 말에는 신라 말이 많은데 서울徐菀, 니사금尼斯今 같은 말이 그 실례다. 고려의 왕씨王氏가 원나라와 교역하면서 몽골어가 섞였는데 복아卜兒, 불화不花, 수라水剌 같은 말이 그 실례다. 임진년(1592)에는 명나라 원군이 조선의 사방에 출정出征했다. 그로 인해 중국말을 배운 백성들이 많았다. 지금도 그때 익힌 중국말이 남아 있다.

역대 임금님께서는 중국어를 익히도록 명을 내리셔서 조회朝會를 하는 자리에서 우리말을 사용하지 못하도록 금지하는 팻말을 세워 놓으셨고,[5] 백성들에게는 중국말로 소송에 임하도록 요구하셨다. 단

---

4 이희경은 『설수외사』(42~43쪽)에서 "우리나라는 중국과 높은 산과 큰 강으로 가로막히지 않았고, 거리가 수천여 리밖에 떨어지지 않았다. 순임금의 수도 기주(冀州)가 바로 현재의 연경이니 우리나라를 아주 먼 변방이라고 할 수 없다. 기자가 동방으로 와서 오랜 기간 있었다면 반드시 중국의 문화로 조선의 풍속을 바꾸었을 것이다. 그 우수한 제도와 문물이 하나도 남은 것이 없고, 언어가 서로 달라지고 문자의 음이 달라지기까지 하였다. 아무리 연구해도 그 연유를 알 수 없다"(我國於中州, 無高山大川之限, 道里不過數千餘里. 舜之冀都, 卽今之燕京, 則不可謂之荒服也. 箕聖東出, 歷年旣久, 則必能用夏變俗. 是何制度文物, 一無所存, 至於言語相殊, 文音不同. 究之而莫得其故也)라고 했는데 박제가의 주장과 흡사하다.

5 이는 선조 때 시행한 일이다. 『반계수록』을 비롯한 저작에서 이 사실을 언급하고 있다. 그 가운데 『홍재전서』 「일득록」(日得錄) 6에서도 정조가 이 사실을 말하고 있다. "정

순히 외교사절 사이에 통역하려고 그렇게 조치하셨겠는가? 장차 큰 일을 도모하고자 한 일이었을 텐데 말을 완전히 바꿀 수는 없었다. 오호라! 지금은 중국어를 오랑캐가 지껄이는 조잡한 언어로 여기지 않는 자가 거의 없다.

조가 한림(翰林) 이곤수(李崑秀)에게 말했다. '그대의 선조 월사(月沙: 이정귀李廷龜의 호)가 춘방(春坊)에 입직했을 때 명나라 사신이 왔으나 통역관을 미처 대령하지 못했다. 그러자 월사가 어전에서 중국말과 우리말로 양쪽 사이에서 막힘없이 통역했다. 명나라 사신이〔해동(海東)의 학사는 중국말도 잘 아는군요〕라고 말했다. 그 일이 지금까지 미담으로 전해 온다. 오늘날 중국어를 임금 앞에서 익히는 관례를 폐기한 지 오래되었다. 선조 임금 때에는 경연에서 모두 중국어를 썼다. 삼경(三經)의 정음(正音)이 간행되어 지금까지 전해진 것도 이로 말미암았다. 조참(朝參) 때에는 우리말을 금하는 팻말을 세웠고, 사사로이 인견할 때에도 그렇게 했다. 세상의 등급이 갈수록 떨어져 중국말을 듣지 못하니 참으로 개탄스럽다.'"(謂翰林李崑秀曰: '爾之先祖月沙直春坊時, 詔使來, 通事未及待令, 月沙於御前, 以華東語通兩間無滯. 詔使曰:〔海東學士, 亦解華語.〕至今爲美談. 今則漢學殿講廢却久矣. 宣廟朝筵皆用華語, 三經正音之至今刊行, 亦由是也. 朝參時立禁鄕語牌, 燕見亦然. 世級漸降, 華語不得聞, 良用慨然.')

통역譯

•

청淸나라가 흥성한 이래로 우리 조선의 사대부는 중국을 부끄럽게 여겼다. 억지로 사절使節을 받들어 가기는 하지만 일체의 행사나 문서와 대화를 주고받는 일을 모조리 역관에게 맡겨 버린다.

책문柵門에 들어서서 연경에 이르는 2천 리 길에서 경과하는 주현州縣의 관원과 상견례하는 법이 없다. 다만 각 지방에 통관通官[1]이 배치되어 사절을 접대하고 말에게 먹일 꼴과 사절단이 먹을 식량을 공급하는 비용이나 처리할 뿐이다. 이는 저들의 의도에서 나온 것만은 아니고 우리 쪽에서 저들을 싫어하여 쳐다보지 않는 데도 이유가 있다.

이렇다보니 예부禮部와 접촉한다 해도 입으로 무슨 말을 할 수가 있으랴? 역관이 이러저러하다 하면 그대로 따를 수밖에 없다. 조선관朝鮮館 안에 틀어박혀 있다 보니 눈으로 무엇을 관찰할 수 있으랴? 역관이 이러저러하다 하면 그대로 따를 수밖에 없다. 아무리 귀를 기울여 들어보아도 지척 사이에서 도대체 무슨 말을 하는지를 알지 못한다.

---

1 통사관(通事官)의 준말. 청나라에 설치된 관직명으로 외국 사절과의 통역과 번역을 관장했다. 『청통전』(淸通典) 「직관(職官) 3」에 "조선통사관(朝鮮通事官)은 만주(滿洲)에 12명이 있는데 관사에서 말에 먹일 꼴을 준비하는 일을 관장하고 나아가 외국어를 통역하고 그 문자를 익히는 일을 관할한다"라고 했다.

통관이 뇌물을 좀 달라고 요구하면 역관들은 그들의 조종을 달게 받는다. 저들의 뜻을 받들어 허둥대면서 혹시라도 저들의 마음에 들지 못할까 벌벌 떤다. 그 사이에 한없는 계략이 숨어 있기라도 한듯이 늘 조바심을 내는 것이다. 역관들을 너무 의심하는 것은 지나친 처사지만 그렇다고 너무 믿어 버리는 것은 안 된다.

또 사신을 해마다 새로 뽑아서 파견하기 때문에 사신으로 가는 일이 해마다 생소하다. 다행스럽게도 천하가 평화로운 시절이라 서로 관련된 기밀이 없으므로 역관들에게 통역을 맡긴다 하더라도 별다른 큰 사건이 발생하지 않는다. 하지만 불의의 전란이라도 발생한다면 팔짱을 낀 채 역관의 입이나 쳐다보고 있을 수 있겠는가? 사대부가 이 문제에 생각이 미친다면 단지 중국어를 익히는 데만 그쳐서는 안 될 일이다. 만주어나 몽골어, 일본어까지도 모두 배워야만 수치스런 일이 발생하지 않을 것이다.

현재 역학譯學이 쇠퇴하여 훌륭한 통역자라는 칭송을 듣는 사람이 열 명도 채 되지 않는다. 이른바 열 명의 훌륭한 통역자조차 다 선발 시험에 뽑힐 수 없다. 그렇지만 일단 선발 시험에 뽑히면 입으로 중국어 한마디를 할 줄 몰라도 반드시 북경을 가는 사행使行에 충원시켜 역관의 녹봉을 받게 한다. 이와 같은 실정이므로 역관이라는 직책은 역관배들이 번갈아 가며 장사를 해 먹기 위하여 설치한 직책인 셈이다. 그러므로 두 나라의 말을 통역할 때 국사를 그르치거나 응답을 잘하지 못하는 결과를 낳지 않을 리가 없다.

따라서 재능이 있는 역관을 뽑을 때 기왕의 관례를 따르지 않는다면 통역 교육이 저절로 진흥될 것이다. 그렇다면 누가 역관의 시험을 주관하면 좋은가? 시험의 주관을 역관에게 맡기면 같은 패거리를 뽑을 것이고, 사대부에게 맡기면 귀머거리에게 맡기는 격이다. 이를 비유하자면 음률을 모르는 자에게 음곡音曲의 평가를 의뢰하는 격이니 킥킥대며 비웃지 않을 악공이 거의 없을 것이다. 하지만 역관의 선발 역시 사대부가 져야 할 책임이다.

관서關西 땅의 마부는 중국어는 잘하지만 글자를 아는 자가 드물어 아무리 노력해도 역관으로 만들 수 없다. 간혹 문장에 능숙한 자도 있는데 이들은 오직 장사하는 데만 익숙하여 관원이나 수재秀才를 접해 보지 못했다. 따라서 이들이 갑자기 먼 지방의 사대부나 표류한 배의 선원을 만나면 저들이 하는 말을 알아듣지 못한다. 그 이유는 남의 말을 배우는 것 자체가 어려워서가 아니라 남들이 하는 이야기를 알아듣기가 어려운 데 있다. 남이 하는 말을 잘 알아들어야 지극한 즐거움이 생긴다. 일찍이 축지당祝芷堂[2]과 반난타潘蘭垞[3] 등이 대화를 나눌 때 시부詩賦와 다양한 학자의 어휘를 뒤섞어 사용할 뿐만 아니라 왕왕 궁벽한 책을 꺼내어 대화를 나누기도 했는데 저 역관들도 그 대화를 알아들었다.

---

2 축지당은 중국인으로 이름은 축덕린(祝德麟)이다. 박제가와 이덕무가 북경에서 5월 28일에 만나 필담을 나누었다.
3 반난타는 반정균(潘庭筠)으로 난타(蘭垞)는 자이다. 또 다른 자는 향조(香祖)이고, 호는 추루(秋庿)다. 홍대용이 중국에 들어갔을 때 교유한 학자이다. 박제가는 그를 세 번 만났다. 그는 『한객건연집』(韓客巾衍集)에 비평을 가하기도 했다.

약藥

•

우리나라는 의술醫術을 가장 믿을 수 없다. 연경에서 사 오는 약재는 진품이 아닐까봐 몹시 걱정이다. 믿지 못할 의사가 진품이 아닌 약재로 처방하므로 병이 낫지 않는 것은 당연하다.

풀과 나무, 곤충과 물고기를 폭넓게 공부하여 그 실물과 명칭을 잘 파악하는 사람이 과연 있기나 한가?[1] 약재를 채취하는 시기와 그 약재를 거두어 보관하는 방법이 하나라도 잘못되면 병에 이롭기는커녕 도리어 해를 끼친다. 이런 실정을 놓고 볼 때, 나라 안에서 유통되는 약재는 모조리 자신을 속이는 것이다.

더구나 다른 나라에서 수입한 약재를 장사꾼과 모리배의 손아귀에 맡겨 두고 있으니 지금 녹용이라고 알고 쓰는 약재가 실제로는 모조리 원숭이 꼬리인지 누가 알겠는가? 일본은 외국의 약재를 수입할 때 약재를 잘 분간하는 뛰어난 의사를 엄선한다.

중국에 서양 사람[2]이 쓴 의서醫書를 번역한 책이 있다는 소문을 들

---

1 이 당시 학문에서 금수초목의 명칭과 실물을 구분하는 학문이 관심의 대상이었다.
2 서양 사람과 다음 문장의 유럽 사람이 자연본, 장서각본, 연경본, 도남본에는 모두 '日本'으로 수정되어 있다. 이는 신유박해 이후 서학(西學)에 대한 탄압이 심해지자 서양과 관련한 기록을 삭제하여 그 혐의를 피하기 위해서 의도적으로 수정한 것이다. 이를 일본으로 교체하면 본래의 내용과 맞지 않는다.

고서 나는 그 책을 구하려고 백방으로 애를 썼으나 얻지 못했다. 유럽 사람은 인간을 네 등급으로 구분하고 상급에 속하는 사람이라야 의학과 도학道學[3]을 배운다. 따라서 의학에 정통하지 않을 수 없어 병자의 생사까지도 알아차린다. 약재를 주로 기름에 달여서 그 고갱이만을 취해 쓰고 찌꺼기는 버린다고 하는데 이것이 서양의 법이다.[4]

3　이 글에서 말하는 도학은 서양의 신학(神學)을 가리킨다. 박제가가 서양의 의학에 관해 파악한 정보의 일부는 줄리오 알레니가 쓴 『직방외기』에 나온다. "대학의 학문은 곧 네 개의 과목으로 나누어져 있다. 전공할 과목은 듣는 사람이 스스로 선택한다. 전공과목 가운데 하나를 의과(醫科)라 하는데 주로 질병을 다스려 낫게 하는 방법을 배운다. ……하나를 도과(道科: 곧 도학으로 신학임 – 역자 주)라 하는데 백성의 교화를 일으키는 일을 주관한다."(大學乃分爲四科, 而聽人自擇. 一曰醫科, 主療病疾. ……一曰道科, 主興教化.)

4　박제가가 약재를 주제로 말한 내용을 박지원은 『열하일기』에서 비슷한 취지로 다시 거론하고 있다. 박지원, 『열하일기』(『연암집』 권15), 「금료소초」(金蓼小抄); 문집총간 252집. "吾東醫方未博, 藥料不廣, 率皆資之中國, 常患非眞. 以未博之醫, 命非眞之藥, 宜其病之不效也. 余在漠北, 問大理尹卿嘉銓曰: '近世醫書中, 新有經驗方, 可以購去者乎?' 尹卿曰; '近世和國所刻『小兒經驗方』, 最佳, 此出西南海中荷蘭院. 又西洋收露方極精, 然試之多不效. 大約四方風氣各異, 古今人稟質不同, 循方診藥, 又何異趙括之談兵乎? (…) 余旣還燕, 求荷蘭小兒方及西洋收露方, 俱不得. 其他諸書, 或有粤中刻本云. 書肆中俱不識名目, 偶閱『香祖筆記』, 得其所錄『金陵瑣事』及『蓼洲漫錄』. 其元書未必皆醫方, 而貼出所錄, 俱係經驗. 余故拈其數十則錄之, 餘外誌記及古方雜錄之載筆記中者, 倂爲抄錄, 目之曰『金蓼小抄』. 余山中無醫方, 倂無藥料, 凡遇痢瘧, 率以臆治, 而亦時偶中, 則今倂錄於下以補之, 爲山居經驗方. 燕巖氏題."

장醬

우리나라 사람은 곧잘 우리 음식을 남에게 자랑하여 중국 음식보다 낫다고 말하기만 할 뿐[1] 근본이 어떠한지 살펴볼 줄을 전혀 모른다. 더러워서 입에 댈 수조차 없는 음식이 바로 장이다.

현재 강가 마을이나 산중의 절에서 메주를 만든다. 먼저 원근 지역에서 나오는 콩을 한데 모아서 찌는데, 콩이 너무 많아 좋은 것만 가려 쓸 수가 없다고 핑계를 댄다. 콩을 주는 사람이 품질을 가리지 않을 뿐만 아니라, 받는 사람도 콩을 씻지 않는다. 좀이 슬기도 하고 모래가 섞여 있지만 태연자약하여 전혀 이상하게 생각하지 않는다.

앞으로 먹어야 할 장을 만들면서 메주를 더럽게 만드는 것은 우물물을 마시려고 하면서 우물에 똥을 던지는 것과 같다. 또 콩을 다 삶고 나면 부서진 배 안에 콩을 가득 채우고 옷을 벗고 맨발로 일제히 콩을 밟아댄다. 온몸에서 흘러내리는 땀이 모두 발밑으로 떨어진다. 수많은 남정네의 침과 콧물이 몽땅 배 안에 떨어진다.

요사이 장에서 종종 손톱 발톱이나 몸의 털을 발견하게 된다. 그래

---

1 유만주는 『흠영』(제17책 1784년 정월 24일자 일기)에서 "누군가가 중국의 의복과 동방의 음식과 일본의 주택이 삼절(三絶)에 해당한다고 말했다"(或言: 中國之衣服, 東方之飮食, 日本之宮室, 當爲三絶)라고 기록했는데, 비슷한 견해가 당시에 유포되어 있음을 보여 준다.

서 체를 사용하여 모래나 지푸라기 같은 잡물을 걸어낸 다음에야 먹는다. 세상이 이 풍습에 갈수록 물들어 가는데 그 폐단이 이렇다. 그 실상을 생각하면 더러워 구역질이 난다. 반드시 메주의 제조를 감독하는 담당 관청을 설치하여 도구를 편리하게 이용하는 방법을 교육해야 한다. 1만 섬이나 되는 많은 콩을 정제하는 것도 그다지 어렵지 않다. 더구나 솥 하나에 들어가는 그리 많지 않은 콩이야 말할 나위가 있겠는가?

지금 강계江界 사람들은 메주를 만들 때 반드시 콩을 물에 씻어서 사용한다. 콩을 삶고 나서 몽둥이로 쳐서 다지고 메주를 반드시 네모 반듯하게 자른다. 이렇게만 하면 좋다. 중국의 된장 메주에는 대모玳瑁처럼 생긴 것이 있는데 그것을 잘라 물에 넣으면 맑은 장이 되기 때문에 먼 길을 가는 사람들이 이를 소지하고 간다고 한다.

인장印

중국에서 문서에 도장을 찍을 때에는 모두 주사朱砂를 사용하기 때문에 정밀하고 아름답다. 반면 우리나라는 붉은 흙(朱土)과 물방울을 털과 섞어 쓴다. 종횡이 뒤바뀌어 무슨 글자인지 알아볼 수가 없고, 날인한 흔적은 남아 있으나 글자가 보이지 않는다. 인印이란, 사실을 입증하기 위한 신표信標다. 이제 날인은 되어 있으나 분명하지 않다면 인장을 사용하는 의미가 어디에 있는가?

또 너무 어지럽게 문서에 날인한다. 한 폭의 문서에 걸핏하면 네댓 개의 인이 찍혀 있다. 반드시 기름을 섞은 주사를 사용하고 어지럽게 찍지 말아야 한다. "도장의 글자가 너무 또렷하면 간교한 백성이 위조하기가 쉬워서 그것이 염려된다"라고 말하는 자가 있다. 그의 말은 말(斗)이나 저울 같은 도량형을 깨 부수면 백성들이 다투지 않을 것이라는 말과 무엇이 다른가?

또 도장이 너무 크다. 도장을 담은 함이 주춧돌 크기만 하여 각 고을 관아에는 도장을 싣기 위해 따로 말 한 필을 마련해야 한다. 이처럼 우둔하다. 그러니 나라 안의 도장을 전부 모아서 모두 다시 주조해야 한다. 진한秦漢 때의 사방 한 치 크기 도장 양식을 본받아 만드는 것이 마땅하다. 관내후關內侯, 군곡후軍曲侯, 위청衛靑, 한신韓信의 인장은 모두 지극히 작은데 인보印譜에 실려 전한다. 인장의 손잡이

한나라 시대의 인장인 관내후와 군곡후
명대明代 조환광趙宦光의 인보印譜로, 1745년에 간행된 『조범부선생인보』趙凡夫先生印譜에 수록된 인장이다.

는 사자나 이무기, 거북, 기와 따위의 여러 가지 형상을 관품官品에 따라 정해 새기고 인끈을 달아 차고 다니면 몹시 우아하다. 도장을 주조하는 법도 지극히 간단하여 분명 재물을 낭비하는 데까지 이르지 않을 것이다.

담요氈

담요는 온 천하 사람이 일상생활에 사용하는 도구로, 추위와 습기를 막고 벼룩을 막는다. 지금 우리나라에 담요가 없는 것은 아니나 비용을 대어 잘 만들려고 하지 않는다. 도대체 이유가 무엇일까? 현재 사용하고 있는 이불과 벙거지 만드는 법을 결합하면 담요를 제대로 만들 수 있을 것이다. 벙거지는 단단하고 가늘게 만들지마는 이불은 성글고 느슨하며 고르지 않아 제작법이 전혀 갖추어지지 않았다.

나는 한 손님이 하는 이야기를 들은 적이 있다.

"요사이 이불이 너무 엉성하여 먼지 덩어리일세. 어떤 것은 악취가 심해서 가까이 갈 수가 없을 지경이지. 신부를 맞은 신랑이 새 이불을 깔았더니 악취가 너무 심해서 그 냄새가 신부에게서 난다고 생각하고 평생토록 그 부인을 증오한 일이 있다고 하더군. 공인工人이 물건을 잘못 만들어 부부의 금슬을 깨트리게까지 하다니……."

그 이야기를 듣고 좌중이 다 밥알이 튀어나오도록 웃었다.[1]

---

1 친필본 숭실본에는 이 단락의 상단 난외에 "이 단락은 『세설신어』(世說新語)와 지극히 유사하다. 현공(弦公)이 평하다"(此段極似『世說』, 弦公評)라는 내용의 평이 달려 있다. 그 내용이 촌철살인의 기지와 골계를 담고 있는 인상적인 대목임을 평가하고 있다. 현공은 연암 박지원의 젊은 시절 호 가운데 하나다. 단국대본 『연암초고』(燕巖草稿, 內題는 碧梅園雜錄)를 보면 현공 찬(弦公撰)으로 되어 있다.

저보[1] 塘報

•

중국의 저보邸報는 모두 목판으로 인쇄한다. 우리나라도 예전에는 저보를 인출印出했다가 후에 중지했다고 나는 들었다. 그 사실이 『경연일기』經筵日記에 실려 있다.[2]

---

1   저보는 경저(京邸)에서 본군(本郡)에 보고하고 통지하는 문서다. 서울에는 중앙과 지방의 연락 기관으로 전국 각 군현의 저사(邸舍)가 설치되어 있었는데 이를 경저라고 했고, 이 경저의 아전이 처리한 일을 저보를 이용하여 본군에 알렸다.

2   『경연일기』는 율곡(栗谷) 이이(李珥)의 저술로 모두 3권이다. 저보의 인출에 관한 사실은 이 책 권3에 다음과 같이 실려 있다. "만력(萬曆) 6년 2월. 이보다 앞서 서울 안의 일정한 직업이 없는 무리들이 중국에서는 지방에 통지하는 문서를 모두 인행(印行)한다는 소문을 듣고 중국을 본받아 그 문서를 인출하여 판매함으로써 생계를 유지하려 했다. 그래서 조보(朝報)를 인출하여 각사(各司)로부터 값을 받아 생계를 유지하겠다는 청원서를 의정부에 제출하자 의정부에서는 그 청원을 허락했다. 그들이 또 사헌부에 청원하니 사헌부 역시 허락했다. 그러자 그 사람들이 활자(活字)를 새겨 조보를 인출하여 각사(各司) 및 외방(外方)의 경저리(京邸吏)와 사대부에게 판매했다. 이 조보를 본 사람들이 모두 편리하게 여겼다. 시행된 지 여러 달이 지나 하루는 상감께서 우연히 이를 보시고 진노하여 말씀하시기를, '조보를 간행하는 것이 사사로이 사국(史局)을 설치하는 것과 무엇이 다르냐? 만약 이것이 다른 나라로 흘러들어 간다면 이것은 나라의 좋지 못한 일을 드러내어 선전하는 것이다'라고 하셨다. 그리고 대신들에게 '누가 이 일을 주장했는가?' 물으시니 대신들이 황공하여 말을 분명하게 하지 못했다. 그러자 간행한 사람들을 의금부에 하옥하여 형을 가하고 신문하여 논의를 주도한 사람을 반드시 찾아내고자 했다. 그들은 이것을 통해 생계를 꾸리고자 했을 뿐이고 사실은 논의를 주도한 사람이 없었다. 형을 여러 차례 가하여 그들이 거의 죽을 지경이 되자 대간(臺諫)이 형을 그만두기를 청했으나 상감께서 윤허하지 않으셨다. 대신들이 계청(啓請)한 다음에야 법조문에 의거하여 '마땅히 부

166

저보를 인출하는 이익은 몇 가지가 있다. 우선 사초史草를 살펴보는 데 편리하다. 또 각 관아에 소속된 서리書吏 수십 명의 수고를 던다. 또 서너 곱절이나 되는 종이를 낭비하지 않아도 된다. 지금 쓰는 종이의 낭비를 막는 데 그치지 않고 앞으로 실록을 편찬할 때 초고를 베껴 옮기는 종이를 낭비하지 않는다.

만약 저보를 인출한다면 이외에도 대단히 편리한 점이 있다. 나무 활자를 만들어 저보에서 관용구로 늘 쓰는 글자, 예를 들어 감찰監察, 다시茶時, 패초牌招, 찰임察任, 문안問安, 답왈答曰, 지도知道 따위의 글자를 비롯하여 3자나 4자, 나아가 5, 6자까지 연결하여 새긴다. 아울러 소장疏章, 인사 명단, 관원의 성명도 새겨 둔다면 몇 사람에게 인쇄를 맡겨도 충분할 것이다.[3]

표암豹菴 강세황姜世晃[4]은 이렇게 말했다.

도죄(不道罪)에 의거하여 처벌하라'고 명하셨다. 의금부에서 과중한 벌이라고 아뢰었지만 처음에는 따르려 하지 않으시다가 나중에야 그다음 죄목으로 처벌하라 하시어 그들을 모두 먼 곳으로 유배를 보냈다."(『율곡전서』栗谷全書 권30, 『경연일기』 3) 이 사건에 관해서『선조실록』 10년 11월과 11년 1월의 기사에서 상세하게 다루고 있다.

3   저보를 인출하자는 박제가의 주장은 세손(世孫, 후일의 정조正祖)과 홍대용의 대화에서도 발견된다. "세손께서 하문하셨다. '북경의 당보(塘報)를 보았소?' '보았습니다만 우리나라와는 달라서 대부분 옥안(獄案)일 뿐이었습니다. 하지만 역시 인본(印本)이었습니다.' 세손께서 명하셨다. '우리나라의 조보도 인쇄하여 쓰면 어떠하겠소?' '선조조에 한 번 인행(印行)한 적이 있었으나 바로 금지령이 내렸는데, 선정(先正) 이이(李珥)의『경연일기』 가운데 그 사실이 실려 있습니다. 인행하는 것이 비용을 대단히 줄일 듯합니다.' 세손께서 말씀하셨다. '인행해도 무방한 듯하오.'"(『담헌서』湛軒書, 내집內集 권2, 「계방일기」桂坊日記)

4   강세황(1712~1791)은 영·정조 때의 저명한 서화가이자 문신으로 자는 광지(光之), 호는 표암이다. 저서로『표암유고』(豹菴遺稿)가 전한다. 박제가는 그를 존경하여 「회인시」(懷人詩)에서 그를 읊었다.

"관상감觀象監에서 역서曆書를 간행할 때 이 방법으로 글자를 주조하여 인쇄하면 좋을 것이다. 불의출행不宜出行(외출하는 것이 마땅치 않다), 목욕沐浴, 안장安葬 등의 글자를 모두 연달아 새기면 비용을 줄인다."

종이 紙

·

종이는 먹을 잘 흡수하여 글씨를 쓰거나 그림을 그리는 데 알맞은 것
이 가장 좋다. 잘 찢어지지 않는다고 해서 훌륭한 종이인 것은 아니다.
우리 종이가 천하에서 으뜸이라고 우쭐대는 사람도 있는데 아무래도
글씨를 쓸 줄 모르는 자일 것이다. 서문장徐文長은 이런 말을 했다.

"고려지高麗紙는 그림을 그리기에 알맞지 않다. 전후지錢厚紙[1] 정
도가 좋은데 그것도 해서체楷書體의 잔글씨를 쓰기에나 적당할 뿐이
다."[2]

중국 식자의 견해가 벌써 이렇다. 그가 말한 전후지란 지금의 자문

---

1 전후지는 조선 특산 종이의 하나로 동전 두께만큼 두꺼운 종이를 가리킨다. 천장이나
구들장에 바르던 두꺼운 종이로 유둔(油芚)이라고도 했다.

2 서문장은 명대의 저명한 서화가이자 문인인 서위(徐渭, 1521~1593)이다. 문장은
자이다. 호는 청등산인(靑藤山人)으로 복고적 문학에 반대했다. 그의 문집 『서문장문집』
(徐文長文集) 권17 「장한찬에게 답하는 편지」(答張翰撰. 中國社會科學院文學硏究所
소장 萬曆 42년 鍾人傑 刻本)에서 "絹不宜小楷, 燥則不入, 稍濕則盡[門]而煙. 高麗紙如
錢厚者始佳, 然亦止宜書, 不宜畵"라고 썼다. 박지원도 『열하일기』 「관내정사」에서 박제
가와 유사한 견해를 제시했다. "종이는 먹빛을 잘 흡수하고 붓의 태세를 잘 받아들이는 것
이 좋다. 질겨서 찢어지지 않는다고 좋다고 할 것은 아니다. 서위는, '고려지는 그림을 그
리기에 알맞지 않다. 전후지 정도가 조금 좋다'라고 말했는데 종이가 인정받지 못한 것
이 이와 같다."(紙以冶受墨光善容筆態爲貴, 不必以堅靭不裂爲德. 徐渭謂: '高麗紙不
宜畵, 惟錢厚者稍佳.' 其不見可, 如此.) 그의 어투가 박제가와 매우 흡사하다. 이희경도
『설수외사』 「종이」(166~171쪽)에서 서문장의 언급을 인용하며 비슷한 주장을 펼쳤다.

지쫍文紙[3]를 가리킨다.

또 종잇장(紙簾)이 치수가 일정하지 않다. 서책을 자를 때 종잇장을 반으로 자르면 너무 커서 그 나머지 종이는 모두 잘라 버릴 수밖에 없다. 이를 3등분하면 너무 짧아서 여백이 없어진다. 또 전국 팔도의 종이가 그 길이가 일정하지 않다. 이런 탓에 버리는 종이가 얼마나 되겠는가?

종이가 전부 서책 만드는 데 들어가는 것만은 아니다. 그래도 서책을 가지고 길이의 표준을 삼으려고 하는 이유는, 서책을 만드는 데 적합한 종이는 다른 용도로도 잘 사용할 수 있지만 이 기준에 합당하지 않은 종이는 버리는 것이 너무나 많기 때문이다. 중국의 종이는 치수가 모두 균일한데 이 점을 고려한 것이다.

사실 종이만 그러한 것이 아니다. 그렇지 않은 물건이 없다. 우리나라의 포목은 너비가 만 개면 만 개가 다 다르다. 그 이유는 피륙 바디(筬)의 규격이 일정하지 않기 때문이다. 종잇장도 나라 안에 일정한 규격을 반포하는 것이 옳다.

---

3   자문지는 조지서(造紙署)에서 만든 종이로 중국과 주고받는 외교문서인 자문(咨文)에 사용한 종이이다.

활弓

•

중국의 활은 너무 투박하고 커서 우스꽝스럽다. 사정거리도 60, 70보步 밖에 되지 않는다. 하지만 활은 모두 나무로 만들어져서 건조하거나 습하거나 변형되지 않는다. 우리나라 사람은 활을 잘 쏘아서 200보 까지 맞추나 조금이라도 활을 불에 잘 굽지 못하면 문제가 발생한다. 더구나 비가 올 때에는 전혀 사용할 수가 없다. 적군이 갠 날을 가려 서 쳐들어올 리는 없지 않은가?

어떤 사람이 이런 말을 했다.

"활을 멀리 쏘는 것이 능사가 아니고 가까운 목표라도 반드시 적중 시키는 것이 천하의 신궁神弓이다. 이광李廣은 수십 보 안에 있는 목 표를 쏠 때에도 적중시키지 못할 것 같으면 화살을 쏘지 않았다고 하 니 이것이 그 증거다.[1] 활을 멀리 쏘는 자는 접전을 하기도 전에 미리 겁을 내는 자이다. 또 중앙 부분에 구멍을 뚫은 과녁을 일정한 거리 를 두고 중첩하여 설치하기도 한다. 마치 별을 관찰하는 원통이 있는

---

1 이광은 전한(前漢)의 명장(名將)으로 활을 잘 쏘았다. 『한서』(漢書) 권54 「이광소건 전」(李廣蘇建傳)에, "이광의 활쏘는 방법은 이러했다. 적을 만나 수십 보 안에 있는 목표 를 쏠 때에도 적중시키지 못할 것 같으면 화살을 쏘지 않았다. 활을 쏘면 반드시 시위 소 리와 함께 적이 거꾸러졌다. 이 때문에 이광의 부하 장수들이 자주 곤욕을 치렀다. 그런 탓에 맹수를 쏠 때에도 자주 맹수에게 부상을 당했다고 한다"는 기록이 있다.

천문대의 의기儀器와 같다. 이것은 화살이 곧고 빠르게 날아가도록 하기 위한 방법이다."

이것은 참으로 이치가 닿는 말이다. 그러나 옛날에도 활을 멀리 쏘는 법이 있었다. 『북사』北史² 「원위본기」元魏本紀에는 5리 밖에 빗돌을 세워 놓고 화살이 떨어진 곳을 기록했다는 기사가 보인다.

2 『북사』는 386년에서 618년 사이의 중국 북조(北朝)의 위(魏)·제(齊)·주(周) 세 나라 역사를 기록한 기전체(紀傳體) 정사이다. 여기의 위(魏)는 원위(元魏) 또는 북위(北魏)로 효문제(孝文帝)가 낙양으로 수도를 옮기고 본래 성씨인 척발(拓跋)을 원(元)으로 바꿨으므로 역사상 원위라 한다.

총과 화살銃 矢

●

총은 우리나라의 것과 완전히 같다. 화살은 깃을 나선형으로 돌려서
박았다.

자 尺

•

우리나라 포백척布帛尺(피륙을 재는 데 쓰는 자)은 중국의 큰 자(大尺)와 완전히 똑같아서 중국의 자에서 나온 것임을 알 수 있다. 늘 사용하는 작은 자는 우리 자보다 거의 4푼이 짧다. 황종척黃鐘尺(악기의 하나인 황종黃鐘의 길이를 기본으로 한 자)은 아래 그림에 보인다.[1]

---

1   언급한 것과는 달리 현재 전하는 『북학의』에는 그림이 없다.

문방구 文房之具

•

우리나라 붓은 겉털과 속털이 나란하기 때문에 한번 닳으면 완전히 몽당붓이 되고 만다. 중국 붓은 속털이 속으로 들어갈수록 짧아지고 겉털은 나올수록 길어지므로 오래 쓰면 쓸수록 끝이 더 뾰족해진다.

우리나라 먹은 해를 넘기면 벌써 광택이 사라지고, 다시 한 해가 지나면 아예 갈 수조차 없다. 아교가 벌써 단단하게 굳었기 때문이다. 중국 먹은 오래 쓰면 쓸수록 더 보물이 된다.[1] 소동파蘇東坡가 "사람이 먹을 가는 게 아니라 먹이 사람을 간다"라고 말한 것이 이를 가리킨다.[2]

우리나라 서책은 거문고의 가는 줄 같은 색깔이 있는 새끼줄로 매는데도 늘 끊어진다. 너무 팽팽하게 당겨 매기 때문이다. 중국은 두

---

[1] 이희경의 『설수외사』 「먹」(179~181쪽)에서도 우리나라의 먹은 오래되면 사용하기 힘들고, 중국 먹은 묵을수록 좋다는 점을 사례를 들어 설명했다.

[2] 소동파는 중국 송대의 저명한 문인 소식(蘇軾)으로, 동파는 그의 호이다. 송대를 대표하는 시인이자 문장가일 뿐만 아니라 중요한 정치적 책략을 제언한 문장도 다수 창작했다. 그의 「내가 소장한 먹을 본 서 교수에게 답하는 시」(次韻答舒教授觀余所藏墨)에 "사람이 먹을 가는 게 아니라 먹이 사람을 갈고／작은 술병 비기 전에 큰 술병이 먼저 부끄러워한다"(非人磨墨墨磨人, 缾應未罄罍先恥)는 구절에서 따온 말이다. 먹을 좋아하여 먹을 구하고서 아끼느라 갈지 않고 쌓아 둠을 우스갯소리로 말한 것이다. 그렇게 아낄 만큼 먹의 질이 좋음을 말한다.

가닥 실로 매는데도 충분하다. 따라서 나는 늘 소장하고 있는 중국 책이 심하게 손상되지 않았다면 장정을 고치지 않는다. 비용만 들고 도리어 서책에 손상을 입히기 때문이다.

골동품과 서화古董書畫

•

유리창琉璃廠[1] 좌우로 뻗은 10여 리의 거리와 용봉사龍鳳寺 개시開市 따위의 장소에는 설렁설렁 구경해도 번쩍번쩍 휘황찬란한 물건들이 많아서 말로 표현하거나 형상으로 그려 내기가 불가능하다. 그것은 모두가 술잔·제기·오래된 옥(古玉)·서화·기교품奇巧品 따위의 물건들이다. 실제로는 진품을 보기가 거의 힘들다. 그러나 수만 금에 달하는 천하의 재물이 모두 이곳으로 몰려들어 물건을 사고파는 자들이 하루 종일 끊어짐이 없다.

그런 모습을 보고서 어떤 사람이 말했다.

"넉넉하기는 참으로 넉넉하다. 그러나 백성들에게 아무런 이익을 가져다주지 못하니 그 물건을 전부 불에 태운다 한들 무슨 문제나 결손이 생기겠는가?"

그 사람이 한 말은 아주 옳아 보이지만 실상은 그렇지 않다. 저 푸른 산과 흰 구름[2]은 분명 먹거나 입을 물건이 아니나 사람들은 사랑하여 마지않는다. 만약 저 골동품과 서화가 백성들과 아무 관련이 없다는 이유를 들어 좋아할 줄 모르는 우매하고 완고한 사람이라면, 그

---

1 『북학의』「내편」'수레' 조의 유리창 각주 참조.
2 조선 전기에 청산백운도(青山白雲圖)가 유행하여 널리 그려졌다. 『구당서』(舊唐書) 「부혁전」(傅奕傳)에서 부혁을 청산백운인(青山白雲人)이라 불렀다.

런 사람을 도대체 어떤 부류로 취급해야 할까?

따라서 짐승 벌레 물고기 따위는 이름을 가진 동식물이요, 술잔 술독 제기 따위는 형태와 모양을 가진 물건이요, 산천 사시사철 서화 따위는 의미를 지닌 현상인데, 『역경』易經에서는 그것에서 형상을 가져왔고, 『시경』詩經은 그것에 감흥을 실어 표현했다. 그것이 어찌 아무 근거가 없이 이루어졌겠는가? 내 생각으로는, 이렇게 하지 않으면 인간의 내면적 지혜를 살찌울 수 없고, 하늘로부터 받은 생(天機)을 마음껏 발휘할 수 없다.

우리나라 사람의 배움은 과거 시험의 범위를 벗어나지 않고, 견문은 조선의 강역을 넘어서지 못한다. 대장경大藏經의 종이를 접하면 더럽다 여기고, 밤색 빛깔이 나는 화로를 보고는 지저분하다고 생각한다. 그래서 세련되고 우아한 문명 세계로부터 자신을 서둘러 차단시켜 버린다.

꽃에서 자란 나비와 벌은 그 날개와 더듬이조차도 향기가 나지만 똥구덩이에서 자란 벌레는 구물거리고 숨을 쉬는 것조차 몹시 추악하다. 사물이 본래가 이러하므로 사람이야 당연히 그렇다. 빛나고 화려한 환경에서 나서 성장한 사람은 먼지구덕의 누추한 처지에서 헤어나지 못한 자들과는 틀림없이 다른 데가 있다. 나는 우리나라 사람의 더듬이와 날개에서 향기가 나지 않을까봐 염려한다.

따라서 천하에서 보배로 간주하는 물건이 우리나라 땅으로 들어오면 모두 천대를 받는다. 하은주夏殷周 삼대三代의 고기古器나 이름난 선현先賢의 진적眞蹟조차도 제값을 받고 팔지 못한다. 심지어 붓과 먹, 향, 차, 서책 따위의 물품은 그 값이 언제나 중국에 비해 반값이다. 모두 사대부가 옛것을 좋아하지 않는 결과이다.

내가 한번 유리창의 서사書肆 한 군데를 들어가 보았다. 서사의 주인이 피곤에 지쳐 있음에도 불구하고 매매 문서를 뒤적이느라 잠시도 쉴 틈이 없었다. 우리나라에서는 서쾌書儈(책 거간꾼, 책장수)가 책 한 종을 옆구리에 끼고 사대부 집을 두루 돌아다니지만 어떤 때는 여러 달 걸려도 팔지 못한다. 나는 이 일을 통해서 중국이 문명의 숲이라는 사실을 알게 됐다.

방아공이杵

•

(내용 없음)[1]

북학의 외편
外編

밭田

•

밭에는 소의 가랑이 사이 간격에 곡식의 씨를 한 줄로 심는다. 그 곡식이 자라서 흙을 북돋아 줄 때가 되면 다시 소에 쟁기를 메우고 날을 끼운다. 쟁기의 양끝 너비가 소 가랑이의 너비와 똑같다. 전에 갈아엎은 길을 따라 소를 끌고 갈아 나가면 새 흙이 올라오고 곡식은 소의 배 아래에서 우수수 소리를 내며 매끄럽게 일어선다. 중국의 세 이랑 간격은 우리나라의 두 이랑 간격과 같다. 이것은 우리가 아무 이유 없이 밭 3분의 1을 잃는 셈이다.

홀 쟁기는 사람이 밭을 가는 도구인데 소의 절반을 갈 수 있다. 밭과 소, 사람과 연장은 치수가 서로 잘 맞는다. 파종하는 법도 대단히 균일하여 씨앗이 겹치지도 않고 줄이 비뚤지도 않다. 씨를 뿌리는 간격이 길면 모두가 길고, 짧으면 모두가 짧아서 들쭉날쭉한 법이 절대로 없다.

우리나라는 콩을 심거나 보리를 심거나 농부 마음 내키는 대로 씨를 뿌리는 탓에 곡물이 자연스럽게 한데 뭉쳐서 바람을 고르게 받지 못하고 햇볕도 제각기 다르게 받는다. 그래서 키가 크게 자란 포기는 낟알이 맺혀 거의 여물었는데도 키가 작은 포기는 꽃을 피우며 계속 자란다. 이것은 모두 곡식들끼리 상해를 입혀서 열매를 맺지 못하게 한 결과다.

따라서 낟알을 파종하는 방법은 한 알 한 알이 병들지 않도록 하는 데 달려 있을 뿐 씨를 많이 뿌리는 데 달려 있지 않다. 보리 한 이삭에서 낟알 100개를 얻는다면 종자 한 말에서는 보리 열 섬을 수확해야 한다. 그렇게 수확하지 못하는 것은 씨앗을 고르게 뿌리지 않은 잘못이다.

이것을 통해 볼 때 우리나라는 밭을 갈 때 밭의 면적 일부를 잃고, 또 파종할 때 곡식을 낭비하며, 수확할 때도 소출이 줄어든다. 이렇게 하고서야 곡식이 귀하지 않을 도리가 어디 있으며, 백성이 가난하지 않을 이치가 어디 있으랴?

지금 우리나라에서 이른바 며칠갈이나 몇섬지기라는 말은 실제로는 그 절반에 불과하다. 해마다 땅속에 곡식 수만 섬을 버리는 것이다. 모름지기 중국의 농사법을 본받아야 하루갈이 밭에서도 50섬 내지 60섬을 거둘 수 있을 것이다.[1]

이희경이 이렇게 말했다.

"내가 홍천洪川에서 직접 농사를 지었을 때 구전법區田法[2]을 써서 보리를 심었다. 땅을 사발 크기만큼 파고서 거름을 넣고 그 위에 흙을 덮은 다음 파종했다. 한 구덩이에 대략 10여 개의 낟알을 심었는데 옛날에는 종자 한 말이 들어가던 땅에 두 되 다섯 홉이 들었다. 거름은 적게 들어도 효과는 훨씬 나았으며, 종자는 적게 써도 수확은 곱

---

1 여기까지의 내용은 서유구의 『임원경제지』「본리지」(本利志) 권4 '총서'(總敍)에서 〔갈고 뿌리는 법은 중국을 본받아야 한다〕(論耕種宜倣中國)란 항목에 전재되어 있다.
2 구전법은 재배 조건이 좋지 못한 산간 경사지나 높고 가파른 농지를 적당한 구획으로 나누어 작물을 재배하는 농법으로, 구종법(區種法)이라고도 한다. 자세한 설명은 진상본의 「구전」(區田)에 설명되어 있다(이 책 329쪽).

절이 나았으니 이보다 이로운 것이 없었다."[3]

---

3   이희경의 『설수외사』 「농사는 천하의 근본」(122~127쪽)에 강원도 홍천에서 구전법을 시험하여 성공을 거둔 체험이 자세하게 설명되어 있다. 이희경의 부친 이소(李熽, 1728~1796)가 1775년 홍천의 반곡(盤谷)으로 이주했고, 이희경 자신도 그로부터 5년 뒤인 1780년 가족을 이끌고 홍천으로 이주했다. 그가 구전법을 시도해 봤다는 시기는 1775년까지 거슬러 올라갈 수 있다.

똥거름 糞

•

중국에서는 똥거름을 황금인양 아낀다.[1] 길에는 버려진 재가 없다.
말이 지나가면 삼태기를 들고 꽁무니를 따라가 말똥을 거둬들인다.
길가에 사는 사람들은 날마다 광주리를 들고 가래를 끌고 다니면서
모래 틈에서 말똥을 가려 줍는다.[2] 똥더미는 정방형正方形으로 반듯하
게 세모꼴로 쌓거나 여섯모꼴로 쌓는다. 똥더미 밑의 둘레에는 고랑
을 파서 똥에서 새어 나온 물이 어지럽게 흐르지 않는다. 똥을 거름
으로 사용할 때에는 누구나 차진 진흙처럼 물에 타 바가지로 퍼서 거
름한다. 거름을 골고루 뿌리기 위해서다.

---

1   왕정(王禎)은 『농서』(農書) 「분양편」(糞壤篇)에서 "똥을 황금처럼 아낀다"(惜糞如
惜金)라고 말했다.
2   박제가는 「연경잡절」 제53수에서 "농부는 말똥을 주워 담으려/소쿠리를 들고서 말꽁
무니 뒤를 쫓는다./말이 선 채로 오줌을 싸면/땅을 파서 오줌 찌기 가져간다네"(佃夫拾
馬通, 持籃逐馬尾. 馬如立地溲, 掘取其泥滓)라고 비슷한 현상을 다시 시로 묘사했다.
이희경은 『설수외사』(125~126쪽)에서, "농가에서는 모두 거름을 아낀다. 대부분 여섯
종의 가축을 기르며 그 배설물을 하나도 버리지 않는다. 내가 중국에 들어가 한밤중에 길
을 걸은 적이 있는데, 시골 사람들이 어깨에 소쿠리를 메고 다섯 개의 날이 있는 작은 쇠
스랑을 들고서 말의 꽁무니를 따라다니며 말똥이 땅에 떨어지기가 무섭게 주워 담는 것을
보았다. 배설물을 열심히 모아 밭에 거름을 주는 것을 알 수 있었다. 우리나라는 길바닥에
버려진 재나 가축의 똥이 많다. 이래서야 수확이 많기를 기대할 수 있겠는가?"라고 하여
박제가의 주장과 비슷한 견해를 보였다.

186

우리나라는 마른 똥을 거름으로 사용하므로 힘이 분산되어 효과가 온전하지 못하다. 성안의 똥을 완전하게 거둬들이지 않기 때문에 악취와 더러운 것이 길에 가득하다. 하천의 다리와 석축石築에는 사람 똥덩어리가 군데군데 쌓여 있어 장맛비가 크게 내리지 않으면 씻겨 내려가지 않는다. 개똥이나 말똥이 사람들의 발에 늘 밟힌다. 논밭을 제대로 경작하지 않는 실상을 이런 현실로 미루어 짐작할 수 있다.

똥을 남겨 두는 것은 말할 나위 없고, 재마저도 모조리 길거리에 버린다. 그래서 바람이 조금이라도 불면 눈을 아예 뜨지 못한다. 이리저리 구르다가 바람에 날리는 재는 집집마다 술과 음식의 불결을 초래한다. 사람들은 음식이 불결하다고 탓하기나 할 뿐 불결의 원인이 실제로는 버려진 재에 있는 줄을 모른다.

시골에서는 주민이 적어서 재를 구하고자 해도 많이 얻지 못한다. 지금 한양 성안에서 한 해에 나오는 재가 몇 만 섬이 될지 모를 만큼 많다. 그런 재를 엉뚱하게 내버리고 이용하지 않는다. 이것은 수만 섬의 곡식을 버리는 짓과 똑같다.

또 법률에 '더러운 분뇨를 흘려보내는 도랑을 길옆에 내는 자는 장형杖刑에 처하되 하숫물을 흘려보내는 도랑은 금하지 않는다'는 조문이 있다. 진秦나라 법에 '재를 버리는 자는 사형에 처한다'라는 조문이 있는데[3] 이 법은 상군商君(상앙商鞅)이 만든 가혹한 법이기는 하지

---

3 은(殷)나라 때에는 길에 재를 버리는 자의 손목을 잘랐고, 진(秦)나라 재상 상군(商君)은 묵형(墨刑)으로 처벌하여 위엄을 세웠다. 이 사실은 『사기』(史記)와 『한비자』(韓非子), 『염철론』(鹽鐵論) 등의 저작에 나온다. 상군이 길에 재를 버리는 자를 처벌한 이유가 재를 싫어하는 말을 보호하고, 화재를 예방하며, 농사에 도움을 주기 위한 목적에서 나왔다고 역사가들은 해석한다.

만 그 의도는 농업에 힘쓰라는 취지에서 나왔다. 오늘날에는 담당 관리가 재를 버리는 행위를 금하지 않을 수 없다. 이를 시행하면 농사에는 유익하고 나라는 청결하게 만들 것이므로 일거양득이다.

뽕과 과일桑菓

　•

뽕나무는 어린 것은 잎이 더디게 나서 기다리기 어렵고, 늙은 것은 나무가 병들어 잎이 작고 오디가 많다. 차라리 채소나 곡식을 심는 방법대로 밭에 뽕나무를 심는 것이 낫다. 뽕나무를 심는 방법은 이렇다. 첫해에는 나무를 불사르고, 다음 해에는 나무를 베어 넘긴다. 그러면 뽕나무가 무리를 지어 자라나고 잎이 무성한데 가지를 베어 누에를 먹인다. 난하灤河[1]의 서쪽 지역에는 모래밭이 많은데 일망무제一望無際로 보이는 것 모두가 새로 심은 뽕나무였다. 나무의 크기가 말안장 높이와 나란하고 가지와 잎사귀가 반들반들하여 일반 뽕나무와는 달랐다. 그 내용이 모두 『농정전서』農政全書[2]에 보인다.

1　난하는 강 이름이다. 내몽골 고원현(沽源縣) 마니도령(馬尼圖嶺)에서 발원하여 만주 열하(熱河) 경계를 지나 발해로 흘러들어 가는데, 조선 시대 사신이 중국 사행길에 거쳐 지나는 강이다.

2　『농정전서』는 명대(明代)의 학자 서광계(徐光啓, 1562~1633)가 편찬한 농서(農書)로, 농본(農本)·전제(田制)·농사(農事)·수리(水利)·농기(農器)·수예(樹藝)·잠상(蠶桑)·장삼광류(蠶桑廣類)·종식(種植)·목양(牧養)·제조(制造)·황정(荒政) 등 12개 항목을 가지고 기존의 농업에 관한 문헌을 체계적으로 이용하고 새로운 농법(農法)을 받아들여 당시로서는 최신의 농사법을 제시한 문헌이다. 뽕나무에 관한 내용은 권31~34의 잠상(蠶桑) 항목에 실려 있는데, 총론(總論)·양잠법(養蠶法)·재상법(裁桑法)·잠사도보(蠶事圖譜)·상사도보(桑事圖譜)·직임도보(織紝圖譜)의 조목으로 상세하게 수록되어 있다.

연경은 과일을 저장하는 법이 대단히 훌륭하다.[3] 지난해 여름 과일이 올해 새로 나온 햇과일과 함께 섞여 판매되고 있다. 산사열매나 배, 포도 같은 과일은 그 빛깔이 막 나무에서 따 온 것처럼 신선하다. 이 방법 하나만 얻어도 한 철 이익을 차지하기에 충분하다.[4] 『물리소지』物理小識를 검토했더니 배를 무와 함께 저장하면 상하지 않는다고 했고,[5] 또 무에 배꼭지를 꽂는 법을 소개했다. 또 다른 방법을 살펴보니, 땅에 심겨져 있는 큰 대나무를 자른 다음 그 대통 속에 감을 저장하고, 진흙덩이로 대통의 주둥이를 꽉 틀어막았다가 여름을 지나 꺼낸다고 했다.

주밀周密의 『제동야어』齊東野語[6]에 이런 구절이 있다.

"생황笙簧은 반드시 고려에서 나온 구리로 만드는데, 고려의 구리

---

3   박제가의 과일 저장법을 이규경의 『오주연문장전산고』「수장과과변증설」(收藏果苽辨證說)에서 인용하여 자세하게 논의하고 있다.

4   박제가는 「연경잡절」 제118수에서 "햇과일 묵은 과일 섞어 놓고서/보관하는 방법 있다 자랑하누나./구리녹으로 거두어 둔다 하니/낡은 그릇은 어디에서 나오는 걸까?"(菓子雜新陳, 亦言藏有術. 銅靑或可收, 古器從何出)라고 하여 연경의 과일 저장법을 시로 묘사했다.

5   『물리소지』(1644년 간행, 『사고전서』四庫全書 867책 수록) 권6 「음식류」(飮食類)에 '장선과법'(藏鮮果法)과 '수율리'(收栗梨)를 비롯한 과일 저장법이 소개되어 있으나 본문에 있는 내용은 보이지 않는다. 이 책은 명말청초(明末淸初)의 저명한 자연철학자인 방이지(方以智, 1611~1671)의 저술로서 조선에도 수용되어 이덕무와 박제가 등이 열람했고, 이규경의 학술에 지대한 영향을 미쳤다. 비슷한 내용이 이시필의 『소문사설』「제법」(諸法) '과일 저장하는 법'(藏果法)에도 소개되어 있다.

6   주밀(1232~1298)은 송대(宋代) 제남(濟南)사람이다. 저명한 작가이자 장서가로서 많은 저서를 남겼다. 『제동야어』는 20권으로 남송(南宋) 조정의 국사, 서화(書畵), 침술 등 예술과 과학에 관련된 많은 내용을 담고 있다. 송대에 저술된 중요한 필기(筆記)의 하나다.

는 녹랍綠蠟으로 검푸른 빛깔을 낸다. 생황이 따뜻하면 음조가 바르고 소리가 맑고 멀리까지 퍼진다. 따라서 반드시 불에 달군 다음에 사용해야 한다. 육천수陸天隨[7]의 시에 이런 구절이 보인다.

그리움 쌓여 생황처럼 싸늘한 이 몸,
님이 와서 따뜻하게 덥혀 주었으면…….

또 미성美成[8]의 악부시樂府詩에 '생황이 따뜻해야 소리가 맑다'라는 구절이 있다. 청鯖이란 글자는 운서韻書에 천千과 정定의 반절反切이라 했고, 음은 '청'淸이라 했다. 그 주에 따르면 청鯖은 명艋으로 푸른 과일 빛이라고 했다. 그 이유는 과일은 반드시 구릿빛 푸른 것을 골라 저장하기 때문이다."[9]

---

7   육천수는 만당(晩唐)의 시인 육구몽(陸龜蒙)으로, 천수는 그의 호이다.
8   미성은 송대(宋代)의 사인(詞人)인 주방언(周邦彦, 1056~1121)의 자이다. 규방의 여인과 나그네의 심경을 읊은 아름다운 사(詞)를 많이 창작했다.
9   여기까지가 『제동야어』 권7에서 인용한 대목이다.

농업과 잠업에 대한 총론農蠶總論
— 작두와 착유기의 제작 방법榨鑡之制

●

우리나라는 모든 분야에서 중국에 미치지 못한다. 다른 것은 굳이 말할 필요조차 없고 저들이 입고 먹는 것의 풍족함을 가장 당해 내지 못한다. 중국 백성들은 외진 마을의 가난한 집도 대체로 석회로 다져 쌓은 몇 칸 크기의 곳간을 소유하고 있다. 가마니를 사용하지 않고 곧바로 그 곳간에 곡식을 쏟아 붓는다. 곡식이 곳간 전체를 채우거나 절반을 채운다.[1] 또 집 안마당에 삿자리(簟)를 둥그렇게 원통으로 둘러쳐서 큰 쇠북 꼴로 만드는데 그 높이가 들보에까지 닿는다. 사다리를 타고 올라가 그 속으로 곡식을 쏟아 붓는다. 곡식이 많이 들어가면 100섬이 차는데 아무리 적어도 스무 섬 내지 서른 섬 아래로는 내려가지 않는다. 간혹 한 집에 여러 무더기가 있다.

우리나라의 가난한 백성은 모두가 아침저녁 먹을거리조차 없다. 열 가구가 사는 마을에 하루 두 끼를 먹는 자가 몇 명 없다. 어려울 때를 대비해 준비한 곡물이란 것도 옥수수 몇 자루나 고추 수십 개를 그을음으로 검게 탄 초가집 벽에 달랑 매달아 놓았을 뿐이다.

중국의 백성들은 대개가 비단옷을 입고 담요에서 잠을 자며, 침상

---

1 박지원의 『과농소초』와 『임원경제지』 「본리지」 권6 '수확과 저장' 〔곳간에 곡식 저장하는 법〕(倉困藏穀法)에 중국의 곡식을 저장하는 법을 소개하고 있어 본 내용과 연관이 된다.

과 탁자를 구비해 놓고 산다. 농사꾼도 옷을 벗지 않고 가죽신을 신은 채 정강이에 전대를 차고서 밭에서 소를 끌고 있다. 반면에 우리나라 시골의 농부들은 한 해에 무명옷 한 벌도 얻어 입지 못한다. 남자나 여자나 태어난 이래 침구를 구경조차 못하고 이불 대신 멍석을 깔고 지낸다. 그 위에서 아들과 손자를 기르는데 열 살 전후가 될 때까지 겨울도 없고 여름도 없이 벌거숭이로 다닌다. 하늘과 땅 사이에 가죽신이나 버선이란 물건이 있는 줄조차 모른다. 모두가 그렇게 산다.

중국은 변방의 외진 곳 여자도 분단장을 하고 머리에는 꽃을 꽂으며 긴 옷에 수놓은 가죽신을 신는다.[2] 한여름 더위에도 맨발로 다니는 것을 본 적이 없다. 우리나라는 도시에 사는 젊은 여자도 종종 맨발로 다니면서 부끄러워할 줄조차 모른다. 새 옷을 하나 걸치면 뭇사람이 눈을 휘둥그레 뜨고 혹시 기생이 되었나보다 의심한다.

중국은 서울과 지방의 구별이 없다. 양자강 이남과 오촉吳蜀, 민월閩越 지역처럼 멀리 떨어진 지역도 큰 도회지는 번화한 문물이 황성皇城보다 도리어 낫다. 반면에 우리나라는 도성에서 몇 리만 밖으로 나가면 풍속이 벌써 시골티가 물씬 난다.[3] 이유가 어디에 있을까? 입

---

2 박제가는 「연경잡절」 제4수에서 중국의 변방 도회지인 봉황성의 번화함을 두고 "책문에 들자 먼 변방인데도/집집마다 여인들 꽃을 꽂았다./봉성 땅 30리를 가노라니/벌써부터 지극히 번화하다네"(入柵雖荒絶, 家家女揷花. 鳳城三十里, 已是極繁華)라고 묘사했다.
3 다산 정약용은 「두 아들에게 주는 가계」(示二兒家戒. 『여유당전서』 권18)에서 "중국은 문명이 일반화되어 궁벽한 시골이나 먼 구석에 살더라도 성인이 되고 현인이 되는 데 아무 문제가 없다. 우리나라는 그렇지 못해 도성의 성문에서 몇 십 리만 벗어나도 벌써 태곳적 원시사회이다. 더욱이 멀고 먼 외딴 지역이야 말해 무엇 하겠느냐?"(中國文明成俗,

을 것과 먹을 것이 넉넉하지 않고, 재화財貨가 유통되지 않으며, 학문은 과거제도에 짓눌려 사라지고, 풍기風氣는 문벌門閥[4] 숭상에 막혀 있다. 견문을 넓힐 길이 없고 재능과 식견을 개발하고 트이게 할 방법이 없다. 이런 상황이라 문화는 퇴보하고 제도는 망가지며, 인구는 날로 증가하고 재정은 날로 비어 간다.

그러므로 『서경』書經에서 "덕을 바로잡고 물건을 쓰기에 편리하게 만들며 넉넉하게 생활하는 일에 힘써야 한다"[5]라고 했고, 또 『대학』大學에서는 "재물을 만드는 데에는 큰 방법이 있나니 물건을 빨리 만드는 것이다"[6]라고 했다. 여기서 물건을 빨리 만든다는 것은 물건을 쓰기 편리하게 만든다는 것이고, 넉넉하게 생활한다는 것은 의식衣食이 풍족하다는 것이다.

그렇다면 오늘날 당면한 계책은 무엇일까? 무엇보다 앞서 농사의 계통과 양잠의 방식부터 모조리 뜯어고치는 것이 급선무이다. 그다음에야 중국의 수준에 다다를 수 있다. 무엇을 농사의 계통이라 하는

雖窮鄕遐陬, 不害其成聖成賢. 我邦不然, 離都門數十里, 已是鴻荒世界, 矧遐遠哉!)라고 말하여 박제가의 논지를 다시 확인했다.

4 진상본에는 문벌(門閥)이 강역(彊域)으로 바뀌어 있다. 그럴 경우 의미가 '풍기가 조선 강역에만 국한되어 있다'는 뜻으로 바뀐다.

5 『서경』 「대우모」에 나오는 문장으로, 「자서」의 각주를 참조하기 바란다(이 책 28쪽).

6 이 구절은 『대학』의 끝부분인 10장에 나오는 내용이다. 원문은 "재물을 만드는 데에는 큰 방법이 있나니 재물을 만드는 자는 많으나 재물을 소비하는 자는 적고, 물건을 만드는 자는 빠르나 쓰는 자는 천천히 하는 것이다. 그러면 재물은 항상 넉넉하리라"(生財有大道, 生之者衆, 食之者寡; 爲之者疾, 用之者舒, 則財恒足矣)이다. 주희(朱熹)는 이 구절에 대해 "나라를 부자로 만드는 길은 근본에 힘쓰고 절약하는 데 달려 있는 것이지 근본(농업)을 멀리하고 말단(상업)을 가까이한 뒤라야 재물을 모을 수 있다고 본 것은 아니다"(足國之道, 在乎務本而節用, 非必外本內末, 而後財可聚也)라고 해석했다. 박제가는 주희의 해석과는 반대로 생각하고 있다.

가? 따비, 보습, 봇도랑, 물골, 거름내기는 그 방법이 적합하지 않으면 농사라고 할 수 없다. 무엇을 양잠의 방식이라 하는가? 누에를 고르는 법과 누에를 먹이는 법, 고치의 실 뽑는 법, 비단 짜는 방법이 적합하지 않으면 중국의 수준에 다다를 수 없다.

지금 우리나라는 농사를 짓고 누에를 치지 않는 사람이 없다. 그러나 중국의 벼는 벌써 익어 쌀이 되었는데 우리는 미처 벼도 베지 못한다. 저들은 비단을 벌써 짰는데 우리는 미처 고치에서 실도 뽑지 못했다. 저들은 벌써 솜을 탔는데 우리는 한 달 뒤에나 솜을 타야 한다. 중국인은 한창 사방으로 말을 달리고 사냥하며 즐길 때 우리는 아직도 들판의 익은 과실을 거둘 겨를조차 없다. 산에는 땔나무가 있고 물에는 물고기가 있어도 물고기를 잡거나 나무하러 갈 겨를조차 없다. 온갖 기예가 황폐해졌건만 내팽개치고 수련하지 않으므로 날이 갈수록 인구는 증가하는데 국력은 부족하다. 도대체 무슨 까닭일까? 중국을 배우지 않은 잘못 때문이다.

지금 불쑥 백성들에게 꽃과 나무를 심고 새와 짐승을 기르게 하며 음악을 연주하고 골동품과 감상품을 가지고 기묘한 기술을 발휘하라고 다그치는 것은 서둘러 해야 할 일은 아닌 것이다. 일상생활에서 없어서는 안 될 필수 도구에 모두 열댓 가지가 있다. 양선颺扇[7]이 있는데 한 사람이 돌리면 1만 석石의 곡식도 어렵지 않게 찧는다. 돌방아(石杵)가 있는데 1만 섬의 곡물을 찧기가 어렵지 않다. 수차水車가 있는데 마른 땅에 물을 대고 물이 고인 땅에서 물을 뺄 수 있다. 드베

---

7   양선은 곡물에 섞인 쭉정이나 겨, 먼지 따위를 날리는 데 쓰는 연장이다. 풍구 또는 풍선차(風扇車)로 쓰기도 한다. 둥근 나무통 안에 여러 개의 날개가 달린 축을 장치하고 밖에서 돌리면 큰 바람이 난다. 위에는 곡식을 흘려 넣는 아가리가 따로 있다.

(瓠種)[8]가 있는데 씨 뿌릴 때 발뒤꿈치가 아프지 않다. 입서立鋤가 있는데 김을 맬 때 허리를 구부리지 않아도 된다. 곰방매와 써레(櫌耙)가 있는데 흙덩이를 깨트리는 도구이다. 녹독碌碡은 고르게 파종하는 도구이다. 누에 채반(蠶箔: 누에를 누에자리에 올려 기르는 데 쓰는 받침), 누에 그물(蠶網: 누에의 자리를 갈거나 할 때 누에를 건져 내는 그물), 소거繅車(고치로 실을 켜는 물레), 직기織機가 있는데 한 해 동안 나오는 고치실을 어렵지 않게 가공할 수 있다. 씨아(攪車: 목화씨를 빼는 기구)가 있는데 사람이 하루에 목화씨 80근을 뽑아낼 수 있다. 탄궁彈弓[9]도 마찬가지다.

지금 우리는 벼를 모아 놓고 까부르려고 바람 부는 앞에서 날린다. 긴 멍석 가운데 벼를 놓고 밟은 다음 멍석 양끝을 잡고서 떨어낸다. 여러 사람이 힘들여 일해도 하루에 겨우 10여 섬의 좁쌀을 까불고서 기진맥진하지만 그래도 정밀하지 못할까봐 걱정이다. 좁쌀과 콩을 파종할 때에는 손으로 한 웅큼씩 쥐어서 뿌리므로 싹이 뒤죽박죽으로 나서 열매를 맺는 데 해를 끼친다.

또 밭두둑 하나를 사이에 두고 한쪽은 물이 많아서 걱정이고 다른 한쪽은 가물어서 걱정이지만 물이 부족한 밭으로 물을 돌려 쓸 수 없다. 바가지를 사용하여 마치 그네를 뛰듯이 물을 퍼 나르는 꼴이 어설퍼서 지극히 우스꽝스럽다.

물을 관개하는 방법은 또 어떠한가? 화살 한번 쏘아 도달할 가까

<hr />

8   드베는 조·수수·피·옥수수 따위의 작은 씨앗을 뿌리는 데 쓰는 연장이다.
9   탄궁은 양잠할 때 솜을 빼는 기구다. 박제가는 청나라에서 같은 기능을 가진 양장탄(羊腸彈)이라는 기계를 사 가지고 돌아와 실제로 적용해 보았다. 이규경의 『오주연문장전산고』「양장탄구온면직부포변증설」(羊腸彈舊緼綿織紼布辨證說)에 관련한 사실이 기록되어 있다.

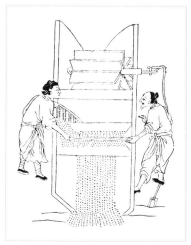

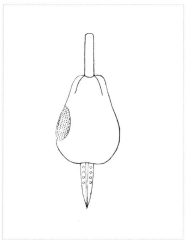

1	2
3	4

1. 양선 2. 드베 「농정전서」 3. 길고 4. 통차 「천공개물」

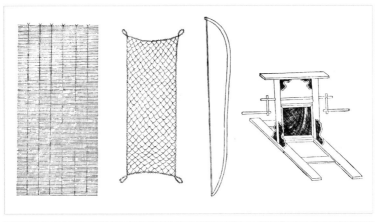

1	2	3	4
5			

1. 누에 채반 2. 누에 그물 3. 탄궁 4. 씨아 5. 직기 『농정전서』

南繅車

北繅車

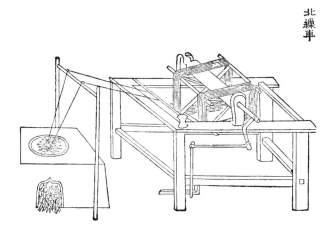

소거 「농정전서」

운 거리에 있는 물을[10] 반 자 높이로도 끌어 올리지 못한다. 대부분 큰 냇물을 막아 물을 고이게 하고 보에 넘쳐흐르는 물이 거꾸로 흘러 들기만을 고대한다. 그러다가 한번 잘못되어 둑이라도 터지면 열 가 구의 재산이 물살 속에 잠겨 사라진다.[11] 이 몇 가지 상황을 해결하려 면 길고桔橰(물을 긷는 기구), 옥형玉衡, 용미차龍尾車(양수기의 일종), 통차 筒車 따위의 기구를 사용하는 법을 가르쳐야 한다.

또 단칸방에 한 칸 크기로 누에를 기르면 사람은 발을 들여놓을 구 석이 없다. 기왓장으로 받쳐서 누에를 치는데, 여종이 실수하여 넘어 지기라도 하면 죽은 누에가 발밑으로 가득 널려 있다. 누에틀을 쳐서 층층이 매달아 방 꼭대기까지 닿게 하면 누에의 수는 열 곱절이 되고 방에는 여유 공간이 생긴다는 것을 모른다.

누에를 옮길 때 성장한 정도를 일일이 구별하여 옮기려면 온종일 해도 얼마 옮기지 못한다. 누에 그물을 사용하여 그물을 덮어 뽕잎을 먹이면 모든 누에가 일제히 그물 위로 나온다. 하지만 이 사실을 알

---

10 원문은 "一射之地", 보통 120보에서 150보의 거리를 가리킨다.
11 서유구는 『임원경제지』 「본리지」 권2 '하거'(河渠) 조항의 〔강을 막는 것을 논한다〕 (論障川)에서 이 문단의 내용을 전재하고 다음과 같은 안설(按說)을 붙였다. "우리나라는 물을 관개할 때 대체로 이 방법을 많이 쓴다. 때때로 도랑을 파고 물길을 옆으로 끌어 10리 너머 먼 곳까지 물을 댄다. 속칭 보전(洑田)이 이것으로 왕정의 『농서』에 나오는 수책(水 柵)의 제도와 같으므로 우리나라 사람들만 사용한다고 할 수는 없다. 다만 우리나라 사람 은 손이 거칠어서 이른바 개천 막기라는 것이 자갈을 높게 쌓기만 하고 세로로 말뚝 박기 와 복우(伏牛)와 돌을 담은 소쿠리와 같은 방법을 이용할 줄을 모른다. 이것이 보가 쉽게 터지는 까닭이다. 그렇지 않았다면 처음부터 물을 이용하는 수리 기술의 하나로 정착되었 을 것이다."(我東灌田, 率多此法. 往往開溝旁引, 至十里之遠, 俗稱洑田, 卽王氏『農書』 水柵之制, 未可爲東人之所獨也. 特東人鹵莽. 其所謂障川者, 只角石礫高壘, 不知用竪 樁伏牛石囤等制. 此所以易於潰決也. 苟非然者, 未始不爲用水之一術也.)

지 못한다. 본래 누에가 토해 내는 실은 지극히 균일하다. 하지만 고치 켜는 사람이 아예 고치를 살펴보지도 않고 제 마음 내키는 대로 그 수를 늘였다 줄였다 하기 때문에 실은 꺼칠꺼칠하고 비단은 털이 부숭부숭하다. 고치를 켤 때 소거繅車를 사용하지 않고 손으로 물에서 건져다가 앞에다 쌓아 놓기 때문에 물에 젖은 것이 엉겨 말라붙는다. 그러면 다시 모래로 눌러 놓고 푼다. 그러므로 걸핏하면 시간만 허비하고 만다. 자새(얼레)를 사용하면 능률이 몇 곱절이 올라서 많은 일을 할 수 있으나 그 사실조차 모른다. 갈고리를 먼 곳에 걸어 실을 건져 올리면 실이 먼저 마르고 색이 누렇게 변하지 않는 것도 모른다. 베틀을 사용하면 묶느라고 힘들고 발로 차느라고 힘들며 당기느라 힘든다. 그렇게 애를 써도 하루에 짜는 실은 스무 자를 넘지 못한다. 그러나 중국에서 옛날 사용하던 베틀은 의자에 앉듯이 편하게 앉아서 발끝만 가볍게 움직여도 저절로 열렸다 합해지고, 저절로 갔다가 저절로 돌아오면서 실을 잣는 양이 두서너 배가 되는 줄을 모른다. 짜는 사람은 북이 왔다 갔다 하는 속도만 조절하면 될 뿐이다. 우리의 씨아로는 두 사람이 하루에 목화씨 네 근을 뽑아내고, 한 사람이 하루에 네 근의 솜을 탈 수 있다. 우리가 하루에 네 근을 타는 것과 중국 사람이 여든 근을 타는 차이는 대단히 크다.

무릇 이 열댓 가지 도구를 한 사람이 사용한다면 그 이익은 열 배가 되고 온 나라가 사용한다면 그 이익은 백 배가 된다. 10년을 사용한다면 그 이익은 이루 다 쓸 수 없을 정도이리라. 그러나 뜻을 가진 사람은 힘을 가지지 못하고 힘을 가진 자는 힘을 발휘할 때를 얻지 못한다. 그래서 요직에 있는 사람 가운데 끝내 그것을 시행한 자가 없다. 농업과 잠업의 이익이 많지 않은 것을 본 백성들은 그 일을 떠나 다른 데로 몰려가고 있다. 미곡 값이 오르고 옷감이 비싸지는 현상이 아무 이유 없이 발생하겠는가? 그 원인이 점차 누적되어 나타났다고 하겠다.

부록 이희경[1]의 「농기도서」附李喜經農器圖序[2]

●

옛날 신농씨神農氏는 나무를 깎아 보습을 만들고 나무를 구부려 쟁기를 만들어서 백성들에게 처음으로 농사를 가르쳤다. 신농씨 이후로 성군聖君과 현신賢臣은 하나같이 농사의 이치를 살펴 밝힘으로써 만세萬世의 법전을 만드셨다. 그리하여 요임금 시절에는 후직后稷이 토질을 감별하여 오곡五穀을 심게 하고 마침내 농사農師가 되셨다.[3] 순임금은 역산歷山에서 직접 농사를 짓다가 나중에 천자가 되었다. 우禹임금이 홍수를 다스리고 땅을 평탄하게 만들자 많은 백성들이 곡식을 먹게 되었다. 이윤伊尹은 유신有莘의 들녘에서 몸소 밭을 갈던 농

1　글쓴이 이희경(1745∼1805년 이후)은 본관이 양성(陽城)이고, 자가 십삼(十三) 또는 성위(聖緯)이며, 호는 윤암(綸庵)·사천(麝泉)·설수(雪岫)·광명거사(廣明居士)·화해루(花海樓)이다. 중국을 다섯 차례 여행하고 이용후생을 주장한 북학파 학자로서, 새로운 농사법을 기술한 『설수외사』를 저술했다. 문집에 『윤암집』(綸庵集. 천리대 도서관 소장)이 있고, 1774년 무렵에 백탑시파의 시문을 모아 『백탑청연집』(白塔淸緣集)을 엮었다. 박제가와는 이른 시기부터 절친하게 지냈다.
2　이 글은 현재 전하는 이희경의 저서에서 찾을 수 없다. 그의 『설수외사』 가운데 '기용'(器用) 조가 농기구를 일부 소개하고 있다. 거기에서는 이용후생(利用厚生)을 추구하기 위하여 도구의 개발을 역설하고 그 첫 시도로서 농기구를 소개한다고 했다. 동시에 기용(器用)은 글만으로는 완전하게 묘사하기가 어려워 도식(圖式)을 이용해서 보기에 편리하게 해야 한다고 했다. 이희경의 『설수외사』 참조.
3　후직은 주(周)나라의 시조로 농사에 힘써 요임금과 순임금을 도운 인물이다. 그에 관한 사적이 『사기』 「주본기」(周本紀)와 『상서』(尙書) 「순전」(舜典)에 나온다.

사꾼인데[4] 가뭄으로 곤경을 겪던 탕湯임금을 도와 백성들에게 밭을
구획하는 법(區田)을 가르쳐 가뭄의 피해를 입지 않도록 하셨다. 주나
라의 흥성은 실제로는 후직으로부터 시작한다. 이것이 주공周公께서
「칠월편」七月篇[5]이란 시를 지어 성왕成王을 훈계한 이유다.

　진秦나라에 이르러 상앙商鞅이 정전법井田法을 폐지하고 밭도랑길
을 내도록 했으며, 길에다 재를 버리는 자를 기시형棄市刑에 처했다.
그가 만든 법은 지극히 가혹했으나 그 중요한 근본은 아니나 다를까
농사를 힘써 짓는 데 있었다. 한漢나라가 일어나 옛 제도를 모두 회복
시키지는 못했으나 효제孝悌와 역전力田[6]이라는 인재를 천거하는 제
도를 만들었고, 군읍郡邑의 관리들은 다들 백성에게 농사법을 가르칠
줄 알았다. 그래서 농기구를 편리하게 사용하고 김매는 방법이 갖추
어져 힘을 적게 들이고도 거둔 수확은 곱절이 되었다. 범승氾勝,[7] 조
과趙過,[8] 왕경王景,[9] 황보륭皇甫隆[10]의 무리가 그들 가운데 가장 두드러

4　『맹자』「만장 상」(萬章上)에서 한 말이다. 유신의 들판은 신국(莘國)의 들이라는 뜻
으로 현재의 산동성(山東省) 조현(曹縣) 부근이다. 그는 은나라 초엽의 개국공신으로 본
래는 노예였다고 한다. 후에 탕임금을 도와 하(夏)나라의 걸(桀)임금을 멸하고 은나라를
세웠다.

5　『시경』'빈풍'(豳風)에 나온다. 주나라는 농사에 주력하여 개국한 나라로 후직에서부
터 시작되었으며, 왕업을 이어가기가 쉽지 않음을 경계한 시이다.

6　효제와 역전은 한나라 혜제(惠帝) 4년(기원전 191)에 처음 시작되었다. 고후(高后)
원년(기원전 187)에 각 군에 효제역전(孝悌力田) 1명을 두었다. 그 목적은 효도와 우애
의 덕행이 있고, 농사에 적극적으로 종사하는 자를 장려함으로써 백성의 모범을 만들려는
데 있었다. 천거를 받은 자는 부역을 면제받고 후한 상을 받았다.

7　범승은 본래는 범승지(氾勝之)로서 한나라 성제(成帝) 연간 사람이다. 관중(關中)에
서 백성들에게 농사를 지도하여 큰 성과를 거두었다. 그가 지은 『범승지서』(氾勝之書) 18
편이 『한서』(漢書) 「예문지」(藝文志)에 올라 있는데 그 뒤 사라졌다. 가사협(賈思勰)이
지은 『제민요술』(齊民要術)에 많은 내용이 인용되어 있다.

진다. 그들은 대부분 밭도랑에서 직접 농사를 짓던 사람들로 나중에 관리로 뽑혀 임용되었다. 국가를 경영하는 학문이 무엇보다 농업을 앞세웠으므로 백성들이 그 혜택을 입어 교화가 제대로 시행되었다.

지금 우리나라는 인재를 등용할 때 오로지 문벌과 지체만을 숭상한다. 정승 판서의 아들은 정승 판서가 되고, 서민의 아들은 서민이 되는 관례를 한 발치도 벗어나지 못한다. 그 유래가 벌써 오래되었다. 윗자리에 있는 사람은 귀한 신분으로 부유하게 살기에 농사를 직접 짓지 않는다. 심한 경우에는 콩과 보리도 분간하지 못한다. 서민의 경우에는 눈이 있어도 글을 읽지 못한다. 교육을 받은 것이 없으므로 무지몽매하고 거칠기만 하여 오로지 근력만을 써서 일한다. 속담에 '어리석은 자가 농사일을 한다'는 말이 있는데, 상고시대의 말이 아님을 잘 알 수 있다.

따라서 곡식을 파종하는 방법과 써레질하는 시기, 김매는 법을 보면 옛날의 법도를 조금도 찾아볼 수 없다. 제 아무리 뛰어난 재능과 명철한 지혜를 지니고 밝게 이해하여 무리에서 빼어난 인재라 해도 배운 것을 발휘할 길이 전혀 없다. 심지어 역탁礰礋(논에서 흙을 고르는 농기구), 고무래(磟碡: 논밭의 흙을 고르는 농기구), 둔차砘車(씨앗에 흙을 덮는 농기구)와 같은 농기구는 나라 안에 한 가지도 없다. 그래서 전답이 황

---

8 조과는 한나라의 수속도위(搜粟都尉)로서 처음으로 소를 사용하여 경작한 사람이다.
9 구진(九眞)과 여강(廬江)이 우경(牛耕)의 방법을 몰라 궁핍하게 지내자 임연(任延)과 왕경(王景)이 농기구를 만들어 농토를 개간하게 하니 해마다 농토가 넓어져 백성들이 넉넉하게 살았다.
10 돈황(燉煌)의 백성이 쟁기 사용법을 몰라 파종할 때 사람과 소가 고생만 많이 할 뿐 수확이 매우 적었다. 황보륭이 쟁기 사용법을 가르쳐 힘은 적게 들고 수확은 다섯 배나 많아졌다.

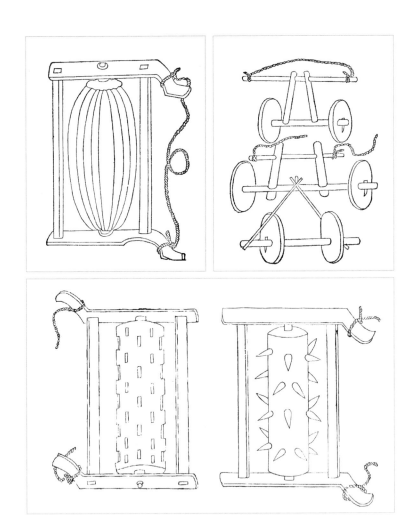

1. 고무래 2. 둔차 3. 역탁 『농정전서』

폐해져 곡식을 심어도 수확을 많이 거두지 못한다. 한 해 동안 열심히 일해도 좋은 결과를 얻지 못하므로 날이 갈수록 기근이 찾아온다. 그러나 끝내 그 이유가 어디에 있는지를 깨닫지 못한다. 오호라! 그 까닭을 대체 누가 안단 말인가?

나는 운명이 본래 기구한데다가 재능과 학식이 부족하다. 위로 밝으신 임금님을 보좌하여 한 세상을 다스릴 능력이 부족하므로 앞으로는 밭도랑 사이에서 늙어 죽을 때까지 농사에 힘쓰고자 한다. 옛날의 좋은 제도가 갖추어지지 못한 현실이 안타깝고, 무지몽매한 이 시대의 풍속이 가슴 아파서 오늘날 사용하기에 적합한 농기구를 널리 수집하였다. 아우 추찬秋餐[11]을 시켜 그림을 그리게 하여 책 한 권으로 엮어서 밭 갈고 김매는 여가에 편리하게 펼쳐 보도록 만들었다. 우리 집안에서 이용하기에나 족할 뿐 지금 세상에 보탬이 된다고 할 수 있으랴?

---

11 추찬은 이희영(李喜英, 1757~1801)의 호이다. 그는 18세기의 저명한 화가로서 정철조(鄭喆祚)로부터 서양화법을 배웠다. 천주교 신자로 신유박해 때 죽임을 당했다. 『신유사옥죄인강이천등추안』(辛酉邪獄罪人姜彛天等推案)에 따르면, 추찬이란 호는 이덕무가 지어 주었다. 이희경은 아버지 이소(李熽)와 어머니 안동 김씨 사이에 맏아들이다. 그의 형제는 차례로 이희정(李喜禎, 1746~?), 이희명(李喜明, 1747~?), 이희영, 이희성(李喜成, 1759~?)이 있다. 오수경, 『연암그룹연구』(한빛, 2003), 47~128쪽 참조. 그런데 "아우 추찬을 시켜"(使弟秋餐)란 대목이 자연본과 연경본, 도남본, 장서각본에는 아예 빠져 있는데 이희영이 사학(邪學)을 믿은 역적으로 처형당한 것 때문에 꺼려서 삭제했다. 본명이 아닌 추찬이란 호를 썼음에도 불구하고 이렇게 삭제한 것은 순조 초년에 천주교 박해의 공포스러운 분위기를 짐작하게 한다.

부록 용미차설附龍尾車說[1]

윤암編萞 이희경李喜經

•

윤암은 이렇게 말한다. 우리나라는 농기구를 제대로 갖추지 못한 형편이라 수차水車는 처음부터 이해하는 사람이 없다. 물은 위에서 아래로 흐르는 성질이 있어서 아무리 작은 높이라도 위로 올라갈 수는 없다. 오늘날 수리水利를 말하는 자는 반드시 강과 시내의 하류를 막아서 물높이가 올라가면 넘쳐흐른 물이 전답으로 유입되기를 기대한다. 그러나 폭우가 갑자기 내려 물둑이 터지기라도 하면 10여 가구가 울부짖고 난리다. 오호라! 참으로 어리석구나!

나는 서양의 용미차龍尾車 제도를 살펴보았다.[2] 고안한 것이 대단히 교묘하여 평범한 사람이 생각해 낼 만한 기계가 아니었다. 게다가 무엇보다도 물을 많이 얻을 수 있어서 통차筒車와 항승恒升과 옥형玉衡[3]과 같은 기계에 비교해도 그 효능이 열 곱절이었다. 차축車軸의 직경이 두 자라면 벽의 높이도 두 자로 만들고, 사방 둘레 벽 사이로 들

---

1 이희경의 저서 『설수외사』에는 용미차에 대해 이와는 다른 상세한 논의가 보이므로 참고할 필요가 있다. 용미차는 논에 물을 대는 기계로 웅삼발(熊三拔)의 『태서수법』(泰西水法)에 수고(水庫)와 함께 제작법이 실려 있다. 그 이후 각종 저서에 다시 소개되었고, 조선의 지식인들도 이를 거듭 논의했다.
2 그가 본 것은 웅삼발의 『태서수법』 맨 처음에 실린 「용미차기」(龍尾車記)이다.
3 통차, 항승, 옥형은 모두 관개에 사용되는 기계로, 『태서수법』에 용미차와 함께 상세하게 실려 있다.

어오는 개울물도 두 자가 된다. 옛사람이 "마치 큰 도랑물이 터진 듯하다"라고 말했는데 이치상 어긋나지 않는다.

내가 언젠가 몇 치 크기의 나무를 깎아서 차축을 만들고 밀랍을 발라서 벽을 만들었다. 벚나무 껍질을 써서 벽의 둘레를 감싸고서 바퀴를 돌렸다. 바퀴는 작아서 해시계(土圭)의 바퀴 정도에 지나지 않았다. 아이를 시켜 작은 연못가에 이를 가설하게 한 다음 시험삼아 운전해 보았더니 뜻대로 안 되는 것이 없었다. 구경하는 사람들이 깜짝 놀라며 귀신같다고 했다. 그때 누군가가 이렇게 의문을 제기했다.

"차체車體가 몹시 크고 게다가 물의 무게까지 더해지는데 모래와 물이 소용돌이치면 차축의 쇠가 쉽게 마모됩니다. 하루에도 여러 번 갈아 끼워야 하므로 힘들어서 사용할 수 없을 것이오."

나는 이렇게 답변했다.

"당신은 땅 위를 다니는 수레의 축을 보지 않았는지요? 무거운 짐을 싣고 먼 길을 가느라 차축이 끝없이 구르지만 차축에서 문제가 발생했다는 말은 들어 보지 못했습니다. 수차가 너무 빨리 회전하여 어린아이의 바람개비처럼 빠르다면 물이 미처 위로 올라갈 겨를도 없어서 도리어 헛바퀴가 돌 것입니다. 따라서 수차의 차축을 돌리는 방법은 느리게 돌리는 것이고, 빨리 돌려서는 안 됩니다. 무엇하러 쉽게 마모될까봐 걱정하는지요?"

중국의 호부원외랑戶部員外郎 당낙우唐樂宇란 사람은 호를 원항鴛港이라 하는데 사천성四川省 면주綿州 사람이다. 기이한 기계에 대해 박식한 분으로 내 친구인 초정 박제가와 문답을 나눈 적이 있다. 그가 하는 말은 내 생각과 잘 부합했다.[4]

당낙우는 또 "양자강 이남에서는 나무 차축을 사용한다고 합니다.

다만 차축을 걸 때 발을 헛디뎌 바닥에 떨어뜨리면 손상을 입기가 아주 쉽습니다"라고 하였다. 우리나라 사람들은 손이 거칠므로 그 점을 경계하는 것이 옳다.

---

4   박제가와 함께 중국을 다녀온 이덕무의 『입연기』(入燕記)에 당낙우를 여러 번 방문한 일이 상세하게 묘사되어 있다. "24일, 박제가가 유리창 언덕에 있는 사천 신회관(四川新會館)으로 당낙우를 방문했다. 당낙우의 자는 요춘(堯春)이고 호는 원항으로 면주 사람인데, 우촌(雨村)과 어릴 적부터 친구다. 지금은 호부원외랑으로 재직하고 있는데 역리(易理)와 율력(律曆) 따위에 통달했다." "박제가와 함께 당원항을 방문했다. 축지당(祝芷塘)과 당원항은 명물(名物)과 도수(度數)에 밝은 사람인데 우리나라에서도 중국의 역법(曆法)을 따라 쓰는지를 묻기에 내가 우리나라에서는 매년 11월이면 차관(差官)을 북경으로 보내어 달력을 받아 와 온 나라에 반포하여 사용한다고 말해 주었다." "박제가와 함께 당원항의 집을 방문했는데 그도 성찬으로 우리를 전별해 주었다. (…) 술이 거나해지자 서로들 큰 소리로 떠들어대며 농담을 했다. 당원항은 명물학(名物學)에 뛰어나서 그의 말에는 고거(考據)와 변정(辨訂)할 만한 것이 많았으니 참으로 박학하고 아담한 군자다." 한편, 박장암이 편찬한 『호저집』(縞紵集)에도 그의 특징을 묘사하여 그가 기하학에 정통하고 박제가와 악율(樂律)을 주제로 긴 필담을 나누었다고 하였다. 이규경의 『시가점등』(詩家點燈), 「당원항의 용동배시」(唐鴛港龍洞背詩)에 관련한 사실이 실려 있다.

과거론 1科擧論

•

과거科擧란 무엇인가? 인재를 뽑기 위한 것이다. 인재를 뽑는 이유는 무엇인가? 앞으로 그들을 쓰기 위한 것이다. 인재를 뽑을 때 문장을 기준으로 삼는 것은 문장 솜씨를 이용하고자 해서이다. 인재를 뽑을 때 활쏘기를 기준으로 삼는 이유가 활솜씨를 이용하려는 데 있는 것과 같은 이치 아니겠는가?

그렇다면 오늘날의 과거는 무엇을 목적으로 하는가? 앞서 치른 과거에서 거두어들인 인재를 미처 기용하지도 않았는데 뒤에 치른 과거를 통해 또다시 급제자가 무더기로 배출된다. 3년만에 한 번씩 치르는 대비과大比科 외에 반시泮試, 절일제節日製, 경과慶科, 별시別試, 도과道科라는 명목의 다종다양한 과거가 번잡하게 치러진다.

수십 년 동안 크고 작은 과거에서 배출된 인원이 국가에서 정한 관작官爵의 정원보다 열 곱절 많다. 정원의 열 곱절쯤 되는 인원을 절대 다 기용하지 못한다는 점을 감안하면 그중의 9할은 쓸데없이 배출한 인원임이 분명하다. 그렇다면 인재를 기용한다는 과거 본연의 목적은 과연 어디에 있단 말인가?

현재 치르는 과거에서는 과체科體의 기예技藝를 겨뤄서 인재를 시험한다. 그런데 그 문장이란 것이 위로는 조정의 관각館閣에서도 쓰지 못하고 임금의 자문에도 이용하지 못할 뿐만 아니라, 아래로는 사실을 기록하거나 인간의 성정을 표현하는 데도 불가능하다. 어린아이 때부터 과거 문장을 공부하여 머리가 백발일 때 과거에 급제하면 바로 그날로 그 문장을 팽개쳐 버린다. 한평생의 정기와 알맹이를 과거 문장 익히는 데 전부 소진했으나 정작 국가에서는 그 재주를 쓸 곳이 없다.

과거 시험에 쓰이는 시詩·부賦·표表·책策에는 포두鋪頭·포서鋪敍·입제入題·회제回題·초항初項·재항再項·중두中頭·허두虛頭와 같은 이름의 형식이 있다. 이른바 사서의四書疑·오경의五經義라는 것은 대부분이 진부한 내용에다 부화뇌동한 글이라서 한 글자도 진실한 지식이나 새로운 견해가 없다.

독서하는 자들은 글자를 보기만 하면 압운押韻할 것을 생각하고, 문구를 보기만 하면 시험 제목을 떠올린다. 그들은 어떤 말을 쓰기는 하지만 무슨 뜻인지를 모른다. 그런 기예로 인재를 뽑는 것은 참으로 허술하기 짝이 없는 방법이다. 더구나 남의 손을 빌려 글씨를 쓰고 글을 대작代作시키며, 능력도 없으면서 무턱대고 시험을 치르는 폐단은 한두 가지가 아니고 너무나 많다.

시골의 고을에서 보이는 평범한 과시課試에도 답안을 바치는 자가 곧잘 천 명을 넘어서고, 서울의 대동과大同科에는 유생이 곧잘 수만 명까지 이른다.[1] 수만 명이나 되는 많은 응시자를 두고 반나절 사이에 합격자 방榜을 내걸어야 하므로 시험을 주관하는 자는 붓을 잡고 있기에 지쳐서 눈을 감은 채 답안을 내버린다. 사정이 이 지경이므로

---

1 실례를 들어 보면, 정조 24년(1800) 3월에 치러진 경과정시(慶科庭試)에서 세 곳의 시험장에 입장한 사람이 111,838명이었고, 거두어들인 시권이 38,614장이었다. 곧이어 치러진 인일제(人日製)에서는 응시자가 103,579명이었고 시권이 32,884장에 이르렀다.

아무리 한유韓愈가 과거 시험을 주관하고 소식蘇軾이 문장을 짓는다 해도 번개같이 답안지를 넘길 테니 소식의 글솜씨를 알아차리기가 어려울 것이다. 아아! 당당한 선비를 선발하는 자리가 도리어 제비뽑기 놀이의 재수보다도 못한 형편이니 인재를 취하는 방법은 정말 믿을 수 없다.

사정이 이런 데다 또 문벌門閥과 붕당朋黨을 따지는 차별의 문제가 끼어 있어 그로 인해 붙기도 떨어지기도 한다. 요행히 이러한 난관을 극복하고서 기용되는 자가 나온다면 그는 억세게 운이 좋은 사람이다. 이렇게 인재를 기용하는 방법이 외형에 있지 능력에 있지 않음을 누구나 안다.

옛날 송宋나라 구양수歐陽修가 소식을 위하여 시험 날짜를 뒤로 물린 일이 있었다. 소식이 현명한 사람이라는 사실을 분명하게 알았기 때문에 구양수는 그를 위해 시험 날짜를 뒤로 물리면서까지 그를 거두어들였다. 그러나 지금 우리는 상황이 다르다. 과거 시험에 응시한 자들 가운데 어떤 사람이 전혀 쓸모없는 자인 줄 분명히 알면서도 그를 취할 수밖에 없다. 그자가 과거 시험 문장을 잘해서다. 과거 시험장 밖에 있는 자들 가운데 어떤 사람이 정말 쓸모 있는 인재인 줄 분명히 알면서도 그를 기용할 수 없는데, 학문에 박식한 자나 기술이 출중한 자가 바로 그들이다. 옛날의 과거는 인재를 취하려는 방법이었으나 오늘날의 과거는 인재를 제한하려는 방법이다.

사람이 태어나 나이 열 살 무렵이면 두각을 나타내면서 점차 성장하는데, 마치 대나무가 처음 솟아날 때부터 1만 자 크기로 자랄 기세를 보이는 것과 같다. 이때 과거 시험 문장을 가르쳐서 몇 해를 골몰하게 만들면 그 이후로는 병을 고칠 길이 없다. 요행히도 과거에 급제하면 그날로 지금까지 배운 학문을 버린다. 한 사람이 평생의 정기를 몽땅 과거 시험에 소진했건만 정작 나라에서는 그 사람을 쓸데가 없는 것이다. 인재를 취해서 전혀 쓸모가 없는 것을 확인했으면서도 여전히 그 쓸모없는 과거 시험 문장을 채택하고 있다. 내가 하루 종일 밥을 먹지도 않고 밤이 새도록 잠을 설치면서 생각에 생각을 거듭해도 그 이유를 알 수 없다.

"우리 조선의 역대 명신들이 이 시험을 거쳐 배출된 자가 많다"라고 말하는 자가 있는데, 그것은 사정을 모르는 소리다. 천하의 모든 길을 막아 놓고 문을 하나만 만들어 놓는다면 공자라 할지라도 그 문을 통해 가야 할 것이다. 더구나 옛날의 과거를 오늘날의 과거와 비교할 수 없다. 어째서 그러한가? 옛 임금님이 나라를 다스릴 때에는 과거에 응시한 유생儒生의 수효가 400명을 채웠다고 하여 축하를 받은 일이 있었다. 400명의 응시자를 두고서 수가 가장 많았다고 한다면 다른 때는 따져볼 것도 없다. 시험장에 들어가는 일 한 가지를 보더라도, 먼저 들어가려고 싸우는 짓거리나 남의 발에 짓밟히는 사고가 발생하지 않았을 것이다.

현재는 그때보다 100배가 넘는 유생이 물과 불, 짐바리와 같은 물건을 시험장 안으로 들여오고, 힘센 무사들이 들어오며, 심부름하는 노비들이 들어오고, 술 파는 장사치까지 들어온다. 그러니 과거 보는 뜰이 비좁지 않을 이치가 어디에 있으며, 마당이 뒤죽박죽 안 될 이치가 어디에 있겠는가? 심한 경우에는 망치로 상대를 치고, 막대기로 상대를 찌르면서 싸운다. 문에서 횡액을 당하기도 하고, 길거리에서 욕을 얻어먹기도 하며, 변소에서 구걸을 요구 당하는 일도 일어난다. 하루 동안 과거를 보게 되면 머리털이 허옇게 세어지고, 심지어는 남을 살상殺傷하거나 압사壓死하는 일까지 발생한다. 온화하게 예를 표하며 겸손해야 할 장소에서 강도질이나 전쟁터에서 할 짓거리를 행하고 있으므로 옛사람이라면 반드시 오늘날의 과거장에는 들어가지 않을 것이다.

내가 들은 바로는, 중고中古 시대의 사대부들은 보고 싶지는 않지만 부득이하여 억지로 과거 시험을 본다는 겸손한 마음을 가지고 있었다고 한다. 그러나 오늘날에는 온 나라 사람이 과거 시험장에 들어가면서 은연중 성명性命으로 보나 의리義理로 보나 과거를 보지 않아서는 안 된다는 생각을 품은 듯하다. 과거에만 쓰이는 형편없는 문체나 아는 안목으로 방자하게 저 육경六經과 고문古文에 대하여 지껄여댄다. 그 짓거리가 경전의 참뜻을 반대로 해석하고, 고인을 모욕하는 지경에까지 이르고야 만다. 세상 꼴이 어떻게 되어 갈지 걱정이 이루 말할 수 없다.

그렇기 때문에 오늘날 개혁해야 한다면 과거보다 먼저 손대야 할 것이 없고, 과거의 개혁을 주장한다면 중국의 과거제도를 배우는 것보다 앞설 것이 없다. 첫 번째 것이 문체文體이고, 두 번째가 시험관이며, 세 번째가 쇄원鎖院이다.

중국 역시 문장으로 선비를 뽑기는 마찬가지다. 사부詞賦(시와 부로, 과거 시험에 쓰이는 운문)는 수당隋唐 시대부터 시작되었고, 팔고문八股文(명청의 과거 시험 문제)은 왕안석王安石으로부터 출발했는데, 이 문체가 천하를 병들게 하여 지금은 극한에 이르렀다. 그러나 경의經義(경서의 뜻을 풀이하는 과거 시험의 방법)와 전책殿策(임금이 직접 책문策問하는 것)은 웅장하고 전아하여 체제가 잘 갖추어져 있다. 오언시五言詩에 8개의 운을 다는 과체시科體詩는 정교하면서도 아름답다. 갑부甲賦[2]는 시원스럽고, 협운叶韻은 근거가 있어 다락에 오르면 시야가 확 트이는 느낌을 받는다. 이 문체는 우리의 고문古文이 미치지 못하는 장점이 있다.

만약 과거제도를 완전히 없애 삼대三代의 옛 제도를 복구할 수 없다면 중국의 제도를 채택하자. 그러면 일시의 이목을 새롭게 하고 온 나라의 중병을 구하기에 충분하다. 풍속이 뒤바뀌어 높은 수준에 도달할 수 있을 것이다. 또 중국에서는 과거 합격자 명단을 대체로 시험일로부터 1개월 뒤에 발표하고, 시권試卷의 끝에 누가 답안을 평가했는지를 반드시 써서 지원자에게 돌려준다. 천하 사람들에게 합격하고 불합격한 이유가 무엇인지를 분명하게 알도록 한다.

과거 시험 주관자가 현명한 자라면 그 직책을 오래도록 맡아 자리를 옮기지 않는다. 또 편수관編修官이나 한림翰林 중에서 이름이 있는 자를 제대로 뽑아 각 성省의 시험장에 나누어 파견한다. 그가 주관한 시험에 합격한 문생門生의 우열에 따라 시험 주관자의 영욕榮辱을 판가름한다. 따라서 재능이 없는 자가 함부로 응시하지 못하고, 명예나 좋아하는 자가 시험 보기를 꺼려한다.

또 중국의 과거 시험은 모두 건물 안에서 문을 닫아건 채 치르는데 이를 장옥場屋 또는 쇄원鎖院이라 부른다. 이를 통해 간사한 행위를 방지하고 비바람을 맞지 않도록 대비한다. 일찍이 중국의 시험 장면을 그린 그림을 본 적이 있는데, 가시나무로 주변 둘레를 에워싼 시험장이 빈틈이 없고 견고했다. 선비 하나에 방 하나를 주고, 뜰 한 칸을 배정했으며, 붓과 벼루·음식·오줌통과 같은 물건이 모두 그 안에 놓여 있었다. 두 명의 나졸이 그를 지키는데 한 사람은 심부름을 하

2   당송(唐宋) 시대에 과거에 응시할 때 짓는 부(賦)를 일러 갑부라 했다.

고 한 사람은 문을 지키고 있었다. 그들의 법은 이렇다.

이제 우리의 법대로 선비를 뽑는다고 해도 시험장은 500칸 규모의 건물이면 충분하고, 중국의 법대로 뽑는다면 3년 뒤에는 200칸 규모의 건물이면 충분하다. 옛날의 덕행德行과 육예六藝를 기준으로 뽑아서 선비 100명을 얻는다면 나라를 다스리고도 남을 것이다. 시험장 건물을 마련하는 것이 무엇이 어렵겠는가?

어떤 자는 "지금 유생이 나라 안에 두루 퍼져 있으니 누가 일일이 그들을 구분할 수 있겠는가?"라고 말하리라. 하지만 그것은 어렵지 않다. 능력이 있는 자는 반드시 뽑고, 무능한 자는 반드시 쫓아낸다면 사람들이 무엇 하러 헛수고만 하고 아무 결과도 없는 과거 시험을 보려고 하겠는가? 자기들 스스로 시험장으로 나오지 않을 것이다.

이렇게 하여 문을 닫아건 채 시험을 치르고, 남이 쓴 글을 베끼는 짓이나 능력도 없으면서 무턱대고 시험을 치르는 행위를 엄중히 금지한다면, 확고한 주견을 세울 능력을 갖춘 자가 아니면 시험장에 나오지 않을 것이다. 또 유생의 능력 여부와 항간에 떠도는 공론을 장부에 기록하여 꼭 시험 답안과 참고하여 살펴보는 방법이 옳다. 이렇게 함에도 불구하고 합당하지 못한 자를 뽑는 일은 없을 것이다. 다만 아무리 그렇게 해도 천하의 선비를 어떻게 과거라는 제도로 다 얻을 수 있겠는가?

과거론 2 科擧論二

•

목적이 있어 선행善行을 했다면 그 선행은 틀림없이 억지로 행한 위선이다. 반면에 목적이 없는데도 선행을 했다면 그야말로 진정한 선행이라 할 수 있다. 마찬가지로 진정한 인재를 얻고자 한다면 뜻하지 않은 방법으로 불시에 인재를 시험하는 것과 버림받은 많은 사람 가운데서 인재를 선발하는 것을 반드시 실행에 옮겨야 한다. 그다음에야 인재의 수가 많아져 얼마든지 골라 쓸 수 있을 것이다. 버림받은 많은 인재들은 스스로 선을 긋는 탓에 과거 시험과는 단절되어 있다. 뜻하지 않은 방법으로 불시에 인재를 시험하지 않는다면, 조금 똑똑한 사람이라면 10여 일에서 한 달 정도만 과거에 쓰이는 문장을 공부하여 너끈히 합격할 수 있다. 따라서 법을 잘 만드는 이는, 그 법을 이용해서는 중등中等의 선비를 낚고, 법을 초월한 제도를 이용해서는 상등上等의 선비를 얻을 것이다.

국가에서는 과거 문장으로 인재를 뽑는다. 이익과 녹봉이 과거에 달려 있고, 공명이 과거에서 나온다. 이 세상에 태어난 사람은 이 방법이 아니면 큰일을 하는 데 참여할 기회가 없다. 그러나 큰 뜻을 품은 선비는 자유롭게 떠돌며 과거 시험장에는 들어가지 않고 과거를 비루하게 여겨 말도 꺼내지 않는다. 왜 그런가?

그 사람은 마음속으로 과거 문장은 옛날에 쓰던 문장이 아니고, 과거제도는 옛날에 인재를 고르던 방법이 아니라고 생각한다. 좋아하는 것이 이 세상과 부합하지 않고, 배운 것이 자기에게 아무 이익이 없다고 여겨 차라리 곤궁함과 굶주림의 생활을 달게 여길지언정 자기 소신을 버리고 과거 보는 짓거리는 하지 못하겠다고 생각하는 것이다.

오늘날 조정에서 문벌을 따져 인재를 기용하는데 문벌 집안에 속하지 않은 사람은 모두 날 때부터 비천한 신분이다. 그러나 바위굴에 거처하며 한미하게 사는 은사나 여항閭巷에서 부대끼며 사는 많은 평민들 가운데 오히려 한평생 깨끗하게 행동하며 학생 교육을 게을리하지 않는 이들이 있다. 그들은 두려움과 위축됨으로 행동에 제약을 받지 않고 요행을 바라서 더 열심히 하려고 하지 않는다. 이들은 모두 목적이 없는데도 선행을 하는 사람이다. 그러므로 그들의 선행이야말로 진정한 선행이라 할 수 있다.

만약 과거 시험장에 모인 선비들에게 불쑥 호령하여 "옛날에 쓰이던 시부詩賦를 지을 수 있는 자는 남고 그렇지 못한 자는 밖으로 나가라! 잘 짓지도 못하면서 버티고 있는 자에게는 죄를 내릴 것이다"라고 한다면 물러나는 자가 반드시 절반이 넘을 것이다. 또 호령하여 "한漢나라 때의 『염철론』鹽鐵論¹이나 「치하책」治河策²과 같은 책략策略을 지을 수 있는 자는 남고 짓지 못할 자는 나가라! 잘 짓지도 못

---

1 『염철론』은 한(漢)나라 소제(昭帝) 때 소금과 철의 전매제도(專賣制度)를 존속할지를 놓고 승상 차천추(車千秋)·어사대부(御史大夫) 상홍양(桑弘羊) 등이 전국에서 소집된 현량(賢良) 60여 명과 함께 조정에서 토론한 내용을 환관(桓寬)이 편찬한 것이다. 모두 16편으로 경제를 다룬 저술이다.
2 「치하책」은 전한(前漢) 때의 관리인 가양(賈讓)이 황하(黃河) 치수(治水)의 세 가지 방안을 상소한 것으로, 후대의 치수 방안에 큰 영향을 끼쳤다.

하면서 버티고 있는 자에게는 죄를 내릴 것이다"라고 한다면 물러나는 자가 또 반드시 열에 여덟아홉이 될 것이다. 이렇게 몇 차례 시행한다면 이전에 문이 막힐 만큼 몰려들어 시험장을 꽉 메운 선비들이 모조리 사라지고 가의賈誼,[3] 육지陸贄,[4] 소식[5]과 같은 학자들이 그제야 비로소 간간이 찾아올 것이다. '진정한 인재를 얻고자 한다면 뜻하지 않은 방법으로 불시에 인재를 시험해야 한다'고 말한 이유가 여기에 있다.

또 온 나라에 호령을 내려 "벌열閥閱 출신 밖에서 재능과 덕망이 출중한 자와 기술과 예술 가운데 하나라도 잘하는 자가 있으면 반드시 천거하라! 천거한 자에게는 상을 주되 가로막고 천거하지 않은 자에게는 반드시 벌을 내릴 것이다"라고 한다면 그제야 서울로부터 멀리 떨어진 지방에서 독서하는 선비나 기이한 재능을 가진 비천한 인재들을 모두 조정에 세울 수 있다.

『서경』에서 "명철한 인재를 발굴하되 미천한 인재도 드러내라"[6]라고 한 말이나 은나라 탕湯임금이 "현자를 세우되 출신 성분에 구애받지 말라"[7]라고 한 말이 여기에서 벗어나지 않는다. "버림받은 많은 사

---

3 '진상본' 「말단의 이익」(末利)의 주석에 자세하게 설명되어 있다(이 책 334쪽).

4 육지(754~805)는 당나라의 관료이자 학자다. 그는 문예적인 글보다 국가의 시무와 경제를 다룬 정책을 밝힌 경세문자(經世文字)인 주의(奏議)에 뛰어났는데, 그의 글은 후대 정치가들에게 널리 읽혔다. 그의 주의는 『육선공주의』(陸宣公奏議)에 모아져 있고, 정조는 1797년에 그중 29편을 직접 뽑아서 『육주약선』(陸奏略選)을 간행했다. 육지는 특히 현종 때 박학홍사과(博學鴻詞科)로 급제했다.

5 가의, 육지, 소식은 모두 특별한 인재 추천 방법으로 황제에게 인정을 받았거나 과거에 급제했다.

6 『서경』「요전」(堯典)에 있는 말로, 요임금이 신하들에게 지위가 높은 자나 비천한 사람을 가리지 말고 널리 인재를 구하라고 명령했다.

220

람 가운데서 인재를 선발하는 것을 반드시 실행에 옮겨야 한다. 그다음에야 인재의 수가 많아져 얼마든지 골라 쓸 수 있을 것이다"라고 말한 이유가 여기에 있다.

  오늘날 시무時務를 말하는 자들은 누구나 할 것 없이 "과거의 폐단이 가장 심하다"라고 한다. 이것은 폐단의 근원을 더듬어 찾지 않고 그 지엽말단만을 좇아서 내린 분석이다. 『중용』中庸에서 "필요한 사람이 있으면 정사가 잘 시행되고, 그 사람이 없으면 정사가 제대로 시행되지 않는다"[8]라고 했다. 오늘날의 과거제도가 폐단을 말끔하게 제거하고, 옳지 못한 급제 방법을 엄하게 막으며, 선발 기준을 엄격하게 적용했다고 하자. 이 선발 기준에 부합하는 인재를 뽑았다고 해도 그가 과연 문벌 집단의 훼방을 받지 않을 수 있을까? 진출을 가로막는 붕당朋黨의 훼방을 받지 않을 수 있을까? 그중 한 가지만 갖고 있어도 아무 보탬이 되지 않는다.
  따라서 오늘날 인재의 기용이 과거에 달려 있다고는 하나 결과적으로는 과거가 아니고, 인재의 선택이 문장에 달려 있다고는 하나 결과적으로는 문장이 아니다. 인재를 얻고자 시권試券을 봉인封印하고 답안의 글씨를 바꿔 써서 간사한 행위를 막는 방법을 마련했으나 결국에 가서는 아무 소용이 없었다.

---

7 『맹자』「이루 하」(離婁下)에 "탕임금은 중도를 잡아 행했고, 현자를 세우되 출신 성분에 구애받지 않았다"(湯執中, 立賢無方)라는 말이 나온다.
8 『중용장구』(中庸章句) 제20장에서 "공자가 말하기를, 문왕과 무왕의 정치가 방책에 펼쳐져 있거니와 필요한 사람이 있으면 정사가 잘 시행되고, 그 사람이 없으면 정사가 제대로 시행되지 않는다"(文武之政, 布在方策, 其人存則其政擧, 其人亡則其政息)라고 하였다.

시권을 봉인하고 답안의 글씨를 바꿔 쓰는 방법을 왜 굳이 따지는가? 옛날 조종조祖宗朝에서는 생원시生員試와 진사시進士試의 장원壯元을 매우 중시했는데 장원한 사람이 나중에는 청현직淸顯職에 오르는 길을 밟기 때문이다. 그래서 장원을 뽑을 때 결국에는 풀로 붙인 겉봉을 반드시 뜯어 보고 혁혁한 문벌 사람을 뽑아서 합격시켰다. 왜냐하면 뜯어 보지 않을 경우 문벌이 혁혁하지 않은 자나 붕당에 걸림돌이 되는 자가 합격할 수도 있기 때문이었다. 따라서 차라리 법을 무시하고서라도 사사로운 이익을 도모했다. 이렇다 보니 풀로 답안을 봉인하는 법이 과거에 아무 보탬이 되지 않는다.

이로 말미암아 보건대, 오늘날의 풍습을 따르면서 과거제도의 폐단을 혁신하고자 한다면, 문벌을 배려하여 여러 등급의 과거를 베풀고 붕당을 배려하여 여러 등급의 과거를 베풀어야 한다. 그다음에야 과거제도에 대하여 비로소 논할 수 있을 것이다. 그렇게 하지 않으면 과거를 완전히 폐지하여 아무 것도 남기지 않고서 자기들에게 소용되는 사람만을 뽑을 것이다. 그러니 굳이 문벌이니 붕당이니 과거에 걸림돌이 되는 것을 만들어 놓고, 걸림돌이 되지 않는 사람을 도리어 과거 때문에 걸림돌이 되게 만들 필요가 있을까?

부록 정유년 증광시에 제출한 시사책附丁酉增廣試士策[1]

　

아! 시사試士란 무엇을 말합니까? 선비를 시험한다는 뜻입니다. 세상에는 도덕이 높은 선비가 있고, 문학에 뛰어난 선비가 있으며, 기예에 능력을 지닌 선비가 있습니다. 그렇다면 오늘날 선비의 관을 쓰고 선비의 옷을 입고서 허우적허우적 책을 끼고 다니는 자가 과연 이 몇 가지 재능을 겸비하고 있는지를 시험하겠습니까? 아니면 그 가운데 한 가지 재능만을 골라 시험하겠습니까?

　도덕이 높은 선비, 문학에 뛰어난 선비, 기예에 능한 선비 가운데 어떤 자는 천리 멀리 떨어져 있는 사람과 어깨를 나란히 하고, 어떤 자는 천년 전 옛사람의 뒤를 좇으려 합니다. 그것을 보면 옛날의 선비처럼 되기가 이렇게 어려운데 그 이유가 무엇일까요?

　오늘날 선비의 관을 쓰고 선비의 옷을 입고서 과거 시험장을 가득 메우고 온 나라에 두루 퍼져 있는 자들은 선비 아닌 자가 없습니다.

1　박제가는 1777년 2월 25일에 거행된 증광시(增廣試)에 응시하여 이소(二所)에서 시험을 치렀다. 이때 3등 53인의 합격자 가운데 2등으로 합격했다. 이때의 장원은 소북(小北) 문사인 오익환(吳翼煥)이다. 이날의 시험 문제는 "묻노라. 과거를 베푸는 것은 선비를 시험하고자 한 것이다"로 출발하는 것인데 그 전체 내용이 유만주, 『흠영』의 해당 날짜에 기록되어 있다. 박제가의 책문은 역자 소장의 필사본 책문 선집에 「과거를 보이는 것은 선비를 시험하기 위해서다」(問設科所以試士也)라는 문제로 과거 시험을 본 정유년 증광시의 우수작으로 실려 있다.

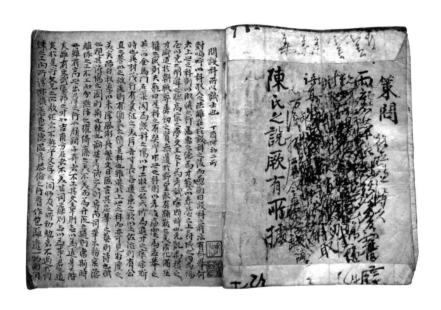

「책문」策問 책문 선집으로 책의 맨 앞에 1777년 2월 25일 거행된 증광시 이소二所의 시험 문제와 우수작이 실려 있다. 그 가운데 박제가의 답안이 보인다. 역자 소장 필사본.

그들을 시험하는 방법이 과연 모두 올바르기에 그 수가 많을까요? 아니면 그들의 재능이 과연 그 시험에 합격할 수준이라서 그럴까요? 옛날의 선비는 수가 적었어도 후세에 꼭 이름을 전하고 오늘날의 선비는 수가 많아도 세상에 이름이 알려지지 않습니다. 그 이유가 무엇일까요? 한나라 때의 선비는 경술經術에 월등한 재능을 보였고, 당나라 때의 선비는 시부詩賦에 월등한 재능을 보였는데 그것은 그들의 재능이 특별해서가 아닙니다. 그들을 시험하는 방법이 달랐기 때문입니다.

그렇다면 오늘날 선비를 시험하는 내용을 대략 짐작할 수 있겠습니다. 공령문功令文이라는 껍데기로 한 개인의 내면에 온축한 포부를 점치고, 들뜨고 허황한 상투어로 천하의 문장을 구속하려 하며, 한순간의 잘잘못으로 평생의 진퇴를 결정하는 것이 바로 오늘날의 시험입니다. 명성으로 선비를 시험하면 앞 다투어 명성을 얻으려 하고, 이익의 성취로 선비를 시험하면 앞 다투어 이익을 추구하려 합니다. 품계와 녹봉이 미끼가 되고 일신의 영달이 시험에 달려 있습니다. 따라서 물과 불 속에 잘 들어가는 것으로 시험을 치른다면 물과 불 속으로 뛰어들지 않을 자가 거의 없을 것입니다. 선비들이 품은 뜻이 남들과 달라서일까요? 시험의 풍습이 선비를 저렇게 만들었을 뿐입니다.

그러므로 선비를 시험하는 명목은 옛날과 똑같아도 선비를 시험한 효과는 다르고, 선비를 시험하는 의의는 같아도 선비를 시험하는 방법은 제각각 다릅니다. 먼 과거로부터 현재에 이르기까지 선비를 시험하는 방법은 몇 차례나 바뀌었는지 모릅니다. 경전에서 살펴보면, "그가 쓸 만한 사람인지를 시험해 보고 다른 사람은 물리쳐라"[2]라고 한 글이 『상서』尚書에서 요堯임금을 묘사한 글에 나오고, 네 가지 과

북학의 외편 · 225

목으로 인재를 취한다는 표준은 『논어』論語에 실려 있습니다.[3]

하은주夏殷周 삼대三代의 조사造士[4]와 전국戰國시대의 식객食客, 전한前漢 때의 효렴孝廉, 후한後漢 때의 관리, 위진魏晉 때의 구품중정九品中正[5]이 각 왕조에서 인재를 뽑는 제도에 따라 선발한 인재입니다. 사부詞賦로 인재를 뽑는 제도는 수隋나라·당唐나라에서 시작되었고, 팔고문八股文 제도는 왕안석에서 시작되어 송宋·원元·명明·청淸까지 이르렀습니다. 각 시대마다 각기 다른 방법으로 선비를 시험했고, 각기 다른 기준으로 인재를 취했습니다. 그 변천사를 통해 제도의 이동異同과 잘잘못을 얼마든지 검토해 볼 수 있습니다만 결국은 자기 시대에 적합한 제도를 만들려는 노력에 따라 그만한 변천을 겪어 왔던 것입니다.

한편으로는 앞서 말한 이른바 도덕이 높은 선비, 문학에 뛰어난 선비, 기예에 능한 선비도 왕왕 과거 시험을 통해 배출되었습니다. 그러자 마침내 세상에는 과거에 목숨을 걸고, 과거를 모든 의리의 귀결처로 아는 학자들까지 생겼습니다. 오늘날 선비를 시험하는 제도가 옛

---

2   『서경』「요전」(堯典)에 나오는 글이다. 요임금이 홍수의 피해를 막을 인재가 누구인가를 묻는 말에 사악(四岳)이 응답하는 말이다. 그 내용은 곤(鯀)이란 사람이 쓸 만한 사람인지를 시험삼아 써 보고, 그가 홍수를 다스리는 재능만을 취하고 다른 재능까지 겸비할 것은 요구하지 말라는 의미이다.

3   『논어』「선진」(先進)에, 공자의 문하에서 제자들을 가르치던 네 가지 표준으로 덕행(德行), 언어(言語), 정사(政事), 문학(文學)을 말했다.

4   조사는 『예기』「왕제」(王制)에 나오는 말로 학문을 성취한 선비를 가리킨다.

5   구품중정은 위진남북조(魏晉南北朝) 시대에 관리를 선발한 제도이다. 위 문제(魏文帝) 조비(曹丕)가 이부상서 진군(陳群)의 건의를 받아들여 각 주군(州郡)에 중정관(中正官)을 설립하고, 각지의 선비들 가운데 재능을 갖춘 인재를 9개 등급으로 나누어 조정에 천거하여 등용할 수 있게 했다.

날의 선비를 시험하는 제도와 다르다는 사실을 그들은 전혀 모릅니다. 집안에서 대대로 전해 오며 집집마다 학습하는 내용은 모두가 여기저기서 주워 모은 진부한 말에 불과한데도, 제 자랑하고 자신을 파는 짓거리가 입신立身하려는 첫해부터 발생하는 것입니다. 이로부터 선비를 시험하는 법이 점차 무너지는 길로 들어섰습니다. 그러니 시무時務를 아는 자가 더 늦기 전에 개혁하지 않을 도리가 있겠습니까?

어리석은 저는 고금의 제도를 절충하여 제 생각을 글로 써서 이 시대의 군자에게 한번 말씀드리려 마음먹은 지 오래되었습니다. 이제 영광스럽게도 그에 관한 질문을 받게 되니 얼마나 다행스러운지 모르겠습니다.

이에 따라 두루 말하고 조목조목 설명하여 그 폐단을 고치는 방안을 피력했는데 그 내용은 앞에 실린 두 편의 「과거론」과 취지가 대략 같다.

시험을 주관했던 이명식李命植[6] 공이 이 글을 크게 칭찬하면서 "이 글은 시속의 정문程文으로 취급해서는 안 된다"라고 하면서 일등으로 뽑았다. 그러나 폐단을 고치는 방법을 논한 글의 아랫 대목에는 격식을 위반한 말을 구사한 것이 있었다. 다른 시험관이 그것을 근거로 내 글을 내치려고 했다. 그러자 이공은 그럴 수는 없다고 했으나 결국 등수를 내려서 3등으로 매겼다.

나는 사실 과거에 응시하는 책문을 익힌 적이 한 번도 없었다. 우

---

6 이명식(?~1800)은 정조 시대의 명신이다. 시파(時派)로서 50년 동안 내외의 고위직을 두루 역임했다. 박제가와 이덕무가 연행했을 때 4월 11일 의주부윤으로서 그들 일행을 위로한 사실이 『입연기』에 나온다.

연히 과거 시험장에 들어가 옆 사람이 짓는 것을 엿보았더니 그다지 어려울 것이 없었다. 마침내 글의 머리 부분을 읽어서 완성하고 그 아래의 정식程式은 친구 이희명李喜明을 시켜 채워 넣도록 했다. 나는 한편으로는 글씨를 쓰고 한편으로는 문장을 부르면서 "이것이 어찌 용두사미龍頭蛇尾 꼴이 아니겠나?"라고 말했다. 이군이 웃으면서 "자네는 본래 꼬리가 없지 않은가? 자네가 머리니 꼬리니 가릴 자격이 있나?"라고 했다.

그때 마침 해는 저물고 바람은 불어와 손이 가는 대로 글을 써서 바쳤다. 답안을 제출한 자체로 만족했을 뿐 합격하고 말고는 마음에 두지 않았다. 마음에 흔쾌하지 않은 일은 감출수록 더욱 드러나게 마련이다. 우연히 높은 성적으로 뽑혀서 사람들의 비웃음을 야기한 일이 지금도 여전히 부끄러울 뿐이다. 무술년(1778) 가을 박제가는 기록한다.

북학변[1] 1北學辨

•

낮은 수준의 선비는 오곡五穀을 보고서 중국에도 이런 것이 있더냐고 묻고, 중간 수준의 선비는 중국의 문장이 우리만 못하다고 생각하며, 높은 수준의 선비는 중국에는 성리학이 없다고 말한다. 정말 그들 말 대로라면 결과적으로 중국에는 아무 것도 없다는 말이 된다. 그렇다면 "중국에는 배울 만한 것이 남아 있다"라고 내가 말했으나 실제로는 거의 없는 셈이다.

그러나 천하는 넓다. 거기에 무엇이 없겠는가? 내가 거쳐 지나간 곳은 연경 일대의 한 모퉁이에 지나지 않고, 내가 만난 사람은 문학하는 선비 몇 명에 불과할 뿐, 도를 전하는 큰 학자를 본 것은 아니다. 그럼에도 불구하고 큰 학자가 절대로 없다는 말을 감히 꺼내지 못한다.

천하의 하고많은 책을 다 읽지도 않고, 천하의 넓디넓은 대지를 다 밟아 보지도 않은 자들이 육롱기陸隴其,[2] 이광지李光地[3]의 성리학과 고

---

1 「북학변」 세 편은 이본에 따라 편수와 위치상 큰 차이가 있다. 세 편이 모두 실린 사본은 월전본·규장각본·국립본·가람본이다. 월전본·국립본·가람본은 「과거론」과 「관론」 사이에 실려 있고, 규장각본은 「존주론」 뒤에 실려 있다. 장서각본·자연본·연경본·금서본·국편본에는 첫 번째 글 한 편만 실려 있고 이하 두 편의 글은 실리지 않았다. 이들 이본은 「존주론」 뒤에 실려 있다. 한편, 친필본과 숭실본에는 「북학변」 1은 이 자리에 「북학변」 2·3은 연암 서문 뒤에 부록으로 실려 있다. 여기서는 세 편을 모두 수록한다.

정림顧亭林[4]의 존주대의尊周大義, 주죽타朱竹陀[5]의 박학博學, 왕어양王漁
洋[6]과 위숙자魏叔子[7]의 시문이 천하에 인정받는 사실을 모르면서 "도

---

2   육롱기(1630~1692)는 청나라의 성리학자이다. 본래 이름은 롱기(龍其)였는데 피휘
(避諱)하여 롱기(隴其)로 개명했다. 자(字)는 가서(稼書)이고 절강(浙江) 평호(平湖) 사
람이다. 강희(康熙) 9년(1670)에 진사가 되었으며 강남(江南) 가정(嘉定) 등의 지현(知
縣)과 사천(四川)의 도감찰어사(道監察禦史) 등을 역임했다. 학문은 주희(朱熹)를 종주
로 삼고 육왕(陸王)을 배척하여 조정으로부터 '본조(本朝) 이학(理學) 유신(儒臣)의 제
일'이라는 칭송을 받았다. 저서에 『곤면록』(困勉錄), 『독서지의』(讀書志疑), 『삼어당문
집』(三魚堂文集) 등이 있다.

3   이광지(1642~1718)의 자는 진경(晉卿), 호는 후암(厚庵), 별호는 용촌(榕村)으로,
천주(泉州) 안계(安溪) 호두(湖頭) 사람이다. 강희(康熙) 9년(1670)에 진사가 되어 한
림(翰林)에 나아가고 여러 관직을 거쳐 문연각(文淵閣) 대학사(大學士) 겸 이부상서(吏
部尚書)에 이르렀다. 주요 저서로 『주역통론』(周易通論), 『주역관상』(周易觀象), 『시소』
(詩所), 『대학고본설』(大學古本說), 『중용장단』(中庸章段), 『독논어차기』(讀論語劄記),
『독맹자잡기』(讀孟子雜記), 『주자예찬』(朱子禮纂), 『용촌어록』(榕村語錄), 『용촌문집』
(榕村文集) 등이 있다.

4   고정림은 저명한 사상가이자 사학자인 고염무(顧炎武, 1613~1682)를 가리킨다. 정
림(亭林)은 그의 호이다. 황종희(黃宗羲), 왕부지(王夫之)와 함께 명말청초(明末淸初)
삼대유(三大儒)라 일컫는다. 젊었을 때 경세치용(經世致用)의 학문을 연마했다. 명나라
가 망한 후 만주족의 침략에 저항하는 의용군에 참가했으나 패했고, 죽을 때까지 지조를
지켰다. 만년엔 고증(考證)에 전념하여 청대(淸代) 박학(博學)의 기풍을 열었다. 대표 저
서로 『일지록』(日知錄), 『음학오서』(音學五書), 『천하군국이병서』(天下郡國利病書) 등
이 있다.

5   주죽타는 청대의 시인이자 학자인 주이존(朱彝尊, 1629~1709)을 가리킨다. 죽타
(竹陀)는 그의 호이며, 자는 석창(錫鬯)이다. 절강성(浙江省) 가흥현(嘉興縣) 출신이다.
한림원(翰林院) 검토(檢討)를 제수받고 남서방(南書房)에 입직하여 『명사』(明史) 편찬
에 참가했다. 학식이 깊고 넓었으며 경사(經史)에 통달하고 시사(詩詞)와 고문(古文)에
능했다. 저서로 『경의고』(經義考), 『일하구문』(日下舊聞), 『폭서정집』(曝書亭集) 등이
있다. 19세기의 저명한 학자이자 문인인 홍길주(洪吉周)는 연행하는 형 홍석주(洪奭周)
를 전송하는 시 「저 계주 북쪽 바라보며」(瞻彼薊之北行)에서 "고염무와 주이존은 고증학
에 해박하고, 육롱기와 이광지는 전주에 조예가 깊다"(顧朱博證辨, 陸李精箋註)라고 하
여 청나라 학문의 4대가로 박제가와 같이 네 명을 꼽았다.

6   왕어양은 왕사진(王士禛, 1634~1711)을 말한다. 청의 시인으로 자는 자진(子眞)·

학道學이고 문장이고 하나같이 볼 게 없다"라고 단언해 버린다. 나아가 천하의 공론까지도 싸잡아서 불신한다. 오늘날 사람들이 도대체 무엇을 믿고 저러는지 나는 모르겠다.

책은 너무도 많고, 의리는 무궁하다. 따라서 중국 책을 읽지 않는 것은 제 자신을 일정한 틀에 가두는 짓이고, 천하를 모조리 오랑캐라고 매도하는 것은 남을 속이는 짓이다. 중국에 양명학陽明學[8]이 존재하는 것은 사실이지만, 주자朱子의 적통嫡統 역시 그대로 남아 있다. 우리나라는 사람마다 정자程子와 주자를 말하여 온 나라에 이단이 전혀 없다. 양명학[9]을 주장하는 사대부가 전혀 없는 것은 추구하는 목적이 하나로 집중되었기 때문이 아니겠는가? 사람들을 과거 시험으로 몰아가고, 풍기風氣로 옴짝달싹 못하게 묶어 놓았기 때문에 그와 같이 하지 않으면 자신은 몸을 붙일 곳이 없고, 자손을 보전하지 못한다. 이것이 바로 규모가 큰 중국보다 우리가 못한 이유이다. 우리가 가진 장기를 다 발휘한다고 해도 중국의 한 가지 일을 잘하는 것

이상(貽上), 호는 완정(阮亭)·어양산인(漁洋山人)이다. 신운설(神韻說)을 제창하여 청대 초기 시단에 막대한 영향력을 행사했다. 박제가를 비롯한 시인들이 그의 시를 즐겨 읽었다. 저서로 『어양산인정화록』(漁洋山人精華錄), 『잠미집』(蠶尾集), 『지북우담』(池北偶談), 『향조필기』(香祖筆記), 『대경당집』(帶經堂集), 『감구집』(感舊集) 등이 있다.

7   위숙자는 명말청초의 산문가인 위희(魏禧, 1624~1680)를 가리킨다. 그의 자가 숙자 (叔子)이며, 또 다른 자로 빙숙(冰叔)이 있다. 강서(江西) 영도(寧都) 출신이다. 왕완(汪琬), 후방역(侯方域)과 함께 청초(淸初) 산문 삼대가로 일컬어졌으며, 형인 제서(際瑞), 아우인 예합(禮合)과 함께 영도 삼위(三魏)로 일컬어졌다. 저서로 『위숙자문집』(魏叔子文集), 『삼위전집』(三魏全集) 등이 있다.

8   원문은 육왕지학(陸王之學)으로 육상산(陸象山)·왕양명(王陽明)의 학문이다. 곧 양명학을 가리킨다.

9   원문은 강서여요지설(江西餘姚之說)이다. 강서는 육상산(陸象山, 육구연)의 고향이고 여요는 왕양명(王陽明)의 고향으로 여요지학은 양명학을 가리킨다.

에 불과하다면, 저들과 비교하고 요모조모 따져 보는 것 자체가 벌써 제 능력을 전혀 헤아리지 못하는 행위일 것이다.

내가 북경에서 돌아왔더니 나라 안의 인사들이 문이 닳도록 찾아와 "저들의 풍속이 어떠한지 알고 싶다"라고 물었다. 나는 벌떡 일어나 이렇게 말했다.

"당신은 저 중국 비단을 보지 못했습니까? 꽃과 새와 용을 수놓은 무늬가 번쩍번쩍 살아 있는 듯, 지척에서도 형형색색 다른 모양으로 바뀝니다. 구경꾼들은 비단 짜는 기술이 이런 수준일 줄은 미처 생각도 못했을 겝니다. 우리나라에서 가로세로 얼기설기 짜 놓은 무명 옷감과 비교하면 어떻습니까? 그렇지 않은 물건이 없습니다. 물건만 그런 것이 아닙니다. 그들이 평상시 내뱉는 말이 바로 문자文字이고, 그들이 사는 집은 휘황찬란합니다. 다닐 때는 수레를 타고, 몸에서는 향기가 풍깁니다. 도읍과 성곽과 음악은 번화하고 화려하며, 무지개다리가 놓이고 푸른 가로수가 늘어진 거리를 덜컹덜컹 지나는 수레와 왁자지껄 오가는 인파는 그림 속에서 보는 풍경입니다. 부인들은 모두 예스러운 비녀를 꽂고 긴 옷을 입고 다니는데 멀리서 쳐다보면 우아하기 비할 데 없습니다. 짧은 저고리에 펑퍼짐한 치마를 입는 오늘날 우리네 여인들이 몽골의 의복제도를 여전히 따르는 실정과는 다릅니다."

이렇게 말하자 모두들 망연자실하여 내가 한 말을 곧이 믿으려 하지 않았다. 듣고 싶었던 말과는 딴판이라 모두들 실망하고 떠나며 내가 오랑캐 편을 든다는 눈치였다.

아아! 그들은 모두 앞으로 우리나라의 학문을 이끌고, 우리 백성을 다스릴 사람들이다. 그럼에도 불구하고 이렇게 완고하니 문화가 크게 발전하지 않는 오늘날의 현실이 이상할 것이 없다. 주자는 "의리를 아는 사람이 많기만을 바랄 뿐이다"라고 하셨다.[10] 이 문제를 내가 따지지 않을 도리가 없다.

---

10 『주자어류』(朱子語類) 권16에 "오늘날의 문인과 재사들은 입을 열기만 하면 국가의 이해(利害)에 관하여 말하고, 붓을 잡기만 하면 시정(時政)의 잘잘못을 기록하지만 그들이 결국에 가서 무슨 일을 성사시켰던가? 다만 의리를 명확하게 따져 인심을 바로잡아 세상에 의리를 아는 사람이 많도록 만든다면 좋겠다. 그렇게만 된다면 정치가 제대로 시행되지 않을까 걱정할 필요가 있겠는가?"(今世文人才士, 開口便說國家利害, 把筆便述時政得失, 終濟得甚事? 只是講明義理以淑人心, 使世間識義理之人多, 則何患政治之不舉耶?)라는 대목에서 나온 말이다. 박제가가 주자의 말을 끌어다 쓴 것은 주자의 범주를 벗어나지 못하는 고루한 학자들의 정신을 주자의 말로 비판하기 위해서다. 조선의 학자에게 시급한 것은 세상과 사물을 이해하는 인식상의 큰 전환이라는 점을 역설하기 위한 인용이다.

북학변 2[1] 北學辨

•

오늘날 사람들은 아교로 붙이고 옻칠을 한 속된 눈꺼풀을 달고 있어 아무리 애써도 떼어 낼 도리가 없다. 학문에는 학문의 눈꺼풀이, 문장에는 문장의 눈꺼풀이 단단하게 붙어 있다. 큰 문제는 제쳐 두고 수레부터 말을 꺼내 보자. 수레를 사용하자고 하면 우리나라는 산이 험하고 물이 가로막혀 사용하지 못한다고 말한다. 산해관山海關(요동遼東의 관문)에 걸린 편액은 이사李斯[2]의 글씨로 10리 밖에서도 보인다고 우긴다.[3] 서양인은 초상화를 그릴 때 사람의 검은 눈동자를 즙으로

---

1 친필본·숭실본·국립본·월전본·가람본에 실려 있고 다른 본에는 실려 있지 않다. 이 글은 『정유집』에 「만필」(謾筆)이라는 제목으로 수록되어 있다.

2 이사(?~기원전 208)는 진(秦)나라의 장군이자 승상으로 천하를 통일하고 문자를 통일시켰다. 그는 글씨를 대전(大篆)에서 소전(小篆)으로 간략화시켰다. 서법사에서 매우 중요한 위상을 지니는 인물이다.

3 산해관의 성루 서쪽의 위층 처마 밑에 실제로 '천하제일관'(天下第一關)이라고 적힌 대형 현판이 걸려 있다. 현판은 길이 5.9m, 글씨의 높이가 1.6m인데 '일'(一) 자의 길이가 1.09m에 이른다. 조선 사람이 잘못 전해 오는 이 사연을 그는 시에서도 언급했다. 「연경잡절. 임은수 자형과 헤어지며 주다. 옛 기억을 더듬어 붓을 달려 140수를 얻었다」(燕京雜絶. 贈別任恩受姊兄. 追憶信筆, 凡得一百四十首)의 제12수는 다음과 같다. "아홉 겹 문을 쌓은 진나라 산해관의/발뿌리를 발해의 물결이 적시네./해서로 쓰인 편액을 놓고/이사(李斯)의 글씨라고 의심치 말라."(秦城九重門, 渤海浸其垠. 莫以眞書榜, 翻疑小篆人.) 이 시에는 설명이 붙어 있다. "세상에서 산해관의 편액 글씨는 이사가 썼는데 10리 떨어진 곳에서도 볼 수 있다고 한다. 관문 바깥의 겹겹이 쌓은 성에는 원래 편액이 없다.

산해관 《심양관도첩》에 수록. 이필성李必成, 1761년. 46.0x55.0cm. 명지대학교 LG연암문고 소장.

내어 눈동자를 찍기 때문에 서로 다른 방향에서 봐도 눈이 마치 살아 있는 듯하다고 떠벌린다. 되놈은 변발할 때 부모의 생존 여부에 따라서 한 개 또는 두 개로 따는데 그것은 옛날의 머리 땋는 방법과 동일하다고 고집한다.

이것만이 아니다. 백성의 성씨를 황제가 낙점落點한다는 낭설[4]도, 책을 진흙판(土板)으로 찍는다는 낭설도 떠돈다. 이 따위 소문이 너무 난무하여 낱낱이 들어 말할 수 없을 지경이다. 아주 친해서 나를 신뢰하는 사람일지라도 이 안건만은 나를 믿지 않고 저들의 말을 믿는

성에 들어온 뒤 돌아보면 성문의 다락에 해서로 쓴 '천하제일관'(天下第一關)이란 다섯 글자가 걸려 있다. 그것은 곧 소현(蕭顯)의 글씨다. 산해관이란 이름은 서달(徐達)로부터 비롯되었는데 이사가 무슨 수로 해서로 썼겠는가?"(俗稱山海關匾額, 爲李斯書, 可以望十里. 蓋關外重城, 元無匾. 入城後, 回見城樓, 上揭天下第一關眞書五字. 卽蕭顯筆. 山海之名, 昉於徐中山, 李斯豈作楷書乎?) 박제가가 지적하듯이 이 글씨는 명나라 헌종(憲宗) 때인 1471년 이곳 태생인 소현이 썼다. 서달(1332~1385)은 명나라의 건국공신으로 산해관이란 이름을 지었다. 그보다 앞서 연행한 이기지(李器之)도 『일암연기』(一庵燕記) 권1에서, 이덕무도 『청장관전서』 60권 「앙엽기」 7에서 산해관의 글씨에 대한 속설을 싣고 이사의 글씨가 아님을 밝혔다.

4   남구만(南九萬)의 「갑자연행잡록」(甲子燕行雜錄, 『약천집』藥泉集 권29; 한국문집총간 493책)에도 널리 퍼져 있는 중국에 관한 그릇된 낭설과 그것을 변증하는 글을 싣고 있다. 박제가의 주장과 유사한 점이 있다. "諺曰百聞不如一見, 豈不信哉! 我國之通中國, 亦已久矣. 上自公卿, 下至興儓, 踵頂幾相接, 其所傳說, 疑若可信然, 亦多浮辭駕說, 以相蒙蔽者. 曾聞此地築城之甄, 其大如衣籠, 其築之也, 小頭向外, 長體在內, 衝車火砲不可壞破云矣. 今見一路小堡重鎭, 下邑都城, 皆築以甄, 而比我國之所造, 無甚大小之差, 本不如衣籠之大, 而且其所謂頭向外體在內者, 亦訛也. 且聞中國册板之模刻, 皆用黏土, 若欲印册, 則先備紙地, 以紙之數, 計印件之多少, 刻首張, 搭以數千百本. 畢印之後, 隨卽平削其所刻, 繼刻第二張, 又印滿其數, 然後繼刻第三張. 以此印勢雖廣, 無藏板之處. 至於通報之逐日印出者, 亦用土刻云矣. 今者細聞此處人言, 則册板例用梨棗二種木, 元無土刻之規, 至若通報則以活字印出, 故字有高低, 而墨有濃淡, 均板恩卒, 排行橫斜云. 檢之果然."

236

다. 심지어 나를 잘 안다고 하면서 나를 존경한다고 늘 말하는 이들
조차 그렇다. 이치에 닿지 않는 허황한 말을 풍문으로 접하고 나서는
마침내 내가 평소 말한 모든 것에 큰 의심을 품고 홀연히 나를 비방
하는 자의 말을 믿어 버린다.

그들이 나를 믿지 못하고 다른 사람의 말을 믿는 까닭을 나는 명
확하게 안다. 지금 우리나라 사람들은 '오랑캐'라는 글자로 천하의 모
든 것을 말살하고 있다. 반면에 나만은 "중국의 풍속은 이렇기 때문
에 너무나 좋다"고 말한다. 내 말은 그들이 기대하는 것과 너무나 다
르다. 그렇기 때문에 그들은 나를 믿지 않는다.

내 생각을 무엇으로 입증해 보일까? "중국 학자 중에도 퇴계退溪
(이황李滉) 선생 같은 자가 있고, 문장가에는 간이簡易[5] 선생 같은 자가
있으며, 명필에는 한석봉韓石峯(한호韓濩)보다 뛰어난 자가 있다"라고
시험삼아 말해 보라! 그들은 반드시 발끈 성을 내고 낯빛을 바꾸며
대뜸 "어찌 그럴 리가 있겠소?"라고 말하리라. 심한 경우에는 그런 말
을 내뱉은 사람에게 죄주려 들 것이다.

이번에는 이렇게 말해 보라!

"만주 사람들은 말하는 것이 개 짖는 소리와 같고, 먹는 음식은 냄
새가 나서 가까이하지 못한다. 심지어 뱀을 시루에 쪄서 씹어 먹고,
황제의 누이가 역졸과 바람을 피워 가남풍賈南風[6]이 했던 추잡한 소행

---

5 간이는 최립(崔岦, 1539~1612)의 호이다. 조선 선조 연간의 저명한 문장가이다. 최
립의 문장과 차천로(車天輅)의 시, 한호(韓濩)의 글씨를 송도삼절(松都三絶)이라 일컬
었다.
6 가남풍은 진 혜제(晉惠帝, 290~306)의 황후로 질투가 심하고 음탕했다. 민간의 미
남자들을 몰래 궁궐로 끌어들여 사통한 후 죽이거나 내쫓는 짓을 자행했다.

이 곧잘 일어난다."

그들은 틀림없이 크게 기뻐하여 내가 한 말을 여기저기 전달하기에 틈이 없을 것이다. 내가 예전에 사람들에게 "내 눈으로 직접 확인하고 왔는데 그런 일이 전혀 없다"고 힘주어 주장한 적이 있었다. 그들은 끝내 석연치 않은 표정을 지으며 "아무개 역관譯官이 그렇게 말했다"고 했다. 그래서 내가 "자네가 아무개 역관과 친분이 깊다고 하지만 나보다 더 친하단 말인가?"라고 물었다. 그 말에 그 사람은 "그 역관과 친분이 깊지는 않지만 거짓말을 할 사람은 아닐세"라고 답했다. 나는 이렇게 대꾸하고 말았다.

"그렇다면 내가 거짓말을 했구려."

어짊을 추구하는 자는 모든 것을 어짊의 관점에서 보고, 지혜를 추구하는 자는 모든 것을 지혜의 기준으로 잰다고 한다. 정말 맞는 말이다. 내가 여러 번 남들과 논쟁을 했는데 나를 비방하는 자가 제법 많았다. 그래서 이 글을 써서 내 자신을 경계하고자 한다.

북학변 3[1] 北學辨

●

우리나라에서는 송宋·금金·원元·명明 시대의 시를 모범으로 삼아 배운 자가 최상의 시인이고, 당시唐詩를 배운 자가 그다음 수준의 시인이며, 두보杜甫의 시를 배운 자가 최하 수준의 시인이다. 모범으로 삼아 배운 시의 수준이 높으면 높을수록 시인의 수준은 거꾸로 낮아진다. 그 이유가 대체 무엇일까?

두보를 배우는 자는 두보의 존재만 알 뿐 다른 시인은 쳐다보지도 않고 업신여긴다. 그래서 시를 쓰는 그의 솜씨는 갈수록 졸렬해진다. 당시唐詩를 배우는 자의 폐단도 마찬가지지만 그래도 두보를 배우는 자보다는 조금 낫다. 두보 이외에 왕유王維, 맹호연孟浩然, 위응물韋應物, 유종원柳宗元 따위의 수십 명 시인의 이름이 가슴속에 도사리고 있기 때문이다. 그 덕분에 두보만 배우는 자를 뛰어넘으려고 애쓰지 않아도 저절로 뛰어넘을 수 있다. 이 사실을 놓고 볼 때, 저 송·금·원·명 시대의 시를 모범으로 삼아 배운 자의 시에 대한 식견은 이들보다 한결 나을 것이다. 더구나 수많은 책을 널리 공부한 바탕 위에 진실한 성정性情으로 시적 재능을 발휘한 자의 식견이야 말할 나위가

---

1   친필본·숭실본·국립본·월전본·가람본에는 실려 있고 다른 본에는 실려 있지 않다. 이 글은 『정유집』에 「시학론」(詩學論)이라는 제목으로 수록되었다.

있겠는가? 따라서 문학의 길은 시인의 마음과 지혜를 활짝 열고 견문을 넓히는 데 달려 있을 뿐, 모범으로 삼아 배운 시대에 얽매이지 않는다는 사실을 알 수 있다.

글씨에서도 사정은 마찬가지이다. 진晉의 서법書法을 배운 자가 가장 수준이 낮고, 당송唐宋 이후의 서첩書帖을 배운 자가 그보다는 다소 아름답고, 현재 중국의 서법을 배운 자가 가장 수준이 높다. 그렇다고 이 말이 진의 서법과 당송의 글씨가 현재 중국 사람의 글씨에 미치지 못한다는 것이겠는가?

시대가 멀어지면 멀어질수록 모각模刻조차도 전해지지 않는다. 외국에 태어난 사람은 더욱이 글씨를 정확하게 감정하지 못한다. 오늘날 중국 사람의 글씨는 믿을 만하고 쉽게 접할 수 있으므로 차라리 그것을 배우는 것이 낫다. 옛 글씨의 법은 오히려 오늘날 중국 글씨에서 찾아볼 수 있다. 탑본榻本이 진짜인지 거짓인지를 분간하지 못하고, 육서六書와 금석金石[2]의 원류와 전개를 알지 못하며, 필묵의 변화와 움직임, 자연스런 형태와 기운을 모른 채 우쭐대며 자신이 마치 진晉의 서법가인양 왕희지 부자인양[3] 행세한다. 천하의 시를 몽땅 내동댕이치고 두보가 지은 수십 편의 글귀를 꼭 쥐고 앉아서 자진해서 고루한 골방에 틀어박힌 시인과 똑같다.

군자라면 글을 쓸 때 시대를 파악하는 것이 소중하다. 내가 중국에

---

2 금석은 고대의 청동기와 석각(石刻)의 총칭이다. 금(金)은 종(鐘), 정(鼎), 청동기를 가리키고, 석(石)은 비갈(碑碣)과 석각의 부류를 가리킨다. 금석에 글을 써서 건국이나 공적, 좌우명 등을 새겨 넣은 조각품이다.
3 원문은 이왕(二王)이다. 왕희지(王羲之, 321~379)는 동진(東晉)의 서법가로서 서성(書聖)으로 불린다. 아들 왕헌지(王獻之, 344~388)와 함께 왕씨 부자로 불리는데 이들에 의해 행초(行草)의 전형이 완성되었다.

살고 있다면 이 따위 주장을 할 필요가 없다. 우리나라에 살고 있어서 그러한 주장을 하지 않을 수 없다. 주장이 바뀌어서가 아니라 형편이 그렇게 만든다.

"두보의 시와 진晉 시대의 서체는 사람에 비한다면 성인이다. 성인을 버리고 그보다 낮은 사람에게 배우란 말이냐?"라고 반론을 제기하는 자가 있을 것이다. 그 반론이라면 나는 "경우가 서로 다르다. 거기에는 행위와 예술의 차이가 존재한다"라고 대꾸할 것이다. 한편, 그 차이가 존재함에도 불구하고 땅바닥에 금을 그어 집이라고 하고서는 "여기가 공자께서 거처하는 집이다"라고 하며 종신토록 눈을 감고 그 자리를 벗어나지 않는다면, 그에게는 볼만한 행동이 없음을 확인하게 되리라. 수준 높았던 옛날의 문장이 지금은 수준이 낮아지게 된 경위와 풍요風謠에 나오는 명칭이 같고 달라진 변화 따위는 깊이 공부한 자가 스스로 깨닫도록 맡겨 둘 일이지 한 사람 한 사람 데려다가 일일이 설명하기는 아무래도 어렵다.

---

4 박제가는 규장각 검서관으로 지내면서 1781년 가을부터 다음해 봄까지 염서(染署)를 겸직했다. 이해 가을에 「염서 겸사에 수직하며」(直染署兼司)를 지었고, 다음해 봄에 「겸사에서 수직하며」(兼司直中)를 지었다. 박제가의 『정유각시집』제2집에는 이 글의 내용과 밀접하게 관련된 글이 실려 있다. 이 글은 그가 규장각 검서관으로 재직하며 염서에 겸직으로 재직할 때인 1781년 겨울에 썼는데 그다음 해 4월 20일에 정조는 박제가에게 병풍에 글씨를 써서 바치라고 명을 내렸다. 검서관으로서는 영광스런 명령이라 유득공이 축하하는 장편시를 썼고, 박제가는 그에 화답하여 또 장편시를 지었다. 그 시의 내용에서 시와 글씨를 배우는 것을 논하며 이 「북학변」 3과 유사한 주장을 펼쳤다. 특히 시에 덧붙인 설명에는 몇 개월 전에 주장한 그의 생각이 확장되어 전개되고 있다. 그 설명은 다음과 같다. "요사이 서예가들은 입만 열면 종요(鍾繇: 위魏나라의 서예가)와 왕희지만 끌어올 뿐 당나라 이후의 글씨는 싸잡아 버리고 보려고도 하지 않는다. 나는 전에 '위진(魏晉)의 글씨를 배우는 것이 송명(宋明)의 글씨를 배우느니만 못하고, 송명의 글씨를 배우는 것이 현재 중국인의 글씨를 배우느니만 못하다'라고 말한 적이 있다. 시험 삼아 중국의 저

신축년(1781) 겨울에 위항도인葦杭道人은 겸사兼司에서 당직하면서
쓴다.[4]

잣거리에서 상인들이 작성한 장부를 가져다가 살펴보라. 잘 쓰고 못 쓰고를 떠나 모두 풍
기(風氣)가 현격하게 달라서 우리나라 많은 서예가들이 종신토록 배워 익힌 솜씨가 도달
할 수준이 아니다. 이런 관문을 먼저 꿰뚫어 본 뒤에야 시대를 논해도 된다. 게다가 서적
이란 오래되면 오래될수록 그 참됨을 잃게 마련이다. 바다 밖에 치우쳐 있는데다가 견문
이 넓지 못하므로 어떻게 하나하나 그것이 진짜인지 가짜인지 가리겠는가? 일찍이 사고
재(思古齋) 안원(顏元)이 쓴 『석각황정경』(石刻黃庭經)의 초탑본(初搨本)을 얻어 보여
주자 모두들 깜짝 놀라고 괴이하게 여겨 믿지를 않았다. 가소로운 일이다. 또 세상에서 감
상가로 일컬어지는 자들은 반드시 대추나무 목판에 새겨 은박으로 꾸민 『순화각첩』(淳化
閣帖)만을 진짜로 여긴다. 내 생각으로는 우리나라로 들어온 『순화각첩』은 모두 한가지
로, 굳이 선후를 망령되이 따질 것조차 없다. 근래 한림 오성란(吳省蘭)의 『주어존고』(奏
御存稿)를 보았더니, 『순화각첩』은 구태여 은박으로 꾸민 흔적을 가지고 귀하게 여길 필
요가 없다고 발문을 지은 것이 있었다. 내 말과 잘 부합됨을 그제야 믿게 되었다."(今書
家動引鍾玉, 唐以後則槩乎不欲觀也. 余嘗謂: '學魏晉書不若學宋明人書, 學宋明人書
不若直學中國今人書.' 試取中國市肆帳簿視之, 無論工拙, 皆風氣逈殊絶矣, 有非東國
諸公終身習學者所可幾及. 先透此關然後, 可論時代. 又況書籍愈古愈失其眞, 旣僻在
海外, 見聞不廣, 安能一一辨其眞贗. 嘗得思古齋『石刻黃庭』初搨視人, 皆驚怪不信, 可
笑. 又世稱鑑賞家, 必以『閣帖』棗木板銀錠爲眞, 余謂『閣帖』東來者, 都是一樣, 不須妄
論先後. 近見翰林吳省蘭『奏御存稿』, 有『閣帖』不必以銀錠痕爲貴作跋語云云, 方信余
言有符者.「有旨書進屛風一事, 柳寮爲作長歌, 遂和其意, 時壬寅四月二十日也」)

관직과 녹봉 官論 祿制

•

관직에 좋은 자리와 나쁜 자리가 있는 것은 틀림없이 국가의 본래 의
도가 아니다. 문벌이 형성되고 난 이후에 구분이 생기지 않았겠는
가? 여기 한 사람이 있다고 하자. 자신의 눈썹과 눈은 사랑하고 오줌
을 누는 곳은 미워하여 사흘 동안 오줌을 누지 않는다면 죽게 될 것
이다. 따라서 한 몸 안에 있는 것은 무엇이든 내 몸뚱어리 아닌 것이
없고, 마찬가지로 나라 안에 있는 것은 무엇이든 우리에게 필요하지
않은 것이 없다.

옛날 고요皐陶[1]가 옥관이 되었는데 감옥을 관장하는 낮은 직책을
맡았다고 하여 싫어하지 않았다. 비자非子[2]가 견수汧水와 위수渭水 사
이에서 말을 길렀는데 말을 치는 일을 감독하는 직책을 맡아서 자기
가 천해졌다고 생각하지 않았다. 백성들에게 공덕을 베풀고, 국가를
위해 능력을 바치는 관리라는 점에서는 모두가 똑같다.

지금 현령縣令이란 똑같은 자리에도 어떤 고을은 이 당파 사람이
가고, 어떤 고을은 저 당파 사람이 간다. 이것은 관직이 좋고 나쁜 기
준이 관직 자체에 있지 않고 고을살이의 수입이 좋은가 나쁜가에 달

---

1 고요는 순임금의 신하로 법에 밝았다.
2 비자는 중국 주(周)나라 때 사람으로 말을 잘 길렀다. 효왕(孝王)을 위해 견수와 위
수 사이에서 말을 길렀다.

려 있음을 뜻한다. 관각館閣의 똑같은 자리에도 아무개가 그 자리에 가면 더욱 높아 보이고, 아무개가 그 자리에 가면 조금 낮아 보인다. 이것은 벼슬이 좋으냐 나쁘냐의 기준이 관직 자체에 있지 않고 문벌이 높고 낮음에 달려 있음을 뜻한다.

그렇다면 정녕 관직에 좋은 자리와 나쁜 자리가 있단 말인가? 옛날에는 좋은 벼슬이었으나 지금은 나쁜 벼슬이 되고, 옛날에는 나쁜 벼슬이었으나 지금은 좋은 벼슬이 되기도 한다. 따라서 좋은 자리다 나쁜 자리다 하는 말을 실제로는 믿을 수 없다. 관직에 좋은 자리와 나쁜 자리가 있다고 하자. 그렇게 되면 좋은 자리는 기필코 얻으려고 다투고 반면에 나쁜 자리는 기필코 피하려고 들 것이다. 다투면 상대를 거꾸러뜨리려 들고, 피하면 할 일을 제대로 하지 못하는 자리가 생긴다. 당파를 만드는 습관이 군주 밑에 있는 신하들 사이에 형성되면 위에 군림한 군주의 권한이 사라진다. 그러면 무엇이 즐겁다고 임금 노릇을 하겠는가? 그러므로 나는 관직에 좋은 자리와 나쁜 자리가 있는 것은 국가의 본래 의도가 아니라고 말한다.

현천玄川 원중거元重擧[3]가 일본에 갔을 때 일본 사람이 우리나라의

---

3 원중거(1719~1790)는 자가 자재(子才), 호가 현천(玄川)·물천(勿川)·손암(遜菴)이다. 서족(庶族) 계층 지식인으로 1750년 생원시에 합격했다. 1759년 무렵 종8품의 장흥고봉사(長興庫奉事)에 임명되었고, 1763년(계미년) 통신사(通信使)의 서기(書記)로 일본을 여행하고 돌아왔다. 그 뒤 1776년경에 장원서주부(掌苑署主簿)에 임명되어 대략 16년간 근무했다. 1790년에 목천현감에 제수되었다. 그는 일본에 다녀와서 『화국지』(和國志) 3책과 『승사록』(乘槎錄) 5책을 쓰고, 『일동조아』(日東藻雅)를 편찬했는데 당시 일본의 문화와 풍토, 지리를 충실하게 기록하여 가치가 높다. 그는 박제가를 비롯한 인사들에게 존경을 받은 인물이었다. 원중거가 한 말은 『승사록』 권2에 나온다.

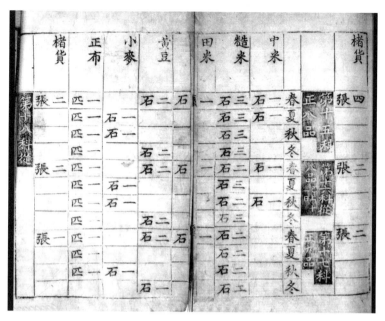

『경국대전』 권2의 호조戶曹 녹과祿科 1469년 간본. 장흥고봉사의 녹봉인 제16과 전후의 녹봉이 규정되어 있다. 국립중앙도서관 소장.

『경국대전』經國大典 간행본에 있는 봉사奉事의 녹봉 조항을 보여 주면서 "귀국의 녹봉은 어째서 그렇게 적습니까?"라고 물었다.[4] 현천이 일본에 갔을 때 장흥고봉사長興庫奉事의 직책을 갖고 있어서 나온 질문이었다. 현천이 살펴보니 그것은 임진왜란 이전의 녹봉제도로서 오

---

4 『경국대전』 권2의 호조(戶曹) 녹과(祿科)에 관원의 녹봉을 규정하고 있다. 계절에 한 번씩 받는데 종8품인 장흥고봉사는 제16과로서 봄에는 중미(中米) 1석(石), 조미(糙米) 2석, 전미(田米) 1석, 황두(黃豆) 2석, 정포(正布) 1필(匹), 저화(楮貨) 2장(張)을 받았다. 장흥고는 조선 시대 종6품아문(從六品衙門)으로 돗자리와 유둔(油芚: 두꺼운 종이에 기름을 먹여서 방석처럼 깔고 앉게 만든 물건), 지지(紙地) 등의 물건을 관장하는 기관이다. 원중거가 맡은 장흥고봉사와 장원서주부는 장기간 근무하는 성격의 직책이다.

늘날의 녹봉에 비해서 곱절 이상이었다. 대답할 말을 끝내 찾지 못하고 "이것만 주는 것은 아니다"라고 둘러댔으나 속으로는 몹시 부끄러웠다고 했다.

모름지기 관직에는 녹봉이 있어야 하고, 녹봉은 농사를 대신할 정도로 주어야 한다.[5] 그래야만 관리에게 가진 능력을 다 바치라고 요구할 수 있다. 어떤 사람이 노비를 굶긴 채 날마다 부려먹었다고 한다면 주인집에서 물건을 훔치지 않는 노비는 거의 없을 것이다. 그래서 크고 작은 자리에 있는 관리는 대체로 가진 권세를 이용하여 먹을 것을 마련하고자 사람들에게 권세를 판다. 따라서 권세가 있는 자리는 아무리 작은 직책이라도 부자가 될 수 있는데 뇌물을 받기 때문이다. 권세가 없는 자리는 대신이라도 규정된 녹봉만을 바라보고 살 수밖에 없는데 그러면 처자식을 먹여 살리기에도 턱없이 모자란다. 게다가 지방 고을의 관리에게는 정해진 봉급이 없다. 그래서 작은 고을의 현령이나 현감이 큰 고을의 목사牧使보다도 열 곱절이나 넉넉하게 수입을 거두는 일도 생긴다. 이것이 이치에 닿는 일인가?

한편 내직은 녹봉만으로는 생계를 꾸리지 못하므로 사대부는 처음부터 외직을 중시하고 내직을 가볍게 여긴다. 한번 주현州縣의 관원이 되면 반드시 자손 몇 대를 위한 자산을 장만하려고 안달이다. 이 때문에 탐학貪虐과 독직瀆職의 풍조가 나날이 성행하고, 만백성의 생활이 나날이 곤궁한 처지에 몰린다. 이것은 필연적인 형세이다.

5 　이 아래 내용은 제목에 제시된 녹봉제도를 다루고 있다. 월전본·국립본·가람본은 이 대목을 한 줄 아래로 써서 구분해 주었다. 자연본·국편본·연경본·장서각본은 위 대목과 줄바꿈없이 그대로 이어서 필사했다.

반면에 중국은 그렇지 않다. 아홉 단계의 품계에 끼이지 못하는 관리라도 봉급이 우리나라의 대신보다 많다. 지방 관원에게는 청렴에 대한 보상(養廉)[6] 제도를 시행하여 취임할 때나 퇴직할 때 생계를 마련할 상당한 재물을 제공한다. 그렇게 한 다음 100꿰미 이상 재물을 갈취한 관리는 뇌물에 관한 법률을 적용한다. 이야말로 지극히 정대하고 공정한 도리이다.

---

6 청렴에 대한 보상 제도, 즉 양렴(養廉)은 청나라의 제도로 관리에게 일상적 녹봉 외에 직무와 등급을 감안하여 따로 주는 은전(銀錢)을 말한다. 문관은 옹정(雍正) 5년 (1727)부터, 무관은 건륭(乾隆) 40년(1775)부터 시행했다. 관리들이 임의대로 거두던 부가세의 양을 정확하게 명시하여 징수하게 하고 청렴함을 입증한 관리에게는 매년 그만큼 보상해 주었으며, 불법으로 취득한 재산은 가차없이 압류했다.

재부론 財賦論

•

재물을 잘 불리는 사람은 위로는 하늘이 준 때(天時)를 놓치지 않고, 아래로는 지리적 이점(地利)을 놓치지 않으며, 가운데로는 사람이 할 일을 놓치지 않는다. 기계를 편리하게 사용하지 못하여 남들이 하루에 할 일을 나는 한 달 두 달 걸려서 한다면 이것은 하늘이 준 때를 놓치는 것이다. 밭 갈고 씨 뿌리는 방법이 잘못되어 비용은 많이 들었으나 수확이 적다면 이것은 지리적 이점을 놓치는 것이다. 상인들이 물건을 교환하지 않고 놀고먹는 자들이 나날이 많아진다면 이것은 사람이 할 일을 놓치는 것이다. 세 가지 것을 모두 놓치는 이유는 중국을 잘 배우지 않은 잘못 때문이다.

먼 옛날 신라는 경상도 한 개 도를 거점으로 삼아서 북쪽으로는 고구려에 대항했고, 서쪽으로는 백제를 정벌했다. 당나라가 10만 군사를 거느리고 국경 안에 들어와 주둔한 기간이 몇 해 몇 달이었다. 그 상황에서 만약 저들에게 군량미를 제공하고 접대할 때 예법상 실수를 한다거나 말을 먹이는 식량이 고갈되는 문제라도 한번 발생했다면 신라의 운명이 어떻게 될지 예측할 수 없었다. 그러나 신라는 결국 이런 방법 저런 방법으로 버티고 유지하여 넉넉하게 성공을 거두었다.

현재 우리나라는 경상도 크기의 도가 여덟 개나 된다. 그러나 평상시에도 관리 한 사람당 녹봉을 쌀 한 섬밖에 주지 못한다. 칙사라도 왔다 가는 날이면 경비가 완전히 바닥난다. 태평시대를 누린 지 100여 년이 흐르는 동안 위로는 외국을 정벌하거나 임금님이 지방을 순시한 일도 보지 못했고, 아래로는 문물이 번화하거나 백성들이 사치를 좋아하는 풍속을 보지 못했다. 그런데도 나라의 빈곤이 갈수록 심해지기만 한다. 도대체 그 이유가 무엇일까? 그 이유를 나는 잘 설명할 수 있다.

남들은 곡식을 세 줄로 심을 때 우리는 두 줄로 심는다. 그것은 논밭 1천 리를 줄여서 600여 리로 사용하는 셈이다. 남들은 농사를 지어 하루에 50섬 내지 60섬을 거둘 때 우리는 20섬을 거둔다. 그것은 논밭 600여 리를 줄여서 200여 리로 만드는 셈이다. 그 대신에 남들은 곡식 종자를 5푼 파종할 때 우리는 10푼 파종한다. 이것은 또 1년 뒤에 쓸 종자를 잃는 셈이다.

이러한 실정에 한 술 더 떠 배와 수레, 목축, 가옥, 기계를 쓸모 있게 사용하는 방법을 강구하지 않고 방치해 둔다. 전국적으로 계산하면 100곱절의 이익을 잃는다. 현재의 토지만을 가지고 계산해도 이런 형편인데 만약 위아래 100년의 기간을 누적하여 계산에 포함시킨다면 얼마나 많은 양을 잃었는지 계산이 되지 않는다. 하늘이 준 때를 놓치고, 지리적 이점을 놓치며, 사람이 할 일을 놓치기 때문에 국토가 1천 리가 된다고 해도 실제로는 100리에 지나지 않는다. 그러므로 신라가 우리보다 100곱절이나 낫다는 사실을 이상하게 생각할 것이 없다.

이제라도 서둘러서 경륜이 있고, 재능과 기술을 가진 선비를 선발하여 한 해에 열 명씩 중국으로 가는 사신 행렬의 비장裨將과 역관들

틈에 섞어 보내자. 한 사람이 그들을 인솔하여 마치 옛날에 있었던 질정관質正官의 관례를 따라서 중국에 들어간다. 중국에 들어가서 저들의 법을 배우고 저들의 기계를 사들이며, 저들의 기술을 전수받는다. 그러고는 그들을 시켜 배운 제도를 나라 안에 전파하도록 하자. 특별 기구를 설치하여 교육시키고 재물을 장만하여 현장에 적용한다. 전수받은 제도의 중요도와 거두어 낸 공적의 허실을 관찰하여 그것을 근거로 상을 주거나 벌을 내린다. 한 사람에게 중국에 들어가는 기회를 세 차례 주되 세 번을 들어가서도 아무런 효과를 거두지 못한자는 쫓아 버리고 다른 사람으로 바꿔 선발한다.

이 방법을 채택해 시행한다면 10년 이내에 중국의 기술을 모조리 습득할 수 있다. 그러면 앞서 말했던 1천 리의 땅을 이제는 1만 리의 땅으로 탈바꿈시키고, 3년 또는 4년에야 얻을 곡식을 이제는 1년 안에 얻을 수 있다. 이렇게 하고도 재부財富가 부족하다거나 국가 재정이 넉넉하지 않는 경우는 발생할 수 없다. 그렇게 한 뒤에 사람마다 비단옷을 입고 집집마다 금벽金碧으로 휘황찬란하게 꾸민다면 백성들과 더불어 행복을 즐기기에도 바쁜데 백성들이 사치할까 염려할 겨를이 어디에 있겠는가?

내가 예전에 다음 시를 지은 적이 있다.[1]

---

1 저자의 일관된 사유를 보여 주기 위해 부록처럼 실린 두 편의 시는 『정유각시집』 제2권에 수록된 「새벽에 앉아 감회를 쓴다」(曉坐書懷) 7수 가운데 제3수와 제5수이다. 이 작품은 저자가 중국 여행에서 돌아온 뒤 통진(通津)의 전사(田舍)에 머물며 『북학의』를 구상할 때의 심경을 밝힌 것이다. 다른 작품에서는 "일신의 의식주를 걱정하지 않고/아득히 천지를 그리워하며 수심에 잠긴다"(匪直衣食戀, 遙裏天地愁)고 하기도 했고, "천 개의 글자로 가슴속 생각을 풀어내려니/어느 겨를에 내 한 몸 위해 고민하리오?"(千言賦幽裏, 未暇一身謀)라고도 하여 일신의 안녕을 위해서가 아니라 나라를 위해 중국에서의 견문

신라는 바닷가에 위치한 나라
현재 영토의 8분의 1에 불과했지.
고구려가 위쪽에서 침범해 올 때
당唐은 아래에서 출병했는데,
창고에는 곡식이 넉넉했기에
군량미를 잘 대 주어 실책 없었지.
이유가 무엇인지 꼼꼼히 분석해 보니
배와 수레를 사용한 데 있었네.
배로는 외국과 통상하고
수레로는 말과 노새를 활용했으니,
두 가지를 활용하지 않는다면
관중管仲과 안자晏子[2]인들 방법 있겠나?

두 번째 시는 다음과 같다.

땅을 파서 황금 만 근을 얻어도
허무하게 굶어죽고,
바다에 들어가 진주 100섬을 채취해도
겨우 개똥과 바꾸는 우리나라!

을 정리하겠다는 우국지사의 충정을 표출했다. 가람본·육당본·규장각본·월전본에는 이
두 편의 시를 누락시켰다.

2   관중과 안자는 춘추시대 제(齊)나라의 재상이다. 100년을 사이에 두고 제나라를 열
국의 패자로 만든 재상들로서 공리(功利)를 내세워 부국강병을 도모했다. 이들의 행적은
『사기』「관안열전」(管晏列傳)에 함께 기록되었고, 그들의 사상은 각각 『관자』(管子)와
『안자춘추』(晏子春秋)라는 저서에 실려 있다.

"개똥은 그나마 거름으로 쓰지만
진주는 쓸 데가 어디 있어야지?"
육로로 북경까지 물자가 통하지 않고
뱃길로 일본까지 상인이 가지 않네.
비유하면 이렇다. 들판의 우물물은
퍼내지 않으면 저절로 말라 가는 법,
백성의 안녕이 보물에 있지는 않으나
생리生理가 날로 졸아들까 걱정이네.
지나치게 검소하면 백성이 즐겁지 않고
지나치게 가난하면 도둑이 많아진다네.

강남 절강 상선과의 통상론 通江南浙江商舶議

우리나라는 나라가 작고 백성이 가난하다. 지금 갖은 노력을 기울여 전답을 경작하고, 현명한 인재를 기용하며, 상인에게 장사를 허용하고, 장인에게 혜택을 더해 주어 나라 안에서 챙길 이익을 다 거둔다고 해도 오히려 풍족하지 못할까봐 염려한다. 그러면 또 먼 지방에서 나오는 물건을 통상을 거쳐 가져와야 재화財貨가 불어나고 갖가지 쓸 물건이 마련된다.

수레 100대에 싣는 물건이 배 한 척에 싣는 물건을 당해 내지 못하고, 육로로 1천 리를 가는 것이 배를 타고 해로로 1만 리를 가는 것보다 편리하지 않다. 따라서 통상하려는 사람은 또 수로를 중시할 수밖에 없다. 우리나라는 삼면이 바다로 둘러싸여 있다. 서쪽으로는 등주登州[1] 내주萊州[2]와 직선거리가 600여 리에 지나지 않고, 남해바다의 남단은 오吳 땅의 머리쪽과 초楚 땅의 꼬리쪽에 위치한 강서江西 지역과 서로 바라보고 있다. 송宋나라 배가 고려와 통상하던 시절에는 명주明州[3]로부터 이레 만에 예성강에 정박했으므로 가까운 거리라 할

---

1 등주는 중국 산동반도에 있는 고을로 현재의 펑라이(蓬萊)의 옛 이름이다.
2 내주는 중국 산동성(山東省) 옌타이(烟台)에 있는 도시이다.
3 명주는 중국 절강성(浙江省) 동부(東部) 용강(勇江) 하류에 발달한 도시로 1842년에 개항했다. 현재의 닝보(寧波)의 옛 이름이다.

만하다. 그러나 조선은 건국 이래로 거의 400년 동안 다른 나라와 배한 척 왕래한 일이 없다.

어린아이가 낯선 손님을 보면 부끄러워하고 쭈뼛쭈뼛하다가 삐쭉거리며 운다. 본래 성품이 그래서가 아니라 보고 들은 것이 적어 의심이 많아서다.[4] 그렇듯이 우리나라 사람은 두려움을 쉽게 느끼고 꺼리는 것이 많으며, 풍속과 기운이 투박하고 재능과 식견이 시원하게 트이지 못했다. 오로지 외국과 통상이 없는 것이 그 이유다. 황차黃茶를 실은 배 한 척이 표류하여 남해에 정박한 일이 있다.[5] 온 나라가 10여

---

4 이 말은 『모자』(牟子)에서 인용한 중국의 옛 속담으로 "본 것이 적으면 괴상하게 여기는 것이 많다. 낙타를 보고서 말 등짝에 종기가 생겼다고 말한다"(少所見, 多所怪. 見橐駝, 言馬腫背)라는 말에 기원을 두고 있다. 조선 후기에 널리 읽은 시선집 『고시귀』(古詩歸)에 실려 전하는데 그 책에는 "너무도 기이하고, 너무도 기이하다. 이 글을 읽으면, 사람으로 하여금 입을 크게 벌리고 웃게 만든다"라는 평이 달려 있다. 박지원의 「능양시집서」(菱洋詩集序)에도 "통달한 선비는 괴상하게 여기는 것이 없고 세속 사람은 의심하는 것이 많다. 이른바 본 것이 적으면 괴상하게 여기는 것이 많다는 것이다"(達士無所恠, 俗人多所疑, 所謂少所見, 多所恠也)라고 했다. 정약용은 『이담속찬』(耳談續纂)에 중국의 속담으로 수록하고 "고루한 사람은 특이한 소문을 믿지 않는다"(孤陋之人, 不信異聞)라고 의미를 설명했다. 한편, 19세기의 저명한 박물학자인 이규경(李圭景)은 『시가점등』(詩家點燈) 속집 1권에서 "우리나라 문장가들이 낙타의 말 등짝의 종기라는 말을 간혹 쓰는데 보고도 무슨 말인지를 몰랐고, 더군다나 어떤 책에서 나왔는지 몰랐다. 근래에 전겸익(錢謙益)의 『유학집』(有學集)을 보다가 주창기(朱滄起)의 저술 『낭환유찬』(琅環類纂)에 얹은 서문에서 '먼 옛날의 말에 있듯이, 본 것이 적으면 괴상하게 여기는 것이 많다. 낙타를 보고서 말 등짝에 종기가 생겼다고 말한다'라고 한 것을 발견하고 비로소 그 말의 쓰임새와 출처를 알았다"고 했다.
5 박제가 언급한 이 일은 실제로 발생한 사건이다. 영조 38년(1762) 11월에 고군산도에 청나라 사람이 표류해 왔는데 그 배는 황차 잎을 싣고 있었다. 조정에서는 표류인을 불쌍히 여겨 그 값을 은화로 계산해 주기로 했는데 그 값이 7천여 냥이었다. 영조는 그 황차 잎이 한양에 오면 앞 다투어 사느라 소동이 일어날까 염려했다. 『일성록』(日省錄) 임오년 11월 14일자 기사에 다음과 같이 나온다. "同日入侍時, 戶曹判書徐志修所啓: '古群山漂漢人, 纔已入來, 而其卜重難運之物, 留置中路, 折價以給, 而古群山鎭留置黃

년 동안 사용했는데도 여전히 황차가 남아 있다.[6] 어떤 물건이고 그렇지 않은 것이 없다. 지금 무명옷을 입는 것도 백지白紙에 글씨를 쓰는 것도 넉넉지 않은 처지이지만, 선박을 이용하여 외국과 한번 통상한다면 비단옷을 입는 것도 죽지竹紙에 글씨를 쓰는 것도 넉넉하게 할 수 있다.

지난날 왜국倭國이 중국과 통상하지 않았을 때에는 우리나라의 중개를 통해 연경에서 실을 무역해 갔다. 그래서 우리나라 사람이 중간

茶葉, 以無用之物, 渠輩不願受價, 當以憐恤之意, 酙酌給銀矣, 通計之似當爲七千餘兩云, 故就議于廟堂, 則大臣之意, 以爲自關西給之, 則卜馱甚省, 可爲便好云, 故敢此仰達.' 領議政曰: '分付監兵營, 使之推移覓給, 則可免遠道運送之弊, 俄者戶判, 有所相議, 故臣亦以此爲言矣.' 上曰: '依爲之!'" 『승정원일기』 같은 날짜에도 "上曰: '黃茶葉上來, 則必爭買之矣.' 鳳漢曰: '雖非百姓, 臣等亦欲買之矣.' 上曰: '無酒故耶? 中官有以食鹽, 代飮酒者矣.' 鳳漢曰: '近間以茶代酒, 而祭時用之矣'"라고 하여 같은 사건을 놓고 홍봉한과 대화를 주고받았다. 한편, 이덕리가 지은 「동다기」(東茶記)에도 같은 사건을 언급하고 있다. "우리나라는 차 산지가 영남과 호남 지방에 산재해 있다. 그러나 우리는 작설차를 약용으로나 쓸 뿐 차를 마실 줄 모른다. 경진년(1760년, 영조 36) 차를 파는 중국 배가 표류해 와서 온 나라가 비로소 차에 대해 알게 되었고, 그 후 10년간 그 차를 마셨다. 하지만 차는 우리에게 그다지 긴요한 물건이 아니어서 이후로도 차를 만들어 마실 줄 몰랐다. 차를 만들어 중국의 은과 말, 또는 비단과 바꿔 교역하면 나라의 재정이 넉넉해지고 백성들의 힘이 펴져서 국가에 보탬이 되고 민생을 넉넉하게 할 수 있다." 또 조재삼(趙在三)의 『송남잡지』(松南雜識)의 '황차' (黃茶) 조에 "신라 역사에 흥덕왕 때의 재상 대렴이 당나라로부터 황차 종자를 얻어 지리산에 심었는데 그 향과 맛이 당나라보다 낫다고 했다. 또 해남에는 옛날부터 황차가 있는데 세상에 아는 이가 없다. 오로지 정약용이 이를 알았기에 정차(丁茶)라고 이름하거나 남차(南茶)라고 이름한다"(羅史興德王時宰相大廉, 得種於唐, 種智異山, 香味優於唐云. 又海南古有黃茶, 世無知者, 惟丁若鏞知之, 故名丁茶, 又南茶)라고 하였다.

6　박제가 자신은 차와 담배를 기호품으로 즐겼다. 유배지에서 아들들에게 보낸 편지에서 "온갖 일에 욕망이 모두 수그러들었으나 차와 담배만은 끊으려 해도 끊지를 못한다. 얻지 못하면 괴롭기 짝이 없으니 고질병인 듯하다"(「장임長稔, 장름長廩, 장암長馣 세 아들에게 부친 편지」寄稔廩馣等)라고 토로했다.

長嵜唐人
屋敷并新地
御蔵

나가사키의 중국 상인 거주지 나가사키에 출입하는 중국 해상海商의 특별 창고와 거주지의 모습을 그린 그림으로 에도 막부 시대에 청나라 상인과 일본이 무역하는 실상을 잘 보여 준다. 이 그림은 『일본산해명산도회』日本山海名産圖會에 실린 삽화다. 1799년에 히라세 뎃사이平瀬徹齋가 쓰고, 시토미 간게쓰蔀関月가 삽화를 그렸는데 이 책의 서문을 오사카의 상인이자 학자인 기무라 겐카도木村蒹葭堂(1736~1802)가 썼다. 겐카도는 박제가가 1778년 무렵 「회인시」懷人詩를 통해 보고 싶다고 밝힌 인물이다.

이익을 차지했다. 그 같은 무역이 그다지 이익을 얻지 못한다는 사실을 알아차린 왜국이 중국과 직접 통상한 이후로[7] 새로 교역한 나라가 30여 개국에 이른다. 그들 가운데는 중국어를 잘하는 자가 간혹 있어서 천태산天台山과 안탕산雁蕩山의 기이한 경치[8]를 술술 말한다. 천하의 진귀한 물건과 중국의 골동품 서화가 나가사키長崎島에 폭주하고 있다. 그 뒤로는 다시는 우리에게 물건을 요청하지 않는다.[9] 계미년 통신사가 일본에 들어갔을 때 서기書記[10]가 우연히 중국산 먹을 요구했더니 저들은 중국 먹을 한 짐 가지고 왔다. 또 하루 종일 여행할 때

---

7   청나라와 일본은 1689년(숙종 15)에 나가사키에서 직접 교역을 시작했다(『비변사등록』 권51, 숙종 26년 7월 7일). 그로부터 일본에서 조선으로 유입되던 은화의 양이 급격하게 감소했다. 정조 16년 임자(1792, 건륭 57) 10월 6일의 「중국과의 돈 무역을 시행케 하자 역원이 그 절목을 올리다」라는 『정조실록』의 기사에서 다음과 같이 기록했다. "영조 정묘년(1747) 이전에는 청나라 사람들이 왜인들과 교역하지 않았다. 따라서 중국산을 사려는 왜인들은 반드시 동래(東萊)에서 물건을 구해야 했다. 그런 탓에 동래에는 다른 곳에 비해 은이 가장 많았고, 우리나라에 유통되는 은은 대부분 왜은(倭銀)이었다. 우리나라의 여러 광산에서 나는 은도 풍부했으나 중국에 가서 교역하는 것을 허락하지 않았다. 그 뒤 청나라 사람들이 왜인들과 교역하자 왜인들은 직접 나가사키로 가서 교역하고 동래로는 다시 오지 않았다."(英廟丁卯以前, 淸人不與倭人互市, 故倭人之貿唐産者, 必求之東萊. 以此, 萊府銀甲於他處, 行於國中者, 多倭銀. 國中諸礦産亦豊, 而不許赴燕交易. 其後淸人與倭通市, 倭人直至長崎島交易, 而不復向東萊.)
8   천태산과 안탕산은 중국 절강성(浙江省)에 있는 산으로 예로부터 경치가 아름다운 명산으로 손꼽혔다.
9   후에 김정희(金正喜)도 박제가와 비슷한 견해를 펼쳤다. "今見東都人篠四本廉文字三篇, 一洗슌陋僻謬之習, 詞采煥發, 又不用滄溟文格, 雖中國作手, 無以加之. 噫! 長崎之舶, 日與中國呼吸相注, 絲銅貿遷, 尙屬第二. 天下書籍, 無不海輸山運, 昔日之所以資於我者, 乃或有先我見之者. 倭雖欲不文, 不可得也. 然此可以熄一事, 而知天下之勢也. 彼之於絲銅書籍之外, 又安知不有得之於中國者也. 噫! 古嶋山人漫書."(『阮堂全集』 권8, 「雜識」, 한국문집총간 301집)
10   곧 원중거(元重擧)를 말한다. 이 책 244쪽의 주석 참조.

가는 길마다 붉은 양탄자를 깔았는데 다음날도 전날과 똑같이 했다. 저들은 이렇게 우쭐거리고 뽐낸다. 자기 나라가 부유하고 강하게 되기를 바라지 않는 사람은 없다. 그런데 부강하게 만드는 방법은 어째서 남에게 양보를 한단 말인가?

이제 장사하는 배를 외국과 유통시키고자 한다면 이렇게 하면 된다. 왜국놈들은 약삭빨라서 늘 이웃나라의 틈새를 엿본다. 그렇다고 안남安南, 유구琉球, 대만臺灣과 같은 나라는 뱃길이 험하기도 하고 또 너무 멀어서 그들 나라와는 모두 통상하기가 어렵다. 그러니 오직 중국밖에 없다. 중국은 태평을 누린 지가 100여 년이다. 우리나라가 공순하고 다른 마음을 품지 않는다고 판단하고 있으므로 논리를 잘 펴서 이렇게 말하면 된다.

"일본과 유구, 안남, 서양의 나라조차도 모두 민閩과 절강浙江, 교주交州, 광주廣州 등지에서 교역한다. 저 여러 나라들과 함께 끼고 싶다."[11]

이렇게 한다면 저들은 반드시 우리를 의심하지 않고 허락하며 특별한 일이 일어날 것을 우려하지 않을 것이다. 그렇게 하여 나라 안의 재능이 빼어난 공장工匠을 모아서 선박을 만들되 중국의 선박 제조술을 채택하여 견고하고 치밀하게 만들기에 힘쓴다.

지금 황해도에 와서 정박하는 황당선荒唐船은 모두 광녕廣寧 각화

---

11 청나라는 1684년 해상무역을 금지하던 정책을 바꿔 해금(海禁)을 풀어 4개의 해관(海關)을 설치했다. 네 곳은 강해관(江海關, 강소성 화정華亭), 절해관(浙海關, 절강성 영파寧波), 민해관(閩海關, 복건성 복주福州), 월해관(粤海關, 광동성 광주廣州)으로 박제가가 교역이 이루어지는 곳으로 지적한 지역과 일치한다. 그는 정확하게 국제무역의 현황을 이해하고 있다. 청나라는 1757년 국제무역항을 광주(廣州, Canton)로 일원화했는데 박제가는 그 사정을 미처 반영하지 않았다.

도각화도覺花島[12] 사람들이다. 그들은 늘 4월이면 와서 해삼을 채취하여 8월이면 돌아간다. 처음부터 저들을 금하지 못한다면 차라리 시장을 개설하고 후한 뇌물을 써서 저들을 유치하는 것이 낫다. 그러면 저들의 선박 제조술을 배우는 것이 어렵지 않다. 또 반드시 표류한 경험이 있는 사람과 대청도 소청도 흑산도[13]의 섬사람을 불러 모아 수로를 안내하게 하여 중국의 바다 상인에게 가서 그들을 초청하게 한다. 그들을 해마다 10여 척씩 불러오되 전라도와 충청도 사이 강경江景이나 경강京江의 입구에 한두 번 정박하게 한 다음 삼엄하게 수루와 보를 설치하여 다른 우환의 발생에 대비한다. 배에 올라 교역할 때에는 왁자지껄 떠들거나 물건을 낚아채 감으로써 먼 곳에서 온 사람들에게 비웃음과 모욕을 당하는 일이 있어서는 안 된다. 선주船主를 후하게 대접하되 고려 때 하던 관례를 따라서 빈객의 예로써 대우해야 한다.

이와 같이 시행한다면 우리가 그들에게로 가지 않는다 해도 저들이 스스로 우리를 찾아올 것이다. 우리는 저들의 기술과 예능을 배우고, 저들의 풍속을 질문함으로써 나라 사람들이 견문을 넓히고, 천하가 얼마나 크고 우물 안 개구리의 처지가 얼마나 부끄러운가를 알게 될 것이다. 이 일은 세상의 개명을 위한 밑바탕이 되므로 교역을 통해 이익을 얻는 데만 그치지 않을 것이다.

토정 이지함 선생이 옛날 외국의 상선 여러 척과 통상하여 전라도

---

12 각화도 또는 국화도(菊花島)는 현재 중국 랴오닝 성(遼寧省) 싱청 시(興城市)에 속해 있는 섬으로 요동만에 위치한 섬 가운데 가장 크다. 광녕(廣寧)은 영원위(寧遠衛)로서 현재의 랴오닝 성 싱청 시에 있었던 명청(明淸) 시대의 옛 성이다. 화(花)가 화(華) 또는 화(化)로 표기되기도 한다.
13 흑산도의 원문은 흑도(黑道)로서 조선 시대에 흑도라고 부른 작은 섬이 두세 개 있으나 여기서는 내용상 흑산도를 가리키는 것으로 보인다.

의 가난을 구제하고자 했는데 선생의 식견이 탁월하여 미칠 수가 없다.[14] 『시경』에서 "내 옛사람을 그리워하네. 참으로 내 마음을 알고 있으니"라고 말했다.

중국의 배하고만 통상하고 해외의 많은 나라와는 통상하지 않는다고 했는데 이것은 일시적인 임시변통의 책략에 불과하고 정론定論은 아니다. 국력이 조금 강성해지고 백성들의 생업이 안정을 얻은 상황에 이르면 마땅히 차례대로 다른 나라와도 통상을 맺어야 한다. 박제가는 스스로 기록한다.

---

14 외국 배를 불러들여 통상하고 그들의 조선(造船) 기술을 배우자는 주장과 토정의 견해를 높이 평가한 것은 이미 '내편'의 「배」(船) 후반부에서 나와 있다. 이규경은 『오주연문장전산고』의 「여번박개시변증설」(與番舶開市辨證說)에서 박제가의 주장을 적극적으로 수용하여 외국 선박과의 통상을 주장하고 있다. "與異國開市交易, 有無相資, 何害之有? 中國與萬邦互相交通, 而貿遷有術, 故大爲公私之利, 家國贍裕. 而獨我東慮其有構釁招兵, 不敢生意, 故號爲寰宇至弱奇貧之國. 至如麗朝, 宋商朝往夕至, 而未聞有患也. 若與西南蠻舶通市, 則足以富國. 李土亭創言, 柳磻溪識論, 未知如何. 而若言經濟生財之策, 無過此議也. 略爲之辨證焉. 按柳馨遠『磻溪雜識』云: '土亭李之菡嘗言, 我國民貧, 若於南方歲接琉球國洋船數三舶, 可以贍裕.' 此語誠然. 又曰: '或以爲若通路, 不無後日之慮, 此不然. 地分不甚遠, 如日本·女眞, 則已熟通無可諱, 若琉球西南洋, 則形勢絶遠, 非兵謀可及, 本無可慮. 而況爲國自有其道, 能治其國家, 將遠人慕畏, 豈但諱虛實而已耶.' 此說極是."

장지론 葬論

•

우리나라는 정자程子와 주자朱子의 학문을 크게 숭상하고, 사찰은 있
어도 도관道觀은 없으므로 이단이 거의 없는 순수한 나라다. 대신에
풍수설風水說이 부처나 노자의 종교보다 성행하여 사대부들이 그 설
에 휩쓸려 풍속을 이루었다. 그래서 개장改葬을 효도라고 여겨 산소
를 잘 꾸미는 행위를 일삼는다. 비천한 백성조차도 그 풍속에 물들어
자오침子午針을 차고 지관地官 행세를 하고 길을 나서면 천리 길을 식
량을 휴대하지 않아도 잘 먹고 다닌다. 전라도가 나쁜 풍속에 심하게
물들어 열 집이면 아홉 집이 지관 일을 한다. 이미 해골로 변한 부모
를 가지고 제 일이 잘되고 못 됨을 점치는 행위는 마음먹은 것 자체가
벌써 어질지 못하다. 더구나 남의 산을 빼앗고, 남의 상사喪事를 징벌
하는 것은 의로운 행위가 아니다. 또 묘제墓祭를 시제時祭보다 성대하
게 치르는 것도 올바른 예가 아니다. 가산을 탕진하고 조상의 해골을
햇볕에 드러내면서까지 법도에 맞지 않은 요행을 바라는 짓이 한두
가지가 아니다. 백성들이 생업에 편안하게 종사하지 못하게 만들고,
소송이 허다하게 발생하도록 조장하는 짓이 지관의 큰 죄악이다.

오늘날 사람들은 개장할 때 광중壙中에서 발견되는 조수潮水의 흔
적이나, 곡식 껍질, 관이 뒤집힌 것, 시체가 없어지는 따위의 현상을
영험한 것으로 여긴다. 이것이 지하세계에서는 늘 발생하는 현상으

로 인간의 행불행幸不幸과는 아무 관련이 없다는 것을 전혀 모른다. 무덤의 깜깜한 암흑세계에서는 기운이 끝없이 움직이고 사물이 딴판으로 바뀌어 상상을 벗어난 일이 일어나지 않겠는가? 지금 부귀영화를 누리는 집안에서 그들 조상의 묘를 다 살펴볼 수 없기에 망정이지 살펴본다면 위에 말한 몇 가지 우환이 반드시 나타났을 것이다. 어째서 그렇다고 말하는가? 가난하고 후손이 끊긴 집안의 무덤을 파헤쳐 보면 간혹 이른바 길한 기운이 엉겨 붙어 흩어지지 않는 현상이 나타나는데 이를 통해서 역으로 추정할 수 있다.

『예기』에서 "옛날에는 무덤에 봉분을 쌓지 않았다"[1]라고 하였다. 땅 위에 사는 사람이 지하에서 일어난 현상을 모두 의심하기로 하면 천하에 완벽한 무덤이 어디에 있겠는가? 이래서 효자와 어진 사람의 마음으로도 하지 못한 것이 있다. 저 수장水葬·화장火葬·조장鳥葬·현장懸葬을 행하는 나라에도 사람이 살고 있고, 군주와 신하가 있다. 따라서 수요壽夭·궁달窮達·흥망興亡·빈부貧富는 천도天道의 자연스러운

---

1 『예기』「단궁」(檀弓)에서 공자가 한 말이다. "공자가 부모를 방(防) 땅에 합장하고서 말했다. '옛날에는 묘지에 봉분을 만들지 않았다고 나는 들었다. 지금 나는 동서남북으로 떠도는 사람이니 표식을 하지 않을 수 없다.' 그리하여 봉분을 만들어 네 자 높이로 쌓았다. 공자가 먼저 돌아가고 문인들이 뒤에 남아 일을 했는데 비가 몹시 내렸다. 공자가 그들에게 '자네들은 왜 이리 늦었는가?' 묻자 '방 땅의 봉분이 무너져 늦었습니다'라고 답했다. 공자는 반응이 없었다. 제자가 세 번을 말한 다음에야 공자는 눈물을 줄줄 흘리며, '옛날에는 무덤에 봉분을 쌓지 않았다고 나는 들었다'라고 하였다."(孔子既得合葬於防, 曰: '吾聞之, 古也墓而不墳. 今丘也, 東西南北之人也, 不可以弗識也.' 於是封之, 崇四尺. 孔子先反, 門人後, 雨甚至, 孔子問焉, 曰: '爾來何遲也?' 曰: '防墓崩.' 孔子不應. 三, 孔子泫然流涕曰: '吾聞之, 古不修墓.') 공자의 말은 고대에는 무덤에 봉분도 하지 않을 만큼 단순하게 매장하는 데 그쳤다는 취지이다.「단궁」편의 "묘를 가꾸는 것은 고대에는 하지 않았다"(易墓, 非古也)는 취지와도 같다.

질서이자 인간사에 없을 수 없는 일이다. 장지葬地를 가지고 따질 문제가 아니다. 요동遼東과 계주薊州의 드넓은 벌판을 보라! 모든 사람이 밭에다 무덤을 만들어, 1만 리 뻗어 있는 너른 평원에 무덤이 올망졸망 널려 있다. 애초에 용호龍虎와 사혈砂穴의 같고 다름을 따져 쓸 여지가 없다. 시험삼아 우리나라의 지관을 데려다가 거기서 장지를 찾게 한다면 망연자실하여 장지에 관해 지켜 온 신념을 바꿀 것이다. 이처럼 매장하는 것은 한 가지로 뭉뚱그려 말할 수 없다.

지금 운명을 말하는 자는 천하의 모든 일을 운명을 기준으로 말하고, 관상을 말하는 자는 천하의 모든 일을 관상을 기준으로 말한다. 무당은 모든 것을 무당에 귀속시키고, 지관은 모든 것을 장지葬地에 귀속시킨다. 잡술雜術은 하나같이 그렇다. 사람은 한 사람인데 과연 어디에 속해야 할까? 그릇된 도道를 믿지 못한다는 사실을 이로 말미암아 알 수 있다.

식견이 있는 사람이 요직에 서게 되면 마땅히 풍수를 다룬 서적을 불태우고 풍수가의 활동을 금지해야 한다. 백성들로 하여금 길흉吉凶과 화복禍福이 장지와는 아무 관계가 없음을 분명히 깨닫도록 해야 한다. 그렇게 조치한 다음 각 주군州郡마다 산 하나를 잡아서 씨족氏族을 밝혀 가족 단위의 장지(族葬)를 분할·조성하여 당나라의 북망산北邙山[2] 제도와 같이 만든다. 해당 군에 장지로 적합한 산이 없을 경우에는 인근 고을의 100리 이내 떨어진 곳에 장지를 잡는다.

장사를 치를 때에는 장례일을 따로 가리지 않는다. 흙과 석회를 넣

---

2 중국의 낙양(洛陽) 북쪽에 있는 산 이름으로 동한(東漢), 위진(魏晉) 시대에 왕후공경(王侯公卿)이 여기에 묘지를 많이 써서 공동묘지의 대명사가 되었다.

어 단단하게 묘를 다지고 묘비와 지석誌石을 정중하게 설치할 뿐 그 나머지는 행하지 않는다. 이렇게 하면 사대부들이 묘지를 다투는 일이 저절로 사라지고, 거부巨富들이 묘지를 광활하게 점유하는 것을 쉽게 막을 수 있다. 장지를 고를 때 없애지 못할 사항은 정씨程氏가 말한 다섯 가지 걱정거리뿐이다.[3] 어떤 자는 천문설天文說을 견강부회하여 지리설地理說에 연결시키기도 하는데 지리를 언급한 옛날의 주장은 모두 빼어난 형승形勝을 대상으로 했을 뿐 화복을 말하지 않았다는 사실을 모른다.

군주가 나라를 세우고 도읍지를 건설할 때에는 반드시 산하의 견고함과 배와 수레가 통하는 교통 요지 및 천하의 형세가 어떠한지를 살펴서 결정해야 한다. 『시경』에 "저 벌판을 살펴보고 그 음양을 헤아리라!"[4]라고 읊은 구절은 지리적 형승을 두고 한 말이다. 저 풍수설이 아무런 근거가 없다는 것은 고금의 이름난 선비가 벌써 상세하게 논

---

3 정이천(程伊川)은 『이천문집』(伊川文集) 「장설」(葬說)에서 다음과 같이 말했다. "기휘(忌諱)에 구속된 자들은 장지의 방위를 가리고, 장례일의 길흉을 결정하는 일에 너무 지나치게 푹 빠진 것이 아닐까? 심한 경우에는 선조를 받들 생각은 하지 않고, 오로지 후세를 이롭게 만들 것만을 염려하는데, 이것은 특히 효자가 어버이를 편안하게 모시는 마음씀이 아니다. 오직 다섯 가지 걱정거리가 있는데 이 점은 삼가지 않을 수 없다. 훗날 장지가 도로가 되지 않고, 성곽이 되지 않고, 도랑이 되지 않고, 벼슬아치와 세력가에게 빼앗김을 당하지 않고, 밭가는 쟁기가 파 들어가지 않도록 하는 것이 그것이다."
4 『시경』 대아(大雅) 「공류」(公劉)에 "도탑도다 공류여! 논밭이 종횡으로 넓구나. 그림자를 살펴 언덕에 올라가서 집의 음양을 관찰하네. 흐르는 샘물 살펴보시고 삼군으로 조직했도다. 저 진펄과 벌판을 헤아려 전세를 거둬 양식을 삼네"(篤公劉, 既溥既長, 既景迺岡, 相其陰陽, 觀其流泉, 其軍三單, 度其隰原, 徹田爲糧)라는 대목이 있다. 공류(公劉)가 빈(豳) 땅을 개척하는 과정에서 토지를 측량하고 영토를 넓히는 것을 묘사한 작품이다. 박제가는 이 시에서 단장취의(斷章取義)하고 있는데 상기음양(相其陰陽) 탁기습원(度其隰原)을 잘못 혼동하여 상기원습(相其原隰) 탁기음양(度其陰陽)으로 썼다.

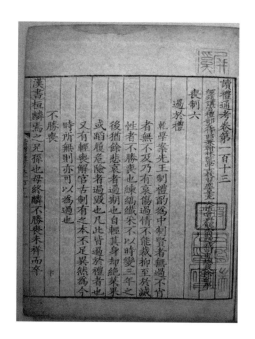

서건학의 「독례통고」 병계屛溪 윤봉
구尹鳳九 구장본. 개인 소장.

하였다. 자세한 내용이 『독례통고』讀禮通考[5]의 「장고」葬考에 보이므로
여기서는 더 이상 논하지 않는다.

---

5 청초(淸初)의 저명한 학자인 서건학(徐乾學, 1631~1694)이 지은 120권 40책의 방
대한 저술로 역대의 장례 문제를 논했다. 이 책은 1696년 오운당장판(五雲堂藏版)으로
간행되어 18세기 전기에 이미 조선에 들어와 북학파 학자들에게 널리 읽혔다. 내용은 「상
기」(喪期), 「상복」(喪服), 「상례의」(喪禮儀), 「상구」(喪具), 「장고」(葬考) 등으로 분류하
여 예법을 논했는데 특히 풍수설에 관한 역대의 다양한 학설을 정리한 다음 비판과 대안
을 조리 있게 전개했다. 조선 후기 예학에 깊은 영향을 끼쳤다.

병론兵論

•

군대는 반드시 백성들의 일상생활 속에서 운영되어야 준비도 충실하고 비용도 들지 않는다. 수레는 그 자체로 무기는 아니지만 수레를 사용하면 군수물자를 편리하게 수송할 수 있다. 벽돌은 그 자체로 무기가 아니지만 벽돌을 사용하면 만백성의 안전을 위한 성곽을 제대로 갖출 수 있다. 각종 장인匠人들이 가진 기술과 목축은 그 자체로 무기가 아니다. 하지만 삼군三軍이 사용할 말이 제대로 갖추어지지 않거나 공격하고 전투하는 장비가 날카롭게 정비되지 않는다면, 군사를 동원할 방법이 없다. 따라서 망루에서 적의 동태를 살피고 창과 방패를 잡고 서 있는 것과 앉았다 일어섰다 치고 찌르기를 훈련하는 것은 군사 활동의 지엽에 불과하다. 실제로는 하늘 아래 땅 위에서 재능을 갖춘 지식인을 확보하고 편리하게 사용할 기계를 마련하는 것이 군사 활동의 근본이다.

우리나라 사람들은 다들 공리공담에는 유능하지만 실제 사무에는 무능하며, 목전에 닥친 일을 계획하는 것은 온갖 수고를 하지만 큰 사업의 설계에는 어둡다. 현縣마다 장정을 점고點考하기에 지치고 주州마다 병졸의 훈련에 고생하지만, 날마다 나라 안의 화약이나 축낼 뿐이다. 중국을 섬기고 이웃 일본과 사귀려고 사신 가는 신하들의 행렬이 길에 이어지나 다른 나라의 훌륭한 법을 하나라도 배워 오는 자가 아예 없다. 그러고도 저들을 비웃어 왜놈이니 되놈이니 떠든다. 천하 모든 나라의 사정이 우리와 똑같은 줄로만 알고 있다. 임진년(1592) 일본에게 한번 패하고, 다시 정축년(1637) 청나라에게 남한산성이 함락당했으나 아홉 임금에 걸친 원수와 청에게 굴욕적으로 항복한 부끄러움을 지금까지 갚지 못하고 있는데 그 실정이 전혀 이상하지 않다.

　내가 군사들이 습진習陣(군사훈련으로 일종의 기동훈련)하는 것을 참관한 적이 있다. 적군으로 분장한 군사들은 모두 허약한 자로 채워 쉽게 잡혀 버리고 경박하게 날뛰게 하여 우스꽝스러웠으니 정말 아이들 전쟁놀이와 똑같았다. 지금 우리나라는 번상番上(지방의 군사를 서울 군영으로 보내는 일)하는 법과 관아에서 무기와 갑옷을 공급하는 군사제도가 대략 당唐나라의 부병제府兵制[1]와 유사하다. 법 자체가 좋지 않은 것은 아니다. 그러나 상대편의 칼은 반드시 물건을 자르는데 반하여 우리의 칼은 쉽게 무뎌지고, 상대편의 갑옷은 뚫리지 않는데 우리의 갑옷은 쉽게 구멍이 난다. 이것은 철을 잘 단련하지 못한 결과이다. 상대편의 담과 벽은 모두 견고한데 우리의 성곽은 완전하지 못하니 이것은 벽돌을 사용하지 않기 때문이다. 상대편의 활은 비에 젖어도 상하지 않는데 우리의 활은 실수로 한번 불에 쪼이기만 해도 쓰지를 못한다. 이것은 활을 잘못 만든 결과이다. 적들은 한창 말을 달리거나 수레를 타고서 체력을 비축하고 있건만, 우리는 무거운 짐을 지

1　부병제는 서위(西魏) 때부터 시작하여 북주(北周), 수(隋) 왕조에서 시행되다가 당(唐) 초엽까지 흥성한 군사제도다. 병농합일(兵農合一)의 제도로 부병(府兵)은 종신토록 복역하되 징발할 때에는 각자 무기와 식량을 구비하고 일정 기간 서울을 숙위(宿衛)하거나 변방에서 경계근무를 했다. 고종(高宗) 무렵부터 부병의 부담이 과중하여 폐단이 나타났고, 천보(天寶) 8년(749) 이후에는 유명무실해졌다.

고 도보로 걷느라 다리 힘이 빠져서 전투를 수행하지 못한다. 이런 상황은 다른 분야도 다르지 않다. 만일 비상사태가 발생한다면 평소의 100곱절이 넘는 힘을 들인다 해도 사태를 해결하는 데 아무 도움을 주지 못한다. 미리 충실히 대비해 놓지 않은 잘못 때문이다.

대체로 군사는 소수의 정예병이 중요하므로 병사의 숫자를 불리는 데 힘쓰지 않는다. 지금 지방의 목사牧使나 군수는 장부상에 올라 있는 장정의 숫자를 다 파악하지 못한다. 설사 파악한다고 해도 어떤 자는 벌열 집안의 노비로 투탁投託해 있고, 어떤 자는 토호土豪의 집에 숨어 있다. 수령은 벌열이 두렵고 토호가 껄끄러워 숨은 자를 조사하지 못한다. 그때그때 넘어가며 잡아 오지 못하고, 미봉책으로 다른 사람을 대신 충원하여 훈련하는 기한에 대어 보낸다. 훈련 날짜만 지나가기를 고대하면서 고을 원님 자리를 잃지 않는 것만을 크나큰 다행으로 여긴다. 따라서 장부가 제아무리 잘 갖추어져 있다고 해도 동원된 인원의 진실 여부는 알 수 없다. 또 동원된 인원 중에서 전투에 참여할 만한 병졸의 수는 열 명에 두세 명도 되지 않는다. 특히, 투구나 전립戰笠, 무기를 완비한 자는 찾아보기 어렵다. 이런 병졸이 100만 명이 있더라도 전쟁에 나가면 반드시 패하리라는 것을 나는 잘 안다.

내가 본 중국의 호미는 서서 사용하는 호미였다. 호미자루는 천리어디를 가도 똑같았고, 그 날은 대단히 예리했다. 집에서 기르는 말은 열 필 이하로 내려가지 않으므로 다른 사람의 말을 빌릴 필요가 없다. 그들이 모두 제 소유의 말을 타고 각자가 소지한 호미를 잡고나선다면 우리 군사는 그들을 보자마자 그대로 무너질 것이다.

현재의 여건을 감안하여 계획하자면, 차라리 서둘러 수레를 운행시키고 벽돌을 만들며 목축을 장려하고 각 고을에서 활쏘기를 권장하며 각종 장인들이 기술을 발휘하도록 감독하는 것이 좋은 방법이다. 그렇게 한 다음에 국가의 병사 숫자를 감원하고 그들에게 급료를 주고 부세를 징수하지 않는다면, 예전에 도망했던 자들이 반드시 돌아오고, 남에게 투탁했던 자들이 반드시 병사가 되기를 자원할 것이다.

옛날 열 명을 동원하던 군사를 지금은 한 명만 선발해도 정예병 7만 내지 8만 명을 얻을 수 있다. 갑자기 천하에 우리의 의지를 펼칠 수야 없겠지만 나라를 수비하는 데는 충분할 것이다. 열 명 가운데 아홉 명을 감원하고도 군대의 힘은 현재의 100곱절이 될 것이니 재물을 낭비하지 않고도 효과를 볼 수 있다.

존주론 尊周論

•

주周나라는 주나라이고, 오랑캐는 오랑캐이다. 주나라와 오랑캐 사이에는 차이가 엄연히 존재하므로 오랑캐가 주나라를 어지럽히기는 했어도 주나라의 옛 문물까지 함께 집어삼켰다는 말은 듣지 못했다. 우리나라가 명明나라를 신하처럼 섬긴 지가 200여 년이었다. 임진년(1592)에 왜란이 발생하여 종묘사직이 도성을 떠나 밖으로 떠돌았는데 그때 명나라 신종황제神宗皇帝가 천하의 병력을 동원하여 왜놈들을 국경 밖으로 몰아냈다. 그래서 우리나라의 백성은 털끝 하나 머리털 하나라도 나라를 다시 세워 준 황제의 은혜를 입지 않은 것이 없다. 불행히도 하늘이 무너지고 땅이 꺼지는 시대를 만나 천하 사람들이 변발辮髮을 하고 여진족의 옷을 입게 되었다. 그러자 중국을 높이고 오랑캐를 배척하는 『춘추』春秋의 의리'를 지키자고 주장하는 사대부들이 여기저기에서 불쑥불쑥 나타났다. 그 늠름한 기풍과 매서운 지조가 여태껏 남아 지켜지고 있으니 참으로 훌륭하다고 하겠다.

그러나 청나라가 천하를 차지한 지도 100여 년이 흘렀다. 중국에

---

1 『춘추』의 의리는 춘추시대에 제나라 관중(管仲)이 내세운 '존주양이'(尊周攘夷: 주나라를 존중하고 오랑캐를 배척한다)의 정책을 말한다. 조선 후기의 일반적 관점에서는 명나라를 존중하고 청나라를 배척하는 입장을 대변하여 명나라는 주나라, 여진족의 나라인 청나라는 오랑캐로 보았다.

서는 자녀들이 태어나고 보석과 비단이 생산되며, 집을 짓고 배와 수레를 만들며 농사를 짓는 방법은 그대로 보존되고, 최씨崔氏, 노씨盧氏, 왕씨王氏, 사씨謝氏와 같은 명문 사대부 집안은 예전 그대로 번영을 누리고 있다. 중국 사람들까지도 깡그리 오랑캐로 몰아세우며, 중국이 지켜 온 법까지도 싸잡아 팽개친다면 그것은 너무도 옳지 못하다. 정녕코 백성에게 이익을 가져오는 것이라면 오랑캐로부터 나온 법이라 할지라도 성인은 채택할 것이다. 더구나 옛 중국 땅에서 나온 법이라면 말해 무엇 하랴?

지금의 청나라는 오랑캐는 오랑캐이다. 오랑캐인 청나라는 중국을 차지하는 것이 이익이라는 사실을 잘 알기 때문에 빼앗아 차지했다. 그런데 우리나라는 빼앗은 주체가 오랑캐인 것만 알고 빼앗김을 당한 대상이 중국이라는 사실은 모른다. 그렇기에 청나라의 침략으로부터 자신을 지키지도 못했다. 이것은 벌써 명확하게 사실로 입증되었다.

세상에서 전하는 말에, 정축년丁丑年 남한산성에서 나와 청에게 항복하고 맹약을 맺을 때 청나라 칸汗이 우리나라 사람들에게 여진족의 옷을 입히려고 하였다. 그러자 구왕九王[2]이 이렇게 간언했다.

"조선은 요동과 심양에는 폐부肺腑에 해당하는 지역입니다. 이제 저들에게 의복을 똑같이 입게 하여 자유롭게 출입하도록 한다면 천

2　구왕은 청 태조(淸太祖)의 제14자인 예충친왕(睿忠親王) 도르곤(多爾袞)의 별칭이다. 『청사』(淸史) 권218·219 제왕열전(諸王列傳)에 나온다. 도르곤은 청나라 초기의 황족으로 북경에 천도했고 중국 전토를 무력으로 평정했다. 세조(世祖) 때 국정을 섭정하여 섭정왕(攝政王)에 봉해졌다. 한인(漢人) 관료와의 타협 아래 중국 지배의 기초를 확립했다. 박제가는 「이확나덕헌전」(李廓羅德憲傳)에서 "도르곤이란 자는 이른바 구왕이다"(多爾袞者, 所謂九王者也)라고 밝혔다.

하가 미처 평정되지 않은 지금 앞으로 일이 어떻게 전개될지 모릅니다. 차라리 예전대로 남겨 두는 것이 낫습니다. 이것은 저들을 구속하지 않고도 가둬 놓는 셈입니다."

그 말에 칸이 "좋은 생각이다!"라고 하며 그만두었다고 한다. 우리 입장으로 따지자면 그 계획을 그만둔 것이 다행스러운 일이기는 하다. 그러나 저들의 계획은 우리를 중국과 왕래하지 못하도록 막아서 자기들 이익을 추구한 데 불과하다.[3]

먼 옛날 중국 조趙나라 무령왕武靈王은 오랑캐 의복으로 바꿔 입고서 결국은 동쪽 지역의 호족胡族을 대파했다.[4] 옛날의 영웅은 원수에게 반드시 보복하려는 의지를 세웠으면 오랑캐 의복을 입는 것쯤은 부끄럽게 여기지 않았다.

지금은 중국의 법을 두고 "배울 만하다"라고 말하면 떼를 지어 일어나 비웃는다. 평범한 남자가 원수를 갚고자 할 때도 그 원수가 날

---

3 병자호란의 패배 뒤에 조선이 변발을 강요당하지 않은 이유를 『강라대필』(强懶代筆, 아세아문화사, 1985, 45쪽)에서는 다음과 같이 설명하고 있다. "병자년 강화 뒤에 청나라 칸이 우리나라가 맹약을 어길까 염려하여 온 나라를 변발하게 하려고 했다. 그 장수 요퇴(僥退)가 힘써 이렇게 간했다. '조선은 평소 예의를 중시했습니다. 이제 머리를 깎게 하면 반드시 변란을 일으킬 겁니다. 만약 맹약을 배반할 때 제게 수천의 병력을 주시면 바로 휩쓸어 버리겠습니다.' 그래서 모면하게 되었다. 요퇴가 아니었다면 우리나라는 문물이 번화한 예의의 나라로서 하루아침에 삭발하여 오랑캐의 풍속을 갖게 되었으리라. 우리나라의 백성에게 공을 세운 것이 크다." 여기서는 도르곤이 아니라 요퇴로 나오는데 요퇴라는 인물은 알려진 내용이 많지 않다.

4 무령왕은 전국시대 조(趙)나라의 왕으로 자신이 호복(胡服)으로 바꿔 입고 말 타고 활 쏘는 방법을 백성에게 가르쳐 치욕을 씻고 국토를 넓혔다. 『사기』의 「조세가」(趙世家)에 나온다. 박지원은 「허생」(許生)에서 "무령왕은 자기 나라를 부강하게 만들고자 호복 입기를 부끄럽게 여기지 않았거늘, 이제 너희들은 대명(大明)을 위해서 원수를 갚고자 하면서 오히려 그까짓 상투 하나를 아끼느냐?"라고 하여 같은 취지의 말을 하였다.

카로운 칼을 찬 것을 보면 그 칼을 빼앗을 방법을 고민한다. 이제 당당한 하나의 국가로서 천하에 대의大義를 펼치려고 하는 상황에서 중국의 법 하나도 배우려 하지 않고, 중국의 학자 한 사람도 사귀려 들지 않는다. 그 결과로 우리 백성을 고생만 실컷 시키고 아무런 공도 거두지 못하고, 궁핍에 찌들어 굶다가 저절로 쓰러지게 만든다. 그럼에도 불구하고 100곱절이나 되는 이익을 버리고 아무 것도 하지 않는다. 중국을 차지한 오랑캐를 물리치기는커녕 우리나라 안에 있는 오랑캐 풍속도 다 바꾸지 못할까봐 나는 걱정한다.

따라서 오늘날 사람들이 오랑캐를 물리치고자 한다면 차라리 누가 오랑캐인지를 먼저 분간해야 한다. 중국을 높이고자 한다면 차라리 저 청나라의 법을 더욱 존중하여 완전히 시행하는 것이 낫다. 다시 명나라를 위하여 원수를 갚고 우리가 당한 치욕을 씻고자 한다면, 20년 동안 힘써 중국을 배운 다음에 함께 머리를 맞대고 논의해도 늦지는 않을 것이다.

병오년 정월에 올린 소회

丙午正月二十二日朝參時 典設署別提朴齊家所懷[1]

•

신은 이번 달 17일에 비변사備邊司의 지위知委(통지문)를 엎드려 읽어
보았습니다. 위로는 정승 판서로부터, 아래로는 대궐을 지키는 군사
까지 포함하여 국사를 맡은 모든 신하들이 제각기 품고 있는 생각을
다 드러내어 과감히 진언進言하라는 지시였습니다. 그 지위를 보고서
신은 가만히 생각해 보았습니다. 우리 조선이 국가를 창업하여 왕통
을 이어 온 400년 동안 정치와 교화敎化가 융성하고 빛나서 하은주夏
殷周 삼대三代에 그 아름다운 치적을 견줄 만합니다. 또 성상聖上께서
나라를 다스린 지 이제 10년으로 그동안 많은 제도가 정비되었습니
다. 그 사이에 논쟁거리가 될 만하거나 제언할 만한 일이 있으면 성

---

1 원 제목은 「병오년 정월 22일 조참 때 전설서별제 박제가가 드린 소회」(丙午正月
二十二日朝參時 典設署別提朴齊家所懷)이다. 1786년 병오년(丙午年) 정월, 정조는 인
정전(仁政殿)에서 신하들로부터 조참(朝參)을 받을 때 대신과 시종(侍從) 신하는 국왕
에게 직접 소회를 밝히고 나머지 관료는 소회를 글로 써서 바치라는 어명을 내렸다. 이때
많은 상소가 올라왔고, 그 글들을 모아 엮은 『정조병오소회등록』(正祖丙午所懷謄錄)이
란 책이 현존하는데, 박제가의 글도 그 가운데 실려 있다. 정월 22일자 『일성록』(日省錄)
에도 박제가의 소회 전문이 실려 있다. 박제가가 올린 상소문을 읽은 정조는 "여러 조목으
로 진술한 내용을 보고서 네 식견과 취향을 볼 수 있었다"(觀此諸條所陳, 爾之識趣, 亦
可見矣)라는 비답(批答)을 내렸다. 이 글은 조선의 피폐한 경제를 획기적으로 일으켜 보
려는 박제가의 비장한 소회를 드러낸 경세문자(經世文字)의 백미(白眉)이다. 삼한본·연
경본·금서본·도남본·장서각본에는 실려 있지 않다.

274

상께서 반드시 먼저 실행에 옮기셨으므로 드려야 할 말씀이 실제로는 있을 수 없습니다. 말씀 올리기를 꺼리거나 두려워 피하려는 까닭으로 진언을 올리지 못하는 것은 결코 아닙니다.

사정이 그러함에도 불구하고 성상께서는 성인으로 자처하지 않으십니다. 재앙이라도 만나면 더욱 근면하게 정사를 돌보시어 나무꾼 같은 비천한 자에게도 자문을 구하십니다. 그러므로 신은 미치광이 장님 같은 당돌한 짓도 피하지 않고 대략 한두 가지 말씀을 올리고자 합니다.

현재 국가의 큰 폐단은 한마디로 가난입니다. 그렇다면 이 가난을 어떻게 구제하겠습니까? 중국과 통상하는 길밖에 없습니다. 이제 조정에서 사신 한 사람을 파견하여 중국 예부禮部에 이런 자문咨文을 보내십시오.

"가진 것을 다른 데로 옮기고 없는 것을 얻고자 무역하는 것은 천하의 공통된 법입니다. 일본과 유구琉球, 안남安南, 서양의 무리가 모두 민閩, 절강浙江, 교주交州, 광주廣州 등지에서 교역하고 있습니다. 여러 외국의 경우와 마찬가지로 우리도 뱃길을 통하여 상인들이 통상할 수 있도록 허가해 주십시오."

저들은 아침에 요청하면 저녁에는 반드시 허가를 내줄 것입니다. 그러면 황당선荒唐船[2]을 꾀어 불러들여 안내자로 이용합니다. 황당선이란 모두가 광녕廣寧 각화도覺化島 백성으로 법을 어기고 몰래 바다

---

2   이덕무는 『서해여언』(西海旅言)에서 황당선에 대해 다음과 같이 설명했다. "황당이란 말은 의심스럽다는 뜻으로 의선(疑船)이라고도 한다. 모두 등주(登州)·내주(萊州)의 섬 백성들로서 표독하고 날쌘데다 물고기로 식량을 삼고 배로 집을 삼는 자들이다. 중국에서 이른바 어만자(魚蠻子)라는 자들로서 『서경』「우공」(禹貢)에서 말한 우이(嵎夷)이다."

로 나오는데 항상 4월에 방풍防風(해삼)을 채취하러 왔다가 8월에 돌아갑니다.[3] 저들의 행위를 금지시키지 못할 바에야 아예 교역하는 시장을 만들어 주고 후한 뇌물을 주어 친교를 맺는 편이 나을 것입니다. 그리 어려운 일이 아닙니다.[4]

또 연해의 섬에 거주하는, 물에 익숙한 백성들을 모집하여 관원이 인솔하고 곡식과 돈을 소지하고 시장으로 갑니다. 등주와 내주에서 온 배들을 장연長淵에 정박시키고, 금주金州·복주復州·해주海州·개주蓋州[5] 물건을 선천宣川에서 교역하게 하고, 장강長江·절강浙江·천주泉州·장주漳州의 재화가 은진恩津과 여산礪山 사이(강경江景)에 모여들게 하

---

3   등주, 내주의 황당선 출몰은 당시 황해도 연안의 큰 골칫거리로서 박제가에 앞서 이중환은 『택리지』 '황해도' 조항에서 그 현상을 다음과 같이 기술하고 있다. "금사사(金沙寺) 앞의 모래에서 해삼이 나는데 모양이 방풍(防風)과 같다. 매년 4, 5월이면 중국 등주, 내주에서 바닷배를 타고 이르는 자들이 매우 많다. 관아에서 장교와 아전을 보내 그들을 쫓으면 바다로 나가 닻을 내리고 기다리다가 사람이 없는 틈을 타 언덕에 올라와 해삼을 따서 간다. ……등주, 내주에도 전복과 흑어(黑魚)가 있기는 하지만 진기하고 후한 맛이 우리 영해의 물고기만 못하다. 그래서 해삼을 딸 때 함께 잡는다. 이익이 많은 까닭에 등주, 내주의 바닷배가 해마다 더 많이 오므로 연안 백성에게 상당한 해를 끼친다."(沙中産海蔘, 形類防風, 每四伍月中原登萊海船, 至者甚衆. 官發將吏逐之, 則浮海下碇, 俟無人, 上岸採蔘而去. … 登萊雖有之, 味珍厚不及我境産者, 故採海蔘時並採之. 以利重故, 登萊海船, 歲益增至, 頗爲沿海民害.)
4   이상의 내용은 「강남 절강 상선과의 통상론」과 밀접한 관련이 있으므로 그 본문과 주석을 참조해야 한다(이 책 253쪽).
5   금주(金州)는 현재의 랴오닝 성 다롄 시(大連市), 복주(復州)는 랴오닝 성 와팡뎬 시(瓦房店市), 해주(海州)는 미상, 개주(蓋州)는 랴오닝 성 가이저우 시(蓋州市)로서 당시 요동반도의 산업과 해운, 군사상 주요 도시였다. 이들은 금복해개(金福海蓋) 또는 금복해개(金復海蓋) 등으로 불리며 임진왜란 이후부터 조선과 군사적으로나 외교적으로나 매우 중요한 위치를 점했다. 서영보(徐榮輔)가 지은 「통군정」(統軍亭) 시에 "정자의 남쪽 끝에 만리에서 바람 불어오니/복주 금주와 해주 개주가 보일 듯 말 듯 하구나"(亭子南頭萬里風, 復金海盖有無中)라고 읊기도 했다. 통군정은 의주에 있다.

십시오. 그러면 영남의 면화와 호서의 모시, 서북 지역의 실과 삼베를 비단과 담요로 바꿀 수 있고, 대나무화살(竹箭), 백추지白硾紙(백면지白綿紙), 족제비털붓, 다시마, 전복 같은 산물은 금과 은, 물소뿔, 병기, 약재 같은 쓸모 있는 물건으로 교환할 수 있습니다.

또 배와 수레, 가옥, 집기 따위의 이로운 기계를 그들로부터 배울 수 있습니다. 천하의 도서圖書를 국내로 들여오므로 조선의 풍속에 얽매인 선비들의 편벽되고 꽉 막히고 고루하며 좁디좁은 견해가 굳이 깨트리려고 애쓰지 않아도 저절로 파괴될 것입니다. 다만 논자들은 반드시 이렇게 반론을 제기할 것입니다.

"우리나라는 나름대로의 예법과 정치제도를 갖추고 있다. 청나라 정삭正朔을 억지로 받들기는 하지만 우리 본래의 뜻은 아니다. 문자文字나 제도에 저들에게 저촉되는 것이 많으므로 우리가 가서 누설하거나 저들이 우리에게 와서 엿보게 해서는 결코 안 된다."

그러나 그 반론은 잘못된 생각이라고 신은 말하고 싶습니다. 옛날 월越나라 왕 구천句踐이 오嗚나라의 회계會稽에 억류되어 있을 때 밤낮으로 나라 안 사람과 더불어 모의한 내용이 바로 오나라를 없애는 것이었습니다. 그것은 급박한 기밀이라고 하지 않을 수 없습니다. 그렇지만 모의가 누설되지 않은 것은 더불어 국사를 모의한 자가 제대로 된 사람이었기 때문입니다.

더구나 신이 들은 바로는, 큰 일을 성취하고자 하는 사람은 작은 혐의를 피하지 않는다고 합니다. 여우처럼 의심하여 앞뒤좌우를 두리번거리며 살피기나 한다면 무슨 일을 행할 수 있겠습니까? 1만 금이 나가는 박옥璞玉을 가공하고자 하여 이웃 나라에서 옥공玉工을 초빙하면서 "그가 나를 해칠까 두렵다"라고 말한다면 되겠습니까?

중국의 흠천감欽天監에서 역서曆書를 만드는 서양 사람들은 모두 기하학에 밝고 이용후생利用厚生의 학문과 기술에 정통하다고 들었습니다. 국가에서 관상감觀象監 한 부서의 비용으로 그들을 초빙하여 관상감에 근무하게 하고, 나라의 우수한 인재를 그들에게 보내 천문天文과 그 운행, 종율鐘律과 천문 관측기구의 도수度數를 비롯하여, 농상農桑, 의약醫藥, 자연재해, 기후의 이치, 그리고 벽돌의 제조, 가옥과 성곽, 교량의 건축, 구리와 옥의 채광, 유리를 굽는 방법, 수비용 화포를 설치하는 법, 관개하는 법, 수레를 통행시키고 배를 건조하는 방법, 벌목하고 바위를 운반하는 법, 무거운 것을 멀리 운반하는 방법을 배우도록 조치하십시오. 그렇게 한다면 몇 년이 지나지 않아서 나라를 다스리는 데 알맞게 쓸 인재가 배출될 것입니다. 논자들은 또 이렇게 말할 것입니다.

　　"한나라 명제明帝가 불교를 수용한 것도 오히려 천고千古에 누를 끼쳤다. 저 구라파는 중국으로부터 9만 리 떨어진 곳으로 천주교라는 이교異敎를 숭상한다. 또 인종이 우리와는 몹시 다르다. 더구나 그들은 해외의 여러 야만족과도 외교를 맺고 있으므로 그 속마음을 측량할 수 없다."

　　신의 판단으로는, 그들 무리 수십 명을 가옥 한 채에 거처하게 하면 분명히 난을 일으키지 못할 것입니다. 더구나 그들은 결혼도 벼슬도 하지 않고, 금욕적 생활을 하면서 먼 나라를 여행하여 포교하는 것을 목표로 하고 있습니다. 저들 종교가 천당과 지옥을 독실하게 믿어 불교와 다름이 없기는 합니다. 그러나 저들이 소유한 후생厚生에 필요한 도구는 불교에는 없는 것입니다. 저들이 소유한 도구에서 열 가지를 취하고 나머지 한 가지를 금지하는 것이 좋은 계책입니다. 다만 저들에 대한 대우가 적절하지 않으면 불러도 오지 않을까 염려될 뿐입니다.

저 놀고먹는 자들은 나라의 큰 좀벌레입니다. 놀고먹는 자가 날이 갈수록 불어나는 이유는 사대부가 날로 번성하는 데 있습니다. 이 무리들이 나라에 온통 깔려 있어서 한 가닥 벼슬로는 모두 옭아맬 방법이 없습니다. 그들을 처리할 방법이 따로 마련되어야 합니다. 그런 뒤에야 근거 없는 소문을 날조하는 무리가 사라지고 국가의 통치가 제대로 시행될 것입니다.

신은 수륙의 교통 요지에서 장사하고 무역하는 일을 사대부에게 허락하여 입적入籍할 것을 요청합니다. 밑천을 마련하여 빌려주기도 하고, 점포를 설치하여 장사하게 하고, 그중에서 인재를 발탁함으로써 그들을 권장합니다. 그들로 하여금 날마다 이익을 추구하게 하여 점차로 놀고 먹는 추세를 줄입니다. 생업을 즐기는 마음을 갖도록 유도하며, 그들이 가진 지나치게 강력한 권한을 축소시킵니다. 이것이 현재의 사태를 바꾸는 데 일조할 것입니다.[6]

---

6   양반 사대부 가운데 가난한 자를 농업과 상업, 공업에 종사하도록 유도하자는 박제가의 파격적 주장은 유수원(柳壽垣)의 『우서』(迂書)에 보이고, 1779년 성정각(誠政閣)에서 정조를 알현한 전 충청감사 이명식(李命植)의 제안에도 등장한다. "予曰: 制産之道, 何以爲之, 則爲便耶? 命植曰: '士夫之族, 一有農工賈, 則至其子孫, 永爲累焉. 故湖西之民, 强半是士夫之族, 而貧寒困窮, 雖至餓死而猶不屑爲農工賈. 至於閑散之類, 亦皆倣效遊衣遊食, 無所恒産. 今若定爲令甲, 士族之貧窮者, 雖爲農工賈, 其子孫則少無爲累之事, 則民無失業之嘆, 而庶爲制産之道矣.' 予曰: '誠如卿言爲之, 則必有丕變之效乎?' 命植曰: '定爲令甲, 曉諭士族, 則豈有不從之理乎!'"(『일성록』) 정조 역시 조선의 사대부가 상업에 종사하지 않는 현상을 중국의 경우와 대비하여 말한 적이 있다. "중국은 벼슬하는 사람들이 각로(閣老)의 고위직이라 해도 자리에서 물러나 한가로이 지내게 되면 모두들 장사를 하기에 몹시 가난한 지경에는 이르지 않는다. 그러나 우리나라는 대대

신이 들은 바로는, 현명한 사람은 자기를 기만하지 않고 지혜로운 사람은 자기를 피폐케 하지 않는다고 합니다. 인재가 아주 드문데도 인재를 양성할 방도를 강구하지 않고, 재용財用이 날이 갈수록 고갈되는데도 소통시킬 방법을 생각하지 않으며, "세상이 말세로 가니 백성이 가난하다"라는 핑계를 대니 이것은 국가가 자기를 기만하는 행위입니다.

지위가 높으면 높을수록 처리할 사무가 간소해집니다. 관직에 있을 때에는 하급 관료에게 모든 것을 맡기고, 국경 밖으로 사신을 갈 때에는 모든 것을 역관들에게 위임합니다. 좌우에서 자기를 옹위하게 하면서 "체모를 허술하게 할 수 없다"고 하니 이것은 사대부가 자기를 기만하는 행위입니다.

의疑와 의義라는 과거 시험[7]의 숲에 갇혀 옴짝달싹하지 못하고 병려문駢儷文의 길에서 기운을 다 소진하고 나서는 천하의 책을 몽땅 묶어 두어 "볼만한 것이 없다"고 말하니 이것은 공령문功令文 짓는 자들이 자기를 기만하는 행위입니다.

아버지를 아버지라 부르지 못하는 자가 있고, 형을 형이라 부르지 못하는 자가 있습니다. 또 사촌간의 친지를 종으로 부리는 자가 있고, 머리가 허옇고 검버섯이 돋은 노인이 머리 땋은 아이들의 아랫자리에 끼어 있는 경우도 있습니다. 할아버지나 아버지 항렬의 어른에

로 경상(卿相)을 지낸 집안도 한번 벼슬길이 끊기면 자손들이 곤궁해져 떨쳐 일어나지 못한다. 심지어 유리걸식하는 지경까지 이르기도 한다. 압록강을 사이에 두고 있는데 풍속이 이처럼 다르다."(『홍재전서』弘齋全書 권172, 「일득록」日得錄 2)

7 '의'(疑)와 '의'(義)는 과거 시험의 문제 유형으로, 의(疑)는 사서(四書) 가운데 의심을 일으킬 만한 대목의 글 뜻을 설명하고, 의(義)는 오경(五經)의 글 뜻을 해석한다. 곧 사서의(四書疑)와 오경의(五經義)다.

게 절을 하기는커녕 손자뻘 조카뻘 되는 어린 자가 어른을 꾸짖는 일
도 있습니다. 그럼에도 불구하고 오히려 우쭐대며 천하를 야만족이
라 무시하며 자기야말로 예의를 지켜 중화中華의 문화를 간직하고 있
다고 자부합니다. 이것은 우리 풍속이 자기를 기만하는 행위입니다.

사대부는 국가에서 만든 것입니다. 그러나 국법이 사대부에게는
적용되지 않으니 이것이 자기를 피폐케 하는 것이 아닙니까? 과거科
擧란 인재를 취하는 도구입니다. 그런데 인재의 선택이 과거로 인해
망가지니 이것이 자기를 피폐케 하는 것이 아닙니까? 서원을 설립하
여 선현先賢의 제사를 받드는 것은 선비를 숭상하기 위한 의도에서
나왔습니다. 그런데 부역에서 도망하는 장정과 금주禁酒를 빚는 자들
이 숨어 지내는 소굴이 되고 있으니 이것이 자기를 피폐케 하는 것이
아닙니까?

국가가 위에서 말씀드린 네 가지 기만(四欺)과 세 가지 폐단(三弊)을
유형에 따라 분석하여 그 잘못된 관행을 척결하고 무지한 자들을 가
르쳐 깨우치도록 하십시오. 그렇게 한다면 나라를 다스리는 일이 절
반은 성공한 셈입니다.

오늘날 나라에서 아전의 견해만을 채택하고, 선비들이 광대의 짓거
리를 행하며, 남자들이 아낙네의 풍속을 답습하는 관습이 여전히 고
쳐지지 않고 있습니다. 저속한 자가 현명한 자보다 수가 많으면 저속
한 자가 승리를 거두고, 아전이 관장官長보다 수가 많으면 아전이 이
기는 법입니다. 그래서 나라에서 아전의 견해만을 채택한다고 말했습
니다. 과거에 급제한 첫날부터 얼굴에 먹칠을 하고 펄쩍펄쩍 뛰며 춤
추는 짓거리를 행하는데 이것이 광대짓이 아니겠습니까?[8] 몽골의 복
장을 입고서 의젓한 체 집안에서 음식을 장만하면서도 무엇이 잘못되

없는지조차 깨닫지 못하니 이것이 부인네 풍속이 아니겠습니까?

세 가지 일이 시급하게 해결할 시무時務는 아닙니다. 그러나 서로 깊이 연관된 일로써 나라의 기풍이 진작되지 못한 현실을 보여 줍니다. 풍속에 얽매이지 않은 기이하고 훌륭한 선비를 거둬서 아전들의 기세를 말끔히 씻어 버리고, 선비가 광대의 짓거리를 혁신하여 겸손하게 읍을 하는 예절로 바꾸고, 부인네의 몽골 복장을 버리고 대신 예법에 맞는 의복을 입게 하기를 진심으로 바랍니다. 이것이 나라의 기풍을 진작하는 하나의 방법일 것입니다.

국가를 잘 다스리는 사람은 근본을 맑게 하는 데 힘쓸 뿐 지엽적인 것을 건드리지 않습니다. 그 결과 행한 일이 간단해도 거둔 성과는 거창합니다. 현재 국사를 논하는 사람들 중에는 사치가 날로 심해진다고 말하지 않는 자가 없습니다. 신의 관점으로는 그들은 근본을 모르는 자들입니다. 다른 나라는 정말 사치로 인해 망한다고 해야겠지

---

8 조선 시대에는 과거에 새로 합격했거나 벼슬에 새로 임명된 신래(新來) 곧 신참자에게 혹독한 신고식을 치르는 관습을 면신례(免新禮) 또는 창신래(唱新來)라 했는데 이 폐단을 지적한 것이다. 박영보(朴永輔)는 『연총록』(衍聽錄) 권3 「창신래」(唱新來) 조에서 이 풍속을 소개하며 박제가와 비슷한 견해를 제시했다. "창신래는 우리나라의 풍속이다. 선배들이 새로 급제한 자를 보면, 그들의 얼굴을 먹칠하거나 울긋불긋 색칠하게 하고 푸른 옷 두 벌을 입혀 앉았다 일어섰다 앞으로 갔다 뒤로 갔다 오로지 선배가 시키는대로 하게 했다. 심지어는 큰 길거리로 끌고 나가 사흘 동안 이렇게 했는데 이것을 '신래를 부른다'고 했다. 이 풍속은 고려 때부터 시작되었는데 고려 말 과거에 급제한 자들을 신라의 화랑처럼 치장을 많이 했기에 당시에 '홍분방'(紅粉榜: 붉게 단장한 과거)이라고 불렀다. 이 풍습이 유치하고도 기묘했기에 선배들이 이 장난을 바꿀 수 없는 법으로 만들었다. 아! 사대부가 영예롭게 벼슬에 나아가는 처음부터 몸을 닦아 군주를 섬기는 도리로서 서로를 권장해야 할 터인데 도리어 어째서 이런 광대의 짓거리를 행하여 의젓한 행동에 손상을 입히는 것일까?" 한편, 심노숭(沈魯崇) 역시 『자저실기』(自著實記)에서 해괴한 면신례 풍속에 대해 자세하게 묘사했다.

만 우리나라는 반드시 검소함으로 인해 쇠퇴하게 될 것입니다. 왜 그렇겠습니까?

화려한 비단옷을 입지 않으므로 나라에는 비단을 짜는 베틀이 존재하지 않습니다. 그렇다보니 여인의 기능이 피폐해졌습니다. 노래하고 악기 연주하는 것을 숭상하지 않기 때문에 오음五音과 육율六律이 화음을 이루지 못합니다. 부서져 물이 새는 배를 타고, 목욕을 시키지 않은 말을 타며, 이지러진 그릇에 밥을 담아 먹고, 진흙을 바른 방에 그대로 살기 때문에 공장工匠과 목축과 도공의 기술이 끊어졌습니다.

더 나아가 농업은 황폐해져 농사짓는 방법이 형편없고, 상업을 박대하므로 상업 자체가 실종되었습니다. 사농공상士農工商 네 부류의 백성이 누구 할 것 없이 다 곤궁하게 살기 때문에 서로를 구제할 방도가 없습니다. 저 가난한 백성들은 아무리 날마다 채찍질을 해대며 사치하라고 몰아쳐도 아마 그렇게 못할 것입니다.

현재 나라의 의식을 거행하는 대궐의 큰 뜰에서 바닥에 거적대기를 깔고 있고, 동궐東闕(창덕궁)과 서궐西闕(경희궁)의 대궐에서 궁문을 지키는 수비병은 무명옷을 입고 새끼줄 허리띠를 띠고서 서 있습니다. 신은 정말 그것을 부끄럽게 생각합니다.

그런 꼴은 생각하지 않고 도리어 여항閭巷의 백성들이 높여 세운 대문이나 부수고, 시장에서 가죽신과 적삼을 착용한 백성이나 잡으려 하고, 마졸馬卒이 귀덮개를 하는 행위나 걱정하고 있습니다. 지엽 말단의 일이 왜 아니겠습니까?

군왕의 어제御製를 받들어 쓰는 사자관寫字官에게 육서六書를 한 달 가르치면 글씨를 잘못 쓰는 일이 많이 줄어들 것입니다. 그렇게 하지 않고 잘못 쓴 자획을 따로 바로잡으려 한다면 글씨를 잘못 쓴 사자관은 종신토록 자기가 무엇을 잘못 쓰는지 모르고 교정을 맡은 신臣은 그 글씨를 일일이 바로잡을 겨를이 없습니다. 이 사례를 미루어 볼 때 우리나라에는 살펴볼 일이 매우 많다고 하겠습니다.

동이루東二樓[9]를 건축할 당시 호조戶曹에서 일당 300전錢을 주고 30명의 인부를 고용했습니다. 능력도 없으면서 그 인원수에 들어간 인부가 있어 그늘을 찾아다니며 낮잠이나 자고 있었습니다. 계사計士(호조에서 회계 실무를 맡아 보던 종8품 벼슬)가 열 번에 걸쳐 종이에 써서 고발했더니 호조의 낭관郎官이 그 반을 삭감하고 그 뒤에 수결手決을 쓰기를 "비용이 새는 것을 막았다"라고 했습니다. 이것은 다섯 장의 종이를 살피기는 했지만 이미 9천 전錢의 국고를 잃어버린 것입니다. 이 사례로 미루어 볼 때 국가 재용財用의 근원이 어떠한지를 따져 볼 만합니다.

의정부議政府에서 호령할 때에는 이삼십 명의 노비가 손을 맞잡고 발을 구르며 소리 높이 외쳐서 그 소리가 몇 리 너머까지 들립니다. 이렇게 하지 않으면 백관百官에게 위엄을 세울 수 없다고 여깁니다. 반면 병조에서는 낭관이 채찍을 잡고서 소리 내는 것을 금지합니다. 이 사례로 미루어 볼 때 국가 법령이 서로 모순되는 것을 일일이 세어 볼 수 있습니다.

나라 전체의 일을 어떻게 일일이 다 말할 수 있겠습니까? 하지만 작은 일을 가지고 큰 일을 인식할 수 있습니다. 바라건대 전하께서

---

9 동이루는 규장각 곧 이문원(摛文院)의 부속 건물의 하나로 1785년 대유재(大酉齋) 동쪽에 서고(書庫)용으로 건축되었다. 규장각의 여러 서고 중에서 국왕의 저술이나 친필을 비롯하여 왕실에 직접 관련되는 서적을 보관했다. 검서관의 주요한 업무 공간이다.

천근한 말을 잘 살피는 순舜임금 같은 총명을 발휘하시어[10] 순서에 따라 국사를 처리하시고, 아무리 작은 재물이라도 절약하시며, 상호 모순되는 정치와 법령을 융화시켜 주십시오. 그렇게 한다면 "국가의 근본을 맑게 하자 거둔 성과는 크다"라는 제 말씀을 확인할 수 있을 것입니다.

지금 신이 말씀드린 것은 모두가 세상 사람이 해괴하다고 여길 일뿐입니다. 그렇지만 이를 10년 동안 행한다면 온 나라의 세금을 감면할 수 있고, 만조백관의 녹봉을 증액할 수 있을 것입니다. 또 초가집과 거적대기를 친 대문이 붉은 다락에 화려한 문으로 바뀌고, 도보로 걷고 물을 건너기를 걱정하는 자들이 가볍고 튼튼한 말이 끄는 수레를 탈 수 있을 것입니다. 예전에는 나라의 안녕을 해치던 일이 이제는 나라에 상서로움을 불러들이고, 예전에는 자기를 기만하고 스스로를 피폐케 하던 것이 씻은 듯 얼음 녹듯 풀릴 것입니다.

그렇게 된 다음에 경복궁을 다시 짓고, 경회루를 신축하며, 의정부와 육조를 예전의 규모로 회복하십시오. 뿐만 아니라 나라 안의 사대부와 더불어 치소徵招 각소角招와 같은 음악을 즐기십시오. 잠시 고생을 하겠지만 영원토록 안락을 누릴 것입니다. 그럼으로써 우리나라 선왕先王의 법도와 문화를 밝히고, 우리 세자世子에게 억만년토록 무궁할 터전을 마련해 주십시오. 이것이 어찌 아름다운 일이 아니겠습니까?

만나기 어려운 것은 성스런 군주이고, 아까운 것은 때를 잘 만나는

---

10 『중용』에 "순임금께서는 질문하기를 좋아하시고 천근한 말을 살피기를 좋아하셨다"라는 구절이 있다.

좋은 시절입니다. 현재 천하는 동쪽으로는 일본으로부터, 서쪽으로는 서장西藏(티베트), 남쪽으로는 조와爪哇(자바섬),[11] 북쪽으로는 할하喀爾喀[12]에 이르기까지 전쟁 먼지가 일지 않은 지 거의 200년입니다. 지난 역사에는 없었던 일입니다. 이 천재일우의 기회에 온힘을 다하여 우리의 국력을 닦지 않는다면 다른 나라에 변고라도 발생할 때 우리도 함께 우환이 발생할 것입니다. 그렇게 된다면 직책을 맡은 신하가 태평성대를 아름답게 꾸밀 겨를이 없을 것입니다. 신은 그것을 염려합니다.

지금 전하께서는 천지를 경륜할 위대하고도 놀라운 학문을 소유하셨고, 예악禮樂을 제정하는 재능을 겸비하셨습니다. 강건한 제왕의 위엄을 떨쳐 발휘하신다면 세우지 못할 공이 무엇이 있겠으며, 구하여 얻지 못할 것이 무엇이 있겠습니까? 그런데 도리어 조회를 하시는 중에 탄식을 토하시고 뜻대로 다스려지지 않는다 한숨을 쉬시며, 두려워하면서 할까 말까 망설이신 지 10년이라는 긴 세월이 흘렀습니다. 현재의 풍속을 따라 나라를 다스려 미봉책으로 메꿔 나가면서 조금 평안한 상태에 만족하여 안주하시렵니까?

한나라의 신공申公은 "정치를 행하는 자의 능력은 말을 많이 하는 데 달려 있지 않다. 힘써 행하느냐의 여부에 달려 있을 뿐이다"라고 했습니다.[13] 실천에 옮긴다면 근일의 상소문이 지당한 말 아닌 것이

---

11 인도네시아의 섬으로 1598년 네덜란드가 이 섬을 점령한 이래 동남아·중국과의 통상(通商)·호시(互市)의 전진기지로 삼아 상당 기간 명(明)과 갈등을 빚었다.
12 몽골 주요 부족의 하나인 할하족(Khalkha)이 관할한 지역으로 현재 외몽골 지역의 중심부에 위치한다. 북원(北元) 이래 청초(淸初)에 이르기까지 몽골족의 주도 세력으로 강희제(康熙帝)가 친정하여 복속시켰다.

없을 테지만 실천에 옮기지 않는다면 오늘날 조정 뜰을 가득 메운 진언進言이, 나오면 나올수록 새로운 내용이 많음에도 불구하고 겉치레가 번드르르한 글에 불과할 것입니다.

　신은 오래도록 독서하기를 폐한지라 소견이 꽉 막혀서 다루어야 할 내용을 빠트리고 버둥거리며 응대應對를 잘하지 못했습니다. 전하께서 신의 우매한 충성심을 혜량惠諒하시어 하고 싶은 말을 다 마치도록 특별히 하루의 휴가를 내려 주시고 제 글을 받아쓸 사람 열 명을 대 주시면 삼가 폐부에 담긴 생각을 모두 쏟아 내 말씀드리겠습니다. 신의 말이 전하의 위엄을 모독하지 않았는가 염려스럽고 두렵습니다. 신은 죽을죄를 무릅쓰고 삼가 말씀 올립니다.[14]

13　신공(申公)은 한나라 초기의 유생으로『시경』에 통달한 학자이다. 경제(景帝) 때 태자소부(太子少傅), 무제(武帝) 때 어사대부(御史大夫)에 제수되기도 했다. 무제가 즉위하여 신공을 초빙하여 알현했을 때 이 말을 했다. 『한서』(漢書) 권88 「유림전」(儒林傳)에 나온다.

14　등록본에는 이 뒤에 "여러 조목으로 진술한 내용을 보고서 네 식견과 취향을 볼 수 있었다"(觀此諸條所陳, 爾之識趣, 亦可見矣)라는 비답(批答)이 첨가되어 있다.

진상본

進上本

북학의

『북학의』를 임금님께 올리며 應旨進北學議疏

•

엎드려 올립니다. 신은 지난 해 12월에 반포된, 농사를 장려하고 농서農書를 구한다는 윤음綸音을 엎드린 채로 받아 보았습니다.[1] 신은 고을의 노인 및 인사 들과 함께 두 손을 모아 받들어 읽고서 차례로 전해 가며 읽어 보도록 했습니다. 그 가운데 글을 모르는 자들이 있어서 윤음의 뜻을 풀이해 주자 서로들 기쁨에 차서 성상을 찬미하느라 손과 발이 저절로 움직여 덩실덩실 춤이 나오는 것조차 모를 지경이었습니다. 그러고 나자 뒤를 이어 한숨이 자연스럽게 흘러나왔습니다. 두렵게도 평소에 쌓아 둔 지식이 전혀 없어 농서를 바치라는 훌륭한 명령을 받들어 완수할 능력이 없었기 때문입니다.

그러나 신이 엎드려 생각해 보니 인간 만사와 만물에는 깊은 의리가 담겨 있지 않은 것이 없었습니다. 더구나 하늘이 좋은 곡식을 내려 주어 우리 백성들을 먹게 하는 농사야말로 그 일이 대단히 중요하

---

[1] 정조는 치세 22년인 1798년 11월 30일에 「농사 행정을 권하고 농서를 구하는 윤음」(勸農政求農書綸音)을 한문과 한글로 반포했다. 정조는 이를 주자소(鑄字所)에서 정리자(整理字)로 인쇄하여 전국에 반포하도록 명령하여 농서를 구하고 이를 토대로 『농정전서』(農政全書)을 편찬할 구상을 실현하고자 했다. 박제가가 실제로 이 윤음을 본 것은 12월이었다. 정조의 명령에 따라 전국에서 많은 농서가 진상되었으나 책의 편찬이 실현되지는 못했다. 자세한 과정은 염정섭, 「18세기말 정조의 '農書大全' 편찬 추진과 의의」(『한국사연구』 112권, 2001)에 설명되어 있다.

고, 그 이치가 대단히 깊습니다. 따라서 남에게 부림을 당하는 사람이나 어리석기 짝이 없는 무리에게 모조리 맡겨 두고 그들이 거둔 엉성하고 형편없는 결과를 무턱대고 받아먹기만 해서야 되겠습니까? 아무래도 적임자를 찾아서 농사에 관한 정책을 맡겨야 한다고 생각하였습니다.

지금 우리 성상께서는 농사에 가진 힘을 다한 위대한 우禹임금의 행적을 사모하시고, 농업을 분명히 밝힌 주공周公의 옛일을 본받으셔서 굶주리거나 추위에 떠는 우리 백성이 없도록 하는 것을 가장 앞세워야 할 제왕의 정책으로 삼고 계십니다. 수만에서 수십만에 이르는 많은 백성들이 그 혜택과 복록을 다 함께 누리는 일은 시간이 지나면 찾아올 일에 불과합니다.

신이 주제넘게 수령의 직책을 맡은 지 어느새 3년이 흘렀습니다. 신이 맡은 지방에서도 치적을 거두지 못한 처지이기는 합니다만, 나라를 걱정하는 충정만은 천하의 그 누구보다도 앞선다고 자부합니다. 신이 산골 백성들이 사는 모습을 보면 화전을 일구고 나무를 하느라 열 손가락 모두 뭉툭하게 못이 박혀 있습니다. 그럼에도 입고 있는 옷이라곤 10년 묵은 해어진 솜옷에 불과하고, 집이라곤 허리를 구부정하게 구부리고서야 들어갈 수 있는 움막에 지나지 않습니다. 방 안에는 불 땐 연기가 가득하고 벽은 바르지도 않았습니다. 먹는 것이라곤 깨진 주발에 담긴 밥과 간도 하지 않은 나물뿐입니다. 부엌에는 나무젓가락만 달랑 놓여 있고, 아궁이 앞에는 질항아리 하나가 놓여 있을 뿐입니다.

그렇게 사는 연유를 물어보았습니다. 무쇠솥과 놋수저는 이정里正에게 몇 번이나 뺏겨 벌써 꾸어 먹은 곡식 대금으로 납부되었다고 했습니다. 어떤 부역을 지는지 물었더니 남의 집 노비가 아니라서 군보軍保(조선 시대 정규군을 지원하기 위해 편성된 신역의 단위)의 신역을 지기 때문에 250전錢 내지 260전을 관아에 납부한다고 했습니다. 국가의 경비가 바로 그들로부터 나옵니다. 그 말을 듣고서 참담한 마음을 금하지 못하고, 베짜기는 걱정하지 않고 주제넘게 나라를 걱정하는 먼 옛날의 과부마냥[2] 탄식이 흘러나왔습니다. 현재의 법을 바꾸지 않는다면 현재의 풍속 아래에서 하루아침도 살 수 없다고 생각하게 되었습니다.

제가 맡은 고을 하나만 그런 실정이 아니라 모든 고을이 다 마찬가지이고, 나아가 온 나라가 모두 그 모양입니다. 이것이 바로 성상께서 분개하고 분발하여 한번 개혁할 것을 시도하여 이렇듯이 열성적이고 진지하게 책문策問을 내려 조언을 구하시는 이유입니다.

나라를 다스리는 것은 말을 기르는 것과 같아서 말에게 해가 되는 것을 제거하면 된다[3]고 신은 들었습니다. 이제 농업을 장려하고자 하신다면 반드시 농업에 해를 끼치는 것을 먼저 제거하고 그다음 다른 조치를 논의해야 할 것입니다.

첫 번째로 선비를 도태시키는 일입니다. 현재의 상황으로 따져 보면, 식년시式年試가 실시되는 해에는 소과小科와 대과大科를 치르느라 시험장에 나오는 자가 거의 10만 명을 넘습니다. 그렇다고 선비의 숫

---

2 『춘추좌전』「소공」(昭公) 2년 조에 자대숙(子大叔)이 "홀어미가 자기 베를 짜는 것을 걱정하지 않고 주(周)나라가 쓰러지는 것을 걱정하는 이유는 화가 자기에게도 미치기 때문입니다"라고 한 말이 보인다.

3 『장자』 '잡편' 「서무귀」(徐無鬼)에서 황제(黃帝)가 말을 키우던 목동을 만나 천하를 다스리는 방법을 물었을 때 목동이 한 말이다. "황제가 또 천하를 다스리는 방법을 묻자 어린 동자가 말했다. '천하를 다스리는 것이 말을 기르는 것과 다를 게 뭐가 있겠습니까? 말에게 해가 되는 것을 제거하면 될 뿐입니다.'"

자가 10만 명 수준에 머무는 것은 아닙니다. 이들 무리의 부자父子와 형제들은 과거 시험에 응시하지 않았을 뿐이지 그들 또한 농업에 종사하지 않습니다. 농업에 종사하지 않는 데 그치지 않고 모두들 농민들을 머슴으로 부리는 자들입니다.

똑같은 백성이기는 하지만 부림을 받는 자와 부리는 자 사이에는 강자와 약자의 형세가 형성됩니다. 강자와 약자의 형세가 형성되고 나면 농업은 날로 경시되고 과거 시험은 날로 중시되게 마련입니다. 조금이라도 자신의 능력을 자부하는 자라면 다들 과거 시험에 매달리고, 그렇게 되면 어쩔 도리 없이 농사는 어리석기 짝이 없는 무리와 남에게 부림을 받는 머슴에게 맡겨질 뿐입니다.

사정이 이렇게 되자 처자식을 몰아다가 들판에서 농사를 짓게 합니다. 소 먹이고 밭을 경작하는 일의 태반이 규중 아낙네 몫이고, 풀을 베고 방아 찧는 일이 모조리 아녀자의 책임입니다. 여자들이 농사에 매이다 보니 외진 고을의 작은 마을에서는 다듬이 소리가 거의 들리지 않아 온 나라 사람들이 입을 옷이 없어 몸을 가리지도 못할 지경입니다.

학자와 벼슬아치들이 지금 상황을 으레 그러려니 여기고 옛날부터 그랬던 줄로 알고 있습니다. 제가 당唐나라 시인이 쓴 「밭에서 일하는 여인」(女耕田行)이란 시[4]를 살펴보니 안녹산安祿山의 난리가 난 뒤의 상황을 탄식한 내용이었습니다. 지금은 평화시대가 100년을 이어왔으니 아낙네가 밭에서 일하는 상황은 참으로 이웃나라에 소문나게

---

4 당나라의 시인 대숙륜(戴叔倫, 732~789)이 지은 시이다. 대숙륜의 자는 유공(幼公)으로 안녹산의 난이 발생한 이후 민간인의 비참한 생활을 목도하고 「밭에서 일하는 여인」이라는 시를 써서 사회를 고발했다.

해서는 안 될 일입니다.

선비가 농사에 방해가 된다고 해서 이렇게 말하겠습니까? 실상은 선비는 농사를 망치는 가장 심각한 존재입니다. 이 무리들이 나라 인구의 과반수를 차지한 지 지금 100년이 되었습니다. 이제 날마다 불어나는 선비를 도태시키지는 않고 반대로 날마다 힘을 잃어 가는 농부만을 꾸짖어 "어째서 너희들은 힘을 다 쏟지 않느냐?"라 하고 있습니다. 조정에서 날마다 천 가지 공문을 띄우고 고을 관리들이 날마다 만 마디 말로 권장해 봐도 한 바가지의 물로 수레 가득한 땔감의 불을 끄는 꼴입니다. 제아무리 노력한다고 한들 아무런 보탬도 없을 것입니다.

두 번째는 수레를 통행시키는 일입니다. 작고한 정승 김육金堉은 한평생 오로지 수레와 화폐 두 가지 문제를 해결하는 것을 고민했습니다.[5] 화폐를 처음 통용시키고자 할 때 여러 갈래로 논의가 나뉘어져 거의 중지될 뻔하다 겨우 시행되었습니다. 신의 종고조從高祖 신臣 박수진朴守眞이 그 업무를 실제로 주관했습니다.[6] 만약 지금 수레를

5 김육(1580~1658)은 조선 후기의 실학자로 본관은 청풍, 자는 백후(伯厚), 호는 잠곡(潛谷)이다. 세 차례 중국에 가서 『조천록』(朝天錄)과 『조천일록』(朝天日錄)을 남겨 중국 문물의 번성함을 묘사했다. 영의정을 지냈고, 대동법(大同法)을 실행하고 화폐와 수레의 사용을 추진하는 등 혁신적인 정책을 시행하는 데 큰 역할을 했다. 박제가는 「연경잡절」에서 "모재(慕齋)는 중국의 학교에 학생을 보내자고 하였고/잠곡(潛谷)은 수레 운행에 뜻을 두었네./두 분이 사사로이 좋아해설까?/국가에 관련된 큰 계획이었지"(慕齋願入學, 潛谷志行車. 二公豈私好, 大計關國家)라고 하여 김안국의 중국 학교 입학 추진과 김육의 수레 사용 추진을 평가했다.
6 박수진(1600~1656)은 자(字)는 군실(君實), 호는 사천(斜川)이다. 서울 사람으로, 가난하게 살았고 과거에 급제하지 못했으나 재능이 있는 사람이란 평을 받았고 경륜으로 세상에 유명했다. 평소 "나를 등용하면 화폐를 유통시킬 수 있다"는 말을 했고, 1653년 효

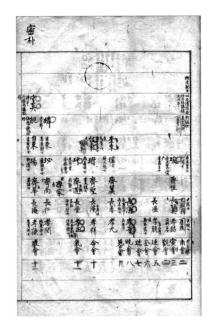

「북보」北譜 북인北人의 계보를 밝힌 당파보黨派譜로서 박제가 집안의 계보가 실려 있다. 그 중 박제가의 종고조 박수진이 왼편 상단에 보이는데 상평통보常平通寶 동전을 유통시킨 공로가 있다고 밝히고 있다. 이는 다른 당파보나 족보에 잘 보이지 않는 내용이다. 성균관대 존경각 소장 필사본.

통행시킨다면 10년 안에 백성들이 수레를 좋아하여 화폐를 선호하는 수준에 그치지 않을 것입니다. 이야말로 "백성들이 일을 하도록 만드는 것은 좋지만 그들이 잘 알도록 이해시키는 것은 안 된다"[7]는 격이고, "이뤄 놓은 것을 함께 즐길 수는 있어도 처음부터 고민을 함께할 수는 없다"[8]는 격입니다.

종에게 만언소(萬言疏)를 올리는 등 화폐의 유통에 적극적이었다. 효종 6년(1655) 김육이 화폐의 유통을 강력하게 추진할 때 그를 실무자로 추천하여 평시서직장(平市署直長)에 임명되어 실무를 보았다. 『승정원일기』 효종 7년(1656) 10월 23일자에 그와 관련한 기사가 실려 있다.

7   『논어』에 나오는 말이다.
8   『사기』(史記)에 상앙(商鞅)이 한 말로 나온다.

농사는 비유하자면 물과 곡식이고, 수레는 비유하자면 혈맥血脈입니다. 혈맥이 통하지 않으면 살지고 윤기가 흐를 도리가 없습니다. 『의서도인』醫書導引에 따르면, 약의 이름에 하거河車[9]란 것이 있는데 이러한 뜻을 담고 있습니다. 수레와 화폐는 농사에 직접 관련되지는 않지만 농사에 도움을 주므로 나라를 경영하는 사람이라면 반드시 급선무로 삼아야 합니다.

우리나라의 경우 아무 쓸모없는 유생이 옛날에는 없었는데 지금은 넘쳐나고, 쓸모있는 수레가 옛날에는 있었으나 지금은 없습니다. 이렇게 극단적으로 이해가 상반되기에 이르렀으니 백성들의 초췌한 꼴이 참으로 괴이할 것이 없습니다.

사람들은 풍속을 갑자기 바꾸지 못하므로 현재의 농업에 바탕을 두어 개선하자고 말할 것이 분명합니다. 쓸데없는 말만 늘어놓을 필요 없이 시험해 보면 그만입니다. 먼저 중국의 요양遼陽에서 각종의 농기구를 사와서 서울에 대장간을 개설하고 법식法式에 맞추어 농기구를 단련하여 만듭니다. 쇠가 생산되는 먼 고을에 속관을 파견하여 나누어 만들게 합니다. 그렇게 하여 이익을 거두고 농기구 제조 방법을 확산시킵니다.

농사법을 시험할 경작지는 면적을 따질 것 없이 서울 근처에 마련합니다. 작게는 100묘畝에서 많게는 100경頃[10] 정도의 면적으로 둔전屯田을 설치합니다. 농사를 잘 아는 전문가 한 명을 한대漢代의 수속도위搜粟都尉[11]처럼 선발하여 주관하게 합니다.[12] 따로 농사꾼 수십 명

---

9 자하거(紫河車)이다. 탯줄로서 보음보양(補陰補陽)에 효과가 있는 약재다.
10 1경(頃)은 100묘(畝)에 해당한다.
11 수속도위는 한대(漢代)의 관리명으로 농경과 둔전을 담당하는 비상임 관리이다. '외

을 뽑아서 후한 녹봉을 주어 전문가 한 명의 지휘를 따르게 합니다. 가을이 되어 곡식을 수확하여 한 해 농사의 잘잘못을 비교해 봅니다. 한 해 두 해 시험해 보면 반드시 효과가 나타날 것입니다.

그다음 여러 도에 훈련을 거친 농사꾼을 나누어 파견하여 한 사람이 열 명에게 기술을 전파하게 하고, 열 명이 100명의 농사꾼에게 전파하게 합니다. 10년을 넘지 않아서 풍속을 변화시킬 것입니다. 이 계획을 시행하는 초기에는 비용의 지출 또한 만만치 않을 것입니다만 몇 년 안에 그 비용을 충분히 보상받을 것입니다. 게다가 성과가 멀리까지 파급된다면 그 정도 비용쯤이야 군이 따질 필요조차 없을 것입니다.

신은 일찍이 선정신先正臣 이이李珥가 10만 명의 군사를 미리 양성하자[13]고 한 유지遺志를 되살려 경성京城에 30만 섬의 쌀을 비축함으로써 나라의 근본을 튼튼하게 할 계획을 짜 본 적이 있습니다. 그 대강을 말씀드리면, 선박을 개선하여 조운漕運을 강화하는 것, 수레를 통행시켜 육로의 수송을 강화하는 것, 둔전을 시행하여 농업 기술을 교육하는 것으로 요약할 수 있습니다.

편' 목록에 수속도위론(搜粟都尉論)이 들어 있어 박제가가 이 관직의 성격과 기능에 깊은 관심을 두고 있었음을 보여 준다.

12 서울 주변에 일종의 시범 농장을 만들자는 박제가의 둔전법(屯田法)은 당시에 박지원, 서미수(徐美修), 서유구 등에 의해서도 제기되었다. 박지원의 「한민명전의」(限民名田議, 『연암집』 권17)와 서유구의 「의상경계책」(擬上經界策, 『풍석집』楓石集)에 소개되어 있다. 서미수의 둔전론(屯田論)은 「승정원도승지서공신도비명」(承政院都承旨徐公神道碑銘, 서유구, 『금화지비집』金華知非集 권6)과 이서구(李書九)의 「행승정원도승지서공묘지명」(行承政院都承旨徐公墓誌銘, 『척재집』惕齋集 권9)에 소개되어 있다.

13 이이(李珥)의 양병설은 『율곡전서』(栗谷全書)의 「연보」와 「행장」, 「시장」 등에 실려 있다.

생각해 보면, 경성의 민호民戶 4, 5만이 먹을 식량과 만조백관 및 군사의 녹봉에 충당할 곡식은 모두 삼남三南에서 해운으로 공급되는 10여만 섬의 곡식에 기대고 있습니다. 사사로이 자기들이 먹으려고 저장해 놓는 것을 제외한다 해도 반드시 20만 명이 여러 달 동안 먹을 양식을 비축해야만 다급한 사태가 발생하더라도 지탱할 수가 있습니다.

우리나라는 배를 건조하는 기술이 엉성하고 서툴러서 실은 물건이 상하는 경우가 많습니다. 그러니 바다에 출항하는 배를 잘 만드는 중국의 제도를 반드시 배워야 합니다. 그런 뒤에 연해의 곡식을 조운으로 수송하여 한강까지 도달하도록 합니다.

조운 수송을 늘린다 해도 충분하지 못하므로 또 반드시 육로로도 수송해야 합니다. 그런데 육로로 수송할 때에는 인부가 어깨로 짐을 져 나르거나 말등에 실어서 운반할 수는 없습니다. 그렇다면 수레를 통행시키는 것 외에는 방법이 없습니다.

수레가 통행된다 하더라도 사사로운 곡식까지 다 수송할 수는 없습니다. 그러므로 모름지기 둔전을 설치해야 합니다. 둔전을 설치하여 옛 둔전 제도에 따라 운용한다면 들이는 노력은 절반에 불과하지만 그 효과는 곱절이 될 것이니 30만 섬의 곡식은 굳이 가져오려고 애쓰지 않아도 저절로 이를 것입니다.

옛날 송나라에는 심태평암心太平菴[14]이란 호를 가진 사람이 있고,

---

14 여기서 심태평암이란 호를 가진 사람은 육유이다. 심태평암은 육유(陸游, 1125~1209)의 시에 나오는 표현이다. 육유의 시 「심태평암시」(心太平庵詩)와 「독학」(獨學)에 "몸은 한가하고 마음은 태평하다"(身閑心太平)는 구절이 나오는데 육유는 이를 가지고 그의 서재 이름으로 삼았다. 몇 편의 사(詞)에도 이 구절을 사용했다. 박제가와 비슷한 시

명나라에는 「장취원기」將就園記[15]라는 글을 쓴 사람이 있습니다. 이 둘의 호와 글은 모두 그렇게 되기를 바란 뜻에서 쓴 것이지 실제 그렇다는 것은 아닙니다. 저들은 모두 낮은 자리에 처하여 뜻을 펴지 못했기 때문에 그런 호와 글을 지음으로써 그렇게 되기를 바랐던 것입니다.

그러나 우리 전하께서는 제왕의 지위에 오르셔서 백성들을 흡족하게 통치하고 계십니다. 정사를 바르고 곧게 하며, 높은 지위에 있는 자나 낮은 백성들에게 모두 마음을 쓰시니 어찌 말로만 하고 마는 분이겠습니까?

신은 농사를 맡은 관리입니다. 제가 드린 말씀은 모두 농사에 직접 종사한 바탕 위에서 논의했습니다. 그 밖의 무예의 연마, 문치文治의 정비, 교화敎化의 시행, 예악禮樂의 강구와 같은 사항은 감히 제가 다루지 못했습니다.

제가 원하는 바는 이 고을의 백성이 편안히 살면서 자기 생업에 즐겁게 종사하고, 봇도랑과 밭도랑을 제도에 맞게 수리하고, 가옥을 깨

기의 작가 노긍(盧兢)은 「심태평암기」(心太平庵記)라는 글을 지어 태평하지 못한 마음을 역설적으로 표현하기도 했다.

15 황주성(黃周星, 1611~1680)이 지은 글이다. 그는 명(明)에서 진사에 급제하고 호부주사(戶部主事)를 지냈다. 명이 망한 뒤 호주(湖州)에 은거했다. 삼번(三藩)의 난이 평정되어 청(淸)을 무너뜨릴 희망이 사라지자 물에 투신하여 자살했다. 그는 적응하지 못하는 현실에서 남과 타협하기를 거부하고 자신만의 이상적인 삶의 공간으로 장취원(將就園)을 상상하여 설계했다. 상상의 공간인 장취원은 장원(將園)과 취원(就園)의 2개 권역으로 구분되어 웅장한 공간으로 계획되었다. 이 글은 장조(張潮)가 편집한 『소대총서』(昭代叢書)에 수록되어 수입되었고, 18세기 이후 지식인들에게 널리 읽혔다. 자세한 내용은 역자의 「18~19세기의 주거문화와 상상의 정원-조선 후기 산문가의 記文을 중심으로」(『진단학보』 97집, 2004, 111~138쪽)에 분석되어 있다.

끗하게 정비하고, 백성들의 용모가 단정하고, 말에 신의가 있으며, 기물과 의복이 견고하고 단정하며, 수목이 무성하게 자라며, 가축이 잘 번식하는 것에 불과합니다.

남녀가 나태하지 않아 제각기 자기 일에 열심히 종사하고, 공인과 상인이 모여들며, 도적들이 사라지고, 교량과 객사客舍 및 변소에 이르기까지 깨끗하게 짓고 수리하며, 산과 강에서 사냥을 하고, 배와 수레를 통행시키고, 어린아이들은 병들지 않고, 늙은이들은 태평을 구가하는 것들은 모두 근본을 다지고 농업에 힘쓴 효과로서 집집마다 넉넉하고 사람마다 풍족한 이후에야 가능한 것입니다. 모든 것이 중도를 얻고 화합하며 천지가 제자리를 찾고 만물이 잘 번식하는 일[16] 역시 이런 정도를 벗어나지 않을 것입니다.

한 개의 현이 이와 같이 되면 자연스럽게 온 나라가 이와 같이 되어 풀이 바람에 쏠려 쓰러지고 역말이 소식을 전하듯이 그 효과가 빠를 것입니다. 신은 아침에 이러한 결과를 보고서 저녁에 죽는다 해도 아무 유감이 없습니다.

신은 젊어서 연경燕京에 여행을 한 이래로 중국의 일에 대하여 즐겨 말해 왔습니다. 우리나라 인사들은 오늘날의 중국은 과거의 중국이 아니라고 생각하면서 서로 모여서 비난하고 비웃기를 너무 심하게 합니다. 그런데 이제 제가 올린 진언進言은 전부터 저들이 비난하고 비웃는 한두 가지에서 벗어나는 것이 아닙니다. 또다시 신이 망발

---

16 이것은 정치의 궁극적인 목표로 설정하여 말한 것이다. 『중용』 제1장에 "희노애락(喜怒哀樂)이 아직 발동하지 않은 것을 중(中)이라 하고, 발동한 것이 모두 절도에 맞는 것을 화(和)라 한다. 중이란 것은 천하의 큰 근본이고, 화라는 것은 천하의 큰 도이다. 이러한 중과 화를 극에 도달하게 하면 천지가 제자리를 찾고 만물이 잘 번식하게 된다"라고 했다.

을 하고 있다는 비난을 제 스스로 자초하고 있습니다만 이것을 제외하곤 제가 드릴 말씀이 없습니다.

보잘것없는 자의 의견이라도 채택하겠다는 참으로 분에 넘치는 성상의 은혜를 입고 보니 천박한 식견의 사견私見이나마 감히 숨길 수가 없었습니다. 삼가 제가 지은 바 논설과 차기箚記를 기록하여 27개 항목에 49개 조[17]를 얻고는 『북학의』라고 이름을 지었습니다. 숭고하고 지엄한 성상을 모독한 일이오나 살펴 선택하시기를 바라옵니다.

신은 두목杜牧과 같은 재주가 없으므로 칭찬받을 만한 「죄언」罪言 같은 글도 짓지 못했고,[18] 왕통王通에 비하면 부끄러울 정도의 학문이라 그에 비길 만한 책략을 감히 올리기 어렵습니다.[19] 신은 황공하고 두려운 마음을 이기지 못하오며 삼가 죽음을 무릅쓰고 글을 올립니다.

---

17 월전본·국립본·동양본·버클리본에는 28개 항목에 53개 조로 되어 있다. 이는 「배」(船)의 항목 4개 칙(則)이 더 첨가된 것과 그렇지 않은 차이에 따른 결과이다.
18 두목(803~852)은 당의 시인이자 정치가. 자는 목지(牧之). 834년 두목이 회남절도사(淮南節度使) 우승유(牛僧孺)의 서기(書記)로 근무할 때 국가의 실책을 따진 「죄언」을 지었다. 국가의 중대사를 직책도 맡지 않은 하급 관료가 말하는 것 자체가 죄가 된다 하여 글의 이름을 「죄언」이라 했다. 두목의 대표적인 경세문자(經世文字)이다.
19 왕통은 수(隋)나라 때의 학자이다. 왕통은 대궐에 나아가 태평성대를 이룰 12개의 책략을 바쳤으나 황제가 받아들이지 않았다. 그래서 분음(汾陰)에 은거하며 학생을 가르쳤는데 제자들이 사방에서 몰려왔다.

수레 車 九則[1]

•

수레는 하늘을 본받아 만들어서 지상을 운행하는 도구이다. 수레를 이용하여 온갖 물건을 싣기 때문에 이보다 더 이로운 도구가 없다. 유독 우리나라만이 수레를 이용하지 않는데 그 까닭은 무엇일까? 내가 그 까닭을 물으면 사람들은 곧잘 "산천이 험준하기 때문이다"라고 대꾸한다. 그런데 신라와 고려 이전에 수레를 사용하지 않았을 리가 없다. 유차달柳車達이 고려 태조를 도우려고 주었다는 전차戰車가 이를 입증한다.[2] 옛날에는 검각劍閣, 구절九折, 태항太行, 양장羊腸의 험준한 지역을 통행하는 수레도 있었다.

---

1 '내편'의 수레와 겹치는 부분도 적지 않으나 상당한 보완과 축약이 있어서 대조해서 읽어야 한다.

2 『신증동국여지승람』(新增東國輿地勝覽) 「문화현」(文化縣)의 인물조에 비슷한 내용이 실려 있다. "유차달은 고려의 태조가 남부를 정벌할 때 수레를 많이 내어놓아 군량미를 수송하게 했다 하여 그 공으로 대승(大丞)에 임명하고, 삼한공신(三韓功臣)의 호칭을 주었다"(柳車達: 太祖征南時, 車達多出車乘, 以通糧道. 以功拜爲大丞, 號三韓功臣)라고 기록했다. 박제가의 절친한 친구 유금(柳琴)은 1770년 봄에 역대 조상의 행적을 묘사한 장편시 「술계」(述系)에서 유차달의 행적을 "대승 공이 왕씨를 도와, 남정할 때 양곡을 보태 주었네. 공훈 높아 벽상공신에 빛나고, 현달하여 복록이 널리 퍼졌네"(大丞佐王氏, 南征糧食資. 勳業耀壁上, 鴻漸福履綏)라고 예찬했다. 그리고 『신증동국여지승람』의 내용을 이 구절에 주석으로 밝혀 놓았다. 최근 북한에서 황해남도 삼천군 달천리 구월산 기슭에 있는 그의 묘가 발굴된 것으로 알려졌다.

그러나 이런 수레를 군이 언급할 필요도 없이 그저 통행할 수 있는 데만 통행시키면 된다. 예컨대 도道마다 도에서 사용하는 수레가 있고, 고을마다 고을에서 사용하는 수레가 있으며, 집안마다 그 집안에서 사용하는 수레가 있다면 차례대로 옮겨 가며 이용하면 된다. 중간에 매우 험준한 지형이 있을 수도 있는데 그때에는 전에 하던 방식대로 사람이 져서 나르거나 말에 실어서 나르면 된다. 그러나 그런 험지가 그다지 먼 거리는 아닐 것이다. 수레 한 대로 천 리 만 리를 가는 경우는 천하에서도 드물다. 더구나 수레가 다니면 길은 저절로 생긴다. 관동의 대관령大關嶺, 영남의 조령鳥嶺, 북관의 철령鐵嶺, 해서의 동선령洞仙嶺은 길을 조금만 닦으면 수레가 통행하지 못할 데가 없다.

지금 서울의 군문軍門에 있는 대차大車는 너무 조잡해서 빈 수레로 다녀도 소 한 마리를 지치게 만든다. 또 큰 나무를 사용하여 소의 목덜미를 내리누르기 때문에 병들어 죽는 소가 많다. 수레를 맨 적이 있는 소의 고기는 먹지 못하고 뿔은 사용하지 못한다. 소가 너무 피곤하여 독성이 배출된 것임을 짐작할 수 있다.

함경도에서는 본래부터 수레를 사용했는데 상당히 가볍고 빠르다. 다만 굴통(轂)에 한 자쯤 되는 귀가 나온 것이 특징인데 이는 몽골의 수레 제도를 채용하여 그렇다. 준천사濬川司에는 모래차(沙車)가 있고 또 일반 개인의 집에도 사사로이 만든 수레가 있는데 모두 법도에 맞지 않는다.

수레에는 사람이 타는 수레가 있고, 물건을 싣는 수레가 있다. 그 크기와 무게, 빠르기에 대해서 중국 사람들이 겪어 보고 연구해 놓은 수준이 매우 깊이가 있다. 단지 솜씨가 좋은 장인을 시켜 모방해서 만들게 해야 한다. 한 자 한 치도 차이가 나면 수레가 아니다.

옛날에는 목수와 수레바퀴 기술자가 모두 수레 제작으로 이름을 얻었다. 우리나라는 수레를 사용하지 않아 기술자의 직책이 드디어 폐지되었다. 도로나 주택이 법도가 전혀 없어 사람이 견딜 수 없는 이유가 대개 이것 때문이다.

우리나라는 동서의 길이가 천 리이고 남북의 길이는 그 길이의 세 배로서 서울이 그 중앙에 위치한다. 사방의 산물이 서울로 몰려 들어와 쌓이는데 각지로부터 거리가 횡으로는 500리를 넘지 않고 종으로는 천 리를 넘지 않는다. 또 삼면이 바다로 둘러싸여 바다와 가까운 지역에서는 제각기 배를 이용하여 운송한다. 이렇게 따지면 육지로 통행하여 장사하는 사람은 아무리 먼 곳이라도 오륙 일이면 넉넉하게 목적지에 도달하고, 가까운 곳이라면 이삼 일 걸린다. 한쪽 끝에서 다른 한쪽 끝을 가면 앞에서 걸린 거리의 곱절이다. 유안劉晏이 잘 달리는 사람을 대기시켜 놓았던 것처럼 한다면 사방 물가의 고하는 수일 안으로 고르게 조정할 수 있을 것이다.

그럼에도 불구하고 산골에 사는 사람은 아그배를 담가 식초를 얻어서 소금이나 메주 대용으로 사용하기도 하며, 새우젓과 조개젓을 보고서 특이한 음식이라고 여기기도 한다. 가난한 형편이 이 지경인 것은 대체 무슨 까닭인가? 단언코 수레가 없기 때문이라고 말하겠다.

지금 전라도 전주의 상인이 있다고 하자. 상인이 처자식을 이끌고 생강과 빗을 등에 짊어지고 도보로 걸어서 북관北關과 의주로 가서 물건을 판다면 본전의 몇 곱절의 이익을 얻을 수 있다. 반면에 근력을 길거리에서 다 소비할뿐더러 가정을 이루고 사는 즐거움을 누릴 기회가 없다. 원산 상인의 미역과 명태를 실은 말이 밤낮으로 북로北路 길에 이어져 있으나 그다지 큰 이득을 남기지 못한 것은 길거리에서 말을 먹이느라 든 비용이 매우 많기 때문이다.

따라서 영동에서는 꿀이 많이 나지만 소금이 없고, 관서 지방에서는 철이 생산되지만 감귤이 없으며, 함경도에서는 삼이 잘 되고 면포가 귀하다. 산골에는 팥이 지천이고 바다에는 젓갈을 물리게 먹는다. 영남의 옛 절에서는 명지名紙가 산출되고 청산青山 보은報恩에는 대추나무 숲이 많다. 서울로 가는 길목이자 한강 입구인 강화도에는 감이 많이 난다. 자기가 사는 지역에서 많이 나는 물건으로 다른 데서 산출되는 필요한 물건을 교환하여 풍족하게 살려는 백성이 많으나 힘이 미치지 않아서 그렇게 하지 못한다.

어떤 사람은 말을 이용하면 되지 않느냐고 말한다. 그의 말대로 말한 마리가 수레 한 대에 맞먹기도 하여 매우 기민한 이점도 있기는 하다. 그러나 수레의 짐을 끄는 데 드는 힘과 말등에 짐을 싣는 데 드는 힘은 현격하게 다르다. 따라서 수레를 끄는 말은 병들지 않는다. 게다가 대여섯 마리가 수레 한 대를 끌면 대여섯 필의 말이 각각 등에 짐을 싣는 것에 비해 몇 곱절의 이익이 있다.

이제 대차大車가 엉성하고 느린 듯이 보이지만 다섯 마리의 소로 끌게 하고 15석石의 곡식을 싣는다면, 다섯 마리의 소등에 각각 두 섬의 곡식을 싣는 것보다 벌써 3분의 1을 더 싣는 이득을 얻게 될 것이다.

현재 수령과 어명을 받든 사신의 행차는 천 리와 만 리를 가리지 않고 자신은 말을 타고 남들은 걸어서 따라오게 한다. 또 반드시 자신의 곁을 떠나지 못하게 하고는 걸음걸이를 말과 똑같은 빠르기로 걷게 한다. 그래서 땀을 뻘뻘 흘리고 숨을 몹시 헐떡거려도 감히 쉬지를 못한다. 온 나라 안의 종이나 역부役夫의 질병은 모두 여기에 그 근본 원인이 있다.

나는 일찍이 중국의 한 관리가 작은 가마를 타고 가는 것을 본 적이 있다. 가마의 허리쯤에 구멍을 뚫고 막대기로 꿰어 사람이 가마를 메었다. 따라서 옆에서 잡고 가는 자가 없어도 가마가 기울지 않았다. 앞뒤로 각각 두 사람이 종으로 이를 멘다. 그 뒤를 큰 수레 한 대가 따라가고 있었는데 거기에는 모두 열아홉 명의 사람이 타고 있었다. 다섯 마리 말이 멍에를 메고 있었고 그 관리를 따라서 가는 수레였다. 역마다 교체하려는 인부들인데 5리나 3리에 한 번씩 교체하여 왕성한 힘이 나도록 했다.

미투리는 100리 길을 가면 구멍이 뚫어지고 짚신은 10리만 가도 구멍이 난다. 미투리 값은 짚신 값보다 열 배가 폭등하여 비천한 백성들은 모두 짚신을 신고 날마다 갈아 신기에 여념이 없다. 가죽신 값은 또 미투리보다 열 배이다. 이는 모두 수레가 없어서 일어난 해악이다. 저 수레바퀴는 모든 백성들의 나막신에 못을 단단하게 박아 놓은 신발이다.

관서關西 길의 각 고을 관원을 시켜 제각기 해마다 오가는 사행使行 길에 중국의 수레 몇 대씩을 구입하여 배치하게 하면 좋겠다. 사신을 맞이하고 배웅하는 역에서 교대로 이 수레를 사용하여 우리나라 사람이 자주 보게 하고, 또 마부 몇 명을 시켜 수레를 끌게 하면 수레 제도를 배우는 데 일조할 수 있을 것이다.

우리나라는 산이 많아 수레를 만들 목재가 곳곳에 빽빽하다. 그러나 목재가 다 땔감과 숯을 만드는 재료로 쓰일 뿐 다른 용도로는 쓰이지 않는다. 스스로 보물을 팽개쳐 두고 재목이 없다고 걱정하는 이유는 무엇일까?

수레 제작의 이치를 곰곰이 생각해 보니 바로 천지의 조화와 똑같다.

밭田

*

밭에는 소의 가랑이 사이 간격에 곡식의 씨를 한 줄로 심는다. 그 곡식이 자라서 흙을 북돋아 줄 때가 되면 다시 소에 쟁기를 메우고 날을 끼운다. 쟁기의 양끝 너비가 소 가랑이의 너비와 똑같다. 전에 갈아엎은 길을 따라 소를 끌고 갈아 나가면 새 흙이 올라오고 곡식은 소의 배 아래에서 우수수 소리를 내며 매끄럽게 일어선다. 중국의 세 이랑 간격은 우리나라의 두 이랑 간격과 같다. 이것은 우리가 아무 이유 없이 밭 3분의 1을 잃는 셈이다.

홑쟁기는 사람이 밭을 가는 도구인데 소의 절반을 갈 수 있다. 밭과 소, 사람과 연장은 치수가 서로 잘 맞는다. 파종하는 법도 대단히 균일하여 씨앗이 겹치지도 않고 줄이 비뚤지도 않다. 씨를 뿌리는 간격이 길면 모두가 길고, 짧으면 모두가 짧아서 들쭉날쭉한 법이 절대로 없다.

우리나라는 콩을 심거나 보리를 심거나 농부 마음 내키는 대로 씨를 뿌리는 탓에 곡물이 자연스럽게 한데 뭉쳐서 바람을 고르게 받지 못하고 햇볕도 제각기 다르게 받는다. 그래서 키가 크게 자란 포기는 낟알이 맺혀 거의 여물었는데도 키가 작은 포기는 꽃을 피우며 계속 자란다. 이것은 다 곡식들끼리 상해를 입혀서 열매를 맺지 못하게 한 결과다.

따라서 낟알을 파종하는 방법은 한 알 한 알이 병들지 않도록 하는 데 달려 있을 뿐 씨를 많이 뿌리는 데 달려 있지 않다. 보리 한 이삭에서 낟알 100개를 얻는다면 종자 한 말에서는 보리 열 섬을 수확해야 한다. 그렇게 수확하지 못하는 것은 씨앗을 고르게 뿌리지 않은 잘못이다.

이것을 통해 볼 때 우리나라는 밭을 갈 때 밭의 면적 일부를 잃고, 또 파종할 때 곡식을 낭비하며, 수확할 때도 소출이 줄어든다. 이렇게 하고서야 곡식이 귀하지 않을 도리가 어디 있으며, 백성이 가난하지 않을 이치가 어디 있으랴?

지금 우리나라에서 이른바 며칠갈이나 몇섬지기라는 말은 실제로는 그 절반에 불과하다. 이것은 해마다 땅속에 곡식 수만 섬을 버리는 것이다.[1]

---

1   여기까지의 내용은 『북학의』 외편 「밭」의 내용을 그대로 전재했다. 외편의 뒷부분에 있는 일부 내용은 생략했다. 이상의 내용은 서유구의 『임원경제지』 「본리지」 권4 '총서' (總敍)에서 〔갈고 뿌리는 법은 중국을 본받아야 한다〕(論耕種宜倣中國)란 글에 전재되어 있다.

똥거름 糞 五則[1]

중국에서는 똥을 황금처럼 아껴서 길에는 버려진 재가 없다. 말이 걸어가면 삼태기를 들고 그 꽁무니를 따라가서 말똥을 거둬들인다. 심지어는 노새와 말이 오줌을 싸고 지나간 땅의 진흙을 파서 가져가기까지 한다. 길옆에 사는 백성들은 날마다 광주리를 가지고 작은 쇠스랑을 끌고 다니며 모래 틈에서 말똥을 가려 줍는다. 모두들 똥을 주어 가므로 많이 얻을 리가 있겠는가?

건장한 남자가 똥을 줍는데 하루 종일 애를 써도 두 말도 채우지 못한다. 그것을 보고서 처음에는 그 모자람을 실컷 비웃었는데 곰곰 생각해 보고서야 그 똥이 다음 해 곡식 한 말로 돌아온다는 점을 알아차렸다. 하루에 곡식 한 말을 얻는다면 너무나 많은 양이 아니겠는가?

밭농사를 하는 집에서는 수수깡과 볏짚을 포함한 잡풀더미를 문앞에 많이 깔아 놓는다. 이 풀을 소나 말이 밟고 다니고 수레바퀴가 굴러서 짓밟고 비와 눈에 젖도록 내버려 둔다. 이 풀을 쌓아 놓아 썩히면 그 빛깔이 시꺼멓게 변하여 흙빛과 똑같아지면 또 뒤집어서 거름으로 만든다. 쌓아 놓은 똥거름이 모두 네모반듯하여 세모나 여섯 모

---

1 이 조항의 내용은 '외편' 「똥거름」에서 논의된 것을 대폭으로 증보하여 확대했다. 일부 중복되는 내용이 있어 문제의식은 비슷하나 내용이 훨씬 풍부해졌고 새로운 사실이 첨가되었으므로 거의 새로운 내용으로 보아야 한다.

의 큰 탑 모양을 이룬다. 거름 아래 둘레에는 고랑을 파고 옹기를 묻어서 새어 나오는 물을 받아 낸다.

어떤 자는 큰 옹기에 그 물을 담고 누런 인분과 섞어서 긴 막대기로 휘저어 덩어리가 완전히 풀려 멀건 죽처럼 만든다. 여름철에 긴 자루가 달린 바가지를 사용하여 거름물을 떠서 모래밭에 뒤집어 놓는다. 모래가 뜨거우므로 바로 말라서 마치 꼭두서니떡(茜餅)²처럼 동글동글해지는데 그 크기가 조금도 차이가 나지 않는다. 이것을 바숴서 가루를 만들고 채소밭에 쓴다.³

효과가 눈에 뜨이게 뚜렷한 것으로는 밭에 거름을 주는 것보다 나은 것이 없다. 장자莊子가 이른바 "썩고 냄새나는 것이 새롭고 기이한 것으로 바뀐다"⁴라는 말이 바로 이것이다. 그런데 도성의 모든 집에 있는 뒷간은 수레가 없어서 인분을 밖으로 퍼낼 방법이 없다. 기껏 퍼낸다는 것도 겨우 병든 말의 등에 퍼서 나르는 것뿐이니 그 무게가 수십 근을 넘지 못한다.

---

2 꼭두서니떡은 꼭두서니를 넣어 만든 둥근 떡이다. 매년 음력 4월에 이 떡을 만들어 먹으면 정신이 상쾌해지고 병을 제거하여 오래 살 수 있다고 한다(노평규·김영 역, 『임원경제지 관휴지』, 소와당, 2010, 주석 참조).
3 "어떤 자는~"의 단락을 서유구의 『임원경제지』「관휴지」 권1 '총서'(總敍)에서 [거름덩이를 다루는 법](糞餠法)이란 표제로 전재했다.
4 『장자』「지북유」(知北遊)에 출전을 두고 있다. "따라서 만물은 하나다. 이것은 아름답다고 하는 것을 신비하고 기이하다고 보고, 추하다고 하는 것을 썩고 냄새난다고 본다. 썩고 냄새나는 것이 다시 신비하고 기이한 것으로 바뀌고 신비하고 기이한 것이 다시 썩고 냄새나는 것으로 바뀐다. 따라서 온 천하는 하나의 기운이라고 말할 뿐이다."(故萬物一也, 是其所美者爲神奇, 其所惡者爲臭腐; 臭腐復化爲神奇, 神奇復化爲臭腐. 故曰通天下一氣耳.) 박제가는 원본의 신기(神奇)를 신기(新奇)로 바꿔 썼다.

벗짚이나 풀을 엉성하게 얽어 망태를 만들어서 길거리를 어지럽히
는 벗짚이나 풀을 쓸어담는다. 이것은 진흙탕에 빠져 있어서 거름의
진기가 제거되었으므로 이른바 하나만 건지고 나머지는 몽땅 새 나
간다는 격이다. 벗짚이나 풀은 그 성질이 본래 엉성하고 푸석푸석하
여 흙에 들어가도 흙과 엉겨 붙지 않는다. 또 생똥이 고르게 섞이지
않은 상태로 곡식 종자에 붙으면 도리어 독성이 있어 해만 끼친다.
겨울을 넘겨 쌓아 둔 분뇨 퇴비는 그 주위에 도랑을 파 놓지 않으면
눈이 내려 퇴비의 모든 양분을 다 씻어 가 버린다. 나중에 힘들여 밭
에 거름으로 내가는 것은 찌꺼기에 불과하다.

똥은 그렇다 치고 오줌은 아예 담을 그릇이 없다. 보리를 심는 시
골의 집에서는 부서진 여물통에 오줌을 받는데 절반은 거두고 절반
은 넘쳐흐른다. 서울에서는 날마다 뜰 한 귀퉁이나 길거리에 쏟아 버
린다. 그래서 우물물이 모두 짜다. 시냇가의 다리나 돌로 쌓은 제방
에는 인분이 여기저기 더덕더덕 붙어 있어 큰 장맛비가 내리지 않으
면 씻겨 가지 않는다. 가축의 똥이 사람의 버선을 더럽히기 일쑤이니
밭두둑이 제대로 경작되지 않는다는 사실을 이것으로도 미루어 짐작
할 수 있다.

분뇨를 거두어들이지 않을 뿐만 아니라 재도 몽땅 길거리에 버린
다. 바람이 조금이라도 일면 눈을 일체 뜰 수 없다. 재가 공중에 이리
저리 날려서 모든 집의 음식이 불결해진다.[5] 진秦나라의 법에 재를 버
리는 자는 사형에 처한다고 했는데, 상군商君의 가혹한 법이기는 하

---

5 『임원경제지』「본리지」권4에는 이 뒤에 "반드시 중국을 본받아 수레를 다니게 한 뒤
에야 똥을 거둘 수 있고 밭도 제대로 경작할 수 있을 것이다"(必倣中國行車, 然後糞可
收, 田可易矣)의 내용이 보충되어 있다.

지만 그 속뜻은 농사를 힘쓰자는 데 있었다.

100묘畝[6]의 밭을 경작하는 집에는 소 두 마리를 길러야 하고, 소 두 마리를 기르는 집에서는 짐수레 한 채를 갖추어야 한다. 수레에는 반드시 짐상자가 있어야 한다. 짐상자는 갯가의 버들가지를 엮어 큰 광주리를 만들고 내부에 종이를 바른 다음 기름칠과 회칠을 하여 물이 새지 않게 한다. 여기에 오줌을 채워서 싣는다. 기름이나 술을 싣는 도구는 모두 이 그릇이다.

대략 한 사람이 하루에 배설하는 분뇨로 한 사람이 먹을 곡식을 자라게 할 수 있다. 그러니 100만 섬의 분뇨를 버리는 것은 100만 섬의 곡식을 버리는 것이 아니겠는가?

요사이 무논에서는 떡갈나무 잎을 생으로 따다 깔기도 한다. 그런데 잎이 썩지 않아서 그 해에는 퇴비의 효과가 전혀 없다. 오래된 방법으로 녹두를 심어 잎사귀가 무성해졌을 때 갈아엎으면 분뇨보다도 효과가 낫다고 하는데 이것도 하나의 방법이다. 오래 묵은 도랑에서 썩어 검게 변한 흙은 모두 분뇨로 쓸 수 있다. 모든 것은 수레를 사용한 다음에 할 수 있는 일이다.

---

6 6자(尺)를 1보(步)로 할 때 너비가 1보(步)이고 길이가 100보(步)인 전답을 1묘(畝)라고 한다.

뽕 桑[1]

.

근세近世에는 목화를 심어 옷을 해 입는 방법이 성행하여 뽕잎을 따다가 누에를 치는 것은 쇠퇴했다. 그러나 뽕나무는 심기가 가장 쉽다. 붓대만 한 가는 뽕나무 가지를 반 자(尺) 크기로 잘라다가 그 양끝을 태워서 땅에 심으면 살아나지 않는 것이 없다. 천 그루 만 그루가 1년이면 만들어진다.

어떤 사람은 채소를 심듯이 오디를 바로 밭에다 심기도 한다. 또한 방법은 뽕나무를 심은 첫해에는 나무를 불사르고 다음 해에는 나무를 베어 넘긴다. 그러면 뽕나무가 무리지어 나고 잎이 무성한데 가지를 베어 누에를 먹인다. 난하灤河의 서쪽 지역에는 모래밭이 많은데 일망무제一望無際로 보이는 것 모두가 새로 심은 뽕나무였다. 나무의 크기가 말안장 높이와 나란하고 가지와 잎사귀가 반들반들하여 일반 뽕나무와는 달랐다.

---

1 '외편'의 「뽕과 과일」(桑 菓)에서 뽕을 다룬 내용과 크게 다르지 않으나 조금 차이가 있다.

농기구 農器 六則

•

오늘날 농기구를 말하는 자들은 "옛날과 지금의 쓰임새가 다르다"라거나 "남쪽과 북쪽의 제도가 다르다"라고 말한다. 한마디로 개괄하자면 우리나라에는 제대로 된 농기구가 없다. 따라서 옛날과 지금, 남쪽과 북쪽을 따질 일조차 없다.

　대체로 쟁기와 보습의 너비가 결정된 뒤에야 밭고랑도 제대로 낼 수 있고, 김매기도 손쉽게 할 수가 있다. 지금 골짜기에서는 두 마리 소가 끄는 쟁기를 사용하고 너른 들에서는 한 마리 소가 끄는 쟁기를 사용하여 흙을 일군다. 흙을 일군 뒤에는 다시는 다른 농기구를 사용하는 일이 없다. 골짜기의 쟁기도 제각기 다르고 너른 들의 쟁기도 제각기 다르다. 밭고랑과 두둑을 모두 어림짐작으로 만들어 어떤 자는 쟁기 셋이 들어가는 폭을 한 두둑으로 삼기도 하고, 쟁기 다섯이 들어가는 폭을 한 두둑으로 삼기도 한다. 두둑이 넓으면 씨앗을 흩뿌려 파종하는데 흩뿌려 파종하면 곡식이 자라는 줄이 어지럽다. 나중에 제초除草할 때에 힘이 열 곱이나 든다.

　요사이 수수잎 모양의 짧은 자루 호미는 언제부터 사용이 시작되었는지 알 수 없다. 호미질 하는 것을 보면 왼손으로는 싹을 잡고 오른손으로는 호미를 잡은 채 허리를 구부리고 웅크리고 앉아서 뿌리를 어림짐작하여 북돋고 풀이 난 곳을 따라다니며 뽑아 버린다. 장정

316

의 힘으로 하루에 김매는 양이 기껏해야 5, 6묘畝다.

옛날의 방법에 쟁기로 밭갈이를 한 다음 반드시 작은 쟁기로 땅을 갈라 고랑을 만들고 고랑이 파인 곳에 싹을 심는다. 싹이 생기면 긴 자루의 호미를 들고 서서 두둑의 흙을 가르면 좌우로 나뉘어 흙이 쌓이고 잡초가 그에 따라 엎어져 뽑히며 저절로 싹의 뿌리를 북돋는다.[1]

고무래는 흙덩이를 깨는 농기구이다. 쟁기로 간 뒤에는 밭에 흙덩이가 생기게 마련이다. 흙덩이가 있으면 곡식이 무성하게 자라지 않는다. 옛말에 "큰 흙덩이 아래에는 좋은 곡식이 없다" 했는데 이를 가리킨다.

자루가 긴 호미는 자루의 길이가 2자 반이다. 목의 길이는 1자로 큰 칡의 잎사귀 모양과 같은데 안으로 굽었다. 서서 흙을 긁는 데 알맞다.

써레(耙)는 무논에서 사용하는 농기구이다. 논을 갈아엎을 때 물이 참방거려서 흙덩이를 부수기가 한층 어렵다. 먼저 일자형一字形의 큰 써레를 사용하고 다음에는 인자형人字形의 써레를 사용한다. 또 다음에는 쇠스랑을 사용하여 체에 친 밀가루처럼 흙을 잘게 부수어서 흙덩이가 한 조각도 없게 한 다음에 씨를 부리는 것이 좋다. 요새 사람은 단지 큰 써레를 써서 물을 한 차례 뒤집어 놓을 뿐이다.

---

1 여기까지의 내용이 『임원경제지』 「본리지」 권4 '총서'(總敍) 제6조 〔연장의 준비〕(論備器用)에 전재되어 있다.

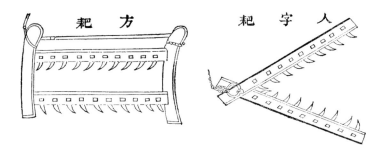

일자형 써레와 인자형 써레 「농정전서」

농기구는 서광계徐光啓의 『농정전서』農政全書 도식圖式을 참고하여 가려 써야 한다.

오늘날 사람들은 오랜 관습을 편안하게 여겨 관아에서 좋은 농기구를 판다고 해도 사려고 들지 않을 것이 분명하다. 그러니 둔전屯田에서 먼저 농기구를 시험적으로 사용하여 큰 효과를 거두도록 한다. 그렇게 된다면 몇 해가 지나지 않아 반드시 시장에 사람이 꾀이듯 사람들이 뒤따를 것이다. 순舜임금이 머문 곳은 어디나 사람들이 모여들고 도회지가 만들어졌다고 한다. 성인의 덕에 따른 감화가 그처럼 빠르나 농사짓고 질그릇 구우며 물고기를 잡는 순임금의 지혜가 마치 물이 아래로 흐르는 것과도 같이 백성들이 즐겨 그 뒤를 따르도록 만들었다.

철鐵

．

중국에서는 철을 단련할 때 모두가 석탄을 사용한다. 석탄은 화력이
세어 강철도 단련할 수 있다. 따라서 병기와 농기구가 우리보다 곱절
이나 견고하고 예리하다. 간혹 중국의 병기와 무기를 사들여 올지라
도 손상을 입을 경우에는 다시 단련하지 못한다. 단천端川과 양근楊根
등지에서 석탄이 산출된다고 한다.[1] 수레바퀴를 만들어 끼우거나 농
기구를 제조할 때에는 그 석탄을 사용해야 할 것이다.[2]

---

1 이규경은 『오주연문장전산고』「매탄변증설」(煤炭辨證說)에서 경기도의 양근(楊根)
소설산(小雪山) 골짜기에 석탄이 나고, 함경도에서는 단천과 회령·온성·종성·경성 등지
에서 석탄이 난다는 전문을 기록해 놓고 있다. 여기서 소설산은 용문산의 다른 이름이다.
2 내용은 '내편'과 거의 유사하다. 다만 "단천~" 다음 내용은 '내편'에 없던 내용이 첨가
되었다.

볍씨稻種

•

송나라 시대에 점성도占城稻를 심었는데 서리가 내리기 전에 벼가 일
찍 익어 흉작을 피할 수 있다는 장점을 취한 것이다.[1] 지금 연경 서산
西山의 논에 심는 벼 종자는 모두 양자강 이남에서 나는 올벼 종자이
다. 달력을 받으러 연경에 갈 때 그 볍씨를 사 와서 파종한다면 반드

---

1   점성도는 현재의 베트남 중부 지역에 있던 참파(한자로 점파占婆 또는 점성占城으로
표기한다)에서 재배한 쌀로 중국에는 송대에 수입되어 강남 지역의 쌀 생산을 급증시켰
다. 왕정의『농서』「백곡보」(百穀譜) 1 한도(旱稻) 조에 "현재 민(閩) 지역에서는 점성(占
城)의 볍씨를 얻어 파종하는데 지대가 높은 논에서는 모두 이 볍씨를 파종하는 것이 알맞
다"라고 했다. 『송사』(宋史) 권173 「식화지」(食貨志) 상 권1에 "대중(大中) 상부(祥符)
4년에 강회(江淮)와 양절(兩浙) 지역에 가뭄이 조금 들어 논에 벼가 익지 않았다. 사자를
파견하여 복건(福建)에 가서 점성도 3만 섬을 가져다가 3로(路)에 나누어 공급하여 파종
하게 했다. 지대가 높은 민전(民田)을 택하여 심게 했는데 이 점성도는 한도(旱稻)다"라
고 기록했다. 서유구의『행포지』권4 「곡명고」(穀名攷) '개종류'(漑種類)의 점성도(占城
稻) 조에 각종 정보를 상세하게 기록했다. 이에 대해서 이규경 역시 「산도변증설」(山稻辨
證說)에서 논증하고 있다.
2   이 대목을 서유구는『행포지』권4 「곡명고」'개종류'의 어미도(御米稻) 조와『임원경
제지』「본리지」권7 〔곡명고〕'개종류'의 어미도(御米稻) 조에서 전재하고 그 내용을 설
명했다. 청나라 황제가 먹는다는 어미도는 1년에 두 번 익는 벼로 열하(熱河)의 피서산장
(避暑山莊)에서 재배한다고 했다. 다음은 서유구가 기록한 해당 대목의 일부이다. "구외
(口外)의 산장(山莊)은 곧 열하의 산장이다. 북쪽의 사막에 가깝고 연경에서 400여 리 떨
어져 있으며 북극 고도가 40여 도이다. 우리나라 관북의 6진(六鎭) 지역과 고도가 비슷
하다. 이 벼는 백로 이전에 수확할 수 있다는 것이 한 가지 특이한 점이다. 마땅히 그 씨앗
을 구매하여 널리 퍼트려야 한다. 〔서유구 안설〕박제가의『북학의』에 '연경 서산(西山)의

320

시 특별한 효과가 있을 것이다.[2]

논에 심는 벼 종자는 모두 양자강 이남에서 나는 올벼 종자이다. 중국에 달력을 받으러 가
는 사신의 행차에 그 볍씨를 사 와서 파종하게 해야 한다'고 했다. 서산의 벼 종자란 역시
어미도일 것이라고 나는 생각한다. 만약 매년 씨앗을 구매하여 나라 안에 널리 퍼트릴 수
있다면 철령(鐵嶺) 이북 지역에서는 모두 쌀밥을 먹을 수 있다. 남쪽 지방의 기후가 따뜻
한 지역도 1년에 두 번 심어서 1묘(畝)당 서너 곱절의 수확을 거둘 것이다. 그 이익이 어
찌 크지 않으랴!"(口外山莊, 卽熱河山莊也. 北近沙漠, 去燕京四百餘里, 極高四十餘度,
與我國關北六鎭之地相値, 而此稻能前白露收, 亦一異也. 宜購種廣播之. 朴齊家『北學
議』云: '燕京西山水田種者, 皆江南早稻種. 宜每歲皇曆之行, 貿取傳種.' 余疑西山種
者, 亦此御米稻也. 誠能歲歲購種廣播域中, 則鐵嶺以北, 皆可飯稻. 若南方氣暖之地,
又可以一年再藝, 畝有倍徙之收, 其利豈不博哉!) 서유구는 박제가의 주장을 이어 논지
를 전개하고 있는데 이는 「의상경계책」(擬上經界策)에서도 적극적으로 전개되고 있다.

곡식의 이름 穀名

．

지금 곡식의 명칭은 모두 우리말로 전해져서 남과 북이 다르게 부르
고 고금의 칭호가 같지 않다. 한 가지 사물이 서로 다른 이름으로 불
려서 가면 갈수록 그 내용을 파악할 수 없다. 박식한 사람으로 하여
금 본래 글자를 찾아내어 그 이름을 정해야 옳다.[1]

---

1 박제가가 곡물의 이름을 정리하고 표준화하는 작업을 제안하고 있는데 이는 서유구
에 의해 본격적으로 수행되었다. 서유구는 『행포지』(杏浦志) 권4 「곡명고」(穀名攷)에서
이 작업을 한 뒤 이를 『임원경제지』 「본리지」(本利志) 권7 '곡명고'(穀名攷)에서 재정리
하여 각종 곡물의 품종과 명칭을 조사하여 표준화하는 작업을 마무리했다.

지리地利 二則

•

지금 사람들은 묵정밭을 남김없이 개간하고 밭둑길을 일절 놀리지 않아야 땅을 완전히 이용한다고들 생각한다. 그러나 집 근처의 밭을 묵혀 두는 형편이라 묵정밭을 개간할 필요가 없고, 밭도랑과 두둑을 제대로 이용하지 못하는 형편이라 밭둑길에 신경 쓸 필요가 없다는 것은 전혀 모른다. 따라서 농지를 넓게 차지할수록 농사는 더욱 병들고, 힘을 아무리 들여도 효과는 나타나지 않는다. 메마른 농토나 척박한 땅은 아예 말할 것도 없다. 지금 이른바 상등上等의 전답도 중국의 기준에서 보면 모두 묵정밭에 해당한다. 농사법이 없기 때문이다.

배추를 하나의 사례로 말해 보겠다. 서울 사람들은 해마다 연경에서 배추씨를 수입하여 쓰는데 그래야만 배추가 맛이 좋다. 하지만 3년 동안 바꾸지 않고 그대로 쓰면 배추가 변하여 순무가 된다. 중국에서 들여온 배추씨라 해도 시골에 심으면 심은 그해에도 서울 시장의 배추보다 맛이 떨어진다. 설마 땅이 달라서 그렇겠는가? 거름을 주는 것이 달라서다. 그렇지 않은 곡물이 하나도 없다. 따라서 중국을 배운 다음에야 가장 나은 수준으로 대번에 바뀔 수 있다.

농사에서는 농토를 넓게 차지하려는 탐욕을 가장 피해야 한다.[1] 옛날에는 농부 한 사람이 100묘畝를 나라로부터 받았다. 사방 100보步

의 땅으로 지금으로 치면 이틀갈이도 되지 않는다. 그런데도 위로는 부모를 봉양하고 아래로는 처자식을 먹여 살릴 수 있었다. "뛰어난 농부는 아홉 명을 먹여 살린다"[2]는 말이 이를 두고 한 말이다.

요동遼東 지방은 하루갈이 밭에서 좁쌀 50섬 내지 60섬(斛)을 수확하는데 그 땅의 너비는 우리의 절반에 불과하다.[3] 이것을 통해 볼 때, 곡식의 생산은 사람하기 나름이지 땅의 많고 적음에 달려 있지 않은 것이 틀림없다.

지금 송도松都 성안의 하루갈이 목화밭에서는 한 해에 1천 근의 목화를 따서 그 값이 400냥 내지 500냥에 이르고, 평양 외성外城의 하루갈이 밭에서는 좁쌀 100섬을 수확한다. 이 소출이면 거의 옛날 수준이다.

---

1 서광계의 『농정전서』 권4 「전제」(田制)에서는 박제가의 생각과 비슷한 취지로 이렇게 말했다. "옛날 전답을 다스리는 자는 노력을 많이 들이고 농사법에 힘을 썼을 뿐 전답을 많이 갖는 데 힘쓰지 않았다. 우임금 시절에 후직이 농사(農師)가 된 지 오래되지 않을 때였다. 홍수가 처음 다스려지고 경작할 땅이 대단히 많아졌으나 백성들이 땅을 넓히는 데만 힘써서 황폐하게 만들 것을 염려한 후직은 전답을 50으로 제한하여 이 제한을 넘기지 않고 자기 땅에 진력할 수 있도록 했다." 유형원은 『반계수록』 권1 「전제」(田制) 상 '분전정세절목'(分田定稅節目)에서 비슷한 취지의 주장을 하고 있다.
2 『맹자』 권10 「만장 하」(萬章下)에 나오는 말이다.
3 서유구의 『임원경제지』 「본리지」 권4 '총서'(總敍)의 제2조 〔농사는 노동력을 헤아려야 한다〕(論佃宜量力)에서 '농사에서는'에서부터 '틀림없다'까지 전재하였다. 전재한 대목에서 '절반에 불과하다' 부분에 다음의 안설(按說)을 달아 설명을 보충하였다. "중국은 10말이 한 섬(斛)이다. 따라서 중국의 60섬은 가까스로 우리나라의 30섬에 해당한다. 그리고 중국의 말과 되는 또 우리나라보다 작다. 그래서 실제로는 중국의 60섬은 우리나라의 20석(石) 안팎에 지나지 않는다."(案: 中國十斗爲斛, 中國之六十斛, 僅當我國之三十斛, 而中國之斗升又小於我國, 其實中國之六十斛, 當爲我國二十石左右耳.) 그에 따르면 박제가의 주장이 과장되었다는 것을 알 수 있다.

논 水田

•

대체로 한강 이북은 논이 많을 수 없다. 신라가 당唐을 배운 나라인데다가 지역의 위도가 또 회수淮水 입구와 엇비슷하여 양자강과 회수 유역에서 행해지는 논농사 법을 배웠다. 경상도에서 쌀밥을 먹는 것은 당연하다.

한강 이북 지역은 고구려 강역이었다. 삼국이 통합된 이후 남쪽 사람들이 쌀밥을 먹는 것을 보고 그 방법을 본받아 논농사를 지었다. 이는 양자강과 회수 유역의 풍속을 고구려에 옮기려고 애쓰는 격인데 가능하겠는가? 경기 동부 지역이 해마다 흉작인 것은 오로지 여기에 원인이 있다.[1]

---

1   서유구는 『임원경제지』 「본리지」 권3 '동국의 토질'(東國土品) 조항에서 박제가의 이 내용을 그대로 전재하고 다음과 같은 안설(按說)을 달아 비판적 견해를 밝혔다. "박제가의 이 주장이 꼭 옳은 것은 아니다. 사기(史起)가 장수(漳水)를 끌어다가 업(鄴) 땅에 물을 댄 것, 백공(白公)이 경수(涇水)를 뚫어서 전답에 물을 댄 것, 정국(鄭國)이 수로를 열어 놓은 것, 우후(虞詡)가 황하의 물을 위로 끌어다가 쓴 것은 모두가 중국 서북쪽 지역에서 시행한 사업이 아닌가? 사업을 시행하는 것은 사람에게 달려 있지 땅에 달려 있지 않다. 서광계가 '사업을 시도해 볼 뿐, 쓸데없는 말만 하며 막기를 일삼지 마라!'라고 했는데 참으로 철칙이라고 하겠다."

수리水利

•

오늘날 수리水利를 논하는 진언進言이 날마다 승정원承政院에 쌓이는
데 모두들 수차水車의 사용을 결론으로 제시한다. 하지만 수차는 농사
의 한 가지 도구에 불과하고 이것에 기대서만 농사지을 수는 없다. 또
관개灌漑와 제방 쌓기가 조정에서 내리는 법령의 첫머리를 장식한다.
그러나 농법農法을 바꾸지 않고서는 논 1만 경頃이 있다고 해도 아무
쓸모가 없다. 곡식이 증산되지 않는 이유가 땅이 없어서겠는가?

전업 농부老農¹

•

오늘날의 전업 농부는 믿지 못하겠다. 그들은 식견을 소유하고 들판에서 농사짓는 자들이 아니라 그저 무지몽매하게 근력을 써서 일하는 자에 불과하다. 지금 요강을 땅속에 묻어 천년을 묵힌다고 해서 골동품이 되지 않는 것과 똑같다. 정월 대보름에 달의 높낮이로 풍흉豊凶을 점친다는 그들의 말은 근거없는 추정에 지나지 않고, 2월 초엿새에 묘성昴星의 선후先後로 풍흉을 살핀다는 말이 무슨 의미가 있는가?

다만 지혜와 식견을 가진 자로 하여금 옛사람의 농사법에 나오는 천시天時를 살피고 토질을 관찰하며 인력人力을 다한다는 세 가지를 깨우쳐 잘 적용하게 하면 된다.² 지대가 높고 시내가 낮은 곳에서는

---

1 원문의 '노농'(老農)은 농업 생산 현장에서 잔뼈가 굵고 오랜 농사 경험을 소유한 숙련된 농부를 가리킨다. 단순히 나이가 든 농부를 가리키는 말이 아니다. 따라서 이를 '전업 농부'로 번역한다. 노농은 『논어』「자로」(子路)에 나오는 "번지가 농사를 배울 것을 청하자 공자께서 '나는 늙은 농부보다 못하다'고 하셨다"(樊遲請學稼. 子曰: '吾不如老農')는 구절에도 연원을 두고 있다. 박제가가 전업 농부의 문제를 별도로 다룬 것은 농업을 직업으로 갖지 않고서 농업의 여러 사항에 전문가적 식견을 소유한 지식인, 즉 명농(明農)과 상대적인 말로 썼다. 박제가는 농업을 획기적으로 개선하는 일을 주도할 사람은 단순한 노농(老農)이 아니라 명농(明農)이라고 생각했다.

2 『문자』(文子)에 "군주는 위로는 천시를 따르고 아래로는 지리(地理)를 다하며 가운데로는 인력을 사용한다. 그리해야 모든 백성이 성장하고 만물이 번식하게 된다"(人君者, 上因天時, 下盡地理, 中用人力. 是以羣生以長, 萬物蕃殖)라는 내용이 보인다. 거의 비

수차水車를 만들어 물을 끌어 올리고, 토질이 매우 척박한 땅에는 진흙을 덮어서 비옥하게 만들며, 토질이 부석부석하면 여러 차례 갈아엎어서 고무래로 다지며, 고지대의 묵정밭이면 구전법區田法을 사용하여 물을 대면 그만이다. 이것이 농사의 대략이다.

숱한 내용이 『제민요술』(齊民要術)과 『농서』, 『농정전서』 등에 거듭 인용되었고, 『관자』(管子)에도 유사한 내용이 보인다. 한편, 1798년 정조(正祖)가 화성부(華城府)에 내린 별유(別諭)에서 "농사란 천시(天時)를 준수하고 토의(土宜)를 살피며 인력(人力)을 다해야 하나니, 세 가지 중에 하나라도 어긋남이 없어야 풍년을 얻을 수 있다"(農者, 律天時, 相土宜, 盡人力, 三者無失然後, 可獲有秋)라고 말하고 있는데(『정조실록』), 박제가의 언급과 거의 똑같다.

구전區田[1]

•

구전區田은 이윤伊尹이 처음 시작했는데[2] 이 방법을 써서 7년 동안 이어진 가뭄에도 백성들이 굶주리지 않았다. 토질의 비옥함과 척박함, 지대의 높낮이를 가릴 필요가 없어서 구릉지대나 고지대, 경사지, 자갈밭에서도 모두 이 농사법을 사용할 수 있다. 다만 밭에 거름을 주고 물을 뿌려서 밭두둑과 고랑을 잘 만들되 일정한 간격을 어기지 말아야 효과를 거둘 수 있다.

내가 몇 묘畝의 보리밭에 그 방법을 대충 적용해 보았더니 예년에는 일곱 말 내지 여덟 말 수확하던 곳에서 다섯 석石 내지 여섯 석의 보리를 수확했다. 이 농사법을 모두 활용하여 조금의 차이도 없게 경작한다면 분명히 이 정도에 그치지 않을 것이다. 게다가 씨앗을 4분

---

1 구전은 전지(田地)를 일정한 간격으로 구획하여 일정한 거리를 두고 곡식을 심는 농사법이다. 재배 조건이 좋지 못한 산간의 경사지나 높고 가파른 농지에서 농작물을 재배할 때 사용하는 방법이다. 이 농사법은 『농상집요』(農桑輯要), 『제민요술』, 『무본신서』(務本新書), 『농정전서』, 『왕씨농서』(王氏農書), 『과농소초』, 『행포지』 등에 널리 소개되고 있다. 서유구의 『임원경제지』 「본리지」 권1 '전제'(田制) 대목에 상세하게 설명되어 있다. 이 '구전'의 내용 가운데 "토질의 비옥함" 이하가 「본리지」 권1 '구전'에 모두 전재되었다.
2 이 구절은 가사협(賈思勰)의 『제민요술』 권1 「종곡제삼」(種穀第三)에 근원을 두고 있다. "범승지(氾勝之)의 책에서 구종법(區種法)에 대해 이르기를, '탕임금이 가뭄의 재해를 겪자 이윤이 구전을 만들어 백성들을 가르쳐 거름을 주어 씨를 뿌리고 물을 져다가 뿌리게 했다'라고 했다."

의 1에서 5분의 1 가량 줄이기까지 하지 않았는가? 콩과 팥, 그리고 목화 따위의 종자를 심으면 더욱 이익이 남는다. 『금사』金史에서는 장종章宗이 궁궐의 정원에서 구전을 시험하여 다른 전답과 비교했더니 구전이 더 나았다는 결과를 확인했다고 한다.[3]

3 장종은 중국 금나라의 제6대 황제(재위 1189~1208)로 성명은 완안경(完顏璟)이다. 『금사』 「식화지」(食貨志)와 본기에 구전법(區田法) 시행의 경과가 상세하게 다루어져 있다.

모내기注秧

•

모내기는 법을 제정하여 금지할 성질의 것이 아니다. 이 법이 아직 시행되지 않았을 초기에는 분명히 상소를 올려 모내기 법을 시행하자고 청하는 사람들이 있었을 것이다. 법이 오래되어 폐단이 발생했으나 결국에는 이익은 많고 해는 적다.

고구마 심기種藷

●

고구마는 구황救荒 식물로 제일가는 곡물이다. 둔전관屯田官을 시켜 특별히 심게 하는 것이 옳다. 또 살곶이벌[1]이나 밤섬[2] 등지에 많이 심는 것도 좋겠다.[3] 또 백성들에게 자유롭게 심도록 권유하는데 심은 그해부터 잘 번식하므로 아무 걱정이 없다.

다만 고구마 종자를 그들에게 전해 줄 때 습기를 피해야 하고 어는 것을 피해야 한다. 겨울철에 가옥 내부의 동이에 흙을 담아 두고서

---

1 서울 성동구의 뚝섬 일대를 살곶이벌이라고 했고, 이곳 중랑천 위에 가설된 다리가 살곶이다리다. 조정에서 경영하던 목장과 사냥터와 사열장이 있었다.
2 서울 마포 남쪽에 있던 섬으로 전의감(典醫監) 소속의 약포(藥圃)와 뽕나무밭이 소재했다. 1968년 폭파되어 사라졌으나 최근 다시 모래가 퇴적하여 철새 도래지가 되었다.
3 서유구는 『임원경제지』「만학지」(晩學志) 권3 '고구마'(甘藷) 조 제2항 〔적합한 토양〕(土宜)의 안설(按說)에서 박제가의 이 구절을 전재하여 고구마를 심기에 적합한 땅을 논하고 있다. "나는 고구마도 이러한 (호숫가나 강가의 모래) 땅에 심어야 좋다고 생각한다. 우선 2월, 3월에 흙이 쌓여 가장 높이 올라간 곳을 가려서 진흙을 골라내어 높은 두렁을 만든다. 장마가 질 때 물이 도달한 경계를 살펴서 한두 자 더 높게 만들고 두렁 위에 알뿌리 채소를 심는다. 7월 장마가 걷힐 때 넝쿨을 잘라 낮은 땅에 넓게 꽂으면 곱절의 수확을 거둘 수 있다. 박제가가 『북학의』에서 '살곶이벌이나 밤섬 등지에 고구마를 많이 심을 수 있다'고 말한 것도 이런 장점을 보았기 때문이다."(余魏種藷亦宜用此地. 先於二三月, 擇最高仰處, 挑起淤泥, 作爲高垺. 視潦年水至之限, 令高一二尺, 種卵于垺上. 七月潦收, 又剪藤廣挿于低下之地, 則當得倍收. 朴齊家『北學議』云, '箭串·栗島等地, 可多種藷.' 亦有見乎此也.)

며칠 동안 묻었다가 뽑아서 며칠 동안 놓아 두기도 하는데 절대로 그
렇게 내버려두어서는 안 된다. 그러면 모든 고구마가 일시에 썩게 될
것이다.[4]

---

4 이 단락의 내용이 『임원경제지』 「만학지」 권3 '고구마' 조 제4항의 〔종자의 이동〕(傳
種) 항에 전재되어 있다. 이 항에는 고구마를 보관하고 남에게 전해 주는 방법을 자세하
게 다루고 있다. 내용은 똑같다.

말단의 이익末利

•

오늘날 사람들은 입만 열면 "근세의 백성들은 오로지 말단의 이익만을 숭상한다. 모두 몰아다가 전답에 묶어 두고 농사를 권장해야 옳다"라고 주장한다. 우연히 가의賈誼의 「치안책」治安策¹에서 한 구절을 읽고 그 말에서 헤어나지 못하고 내뱉는 말이다. 상인은 사민四民의 하나다. 그러나 그 하나가 나머지 세 부류를 소통시키는 구실을 하므로 10에서 3의 비중을 두지 않으면 안 된다. 바닷가 백성은 물고기 잡는 것을 농업 대신으로 하고, 마찬가지로 산골짜기 백성은 나무하는 것을 농사 대신으로 한다. 이제 만약 모든 사람이 흙을 파서 산다면 백성들이 생업을 잃을 뿐만 아니라 농사도 날마다 더욱 황폐해질 것이다. 맹자께서는 "1만 가구가 사는 고을에서 한 사람만이 질그릇을 굽는다면 되겠는가?"²라고 의문을 표하신 일이 있다. 이제 그 하

---

1 가의(기원전 200~기원전 168)는 한나라 문제 때의 학자·정치가로 18편의 저술이 남아 있다. 「치안책」은 「진정사소」(陳政事疏)라는 이름으로도 불리는데, 『한서』(漢書) 「가의전」(賈誼傳)에 실려 있다. 「치안책」이란 이름은 후인이 붙인 것이다. 문제(文帝) 때에 제후왕(諸侯王)의 권력이 강성해지고 흉노의 침략이 거세어지자 제후왕의 권력을 제한하고 국력을 키우기 위해 천하 백성을 귀농(歸農)시켜 근본에 힘쓰게 하자는 주장을 펼쳤다.
2 이 구절은 『맹자』「고자 하」(告子下)의 한 대목이다. "백규(白圭)가 맹자께 물었다. '저는 세금을 20분의 1로 거두고 싶은데 어떻게 생각하십니까?' 이에 맹자가 답하셨다.

나밖에 없는 도공마저 농사꾼으로 만들자는 말인가?

'그대가 하려고 하는 방법은 오랑캐의 방법이다. 1만 가구가 사는 고을에서 한 사람만이 질그릇을 굽는다면 그것이 될 일이겠는가?' 백규가 답했다. '그것은 불가(不可)한 일입니다. 그렇게 하면 그릇을 넉넉하게 사용할 수가 없습니다.'"

유생의 도태汰儒

●

어떤 사람이 내게 "유생을 도태시키라고 당신이 주장하는데, 그래 속수무책으로 물러날 유생이 있겠는가?"라고 물었다. 그 질문에 나는 이렇게 답하겠다.

"유생이 소속된 사문師門의 장으로 하여금 그의 문장과 행실이 과거 시험에 응시할 자격이 충분히 있는지 추천장을 써서 보증하게 한다. 다음에 그가 거주하는 지방의 관장으로 하여금 추천받은 사람 가운데서 선발하여 서울로 올려 보내게 한다. 또 엄격하게 사실 여부를 대조한다. 이 과정을 마치면 경서經書를 강講하여 시험을 치르고 합격하면 다시 고시관 앞에서 시험을 본다. 이렇게 네 단계를 거친다면 무턱대고 시험을 보려고 덤비는 자가 대부분 사라질 것이다."

둔전에 드는 비용 屯田之費

●

둔전屯田에는 10경頃을 기준으로 하여 소 20마리, 수레 10채, 인부
20명을 써야 한다. 개간하고 파종하는 일부터 절구질과 키질, 도정에
이르기까지 크게는 수갑水閘·수차水車, 작게는 보습·고무래·호미·
써레·낫·작두·양선颺扇·방아·돌절구·연자매·녹독碌碡 따위의 농기
구를 장만해야 한다. 여기에 드는 비용이 수만 냥 이하로 내려가지는
않을 것이다. 만약 노는 땅에 함경도 지방의 수레를 이용하고 녹봉을
받는 군병軍兵을 동원한다면 비용을 조금 줄일 수 있을 것이다. 그러
나 「우공」禹貢¹ 한 편에는 경계를 확정하는 데 들어가는 비용을 언급
하지 않았다. 마땅히 해야 할 일이라면 온 천하 사람이 반대해도 시
행하지 않을 수 없었기 때문이다.

---

1 「우공」은 『상서』(尚書)의 한 편명이다. 하(夏)나라 우임금이 치수(治水)를 완료한 다
음 천하의 조세(租稅)와 공부(貢賦)에 관한 법을 제정했는데 사관(史官)이 이를 「우공」
에 기록했다.

하천의 준설 濬河 二則

•

경성京城 동쪽 10리 되는 곳에 불암산佛巖山에서 흘러 내려오는 물이 있는데 이 물이 흘러서 속교粟橋 아래를 흘러, 남쪽으로 석관石串 들녘을 지나고, 또 남쪽으로 흘러 중냉포中冷浦(현재의 중랑천)로 들어간다. 중냉포 서쪽에는 사방 몇 리의 들이 펼쳐졌는데, 그 가운데 옛날에 백성들이 경작하던 전답이 있어 그 토지 문권文券이 지금도 남아 있다. 수십 년 이래 여름만 되면 폭우가 지나가고, 모래가 아래로 떠밀려 와 점차 퇴적되고, 물이 옛길을 잃고 범람하여 사방으로 넘쳐흘러 황야로 변해 버렸다. 지나가는 과객이 손가락으로 가리키면서 방죽을 쌓을까 생각해 보지만 그에 드는 노력과 비용을 계산하고는 하염없이 바라만 보다 돌아가 버린다.

이제 하천을 준설하는 중국의 방법에 따라 용조龍爪[1] 따위의 도구를 연구·제작하여 지맥을 뚫고 물이 모여드는 입구를 통하게 한다. 단지 물이 평지 아래로 흐르도록 뚫기만 해도 제방을 쌓는 것보다 훨씬 수월하다. 다음에 옛날의 밭두둑을 복구하고 밭이랑을 새로 만든다면 전답은 예전 상태를 회복하여 한 해에 수천 섬의 벼를 수확한

---

1   진흙을 파내는 도구다. 『송서』(宋書) 「하거지」(河渠志) 2에 "이공의(李公義)란 사람이 있어 철용조(鐵龍爪)로 진흙을 일어 내는 법을 바쳐 하천을 준설하게 했다"라는 기록이 보인다.

다. 그러면 둔전에도 일조할 수 있을 것이다.

물길이 막힌 곳 10리를 선정하여 조사해 보면, 10리 전체가 막힌 것이 아니라 군데군데 지체되고 막힌 데가 있어서 범람하는 현상이 발생한다. 물길의 높낮이와 길목을 살펴서 형세에 따라 물이 빠르게 흐르도록 유도해야 한다. 이곳에만 해당하는 것이 아니다. 한강과 금강은 곳곳을 준설해야 알맞다. 지금 사람들이 대책을 강구하지 않을 뿐이다.

하천을 뚫고 준설하는 일은 물이 조금 불어났을 때 시행하는 것이 마땅하다. 먼저 물의 높낮이를 재는 자를 가지고 물의 깊이를 재고 표지를 세워 기록한다.

창고 쌓기築倉 三則

•

창고는 반드시 벽돌로 쌓는다. 혹은 석란石卵으로 바닥을 다져 화재를 막고 쥐의 출입을 방지하며 습기를 막기도 한다. 창고만이 아니라 가옥의 벽과 구들도 다 벽돌을 사용하는 것이 마땅하다. 요사이 민가民家 중에 잘 기울거나 네모반듯하지 않은 것은 벽돌을 사용하지 않은 결과다.

현재 천하에서 지면 밖으로 5, 6길과 지면 아래로 5, 6길은 모두 벽돌이다. 벽돌을 위로 높게 쌓아 만든 건축물에 누대·성곽·담이 있고, 깊이 파서 만든 건축물에 교량과 분묘·운하와 온돌·제방 따위가 있어서 천하 만국을 옷처럼 두르고 있다. 백성들이 수재나 화재의 피해, 도적의 침입, 썩거나 물에 젖는 것, 건물이 기울고 무너지는 것을 염려하지 않는다. 이 모든 것이 벽돌의 힘이다. 벽돌의 효과가 이 정도인데도 불구하고 우리나라 수천리 강토 안에서만은 벽돌에 대해 강구하지 않고 팽개쳐 두고 있다. 실책이 너무 크다. 어떤 사람은 "벽돌이 흙의 성질로부터 만들어진 것이라서 우리나라에는 기와는 있지만 벽돌은 없다"고 말하기도 한다. 이는 전혀 그렇지 않다. 둥글게 만들면 기와가 되고, 네모나게 만들면 벽돌이 된다.[1]

근세에는 벽돌을 굽는 자가 나타나고 있으나 가마를 바른 방법으로 만들지 못해 정말 걱정이다. 반드시 소나무 장작의 매서운 열을 가할 뿐만 아니라, 벽돌을 굽고 난 뒤 꼭대기에 물을 뿌리는 좋은 방법을 쓰지 않는다. 그래서 벽돌이 항상 건조하고 단단하여 석회가 달라붙지 않는다. 기와도 마찬가지다.

---

1   "현재 천하에서"에서 여기까지의 내용은 '내편'의 「벽돌」과 거의 똑같다. '온돌'이란 어휘가 더 첨가되고, '흙'(土)이 '흙의 성질'(土性)로 바뀌었으며, '瓦而不甓'이 '有瓦而無甓'으로 된 차이가 있다. 이 단락의 내용 전체가 『임원경제지』「섬용지」(贍用志) 권2 '영조지제'(營造之制)의 〔벽돌의 이익을 논하다〕(論甓利)에 그대로 전재되고 있다.

배_船 四則¹

배_船 四則[1]

　·

배를 장착하는 중국의 방법은 세로로는 긴 널판을 사용하고 가로로는 짧은 널판을 사용한다. 널판 바닥을 거울처럼 반듯하게 깎아 위아래로 겹쳐 놓았다. 널판의 사이와 틈에는 유회油灰와 역청瀝青을 발라 꼭 끼이도록 했다.[2] 벼와 곡물을 실을 때에는 배 속에 그대로 쏟아 붓고 가로 널판으로 덮어 버린다. 갑판 하부는 창고로 쓰고 그 상부는 사람이 활용하는 공간으로 쓴다. 그 공간은 모두 판잣집이나 다층집을 지었다. 다층집에는 또 물건을 저장할 수 있다. 나루터를 오가는 데 쓰는, 판잣집이 없는 작은 배일지라도 마루처럼 가로 판자는 반드시 깔았다. 대체로 저들의 배가 요사이 즐기는 장기판 같다면 우리 배는 윷판 같다.

　우리나라는 수레를 이용하는 이익도 완전히 포기했고 배도 제대로

1　자연본·연민본·연경본·금서본·장서각본·친필본·숭실본에는 '船 四則'이 목록과 본문에 빠져 있고, 월전본·국립본·동양본·버클리본·규장각본에는 들어 있다. 내편과 진상본의 내용은 전체적인 의도는 같으나 세부에서는 상당히 달라서 비교하며 읽어야 한다.

2　서유구, 『임원경제지』 「섬용지」(贍用志) '운수지구'(運輸之具) 배(舟) 조항의 〔중국의 제도〕(華制)에는 서유구의 안설(按說)이 다음과 같이 실려 있다. "중국의 배는 모두 오동기름을 사용하여 석회와 섞어 쓴다고 한다. 우리나라에서 그 방법을 채택하고자 한다면 마땅히 먼저 들깨와 오동나무를 심어서 기름을 얻어야 한다."(中國舡船, 皆用桐油, 和石灰云. 我東欲效其法, 宜先樹藝荏桐取油.)

이용하지 못하고 있다. 짐을 운반하는 배든지 나루터를 오가는 배든지 따질 것 없이 빈틈에서 새어 드는 물이 항상 배에 가득하다. 배 안에 탄 사람의 정강이는 마치 냇물을 건너는 것처럼 젖어 있다. 배 안에 고인 물을 퍼내느라 날마다 한 사람이 그 일에만 힘을 쏟는다.

곡식을 실을 때에는 반드시 나무를 엮어 바닥에 깔고서야 싣는데 밑바닥에 있는 곡식은 그래도 물에 젖어 썩거나 젖을 우려가 있다. 또 배의 상부는 마루로 쓰고 하부는 창고로 쓰는 법을 채택하지 않아 사람이나 물건을 뱃전에만 실어야 한다. 곡물을 볏짚 가마니에 담고 그 가마니를 볏짚 새끼줄로 묶기 때문에 한 섬을 실은 용량이 거의 두 섬 분량을 차지한다. 간혹 뜸을 설치한 배가 있기는 하나 그 길이가 몹시 짧아 비가 내리면 배는 빗물을 저장하는 그릇이 된다.

또 배를 정박하는 강가에 가교架橋를 놓지 않아 따로 벌거벗은 한 떼의 사람들이 물에 들어가 삯을 받고 등에 져 내린다. 나루터의 배도 사람을 등에 져서 뭍에 오르게 한다. 말은 펄쩍 뛰어 뱃전에 들어가게 한다. 다리를 놓아야 할 높은 곳에서 문지방처럼 깊은 배로 건너뛰게 하니 다리를 부러뜨리지 않을 말이 몇이나 되겠는가? 그래서 말을 살 때 배를 잘 타는 말이라는 말까지 나온다. 가로로 널판을 설치하지 않은 탓이다.

바다에서 표류하던 사람이 바닷가 고을에 정박하는 경우가 있다. 그 배에는 배 만드는 장인匠人을 비롯해 다른 기술자를 반드시 데리고 왔을 것이다. 그들이 바람을 기다리느라 머무는 동안 재빨리 재주가 좋은 장인을 시켜 그들의 선박 제도를 모방하여 배우게 한다. 그들의 기술을 모조리 습득하게 한 다음 저들의 귀환을 허가하는 것이 옳다. 지금은 저들에게 배우기는커녕 저들이 배를 버리고 육로로 돌

아가면 즉시 지방관에게 명을 내려 배를 불태우라고 한다. 도대체 무
슨 까닭인지 모르겠다.

부록 노하운선기潞河運船記[1]

.

통주通州의 동로하東潞河는 연경으로부터 40리 거리에 있다. 통주성通州城을 감싸 안고 옥하玉河와 합류하여 남으로 흘러 발해渤海로 들어간다. 바다를 운행하여 연경으로 들어오는 배는 모두 이 노하를 통해 들어온다. 멀리 하구河口를 바라보면 100리 사이에 돛이 대나무 숲의 대나무보다도 더 빽빽하게 차 있다. 배에는 깃발을 세워 각기 절강浙江·산동山東·운남雲南·귀주貴州 등의 명호名號를 써 놓았다.

산동독무관山東督撫官 하유성何裕城이라고 하는 자를 만나보았다. 그는 좁쌀 30만 석의 운송을 감독하는 자로서 그때 마침 배 안에 있었다. 그가 탄 배는 크고도 아름다웠다. 나는 청장관靑莊館 이덕무李德懋 군과 더불어 그 배에 올라가 보았다. 배는 높이가 두 길이고, 길이가 10여 길이었다. 갑판은 미끄럽고도 구물구물 움직여서 오르고 내리는데 겁이 났다.

포자경鮑紫卿이란 자가 있는데 전당錢唐 서호西湖 사람이었다. 그는 독무관 하유성의 사위였다. 내게 읍揖을 하며 안으로 들어오라고 했다. 무늬가 있는 창이 달리고 채색을 곱게 한 다락집이 높다랗게 우

---

1 「노하운선기」는 내편의 「배」와 비슷한 내용이다. 글의 성격상 그의 문집 『정유집』에 실릴 가능성이 높으나 현재 대부분의 문집에는 실려 있지 않다. 다만 그 내용이 『호저집』 권1의 포자경(鮑紫卿) 항에 실려 있다.

뚝 솟아 있었다. 그 안에 내실이 있고 위에는 다락이 아래에는 창고
가 있었다. 그 안을 들여다보니 서화와 패액牌額, 휘장과 금침衾枕이
있었고, 향기가 자욱하며, 깊고 아늑한 느낌을 주었다. 구불구불 가
로막혀 있어 얼마나 깊숙한지 측량할 수 없었다. 우리가 배에 올랐
을 때 부녀자들이 깊숙한 곳에서 우리를 관망하고 있었다. 수를 놓
은 저고리에 보물로 장식한 비녀를 하고 있었는데 알아보니 가족이
라 했다.

　그가 우리에게 의자를 권하고 차를 내오라 하고는 향을 피우고 필
담筆談을 나누었다. 포자경이 내게 시를 지어달라고 청했다. 나는 우
리나라의 부채에 율시律詩 한 수를 써서 주었다. 시의 한 연聯은 이러
했다.

　　만 리 멀리 떠도는 생애를 봄 강물의 집에 부치고 萬里生涯春水宅

동로하 청淸 강훤江萱 그림 〈노하독운도〉潞河督運圖(부분). 비단. 41.5 × 680cm. 중국국가박물관 소장. 1776년 무렵에 그린 대형 두루마리 그림으로 번성기의 통주(通州) 운하를 생동감 있고 풍부하게 그린 명작이다. 박제가 일행과 거의 똑같은 시기에 목도한 풍경을 담아 내고 있다.

하루 종일 꾸는 꿈은 갈매기의 마을에 감도네.　　一天魂夢白鷗鄕[2]

포자경은 이 구절을 극찬하면서 "봄 강물의 집(春水宅)은 장지화張志和의 배 이름이니 그렇게까지 궁벽한 이름이 아니지만 갈매기의 마을(白鷗鄕)은 바로 멀지 않은 옛날에 강남江南을 오가던 배의 이름입니

2　이 시는 「동로하에서 포자경에게 주다」(東潞河贈鮑紫卿)란 제목으로 『정유집』에 실려 있다. 시 전체 내용은 다음과 같다. "배를 타고 나그네가 저물녘에 이르러,/항주 어름에 장가들어 살아간다 말하네./남조 시대 절 밖에선 종소리 아득하겠고,/서호의 물가에는 숲 그림자 길겠구나./만 리 멀리 떠도는 생애를 봄 강물의 집에 부치고,/하루 종일 꾸는 꿈은 갈매기의 마을에 감도네./삼한의 사신은 애간장이 끊어질 듯,/돌아보니 물안개가 아스라이 눈에 드네."(有客乘舟到夕陽, 自言嫁娶住蘇杭. 南朝寺外鐘聲遠, 西子湖頭樹影長. 萬里生涯春水宅, 一天魂夢白鷗鄕. 三韓使者腸堪斷, 回首烟波入杳茫.) 이 시가 『호저집』에도 실려 있다.

다. 공께서는 그래 이 이름을 어떻게 아셨습니까?"라고 물었다. 나는
우연히 맞아떨어졌을 뿐이라고 변명했다. 포자경이 "돌아가면 시를
새겨서 기둥에 걸겠습니다"라고 했다.

때는 바야흐로 4월 중순이라 날씨는 맑고도 화창했다. 주렴 너머
창밖으로는 멀리 갈매기, 구름과 안개, 누대와 사람들이 보였고, 또
모래사장과 강언덕, 돛단배들이 나타났다 사라졌다. 내가 머물고 있
는 곳이 물 위라는 사실을 까마득하게 잊고 마치 숲 속에 몸이 놓여
있고, 그림을 두리번거리며 구경하는 느낌이었다. 이 정도라면 만 리
뱃길이 바람이 불고 파도가 높이 쳐서 때때로 위험하다 해도 바다에
배를 띄우고 멀리 여행하는 것을 꺼릴 이유가 없겠다. 먼 곳을 여행
하는 중국 사람들이 많은 것이 당연하다.

배를 운행하는 초기에는 모두가 배에 쌀을 그대로 저장하고 제각
기 면포로 만든 겹푸대를 준비하고 있다. 이곳에 이르러서 그 쌀을
이 푸대에 나누어 담는다. 한 푸대에 한 섬을 담아 작은 배를 이용하

---

3   이덕무의 『입연기』(入燕記) 2년 5월조에 이날의 견문을 다음과 같이 기록했다. "14일
아침에 비가 내리다가 낮에 갰다. 49리를 가 연교보(燕郊堡)에서 점심을 먹고 21리를 가
통주(通州)에서 유숙했다. ○통주 10리 조금 못 미쳐 갔는데 벌써 서남 일대에 배 돛대가
뾰쪽뾰쪽하게 보였다. 가슴이 툭 트였다. 오후 4시쯤에 하수를 건넜는데, 이때 무척 가물
어 물이 줄었으므로 혼하보다 약간 넓었다. 일행이 함께 산동(山東) 등지의 독량도 겸관
덕상림청창사무 가이급(督粮道兼管德常臨淸倉事務加二級) 하유성(何裕城)의 배를 탔
다. 배가 매우 정교하고 치밀하여 판옥(板屋)에는 냉방과 난방을 구비했고, 이리저리 꺾
여 중복되어 있었다. 상궤(床几)와 기집(器什)은 하나하나가 모두 새롭고 정결했다. 하
유성은 절강(浙江) 산음(山陰) 사람으로 접대하는 말이 친절했고, 배 속을 두루 구경하
도록 배려했다. 세 사신이 각각 부채 하나와 청심원(淸心元) 3개를 주니 하유성은 일어나
머리를 숙이면서 감사함을 표했다. 배꼬리에는 금룡기(金龍旗)를 세웠고, 돛대 앞에는 붉
은 일산을 세웠다. 하유성의 사위 포자경은 23세로 역시 절강의 수사(秀士)였다. 사신 일
행이 관사(館舍)로 돌아온 뒤 한참 있다가 포자경이 종이 두 장에 글을 써 갖고 말을 타

여 옥하玉河로 운송한다.[3]

<hr />

고 왔는데 하나는 조송설(趙松雪)의 시이고 또 하나는 사(詞)였다. 필세(筆勢)가 경쾌해
서 사랑스러웠고, 그 용모도 빼어나게 단아했다. 삼사신이 소찬(小饌)을 베풀어 접대하고
또 각각 부채·약·먹·붓·종이를 주었다. 이때 포자경이 삼사신에게 녹사(綠紗) 각 1필씩
을 가져다 주었는데 자기 장인이 배에서 받은 부채와 약에 대한 답례였다. 준 것은 박한데
보내온 것은 너무 후해서 매우 걸맞지 않았다. 그래서 삼사신은 역관(譯官) 홍명복(洪命
福)을 시켜 포자경을 동반하고 가서 그 녹사를 되돌려 주고 되돌려 주는 뜻을 말하게 했
다. 그랬더니 하유성이 매우 섭섭해 하더라고 했다. 통주는 길은 비록 좁지만 시사(市肆)
가 10리에 뻗쳐 있었고 강남(江南)의 잡화가 여기에 모두 쌓여 있었다. 따라서 사방의 장
사치들이 이리로 몰려들었다."

'오행을 잃고 버렸다'는 데 대한 생각 五行汨陳之義

•

기자箕子의 「홍범」洪範에 "그 오행五行을 잃고 버렸다"[1]고 말했다. 오행
이란 것은 백성들이 의지하여 살아가는 것이므로 일상생활에서 없어
서는 안 되는 것이다. 따라서 수화금목토곡水火金木土穀을 일러 '여섯
가지 창고'(六府)[2]라고 한다. 오행이 어지럽혀졌다는 것은 바로 '여섯
가지 창고'가 제대로 정비되지 않았다는 말이다. 여기서 '골'汨은 어
지럽게 잃어버렸다는 뜻이고, '진'陳은 묵혀서 버렸다는 뜻이다. 풀이
하자면, 물(水)이 물의 기능을 하지 못하고, 불(火)이 불의 기능을 하

---

1   '五行汨陳'에 대한 풀이는 박제가의 견해를 따랐다. 「홍범」은 『상서』의 편명이다. 무
왕(武王)이 은나라를 정복한 다음 기자를 방문하여 하늘의 도에 대해 물었다. 그러자 기
자가 이 「홍범」을 무왕에게 말해 주었다. "기자가 이에 말씀하셨다. 내가 들으니 옛날에
곤(鯀)이 큰물을 가로막아 오행(五行)을 어지럽게 나열했다."(箕子乃言曰, 我聞在昔, 鯀
陻洪水, 汨陳其五行.)
2   『좌전』(左傳) 문공(文公) 7년에 "육부(六府)와 삼사(三事)를 일러 구공(九功)이라
한다. 수화금목토곡(水火金木土穀)을 일러 육부(六府)라고 한다"고 했다. 『상서』「대우
모」(大禹謨)에도 이런 구절이 있다. "순임금이 말씀하셨다. 그러하다. 땅이 고르게 되고
하늘이 이루어져 육부(六府)와 삼사(三事)가 참으로 잘 다스려졌다. 이로 인해 만세토록
덕을 입게 되었으니 이것이 너 우(禹)의 공훈이로다."(帝曰, 兪. 地平天成, 六府三事允
治, 萬世永賴, 時乃功.) 여기서 땅이 고르게 되었다는 말은 치수(治水)와 치토(治土)를
잘 한 것을 말하고, 하늘이 이루어졌다는 말은 만물이 고르게 잘 성장한 사실을 말한 것이
다. '여섯 가지 창고'(六府)는 재용(財用)이 나오는 곳이므로 창고(府)라는 말을 쓴 것이
고, 삼사(三事)는 정덕(正德)과 이용(利用)과 후생(厚生)을 말한다.

지 못하며, 쇠(金)가 쇠의 기능을 하지 못하며, 나무(木)가 나무의 기능을 하지 못하며, 흙(土)이 흙의 기능을 하지 못하는 것이다.

지금 우리에게는 1천 리 길이의 긴 강이 있지만 곡식을 가는 데 쓰는 갑문 하나 설치되어 있지 않으니 수리水利가 완전히 폐기된 것이다. 석탄을 사용하는 가마를 만들지 않고, 영해寧海의 구리를 녹여 쓰지 않으므로[3] 불은 불의 기능을 하지 못하고 쇠는 쇠의 기능을 하지 못하는 것이다. 길에는 수레가 다니지 않고 집에는 벽돌을 사용하지 않으므로 나무를 다루는 기술이 쇠퇴하고 흙이 쓸모가 없는 것이다. 우리가 오행을 어지럽게 잃어버렸고 묵혀서 버렸다는 이유가 여기에 있다.

---

3 영해는 경상도의 고을로 구리 산지로 유명한 곳이다. 『세종실록』에도 1439년에 경상도 채방별감(採訪別監) 조완벽(趙完璧)이 "영해부(寧海府)의 산물 구리와 철은 무궁하게 생산되어 일하기가 편하고 쉬우니 채굴하여 나라에서 사용하도록 하십시오"(寧海府所産銅鐵, 其出無窮, 力役便易, 請採之以資國用)라는 보고가 실려 있다.

번지와 허행樊遲許行

•

농사짓기를 부끄러워하는 세상 사람들은 곧잘 번지樊遲와 허행許行을 구실로 삼는다.¹ 번지와 허행은 모두 농사를 짓는 행위 위에 특별한 사체事體가 있다는 사실을 몰랐다. 그래서 성인께서는 그들을 배척했을 뿐이다. 만약 저 두 사람이 한漢나라에 살았다면, 나라에서 그들을 역전力田²의 직책에 천거했거나 결원된 수속도위搜粟都尉³에 충원하려고 하지 않았겠는가?

---

1 번지는 공자의 제자다. 『논어』 「자로」(子路)에 다음과 같은 구절이 있다. "번지가 농사를 배울 것을 청하자 공자께서 '나는 늙은 농부보다 못하다'고 하셨다. 번지가 다시 채소밭을 가꾸기를 배우고자 청하니 공자께서 '나는 채소를 가꾸는 늙은이보다 못하다'고 하셨다. 번지가 나가자 공자께서는 다음과 같이 말씀하셨다. '번지는 소인이로구나! 윗사람이 예를 좋아하면 백성들이 감히 공경하지 않을 수 없고, 윗사람이 의로움을 좋아하면 백성들이 감히 복종하지 않을 수 없으며, 윗사람이 신의를 좋아하면 백성들이 감히 사사로운 감정을 드러낼 수 없을 것이다. 이렇게 한다면 사방의 백성들이 자식들을 강보에 싸업고 이를 텐데 무엇 때문에 농사를 지으려 한단 말이냐?'"(樊遲請學稼. 子曰, '吾不如老農'. 請學爲圃. 曰, '吾不如老圃'. 樊遲出. 子曰, '小人哉, 樊須也! 上好禮, 則民莫敢不敬, 上好義, 則民莫敢不服, 上好信, 則民莫敢不用情. 夫如是, 則四方之民襁負其子而至矣, 焉用稼?') 허행(許行)은 농사법을 중시한 학자이다. 그를 따르는 무리 수십 명이 스스로 농사짓고, 신발과 자리를 짜서 사용하는 등 자급자족하는 생활을 했다. 그들의 생활 방식에 대해 맹자는 물건을 교환해서 써야 한다는 입장에서 비판했다. 『맹자』 「등문공상」(滕文公上)에 상세한 내용이 보인다.
2 역전에 대한 내용은 외편 「이희경의 「농기도서」」의 주석 참조(이 책 204쪽).
3 진상본 「『북학의』를 임금님께 올리며」의 주석 참조(이 책 297쪽).

장생불사의 방법祈天永命[1]

백성을 다스리는 군주가 하늘에 기도하여 장생불사長生不死하려고 애
쓰는 것과 수련하는 도사가 나이를 늘여 장수하려 애쓰는 것과 힘들
여 농사짓는 농부가 흉작의 피해를 입지 않으려고 애쓰는 것은 이치
도 한가지이고 하고자 하는 목적도 서로 통한다. 천하 사람이 수명을
연장하여 장수하는 방법으로는 오곡五穀이 풍성한 것보다 나은 것이
없다. 곡식이 풍성하면 풍성할수록 백성들의 수명은 연장된다. 그렇
다면 하늘에 기도하여 장생불사하고자 하는 방법 역시 힘써 농사짓
는 데 근본을 두어야 할 것이다.

---

1   월전본·국립본·동양본·버클리본의 목록에는 제목이 '祈天永命本於力農'으로 되어
있으나 본문의 제목은 모두 '祈天永命'으로 되어 있다.

농업과 잠업에 대한 총론農蠶總論[1]

•

우리나라는 모든 분야에서 중국에 미치지 못한다. 다른 것은 굳이 말할 필요조차 없고 저들이 입고 먹는 것의 풍족함을 가장 당해 내지 못한다. 중국 백성들은 외진 마을의 가난한 집도 대체로 석회로 다져 쌓은 몇 칸 크기의 곳간을 소유하고 있다. 가마니를 사용하지 않고 곧바로 그 곳간에 곡식을 쏟아 붓는다. 곡식이 곳간 전체를 채우거나, 절반을 채운다. 또 집 안마당에 삿자리(簟)를 둥그렇게 원통으로 둘러쳐서 큰 쇠북 꼴로 만드는데 그 높이가 들보에까지 닿는다. 사다리를 타고 올라가 그 속으로 곡식을 쏟아 붓는다. 곡식이 많이 들어가면 100섬이 차는데 아무리 적어도 스무 섬 내지 서른 섬 아래로는 내려가지 않는다. 간혹 한 집에 여러 무더기가 있다.

　우리나라의 가난한 백성은 모두가 아침저녁 먹을거리조차 없다. 열 가구가 사는 마을에 하루 두 끼를 먹는 자가 몇 명 없다. 어려울 때를 대비해 준비한 곡물이란 것도 옥수수 몇 자루나 고추 수십 개를 그을음으로 검게 탄 초가집 벽에 달랑 매달아 놓았을 뿐이다.

1　이 항목의 전체 내용은 '외편'과 몇 글자만 빼놓고 완전히 같다. 다만 부제인 '작두와 착유기의 제작 방법'(槳鋤之制)이 빠져 있다. 따라서 주석은 빼고 번역문과 원문만 제시한다. 월전본·국립본·연민본·동양본·버클리본·규장각본에 수록되어 있고, 자연본·연경본·금서본·장서각본에는 빠져 있다. 이하 항목은 모두 똑같다.

중국의 백성들은 대개가 비단옷을 입고 담요에서 잠을 자며, 침상과 탁자를 구비해 놓고 산다. 농사꾼도 옷을 벗지 않고 가죽신을 신은 채 정강이에 전대를 차고서 밭에서 소를 끌고 있다. 반면에 우리나라 시골의 농부들은 한 해에 무명옷 한 벌도 얻어 입지 못한다. 남자나 여자나 태어난 이래 침구를 구경조차 못하고 이불 대신 멍석을 깔고 지낸다. 그 위에서 아들과 손자를 기르는데 열 살 전후가 될 때까지 겨울도 없고 여름도 없이 벌거숭이로 다닌다. 하늘과 땅 사이에 가죽신이나 버선이란 물건이 있는 줄조차 모른다. 모두가 그렇게 산다.

중국은 변방의 외진 곳 여자도 분단장을 하고 머리에는 꽃을 꽂으며 긴 옷에 수놓은 가죽신을 신는다. 한여름 더위에도 맨발로 다니는 것을 본 적이 없다. 우리나라는 도시에 사는 젊은 여자도 종종 맨발로 다니면서 부끄러워할 줄조차 모른다. 새 옷을 하나 걸치면 뭇 사람이 눈을 휘둥그레 뜨고 혹시 기생이 되었나보다 의심한다.

중국은 서울과 지방의 구별이 없다. 양자강 이남과 오촉吳蜀, 민월閩越 지역처럼 멀리 떨어진 지역도 큰 도회지는 번화한 문물이 황성皇城보다 도리어 낫다. 반면에 우리나라는 도성에서 몇 리만 밖으로 나가면 풍속이 벌써 시골티가 물씬 난다. 이유가 어디에 있을까? 입을 것과 먹을 것이 넉넉하지 않고, 재화財貨가 유통되지 않으며, 학문은 과거제도에 짓눌려 사라지고, 풍기風氣는 조선 강역彊域²에만 국한되어 있다. 견문을 넓힐 길이 없고 재능과 식견을 개발하고 트이게 할 방법이 없다. 이런 상황이라 문화는 퇴보하고 제도는 망가지며, 인구는 날로 증가하고 재정은 날로 비어 간다.

---

2 '외편'에는 강역(彊域)이 문벌(門閥)로 되어 있다.

그러므로 『서경』에서 "덕을 바로잡고 쓸 물건을 편리하게 만들며 넉넉하게 생활하는 일에 힘써야 한다"라고 했고, 또 『대학』에서는 "재물을 만드는 데에는 큰 방법이 있나니 물건을 빨리 만드는 것이다"라고 했다. 여기서 물건을 빨리 만든다는 것은 물건을 쓰기 편리하게 만든다는 것이고, 넉넉하게 생활한다는 것은 의식衣食이 풍족하다는 것이다.

그렇다면 오늘날 당면한 계책은 무엇일까? 무엇보다 앞서 농사의 계통과 양잠의 방식부터 모조리 뜯어고치는 것이 급선무이다. 그다음에야 중국의 수준에 다다를 수 있다. 무엇을 농사의 계통이라 하는가? 따비, 보습, 봇도랑, 물꼴, 거름내기는 그 방법이 적합하지 않으면 농사라고 할 수 없다. 무엇을 양잠의 방식이라 하는가? 누에를 고르는 법과 누에를 먹이는 법, 고치의 실 뽑는 법, 비단 짜는 방법이 적합하지 않으면 중국의 수준에 다다를 수 없다.

지금 우리나라는 농사를 짓고 누에를 치지 않는 사람이 없다. 그러나 중국의 벼는 벌써 익어 쌀이 되었는데 우리는 미처 벼도 베지 못한다. 저들은 비단을 벌써 짰는데 우리는 미처 고치에서 실도 뽑지 못했다. 저들은 벌써 솜을 탔는데 우리는 한 달 뒤에나 솜을 타야 한다. 중국인은 한창 사방으로 말을 달리고 사냥하며 즐길 때 우리는 아직도 들판의 익은 과실을 거둘 겨를조차 없다. 산에는 땔나무가 있고 물에는 물고기가 있어도 물고기를 잡거나 나무하러 갈 겨를조차 없다. 온갖 기예가 황폐해졌건만 내팽개치고 수련하지 않으므로 날이 갈수록 인구는 증가하는데 국력은 부족하다. 도대체 무슨 까닭일까? 중국을 배우지 않은 잘못 때문이다.

지금 불쑥 백성들에게 꽃과 나무를 심고 새와 짐승을 기르게 하며 음악을 연주하고 골동품과 감상품을 가지고 기묘한 기술을 발휘하라고 다그치는 것은 서둘러 해야 할 일은 아닌 것이다. 일상생활에서 없어서는 안 될 필수 도구에 모두 열댓 가지가 있다. 양선颺扇이 있는데 한 사람이 돌리면 1만 석石의 곡식도 어렵지 않게 찧는다. 돌방아(石杵)가 있는데 1만 섬의 곡물을 찧기가 어렵지 않다. 수차水車가 있는데 마른 땅에 물을 대고 물이 고인 땅에서 물을 뺄 수 있다. 드베(瓠種)가 있는데 씨 뿌릴 때 발뒤꿈치가 아프지 않다. 입서立鋤가 있는데 김을 맬 때 허리를 구부리지 않아도 된다. 곰방매와 써레(櫌耙)가 있는데 흙덩이를 깨트리는 도구이다. 녹독碌碡은 고르게 파종하는 도구이다. 누에 채반(蠶箔), 누에 그물(蠶網), 소거繅車, 직기織機가 있는데 한 해 동안 나오는 고치실을 어렵지 않게 가공할 수 있다. 씨아(攪車)가 있는데 사람이 하루에 목화씨 80근을 뽑아낼 수 있다. 탄궁彈弓도 마찬가지다.

지금 우리는 벼를 모아 놓고 까부르려고 바람 부는 앞에서 날린다. 긴 멍석 가운데 벼를 놓고 밟은 다음 멍석 양끝을 잡고서 떨어낸다. 여러 사람이 힘들여 일해도 하루에 겨우 10여 섬의 좁쌀을 까불고서 기진맥진하지만 그래도 정밀하지 못할까봐 걱정이다. 좁쌀과 콩을 파종할 때에는 손으로 한 움큼씩 쥐어서 뿌리므로 싹이 뒤죽박죽으로 나서 열매를 맺는 데 해를 끼친다.

또 밭두둑 하나를 사이에 두고 한쪽은 물이 많아서 걱정이고 다른 한쪽은 가물어서 걱정이지만 물이 부족한 밭으로 물을 돌려 쓸 수 없다. 바가지를 사용하여 마치 그네를 뛰듯이 물을 퍼 나르는 꼴이 어설퍼서 지극히 우스꽝스럽다.

물을 관개하는 방법은 또 어떠한가? 화살 한번 쏘아 도달할 가까운 거리에 있는 물을 반 자 높이로도 끌어 올리지 못한다. 대부분 큰 냇물을 막아 물을 고이게 하고 보에 넘쳐흐르는 물이 거꾸로 흘러들기만을 고대한다. 그러다가 한번 잘못되어 둑이라도 터지면 열 가구의 재산이 물살 속에 잠겨 사라진다. 이 몇 가지 상황을 해결하려면 길고桔槹, 옥형玉衡, 용미차龍尾車, 통차筒車 따위의 기구를 사용하는 법을 가르쳐야 한다.

또 단칸방에 한 칸 크기로 누에를 기르면 사람은 발을 들여놓을 구석이 없다. 기왓장으로 받쳐서 누에를 치는데, 여종이 실수하여 넘어지기라도 하면 죽은 누에가 발밑으로 가득 널려 있다. 누에틀을 쳐서 층층이 매달아 방 꼭대기까지 닿게 하면 누에의 수는 열 곱절이 되고 방에는 여유 공간이 생긴다는 것을 모른다.

누에를 옮길 때 성장한 정도를 일일이 구별하여 옮기려면 온종일 해도 얼마 옮기지 못한다. 누에 그물을 사용하여 그물을 덮어 뽕잎을 먹이면 모든 누에가 일제히 그물 위로 나온다. 하지만 이 사실을 알지 못한다. 본래 누에가 토해 내는 실은 지극히 균일하다. 하지만 고치 켜는 사람이 아예 고치를 살펴보지도 않고 제 마음 내키는 대로 그 수를 늘였다 줄였다 하기 때문에 실은 꺼칠꺼칠하고 비단은 털이 부숭부숭하다. 고치를 켤 때 소거繅車를 사용하지 않고 손으로 물에서 건져다가 앞에다 쌓아 놓기 때문에 물에 젖은 것이 엉겨 말라붙는다. 그러면 다시 모래로 눌러 놓고 푼다. 그러므로 걸핏하면 시간만 허비하고 만다. 자새(얼레)를 사용하면 능률이 몇 곱절이 올라서 많은 일을 할 수 있으나 그 사실조차 모른다. 갈고리를 먼 곳에 걸어 실을 건져 올리면 실이 먼저 마르고 색이 누렇게 변하지 않는 것도 모른다. 베틀을 사용하면 묶느라고 힘들고 발로 차느라고 힘들며 당기느라 힘든다. 그렇게 애를 써도 하루에 짜는 실은 스무 자를 넘지 못한다. 그러나 중국에서 옛날 사용하던 베틀은 의자에 앉듯이 편하게 앉아서 발끝만 가볍게 움직여도 저절로 열렸다 합해지고, 저절로 갔다가 저절로 돌아오면서 실을 잣는 양이 두서너 배가 되는 줄을 모른다. 짜는 사람은 북이 왔다 갔다 하는 속도만 조절하면 될 뿐이다. 우리의 씨아로는 두 사람이 하루에 목화씨 네 근을 뽑아내고, 한 사람이 하루에 네 근의 솜을 탈 수 있다. 우리가 하루에 네 근을 타는 것과 중국 사람이 여든 근을 타는 차이는 대단히 크다.

무릇 이 열댓 가지 도구를 한 사람이 사용한다면 그 이익은 열 배가 되고 온 나라가 사용한다면 그 이익은 백 배가 된다. 10년을 사용한다면 그 이익은 이루 다 쓸 수 없을 정도이리라. 그러나 뜻을 가진 사람은 힘을 가지지 못하고 힘을 가진 자는 힘을 발휘할 때를 얻지 못한다. 그래서 요직에 있는 사람 가운데 끝내 그것을 시행한 자가 없다. 농업과 잠업의 이익이 많지 않은 것을 본 백성들은 그 일을 떠나 다른 데로 몰려가고 있다. 미곡 값이 오르고 옷감이 비싸지는 현상이 아무 이유 없이 발생하겠는가? 그 원인이 점차 누적되어 나타났다고 하겠다.

재부론財賦論[1]

재물을 잘 불리는 사람은 위로는 하늘이 준 때(天時)를 놓치지 않고, 아래로는 지리적 이점(地利)을 놓치지 않으며, 가운데로는 사람이 할 일을 놓치지 않는다. 기계를 편리하게 사용하지 못하여 남들이 하루에 할 일을 나는 한 달 두 달 걸려서 한다면 이것은 하늘이 준 때를 놓치는 것이다. 밭 갈고 씨 뿌리는 방법이 잘못되어 비용은 많이 들었으나 수확이 적다면 이것은 지리적 이점을 놓치는 것이다. 상인들이 물건을 교환하지 않고 놀고먹는 자들이 나날이 많아진다면 이것은 사람이 할 일을 놓치는 것이다. 세 가지 것을 모두 놓치는 이유는 중국을 잘 배우지 않은 잘못 때문이다.

 먼 옛날 신라는 경상도 한 개 도를 거점으로 삼아서 북쪽으로는 고구려에 대항했고, 서쪽으로는 백제를 정벌했다. 당나라가 10만 군사를 거느리고 국경 안에 들어와 주둔한 기간이 몇 해 몇 달이었다. 그 상황에서 만약 저들에게 군량미를 제공하고 접대할 때 예법상 실수를 한다거나 말을 먹이는 식량이 고갈되는 문제라도 한번 발생했다면 신라의 운명이 어떻게 될지 예측할 수 없었다. 그러나 신라는 결국 이런 방법 저런 방법으로 버티고 유지하여 넉넉하게 성공을 거두

---

1 「재부론」은 외편에 실린 내용과 다름이 없으나 마지막에 시 인용이 없는 점은 다르다.

었다.

현재 우리나라는 경상도 크기의 도가 여덟 개나 된다. 그러나 평상시에도 관리 한 사람당 녹봉을 쌀 한 섬밖에 주지 못한다. 칙사라도 왔다 가는 날이면 경비가 완전히 바닥난다. 태평시대를 누린 지 100여 년이 흐르는 동안 위로는 외국을 정벌하거나 임금님이 지방을 순시한 일도 보지 못했고, 아래로는 문물이 번화하거나 백성들이 사치를 좋아하는 풍속을 보지 못했다. 그런데도 나라의 빈곤이 갈수록 심해지기만 한다. 도대체 그 이유가 무엇일까? 그 이유를 나는 잘 설명할 수 있다.

남들은 곡식을 세 줄로 심을 때 우리는 두 줄로 심는다. 그것은 논밭 1천 리를 줄여서 600여 리로 사용하는 셈이다. 남들은 농사를 지어 하루에 50섬 내지 60섬을 거둘 때 우리는 20섬을 거둔다. 그것은 논밭 600여 리를 줄여서 200여 리로 만드는 셈이다. 그 대신에 남들은 곡식 종자를 5푼 파종할 때 우리는 10푼 파종한다. 이것은 또 1년 뒤에 쓸 종자를 잃는 셈이다.

이러한 실정에 한 술 더 떠 배와 수레, 목축, 가옥, 기계를 쓸모 있게 사용하는 방법을 강구하지 않고 방치해 둔다. 전국적으로 계산하면 100곱절의 이익을 잃는다. 현재의 토지만을 가지고 계산해도 이런 형편인데 만약 위아래 100년의 기간을 누적하여 계산에 포함시킨다면 얼마나 많은 양을 잃었는지 계산이 되지 않는다. 하늘이 준 때를 놓치고, 지리적 이점을 놓치며, 사람이 할 일을 놓치기 때문에 국토가 1천 리가 된다고 해도 실제로는 100리에 지나지 않는다. 그러므로 신라가 우리보다 100곱절이나 낫다는 사실을 이상하게 생각할 것이 없다.

이제라도 서둘러서 경륜이 있고, 재능과 기술을 가진 선비를 선발하여 한 해에 열 명씩 중국으로 가는 사신 행렬의 비장神將과 역관들 틈에 섞어 보내자. 한 사람이 그들을 인솔하여 마치 옛날에 있었던 질정관質正官의 관례를 따라서 중국에 들어간다. 중국에 들어가서 저들의 법을 배우고 저들의 기계를 사들이며, 저들의 기술을 전수받는다. 그러고는 그들을 시켜 배운 제도를 나라 안에 전파하도록 하자. 특별 기구를 설치하여 교육시키고 재물을 장만하여 현장에 적용한다. 전수받은 제도의 중요도와 거두어 낸 공적의 허실을 관찰하여 그것을 근거로 상을 주거나 벌을 내린다. 한 사람에게 중국에 들어가는 기회를 세 차례 주되 세 번을 들어가서도 아무런 효과를 거두지 못한 자는 쫓아 버리고 다른 사람으로 바꿔 선발한다.

이 방법을 채택해 시행한다면 10년 이내에 중국의 기술을 모조리 습득할 수 있다. 그러면 앞서 말했던 1천 리의 땅을 이제는 1만 리의 땅으로 탈바꿈시키고, 3년 또는 4년에야 얻을 곡식을 이제는 1년 안에 얻을 수 있다. 이렇게 하고도 재부財富가 부족하다거나 국가 재정이 넉넉하지 않는 경우는 발생할 수 없다. 그렇게 한 뒤에 사람마다 비단옷을 입고 집집마다 금벽金碧으로 휘황찬란하게 꾸민다면 백성들과 더불어 행복을 즐기기에도 바쁜데 백성들이 사치할까 염려할 겨를이 어디에 있겠는가?

강남 절강 상선과의 통상론 通江南浙江商舶議 二則[1]

●

우리나라는 나라가 작고 백성이 가난하다. 지금 갖은 노력을 기울여
전답을 경작하고, 현명한 인재를 기용하며, 상인에게 장사를 허용하
고, 장인에게 혜택을 더해 주어 나라 안에서 챙길 이익을 다 거둔다
고 해도 오히려 풍족하지 못할까봐 염려한다. 그러면 또 먼 지방에서
나오는 물건을 통상을 거쳐 가져와야 재화財貨가 불어나고 갖가지 쓸
물건이 마련된다.

　수레 100대에 싣는 물건이 배 한 척에 싣는 물건을 당해 내지 못하
고, 육로로 1천 리를 가는 것이 배를 타고 해로로 1만 리를 가는 것보
다 편리하지 않다. 따라서 통상하려는 사람은 또 수로를 중시할 수밖
에 없다. 우리나라는 삼면이 바다로 둘러싸여 있다. 서쪽으로는 등주
登州 내주萊州와 직선거리가 600여 리에 지나지 않고, 남해바다의 남
단은 오吳 땅의 머리쪽과 초楚 땅의 꼬리쪽에 위치한 강서江西 지역과
서로 바라보고 있다. 송宋나라 배가 고려와 통상하던 시절에는 명주
明州로부터 이레 만에 예성강에 정박했으므로 가까운 거리라 할 만하
다. 그러나 조선이 건국 이래로 거의 400년 동안 다른 나라와 배 한

1　이 항목의 내용은 외편에 같은 제목으로 실린 글과 내용 대부분이 똑같다. 끝대목의
일부만이 달라졌다. 따라서 번역과 원문을 외편 그대로 싣고 주석은 생략한다.

척 왕래한 일이 없다.

어린아이가 낯선 손님을 보면 부끄러워하고 쭈뼛쭈뼛하다가 삐쭉거리며 운다. 본래 성품이 그래서가 아니라 보고 들은 것이 적어 의심이 많아서다. 그렇듯이 우리나라 사람은 두려움을 쉽게 느끼고 꺼리는 것이 많으며, 풍속과 기운이 투박하고 재능과 식견이 시원하게 트이지 못했다. 오로지 외국과 통상이 없는 것이 그 이유다. 황차黃茶를 실은 배 한 척이 표류하여 남해에 정박한 일이 있다. 온 나라가 10여 년 동안 사용했는데도 여전히 황차가 남아 있다. 어떤 물건이고 그렇지 않은 것이 없다. 지금 무명옷을 입는 것도, 백지白紙에 글씨를 쓰는 것도 넉넉지 않은 처지이지만 선박을 이용하여 외국과 한번 통상한다면 비단옷을 입는 것도, 죽지竹紙에 글씨를 쓰는 것도 넉넉하게 할 수 있다.

지난날 왜국倭國이 중국과 통상하지 않았을 때에는 우리나라의 중개를 통해 연경에서 실을 무역해 갔다. 그래서 우리나라 사람이 중간 이익을 차지했다. 그같은 무역이 그다지 이익을 얻지 못한다는 사실을 알아차린 왜국이 중국과 직접 통상한 이후로 새로 교역한 나라가 30여 개국에 이른다. 그들 가운데는 중국어를 잘하는 자가 간혹 있어서 천태산天台山과 안탕산雁蕩山의 기이한 경치를 술술 말한다. 천하의 진귀한 물건과 중국의 골동품 서화가 나가사키長崎島에 폭주하고 있다. 그 뒤로는 다시는 우리에게 물건을 요청하지 않는다. 계미년 통신사가 일본에 들어갔을 때 서기書記가 우연히 중국산 먹을 요구했더니 저들은 중국 먹을 한 짐 가지고 왔다. 또 하루 종일 여행할 때 가는 길마다 붉은 양탄자를 깔았는데 다음날도 전날과 똑같이 했다. 저들은 이렇게 우쭐거리고 뽐낸다. 자기 나라가 부유하고 강하게 되기를 바라지 않는 사람은 없다. 그런데 부강하게 만드는 방법은 어째서 남에게 양보를 한단 말인가?

이제 장사하는 배를 외국과 유통시키고자 한다면 이렇게 하면 된다. 왜국놈들은 약삭빨라서 늘 이웃나라의 틈새를 엿본다. 그렇다고 안남安南, 유구琉球, 대만臺灣과 같은 나라는 뱃길이 험하기도 하고 또 너무 멀어서 그들 나라와는 모두 통상하기가 어렵다. 그러니 오직 중국밖에 없다. 중국은 태평을 누린 지가 100여 년이다. 우리나라가 공순하고 다른 마음을 품지 않는다고 판단하고 있으므로 논리를 잘 펴서 이렇게 말하면 된다.

"일본과 유구, 안남, 서양의 나라조차도 모두 민閩과 절강浙江, 교주交州, 광주廣州 등지에서 교역한다. 저 여러 나라들과 함께 끼고 싶다."

이렇게 한다면 저들은 반드시 우리를 의심하지 않고 허락하며 특별한 일이 일어날 것을 우려하지 않을 것이다. 그렇게 하여 나라 안의 재능이 빼어난 공장工匠을 모아서 선박을 만들되 중국의 선박 제조술을 채택하여 견고하고 치밀하게 만들기에 힘쓴다.

지금 황해도에 와서 정박하는 황당선荒唐船은 모두 광녕廣寧 각화도覺花島 사람들이다. 그들은 늘 4월이면 와서 해삼을 채취하여 8월이면 돌아간다. 처음부터 저들을 금하지 못한다면 차라리 시장을 개설하고 후한 뇌물을 써서 저들을 유치하는 것이 낫다. 그러면 저들의 선박 제조술을 배우는 것이 어렵지 않다. 또 반드시 표류한 경험이 있는 사람과 대청도 소청도 흑산도의 섬사람을 불러 모아 수로를 안내하게 하여 중국의 바다 상인에게 가서 그들을 초청하게 한다. 그들을 해마다 10여 척씩 불러오되 전라도와 충청도 사이나 경강京江의 입구에 한두 번 정박하게 한 다음 삼엄하게 수루와 보를 설치하여 다른 우환의 발생에 대비한다. 배에 올라 교역할 때에는 왁자지껄 떠들거나 물건을 낚아채 감으로써 먼 곳에서 온 사람들에게 비웃음과 모욕을 당하는 일이 있어서는 안 된다. 선주船主를 후하게 대접하되 고려 때 하던 관례를 따라서 빈객의 예로써 대우해야 한다.

이와 같이 시행한다면 우리가 그들에게로 가지 않는다 해도 저들이 스스로 우리를 찾아올 것이다. 우리는 저들의 기술과 예능을 배우고, 저들의 풍속을 질문함으로써 나라 사람들이 견문을 넓히고 천하가 얼마나 크고, 우물 안 개구리의 처지가 얼마나 부끄러운가를 알게 될 것이다. 이 일은 세상의 개명을 위한 밑바탕이 되므로 교역을 통해 이익을 얻는 데만 그치지 않을 것이다.

토정 이지함 선생이 일찍이 외국 상선 여러 척과 통상하여 전라도의 가난을 구제하고자 했는데 그분의 식견이 탁월하여 미칠 수가 없다. 『시경』에서 "내 옛사람을 그리워하네. 참으로 내 마음을 알고 있으니"라고 말했다.

강남江南 절강浙江과 통상하기에 앞서 요양遼陽(곧 요동遼東)의 배와 먼저 통상하는 것도 좋은 방법이다. 왜냐하면 요양은 철산취鐵山嘴 한 곳을 사이에 두고 압록강과 떨어져 있어 전라도와 경상도의 거리밖에 되지 않기 때문이다. 이것은 마치 모재慕齋 김안국金安國 선생[2]이 연경燕京의 태학太學에 입학할 수 없다면 대신 요동의

---

2   김안국(1478~1543)은 조선 초기의 문신·학자로 자는 국경(國卿)이며, 모재는 호이다. 그는 유학(儒學)을 이용한 국민의 교화와 교육을 강조하여 『이륜행실도』(二倫行實圖)를 편찬했다. 그는 「자제를 보내 입학해 주기를 요청하는 상소문」(請遣子弟入學奏.

학교에 들어가기를 바란 의도와 같다.[3]

─────────────

『모재집』慕齋集 권9)에서 삼국과 고려 이래로 중국의 학교에 인재를 유학시켜 교육을 받
게 한 관례를 회복하여, 중국에 인재를 파견하여 교육을 받게 하자고 주장했다. 다만 남경
(南京)과는 거리가 멀므로 비교적 가까운 거리에 있는 요동의 학교에 입학시키는 것이 좋
다는 변통책을 제안했다. 중국을 세 차례 다녀오고 선진적 문물을 수용하자고 주장한 유
몽인(柳夢寅)도 「동지사 이창정을 보내는 글」(送冬至使李昌庭序)에서 중국의 학교에 조
선 학생을 입학시키는 사안을 제안하고 있다.

3 마지막 대목은 외편에 실린 글과 조금 다르고 이본마다 약간씩 차이가 난다. 「通江南
浙江商舶議 二則」의 마지막 부분은 여러 이본과 큰 차이를 보인다. 연민본에는 마지막
부분이 "土亭嘗欲通異國商船數隻, 以救全羅之貧, 其見卓乎, 眞不可及矣! 詩云: '我思
古人, 實獲我心!' 不通江浙, 先通遼陽船亦可. 蓋遼陽之於鴨綠, 隔一鐵山嘴, 不過全羅
之於慶尙, 亦猶慕齋不得入燕京太學, 願入遼東學之意也. 只通中國船, 不通海外諸國,
亦一時權宜之策, 非定論. 至國力稍强, 民業已定, 當次第通之. 齊家自識"로 되어 있어
외편과 진상본을 모두 합해 썼다. 동양본과 규장각본에서는 "其見卓乎, 眞不可及矣! 詩
云: '我思古人, 實獲我心!' 不通江浙, 先通遼陽船亦可. 蓋遼陽之於鴨綠, 隔一鐵山嘴,
不過全羅之於慶尙, 亦猶慕齋不得入燕京太學, 願入遼東學之意也"가 "亦此意也"로 아
주 간단하게 축약되었다. 연민본에서는 원래의 내용을 그대로 복원한 데다가 진상본을 편
찬하면서 다시 첨가한 부분까지 함께 수록함으로써 내용상 완벽을 기했다.

진상본 북학의 · 367

존주론 尊周論[1]

•

주周나라는 주나라이고, 오랑캐는 오랑캐이다. 주나라와 오랑캐 사이에는 차이가 엄연히 존재하므로 오랑캐가 주나라를 어지럽히기는 했어도 주나라의 옛 문물까지 함께 집어삼켰다는 말은 듣지 못했다. 우리나라가 명明나라를 신하처럼 섬긴 지가 200여 년이었다. 임진년 (1592)에 왜란이 발생하여 종묘사직이 도성을 떠나 밖으로 떠돌았는데 그때 명나라 신종황제神宗皇帝가 천하의 병력을 동원하여 왜놈들을 국경 밖으로 몰아냈다. 그래서 우리나라의 백성은 털끝 하나 머리털 하나라도 나라를 다시 세워 준 황제의 은혜를 입지 않은 것이 없다. 불행히도 하늘이 무너지고 땅이 꺼지는 시대를 만나 천하 사람들이 변발辮髮을 하고 여진족의 옷을 입게 되었다. 그러자 중국을 높이고 오랑캐를 배척하는 『춘추』의 의리를 지키자고 주장하는 사대부들이 여기저기에서 불쑥불쑥 나타났다. 그 늠름한 기풍과 매서운 지조가 여태껏 남아 지켜지고 있으니 참으로 훌륭하다고 하겠다.

그러나 청나라가 천하를 차지한 지도 100여 년이 흘렀다. 중국에서는 자녀들이 태어나고 보석과 비단이 생산되며, 집을 짓고 배와 수레를 만들며 농사를 짓는 방법은 그대로 보존되고, 최씨崔氏, 노씨盧

---

1   외편에 실려 있는 「존주론」과 완전히 똑같으므로 각주를 모두 삭제하였다.

氏, 왕씨王氏, 사씨謝氏와 같은 명문 사대부 집안은 예전 그대로 번영을 누리고 있다. 중국 사람들까지도 깡그리 오랑캐로 몰아세우며, 중국이 지켜 온 법까지도 싸잡아 팽개친다면 그것은 너무도 옳지 못하다. 정녕코 백성에게 이익을 가져오는 것이라면 오랑캐로부터 나온 법이라 할지라도 성인은 채택할 것이다. 더구나 옛 중국 땅에서 나온 법이라면 말해 무엇 하랴?

지금의 청나라는 오랑캐는 오랑캐이다. 오랑캐인 청나라는 중국을 차지하는 것이 이익이라는 사실을 잘 알기 때문에 빼앗아 차지했다. 그런데 우리나라는 빼앗은 주체가 오랑캐인 것만 알고 빼앗김을 당한 대상이 중국이라는 사실은 모른다. 그렇기에 청나라의 침략으로부터 자신을 지키지도 못했다. 이것은 벌써 명확하게 사실로 입증되었다.

세상에서 전하는 말에, 정축년丁丑年 남한산성에서 나와 청에게 항복하고 맹약을 맺을 때 청나라 칸汗이 우리나라 사람들에게 여진족의 옷을 입히려고 하였다. 그러자 구왕九王이 이렇게 간언했다.

"조선은 요동과 심양에는 폐부肺腑에 해당하는 지역입니다. 이제 저들에게 의복을 똑같이 입게 하여 자유롭게 출입하도록 한다면 천하가 미처 평정되지 않은 지금 앞으로 일이 어떻게 전개될지 모릅니다. 차라리 예전대로 남겨 두는 것이 낫습니다. 이것은 저들을 구속하지 않고도 가둬 놓는 셈입니다."

그 말에 칸이 "좋은 생각이다!"라고 하며 그만두었다고 한다. 우리 입장으로 따지자면 그 계획을 그만둔 것이 다행스러운 일이기는 하다. 그러나 저들의 계획은 우리를 중국과 왕래하지 못하도록 막아서 자기들 이익을 추구한 데 불과하다.

먼 옛날 중국 조趙나라 무령왕武靈王은 오랑캐 의복으로 바꿔 입고서 결국은 동쪽 지역의 호족胡族을 대파했다. 옛날의 영웅은 원수에게 반드시 보복하려는 의지를 세웠으면 오랑캐 의복을 입는 것쯤은 부끄럽게 여기지 않았다.

지금 중국의 법을 두고 "배울 만하다"라고 말하면 떼를 지어 일어나 비웃는다. 평범한 남자가 원수를 갚고자 할 때도 그 원수가 날카로운 칼을 찬 것을 보면 그 칼을 빼앗을 방법을 고민한다. 이제 당당한 하나의 국가로서 천하에 대의大義를 펼치려고 하는 상황에서 중국의 법 하나도 배우려 하지 않고, 중국의 학자 한 사람도 사귀려 들지 않는다. 그 결과로 우리 백성을 고생만 실컷 시키고 아무런 공도 거두지 못하고, 궁핍에 찌들어 굶다가 저절로 쓰러지게 만든다. 그럼에도 불구하고 100곱절이나 되는 이익을 버리고 아무 것도 하지 않는다. 중국을 차지한 오랑캐를 물리치기는커녕 우리나라 안에 있는 오랑캐 풍속도 다 바꾸지 못할까봐 나는 걱정한다.

따라서 오늘날 사람들이 오랑캐를 물리치고자 한다면 차라리 누가 오랑캐인지를 먼저 분간해야 한다. 중국을 높이고자 한다면 차라리 저 청나라의 법을 더욱 존중하여 완전히 시행하는 것이 낫다. 다시 명나라를 위하여 원수를 갚고 우리가 당한 치욕을 씻고자 한다면, 20년 동안 힘써 중국을 배운 다음에 함께 머리를 맞대고 논의해도 늦지는 않을 것이다.

輯校〔標點〕 北學議

北學議 內編

北學議 內篇目錄[1]

---

1 월전본과 국립본, 가람본, 숭실본, 육당본에는 北學議 目錄으로 되어 있다. 도남본에
는 목록이 없다.

2 삼한본에는 紙 자리에 弓과 矢가, 弓 자리에 尺이, 銃 矢 자리에 紙가 있다. 제목 배
치가 본문의 배치와는 다르다.

尺   文房之具[3]

古董書畵[4]   樂[5]

韻[6]   杵[7]

染 燈[8]

---

3   具가 연경본, 금서본에는 俱로 되어 있다. 文房之具가 삼한본에는 筆墨으로 되어 있다.

4   월전본, 국립본, 장서각본, 가람본, 규장각본에는 목록이 여기까지만 제시되어 있다.

5   금서본, 연경본, 숭실본, 삼한본, 자연본, 숭실본에는 목록이 올라 있으나 본문은 없다.

6   금서본, 연경본, 숭실본, 삼한본, 자연본, 숭실본에는 목록이 올라 있으나 본문은 없다. 삼한본에는 韻書로 되어 있다.

7   금서본, 연경본, 숭실본, 자연본, 육당본에는 목록이 올라 있으나 본문은 없다.

8   금서본, 연경본, 삼한본, 숭실본, 자연본에는 목록이 올라 있으나 본문은 없다.

序[9]

余幼時慕崔孤雲·趙重峯之爲人, 慨然有異世執鞭之願. 孤雲爲唐進士, 東還本國, 思有以革新羅之俗而進乎中國, 遭時不競, 隱居伽倻山, 不知所終. 重峯以質正官入燕, 其「東還封事」, 勤勤懇懇, 因彼而惡己, 見善而思齊, 無非用夏變夷之苦心. 鴨水以東千有餘年之間,[10] 有以區區一隅欲一變而至中國者, 惟此兩人而已.[11] 今年夏有陳奏之使, 余與靑莊李君從焉, 得以縱觀乎燕薊之野, 周旋於嗚蜀之士, 留連數月, 益聞其所不聞, 歎其古俗之猶存而前人之不余欺也. 輒隨其俗之可以行於本國·便於日用者, 筆之於[12]書, 並附其爲之之利與不爲之弊, 而爲說也. 取『孟子』陳良之語, 命之曰『北學議』. 其言細而易忽, 繁而難行也. 雖然, 先王之敎民也, 非必家傳而戶諭之也. 作一臼, 而天下之粒, 無殼者矣; 作一屨, 而天下之足, 無跣者矣; 作一舟車, 而天下之物, 無險阻不通者矣. 其法又何其簡且易也! 夫利用厚生, 一有不修, 則上侵於正德. 故子曰: "旣庶矣, 而敎之!" 管仲曰: "衣食足, 而知禮節." 今民生日困, 財用日窮, 士大夫其將袖手而不之救歟! 抑因循故常, 宴安而莫之知歟![13] 朱子之論學曰: "如此是病, 不如此是藥." 苟明乎其病, 則藥隨手而至.

---

9 대부분 사본에 제목을 '序'로 하고 세 편의 서문을 차례로 수록했다. 서문 세 편을 수록한 차례는 사본마다 달라서 박제가·박지원·서명응의 차례로 수록한 사본은 국편본, 자연본, 금서본, 연경본, 장서각본, 고대본, 도남본이고, 서명응·박지원·박제가의 차례로 수록한 사본은 월전본과 가람본, 규장각본, 육당본이며, 삼한본에는 박지원의 서만 「북학의서」(北學議序)라는 이름으로 수록했다. 친필본, 숭실본에는 서명응··박제가의 서문 순으로 두 편이 앞에 실려 있고, 본문 뒤에 박지원의 서문이 실려 있다. 박지원 서문은 박지원 필체로 본래 모습 그대로 쓰여 있다. 따라서 이 정본에서는 가장 많은 이본이 택하기도 하고 서문이 쓰인 빠르기에 근거하여 박제가·박지원·서명응의 차례로 수록한다. 『정유집』에는 「북학의자서」(北學議自序)로 되어 있다.

10 이 구절이 자필본 숭실본에는 일부 글자가 수정된 상태로 되어 있다. 확인할 수 없는 두 글자가 鴨水로, 後數千이 東千有餘年으로 수정되어 있다.

11 자필본 숭실본에는 이 구절 다음에 "惟此志也, 雖与日月爭光可也."가 삭제 표시와 함께 실려 있다.

12 於가 규장각본에는 빠져 있다.

13 자필본 숭실본에는 이 구절 다음에 "何余言之不見察也."가 삭제 표시와 함께 실려

故於今日受弊之原, 尤拳拳焉. 雖其言之不必行[14]於今, 而要其心之不誣於後, 是亦孤雲·重峯之志也. 今上二年, 歲次[15]戊戌[16]秋九月小晦雨中, 葦杭道人[17]書于通津田舍.

北學議序[18]

學問之道無他, 有不識, 執塗之人而問之可也. 僮僕多識我一字, 姑學汝矣.[19] 恥己之不若人, 而不問勝己, 則是終身自錮於固陋無術之地也. 舜自耕稼陶漁, 以至爲帝, 無非取諸人. 孔子曰: "吾少也賤, 多能鄙事." 亦耕稼陶漁之類是也. 雖以舜·孔子之聖且藝, 卽物而刱巧, 臨事而製器, 日猶不足, 而智有所窮. 故舜與孔子之爲聖, 不過好問於人而善學之者也. 吾東之士, 得偏氣於一隅之土, 足不蹈函夏之地, 目未見中州之人, 生老病死不離疆域, 則鶴脛烏羽,[20] 各守其天, 蛙井鷰枝,[21] 獨信其地, 謂禮寧野,[22] 認陋爲儉. 所謂四民, 僅存名目, 而至於利用厚生之具, 日趨於[23]困窮. 此無他, 不知學問之過也.

있다.

14 行이 규장각본에는 빠져 있다.

15 次가 가람본과 월전본, 육당본에는 빠져 있다. 歲次가 도남본에는 빠져 있다.

16 戊戌이 자연본에는 戊寅으로 되어 있으나 오류다.

17 葦杭道人 다음에 월전본, 규장각본에는 '楚亭一號'(초정의 또 다른 호이다)가 간주(間註)로 달려 있고, 규장각본『정유집』에는 '朴齊家次修' 다섯 글자가 첨가되어 있다.

18 월전본, 규장각본, 가람본, 고대본, 국립본에는 제목이 序로 되어 있다.

19 矣가 삼한본과『연암산고』(燕巖散稿) 8,『연암집』(燕巖集; 박영철 간본)에는 빠져 있다.

20 삼한본, 금서본, 자연본,『연암산고』8,『연암집』에는 鶴脛烏羽가 鶴長烏黑으로 되어 있고, 육당문고에는 두 줄로 "一作鶴長烏黑"의 주가 달려 있다.

21 삼한본,『연암산고』8,『연암집』에는 鷰枝가 蚡田으로 되어 있고, 육당본에는 두 줄로 "一作蚡田"의 주가 달려 있다.

22 이 네 글자가『연암산고』8에는 빠져 있다.

23 於가『연암집』에는 빠져 있다.

如將學問, 舍中國而何? 然而[24]其言曰: "今之主中國者, 夷狄也." 恥學焉, 幷與中國之故常而鄙夷之. 彼誠薙髮左衽, 然其所據之地, 豈非三代以來漢唐宋明之函夏[25]乎, 其生于[26]此土之中者, 豈非三代以來漢唐宋明之遺黎乎? 苟使法良而制美, 則固將進夷狄而師之, 況其規模之廣大·心術[27]之精微·制作之宏遠·文章之煥爀, 猶存三代以來漢唐宋明固有之故常哉! 以我較彼, 固無寸長, 而獨以一撮之結,[28] 自賢於天下曰: "今之中國, 非古之中國也!" 其山川則罪之以腥膻, 其人民則辱之以犬羊, 其言語則誣之以侏離, 併與其中國固有之良法美制而攘斥之, 則亦將何所倣而行之耶? 余自燕還, 楚亭[29]爲示其『北學議』內外二編, 蓋楚亭先余入燕者也. 自農蠶·畜牧·城郭·宮室·舟車, 以至瓦簣·筆尺之制, 莫不目數而心較. 目有所未至, 則必問焉; 心有所未諦, 則必學焉. 試一開卷, 與余日錄, 無所齟齬, 如出一手. 此固所以樂以[30]示余, 而余之所欣然讀之三日而不厭者也. 噫! 此豈徒吳二人者得之於目擊而後然哉? 固嘗[31]研究於雨屋雪簷之下, 抵掌於酒爛燈灺之際, 而乃一驗之於目爾. 要之, 不可以語人, 人固不信矣. 不信則固將怒我, 怒之性, 由偏氣, 不信之端, 在罪山川. 辛丑重陽日, 朴趾源燕岩父撰.[32]

---

24 而가『연암집』에는 빠져 있다.

25 『연암산고』8,『연암집』, 자연본과 여러 본에 函夏로 되어 있으나 遺黎로 된 곳도 일부 있다.

26 于가『연암집』에는 乎로 되어 있다.

27 心術이『연암집』에는 心法으로 되어 있다.

28 『연암산고』8의 난외에 "結字는 髻자로 의심된다"(結字疑髻字)라는 주가 첨부되어 있다.

29 楚亭이『연암산고』8,『연암집』에는 在先으로 되어 있다. 아래 문장도 마찬가지다.

30 以가『연암집』에는 而로 되어 있다.

31 嘗이 금서본에는 常으로,『연암산고』8에는 當으로 되어 있다.

32 삼한본에는 朴趾源 세 자가 빠져 있다.『연암집』에는 "辛丑重陽日, 朴趾源燕岩父撰." 전체가 빠져 있다.

北學議序

城郭·室廬·車輿器用, 莫不有自然之數法, 得之則堅完悠久, 失之則朝設夕弊, 害民國不細. 今觀周禮, 涂廣有軌, 堂脩有尺, 車轂三其輻則不泥, 屋茸一其峻則易溜, 以至³³金錫³⁴之劑量·韋革之緩急, 絲之漚·漆之㡩, 莫不謹書該載. 此可見聖人之識, 廣大精微, 包括萬有之數法, 各造其極, 何嘗以爲瑣屑而去之乎? 自漢以後, 儒者不能通萬有之數法, 槩曰: "此百工之事也!" 凡當時制度之書, 但載其大綱. 然中州則, 業有顓門, 技有師授, 又四方才智之士, 因其性之所通, 各致其精, 互相傳襲, 而其城郭·室廬·車輿·器用, 違聖人數法者蓋寡. 是以精緻牢固, 無傷財害民之患, 而我國則不能然. 諸有山澤之利, 一皆歸之於修毁補弊之費, 及其不能繼, 則曰: "我國貧國也!" 嗚呼! 國果貧乎? 數法失其宜乎? 朴齊家次修, 奇士也. 歲戊戌, 隨陳奏³⁵使入燕, 縱觀其城郭·室廬·車輿·器用, 歎曰: "此皇明之制度也! 皇明之制度, 又『周禮』之制度也³⁶!" 凡遇可以通行於我國者, 熟視而竊識之, 或有未解, 復博訪以³⁷釋其疑, 歸而筆之於書, 爲『北學議』內外篇. 其紀數詳密, 布法明暢, 且附以同志之論, 一按卷, 可推行. 噫! 何其用心勤且摯也? 次修勉之哉! 方今聖上欲編輯一部法書, 以金聲玉振於國典, 而考周公作『周禮』之例, 先命六官庶司, 各記其職之所有事者, 以擬淘³⁸成一書. 無乃是書, 爲伊時之所採用乎? 夫天將風而鳶先嘯, 將雨而蟻先垤, 是書採用與否, 固不可知, 而亦未必不爲我朝法書之鳶蟻. 故余道其有感於中者, 書于卷首而還之. 壬寅季秋, 賜號保晚齋, 徐命膺君受書.

---

33 至가 규장각본에는 全으로 되어 있다.
34 錫이『보만재집』에는 石으로 되어 있다.
35 奏가 금서본에는 빠져 있다.
36 也가 규장각본에는 빠져 있다.
37 以가 而로 되어 있는 사본이 있다.
38 淘가 월전본, 국립본, 규장각본에는 빠져 있다.

北學議 內編[39]

朴齊家 次修 學[40]

車

乘車輪轉, 其屋如縱瓦; 載車軸轉, 其輻如廾[41]字. 其輿之當軸處, 含鐵作半月規, 載訖則可脫. 含鐵之法, 規背作三牙, 牙頭廣下尖, 如棺之衽, 從旁入之, 則鐵不脫.

乘車曰太平車. 輪高及肚, 棗木磨成, 緣之以鐵. 又用鐵釘如小菌者, 圍遍輪頰, 以防碾觸. 屋之長, 一人臥則脛出, 二人坐則簾垂. 帳多用青布或綾緞, 夏日則四面皆簾, 褰擧隨意. 帳端左右, 別穿方幅如小窓, 用紐子開閉. 或玻瓈爲窓, 或彩竹爲簾, 以資觀玩. 前設一横板, 以坐御者, 或自出坐. 一騾馬驢駕轅, 或遠行, 益馬數. 屋後輿端, 亦可容一人踞坐, 左右轅, 亦可雙踞. 有時御者下步驅馬, 或遇泥水, 暫騰而上, 踞而過之. 一車之力, 有時能致五人.

載車謂之大車, 輪高同而稍肥. 載物訖, 上以蘆簟撑覆如船篷, 坐臥其中, 率駕五六馬, 或繫餘馬於後, 以間歇其疲者. 御者手把長鞭如釣絲, 打馬之不用力者. 中耳中脅, 無不如意, 其聲震谷. 車旁懸鐸, 馬項夾小鈴無數, 以警夜, 郎[42]當而過之, 皆山西商賈之出關者.

又獨輪車, 小商多用之. 輪不包[43]鐵, 差小而薄. 輿前廣後狹, 可腋而驅. 輪之半, 出輿之上, 隨其形而褁隔如半鼓, 所以防泥. 左右懸木如弓, 既載之後, 夾而約于中, 以代欄楯. 又有如丌, 附於轅後, 行則常擧, 止則與輪俱停, 所以不傾. 一人從後推之, 重則一人在前, 曳之如牽纜, 可敵兩馬背之力. 嘗見

---

39 도남본에는 北學議內編卷之로 되어 있다.

40 도남본에는 '車' 하단에 朴齊家 楚亭 著로 되어 있다.

41 廾이 삼한본에 廿으로 되어 있다.

42 郎이 자연본에는 郞으로, 삼한본에는 郞郞으로 되어 있다.

43 包가 도남본에는 抱로 되어 있다.

四婦人列坐左右, 又載水東西各六桶. 又嘗見因風掛帆而去者, 想與船同功.[44]

　　燕京白晝車轂訇訇, 常若有雷霆之聲. 每街市閒行, 左右呼而請者林立, 必[45]云: "要車麼?" 各停車[46]駕馬而待之, 以售賃. 賃之輕重, 隨車馬之華儉, 大約十里五六十錢, 兩人同載, 加三之一. 以我錢計之, 凡如東郊·三江等地, 無出三四十文. —賃站驢, 十里十錢, 皇城人多, 故價重. — 車中可以看書, 可以對客, 卽一能行之屋耳. 余於琉璃廠西南, 數與懋官[47]同車, 而國子監·雍和宮·太液池·文山廟·法藏寺塔等使臣出遊處, 輒與使臣同車而載焉.[48]

　　車出於天而行於地, 萬物以載, 利莫大焉, 而我國獨不行, 何也? 輒曰: "山川險阻." 夫羅麗以前, 無不用車之理. 古稱劍閣·九折·太行·羊腸之車者有之. 今遼東以前, 皆峽矣, 有摩天嶺焉, 高二十里; 有靑石嶺焉, 惡石橫刺而陡絶, 有如南漢之西門焉. 吡駆而過之, 車轂擊石, 聲若崩厓, 馬兢兢而不躓. 皆我人之目擊者, 此[49]亦不必言. 直于可行處行之, 道各有車, 州各有車, 如憚於嶺者, 過嶺自有他車. 其用一車千萬里者, 在中國亦罕矣. 況我國無絶險如蜀之棧道者, 車行則路自成. 其最深峽, 人事亦少, 外車當罕通, 只行縣中之農車可也.

　　今咸鏡道自用車. 軍門有大車,[50] 濬川司有沙車, 用北制, 皆粗極, 不合規度. 凡車欲至輕, 而力不敢[51]載, 故不得已而重. 今車材太重, 空車而行, 已疲一牛, 又輿旁兩轂太遠, 虛地多而實功少. 然以大車五牛之力, 運十五石, 則比單牛馬各載兩石, 已獲三分之一之利矣, 何況學中國之制耶? 凡輪愈高愈疾, 今無輻之輪, 以木[52]磨圓, 如碗口大, 駕於四隅, 名曰東車. 嘗見濬

---

44 "又嘗見因風掛帆而去者, 想與船同功."이 삼한본에는 누락되어 있다.

45 必이 육당본에 又로 되어 있다.

46 車 다음에 삼한본에는 而가 첨가되어 있다.

47 懋官이 삼한본에는 㙜宕으로 되어 있다. 㙜宕은 무관 이덕무의 호이므로 동일인이다.

48 "法藏寺塔等使臣出遊處, 輒與使臣同車而載焉."이 삼한본에는 "輒與人同載"로 되어 있다.

49 此가 금서본에는 빠져 있다.

50 大車가 월전본, 국립본, 가람본, 규장각본, 육당본에는 火車로 되어 있다.

51 敢이 삼한본, 금서본, 규장각본, 육당본, 숭실본, 도남본에는 堪으로 되어 있다.

52 木이 자연본에는 不로 되어 있다.

川司, 運二夫可擧之石於東車, 駕一大牛, 一人驅之. 輪小, 數陷於溝, 又一人持棒夾擧之, 暄圈半日. 若是, 則多此一車與一牛也. 今人之謂車無利也亦宜.[53]

或云: "行車, 當隨意造車." 此不然. 凡車之大小·輕重·疾徐之分, 中國之人所以閱歷而相度之者, 亦已深. 只令巧工倣而行之, 務令尺寸不差, 必有合矣.

欲[54]先令西路州邑, 隨官之[55]品, 各於每歲使行, 貿置幾輛.[56] 凡新舊迎送使客經過, 皆用之, 令我人熟見, 當爲學車之一助. 沈書狀念祖[57]曰: "鄙見政如此."[58]

凡車箱, 在兩輪之間, 故物之載者, 以輪爲限, 必用橫木, 再架箱上而加載之, 令輪在下, 此與船上橫板同功.[59]

我國東西千里, 南北三之,[60] 而王[61]都居其中. 則四方物貨之來集者, 橫不過五百里, 縱不過千里. 又三面環海, 近海處各以舟行, 則陸地之通商者, 度遠不過五六日程, 近則二三日程, 自一邊至一邊者, 倍之. 若如劉晏之置善走者, 則四方物價之貴賤, 可以平準於數日之內矣. 然而峽人有沈樝梨取酸, 以代鹽豉者, 見蝦蛤醢而爲異物焉. 其竇如此者, 何哉? 斷之曰: "無車之故也." 今夫全州之商, 挈妻子, 買薑梳, 而步往龍灣, 則利非不倍徙也. 筋力消於路, 而室家之樂無時也. 原[62]山之馬,[63] 駄海帶·鱥魚, 三日卽還則小有餘,

---

53 亦宜가 삼한본에는 有以夫로 되어 있다.

54 欲이 삼한본에는 빠져 있다.

55 之가 삼한본에는 빠져 있다.

56 輛이 도남본에는 車로 되어 있다.

57 자연본, 장서각본, 금서본, 연경본, 숭실본, 도남본, 고대본에는 念祖란 이름이 빠져있다.

58 "沈書狀念祖曰鄙見政如此."가 삼한본에는 빠져 있다.

59 功 뒤에 삼한본에는 耳가 첨가되어 있다.

60 之가 삼한본에는 千里로 되어 있다.

61 王이 도남본에는 上으로 되어 있다.

62 原이 도남본에는 元으로 되어 있다.

63 馬가 삼한본에는 商馬로 되어 있다.

五日則齊, 十日留則大縮. 歸馬之贏不加, 而留馬之費甚廣也. 故嶺東產蜜而無鹽, 關西產鐵而無柑橘, 北道善[64]麻而貴[65]綿布. 峽賤赤豆, 海厭鯀鯯, 嶺南古利出名[66]紙, 靑山·報恩[67]饒棗林, 江華在京江之口而多柿, 民莫不用[68]相資而足用也, 顧力不及耳. 或曰: "亦有馬焉耳." 夫一馬之與一車, 雖敵焉而猶甚利者. 牽之力, 與負之之勞絶殊, 故馬不病也. 而況五六馬之於車也, 有數倍之利者哉? 且負載之馬, 鞴痕憔悴, 而不可騎. 故畜善馬, 皆遊食家. 畜一驢馬, 日費倍人之食, 而無所往不資[69]其力, 而反爲之役, 是率獸而食人也. 卽以使行言之, 三使臣及神譯正官幾人, 各有驛馬·刷馬. 除商賈外諸使令供給之人, 步從者不翅倍馬之數. 夫行萬里之路, 而責人以步從者, 惟我國有之. 非特步從, 而又必使之不離左右, 疾徐如馬. 故馬卒之入中國者, 皆囚首蓬髮, 不擇燥濕, 貽羞異國, 莫此爲甚. 又其汗喘太過, 不敢休歇, 凡國中之皁隷·役夫之疾病, 皆原於此. 日本家康之令曰: "凡任載之物無節, 牛馬多傷, 非仁者之政, 自今以往, 限幾觔外, 不得加載." 日本之獸猶然, 況我國之人乎! 嘗見中國一官人, 乘小輿, 輿屋縹緲, 裹以靑緞, 帳用紗羅之屬, 牖以玻璨. 其中恰[70]容一椅, 前設小丌, 看書而坐. 穿輿之腰而杠之, 故無旁護者而不傾, 前後各二人, 縱擔之. 擔[71]法, 以索橫兩杠之間, 用小木[72]擧其索[73]而擔之, 令其壓之重, 游緩不迫, 其行穩而且疾. 使臣自歎雙轎之不及也. 後有大車一兩, 共載一十九人, 駕以五馬, 隨官人而去. 蓋其遞驛民夫, 至五里或十里而一易, 以資其生力. 夫將資其力而先使之疲, 以隨終日之馬, 非所以便己也. 故曰: 用車, 則馬不加而使臣一行無徒步者, 下有不病之功而上收生力

---

64 善이 도남본에는 產으로 되어 있다.

65 貴가 도남본에는 無로 되어 있다.

66 名이 도남본에는 빠져 있다.

67 恩 뒤에 삼한본에는 之間이 첨가되어 있다.

68 用이 도남본에는 欲으로 되어 있다.

69 資가 도남본에는 費로 되어 있다.

70 恰이 삼한본에는 洽으로 되어 있다.

71 擔 다음에 삼한본에는 之가 첨가되어 있다.

72 木이 삼한본에는 杠으로 되어 있다.

73 索 다음에 삼한본에는 之中이 첨가되어 있다.

之用矣. 又我國文臣二品以上, 乘獨輪高[74]車, 曰輻軒. 輪小而高一丈, 望之若將[75]梯屋. 然其危已不可言, 而行之非五人不可, 又必有跟隨人夫.[76] 古之爲車也, 將以一車而載六人, 今之爲車也, 步六而乘一. 或曰:"以貴役賤, 天地之常經·古今之通義也." 曰:"非此之謂也." 先王之辨貴賤也, 亦皆先實用而後文具. 『漢書』有朱輪·半朱輪之等, 而爲乘則同, 『周禮』有戎車·田車[77]·澤車·陸車之殊, 而載物則均. 古之乘軒, 非今之乘軒也. 今又[78]乘軒者多老人, 恐非安車·蒲輪之義, 況遇急則其敗也必矣. 又外邑守令之母妻及使臣·監司, 皆乘雙轎. 其制懸轎於兩馬之間, 後馬不見前馬, 故足難齊. 轎之兩杠長二丈, 屋大而不可[79]臥. 工飾旣重, 又空其底, 作革網, 令坐不硬[80]貼, 而常爲下隷之私藏. 轎內置隱囊·饌器·唾壺·書案等物, 轎背多附酒瓶·簟席·衣鞋之屬, 轎已極[81]重, 而轎外之重, 不知其[82]幾斤. 左右例有護轎各三四人, 餘人步從, 以備交遞, 竭力跟隨, 更無護轎之力, 而只附轎以行. 夫一轎一人原重及雜物之重外, 不知幾人. 度其重, 幾如一小船, 而馬死不覺, 遇蹶則咎其御而刑杖生焉. 故曰:"行車, 則馬有減而人自閒矣." 又今婦人轎, 杠不在腰, 故易傾. 而載之單馬之背則尤危, 如婚喪搬移等處, 婦女[83]之行甚艱,[84] 行車則[85]無此患.

　　柳琴[86]曰:"我國無車, 故民屋皆小." 謂木不過一馬背之力也. 余謂鞋屨

74　高가 삼한본에는 빠져 있다.

75　將이 국립본, 규장각본에는 빠져 있다.

76　跟隨人夫가 삼한본에는 左右扶囑으로 되어 있다.

77　戎車·田車가 삼한본에는 田車·戎車로 순서가 바뀌어 있다.

78　今又가 삼한본, 금서본, 고대본, 도남본에는 又今으로 되어 있다.

79　可가 삼한본에는 果로 되어 있다.

80　硬이 삼한본에는 便으로 되어 있다.

81　極이 삼한본에는 빠져 있다.

82　其가 삼한본에는 빠져 있다.

83　女가 규장각본, 육당본, 도남본에는 人으로 되어 있다.

84　艱 뒤에 삼한본에는 苦가 첨가되어 있다.

85　則 뒤에 삼한본에는 自가 첨가되어 있다.

86　柳琴이 삼한본에는 幾何로 되어 있다. 월전본에는 다른 내용과는 다른 필체로 柳琴

之踊, 亦無車之害也.

洪湛軒大容[87]曰: "如治車道, 則當失田幾結, 而利[88]亦足以優償之矣."[89]

車性不畏登而畏陷. 今闤闠小溝, 必先覆之, 使伏流. 如木橋之縱架者, 當自然橫之.

擬宰相及婦人, 得乘步輿如前制, 而一切[90]守令及士人·民人, 皆乘太平車.

或云[91]: "車中犖确不便." 若退軸使後, 僅受輿端, 則坐常懸, 與雙轎一般. 今書狀所乘車, 用太平車之輪, 而改其屋, 駕轎[92]以行, 弱而重, 不如初遠甚. 不曉事而妄改, 則如此.

船

船內乾淨, 無點水. 載粟, 直寫于中. 必有橫板, 人馬渡者皆坐板上. 雨水馬溲皆不內貯. 泊岸皆設橋. 遠船皆有屋, 如有樓則可三層. 用穿船後之褰擧處, 而挿鴟尾.

通州東潞河, 距燕京四十里, 南通直沽海, 漕運之入皆自此. 百里之間, 柁檣密於竹林, 船旗上大書浙江·山東·雲·貴等號. 見山東督撫何裕城, 運領小米三十萬石, 方在船中. 船各貯綿布袷袋如斛數, 至此, 始分貯作斛, 用小船, 運入玉河. 其船大而麗, 使臣及余與懋官登焉.[93] 船長十餘丈, 文窓彩閣, 屹然高峙. 中有室, 上樓下庫, 書畫牌額·帷帳衾枕, 芬馥幽深, 曲折遮掩, 窅不可測. 登船之際, 婦女之從深處觀望者, 繡襦寶髻, 蓋其家眷云. 設

이라 썼다.
87 洪湛軒大容이 삼한본에는 湛軒으로 되어 있다.
88 利가 삼한본에는 其利로 되어 있다.
89 矣가 삼한본에는 빠져 있다.
90 一切이 삼한본에는 빠져 있다.
91 或云이 삼한본에는 빠져 있다.
92 轎가 월전본, 국립본, 규장각본에는 輪으로 되어 있다.
93 懋官登焉이 삼한본에는 누락되어 있다.

椅命茶, 燒香筆語. 簾牖之外, 時見鷗鳥·雲烟·樓臺·人物, 與夫沙堤風帆之出沒, 悠然忘其爲水, 若寓身山林之間, 而遊目丹靑之內. 若是, 則雖風濤萬里有時危急, 而亦何憚於浮海而退征也? 宜乎華人之多遠遊也!

我國旣失全車之利, 而又不盡舟船之用. 禦水乎? 禦雨乎? 能多載乎? 人不勞乎? 馬不危乎? 無一於此. 夫舟船者, 所以救溺.[94] 今削木不精, 隙水常滿, 舟中之脛, 如涉川然. 舀而棄之, 日費一人之力. 穀不能直載, 而藁石之積倍於穀, 而居下者猶患腐濕. 坐用編莉, 麁兀不安. 一日船遊, 尻作數日痛. 又秋冬之交, 篷具不備, 直受星霜, 辛苦萬狀, 頓無乘舟之樂. 又無橫板, 人身·器什, 同在於內, 載不能滿, 亦不能高. 或有篷而短, 空其頭尾, 天雨則遂作貯雨[95]之器. 又泊岸不橋, 負人以過, 躍馬令[96]入. 以可橋之高, 躍不橫板之深, 幾何而馬不折脚也? 故馬有善舟·不善舟之稱, 無橋之故也.

今濟州貢馬, 率疲瘠多死. 蓋以船中不平, 妄加絆榨, 違其性氣故也. 夫廐櫪之用, 有水陸之異者, 船制之不合也. 琉球之馬, 市于福建, 亦舟來耳. 若如今之島馬, 則豈可交易? 蓋亦有其道矣.

若有漂人來泊沿[97]海諸邑, 必須詳問船制, 及他技藝, 令巧工依方[98]造成. 或從漂船倣學, 或留接漂人, 盡其術而後, 還送不妨. 土亭嘗欲通外國商[99]船數隻, 以救全羅之貧,[100] 其見卓乎遠矣.

愚謂行車,[101] 則須飭泊船橋·橫船板.

---

94 溺이 자연본에는 弱으로 되어 있으나 오자다.
95 雨가 규장각본에는 水로 되어 있다.
96 令이 삼한본에는 命으로 되어 있다.
97 沿이 자연본에는 漂로 되어 있다.
98 方이 도남본에는 倣으로 되어 있다.
99 商이 국립본에는 賈로 되어 있다.
100 貧이 도남본에는 貧民으로 되어 있다.
101 자연본 등에는 車가 舟로 되어 있다.

城

城皆甓築. 黏甓以灰, 用灰甚薄, 僅取其黏. 築法, 先以石爲址, 或大甓, 然[102]後積之. 或橫或縱, 或臥或豎, 表裏相錯, 盡城之厚. 雖或實之以土, 其廣不能三之一. 遇礮則如饘丸之合, 不可盡碎. 內外皆築女墻, 內墻出石區, 以通雨水, 外墻出丸矢之眼, 眼或直向城下, 如拔鉋[103]又, 使賊不敢近. 必有隍池, 門必有甕城以拱之, 再穿門, 或左或右, 或左右皆穿, 而不與裏門直對. 其登陴處, 從門內梯之. 梯邊樹柵而鎖[104]之, 旣入則欲走不得. 以甓計之, 高率五[105]丈半或六丈. 古城脫落處, 多用新甓補之, 其色斑斑然.

　　所謂城郭者, 將以守禦歟? 抑遇敵則棄而去也? 果爾, 吾不知已, 否則國無一城焉, 何哉? 曰[106]不用甓焉耳. 或曰: "甓之堅, 寔不及石!" 吾謂一石之堅, 固勝一甓, 而累石之堅, 不及累甓. 以石性不可黏, 而萬甓縫灰, 可合爲一也. 又石常費人雕琢, 用力幾何, 而甓可隨意造成, 無不方正也.[107] 又石旣大小不齊, 排日董役, 難以均人之力. 夫甓則步數旣同, 勤慢立見. 今城只累一重石, 外雖崢嶸, 內[108]實齟齬. 一石脫則隤然而不可遏, 稍高則尤易崩. 其將崩也, 腹漸飽如穀之幬, 又睥睨數壞, 灰縫皆不成石. 外邑或覆瓦, 宮墻用大木列椽而瓦之. 夫石覆木以禦朽, 故瓦甓生焉. 今架木于城上, 是不以禦朽, 而適以資朽也. 又況實瓦以土, 善動而數墮. 鳥雀之穿・風雨之觸, 經費日耗, 竭力以禦朽, 猶患其費, 今竭力以資朽, 未見其可也. 故曰學中國之制. 先築宮城以甓, 用架木之費, 作雉堞焉. 今舊光化門有灰法宛然, 或曰: "改宮墻爲城, 經費太廣." 夫小民蓋茅屋矣, 十年之內費多於瓦. 國家建萬世之業, 暫勞而永逸, 利莫大焉. 然無車則甓之利不多, 須先車而後城, 可也. 二

102　然이 삼한본에는 以로 되어 있다.

103　鉋가 삼한본, 숭실본, 육당본에는 鈀로, 연경본, 도남본에는 鈍로 되어 있다.

104　鎖가 삼한본에는 鎭으로 되어 있다.

105　가람본에는 五가 三으로 되어 있는데 오자다.

106　曰 앞에 一이 있는 사본이 있다.

107　也가 월전본, 국립본, 규장각본에는 빠져 있다.

108　內 앞에 국립본에는 而가 첨가되어 있다.

曰城週太廣. 今外郡之城, 率皆十里有餘, 或有四十里, 與王城敵者. 夫盡城中之民兵男女, 不能排立其半, 安用此城爲哉? 故以瀋陽之盛而猶十里, 他如薊州·永平皆然. 其設衛置所皆極小, 孟子有三里·七里之語. 三曰務外而棄內. 外雖三四丈, 而內有直登者; 外雖列堞, 而內無墻焉. 夫有急, 守陴之士, 豈必至死不去之人哉? 其烏合不素鍊之兵, 直皆棄兵而逃, 以避須臾之矢石, 亦人情之常耳. 雖軍法在前, 而已無及矣. 故曰猶無城也. 四曰睥睨之眼不能削城身而向下. 城愈高而賊愈近, 則丸矢豈能曲而中之? 何況無隍池耶? 或曰: "我國依山爲城, 故無隍." 雖然, 可塹濠者必塹之, 非徒[109]禦敵, 且護城根, 令不濕. 五曰無甕城. 今興仁一門, 惟有之而無門. 外邑或有之而無堞. 無門則不可守, 無堞則不可登, 只遮自己之眼耳. 或曰: "甕城何利焉?" 曰: 凡城之門處, 皆路也. 門一壞則賊可直入, 比他爲尤重. 他處非路也, 有屋壁垣墻樹木之塞, 雖壞, 賊不敢長驅, 故必置甕城以護門. 萬一外門失守, 內門自在也. 且可通望四隅之賊, 又可禦敵. 蔡京直汴京城, 金人樹礮於[110]四隅以崩之, 蓋火力緣直而發也. 或曰: "土城何如?" 余過平壤·安州之新城而見之矣. 夫所貴乎土城者, 在不怕雨濕, 如大陸自然之性也. 今草草築一綫牆堞, 縫之灰不成石. 其高則樵童牧牛, 往往有跨越之者. 夫家有百步之垣, 歲覆之以藁, 則力不可支, 況十里五里[111]之牆, 而棄之可惜, 葺之難繼. 何不移其財, 作數十窨於旁近地, 則於今幾盡甓矣. 或以江都甓城, 數崩不成, 歸咎於刱議之人. 此築之失, 非甓之失也. 夫灰不如法, 猶無甓也. 甓不盡城之厚, 猶無城也. 今附一重之甓於土城之皮, 欲其崢嶸而不墜, 難矣! 李喜英[112]曰: "東國之城, 皆畫中之城耳." 謂其外似之而內不似也.

109　徒가 삼한본에는 是로 되어 있다.

110　"四隅之賊, 又可禦敵. 蔡京直汴京城, 金人樹礮於" 19자가 월전본, 국립본, 규장각본에는 누락되어 있다.

111　五里가 삼한본에는 빠져 있다.

112　친필본, 숭실본, 국편본에는 李喜英으로 되어 있다. 삼한본에는 李朱民으로, 자연본, 장서각본, 연경본, 금서본, 도남본에는 李吉大로, 월전본, 가람본, 국립본, 규장각본, 육당본에는 或曰로 되어 있다.

甓

甓, 大小隨意. 恒用之甓, 積四則齊面, 縱三則齊長. 相磨淨而後用, 其屑則
和灰. 其窰則如覆鐘而螺旋之, 煙門出其頂. 間一而積, 如今盛蜜餌. 然後當
中而設火門, 想火候均齊, 無遠近生熟之分. 每一窰得八千甓, 用蜀黍稭二
車, 約不過今四五馬之背. 嘗歷一窰, 窰戶爲引入窰中而問答之如此.

今天下出地五六丈, 入地五六丈, 皆甓也. 高則爲樓臺·城郭·垣墻, 深
則爲橋梁·墳墓·溝渠·堤堰之屬, 衣被萬國, 使民無水火·盜賊·朽濕·傾圮
之患者, 皆甓也. 其功如此, 而東方數千里之內, 獨廢而不講, 失策大矣. 或
曰: "甓由於土, 故我國有瓦而無甓." 是大不然, 圓則瓦, 方則甓.

中國之小小墻壁, 皆與城不異者, 以甓也. 故夾路而開店屋, 屋後皆甓[113]
也. 築里門於兩端而樓之, 閉其門而守之. 卽此過, 去村店, 賊猶不可卒攻.
古稱巷戰·莊戰者, 蓋以此也.

或曰: "私造甓, 雖不行於國, 猶可用之家." 亦不然. 民生日用, 必相資
而行. 今域中無甓, 而吾獨造焉, 燒之之窰亦吾, 縫之之灰亦吾, 載之之車亦
吾, 百工之事皆吾, 出利其幾何? 如鄕居土木俱足, 則或可. 今欲行甓, 必官
以厚價貿[114]於民, 十年之內, 國中盡甓矣. 國中盡甓, 則不期賤而自賤, 他物
皆然, 此在上者之權也.

聞極西造屋, 以甓燒成, 有千年不修改者, 可謂省費之極. 若然, 中國之
章華·阿房, 至今可存, 而後世帝王, 更無以宮室役民力者矣. 我國之人曾無
朝夕之慮, 百藝荒蕪, 日事紛紛.[115] 民以之而無定志, 國以之而無恒法, 其原
皆出於姑息, 殊不知姑息之害, 至於民窮財竭, 國不爲國而後已. 假如以甓築
墻, 數百年不壞, 則國中更無築墻之事, 所獲多矣. 餘可類推, 今有月[116]壞之
墻·歲壞之屋, 何也?

---

113 甓이 삼한본에는 壁으로 되어 있다.
114 貿가 삼한본에는 留로 되어 있다.
115 紛紛이 삼한본에는 紛紜으로 되어 있다.
116 月이 삼한본에는 日로 되어 있다.

水庫[117]之物有六, 以備築也·蓋也·塗也. 築與蓋之物有三, 曰方石, 曰
瓴甋, 曰石卵. 塗之物有三, 曰石灰, 曰砂, 曰瓦. 屑塗之物三合, 謂之三和
之灰. 或砂, 或瓦, 去一焉, 謂之二和之灰. 煉灰之石, 或靑或白, 欲密理而
色潤. 否者, 疏而不昵, 煉之以薪. 或石灰焉, 火不絶二日有半而後足. 試之
法, 先取一石權之, 雜衆石而煉之. 旣成而出之, 權之, 損其初三分之一, 此
石質美而火齊得也. 砂有三種, 或取之湖, 或取之地, 或取之海. 海爲上, 地
次之, 湖又次之. 砂有三色, 赤爲上, 黑次之, 白又次之. 辨砂之法有三, 揉
之, 其聲楚楚焉, 純砂也. 諦視之, 各有廉隅圭角, 純砂也. 散之布帛之上,
抖擻之悉去之, 不留塵坌者, 純砂也. 否則有土雜焉, 以爲齊而不固. 瓦之
屑, 以出陶之毁瓦瓴甋, 鐵石之杵臼, 舂之而篩之. 無新焉而用其舊者, 水濯
之, 日暴之, 極乾而後, 舂之而篩之. 篩之爲三等, 細與石灰同體爲細屑, 稍
大焉, 與砂同體爲中屑, 再篩之餘, 其大者如菽爲査.

注曰: 方石瓴甋者, 以豫爲墙爲蓋. 二物皆無定度也. 爲墙之石, 取正方
焉. 廣狹·短長·厚薄, 無定度, 墙厚則堅, 堅則久. 爲蓋者, 或穹之, 穹之石
合之, 其圓半規. 穹之法有三, 詳見下方也. 石卵者, 鵝卵之石也, 以豫爲底
也. 無之, 以小石代之. 大者無過一斤, 小者任雜焉. 凡石卵或小土, 欲堅潤
而密理. 否者, 石固昵黏也. 二日有半, 三十時足也. 陶窯, 竈也; 瓴甋, 磚
也. 凡瓦之石, 勝磚之土, 用磚則謹擇之篩, 俗作篩羅也. 査滓也. 査無用篩,
擇其過大者去之. 三和之灰, 今匠者多用之. 其一則土也. 用土石堅, 以瓦屑
故勝之. 以後法爲之劑, 又勝之. 西國別有一物, 似土非土, 似石非石, 生于
地中, 掘取之, 大者如彈丸, 小者如菽, 色黃黑, 孔竅周通, 狀如蛀窠, 儼然
石也. 體質甚輕, 揉之成粉, 舂以代砂, 或代瓦屑. 汴在其空中, 委宛相入,
堅凝之後, 逾于鋼鐵. 近數十年前, 有發故水道者, 啓土之後, 鍬钁不入, 百
計無所施. 旣而穴其下方, 乃壞墮焉. 視其甃塗之灰, 用是物也, 厚半寸許耳.

117　水庫 이하 단락의 내용은 원본에는 제목 없이 수록되었는데 이본은 세 가지 차이가
있다. 첫 번째로 삼한본은 이 단락 전체 내용이 빠져 있다. 두 번째로 월전본, 가람본, 국
립본, 금서본, 규장각본, 육당본은 앞에 나온 단락과 행만 바꾸어 바로 수록했다. 세 번째
로 자연본, 연경본, 장서각본, 숭실본, 도남본은 앞에 나온 단락과 면(面)을 구별하여 수
록했다.

此道由來甚久, 以歷年計之, 在漢武之世矣. 後世凡用和灰, 甚貴是物焉, 或作空摸, 和灰塗之, 崇閎窈窕, 惟意所爲. 旣成之後, 絶勝冶銅鑄鐵矣. 然所在不乏, 計奏晋隴蜀諸高陽之地, 必多有之. 其形大段, 如浮石而顆細, 色赤黃質脆爲異耳. 以『本草』質之, 殆土殷孽之類也. 其生在乾燥之處, 土作硫黃氣者, 或産硫黃者. 或近溫泉者, 火石者, 火井者, 或地中時出燐火者, 卽有之. 求之法, 視其處草不蕃盛, 茸茸短瘠. 又淺草之中忽有少分如斗許如席許大, 不生寸草者, 依此掘地數尺, 當可得也. 西國名爲巴初剌那, 求得之, 大利于土石之工. 或幷無瓦屑及砂, 以靑白石代之. 其細大之性, 與瓦屑同.

二曰齊

凡齊, 以斗斛槩其物, 水和之. 三分其凡而灰居一, 砂居二, 涷之如糜, 謂之甃齊. 三分其甃齊, 加水一焉而調之, 謂之築齊. 塗之齊有三, 涷之皆如糜, 四分其凡, 而瓦査居二, 砂居一, 灰居一, 謂之初齊. 三分其凡而中屑居二, 灰居一, 謂之中齊. 五分其凡而細屑居三, 灰居二, 謂之末齊. 凡涷齊, 熟之又熟, 無亟而用, 無惜于力, 日再涷五日而成, 爲新齊. 新齊積之, 恒以水潤之, 下濕之處, 窖藏而土封之, 久而益良.

注曰: 凡量灰, 必出窯之灰. 凡量瓦屑, 必臼之屑. 凡量砂, 必曝之砂, 皆言乾也. 如糜者, 今匠人所用甃墻塗墻, 排而槩之之劑也. 太燥則不附, 太濕則不居. 加水爲築劑則如稀糜, 沃而灌之之劑也. 凡治宮室, 築城垣, 造壙域, 皆以諸劑, 斟酌用之. 和之水, 以泉水·江水·雨水, 雜鹵與釃, 勿用也. 雪水之新者, 勿用也. 凡, 總數也.

甄,[118] 不論大小, 惟在坯質堅好, 火力充足. 須於八九月間, 用水泥糅練極韌, 隨大小範成, 陰乾, 委信實窯人, 一火燒取. 揀其火候適均敲之之如鐘磬聲者爲上. 臨用, 更加琢方磨光. 坯必取八九月者, 秋冬土質堅凝, 春夏土質鬆脆. 詢之窯戶, 凡秋坯十無一碎, 春夏十碎二三, 確有明驗也. 粘縫, 用極細石灰, 桐油杵韌. 砌時, 備用於磚之四旁, 縫砌第一[119]層, 下二層已堅不可搖動矣. 愼無聽匠人如造屋築墻套例, 僅用灰於甄之四邊, 而空其中, 爲苟且

---

118 삼한본에는 앞서의 「수고」와 함께 이 단락 전체 내용이 빠져 있다.
119 一이 자연본, 장서각본, 연경본, 도남본에는 二로 되어 있다.

之計也.

甎, 每窯用四人, 役四日畢. 其間刈草或秋稭三百束, 用水沈泥, 如和餅麵, 塡之甎板. 其板一座, 隔木爲兩板. 俟土平, 和泥甚濁, 故不煩手築, 自能和合. 每人日築艸甎四百箇, 覆置待曬乾, 入窯燒晝夜共三日則熟. 大窯得一萬箇, 每甎百箇, 買銀一錢二分. 一窯四人役四日, 得甎萬張銀[120]十二兩, 或小窯, 人數與日數蓋減, 得甎有四五千箇者.[121]

瓦

瓦之徑, 圓而四分, 長如我瓦之廣, 廣如我瓦之[122]長之半. 無雄瓦, 而自相爲元央. 惟宮闕祠廟, 得用鴛瓦. 其簷端之鴛瓦, 皆冒其口如馬蹄.

瓦之大, 非計也. 不用鴛瓦, 亦不妨. 大則規圓, 灰縫必多. 今瓦上下皆實之以土, 故屋極重易傾. 且年久, 土空而瓦落也. 夫四分圓之一, 其規不甚彎,[123] 又自相爲鴛鴦. 兩間幾無隙, 黏之以灰, 遂成石. 故中國之屋, 無雀鼠之敢穿. 每於墻壁, 可以通風窺見處, 兩兩相合而積之, 或自相爲元央, 則生

---

120 銀이 자연본, 월전본, 국립본, 육당본에는 있고, 가람본, 연경본, 금서본, 숭실본, 도남본에는 빠져 있다.
121 이규경은 『오주연문장전산고』 「번벽변증설」(燔甓辨證說)에서 내용을 축약하여 「벽돌」을 인용하며 벽돌 제작법을 다음과 같이 소개하고 있다. "朴貞蕤『北學議』, 深恨本國不造甓曰: '方則甓, 圓卽瓦. 造甓之法, 不論大小, 惟在坯質堅好, 火力充足. 須於八九月間, 用水泥揉練極韌, 隨大小範成, (原注: 長一尺, 廣五寸, 比兩甎則正方, 厚二寸.) 陰乾, 委信實磁人, 一火燒取. 揀其火候適均敲之如鍾聲者爲上.(原注: 雖一匡搨成, 忌角缺, 忌楞刓, 忌體翻, 一甎犯忌, 則全屋之功左矣.) 火坯必八九月者, 秋冬土質堅凝, 春夏土質鬆脆. 詢之窯戶, 凡秋坯十無一碎, 春夏十碎二三, 確有明驗也. 印甎, 每窯用四人, 役四日畢. 其間刈草或秋稭三百束, 用水沈泥, 如和餅麪, 塡之甎板. 其板一座, 隔木爲兩版, 俟土平, 和泥甚濁, 故不煩手築, 自能和合. 每人日築草磚四百箇, 覆置待曬乾, 入窯燒晝夜共三日則熟, 大窯得一萬箇. 每甎百箇, 買銀一錢二分, 一窯四人役四日, 得磚萬張銀十二兩. 或小窯, 人數與日數蓋減, 得磚有四五千箇者."
122 "廣, 廣如我瓦之" 여섯 글자가 월전본, 국립본에는 빠져 있다.
123 彎이 월전본, 국립본, 규장각본에는 灣으로 되어 있는데 오자다.

波浪之紋, 四合則圜, 四背則如魯錢. 兩合而五列之, 成花瓣. 只此一瓦而天下之至文生焉, 皆我瓦之所不及. 無他, 大而不中規之故也.

甕

中國甕器, 無不精者. 雖荒村破屋之中, 皆有金碧綵畫之壺鐘[124]罐碗之屬. 非其人之必好奢也, 土工之事當如此也. 我國甕器極麤, 沙粘其下, 仍而燒成, 纍纍如乾飯. 曳之, 傷盤卓之屬; 洗之, 滯滓穢之物, 置之于地, 恒髡兀而數傾. 口哨而色惡, 不可名狀. 國之無法, 至於此而極矣. 舜陶河濱, 器不苦窳, 三代之器, 逾古逾巧. 今雲從街上, 列置累千甕器, 若在三代之時, 皆在不得鬻之列者也, 碎之而不足惜. 碎不足惜之心生, 而可惜之器亦不得完. 今司甕院燔器號稱極精者, 猶太肥重, 以爲不如是必傷也, 反咎中國之器焉. 夫物之久速斁完, 在人之收拾, 不在器之厚薄. 與其[125]恃器而放心, 不若愛器而存警之爲愈也. 故凡人家婚禮宴集及使客支待祀饗之日, 不知幾器破碎於婢僕輿儓之手, 此豈器之故哉? 始也工麤, 習焉而民麤; 始也器麤, 熟焉而心麤. 轉輾成俗, 一甕之不善, 而國之萬事皆肖其器, 物之不可以小而忽之也如此. 宜飭土工, 器不中式者, 不入於市. 或曰: "有人於此, 學甕之術焉, 殫心力而爲之, 國不知售而反厚斂焉, 則其不悔其學而棄之者, 幾希矣?"[126] 日本之俗, 凡百工技藝, 一得天下一之號, 則雖明知其術之未必勝於己, 而必往師之. 視其一言之褒貶, 以爲輕重. 此其所以勸技藝·專民俗之道歟!

簞

中國之大用有三, 曰車, 曰甓, 曰簞. 車以通之, 甓以築之, 簞以覆之, 造屋

---

124 鐘이 삼한본, 금서본, 육당본에는 鍾으로 되어 있다.
125 其가 월전본, 국립본, 규장각본에는 빠져 있다. 與其가 육당본에는 其與로 되어 있다.
126 숭실본에는 이 구절 다음에 "國俗大槪然也."가 삭제 표시와 함께 실려 있다.

之事過半矣. 簟於我國固有之, 但狹而不廣. 今店墝[127]及船中多用之, 或大而不均. 中國之簟, 皆以炕之廣爲度, 造屋列椽輒鋪簟. 色潔而理密, 無仰坊, 亦無棧木. 屋宇甚輕, 故不傾. 又夏日赤炎滿天, 市廛兩旁, 皆立長竿高出於屋, 而覆簟如衚衕之廣. 除最大路外, 皆不見日色. 一聞此皆賈來, 至秋則主皆捲去.─ 朝鮮館前後庭及通官住處, 亦自工部設給. 其當中兩三片, 用繩互汲, 令隨意開閉, 繫繩於柱. 每日暮, 室先暗則捲之, 以受天光, 或移床, 坐其下以[128]當風, 事畢則復掩之. 凡喪家門內外, 必高設簟屋, 以作樂念經, 場戲[129]·演劇亦然. 甍栯樓層, 包裹縹緲, 風雨不入, 儼然一宮殿也.

宮室

宮室, 皆一字而不連折. 第一屋爲主位, 則左右廊爲昭穆, 向背雖殊, 制度略同. 以至三重四重, 門必居中, 盡開則望見人物漸小, 而門影轉尖, 其遠而直如此. 大率一屋, 長四五間, 廣五梁七梁, 一間之[130]大, 加我國三之一. 中門之內三分, 東西而兩小門焉, 小門之內三分, 南北而對炕焉. 炕南盡戶, 戶必反揭於內如承塵. 炕高可踞, 炕下皆鋪甓. 竈於中門之內四隅, 或竈於南簷, 或竈於小門之內. 煙門必致力, 高如小浮圖焉. 或夾壁而出屋, 或隧地而在庭. 店舍之庭, 皆谿然可射,[131] 以通車馬, 以容禽畜. 嫌其通望, 則設照牆以塞門. 甓或間一而積如陰卦, 或空如亞字, 以代窓欞, 亦省甓. 或塗塈而墨畫蘭菊[132]等, 亂石築屋[133]壁, 階砌參差不一, 則絡之以靑灰, 皆作哥窰勢. 屋兩旁, 或穿圓窓, 因甓作搏風如削.

---

127 墝이 삼한본에는 突로 되어 있다.
128 以 다음에 삼한본에는 突이 첨가되어 있다.
129 戲가 자연본, 금서본에는 劇으로 되어 있다.
130 之가 삼한본에는 빠져 있다.
131 射가 연경본, 도남본에는 財로 되어 있다.
132 菊이 월전본, 국립본에는 鞠으로 되어 있다.
133 屋이 자연본에는 室로 되어 있다.

山海關以東, 貧民多作土室. 其法, 三面築墻, 而惟前一面, 架木爲門範, 束薥黍稭如長炬, 跨而覆之, 以代椽代瓦. 覆數重則厚數尺, 脊圓而幾平, 上以土或雜灰埋之. 平其頂者, 欲遇雨而土不流也. 瓦屋之制亦然, 謂之無梁屋. 或云: "遼野多風, 梁低而壓土, 則瓦不飛也."

草屋, 率十四五歲而一蓋. 其法, 用藁去粗皮, 斬根齊整[134]訖, 把一握許列于簷端, 根下穗上. 凡一握壓泥一塊, 如倒種禾. 然[135]厚積二尺以上, 用槌槌之, 令極堅貼. 漸上而鱗次之, 一鱗之間至短. 第一積旣厚, 則藁根漸高, 而穗漸低, 至第二鱗而藁幾倒立矣. 故蓋屋之痕, 如薙馬鬣, 而視其端[136]也. 屋梁則塗壓, 泥灰左右, 或以長木或石塊鎭之, 或用瓦甓於屋脊及兩旁, 如衣緣然. 藁比我國可五六倍, 蓋遼無水田, 故皆粟秸, 南方則當用稻藁.

我國之屋, 如梳頭而刷髮. 夫一莖之草, 立則其朽如磨墨, 臥則其朽如隔紙, 此中國我國蓋屋之分也.[137]

彼中之屋, 雖疎濶無曲折, 而大約爲利``者有數焉. 一曰三面無冗簷, 則盡屋宇之尺寸, 莫非我用. 二曰壁築以甓, 所以不傾. 三曰壁厚不寒, 四曰一閉門, 則庫門·櫃門·厨門·房[138]門皆鎖焉, 省却多少警夜之疑. 雖單置一屋於野, 而垣墻已具.

我國千戶之鄕, 無一方正可居之屋. 立不削之木於不平之址, 以索縛之, 不問斜整, 以手泥之, 不求圬鏝. 門有隙, 則割狗皮而釘之, 釘必鉤衣, 或辮藁如辮髮以附之. 炕埃凸陷, 坐臥常傾. 炊則煙滿於室, 令人氣塞. 窓裂則以弊襪塞之, 其絶無法也如此. 民生而目不見方正, 手不習精巧, 所謂百工技藝之流, 亦皆此中之人焉, 則萬事荒陋, 遞相傳染.[139] 方是之時, 雖有高才明智

---

134 齊整이 연경본에는 整齊로 되어 있다.

135 "如倒種禾然" 다섯 자가 숭실본에는 난외에 첨가되어 있고, 삼한본에는 빠져 있다.

136 端이 삼한본에는 根으로 되어 있다.

137 이 단락 전체가 숭실본에는 난외에 첨가되어 있고, 삼한본에는 빠져 있다. 이 단락이 자연본, 연경본, 장서각본, 금서본에는 앞 단락과 독립되지 않았다.

138 房이 연경본, 도남본에는 旁으로 되어 있다.

139 "萬事荒陋, 遞相傳染" 여덟 자가 숭실본에는 난외에 첨가되어 있고, 삼한본에는 빠져 있다.

之士, 此俗已成, 無由而破之矣. 然則將若之何? 不過曰學中國而已. 今都城第宅, 往往華侈, 而其廳埈無平, 置棋局者, 必用碁子, 庋其一脚. 閭閻小屋, 立不能平其頭, 臥不能舒其足. 此雖百戶, 實不能當中國之十戶. 又溝水不通, 厠溷恒滿, 小雨則水入於竈. 川邊之家, 率患潦水泛濫, 暑雨怨咨者, 何也? 不能如中國之鑿溝洫·築堤堰, 又不相地之高下, 水涸而沙稍出, 則犯界而作舍. 以之水川多壅, 道路不順, 到此則屋制之精粗, 又不必論, 而國制之修廢可[140]見矣.

日本宮室, 有銅瓦木瓦之等, 而其一間之濶狹窓戶之尺數, 上自倭皇·關白, 下至小民無異. 假如一戶有闕, 則人皆貿之於市, 如移家, 屛障牀卓之屬, 若合符節. 不意『周官』一部, 却在海島中也.

窓戶

窓非丹靑, 則多外塗. 凡窓, 多自內而推之, 故外塗則紙不觸. 凡風雨自外而入焉, 故外塗則紙不脫. 日光直射而無影, 故倍明, 又塵不積於眼. 雖小事, 必有可觀者焉. 戶內或紐[141]索而懸鈴, 小開則令令然而響.

階砌

水磨石如拳者, 水邊多有之, 圓滑不中用. 或[142]係織席之繩, 只一棄物耳. 中國人多鋪階砌間, 以備霤穿足蹢. 纖碎橫竪, 各得其宜, 作花鳥顚倒之勢.

---

140 可가 연경본, 도남본에는 빠져 있다.
141 紐가 자연본, 월전본, 국립본, 규장각본에는 *綏*으로 되어 있다.
142 用或이 연경본, 도남본에는 或用으로 되어 있다.

道路

皇城大路之廣, 比我國六曹前街, 加三之一. 門前各置甕水, 數灑以禦塵, 且
備火. 自通州, 至朝陽門四十里, 皆石路, 廣二間. 平磨大石如穹碑以鋪之,
或三方或二方, 必錯其縫, 以防車割. 雖甚雨, 可襪而行. 凡城門及橋兩頭,
皆鋪石, 以防足力之專. 自瀋陽至燕, 皆夾路種樹, 雖間有一站·二站之缺而
未補者, 大約千五百里, 人從綠陰中行. 夫遼野茫茫, 無一點培塿之可依. 大
風盛暑, 非此樹, 則民無所休憩. 此令之行, 在雍正年間, 而我人見之, 以爲
隋汴之一轍, 恐未然. 非必路也, 華人皆勤於種樹, 坊[143]巷之內, 雲樹相攢,
所以修飾繁華, 菀然可畫. 今惟平壤大同江邊一路, 樹林幾十里以爲美觀, 不
知移其法於他處, 則十年之內樹已成矣.[144] 又夾路必溝, 非獨治道, 亦以護
田. 又御路築黃土, 厚幾一尺餘, 廣如路, 磨平如鏡, 兩邊如削. 皇帝將以八
月謁陵於盛京·興京, 詔修直道. 方四五月之間, 郡縣先期發丁, 持畚鋪而聚
者相望也. 樹標木, 準繩尺, 立而望之無少曲, 側而睨之無少頗, 夷高塞深,
築以新土, 磨以碌碡. 中廣二間, 左右夾以小路各一間, 以列扈從. 每間起土
如繩以爲限. 率斬民田之方種者, 日久而草生, 則復鏟之, 禁人不得行. 一九
月柳惠風,[145] **自瀋陽來,**[146] **兩旁立拒馬木, 皆黃色.**[147] 一 每一站六十里,
路旁開平方百步地, 以爲行宮止宿. 又間十步, 必覆土數斗, 以備補土. 今我國修道, 皆
刮地皮而新其色, 實不能平數步. 又鋪石不平, 犖确易跌. 又閭閻小民, 開廛
賣買, 名曰假家. 初不過如楣廬, 可移而入, 漸圬而築之, 遂至奪路而種樹於
門前. 人馬相逢, 往往狹不可行. 夫塗道達街,[148] 皆有步數, 律有街巷侵占添

---

143 坊이 월전본, 국립본, 규장각본에는 街로, 육당본에는 村으로 되어 있고, 가람본에
는 공란으로 되어 있다.

144 "不知移其法於他處, 則十年之內樹已成矣."가 삼한본에는 "知其美觀而反怠焉,
則亦已矣."로 되어 있다. 成이 육당본에는 成林으로 되어 있다.

145 風이 연경본, 도남본에는 빠져 있다.

146 숭실본에는 이 구절 다음에 "言中路築以黃土, 高一尺."이 삭제 표시와 함께 실려
있다.

147 이 뒤에 월전본, 가람본, 국립본, 규장각본, 육당본에는 "惠風, 得恭字也."가 첨가되
어 있다. 단, 육당본에는 惠자 앞에 云자가 더 있다.

造房[149]屋之文, 此法當糾飭.

橋梁

橋門, 皆虹蜺狀, 大可揚帆, 小者猶通舴艋. 凡甃橋, 先架木爲柱, 每柱以一
甓作礎, 圍柱而裹甓, 水無濕柱之理. 虹門架木爲範, 甓乾然後拔之. 橋必有
欄, 木欄丹漆燦然, 石欄天祿狻猊之屬, 呀口如生.

　　夫橋不厭圓, 取其高也. 今城中石橋皆平, 大雨恒溢, 通邑大路, 無經歲
之橋. 叉木立之, 覆以松葉, 掩土以行, 馬足數陷. 畏其崩, 則發民入水, 以
扶橋之脚而立. 使果橋崩, 而人馬盡跌也. 其能力擧而救之乎? 其[150]遺本而
無實如此. 子産乘輿濟人, 猶云不知爲政, 今無時而使民終日立於水, 夫安
用彼橋爲哉? 余憫其人之當暑而寒栗[151]也, 請於使臣而[152]亟罷之. 此類甚多,
民安得不擾? 故欲逸其民者, 先利其用而已矣; 利其用者, 善其事也. 善其
事, 然後人得高枕而臥矣.

畜牧

遼左遼右二千里之間, 鳴吠相聞, 畜牧成群. 民之徒步者絶少, 丐者亦牽驢而
行. 稍富之戶, 禽畜各[153]至十餘種, 凡累百頭, 馬騾牛驢[154]各十餘匹也, 豬羊

148　街가 삼한본, 연경본, 가람본, 도남본에는 術로 되어 있다.
149　房이 연경본, 도남본에는 旁으로 되어 있다.
150　其가 국립본에는 빠져 있다.
151　栗이 월전본, 국립본, 연경본, 도남본에는 粟으로, 금서본에는 慄로 되어 있다.
152　而가 삼한본에는 빠져 있다.
153　各이 자연본, 월전본, 가람본, 국립본, 금서본, 규장각본, 연경본, 도남본에는 合으
로 되어 있다.
154　牛驢가 자연본, 월전본, 가람본, 국립본, 금서본, 규장각본, 연경본, 도남본에는 驢
牛로 되어 있다. 육당본에는 馬驢騾牛로 되어 있다.

各數十匹也, 狗數頭也, 或橐駝一二匹[155]也, 鷄鵝鴨各數十頭也. 又有飛奴·
畫眉·蠟嘴·銅觜之屬, 雕籠綵閣, 馴呼爲樂. 有官馬山焉, 官牧馬之場也,[156]
馬幾蔽山, 其他數千爲隊, 皆放之于野, 雖雪天, 任其飮齕. 如欲盡廐而粟
焉, 則雖天子之富, 有不能及[157]者矣. 惟家畜時服役者, 視其事之輕重, 以倍
其食焉. 一日之食往往至於二斗, 皆鹽炒大麥·蜀黍·麥菽之屬, 非糠粃糟粕
人所不食之物, 他畜之食亦多正穀. 以古人凶年馬不食粟之文觀之, 平年食
粟可知也.[158] 或云: "中國之馬食, 半於我國"者, 蓋誤矣. 特穀豐而喂之不難
耳. 日暮則一夫出野, 逐善馬而騎之, 作聲一招, 持棒而麾之, 則馬畜皆隨其
家[159]而入, 不亂群, 不驚逸, 十餘歲兒,[160] 亦能此職. 驅羊豕者, 各[161]率數百
頭, 遇之於道, 卒然相混, 不可復制, 而唿哨一聲, 鞭響出焉, 則頭東頭西,
依舊而行.

　牧畜者, 國之大政也. 農在養牛, 兵在練馬, 庖廚之事, 在豬羊鵝鴨. 今
人[162]都不講此, 食必牛肉, 馬必有牽,[163] 羊無私畜, 驅四五豕[164]者, 穿耳而
行,[165] 猶患其奔突, 而御獸之道日窮.[166] 御獸之道窮, 而國遂以不富强矣.[167]
無他, 不學中國之過也.[168]

155　一二匹이 삼한본에는 二三匹로 되어 있다.
156　"有官馬山焉, 官牧馬之場也."가 삼한본에는 "有官高山焉, 牧馬之場也."로 되어
　　있다.
157　及이 삼한본에는 當으로 되어 있다.
158　"以古人凶年馬不食粟之文觀之, 平年食粟可知也."가 숭실본에는 난외에 첨가되어
　　있고, 삼한본에는 빠져 있다.
159　家가 도남본에는 衆으로 되어 있다.
160　兒가 삼한본에는 少兒로 되어 있다.
161　各이 삼한본에는 빠져 있고, 육당본에는 合으로 되어 있다.
162　人이 연경본, 도남본에는 夫로 되어 있다.
163　有牽이 삼한본에는 牽行으로 되어 있다.
164　四五豕가 삼한본에 四五匹豕로 되어 있다.
165　行이 삼한본에는 빠져 있다.
166　窮이 삼한본에는 日窮으로 되어 있다.
167　삼한본에는 矣가 없는 대신 此가 있어 다음 문장과 이어졌다.
168　서유구, 『임원경제지』, 「전어지」(佃漁志. 오사카 시립 나카노시마 도서관 소장본)

牛

牛不穿鼻, 惟南方水牛性猛, 故穿鼻. 或有我牛自西北開市而來者, 東牛鼻梁
低, 易辨初來.[169] 角雖朧腫不均, 能揉之使瑩, 有全蒼[170]者, 曾所未見也. 牛
常浴刷, 不似我之終身不洗糞穢乾坏. 唐詩: '油碧車輕金犢肥', 言毛色之
澤也.[171] 禁殺牛, 皇城之內豬舖七十二所, 羊舖七十所. 凡一舖, 日賣豬三百
頭, 羊亦然. 食肉如此, 而牛肉舖惟二所, 路遇肉舖人詳問.[172]

計我國日殺牛半千. 國之祀享犒賞, 及泮中五部內二十四舖與三百餘州
官必開舖. 或小邑不必日殺, 而以大邑疊殺[173]相當. 又京外婚宴葬[174]射及私
屠犯法,[175] 略數之已如此. 凡牛十月而生, 三歲而字, 以數年一之生, 不能當
日殺之半千也明矣, 宜乎牛之日貴也. 故農夫之自備一牛者絶少, 恒借牛於
隣, 以日計傭, 故耕必後時. 宜一切不殺牛, 數年之內, 農無後時之歎. 或曰:
"我國無他畜, 禁牛則遂無肉矣." 是不然, 必禁牛而後, 民始用力於他畜, 而
豬羊繁矣. 今買豬者, 背[176]負二豬, 互而壓之, 屠而賣之, 猶有經宿之肉焉.
人非不嗜豬也, 特牛肉之多耳. 或曰: "豬羊不習於人, 恐生疾." 此亦不然,
飮食由習而成,[177] 華人豈盡病哉?[178] 栗谷平生不食牛, 曰: "旣食其力, 又食

권1, '목양(牧養) 상〔중국과 우리나라 목축의 차이를 논한다〕(論華東牧養之異)에서「목
축」전 내용을 적절하게 취사하여 전재했다. 특히, "依舊而行. (…) 今人都不講此"는 "依
舊而行. 蓋由御之有術也. 東人都不講此"로 되어 있다. 일부 내용은 수정하고 첨가했다.
169 易辨初來가 삼한본에는 "易辨也. 初入之時"로 되어 있다.
170 全蒼이 삼한본에는 全身蒼으로 되어 있다.
171 이 단락의 내용이 서유구, 『임원경제지』,「전어지」권2, '목양 하'〔소는 마땅히 자주
목욕을 시켜야 한다〕(論牛宜數浴)에 나오는데 그 내용이 상당히 달라졌다. "中國之牛,
居常浴刷, 唐詩: '油碧車輕金犢肥', 亦言毛色澤也. 我東之牛, 終身不洗, 糞穢乾坏. 瘦
瘠疥癬, 多由於此, 宜三五日一沐也."
172 詳問 뒤에 삼한본에는 之也가 덧붙여 있다.
173 殺이 삼한본에는 屠로 되어 있다.
174 葬이 규장각본에는 喪으로 되어 있다.
175 婚宴葬射及私屠犯法이 삼한본에는 婚喪宴射及冒法私屠로 되어 있다.
176 背가 연경본, 도남본에는 皆로 되어 있다.
177 飮이 국립본에 飫로 되어 있고, 成이 삼한본에는 成性으로 되어 있다.

其肉可乎?"[179] 此理甚當.

馬

牽馬尙左, 騎無牽夫, 繫銜於轡, 以自控御步, 隨其性, 或馳或徐, 數下數騎, 以休歇之. 毛常刷浴, 潔而無臭. 每春和草靑, 懸鈴于牡, 縱而風之. 牡主受銀五錢, 如騍馬生而雄駿者, 再受銀如前數.

　　馬之有牽, 非計也. 凡馬, 欲乘人而不勞也, 今乘一人而又勞一人. 凡馬, 欲其善走也, 今被牽於人, 而不得一馳數里與一日千里也. 又出師臨陣,[180] 常牽之馬, 急[181]不牽則不從命, 必敗之道也. 又有牽, 則牽夫自擇路而納馬於險, 令坐不安. 又銜係於牽夫之手, 而轡爲虛位, 馬驚則已無所禦. 又牽者矯抑其項,[182] 使必如己之步. 此徇於人足, 而非所以盡馬之才者矣. 而況飮齕之不以其道, 馳驟之不以其道, 使馬而能言, 可言者必多.[183] 又今以一條革長數丈者, 立于十步之外, 而緩牽之, 名曰左牽, 仕宦多用之, 此何典[184]也? 無益於儀而適足以蹶馬. 又畜馬者, 謂其脚氣下也, 至死而無牝牡之時, 國中之馬不下累千, 則是歲失馬累千也. 其或有雛馬隨行者, 特千百中之犯禁耳. 其禁如此. 而其病常多於中國之馬, 嘶鳴不馴, 遠甚於中國之馬. 夫中國之馬, 絶大於我馬, 而見我馬之侵擾, 略不相競, 峙立如噤. 每朝會詣闕, 千官皆放馬於外, 不繫不守, 萬馬俱寂, 齊首如一, 不相移易, 朝罷而出, 各尋其馬, 無喧呼爭奪[185]之習. 如此而後, 行陳肅而出入靜, 不過曰養之有素耳. 或曰:

178　病哉가 삼한본에는 病也哉로 되어 있다.

179　"栗谷平生不食牛, 曰: 旣食其力, 又食其肉可乎?"가 삼한본에는 "栗谷先生平生不食牛肉, 曰: 旣食其力, 又食其肉, 不仁也可"로 되어 있다.

180　陣이 자연본, 월전본, 가람본, 장서각본, 금서본, 규장각본, 육당본에는 陳으로 되어 있다.

181　急이 삼한본에는 至로 되어 있다.

182　項이 연경본, 도남본에는 頂으로 되어 있다.

183　多 뒤에 연경본, 도남본에는 矣가 첨가되어 있다.

184　典이 삼한본에는 法으로 되어 있다.

"御馬當責武士, 而文臣則不必."[186] 此不然,[187] 射[188]有文武而馬無文武. 今日文臣之馬, 卽他日戰士之馬也. 故御馬必學中國, 則不煩兵而兵自寓矣.

喂馬不以粥, 鹽炒乾穀, 令醎食而飮以冷水. 醎者, 欲其渴而飮水也. 欲其飮水者, 欲其利溲溺也. 凡馬畜之屬, 利溲溺則無病.[189]

鄭鍔曰: 獸與人異類, 不可求於言語痛癢之際, 故其病爲難知. 療之之法, 則先灌藥劑以行之, 行則知其病之所在. 然行之不已, 則其病浸劇, 又當節以止之. 蓋先動其脈氣, 脈氣不發, 無從用藥. 因其氣所發動之處, 從而養之, 則其病可除. 若療其瘍, 亦灌以藥. 旣灌則刮其惡肉, 以發其惡. 以發其惡, 然後外附以藥, 內養其氣, 而用蒬秝以食之. 此療獸瘍之法.【周禮·獸醫註】[190]

『周禮』: 凡馬, 特居四之一. 註[191]: 欲其乘之性相似也. 物同氣則心一. 鄭司農云: 四之一者, 四牝一牡.

『月令』: 季春之月, 乃合累牛騰馬, 遊牝于牧.

秦蕙田曰: 廋[192]人佚特用之, 不使甚勞, 所以安其氣血. 校人夏攻, 特以牝馬方孕, 攻去其特, 勿使近牝, 以爲蕃馬之本. 皆先王順時育物, 能盡物性之義.[193]

---

185 奪이 삼한본에는 拏로 되어 있다.
186 必이 삼한본에는 然으로 되어 있다.
187 此不然이 삼한본에는 此大不然也로 되어 있다.
188 射 뒤에 삼한본에는 則이 덧붙여 있다.
189 이 단락의 내용이 서유구,『임원경제지』,「전어지」권1, '목양 상'〔말을 먹이는 법〕(喂法)에 조금 수정되어 인용되었다. 令醎食而가 令醎食之而로, 醎者가 醎으로 되어 있다.
190 이 주석이 삼한본에는 누락되어 있고, 국립본에는 본문으로 처리되어 있다.
191 삼한본에 이하의 내용이 '注曰~'로 본문 뒤에 본문으로 처리되었다.
192 廋가 월전본, 연경본, 가람본, 국립본, 금서본, 규장각본, 육당본, 도남본에는 瘦로 되어 있는데 오류다.
193 이 단락이 삼한본에는 윗 단락에 바로 이어 본문으로 처리되어 있다. 진혜전의『오례통고』에 "『周禮』: 凡馬~" 이하의 전내용이 나오기 때문에 삼한본처럼 전체를 본문으로 처리해도 무방하다.

驢

驢爲中國之賤畜. 唐末以士子奢侈, 令不得騎馬, 赴擧者皆騎驢. 我國反以驢
爲貴, 非特無土産而然也. 用驢之力極少, 只一騎出, 不能如[194]中國之汲水·
轉磨·駕車等事, 至有驢耕者. 今雖欲卒然學之, 而不得者, 非惜驢也. 凡器
用之關於驢者皆闕, 如汲桶無耳, 必須改造穿耳之類. 故貧民不得畜驢, 而孶
種逾稀[195]矣.[196]

　　磨驢, 以皮片遮兩眼, 欲其圜轉而不知, 知卽眩暈. 如養魚必有島, 魚繞
島而行, 自以爲[197]日遊千里也. 載米無輞, 作綿布長袋可五[198]斗者, 凡三. 空
其中, 而米垂於兩端, 以貼背不搖, 左右斜而一橫之, 如紡車之輻, 汲水有輞.
凡汲桶皆長, 有兩耳而穿之, 橫木于輞, 貫其耳於左右, 使自歸其家而[199]復來
井上.[200] 站驢十里,[201] 賣十文錢, 無跟人, 只令於所到之站, 置驢于某店, 隨
便寄來. 彼驢來, 亦如之, 驢到所留之站, 抵死不去.

鞍

鞍極輕穩, 垂鐙在前, 騎坐如踞, 終日行, 無垂[202]脚之苦. 障泥, 皆用全幅覆

194　如가 장서각본에는 知로 되어 있다.

195　稀 다음에 삼한본에는 少가 덧붙여 있다.

196　이 단락의 내용이 서유구, 『임원경제지』, 「전어지」 권1, '목양 상' 〔나귀는 마땅히 짐
을 싣고 물을 떠 나르게 해야 한다〕(論驢宜馱汲法)에 조금 수정되어 인용되었다. "驢爲
中國之賤畜. 如汲水·轉磨·駕車等事, 無不任之, 至有驢耕者. 我國之不能然者, 非惜驢
也. 器不素具也."

197　以爲가 서유구, 『임원경제지』, 「전어지」 권1, '목양 상'에는 謂로 되어 있다.

198　五가 삼한본에는 十으로 되어 있다.

199　而가 삼한본에는 빠져 있다.

200　위에서 여기까지 서유구, 『임원경제지』, 「전어지」 권1, '목양 상'에 인용되어 있다.

201　이하의 내용은 삼한본에는 누락되어 있다.

202　垂가 월전본, 국립본, 규장각본에는 빠져 있다.

馬背, 而穿兩旁, 以受束腹之帶之端而鉤之, 不下馬而可以緩急之. 縱馬休
歇, 則解鞍而枕, 障泥爲席. 木鞴極細, 只令物不貼肉足矣. 駕車之鞴, 則只
如紙鳶之顰, 以受革.

國中之務馬爲大, 而馬之事鞍爲急. 今鞍鞴之重, 已過於人, 又其銜轡纏
絡之具, 粗硬不便, 馬皮常腫. 『宋史』有'馬鞍不穩, 不得盡其回旋之勢, 請依
契丹之制.' 今人見中國之鞍, 而反棄而改之. 惟別軍職武士, 內賜得用華鞍,
其餘嫌不敢騎, 習俗之謬至此. 又以皮冒鞍, 名曰鞍甲, 無甲則不騎. 鞍峰當
手處, 常穿弊, 棄堅完之木於內, 而費薄脆之皮於外, 非徒無益, 而又害之.
聞此俗不久, 其初以油紙禦雨而已. 至於以皮代紙, 而晴亦用矣. 又障泥二
幅, 數係易落. 帶腹之鉤, 不上出, 馬飢而腹寬, 則必下鞍, 裹障泥而改束之,
臨急必窘. 又鐙垂障泥之正中, 不踏則危, 踏則脚常用力, 騎馬之勞, 有時甚
於下步. 又行具多懸鞍前峰, 中國則懸於後亦當. 凡馬鞍多前, 驢鞍多後, 蓋
馬力在前膊, 驢力在脾故也. 然則贏力在腰, 鞍當中.

『宋史』兵志云: "熙寧五年冬, 以騎兵據大鞍, 不便野戰, 始製小鞍, 皮
鞬木鐙, 長于回旋, 馬射得以馳驟. 且選邊人習騎者, 分隷諸軍."[203]

槽

槽, 上廣下狹, 合長板三片, 塞兩隅而相簪之, 可合可離. 脚高如兀, 不必如
我國之刓全木也. 店上路旁, 恒列[204]槽到藁, 以待行客之齕馬, 齕畢, 隨遲速
投文錢而去. 燕京井畔, 別[205]有石槽, 筧水以納之, 令飮行馬.[206]

---

203 이 단락 전체가 삼한본에는 누락되어 있다.
204 列이 연경본, 도남본에는 設로 되어 있다.
205 別이 삼한본에는 빠져 있다.
206 行馬가 장서각본에는 馬行으로 되어 있다.

市井

燕京九門內外數十里之間, 除官府[207]衙門及極小衚衕外, 凡夾路兩邊, 皆市
廛, 村店亦然, 如衣之有緣. 各有牌號及發賣物貨名字, 橫揭竪掛, 金字輝映.
大道加設板屋而丹艧之, 巷口或門前, 各立華表及木闕. 廛中人常稠疊, 若觀
場然. 又有東岳廟·隆福寺等處, 別開市之日, 珍寶奇怪百出.

　我人[208]創見中國市肆之盛, 而曰: "專尙末利!" 此知其一, 未知其二者
矣. 夫商處四民之一, 以其一而通於三, 則非十三[209]不可. 今夫人食稻而衣
錦, 則其餘皆爲無用之物矣. 然而不有無用之用以濟其有用, 則所謂有用者,
擧將偏滯而不流, 單行而易匱也. 故古昔聖王, 爲之珠玉泉[210]幣之等, 以輕
而敵重, 以無而資有. 復爲之舟車, 以通其險阻, 猶恐千里萬里之遠有不能
至者焉, 其博施也如此. 今我國方數千里, 民戶非不多也, 土產非不備也, 山
澤之利不盡出, 經濟之道未盡善也. 日用之事, 廢而不講, 見中國之宮室·車
馬[211]·丹青·錦繡之盛, 則曰: "奢侈已甚!" 夫中國固[212]以奢而亡, 吾邦必以
儉而衰, 何也? 夫有其物而不費之謂儉, 非無諸己而自絕之謂也. 今國無採
珠之戶, 市無珊瑚之價, 持金銀而入店, 不可以買餠餌. 豈其俗之眞能好儉而
然歟? 特不知所以用之之術耳. 不知所以用之, 則不知所以生之, 不知所以
生之, 則民日窮. 夫財, 譬則井也. 汲則滿, 廢則竭. 故不服[213]錦繡, 而國無
織錦之人, 則女紅衰矣. 不嫌窳器, 不事機巧, 而國無工匠陶冶之事, 則技藝
亡矣. 以至農荒而失其法, 商薄而失其業, 四民俱困, 不能相濟. 國中之寶,
不能容於域中, 而入於異國, 人日益富而我日益貧, 自然之勢也. 今鍾閣十字
街, 市樓連接者, 不滿一里. 中國過去村店, 率皆衣被數里, 又其委輸之盛·

207　官府가 가람본에는 宮府로 되어 있다.
208　我人이 삼한본에는 我國人으로 되어 있다.
209　三이 삼한본에는 一로 되어 있다.
210　泉이 연경본, 도남본에는 帛으로 되어 있다.
211　宮室·車馬가 월전본, 국립본, 규장각본에는 車馬·宮室로 되어 있다.
212　연경본, 도남본에는 固 다음에 有가 첨가되어 있다.
213　服이 연경본, 도남본에는 能으로 되어 있다.

品目之多, 皆全國之所不及. 非一店之富於國矣, 通與不通之故也.

　　蔡判書 —名濟恭, 時副价.[214]— 曰: "今[215]鍾樓北街, 少狹, 欲闢之使齊, 令市人各置樓號, 大書特書. 本局自置發賣慶尙綿布, 南原·平康扇紙, 江羅人蔘等字, 自興仁門至崇禮門. 一新其制, 豈非大快!"

　　井雖大而必穿石, 或木覆之, 令口小以防溺·遮塵. 設轆轤而懸二桶, 索一左旋, 一右旋, 一纔上而一已下, 其功倍常.

商賈

中國之人, 貧則爲商賈, 苟賢矣, 其風流[216]名節, 自在也. 故儒生直入書肆, 宰相或親往隆福寺, 買古董. 予遇嵩貴於隆福寺, 人皆笑之. 殊不然, 此非淸俗, 自明宋已然.[217] 我國之俗, 尙虛文而多顧忌. 士大夫寧遊食, 而無所事農, 在於野, 或無有知之者. 其有短襦篛笠, 呼賣買而過于市, 與夫持繩墨·挾刀鑿, 以傭食於人家, 則其不慚笑而絶其昏姻者, 幾希矣. 故雖家無一文之錢者, 率皆修飾邊幅, 峩冠濶袖, 以遊辭於國中. 夫其衣食者, 從何出乎? 於是不得不倚[218]勢而招權, 請托之習成而僥倖之門開矣. 此將市井之所不食其餘. 故曰: "反不如中國商賈之事爲明白也."

214　자연본, 연경본, 도남본, 장서각본에는 判書 앞에 한 글자가 들어갈 공란을 비워 두었다. 삼한본에는 蔡判書가 上使로 되어 있다. 금서본에는 判書로 되어 있다. 蔡判書 다음의 '名濟恭, 時副价'의 주석이 삼한본, 자연본, 연경본, 도남본, 장서각본, 숭실본에는 빠져 있다.

215　수이 월전본, 국립본, 규장각본에는 빠져 있다.

216　流가 장서각본에는 俗으로 되어 있다.

217　"故儒生直入書肆, 宰相或親往隆福寺, 買古董. 予遇嵩貴於隆福寺, 人皆笑之. 殊不然, 此非淸俗, 自明宋已然"이 숭실본에는 제목 아래에 두 줄로 첨가되어 있고, 삼한본에는 빠져 있다.

218　倚가 도남본에는 恃로 되어 있다.

銀

我國歲輸銀累萬兩於燕, 以貿藥及紬緞, 而無以我物易彼之銀者. 夫銀爲千年不壞之物, 藥飲人半日而化, 紬緞葬人半年而朽. 以千年不壞之物, 易日月消磨之具; 以山川有限之財, 輸一往不返之地, 宜乎銀之日貴也. 凡泉貨, 取其圜轉而不窮. 否則, 何異於入海之泥牛也哉!

錢

中國乾隆錢, 雖不及康熙錢, 肉好猶明潤, 大小如一. 我國新錢, 旣參差, 又多雜醎錫, 湊理疎脆可折. 上策, 今錢已多, 不必鑄. 其次, 錢母必相同, 錢體必完粹. 又其次, 移其財, 換中國錢, 則[219]利可數倍. 外王父[220]李公遺集有「淸錢通用論」.[221]

鐵

鐵皆用石炭煅造, 石炭力猛, 能鍊鋼鐵. 故中國之兵器·農器, 其堅利倍我. 或貿來遇傷, 則不能改煅.

材木

中國之物雖貴而多, 我國之物雖賤而少, 何也? 遼野千里無山, 而積巨材若長城, 若非人力所及者, 皆從長白山中, 鴨綠江作筏而達于海者. 我國百餘里

---

219 則이 삼한본에는 財로 되어 있다.
220 父가 삼한본에는 考로 되어 있다.
221 論이 도남본에는 議로 되어 있다.

之外, 松柏蔽天, 而宮室棺椁之用, 苦患難得, 究其原, 皆器用之不便故也. 又其伐材, 無尺寸之參差, 其精如此.

女服

女服上下俱纖, 縹緲如古畫. 上衣長齊身, 或僅過膝, 團領窄而圍項, 結紐於頷. 裙幅前三後四, 襞積細而長盡幅. 髻以蘇州爲上, 村髻高而戴頂, 燕京士大夫家女髻, 低而稍北. 其梳也, 先劃頂中髮, 或方或圓, 各隨意, 如今兒之將華陽巾者, 然後以紅繩束其根, 刷髮令平, 仍折而空其間. 若冠之梁, 以端圍繞其根, 隨髮長短無[222]度. 每一旋壓一簪, 前後左右, 或至十餘[223]釵, 鬢邊餘[224]髮則斜斂而歸於後, 合旋于髻, 未嫁女, 以額正中, 有分髮縱痕爲別. 凡女服當從圖畫移成, 衣舖買者, 恐有滿制錯于中. 余欲從吳蜀士大夫之來宦者, 求女衣, 而無銀不果. 惟於唐鴛港員外家, 詳觀其制而來.

　　非受封, 不敢戴梁冠·披[225]紅袍·繫拖帶, 今富者皆服之. 弘治間婦女衣彩僅掩裙腰, 富者用羅緞·紗絹織·金彩通袖, 裙用金彩膝襴, 髻高寸餘. 正德間衣彩漸大, 至餘膝, 裙短褶, 少髻高如官帽, 皆鐵絲, 胎[226]高六七寸, 口周面尺二三寸.[227]

　　世界常苦缺陷, 天下男子, 薙髮胡服, 而女服猶全. 我國丈夫, 稍存衣冠, 而女服皆襲蒙古. 今之士大夫, 但知中國之胡服爲可恥, 而不知閨門之內, 已不能禁. 余於燕京見蒙古女人及畫元朝人物帖, 其形宛如我國. 蓋高麗多尙元妃宮樣, 流傳因循至今也. 夫集衆男子之髮, 辮髻加首, 而恬不爲怪. 襦日短而裳日張, 以此而周旋於祭祀賓客之間, 寧不寒心. 有志于古禮者, 亟變而

222　無가 삼한본, 금서본, 연경본, 규장각본, 도남본, 육당본에는 爲로 되어 있다.
223　餘가 삼한본에는 빠져 있다.
224　餘가 연경본, 도남본에는 빠져 있다.
225　披가 연경본, 도남본에는 被로 되어 있다.
226　胎가 자연본, 연경본, 도남본에는 脂로, 숭실본에는 殆로 되어 있다.
227　이 단락의 전체 내용이 숭실본에는 난외에 첨가되어 있고, 삼한본에는 빠져 있다.

從華制可也. 一友生戲云: "今之人絶無丈夫爲政於其家者, 此事恐難成也."

　　童子亦當禁辮髮, 雙髻而縮之, 凡男女辮髮, 皆胡俗, 故滿洲女髻, 多辮而旋者. —李仲存有所著「髻結議」, 頗可采.[228]

場戲

皇城及店市路旁, 處處演劇, 而其蟒袍·象笏·皮笠·幞頭之屬, 宛然俱存. 較之我國, 其傳當互有得失, 而袍袖之狹而不決腋, 當以華制爲正. 又僧人之服, 卽我之道袍, 而袖亦然. 方領有綠[229]紫色, 此唐制也. 又常著袴, 制與我國絶相似, 但我袴太濶, 此必古制之失裁者. 此等制度, 當學而勿失, 期於盡善可也. 嗚呼! 華夏之淪喪, 百有餘年, 猶有一二衣冠之寄寓於倡優·僧道之間者. 天若有意於斯焉, 觀於劇, 其可以雜戲[230]而忽之也耶!

漢語

漢語爲文字之根本, 如天直呼天, 更無一重諺解之隔. 故名物尤易辯, 雖婦人小兒不知書者, 尋常行話, 盡成文句, 經史子集, 信口而出. 蓋中國因話而生字, 不求字而釋話也. 故外國雖崇文學, 喜讀書, 幾於中國, 而終不能無間然者, 以言語之一大膜子莫得而脫也. 我國地近中華, 音聲略同, 擧國人而盡棄本話, 無不可之理. 夫然後夷之一字可免, 而環東土數千里, 自開一周漢唐宋之風氣矣, 豈非大快! 或曰: "中國語同於文, 故語變而字音亦變, 我國語自語, 書自書, 故能傳其初學之音焉. 中國之侵韻之混於眞韻, 我國入聲之有終聲, 其得失取捨, 孰得而定之?" 曰: "吾所謂然者, 以爲必如是而後, 可以與

---

228 이 원주 전체가 삼한본, 월전본, 국립본, 가람본, 규장각본, 육당본에는 빠져 있다. 采가 연경본, 도남본에는 求로 되어 있다.

229 綠이 삼한본, 자연본, 월전본, 가람본, 연경본, 도남본에는 緣으로 되어 있다.

230 戲가 연경본, 도남본에는 빠져 있다.

中國同. 不與中國同, 則音雖古而無用, 但令文與話爲一足矣. 若夫古音之
變, 付之一韻學者之考證可也. 昔箕子以五千人來都平壤, 民必學其語, 在漢
爲內服, 置四郡, 語之不傳者, 豈渤海之地盡入於遼, 而民遂內附不歸歟? 今
土語多新羅, 如徐菀·尼斯今之類是也. 王氏通元, 間雜蒙語, 如卜兒·不花·
水剌之類是也. 壬辰天兵四出, 民多學之, 至今猶有存者. 祖宗朝教習漢語,
朝會設禁鄕話牌, 令民以漢語入訟, 豈但爲交聘通話之用而已哉? 蓋將大有
爲, 而未盡變也. 嗚呼! 今之人其不反以漢語爲侏離鴃舌者, 幾希矣."

譯

清興以來, 國朝士大夫, 以中國爲恥, 雖罷倦奉使, 而一切事情·文書·言語
之去來, 悉委之於譯. 自入柵門至燕京二千里, 所過州縣官員, 無相見之禮,
只有通官, 接供其地方[231]芻秣糧饌之費而已. 此未必彼之意, 亦由我之厭
薄不顧而然也. 於是接之禮部, 而口能言乎哉! 譯曰如此. 鎖之館中, 而目能
視乎哉! 譯曰如此. 雖側耳聽之, 而不知咫尺之爲何語. 通官日[232]索賄賂, 而
甘受其操縱, 譯人承奉, 遑遑然如不及, 常若有無限機關之伏於其間者. 太疑
則過, 太信不可. 又使臣年年新差, 使事年年生疎. 幸而天下昇平, 無機密之
相關, 故任之而不足輕重. 如有一朝之虞, 則其將袖手, 而仰譯人之口而已
哉! 士大夫念及於此, 則非特習漢語而已. 凡滿洲·蒙古·日本之語, 皆可學
而不爲羞矣.

今譯學衰替, 號稱名譯者, 不滿十人, 所謂十人者, 未必盡拔等第. 一經
等第, 則雖口不能出一漢語, 亦必使之充行, 以食窠銀. 如是則譯之一窠, 爲
譯生輪回商賈之地而設, 非所以通兩國之言, 不至於誤事失對之歸者矣. 故
選其才, 毋聽其例, 則譯學自勸矣. 然則孰主其試? 委之譯則黨, 委之士大夫
則聾, 譬如不知律而評曲, 其不爲工師之竊笑者幾希, 此亦士大夫之責也.

西路馬卒, 能漢語而識字者少, 窮不能變譯官. 能文者有之, 惟習於商

---

231 方 다음에 삼한본, 육당본에는 之가 첨가되어 있다.
232 日이 월전본, 국립본, 가람본, 규장각본, 육당본에는 曰로 되어 있다.

賈, 不接仕[233]宦秀才. 故卒遇遠方士大夫及漂船人, 語不相曉. 蓋學話不難,
而聽人之話爲難, 解聽然後, 至樂生焉. 嘗見祝芷堂·潘蘭陀輩語, 間雜用詩
賦百家語, 往往拈出僻書爲話, 他亦曉得.

藥

我國醫術, 最不可信. 貿藥於燕者, 苦患非眞, 以不可信之醫, 命非眞之藥,
宜其病之不效也. 夫草木蟲魚之名物, 孰能博學而識之? 又其採之之時與收
之之法, 一有違焉, 則無益而反害焉. 由是論之, 域中之藥, 盡自欺也. 而況
異國之産而委之於商賈牟利之手, 安知非今之鹿茸, 盡爲猿尾耶? 日本交易
外國藥材, 極擇檢藥名醫. 余聞中國有翻西洋[234]人醫書者, 求之而不得也. 凡
歐邏巴[235]人分四等, 上等方學醫及道學. 故術無不精, 能知死生. 藥多膏煎,
取其精而棄其滓, 亦西法也.

醬

我人輒以飮食相誇, 謂勝於中國, 殊不知究其原. 醜無可口者, 以醬也. 今江
上或僧寺造醬麴者, 先期聚遠近之荳, 以合蒸焉, 以爲荳多不可盡精也. 授者
不擇, 受者不淅, 雜蠹與沙,[236] 恬不知怪. 夫將食其醬, 而汚其麴, 是猶飮井
而糞之也. 又旣蒸熟, 盛荳破船中, 脫衣不襪而齊踏之. 一身之流汗, 皆出於
脚底, 衆夫之唾涕, 盡在於船中. 今醬中往往獲脫[237]爪毛髮, 再用篩去其沙石

---

233 仕가 자연본, 연경본, 장서각본, 금서본에는 士로 되어 있다.
234 西洋이 자연본, 장서각본, 연경본, 도남본에는 日本으로 되어 있다.
235 歐邏巴가 자연본, 장서각본, 연경본, 도남본에는 日本之로 되어 있다. 이는 앞의 각
     주와 마찬가지로 신유박해 이후 서학(西學)에 대한 탄압의 혐의를 피하기 위한 의도적인
     수정으로 본래의 내용과 맞지 않는다.
236 與沙가 도남본에는 和石으로 되어 있다.

藁艸雜物, 然後始食. 轉相染滯, 其弊如此, 念之令人嘔穢. 須設局監造, 敎
其器之便利者. 夫萬斛之多, 精之不難, 何況一竈之聚不甚多耶? 今江界人
造醬麴, 必淘淅. 旣熟, 用槌槌之, 割必方, 如是而已. 中國醬膏[238]有如玳瑁
者, 切而入水, 遂成淸醬, 遠行者持之云.

印

中國印文, 皆用硃, 故精好. 我國以朱土滴水, 雜毛而用之, 橫竪換易, 皆不
可辨, 有迹而無文. 夫印者, 所以符驗也. 今有印而不明, 安用印爲? 又太亂
搨文書, 一幅輒至四五印, 必須用油硃, 勿亂搨. 或曰:"印文明, 恐奸民倣之
易也."然則剖斗折衡, 民反不爭[239]耶? 又印太大, 其陋如礎. 每州府一印之
載, 至別置一馬, 其鈍如此. 亦當聚國中之印而盡改鑄, 如秦漢方寸之制, 關
內侯·軍曲侯·衛靑·韓信之印, 皆極小, 俱載印譜. 鈕以獅螭龜瓦諸等, 定爲
官品, 綬而佩之, 甚雅. 鑄法至易, 必不至於費財.

氈

氈爲天下日用之具, 禦寒·禦濕·禦跳蟲, 今我國非無氈也, 特不肯煞費工耳,
何也. 合今褥毛氈笠之法, 則氈儉矣. 蓋氈笠能堅細, 而褥毛疎緩不均, 至
無法耳. 嘗見一客言:"今褥毛之惡, 都是塵土, 而往往焦臭不可近. 娶婦者
設新褥, 而以爲臭出於婦也, 至有終身而厭其妻者. 工人之失, 至令陰陽不
和."[240] 一座爲之噴飯.

237　脫이 삼한본, 금서본, 육당본, 연경본, 도남본에는 蛻로 되어 있다.
238　膏가 연경본, 도남본에는 藁로 되어 있다.
239　爭이 삼한본에는 공란으로 비어 있다.
240　陰陽不和가 삼한본에는 夫婦不相得으로 되어 있다.

塘報

中國邸報皆印板, 聞我國亦嘗印出而中止, 事在『經筵日[241]記』. 夫印邸報之
利有數焉, 曰便於史草之[242]攷覽也, 減各司書吏累十員之役也, 不費三四倍
之紙也. 非特不費今日之紙也, 又不費他日修史謄傳藁本之紙也. 若欲印出,
又有甚便者, 以木爲活字, 邸報中恒用句語, 如監察・茶時・牌招・察任・問
安・答曰・知道等之類, 或三字・四字・五六字相連而刻之. 並疏章・政目・仕
宦人名姓, 只令數人搨之足[243]矣. 姜豹菴曰:"觀象監刊曆, 鑄字以此法行之,
如不宜出行・沐浴・安葬等字, 皆連刻之, 當省費."

紙

紙以受墨宜書畵爲貴, 不必以不裂爲德. 或以我紙甲於天下者, 恐非知書者.
徐文長曰:"高麗紙不宜畵, 如錢厚者始佳, 惟堪小楷耳." 中國識者之見, 已
如此. 如錢厚者, 蓋今咨文紙也. 又紙簾無尺度, 凡裁書册, 割半則太大, 其
餘皆入斷棄, 三截則太短無字根. 又八道之紙, 長短皆不齊, 以此而失紙者凡
幾何哉? 凡紙不必盡入於書, 而必以書爲長短者, 以合於此者, 亦可以他用,
而不合於此, 則所失甚大. 中國之紙, 尺度相同, 蓋審於此耳. 非特紙也, 他
物莫不然. 我國布帛之廣, 有萬不同者, 以不飭織[244]笰故也. 紙簾亦當頒一定
之規於國中爲宜.

---

241 日이 월전본, 국립본, 가람본, 규장각본에는 빠져 있다.

242 之가 삼한본에는 빠져 있다.

243 足이 월전본, 국립본에는 빠져 있다.

244 織이 월전본, 국립본, 가람본, 규장각본, 육당본에는 紙로 되어 있다.

弓[245]

中國之弓甚粗大可笑, 射的亦不過六七十步. 然而其弓皆木, 無燥濕之殊. 我
人雖善射至二百步, 而其弓小失炕煖則病, 雨中尤不可用. 賊之來也, 豈必卜
晴日也. 或言: "遠射非急務, 雖近必中, 是天下之神射也. 李廣射於數十步
之內, 度不中不發, 是其證也. 凡遠射者, 是未接戰而先怯也. 又有虛中之的,
離立而重設之, 若儀器之窺筒, 欲矢之直而疾也."[246] 此言殊有理, 然古亦有
遠射. 『北史』「元魏本紀」有立碑於五里之外, 而記其矢處者.

銃 矢

銃與我國正同, 矢羽螺旋之.

尺

我國布帛尺, 與中國大尺正同, 知出於此也. 恒用小尺, 短於我尺幾四分弱,
黃鐘尺見下圖.

文房之具

我國之筆, 毫內外齊, 故一禿則禿而已. 中國之筆, 內毫漸縮而外毫漸出, 愈
久而尖愈銳. 我國之墨, 踰年已不光, 再年則磨不得, 膠已固矣. 中國之墨,

---

245 국립본에는 제목이 빠져 있다.
246 "又有虛中之的, 離立而重設之, 若儀器之窺筒, 欲矢之直而疾也."가 숭실본에는
난외에 첨가되어 있고, 삼한본에는 빠져 있다. 월전본, 국립본, 가람본, 규장각본, 육당본
에는 다른 단락으로 분리되어 뒤에 실렸다.

愈久而愈寶, 東坡所謂非人磨墨墨磨人者, 是也. 我國之書, 編以彩繩如琴小絃者而恒絶, 以急張而不弛故也. 中國以雙絲縛之亦足. 故余常[247]藏中國書, 非甚[248]弊, 不敢改裝, 以其費而反害也.

古董書畫

琉璃廠左右十餘里, 及龍鳳寺開市等處, 驟看之, 璀璨輝映, 不可名狀者, 皆彝鼎·古玉·書畫·奇巧[249]之屬, 其實眞品亦罕見矣. 然而天下之累鉅萬財, 皆聚[250]於此, 賣買者終日無間斷. 或云: "富則富矣, 而無益於生民, 盡焚之, 有何虧闕?" 其言似確而實未然. 夫靑山白雲, 未必皆喫着, 而人愛之也. 若以其無關於生民, 而冥頑不知好之, 則其人果何如哉? 故鳥獸·蟲魚之名物, 尊罍·彝爵之形制, 山川四時書畫之意, 易以之而取象, 詩以之而托興, 豈其無所然而然哉? 蓋不如是, 不足以資其心智·動盪天機也. 我國之人, 學不出科擧, 目不踰疆域. 藏經之紙, 以爲浣也. 栗[251]色之爐, 以爲汚也, 駁駁然自絶于文明都雅之域. 蟲之生於花者, 翅鬚猶香; 生於[252]穢者, 蠢息多醜. 物固如此, 人亦宜然. 生長于韶華錦繡之中者, 必有異於汩沒於塵埃薄陋之地者. 吾恐我國之人之鬚翅不香也. 故凡天下可寶之物, 入吾地則皆賤. 三代之器·名賢之眞蹟, 莫得以售其價. 至於筆墨·香茶·書册之屬, 價常半減於中國, 此皆士大夫不好古之故也. 嘗入一書肆, 見其主人, 疲[253]於買賣文簿, 暫時無隙. 我國之書儈, 挾一書, 遍歷士大夫家, 往往數月而不售. 吾於是知中國之爲文明之藪也.

---

247 常이 삼한본에는 嘗으로 되어 있다.
248 甚이 가람본에는 빠져 있다.
249 巧가 연경본, 도남본에는 怪로 되어 있다.
250 皆聚가 삼한본에는 皆可聚로 되어 있다.
251 栗이 연경본, 도남본에는 粟으로 되어 있다.
252 於가 삼한본에는 빠져 있다.
253 疲가 연경본, 도남본에는 瘦로 되어 있다.

杵[254]

北學議 外編

北學議 外編 目錄[1]

1　자연본을 기본으로 목록을 제시한다. 장서각본, 연경본, 숭실본, 고대본은 목록이 뒷부분의 순서가 조금 다를 뿐 거의 똑같다.

2　삼한본에는 財富로 되어 있다.

3　삼한본에는 兵으로 되어 있다.

4　금서본에는 潛川論으로 되어 있다.

選士入太學議   族薦議[7]

附上北學議疏[8]

附丙午所懷[9]

*은 월전본, 국립본, 규장각본, 육당본의 목록이고, ●는 삼한본의 목록에 올라 있는 것이다.

---

5   자연본, 연경본, 장서각본, 금서본, 고대본 목록에는 빠져 있다.

6   자연본, 연경본, 장서각본, 금서본, 고대본 목록에는 빠져 있다. 「이확·나덕헌전」(李廓羅德憲傳)은 저자 친필본과 숭실본에 책의 마지막 부분에 부록으로 실려 있다.

7   議가 자연본, 연경본에는 論으로 되어 있다.

8   자연본, 연경본, 장서각본, 금서본, 고대본에만 적혀 있다.

9   월전본과 국립본, 규장각본 목록에만 실려 있다.

田

田以一牛之脚之間, 種穀一行, 穀長而培之, 則再駕牛以耟[10]刃. 其兩端廣如牛, 循故道而耕之, 新土出而穀從牛腹下颼溜然而起, 其三行之間, 如我兩行之廣, 是我無故而失田三分之一矣. 單耟, 人所耕者, 半於牛, 田也·牛也·人也·器也, 尺寸相應.[11] 又耕法至均, 不疊不斜, 長則俱長, 短則俱短, 絶無參差. 我國種荳·種麥, 隨意灑之, 自相叢結, 以至受風不齊, 陰陽各異, 高者結實幾[12]熟, 而低者方花未已, 此皆傷其類而不實. 故凡播粒[13]在顆顆不病, 不在種子之繁, 如麥一穗得百顆, 則一斗當收十斛, 而不能然者, 有不均焉耳. 由是觀之, 我國旣以耕之時而失田, 又以種之時而費穀, 收之時而減穀, 穀安得不貴, 民安得不貧. 今我國之所謂幾日耕·幾斛種者, 實半於其數,[14] 是歲棄穀幾萬斛於地中也. 須如中[15]國之法, 則一日耕, 可收五六十斛. 李喜經曰: "嘗躬耕於洪川, 作區田法種麥, 掘地如盂大而置糞焉, 隔土而播種, 一坑約十餘粒, 舊所謂一斗地者, 爲二升五合, 糞減而力專, 種少而收倍, 利莫過焉."

---

10 耟가 월전본, 육당본, 연경본, 도남본에는 耝로 되어 있다. 이 두 글자는 각 이본마다 혼동되어 쓰인다.

11 "單耟, 人所耕者, 半於牛, 田也·牛也·人也·器也, 尺寸相應."이 숭실본에는 난외에 첨가되어 있고, 삼한본과 자연본, 연경본, 도남본, 금서본에는 빠져 있다. 자연본과 연경본, 금서본에는 그 대신 "苟人事旣盡, 則雖天運之不齊, 亦可禦也. 若伊尹之區田·趙過之代田是已. 以近日所驗言之, 歲丁巳, 於後苑試治田, 極人力, 果遇旱不能爲災, 禾頗稔熟. 是則偶爾天災, 其以人力而可救也, 審矣.-出世宗寶鑑"의 긴 내용이 들어가 있다. 이 내용은 1444년(세종 26) 세종이 백성들에게 농사를 장려하려고 반포한 「권농교서」(勸農敎書)의 일부로 『세종실록』과 『동문선』(東文選) 권24에 실려 있다. 이 교서의 실제 작성자는 하위지(河緯地)로 『동문선』에는 하위지로 밝혀져 있다.

12 幾가 삼한본에는 旣로 되어 있다.

13 粒이 삼한본에는 穀으로 되어 있다.

14 實半於其數가 자연본, 장서각본, 연경본, 도남본, 금서본에는 實不能半於其數로 되어 있다.

15 中이 가람본, 장서각본에는 此로 되어 있다.

糞

中國惜糞如金, 道無遺灰. 馬過則擧畚而隨其尾, 以收其糞. 道傍之氓, 日持
筐曳鍬, 揀馬矢於沙中. 積糞皆正方, 或三稜·六稜而浚其下, 令水不亂流.
用糞皆和水如濃泥, 以瓢舀用, 蓋欲均其力也.

　我國用乾糞, 力散而不全. 城中之糞, 收之不盡, 臭穢滿路. 川橋石築之
邊, 人乾累累, 非大霖雨則不洗. 犬馬之矢, 恒被人踏, 田疇之不易, 此可推
矣. 糞旣有餘, 灰則全棄於道. 風稍起, 目不敢開, 轉輾飄[16]搖, 以至萬家之
酒食不潔. 人徒咎其不潔, 而不知實起於棄灰. 夫鄕村人少, 故欲求灰而不可
多. 今城中一歲之灰, 不知其幾萬斛, 反棄之不用, 是與棄幾萬斛穀同也. 又
律有「汚穢之溝通於道旁者杖, 水則不禁」之文. 秦法: 棄灰者死. 此雖商君之
酷, 要亦出於力農之意. 今之有司, 不可以不禁, 益於農而潔於國, 一擧而兩
善具焉.

桑 菓

凡桑, 穉則遲而難待, 老則木病葉少而多葚. 不若直耕于田, 如種荣·種穀之
法. 一年而焚之, 二年而刈之, 叢生茂盛, 伐其枝而飼蠶. 灤河西多[17]沙田,
一望無際, 皆新桑, 僅齊於鞍, 枝葉沃然異常. 俱見『農政全書』.

　燕京藏菓之法最佳. 去年夏菓, 與今年新菓雜賣, 如樝梨葡萄之屬, 色若
新摘于樹者, 得此一方, 亦足以取一時之利. 按『物理小識』: 梨與蘿菖同收,
則不壞, 或揷蒂於蘿菖. 又按他方, 截地種大竹, 貯柿於筒, 仍以泥丸封裹其
口, 經夏出之.[18]

　周密『齊東野語』云: "笙簧必用高麗銅爲之, 靤以綠蠟, 簧煖, 則字正而

聲淸越, 故必須焙而後可. 陸天隨詩云: '妾思冷如簀, 時時望君煨.' 美成樂府, 亦有篁煨笙淸之語, 貖字, 韻書千定切, 音請,[19] 註: 貖貖, 靑果色也. 蓋藏菓者, 必[20]以銅靑故耳.

農蠶總論 榨鋤之制[21]

我國旣事事不及中國, 他姑[22]不必言, 其衣食之豊足, 最不可當. 中國之民, 雖荒村小戶, 率皆灰築數間之庫. 不用斛[23]包, 直輸穀于中. 或全庫, 或半庫, 或環簞于屋中, 如大鐘, 高接于[24]梁, 梯而下之. 多者可百斛, 小者不下二三十斛, 往往一室之內有數堆焉. 我國小民之生, 皆無朝夕之資, 十室之邑, 日再食者, 不能數人. 其所謂陰雨之費者, 不過蜀黍數柄·番椒數十, 懸之于蓏屋烟煤之中而已. 中國之民, 率皆服錦繡, 寢氍毹, 有牀有榻. 耕夫亦不脫衣, 皮[25]鞋束脛, 叱牛於田. 我國村野之民, 歲不得木綿一衣, 男女生不見寢具, 藁席代衾, 養子孫[26]於其中. 十歲前後, 無冬無夏, 裸體而行, 更不知天地之間有鞋[27]襪之制焉者,[28] 皆是也. 中國邊裔之女, 無不傅粉挿花長衣繡鞋, 盛夏之月, 未嘗見其[29]有跣足焉. 我國都市之少女, 往往赤脚而不[30]恥, 着

---

19 請이 장서각본에는 淸으로 되어 있다.

20 必이 육당본에는 又로 되어 있다.

21 榨鋤이 월전본, 규장각본, 숭실본, 육당본에는 鋤榨으로 되어 있다. 이 부제가 금서본에는 빠져 있다.

22 姑가 육당본, 경인본에는 固로 되어 있다.

23 斛이 가람본, 경인본, 금서본, 육당본에는 穀으로 되어 있다.

24 경인본에는 梁 앞에 屋이 첨가되어 있다.

25 皮가 가람본, 육당본에는 被로 되어 있다.

26 孫이 삼한본에는 女로 되어 있다.

27 鞋가 경인본에는 鞵로 되어 있다.

28 者가 경인본에 빠져 있다.

29 其가 삼한본에는 빠져 있다.

30 경인본에는 不 다음에 知가 첨가되어 있다.

一新衣, 衆已眽眽然疑其爲娼也. 中國無京外之別, 其大都會如江南·吳蜀·
閩粤之遠, 而其繁華文物, 反勝於皇城. 我國都城數里之外, 風俗已有村意.
蓋其衣食不足, 貨財不通, 學問[31]喪於科擧, 風氣限於門閥, 見聞無由而[32]博,
才[33]識無由而開也. 若是而已, 則人文晦而制度壞, 民日衆而國日空. 故『書』
曰: '正德利用厚生, 惟修.'『大學』[34]傳曰: '生財有大道, 爲之者疾.' 疾之云
者, 用之利也. 生之厚者, 衣食足也. 然則爲今之計者, 莫如先從農之族類與
蠶之高曾而盡改之, 然後可以與中國參矣. 何謂農之族類? 凡未耜溝洫糞壤
之法, 不合則不可謂農矣. 何謂蠶之高曾? 凡取蛾之法, 與飼之之法·繰之之
法·織之之法[35]不合, 則不參於中國矣. 今夫我國之人, 亦莫不耕且蠶矣. 然
而彼之穀已米, 而我方不及刈焉; 彼之織已成, 而我方不及繰焉; 彼之綿已
彈, 而我方一月之後與之齊焉. 中國之人, 方馳騁弋獵以爲樂, 而我方園有菓
而不暇收. 山有樵, 水有魚, 而不暇漁採, 百藝怠荒, 有廢而無修, 日有加而
力不足者, 何也? 不學中國之過也. 今卒然敎其民以栽花木·蓄禽獸, 音樂陳
列古器玩好之物, 作爲奇技淫巧云爾,[36] 則亦足謂之非急務矣. 惟其日用而不
可闕者, 器凡十數, 有颺扇焉, 一人扇之, 則萬石之舂不難簸矣. 有石杵焉,
萬斛[37]之種,[38] 不難鑿矣.[39] 有水車焉, 能水乾[40]地, 亦旱水地. 有瓠種焉, 蒔不

---

31 問이 가람본. 경인본에는 文으로 되어 있다.

32 而가 가람본, 육당본에는 之로 되어 있다.

33 才가 가람본에는 村으로, 경인본에는 材로 되어 있다.

34 大學이 가람본, 육당본에는 빠져 있다.

35 與飼之之法·繰之之法·織之之法이 삼한본에는 與飼之繰之織之之法으로 되어
있다.

36 今卒然敎其民以栽花木·蓄禽獸, 音樂陳列古器玩好之物, 作爲奇技淫巧云爾가 삼
한본에는 今卒然敎其民以高宮室·飾玩好, 燔燒琉璃綵瓦, 織造奇錦異器云爾로 되어
있다.

37 斛이 육당본에는 石으로 되어 있다.

38 種이 가람본, 연경본, 금서본, 규장각본, 육당본, 경인본에는 穀으로 되어 있다.

39 有石杵焉, 萬斛之種, 不難鑿矣가 삼한본에는 有瓠種焉, 萬斛之種, 不難均矣로 되
어 있다.

40 乾이 삼한본에는 旱으로 되어 있다.

勞踵矣.[41] 有立鋤焉, 耘不病傴矣. 櫌耙者, 所以破塊也. 礰礋者, 所以均種
也.[42] 有蠶箔·蠶網·繰車·織機之制焉, 一歲之絲不難治矣. 有攪車焉, 人日
核八十斤, 彈弓亦同. 今夫聚稻而簸之, 當風而揚之, 踏長席之中, 擧其兩端
而夾鼓之. 數人之力, 日盡於十餘斛之粟, 而猶患不精. 又種粟[43]·種豆, 且掬
且灑, 苗雜而傷實. 又隔塍之田, 一患於水, 一患於旱, 而不能相資其沾濕也.
用瓢瓢水, 如秋千狀, 鈍極可笑. 其灌漑也,[44] 水在一射之內, 而不能激上於
半尺之高, 率壅大川, 令水積而望其餘波之逆入焉. 一遇衝擊,[45] 十家[46]之産
已[47]沒於波濤之中矣. 此數者, 宜用桔橰·玉衡·龍尾·筒車之屬以敎之. 又一
間之屋, 養一間之蠶, 則人無所容足. 矼瓦以飼之, 婢誤跌, 則死蠶滿足. 不
知箔而層懸, 則盡屋之高, 其蠶數十倍, 而屋自有餘. 移蠶者, 箇箇而別之,
窮日而無多, 不知覆網而飼桑,[48] 則萬蠶齊出于網. 又天生一蠶之吐, 至均也.
繰者初不計繭, 隨意增減, 令絲棘而帛毛. 又繰不用車, 手汲[49]之而積於前,
水合而凝乾, 再以沙壓之[50]而理之, 動費時[51]月. 不知[52]簺之功, 能省[53]數層,
又遠鈎而汲[54]之, 絲先乾而色不黃也. 又織機,[55] 勞縛·勞蹴·勞引·勞擧, 而

---

41 矣가 경인본에는 빠져 있다.
42 有瓠種焉, 蒔不勞踵矣. 有立鋤焉, 耘不勞傴矣. 櫌耙者, 所以破塊也. 礰礋者, 所
以均種也가 숭실본에는 난외에 첨가되어 있고, 삼한본에는 빠져 있다.
43 粟이 육당본에는 粂로 되어 있다.
44 서유구,『임원경제지』,「본리지」권2, '하거'(河渠)〔강을 막는 것을 논하다〕(論障川)
에 "其灌漑也"가 "東人昧於灌漑之法"으로 되어 있다.
45 擊이 가람본에는 激으로 되어 있다.
46 家가 경인본에는 室로 되어 있다.
47 서유구,『임원경제지』,「본리지」권2, '하거'(河渠)〔강을 막는 것을 논하다〕(論障川)
에는 已가 盡으로 되어 있다.
48 桑이 가람본, 금서본, 육당본에는 蠶으로 되어 있다.
49 汲이 경인본에는 扱으로 되어 있다.
50 之가 삼한본에는 빠져 있다.
51 時가 가람본, 육당본에는 數로 되어 있다.
52 知가 도남본에는 如로 되어 있다.
53 省이 가람본, 육당본에는 者로 되어 있다.
54 汲이 경인본에는 扱으로 되어 있다.

日不過二十尺.[56] 不知古機安坐如椅, 微動足尖, 而自開·自合·自來·自去, 其織之倍蓰, 惟視接梭之加捷而已. 攪車, 兩人日四斤焉, 彈綿一人四斤. 夫四斤之與八十, 亦甚遠矣. 凡此十數[57]者, 一人用之, 其利十倍, 通國用之, 其利百倍, 行之十年, 利不可勝用矣. 然而有志者不必有力, 有力者不必有時. 當塗之人,[58] 卒無有擧而行之者. 民見其農桑之利不夥也, 則去之而他趨. 米穀騰而布縷貴者, 豈其無所然而然哉, 蓋其所由來者漸矣.

附[59]李喜經農器圖序

在昔神農氏, 斲木爲耜, 揉[60]木爲耒, 始敎耕. 其後聖君賢輔, 莫不審明農理, 以爲萬世之典. 是以堯之時, 后稷相土之宜, 樹藝五穀, 遂爲農師. 舜耕歷山, 而立爲天子, 禹平水土, 烝民乃粒. 伊尹耕於有莘之野而相湯七年之旱, 敎民區田, 民不被薑.[61] 姬周之興, 實肇后稷, 此周公之所以作「七月」以戒成王者也. 及至于秦, 商鞅廢井田, 開阡陌, 棄灰於道者棄市. 法至慘[62]也, 而其要又未嘗不本於力農. 漢興, 雖未能盡復古制, 然設孝悌[63]力田之科, 郡邑之吏, 皆知敎民耕農. 器用便利, 耘耔有法, 用力少而功倍之. 若氾[64]勝·趙過·王景·皇甫隆之徒, 其最著者. 而其人率皆起自畎畝, 擢[65]拜官司, 是故經[66]理

---

55 機가 경인본에는 器로 되어 있다.
56 二十尺이 동양본, 진상본에는 十餘尺으로 되어 있다.
57 十數가 가람본, 육당본에는 數十으로 되어 있는데 오류다.
58 "而有志者~當塗之人."이 경인본에는 빠져 있다.
59 附 뒤에 도남본에는 綸菴이란 호가 첨가되어 있다.
60 揉가 가람본, 연경본에는 㯠로 되어 있다.
61 薑가 가람본, 육당본, 연경본, 도남본에는 災로 되어 있다.
62 慘이 가람본, 육당본에는 修로 되어 있는데 오자다.
63 悌가 자연본, 월전본, 금서본, 규장각본에는 弟로 되어 있다.
64 氾이 가람본에는 凡으로, 월전본, 장서각본, 규장각본, 육당본에는 汎으로 되어 있으나 오자다.
65 擢이 가람본, 육당본에는 擇으로 되어 있다.

之學, 先從稼穡, 民蒙其澤, 教化行焉. 今我國用人, 專尙門地, 公卿之子爲
公卿, 庶民之子爲庶民, 不移[67]跬步, 其來已久. 在上之人, 旣貴而富, 不親
穡事, 甚者往往不辨菽麥, 庶民又皆目不知書, 無所受敎, 蠢蒙椎鹵, 惟以筋
力爲事. 諺曰愚者爲農, 亦可以知非上世之言矣. 是以蒔種之方, 勞耙之時,
鋤犁[68]之制, 全無古法. 雖有高才明智悟解絶倫之士, 莫得以行其學. 至如礔
礰·磟碡·砘車之器, 國中無一焉. 故田疇蕪穢, 稼用不成, 終歲勤勞, 未得其
效, 飢饉日尋,[69] 終不覺悟. 嗚呼! 夫孰知其所以然哉? 余命本畸嶇, 又乏才
識, 旣不足以上佐明君, 經濟一世,[70] 將欲老死畎畝, 惟農業[71]是務. 而嗟古制
之未修, 哀時俗之茫昧, 博采田器之可行於今者, 使弟秋餐,[72] 圖爲一卷. 耕
耘之暇, 易爲披考, 庶足以用之一家, 豈云有補於當世[73]哉!

附[74]龍尾車說 綸菴 李喜經

綸菴曰: 我國農器, 率多不備, 至於水車, 初無解[75]之者. 凡水性就下, 雖咫
尺之高, 不可得以上之矣. 故今之言水利者, 必塞水下流, 以冀水高而泛入于
田. 每有暴雨衝決, 十家號哭, 嗚呼亦愚矣. 余觀泰西龍尾之制, 其運意巧妙,
非凡人之所可窺度, 且[76]得水最多, 比諸筒車·恒升·玉衡之類, 其功十倍. 若

---

66 經이 가람본, 육당본에는 耕으로 되어 있다.

67 移가 가람본, 육당본에는 離로 되어 있다.

68 犁가 가람본, 육당본에는 單으로 되어 있다.

69 尋이 가람본에는 甚으로 되어 있다.

70 世가 가람본, 육당본에는 時로 되어 있다.

71 農業이 가람본에는 農으로 되어 있다.

72 使弟秋餐 네 글자가 자연본, 연경본, 도남본, 금서본, 장서각본에는 빠져 있다.

73 世가 가람본, 육당본에는 時로 되어 있다.

74 도남본에는 이 자리에 綸菴이 첨가되어 있고, 대신 제목 아래 저자의 호와 이름이 빠
져 있다.

75 解가 가람본, 육당본에는 行으로 되어 있다.

76 且가 가람본에는 此로 되어 있다.

軸徑二尺, 墻高亦二尺, 四墻之間, 溝水亦各二尺. 古人云若決大渠, 理不誣
也. 余嘗以數寸之木, 斲以爲軸, 塗蠟爲墻, 用樺皮裹爲外圍, 輪以轉之, 其
輪之小亦不過土圭之輪也. 使童子架於小池之旁, 試以轉之, 無有不成, 觀者
驚以爲神焉. 或曰: "車體甚大, 兼之以水重,[77] 沙[78]水之所蕩, 軸鐵易磨, 一
日之間, 疲於改易, 不可用矣." 余辨之曰: "子不見夫陸車之軸乎? 任重致
遠, 轉環無窮, 而未聞患生於軸也. 若夫水車之轉甚速, 飄忽若小兒之風車,
則水未及上, 反爲虛轉. 故轉之之法, 宜緩不宜疾, 何憂其易磨乎?" 中國戶
部員外郎唐樂宇, 號鴽港, 四川縣州人也. 多識奇器, 與友人楚亭問答, 其
言[79]與余相合. 又曰: "江南用木軸云, 但架軸之時, 跌蹶而墜地, 則必易毁
傷." 東民手麤, 此可戒也.

科擧論[80]

科擧者何? 將以取人也. 取人者何? 將以用之也. 取人以文而用其文, 猶取
人以射而用其射歟?[81] 然則今之科擧, 何爲者耶? 前科未及收用, 而後科又
復橫出, 三年大比之外, 有泮試・節日製・慶科・別試・道科之多般參錯者焉.
數十年之內, 大小科額, 十倍於國之官爵之原數. 十倍者決不可以盡用, 則九
分之爲虛設也, 明矣. 用人之義[82]果安在哉? 今試人以時藝, 其文, 上之不可
充館閣・備考問; 下之不可紀事實・抒性情. 鬌亂而學之, 白首而登第, 則卽
日而棄之, 一生之精英已銷, 而國無所用之.[83]

---

77 車體甚大, 兼之以水重 아홉 자가 숭실본에는 본문 옆에 작은 글자로 첨가되어 있다.
월전본, 국립본, 가람본, 규장각본, 육당본에는 빠져 있다.
78 沙가 삼한본 계통의 사본에는 바로 앞 문장인 車體甚大의 車 앞에 놓여 있으나 이는
친필본에 첨가된 아홉 글자를 필사할 때 첨가할 자리를 잘못 찾아 발생한 오류로 보인다.
79 言이 연경본, 도남본에는 語로 되어 있다.
80 월전본과 국립본, 규장각본에는 제목 아래에 二則 두 글자가 들어가 있다. 도남본, 육
당본에는 제목 아래에 一자가 첨가되어 있다.
81 歟가 가람본에는 也로 되어 있다.
82 義가 가람본에는 意로 되어 있다.

詩·賦·表·策, 有鋪頭·鋪叙·入題·回題·初項·再項·中頭·虛頭之稱, 所謂四書疑·五經義者, 率多[84]陳腐雷同, 無一字之眞知新解. 讀書者, 見字則思押韻, 見句則思試題, 用其語而不知其事, 以此而取人, 固疎矣. 而況借書代述, 僥倖冒進之弊, 不一而足. 尋常鄕邑之課試, 呈券者動逾千數, 京國大同之科, 儒生往往至於數萬. 以數萬人之多, 而或有放榜於半日之內者. 主考者, 疲於執筆, 則閉目以黜之. 當是時也, 雖使韓愈典擧, 蘇軾爲文, 倏忽乎其難遇矣. 嗚呼! 以堂堂造士之地, 而反不若闒藏之爲數, 則取人之道果不足信矣. 如此而又有門閥朋黨之得失焉, 其幸免而用於時者, 亦巧矣. 用人之道, 果在彼, 不在此也. 昔歐陽公爲蘇軾退試期. 夫明知其賢, 則爲之退試期而收之. 今也在科擧之中, 則明知其不可用而取之, 如時藝之類是也. 在科擧之外, 則明知其可用而不用, 如博學技藝之流是也. 古之科擧也, 將以取人; 今之科擧也, 將以限人. 夫人生十歲, 鋒穎日長, 若竹之始生, 有萬尺之勢. 方是時也, 敎之以時文, 浮沈數年, 其疾已不可醫, 幸而登第, 卽日而棄其學, 一生之精英已消, 而國無所用之. 夫旣取其人而不用矣, 而又取其無用之文, 此吾所以終日不食, 終夜不寢, 思之而不得其故者也. 或云: "國朝名臣, 亦多出於此者." 是不然, 塞天下之路, 而一門焉, 則孔子亦由是出矣, 而況古科非今科之比. 何者? 祖宗朝有以赴擧儒生滿四百而陳賀者, 夫以四百爲最盛, 則他姑勿論, 只一入場, 已無爭先踒踐之弊矣. 今以百倍之儒生, 挾水火輜重之具於中, 多力之武入焉, 使喚之奴入焉, 賣酒之賈入焉, 庭安得不窄, 場安得不亂. 甚至以[85]椎相擊, 以竿相刺, 阨於門, 辱於路, 乞於便施. 一日之科令人髮白, 而往往有殺傷壓死者焉; 以雍容揖遜之地, 而行强盜戰鬪之習. 古人而在, 必不入於今之科矣. 竊嘗聞之, 中古士大夫, 猶有�赴擧之意, 今也擧一國而入於科, 隱然若性命義理之不可闕者. 以區區時文之眼而肆然說夫六經與古文, 其流至於叛經·侮古而後已, 世道之憂可勝言哉? 然則今之言

─────────

83 월전본, 국립본, 가람본, 규장각본에는 이 다음에 수록된 내용이 모두 삭제되어 있다. 자연본에는 두 글자가 공란으로 되어 있다. 숭실본에는 이 단락 뒤의 내용이 모두 빠져 있고,「과거론 2」의 앞까지 두 장이 공지(空紙)로 되어 있다.
84 多가 자연본, 연경본, 금서본, 장서각본, 도남본, 고대본에는 皆로 되어 있다.
85 以가 국편본, 장서각본, 고대본에는 於로 되어 있다.

更張者, 莫先乎科擧; 科擧之更張, 莫先於學中國. 一曰文體, 二曰主考, 三曰鎖院. 中國亦旣以文取士, 詞賦起於隋唐, 八股昉於王安石, 天下之病, 至於今而極矣. 然其經義殿策, 宏深典雅, 體製具存, 五言八韻, 精工巧妙, 甲賦瀏亮, 叶韻有據, 有登樓眼別之風, 有我國古文之所不及者. 苟不能悉罷科擧, 以復三代之舊, 則用此猶足以新一時之耳目, 救擧國之膏肓, 庶幾乎一變而至魯矣. 又中國放榜, 率在一月之後, 其勘定卷端, 必書誰評誰批而還給之, 使天下曉然知黜陟之所在. 主考者果賢矣, 久任而不遷. 又極選編修·翰林之有名者, 分遣省試, 視其門生之賢否, 以爲主考之榮辱. 故無才者不敢妄擧, 而好名者有所顧忌. 又中國試闈, 皆屋而鎖之, 故曰場屋, 曰鎖院, 以防奸僞, 以備風雨. 嘗觀中國試闈[86]圖, 棘圍精堅, 一士一房, 有庭一間, 筆研·飮食·溲溺之具, 皆在於內. 二卒守之, 一服事, 一守門, 其法如此. 今由今之法而選焉, 則屋不過五百間, 由中國之法而選焉, 則三年之後, 屋不過二百間, 由古之德行六藝而選焉, 則得百人, 足以治國而有餘矣, 亦何難乎屋也. 或曰:“今儒生遍於國中, 孰能一一而別之.” 是不難, 能者必擢, 而不能者必黜, 則人豈欲徒勞而無功哉? 自不來耳. 於是鎖之於圍, 以嚴其勒襲·冒進之禁, 則非自能樹立者不來耳, 又必籍記儒生之能否? 與在外之公論, 以相參驗, 如是而不合者, 未之有也. 雖然天下之士, 又豈可以科擧盡得之耶!

科擧論二[87]

有所爲而爲善, 其善必强, 無所爲而爲善, 然後其善乃可以爲善. 故求眞才者, 必試之以不意, 與拔之衆棄之中而後, 才不可勝用矣. 衆棄則人所自畫, 試之不以不意, 則小有才者學時文, 旬月而有餘, 故善爲法者, 以法縻其中士, 而以不法得其上.[88] 士夫國家旣以時藝取士矣, 利祿於是乎在, 功名於是

---

86 試圍와 바로 뒤의 棘圍가 자연본, 연경본, 금서본, 장서각본, 도남본에는 試闈와 棘闈로 되어 있다.
87 삼한본에는 제목이 「科擧」로 되어 있다. 「科擧論二」의 수록 순서가 「試士策」의 앞에 있는 이본은 월전본, 국립본, 가람본, 숭실본이다.

乎出. 蓋生乎此世, 非此道, 不足與有爲也. 然而有志之士, 猶有翺翔而不入,
卑卑而不道者, 何哉? 其心以爲此[89]非古之文也, 此非古之道也. 所好不合
於[90]今, 所學不利於身, 寧甘心處乎窮餓, 而不忍以此而易彼. 今朝廷旣以門
閥用人, 則外此者, 皆生而賤者矣. 然而巖穴寒微之倫, 閭巷匹庶之流, 猶有
終[91]身潔行, 誨人不倦, 不以畏約而有沮, 不以希冀而有勸, 此皆無所爲而爲
者. 故曰其善乃可以爲善. 今卒然號於試院之士曰: "能爲古詩賦者存, 不能
者出, 冒者有罪."云, 則其去者必過半. 又號曰: "能爲論策如漢之鹽鐵·治河
者存, 不能者出, 冒者有罪."云, 則其去者, 又必十八九矣.[92] 如是數次, 則向
之塡門咽院之士必空, 而賈誼·陸贄·蘇軾之流, 始往往而來矣. 故曰: "求眞
才者, 必試之以不意者", 此也. 又號於國中曰: "閭閻之外, 有才德出衆及一
技一藝之類, 必薦,[93] 薦者有賞, 蔽者必[94]罪." 則於是乎遐方獨善之士·下流
瑰奇之材, 皆得而立於朝矣.[95] 書曰: "明明揚側陋", 成湯之立賢無方, 不過
此也. 故曰: "拔之衆棄之中而後, 才不可勝用者", 此也.

今之談時務者,[96] 莫不曰科弊爲尤甚者[97]也. 此猶不探其源,[98] 而循其末
者也. 經曰: "其人存則其政擧, 其人亡則其政熄." 誠使今之科盡革其弊, 嚴
其蹊逕, 峻其掄選矣, 而中其選焉者, 果能不格於門閥矣, 不格於朋黨[99]之進

---

88 가람본, 육당본에는 矣가 첨가되어 있다.

89 此가 삼한본에는 빠져 있다.

90 於가 가람본, 연경본, 도남본, 육당본, 경인본에는 乎로 되어 있다.

91 終이 삼한본, 월전본, 국립본, 금서본, 규장각본, 숭실본, 연경본, 도남본, 육당본, 경
인본에는 修로 되어 있다.

92 矣 뒤에 자연본, 장서각본에는 乎가 첨가되어 있다.

93 삼한본에는 이 뒤의 문장이 내용 일부만 실리고 거의 모두 빠져 있다. 마지막 부분에
「試士策」의 일부가 덧붙여 있다.

94 必이 육당본에는 有로 되어 있다.

95 矣가 가람본, 연경본, 도남본, 육당본, 경인본에는 廷으로 되어 있다.

96 월전본, 가람본, 규장각본, 숭실본, 육당본, 경인본에는 이 단락 다음의 내용이 모두
빠져 있다.

97 者가 자연본, 장서각본, 연경본, 금서본, 도남본에는 빠져 있다.

98 源이 장서각본, 연경본, 금서본, 도남본에는 原으로 되어 있다.

99 연경본, 도남본에는 이 문장에서 不格於門閥矣가 실수로 누락되어 있다. 朋黨이 장

退矣乎? 有一於斯, 猶之無¹⁰⁰益也. 故今之用人也, 雖曰以科, 而其歸也非科;
取才也, 雖曰以文, 而其歸也非文. 爲之糊封易書, 以杜其奸也, 而其末也,
無所用其糊封易書也. 何以論之? 昔祖宗之重生進壯元也, 由是而躋於淸顯
也, 其末也必圻其糊封, 而擇其華閥者入焉. 蓋其不圻, 則有格於門閥者, 有
格於朋黨者. 故寧屈法而伸其私, 若是乎糊封之無益於科也. 由是觀之, 由今
之俗, 而革其弊也, 則以門閥而設科數等焉. 以朋黨而設科數等焉, 然後科法
始可以論矣. 無已則將盡罷科擧, 蕩然無物, 而用其所用之人耳. 何必使門閥
也, 朋黨格於科後, 而不格之人, 反格於科前也哉!

附丁酉增廣試士策

對. 於戱, 試¹⁰¹士云者何? 士之試¹⁰²也. 有¹⁰³道德之士焉, 有文學之士焉, 有
技藝之士焉. 夫¹⁰⁴今之冠儒冠·衣儒衣, 于于而挾策者,¹⁰⁵ 果能兼此數者之
才¹⁰⁶而試之歟, 抑或各求¹⁰⁷其一而試之歟? 夫道德文章¹⁰⁸技藝之士, 或千
里而比肩, 或百世¹⁰⁹而隨踵, 則古之士, 若是其難也. 何今之冠儒冠·衣儒
衣, 盈乎庭而遍乎國者, 無非士也, 則試之果¹¹⁰皆盡其方而然歟, 才之果能合
其¹¹¹試而然歟? 何古之士雖少而必傳, 今之士雖多而無聞也? 漢之士優於經

　　서각본에는 朋賞으로 되어 있다.
100　無가 국편본에는 有로 되어 있다.
101　試 앞에 책문본에는 今夫가 첨가되어 있다.
102　試가 책문본에는 謂로 되어 있다.
103　有 앞에 가람본, 육당본에는 今이 있다.
104　夫가 책문본에는 則으로 되어 있다.
105　于于而挾策者가 책문본에는 踏槐花而赴棘圍者로 되어 있다.
106　才가 가람본, 책문본, 육당본에는 材로 되어 있다.
107　求가 책문본에는 具로 되어 있다.
108　章이 연경본, 도남본에는 學으로 되어 있다.
109　世가 책문본에는 里로 되어 있다.
110　果가 책문본에는 빠져 있다.

術, 唐之士優於詩[112]賦, 非其才之異也. 其[113]所以試之者, 不同也.[114] 然則今之所謂試士云者, 槩可以[115]知矣. 以功令之皮毛, 卜一身[116]之蘊抱; 以[117]浮華之套語, 束天下之文章; 以片時之得失, 決平生之進退.[118] 試之於名, 則爭趨而爲名矣; 試之於利, 則爭趨而爲利矣. 爵祿之所勸, 榮達之所在, 試之於水火, 而其不赴於水火者, 幾希矣. 豈其志之不若[119]人哉, 抑亦習之所由成爾.[120] 故試士之名雖同, 而試士之效不同; 試士之義雖同,[121] 而試士之迹各殊. 由[122]古及今, 而試士之法, 蓋亦不知其幾變[123]矣. 其見於經, 則試可乃已, 出[124]於帝堯之典, 四科取人, 亦在魯論之記.[125] 三代之造士, 戰國之客;[126] 西京之孝廉, 東京之吏. 魏晋之九品中正. 詞賦起於隋唐, 八[127]股昉於荊公,[128] 以及宋元明清,[129] 各試其士, 各取其才. 其間雖不能無同異得失之可論, 而

---

111 其가 책문본에는 於로 되어 있다.

112 詩가 책문본에는 詞로 되어 있다.

113 其가 책문본에는 빠져 있다.

114 "漢之士優於經術, 唐之士優於詩賦, 非其才之異也. 其所以試之者, 不同也."의 내용이 대부분의 사본에서 누락되었고, 문집에서도 누락되어 있다. 월전본, 가람본, 육당본에는 이 내용이 포함되어 있다.

115 以가 책문본에는 빠져 있다.

116 一身이 책문본에는 平生으로 되어 있다.

117 以 앞에 가람본, 육당본에는 恒이 첨가되어 있는데 연자(衍字)다.

118 決平生之進退가 책문본에는 爭尺寸之才藝로 되어 있다.

119 若이 책문본에는 如로 되어 있다.

120 爾가 책문본에는 也로 되어 있다.

121 "而試士之效不同; 試士之義雖同"이 책문본에는 빠져 있다.

122 由가 책문본에는 自로 되어 있다.

123 變 뒤에 책문본에는 更이 첨가되어 있다.

124 出이 책문본에는 昉으로 되어 있다.

125 記가 책문본에는 篇으로 되어 있다.

126 客이 책문본에는 游說로 되어 있다.

127 八이 가람본, 육당본에는 빠져 있다.

128 "詞賦起於隋唐, 八股昉於荊公"이 책문본에는 "隋之制擧, 唐之進士, 宋之八股"로 되어 있다.

129 宋元明清이 책문본에는 乎元明으로 되어 있다.

亦莫不因時適宜, 與之沿革. 向所謂道德文章[130]技藝之士, 亦往往有由試而
出焉, 則世之論者, 遂有以科擧爲性命義理[131]者矣. 殊不知今[132]之試士非古
之試士也.[133] 家傳而戶習者, 盡是掇拾之陳言; 自衒而自媒者, 已自[134]立身
之初年, 則自茲以往, 試士之法, 靡靡然[135]日入於衰[136]壞矣. 然則識時務者,
其可不及時而更張之乎! 愚[137]也折衷今古, 著書立言, 思欲一試於當世之君
子者[138]久矣. 今何幸拜問之辱.[139] 乃言曰云云, 逐條云云, 設弊云云, 捄弊云
云, 大抵與前二論同意.[140] 主試李公命植, 大加歎賞曰: "此不可以時俗程文
論者!" 拔置第一, 而下段[141]捄弊措語, 有違格式. 他考官欲黜之, 李公不可,
遂降置三等. 余是時實未嘗習一應擧策, 偶於場中見旁人作, 無甚難者. 遂搆
成篇首. 其下程式, 令李友喜明足之. 余一邊書一邊呼曰: "豈非龍首蛇尾者
耶!"[142] 李君[143]笑曰: "子顧無尾, 乃敢擇耶?" 適日暮風起, 信手書呈. 只以出
場爲快, 初非[144]置得失於胸中也. 不愜之事, 欲諱逾章, 偶被[145]高擢, 遂惹人
笑. 于今有餘愧焉. 戊戌秋日, 齊家自識.[146]

---

130 章이 연경본, 도남본, 가람본, 육당본에는 學으로 되어 있다.

131 理 뒤에 책문본에는 之學이 첨가되어 있다.

132 今 뒤에 책문본에는 日이 첨가되어 있다.

133 也가 가람본, 육당본에는 矣로 되어 있다.

134 自가 책문본에는 在로 되어 있다.

135 靡靡然이 책문본에는 빠져 있다.

136 衰가 책문본에는 靡로 되어 있다.

137 愚 뒤의 내용이 책문본에는 모두 빠져 있다.

138 者가 월전본, 국립본, 가람본, 육당본에는 빠져 있다.

139 辱이 월전본, 국립본에는 欲으로 되어 있다.

140 "乃言曰云云, 逐條云云, 設弊云云, 捄弊云云, 大抵與前二論同意."의 내용은 많은
사본에서 누락되어 있다. 장서각본, 고대본, 연경본에 들어 있다.

141 段이 가람본, 육당본에는 端으로, 장서각본에는 設로 되어 있다.

142 豈非龍首蛇尾者耶가 가람본, 육당본에는 豈未龍首蛇尾耶로 되어 있다.

143 君이 월전본, 국립본, 가람본, 육당본에는 友로 되어 있다.

144 初非가 월전본, 국립본, 가람본, 육당본에는 不로 되어 있다.

145 被가 연경본에는 欲으로 되어 있다.

146 戊戌秋日齊家自識가 도남본에는 빠져 있다.

北學辨[147]

下士見五穀, 則問中國之有無; 中士以文章爲[148]不如我也; 上士謂中國無理學. 果如是, 則中國遂無一事,[149] 而吾所謂可學之存者無幾矣. 然天下之大, 亦何所不有? 吾所經歷者, 幽燕之一隅, 而所遇者文學之士數輩而已, 實不見有傳道之大儒. 而猶不敢謂必無其人焉者, 以天下之書未盡讀, 天下之地未盡踏也.[150] 今不識陸隴其·李光地之姓名, 顧亭林之尊周, 朱竹陀之博學, 王漁洋·魏叔子之詩文, 而斷之曰: "道學文章俱不足觀",[151] 並擧[152]天下之公議而不信焉. 吾不知今之人何恃而然歟! 夫載籍極博, 理義無窮, 故不讀中國之書者, 自畫也; 謂天下盡胡也者, 誣人也. 中國固有陸王之學, 而朱子之嫡傳自在也. 我國人說程朱, 國無異端, 士大夫不敢爲江西·餘姚之說者, 豈其道出於一而然歟? 驅之以科擧, 束之以風氣, 不如是, 則身無所容, 不得保其子孫焉耳. 此其所以反不如中國之大者也. 凡盡我國之長技, 不過爲中國之一物, 則其比方較計[153]者, 已是不自量之甚者矣. 余自燕還, 國之人士[154]踵門而請曰: "願聞其俗." 余作而[155]曰: "子不見夫中國之緞錦者乎? 花鳥龍文, 閃鑠如生, 咫尺之間, 舒慘異態, 見之者不謂織之至於斯也. 其與[156]我國之綿

---

147 「북학변」은 이본에 따라 편수와 위치가 큰 차이가 있다. 세 편이 모두 실린 사본은 월전본, 규장각본, 국립본, 가람본, 육당본이다. 월전본, 국립본, 가람본, 육당본은 「과거론」과 「관론」 사이에 실려 있고, 규장각본은 「존주론」 뒤에 실려 있다. 장서각본, 자연본, 연경본, 도남본, 금서본, 국편본에는 첫 번째 글 한 편만 실려 있다. 이들 이본은 「존주론」 뒤에 실려 있다.

148 爲가 초정고본, 경인본에는 謂로 되어 있다.

149 事가 가람본, 육당본에는 士로 되어 있다.

150 "以天下之書未盡讀, 天下之地未盡踏也."가 초정고본, 경인본에는 "以天下之地未盡踏, 天下之書未盡讀也"로 되어 있다.

151 觀이 초정고본에는 빠져 있다.

152 擧가 삼한본, 자연본, 금서본, 규장각본, 연경본, 도남본, 숭실본, 초정고본, 경인본에는 與로 되어 있다.

153 較計가 초정고본에는 計較로 되어 있다.

154 士가 초정고본에는 빠져 있다.

155 而 다음에 초정고본, 경인본에는 謝가 첨가되어 있다.

布經緯而已[157]者, 何如也? 物莫不然,[158] 其語文字, 其屋金碧, 其行也車, 其
臭也香, 其都邑·城郭·笙歌[159]之繁華, 虹橋·綠樹股股匐匐之去來, 宛如圖
畫. 其婦人皆古髻長衣, 望之亭亭, 不似今之短衣廣裳猶襲蒙古也." 皆茫然
不信, 失所望而去, 以爲右袒於胡也. 嗚呼! 夫[160]此人者, 皆將與明此道·治
此民者也. 其固如此, 宜今俗之不振也. 朱子曰: "惟願識義理人多!" 余不可
以不辨於玆.

今人只是一副膠漆俗膜子,[161] 透開不得. 學問有學問之膜子, 文章有文
章之膜子. 大姑勿論, 如言車, 則曰: 山川險阻, 不可用之說也; 山海關之扁,
謂之李斯之筆, 能於十里外見之之說也; 西洋人畫人物, 以人瞳黑汁點睛, 故
眄眜如生之說也; 胡人辮髮, 以父母存亡或一或二, 如古之髦制之說也; 皇
帝姓落點之說也, 印書册以土板之說也. 如此等說, 不可枚擧. 雖與我親信
者, 於此則不信吾而信彼. 政如自以爲知我者, 常常推尊我, 風聞一浮言不近
似之說, 則遂大疑其生平, 忽信其謗我者之言也. 其不信我而信彼之由, 可知
也已. 今人正以一胡字抹搬天下, 而我乃曰: "中國之俗, 如此其好也." 與其
所望大異故耳. 何以明之? 試言於人曰: "中國之學問有如退溪者, 文章有如
簡易者, 名筆有勝於韓濩者." 必怫然變色, 直曰: "豈有是理?" 甚者至欲罪
其人焉. 試言於人曰: "滿洲之人, 其語聲如犬吠也, 其飲食臭不可近也. 蒸
蛇於甑而啖之也, 皇帝之妹, 淫奔驛卒, 往往有賈南風之事也." 必大喜, 傳說
之不暇. 余嘗力辨於人曰: "余曾目擊而來, 擧無此事." 其人終不釋然曰: "某
譯官如此說也." 余曰: "公與某譯官交誼深淺, 與余何如?" 曰: "交不深, 而
不說謊者也." 曰: "然則余說謊矣." 信乎仁者見之謂之仁, 智者見之謂之智

---

156 與가 금서본에는 如로, 초정고본, 경인본에는 於로 되어 있다.
157 而已가 초정고본, 경인본에는 빠져 있다.
158 物莫不然이 삼한본, 숭실본, 초정고본, 경인본에는 物之殺也, 莫不皆然으로 되어
  있고, 연경본, 도남본에는 공란으로 되어 있다.
159 笙歌가 초정고본에는 笙筵로 되어 있다.
160 夫가 초정고본, 경인본에는 빠져 있다.
161 이하 두 편의 글은 친필본과 숭실본에는 연암 친필 서문 뒤에 부록으로 실려 있다.

也. 余數與人辨, 頗有謗之者, 因書此以自警.

吾邦之詩, 學宋金元明者爲上, 學唐者次之, 學杜者最下. 所學彌高, 其才彌下者, 何也? 學杜者, 知有杜而已, 其他則不觀而先侮之, 故術益拙也. 學唐之弊同然, 而小勝焉者, 以其杜之外, 猶有王孟韋柳數十家之姓字, 存乎胸中, 故不期勝而自勝也. 若夫學宋金元明者, 其識又進乎此矣? 又況博極羣書, 發之以性情之眞者哉? 由是觀之, 文章之道, 在於開其心智·廣其耳目, 不繫於所學之時代也. 其於書也亦然. 學晉人者最下, 學唐宋以後帖者稍佳, 直習今之中國之書者最勝. 豈晉人唐宋之書, 不及今之中國者耶? 代遠則模刻失傳, 生乎外國, 則品定未眞, 反不如中國今人之書之可信而易近, 古書之法, 猶可自此而求也. 夫不知搨本之眞贗·六書金石之原委, 與夫筆墨變化流動自然之體勢, 而規規然自以爲晉人也, 二王也, 不幾近於盡廢天下之詩, 而膠守少陵數十篇之句字, 以自陷於固陋之科者邪? 夫君子立言, 貴乎識時. 使余而處中國, 則無所事於此論矣. 在吾邦, 則不得不然者, 非其說之遷也, 抑勢之使然也. 或曰: "杜詩晉筆, 譬諸人則聖人. 棄聖人而曰學於下聖人者邪?" 曰: "有異焉, 行與藝之分也." 雖焉[162]畫地而爲宮, 曰: "此孔子之居也." 終身閉目, 不出於斯, 則亦見其廢而已矣." 若夫文章古今升降之槪·風謠名物同異之得失, 在精者自得之, 殆難[163]人人說也. 辛丑冬,[164] 葦杭道人書于箖司直中.

官論 祿制[165]

官之有淸濁, 必非國家之意也, 其在門閥旣成之後乎! 有人於此, 愛眉目而薄渽溺, 水道三日不通則死. 故一身之內, 何者非吾有也; 一國之內, 何者非

---

162 焉이 가람본, 육당본, 문집본에는 然으로 되어 있다.

163 難 뒤에 문집본에는 與가 첨가되어 있다.

164 辛丑冬이 문집본에는 上之五年辛丑初冬으로 되어 있다.

165 월전본. 국립본은 수록 순서가 「북학변」 뒤이다.

吾用也? 昔皐陶爲士, 不以典獄而有卑; 非子養馬於汧渭之間, 不以監牧而加賤. 其有功德於生民, 爲國家效力, 一也. 今一縣令也, 而某邑爲此窠, 某邑爲彼窠. 是其淸濁不在官, 而在於邑之厚薄也. 一館閣也, 而某也爲之而加高, 某也爲之而少低, 是其淸濁不在官, 而在於門閥之尺寸也. 然則官果有淸濁乎哉? 而況古之淸者今或否, 古之濁者今或淸, 所謂淸濁, 果不足信矣. 夫官旣有淸濁, 則其淸者必爭, 而濁者必避, 爭則相傾, 避則廢事, 黨習成於下, 而權不歸於上, 則人主亦何樂而爲此哉? 故曰非國家之意也.

元玄川之入日本也, 日本人持我國『經國大典』奉事祿條刻本來, 問曰: "貴國祿俸, 何其太少也?" 蓋玄川時帶長興奉事故也. 玄川視之, 卽壬辰以前祿制, 比今日不啻倍之. 卒無以應之, 卽訑云: "非特此也." 然心甚慚云.

夫官必有祿,[166] 祿必代耕, 然後可以責人之盡力. 有人於此, 餓其僕而日驅使焉, 則其不偸竊於主家者幾希矣. 故大小官職, 率皆以勢爲食, 倚賣於人. 勢之所在, 小官亦富, 以賂遺也; 勢之所去, 雖大臣, 只望其正祿 · 正俸而已, 則曾不足以庇妻孥矣. 又外邑無定俸, 或縣令 · 縣監而[167]饒於州牧十倍者有之, 豈理也哉? 而況內職之俸, 旣不足恃[168]而爲生, 則士大夫始重外而輕內, 一得州縣, 必欲爲子孫數世之業而後已. 貪黷之風日興, 生民之困日深, 固勢也. 中國[169]則不然,[170] 雖九品未入流之官, 其俸多於我國之大臣. 外邑則有養廉, 使其行也 · 歸也, 稍有藉手之資. 然後百緡[171]以上, 用贓律, 此其至正至公之道也.[172]

---

166 이 단락 이후의 내용이 숭실본, 연경본, 도남본에는 앞 단락과 연결되어 있다.

167 而가 가람본, 육당본에는 빠져 있다.

168 恃가 연경본, 도남본에는 特으로 되어 있으나 오류다.

169 國이 월전본, 규장각본, 가람본, 육당본에는 州로 되어 있다.

170 不然이 가람본, 육당본에는 빠져 있다.

171 緡이 가람본, 육당본에는 빠져 있다.

172 也 뒤에 가람본, 육당본에는 云이 첨가되어 있다.

財賦論[173]

善理財者, 上不失天, 下不失地, 中不失人. 器用之不利, 人可以一日, 而我或
至於一月·二月, 是失天也; 耕種之無法, 費多而收少, 是失地也; 商賈不通,
遊食日衆, 是失人也. 三者俱失, 不學中國之過也. 昔新羅以慶尙一道, 北拒句
驪,[174] 西伐百濟, 唐以十萬之師, 來留於境上者歲月也. 當是時也, 一有犒饋
接待之失禮, 飛芻輓粟之告竭, 則新羅之爲國, 未可知也. 然而卒能[175]左右枝
梧,[176] 成功而有餘. 今我國如慶尙者八, 而平時頒祿, 人不過斛, 勅[177]使一去,
經費蕩然. 昇平百餘年, 上[178]不見有征伐巡遊[179]之事, 下不見有繁華奢侈之俗,
而國之貧也滋甚, 何也?[180] 此其故可得而[181]言矣. 人種穀三行, 而我二[182]行,
則是以方千里而爲方六百餘里也; 人耕一日得穀五六十斛, 而我得二十斛, 則
是方六百餘里而爲方二百里也; 人播穀五分, 而我十分, 則是又失一年之種也.
如此而又有舟車·畜牧·宮室·器用之法, 廢而不講, 則是失全國之內百倍之利
也. 橫計於土地也如此, 則竪計於百年, 已[183]不知其幾矣. 失天·失地·失人,[184]
雖地方千里, 而實不過百里, 無怪[185]乎新羅之百勝於我也. 今[186]急選經綸才技

---

173 삼한본에는 제목이 財賦로 되어 있다.
174 句驪가 가람본에는 高句麗로, 경인본에는 句麗로 되어 있다.
175 能이 가람본, 육당본에는 然으로 되어 있다.
176 枝梧가 가람본에는 被吾로 되어 있는데 오류로 보인다.
177 勅이 자연본, 연경본, 금서본, 가람본, 육당본, 경인본에는 勑로 되어 있다.
178 上을 군주로 이해하여 그 위에 자연본, 연경본, 금서본에는 공란을 두어 기휘했으나
오류다.
179 遊가 초정고본에는 狩로 되어 있다.
180 也가 가람본, 자연본, 장서각본, 월전본, 규장각본, 금서본, 초정고본, 경인본에는
哉로 되어 있다.
181 而가 경인본에는 以로 되어 있다.
182 二가 가람본에는 兩으로 되어 있다.
183 已 앞에 삼한본에는 又가 있다.
184 월전본, 규장각본에는 '失地·失人'이 '失人·失地'로 되어 있다.
185 怪가 가람본에는 愧로 되어 있다.
186 今이 가람본, 육당본에는 빠져 있다.

之士歲十人,[187] 雜於使行神譯之中, 以一人領之, 如古質正官[188]之例, 以入于中國, 往學其法, 或買其器, 或傳其藝. 使頒其法于國中, 設局以敎之, 出力以試之, 視其法之大小與功之虛實, 以爲賞罰. 凡一人三入, 三入而無效者, 黜之而改選. 如此則十年之內, 中國之技, 可以盡得. 向之方千里者, 始可以方萬里, 向之三四年之穀, 始可以一年而得之矣. 若是而財賦不足, 國用不裕者, 未之有也. 夫然後, 雖人服錦繡, 戶設金碧, 將與衆樂之而不暇, 亦何患乎民之奢侈也? 余昔有詩云: '新羅處海濱, 八分今之一. 句驪方左侵, 唐師由右出. 倉庾自有餘, 犒饋禮無失. 細究此何故, 其用在舟車. 舟能通外國, 車以便馬驢. 二者不可復, 管晏將何如?'[189] 其二曰: '掘地得黃金, 萬斤空餓死. 入海採明珠, 百斛換狗矢. 狗矢尙可糞, 明珠知奈何? 陸貨不通燕, 海賈不踰倭. 譬如野中井, 不汲將自竭. 安民不在寶, 生理恐日拙. 太儉民不樂, 太奢民多竊.'[190]

通江南浙江商舶議

我國國小而民貧, 今耕田疾作, 用其賢才, 通商惠工, 盡國中之利, 猶患不足, 又必通遠方之物, 而後貨財殖焉, 百用生焉. 夫百車之載不及一船, 陸行千里不如舟行萬里之爲便利也. 故通商者, 又必以水路爲貴.[191] 我國三面環海, 西距登萊, 直線六百餘里, 南海之南, 則吳頭楚尾之相望也. 宋船之通於高麗

---

187 월전본에는 十人이 빠져 있고, 가람본, 육당본 규장각본, 초정고본, 경인본에는 歲十人이 빠져 있다. 삼한본에는 五人으로 되어 있다.

188 官이 경인본에는 빠져 있다.

189 초정고본, 경인본에는 두 편의 시 가운데 앞의 시만을 수록하고 그 뒤에 "疏中不入此詩"라고 밝혀 놓았다. 이는 진상본에 수록된 「재부론」에는 이 시가 수록되지 않았음을 밝힌 말이다.

190 월전본, 가람본, 육당본, 규장각본에는 "余昔有詩" 이후의 내용이 누락되어 있다.

191 서유구, 『임원경제지』, 「예규지」(倪圭志) 권2, '화식'(貨殖) 〔무천〕(貿遷) 항목에 "百車之載不及一船, 陸行千里不如舟行萬里之爲便利也. 故通商, 必以水路爲貴."로 인용되어 있다.

也, 自明州[192]七日而泊禮成江, 可謂近矣. 然而國朝[193]四百年, 不通異國之一船. 夫小兒見客, 則羞澁啼哭, 非性也, 特見少而多怪耳. 故我國易恐而多嫌, 風氣之貿貿·才識之不開, 職由於此. 嘗見黃茶一船, 漂到南海,[194] 通國用之十餘年, 至今猶有存者, 物莫不然. 故[195]知[196]今之衣綿布·書白紙而不足者, 一通舶, 則被綺紈·書竹紙而有餘矣. 向者倭之未通中國也, 款我而貿絲于燕, 我人得以[197]媒其利. 倭知其不甚利也, 直通中國而後已. 異國之交市[198]者, 至三十餘國. 其人往往善漢語, 能說天台·鴈蕩之奇, 天下珍怪之物·中國之古董書畫, 輻輳於長崎[199]島, 竟不復請於我矣. 癸未信使之入日本也, 書記偶索華墨, 俄持華墨[200]一擔[201]而來.[202] 又終日行, 盡鋪紅氍毹於道, 明日復如之, 其誇[203]矜如此. 人莫不欲其國之富且强也, 而所以富强之術, 又何其讓於人也? 今欲通商舶也, 倭奴黠而常欲窺覬隣國, 安南·琉球·臺灣之屬, 又險又[204]遠, 皆不可通, 其惟中國而已乎! 中國昇平百餘年, 以我爲恭順無他也. 善辭而請之曰: "日本·琉球·安南·西洋之屬, 亦皆交市於閩浙交廣之間, 願得與諸國齒!" 彼必許之而不疑, 且無非常之慮. 於是集國中之巧工, 裝造船隻, 務令堅緻如華制. 今荒唐船之來舶[205]黃海道者, 皆廣寧覺花島之民, 常

---

192 自明州가 삼한본, 규장각본, 월전본, 가람본, 육당본에는 빠져 있다.

193 朝 뒤에 삼한본, 규장각본, 월전본, 가람본, 육당본에는 幾가 들어 있다.

194 南海가 경인본에는 海南으로 되어 있다.

195 故가 가람본, 육당본에는 敢으로 되어 있다.

196 知가 경인본에는 빠져 있다.

197 以가 규장각본에 而로 되어 있다.

198 市가 국립본, 장서각본 등에는 布로 되어 있다.

199 崎가 삼한본, 금서본, 육당본, 규장각본, 경인본에는 碕로 되어 있다.

200 華墨이 장서각본에는 歙墨으로 되어 있다. 자연본에는 俄持華墨一擔으로 되어 있고, 규장각본, 경인본에는 俄致歙墨一擔而來로 되어 있다. 華가 가람본, 육당본에는 筆로 되어 있다.

201 擔이 삼한본, 월전본, 가람본, 육당본, 금서본, 규장각본에는 籠으로 되어 있다.

202 而來가 도남본, 경인본에는 빠져 있다.

203 誇가 삼한본, 자연본, 금서본, 규장각본, 경인본에는 夸로 되어 있다.

204 又가 가람본, 육당본에는 且로 되어 있다.

205 舶이 삼한본, 자연본, 월전본, 가람본, 금서본, 육당본, 규장각본, 경인본에는 泊으

以四月來, 採海蔘, 八月歸也. 旣不能禁, 則不如因而[206]爲市, 厚賂以[207]誘之, 學其船制, 不難也. 又必招募曾經漂人及大靑·小靑·黑島之民, 以導水路. 往招中國之海商, 歲以十餘舶,[208] 一再泊于全羅·忠淸之間及京江之口, 嚴置戍[209]堡, 以備他虞, 登船交易之際, 勿令喧呶挐攫, 以取笑侮於遠人, 厚遇船主, 以客禮待之如高麗故事. 如是則不待自往, 而彼亦自來, 我乃學其技藝, 訪其風俗, 使國人廣其耳目, 知天下之爲大·井䵷之可恥, 則其爲世道地也,[210] 又豈特交易之利而已哉? 土亭嘗欲通異國商船數隻, 以救全羅之貧, 其見卓乎,[211] 眞不可及矣! 詩云: '我思古人, 實獲我心!'[212]

只通中國船, 不通海外諸國, 亦一時權宜之策, 非定論. 至國力稍强, 民業已定, 當次第通之. 齊家自識.[213]

葬論

我國學宗程朱, 有僧寺而無道觀, 彬彬乎幾無異端矣. 惟風水之說, 甚於佛老, 士大夫靡然成風, 以改葬爲孝, 治山爲事. 小民慕效, 佩子午針者, 千里

로 되어 있다.

206 而가 가람본, 육당본에 以로 되어 있다.

207 以가 월전본, 가람본, 육당본에 而로 되어 있다.

208 舶이 규장각본에는 船으로 되어 있다.

209 戍가 삼한본에는 守로 되어 있다.

210 也가 장서각본, 국립본에는 빠져 있다.

211 "其見卓乎~實獲我心"이 경인본에는 亦此意也로 되어 있다.

212 詩云: '我思古人, 實獲我心.'이 월전본, 국립본, 가람본, 육당본, 규장각본에는 빠져 있다.

213 齊家自識 네 글자가 삼한본에는 빠져 있다. 경인본에는 이 단락이 "不通江浙, 先通遼陽船亦可. 蓋遼陽之於鴨綠, 隔一鐵山嘴, 不過全羅之於慶尙, 亦猶慕齋不得入燕京太學, 願入遼東學之意也."의 내용으로 교체되어 있다. 진상본에 실린 「通江南浙江商舶議二則」의 해당 부분과 혼동하여 여기에 수록한 것으로 보인다. 자연본, 금서본에는 경인본의 내용과 이 단락 두 칙(則)을 모두 실었다.

不齎糧, 全羅一道, 染惡尤²¹⁴甚, 十室而九葬師. 夫以旣骨之親卜自已之休
咎, 其心已不仁矣. 而况奪人之山, 伐人之喪, 非義也; 墓祭盛於時祭, 非禮
也. 蕩産暴骸, 希冀不法之事, 不一而足, 使民業不安, 獄訟繁²¹⁵興者, 葬師
之罪也. 今人莫不²¹⁶以改葬潮痕·穀皮·翻棺·失屍之事爲靈驗, 殊不知此地
中之常事而少無關於禍福. 夫泉壤冥漠之中, 遊氣之消息, 物化之蒸成, 亦
何所不至. 今榮華尊富²¹⁷之家, 特不能盡視其祖墓耳.²¹⁸ 視必有此數者之患,
何也? 以貧寒無後之塚發之, 則往往有所謂吉氣苾蘢而不散焉耳. 記曰: '古
者不修墓', 夫以地上之人而²¹⁹盡疑於地下, 則天下寧有完塚哉? 此孝子仁人
之情, 不得不有所窮也. 夫水葬·火葬·鳥葬·懸葬之國, 亦有人類焉, 有君臣
焉. 故壽夭²²⁰·窮達·興亡·貧富者, 天道之自然, 而人事之所必不無者, 非
所論於葬地. 觀乎遼薊之野, 悉葬之于田, 平原萬里, 累累而相似者, 初無龍
虎·砂穴之異同. 試使吾邦之地師卜之, 茫茫乎易所守矣, 葬之不可一槩論也
如此. 今談命者, 擧天下之事, 而歸之於命; 談相者, 擧天下之事, 而歸之於
相. 巫歸之於巫, 葬歸之於葬, 術莫不然, 一人也而果屬之誰乎? 左道之不足
信, 由此可見. 有識當路, 政當焚其書·禁其人, 使民曉然知吉凶·禍福之不
係於葬. 然後使州郡各占一山, 明其氏族, 使民²²¹得族葬焉如北邙之制. 本郡
無合處, 則於旁近邑百里之內定之, 不擇葬日, 堅築地灰, 謹其碑誌. 如是而
已, 則士夫之爭奪自息, 豪富之廣占易禁, 所不廢者, 惟程氏五患之說耳. 或
者强引天文之說, 以配於地理, 不知古之言地理, 皆形勝而非禍福. 人君建國
設都, 必審其襟抱之固·舟車之會, 與夫²²²天下之勢而定鼎焉. 詩云: '其相²²³

---

214 尤가 가람본, 도남본에는 爲로 되어 있다.

215 繁이 가람본, 육당본에는 頻으로 되어 있다.

216 不이 자연본에는 知로 되어 있다.

217 富가 규장각본에는 貴로, 연경본, 도남본에는 福으로 되어 있다.

218 耳가 육당본에는 矣로 되어 있다.

219 而가 가람본, 육당본에는 빠져 있다.

220 壽夭가 자연본, 월전본, 가람본, 육당본, 연경본, 금서본, 규장각본, 숭실본에는 夭
壽로 되어 있다.

221 民이 가람본에는 人으로 되어 있다.

222 夫가 월전본, 규장각본에는 빠져 있다.

原隰, 度其陰陽', 形勝之謂也. 若夫風水之無徵·古今名儒之論, 已[224]詳俱見『讀禮通考』·『葬考』, 玆不復云.

兵論[225]

兵必寓於民生日用之內, 而後[226]豫而不費. 車非爲兵也, 而用車, 則自然之輜重行焉; 甓非爲兵也, 而用甓, 則萬民之城郭具焉; 百工技藝畜牧之事非爲兵也, 而三軍之馬·攻戰之器械, 不備不利, 則不足以爲兵矣. 故樓櫓干盾·坐作擊刺者, 兵之末也; 天地之內, 才能之士·利用之器, 兵之本[227]也. 我國之人, 莫不長於空言而短於實效, 勞於近計而昧於大體, 雖縣[228]疲於點丁, 州困於練卒, 日費國中之火藥而已, 事大交隣之冠蓋, 絡繹於道路, 而異國之法, 卒莫能有學其一者, 而笑之曰倭也·胡也. 恃天下之萬國, 以爲盡如我也, 無怪乎一敗於壬辰, 再陷於丁丑, 而九世之讐·平城之憂, 至今未之或擧也.[229] 余嘗觀於習陣[230]矣, 其扮作敵人者, 必疲弱而易擒, 輕佻而可笑, 又何其似於兒戲也. 今我國兵制, 其番上之法及官給器甲者, 略似於[231]唐之府兵, 法非不善也, 而人之刀必斷, 而我之刀易鈍; 人之甲不穿, 而我之甲易洞, 是冶之失也. 人之墻壁皆堅, 而我之城郭不完, 是無甓也. 人之弓, 雨不能傷,

---

223 其相이 가람본, 육당본에는 相彼로, 자연본, 월전본, 장서각본, 연경본, 도남본, 금서본, 규장각본, 숭실본에는 相其로 되어 있다.
224 已가 월전본, 규장각본, 육당본에는 也로 되어 있다.
225 제목이 삼한본에는 兵으로 되어 있다. 「兵論」이 월전본, 국립본, 가람본, 육당본, 규장각본, 숭실본에는 「葬論」 앞에 놓여 있다.
226 後가 가람본, 육당본에는 빠져 있다.
227 本이 가람본, 육당본에는 末로 되어 있으나 오류다.
228 縣이 자연본, 가람본, 육당본, 장서각본에는 懸으로 되어 있으나 오류다.
229 也가 장서각본, 연경본, 금서본에는 毆로, 도남본에는 공란으로 되어 있다.
230 陣이 월전본, 국립본, 가람본, 육당본, 규장각본에는 陳으로 되어 있다.
231 於가 삼한본, 연경본, 금서본, 도남본, 월전본, 국립본, 가람본, 육당본, 규장각본에는 乎로 되어 있다.

而我之弓, 一失煖則不可用, 是弓之失也. 賊方馳馬乘車, 以蓄其銳, 而我之
脚力已疲負重而不可戰. 推而[232]至於他事, 莫不皆然. 萬一有急, 則雖[233]費百
倍之力, 而無益於事, 不豫之過也. 夫兵, 貴精不務多, 今之牧守, 未必皆籍
知夫家之數也. 雖知而或托於閭閻之奴, 或匿於土豪之家, 畏忌而不能覈, 姑
息而不能擧, 彌縫代充, 以赴操鍊之期, 跂足而俟時日, 以不失自己之州縣爲
大幸. 文書雖具, 而其人之虛實未可知也. 又其可戰之卒, 不滿十之二三, 盔
笠器械之俱完[234]者, 尤不可得. 此雖百萬, 吾知其必敗也. 吾觀中國之鋤, 立
鋤也, 其柄千里相同, 而刃甚利. 家畜之馬不下十匹, 則不必他兵,[235] 而人
皆騎其馬・持其鋤而出, 我兵已從風而靡矣. 爲[236]今之計, 莫如[237]急行車・造
甓, 善其畜牧, 勸其鄕射, 董其百工技藝, 然後減國之兵數, 有給而無徵. 向
之逃者必來, 而托者必願, 以昔之十, 選今之一, 得精兵七八萬. 雖不可卒然
得志於天下, 亦可以自守而有餘, 減其九而兵百倍于今, 不費之利也.

尊周論

尊周自尊周也, 夷狄自夷狄也. 夫周之與夷, 必有分焉, 則未聞以夷之猾夏
而並與周[238]之舊而攘之也. 我國臣事明朝二百餘年, 及夫壬辰之亂, 社稷播
遷, 神宗皇帝動天下之兵, 驅倭奴而出之境, 東民之一毛一髮, 罔[239]非再造之
恩. 不幸而值天地崩坼之時, 薙天下之髮而盡胡服焉, 則士大夫之爲春秋尊
攘之論者, 磊落相望, 其遺風餘烈, 至[240]今猶有存者, 可謂盛矣. 然而淸旣有

---

232 而가 삼한본에는 以로 되어 있다.
233 雖가 연경본, 도남본에는 難으로 되어 있으나 오자다.
234 俱完이 삼한본에는 完俱로 되어 있다.
235 兵이 월전본, 국립본, 가람본, 육당본, 규장각본에는 馬로 되어 있다.
236 爲가 삼한본, 금서본에는 빠져 있다.
237 如가 삼한본에는 若으로 되어 있다.
238 周가 초정고본, 경인본에는 夏로 되어 있다.
239 罔이 삼한본에는 莫으로 되어 있다.
240 至가 가람본에는 只로 되어 있으나 오자다.

天下百²⁴¹餘年, 其子女玉帛之所出·宮室舟車耕種之法·崔盧王謝士大夫之氏
族, 自在也. 冒其人而夷之, 並其法而棄之, 則大不可也. 苟利於民, 雖其法
之或²⁴²出於夷, 聖人將取之, 而況中國之故哉? 今淸固胡矣.²⁴³ 胡知中國之可
利, 故至於奪而有之. 我國以其奪之胡也, 而不知所奪之爲中國, 故自守而不
足, 此其已然之明驗也. 世傳丁丑之盟, 淸汗欲令東人胡服. 九王諫曰: "朝鮮
之於遼瀋, 肺腑也. 今若混其衣服, 通其出入, 天下未平, 事未可知也. 不如仍
舊, 是不拘而囚之也." 汗曰: "善!" 遂止. 自我論之, 幸則幸矣, 而由彼之計,
不過利我之不通中國也. 昔趙武靈王, 卒變²⁴⁴胡服, 大破東胡. 古之英雄有必
報之志, 則胡服而不恥. 今也以中國之法而曰可學也, 則群起而笑之. 匹夫欲
報其²⁴⁵讐, 見其讐之佩利刃²⁴⁶也, 則思所以奪之. 今也以堂堂千乘之國, 欲伸
大義於天下, 而不學中國之一法, 不交中國之一士, 使吾民勞苦而無功, 窮餓
而自廢, 棄百倍之利而莫之行. 吾恐中國之夷未暇²⁴⁷攘, 而東國之夷未盡變也.
故今之人欲攘夷也, 莫如先知夷之爲誰; 欲尊中國也, 莫如盡行其法之爲逾尊
也. 若夫²⁴⁸爲前明復讐²⁴⁹雪恥之事, 力學中國二十年後共²⁵⁰議之未晩也.²⁵¹

241　百 뒤에 삼한본에는 有가 첨가되어 있다.
242　或이 장서각본에는 雖로 되어 있다.
243　矣가 초정고본, 경인본에는 也로 되어 있다.
244　變이 가람본, 육당본에는 愛로 되어 있다.
245　其가 월전본, 규장각본에는 빠져 있다.
246　刃이 가람본, 육당본, 금서본에는 刀로 되어 있다.
247　暇가 가람본에는 可로 되어 있다.
248　夫가 가람본, 육당본에는 復로 되어 있으나 오자다.
249　讐가 가람본에는 仇로 되어 있다.
250　共이 규장각본에는 其로 되어 있다.
251　박지원은『열하일기』,「일신수필」에서 박제가의「존주론」을 거의 표절하다시피 가져
　　다 썼다. "我東士大夫之爲春秋尊攘之論者, 磊落相望, 百年如一日, 可謂盛矣. 然而尊
　　周自尊周也, 夷狄自夷狄也. 中華之城郭宮室人民, 固自在也, 正德利用厚生之具, 固自
　　如也, 崔盧王謝之氏族固不廢也, 周張程朱之學問, 固未泯也, 三代以降聖帝明王漢唐
　　宋明之良法美制, 固不變也. 彼胡虜者, 誠知中國之可利而足以久享, 則至於奪而據之,
　　若固有之. 爲天下者, 苟利於民而厚於國, 雖其法之或出於夷狄, 固將取而則之, 而況三
　　代以降聖帝明王漢唐宋明固有之故常哉? 聖人之作春秋, 固爲尊華而攘夷, 然未聞憤夷

丙午正月二十二日朝參時 典設署別提朴齊家所懷[252]

臣於本月十七日, 伏奉備局知委. 上自卿宰, 下至侍衛軍兵百執事之臣, 各
盡所蘊, 無敢不言者. 臣竊[253]惟國家創業垂統四百年, 治化隆熙,[254] 媲[255]美
三古. 聖上臨御十載, 百度修明. 凡有可議可言[256]之事, 聖上必先行之, 實無
言之可進, 非有忌諱畏避而使之不言也. 雖然, 聖不自聖, 遇灾益勤, 蒭蕘是
詢, 臣請不避狂瞽之罪, 而略陳其一二焉.[257] 當[258]今國之大弊曰貧, 何以捄
貧, 曰通中國而已矣. 今朝廷馳一介之使, 咨於中國之禮部, 曰:「貿遷有無,
天下之通義也. 日本·琉球·安南·西洋之屬, 皆得交市於閩浙交廣之間, 願
得以水路通商賈, 比諸外國焉.」彼必朝請而夕許之矣. 於是招誘荒唐船, 以
爲鄕導.[259] 荒唐船者, 皆廣寧覺化島之民, 犯法潛出, 常以四月來採防風, 八
月歸也. 旣不能禁, 則因以爲市, 厚賂而結之, 不難也. 又募沿海諸島習水
之民, 以官領之, 齎粟文以往. 使登萊之船, 泊於長淵, 金復海蓋之物,[260] 交
於宣川, 江浙泉漳之貨, 集于恩津·礪山之間, 則嶺之綿·湖之苧·西北之絲
麻, 可化爲綾羅織罽, 而竹箭白硾狼尾昆布鰒魚之産, 可以爲金銀犀兕兵甲

狄之猾夏, 並與中華可尊之實而攘之也. 故今之人誠欲攘夷也, 莫如盡學中華之遺法,
先變我俗之椎魯, 自耕蠶陶冶, 以至通工惠商, 莫不學焉. 人十己百, 先利吾民, 使吾民
制梃, 而足以撻彼之堅甲利兵, 然後謂中國無可觀可也."
252 제목이『일성록』(日省錄)과『정조병오소회등록』(正祖丙午所懷謄錄; 이하 등록본
으로 표기)에는「典設司別提朴齊家所懷」로 되어 있고, 월전본, 규장각본에는「附丙午所
懷」라고 제목을 단 뒤 글의 시작 부분에서 '乾隆丙午正月二十二日朝參時所懷 典設署別
提朴齊家'로 밝혔다. 건륭 연호를 쓴 것이 특이하다. 삼한본, 연경본, 도남본, 금서본, 장
서각본, 숭실본에는 이 글이 아예 실려 있지 않다.
253 竊이『일성록』, 월전본, 등록본, 규장각본에는 있으나 국편본에는 없다.
254 隆熙가『일성록』, 등록본에는 熙隆으로 되어 있다.
255 媲가『일성록』, 등록본에는 婉으로 되어 있다.
256 可言이 국편본, 월전본에는 빠져 있으나『일성록』, 등록본에는 들어 있다.
257 焉이 국편본, 월전본에는 빠져 있다.
258 當이『일성록』, 등록본에는 빠져 있다.
259 導가『일성록』, 등록본에는 道로 되어 있다.
260 之物이 규장각본에는 物之로 되어 있다.

藥餌之用矣. 舟楫車輿宮室器什之利可學矣. 天下之圖書可致, 而拘儒俗士
褊塞固滯纖瑣之見, 可不攻而自破矣. 議者必曰: "我國自爲聲敎, 雖黽勉奉
正朔, 非其志也. 多文字制度之觸犯, 固不可去而洩漏·來而窺覘也." 臣竊以
爲過矣. 昔勾踐之棲於會稽也, 其日夜與國人謀者, 無非吳也, 可謂急矣. 然
而計之不洩者, 以謀國者得人焉故耳. 且臣聞之, 成大事者,[261] 不避小嫌, 狐
疑顧瞻, 何事可辦? 今欲斲萬金之璞, 以求工於隣國, 則曰: "恐其謀己也",
其可乎? 臣聞中國欽天監造曆西人等, 皆明於幾何, 精通利用厚生之方. 國
家誠能授之以[262]觀象一監之費, 聘其人而處之, 使國中[263]子弟, 學其天文躔
次鐘律儀器之度數·農蠶醫藥旱澇燥濕之宜, 與夫造瓴甓, 築宮室城郭橋梁,
掘坑[264]銅, 取卝玉, 燔燒琉璃, 設守禦火礮, 灌漑水法, 行車裝船, 伐木運
石, 轉重致遠之工, 不數年, 蔚然爲經世適用之材矣. 議者必曰: "漢明迎佛,
尙[265]爲千古之累. 夫歐邏巴者, 距中國九萬里, 崇奉天主異敎, 爲類殊別, 且
通海外諸蠻, 其心不可測也." 臣料其徒數十人, 居一廛, 必不能爲亂. 且其
人[266]皆絶婚宦, 屛嗜欲, 以遠遊布敎爲心, 雖其爲敎篤信堂獄, 與佛無間. 然
其厚生之具, 則又佛之所無也. 取其十而禁其一, 計之得者也. 但恐待之失
宜, 招之不來耳. 夫遊食者, 國之大蠹也. 遊食之日滋, 士族之日繁也. 此其
爲徒, 殆遍國中, 非一條科宦[267]所盡羈縻也, 必有所以處之之術, 然後浮言不
作, 國法可行. 臣請凡水陸交通販貿之事, 悉許士族入籍. 或資裝以假之, 設
廛以居之, 顯擢以勸之. 使之日趨於利, 以漸殺其游食之勢, 開其樂業之心,
而消其豪强之權, 此又轉移之一助也. 臣聞明者不自欺, 智者不自弊. 夫人才
渺然, 而不思所以培之, 財用日竭, 而不思所以通之, 曰: "世降而民貧." 此
國之自欺也. 位愈高而視事愈簡, 居官委下屬, 出疆委象[268]胥, 左擁而右扶,

---

261 者가『일성록』, 등록본에는 있으나 국편본, 월전본, 규장각본에는 없다.

262 以가『일성록』, 등록본에는 而로 되어 있으나 오자다.

263 中 뒤에『일성록』, 등록본에는 之가 첨가되어 있다.

264 坑이『일성록』, 등록본에는 抗으로 되어 있다.

265 尙이 국편본, 월전본, 규장각본에는 而로 되어 있다.

266 人 뒤에『일성록』, 등록본에는 者가 첨가되어 있다.

267 宦 뒤에『일성록』, 등록본에는 之가 첨가되어 있다.

曰:"體貌不可屑越也", 此士大夫之自欺也. 桎梏於疑義之林, 消磨於駢儷之
途, 束天下之書而不足觀也, 此功令之自欺也. 父不呼父者有之, 兄不呼兄者
有之, 同堂之親而相奴者有之, 黃髮鮐背而席於童䢿之下者有之矣. 祖行父
行而不拜, 則其孫與姪[269]詬長者有之矣. 猶沾沾然驕天下而夷之, 自以爲禮
義也, 中華也, 此習俗之自欺也. 夫士大夫, 國之所造也. 然而國法不行於士
大夫, 非[270]自弊乎? 科擧者, 所以[271]取人也. 取人由科而壞, 則非自弊乎? 書
院而俎豆者, 所以崇儒也, 而逢丁禁釀依焉, 非自弊乎? 國家誠能推四欺三
弊之說, 而觸類而伸之, 剔瘼而牖迷, 則治國之事過半矣. 方今國用吏胥之
見, 而士爲倡優之行, 男襲婦人之俗, 而未之有改也. 夫俗人多於賢人, 則俗
勝, 吏胥多於官長, 則吏勝. 故曰:"國用吏胥之見也." 立身之初, 墨面而[272]
跳舞者, 非倡優乎? 蒙古之服, 儳洽中饋, 而莫之覺悟者, 非婦人之俗[273]乎?
此[274]三者, 未必爲時務之急者也. 雖然以類相附, 以見風氣之不振. 誠願收
奇偉跅弛之士, 以滌吏胥之氣; 革倡優之風, 易之以揖讓; 棄婦人之俗, 被之
以[275]禮服, 亦足爲振作之一事也.[276] 夫善治國家者, 淸其本, 不治其末, 故事
省而功博. 今之議者, 莫不曰:"奢侈[277]日甚." 以臣視[278]之, 非知本者也. 夫
他國固以奢而亡, 吾邦必以儉而衰, 何則 不服紋繡, 而國無織錦之機, 則女
紅廢矣. 不尙聲樂, 而五音六律不叶矣. 乘觳[279]漏之船, 騎不浴[280]之馬, 食窳

---

268 象이 국편본, 월전본, 규장각본에는 衆으로 되어 있다

269 姪 뒤에 『일성록』, 등록본에는 幼而가 첨가되어 있다.

270 非 앞에 『일성록』, 등록본에는 則이 있다.

271 以 뒤에 『일성록』, 등록본에는 取人以 세 글자가 덧붙어 있는데 연문(衍文)으로 보
인다.

272 而가 『일성록』, 등록본에는 者로 되어 있다.

273 婦人之俗이 월전본, 규장각본에는 倡優로 되어 있으나 앞의 어휘에 이끌려 쓴 오류
로 보인다.

274 此가 『일성록』, 등록본에는 且로 되어 있다.

275 以가 『일성록』, 등록본에는 빠져 있다.

276 也가 『일성록』, 등록본에는 矣로 되어 있다.

277 侈가 국편본, 월전본, 규장각본에는 빠져 있는데 『일성록』, 등록본에는 들어 있다.

278 視가 『일성록』, 등록본에는 觀으로 되어 있다.

器之食, 處塵土之室, 而工匠畜牧陶冶之事絶矣. 以至農荒而失其法, 商薄而失其業, 四民俱困, 不能相濟. 彼貧人者, 雖日撻而求其奢也, 將不可得矣. 今殿庭行禮之地, 布其棲苴. 東西闕守門之衛士, 衣木綿帶藁索而立, 臣實恥之. 不此之計, 而乃反毁閭巷之高門, 捉市井之鞋衫, 憂馬卒之耳衣, 不亦末乎? 奉寫御製之寫字官等, 教六書一月 可以少錯書矣. 不此之爲, 而又別正其字畫, 彼誤書者, 終身莫之覺, 而臣亦不勝其釐正矣. 以此推之, 國中可省之事者[281]多矣. 東二樓之初建也, 地部雇人, 日三百錢, 人三十, 濫竽者或擇陰[282]而眠焉. 計士告紙十番, 則郎官削其半, 而後着押曰: "尾閭可防." 是察於五張之紙, 而遽失九千之錢也. 以此推之, 國中財用之源, 可得而議矣. 政院之號令也, 二三十隷, 聯臂蹋足而呼之, 聲振[283]數里, 以爲不如是不足以威百司也. 騎曹郎執鞭而禁人聲, 以此推之, 國中法令之相矛盾, 可指而數之矣. 夫通國之事, 何可盡言. 固有小可以喩大者, 誠願殿下恢察邇之聰, 省事以漸, 節財無小, 通政法之矛盾者, 則淸其本而功博者在是矣. 今臣所言, 皆[284]世之所大駭也. 雖然, 行之十年, 一國之田租可減, 百官之俸祿可增, 茅茨席門, 可以爲朱樓彩閣, 徒行病涉者, 可以爲輕車怒馬, 向之干和者, 可以致祥, 向之自欺自弊者, 可以渙然而氷釋矣. 夫然後重修景福之闕, 建慶會之樓, 還政府六曹之舊規,[285] 與國中之士大夫, 作徵招角招之樂, 暫勞而永逸, 用昭[286]我先王之典章, 貽我元良億萬年無彊之基, 豈不休哉! 夫難逢者聖主, 可惜者良時. 今天下, 東自日本, 西極藏地, 南起瓜哇, 北際喀爾喀,[287] 兵塵不動, 幾二百年, 此往牒之所無也. 不以此時僇力而自修, 他邦有警, 與有憂

---

279 虧가『일성록』, 등록본에는 罅로 되어 있다.

280 浴이『일성록』, 등록본에는 俗으로 되어 있다.

281 者가『일성록』, 등록본에는 빠져 있다.

282 陰이『일성록』, 등록본에는 蔭으로 되어 있다.

283 振이『일성록』, 등록본에는 震으로 되어 있다.

284 皆 앞에『일성록』, 등록본에는 言이 첨가되어 있다.

285 規가『일성록』, 등록본에는 觀으로 되어 있다.

286 昭가『일성록』, 등록본에는 紹로 되어 있다.

287 喀爾喀이 월전본, 규장각본에는 喀爾로, 등록본에는 喀이 다른 글자로 쓰였으나 오류다.

焉. 臣恐執事之臣不遑於崇飾太平也. 今殿下抱經緯顯[288]噩之文, 負制禮作樂之才, 有奮發乾剛之志, 將何功之不立, 何求而不獲? 乃反中朝發歎, 治不俟志, 否且畏約, 欲發未發十年之久乎? 將因俗爲治, 彌縫牽補, 自安於小康耶? 漢申公之言曰: "爲治者不在多言, 顧力行何如耳." 夫行之, 則近日公車之章, 無非格言, 不行, 則雖今日盈庭之言, 愈出而愈新, 不幾於文具之尤甚者耶. 臣久廢讀書,[289] 心術茅塞, 條目脫漏, 倉卒莫對. 倘[290]殿下諒其愚忠, 俾終其說, 特賜一日[291]休沐之暇, 給繕寫十人, 謹當傾竭肺腑而畢陳之. 言涉瀆冒, 是恐是懼, 臣死罪謹言.[292]

---

288 顯가 『일성록』, 등록본에는 灝로 되어 있다.

289 『일성록』에는 이 아래 대목이 빠져 있다.

290 倘이 등록본에는 儻으로 되어 있다.

291 日이 등록본에는 月로 되어 있다.

292 등록본에는 이 뒤에 "答曰: 觀此諸條所陳, 爾之識趣, 亦可見矣."라는 비답(批答)이 첨가되어 있다.

進上本 北學議[1]

應旨進北學議疏[2]

伏以臣伏奉去年十二月勸農政·求農書綸音頒下者. 臣與邑之父老人士攢手捧讀, 以次傳示. 其有不知書者, 爲之解釋其意義, 相與歡喜讚頌, 不自知其手之舞之足之蹈之也. 而繼又咨嗟太息, 無一知半解素所蓄積, 懼不足以仰塞明命也. 雖然, 臣伏而思之, 萬事萬物莫不有精義存焉. 何況天降嘉穀, 粒我蒸民者, 其事甚重, 其理至蹟, 豈可一付之於人役下愚之輩, 而坐受其鹵莽之報而已哉? 蓋亦待其人而後行焉. 今我聖上, 慕大禹之盡力, 法周公之明農, 以使斯民不飢不寒, 爲王政第一義. 時萬時億並受其福, 卽次第事耳. 臣濫叨見職, 居然三載, 治不效於百里, 憂或先於天下. 每見峽氓, 燒畬斫薪, 十指皆禿. 而其衣則十年之敗絮也, 其屋則傴僂而後可入, 烟煤不堅.[3] 其食則破盌之飯·不鹽之菜也, 木匕在廚, 瓦罐在竈. 問其故, 則鐵鍋鍮匕, 數爲里正奪取, 已納糴矣. 問其徭役, 則非人奴, 卽軍保, 納錢二百五六十, 國家經費之所從出者也. 於是乎[4]感焉心動, 有簀不恤緯之歎, 以爲由今之道不變, 今之俗不可一朝居也. 非特一縣爲然也,[5] 列邑皆然, 通國皆然. 此聖上之所

---

1 『북학의』 내편 외편과 구별되어 1798년 정조가 반포한 농서(農書)를 구하는 윤음(綸音)에 부응하여 바친 『북학의』다. 이 저작의 명칭을 그동안 학계에서 진소본(進疏本) 또는 진상본(進上本)이라 하였다. 역자는 각 이본에서 모두 진상본으로 쓴 것을 존중하여 진상본으로 확정한다. 연민본, 자연본, 장서각본, 연경본 금서본에서는 내제(內題)에 '進上本北學議'라 하였고, 월전본과 국립본은 표제(表題)에 '北學議 進上本'이라 하였다.
2 월전본, 국립본, 규장각본에는 제목이 進北學議疏로 되어 있고, 제목 아래에 '通政大夫行永平縣令臣朴齊家'라고 글쓴이를 밝혔다. 경인본에는 進北學議疏로, 초정고본에는 北學議疏로 되어 있다.
3 堅가 자연본에는 槊로 되어 있으나 오자다.
4 乎가 경인본에는 빠져 있다.
5 也가 경인본에는 빠져 있다.

以慨然奮發, 思一更張, 屈策求助若是其勤且摯也. 臣聞"治國如牧馬, 去其
害馬者而已." 今欲務農, 必先去其害農者, 而後其他可得而言矣. 一曰汰儒.
計今大比之歲, 大小科場赴闈[6]者, 殆過十萬. 非特十萬, 此輩之父子兄弟, 雖
有不赴擧, 亦皆不事農者也. 非特不農, 皆能役使農民者也. 等民也, 而至
於役使, 則强弱之勢已成. 强弱之勢成, 則農日益輕, 而科日益重. 稍欲自好
者, 悉趨乎科, 則不得不農者, 下愚而已, 人役而已. 於是驅其妻女,[7] 從事于
野, 飼牛擧趾, 半屬中閨; 銍刈舂碓, 畢責巾幗, 則荒村小邑, 砧聲絶少, 而
擧國之衣, 不能蔽體矣. 學士大夫視以爲常, 有若自古已然者. 謹按唐詩人有
「女耕田行」, 蓋歎亂離之後也. 今也昇平百年, 而婦女耕田, 誠不可使聞於隣
國. 此豈可但以害農言哉? 其實賊農之甚者. 此輩之恰過半國, 百年于玆矣.
今不汰其日重者, 而徒責其日輕者曰: "盍盡爾力云爾?" 則雖使廟堂日發千
關, 縣官日飭萬言, 盃水車薪, 勞亦無補矣. 二曰行車. 故相臣金堉, 平生苦
心, 惟車·錢兩策. 而行錢之初, 議論多歧, 幾罷僅行. 臣從高祖臣守眞, 實主
其事. 今若行車, 則十年之內, 民之好之不啻如錢. 所謂'可使由之, 不可使知
之', '可與樂成, 不可與慮始'者也. 蓋農, 譬則水穀也; 車, 譬則血脈也. 血
脈不通, 則人無肥澤之理. 醫書導引有藥名河車者, 卽此義,[8] 此皆非農而益
農, 有國之先務也. 至於我國, 無用之儒, 古無而今有; 有用之車, 古有而今
無. 利害之相反, 至於此極, 民之憔悴, 固無足恠矣. 議者必曰: "風俗不可
卒變, 只就今之農而消息之"[9]云爾, 則不須多言, 試可乃已. 先貿遼陽農器各
種, 開鐵冶于京師, 照式打造. 遠州產鐵處, 遣屬分造, 以收其利, 以頒其制.
試農之地, 不拘多少, 只就京師近處, 少則百畝, 多可百頃, 作爲屯田. 以知
農者一人領之, 如古搜粟都尉, 別遣[10]農徒數十人, 厚其稍廩, 一聽其指. 時
秋旣穫,[11] 較其得失, 一年二年, 見其必效. 然後分遣其徒於諸道, 以一傳十,

---

6 闈가 연경본에는 闡으로 되어 있으나 오자다.
7 女가 경인본, 초정고본에는 子로 되어 있다.
8 경인본, 초정고본에 也가 첨가되어 있다.
9 不須가 연경본, 도남본에는 須不로 되어 있다.
10 遣이 연경본, 도남본, 경인본, 초정고본에는 選으로 되어 있다.
11 穫이 국립본, 장서각본, 연경본, 자연본에는 獲으로 되어 있다.

以十傳百, 不出十年, 風俗可易. 但設始之初, 亦略費財; 數年之內, 足償其費, 而功亦遠及, 則費不須論矣.[12] 臣嘗推先正臣李珥豫養十萬兵之遺意, 欲蓄三十萬斛米粟于京師, 以實根本. 其略亦惟曰改船而益漕也, 行車而陸運也, 屯田而訓農也. 蓋京城民戶四五萬·百官軍兵之祿料, 悉仰三南海運十餘萬石, 除私藏自食者外, 必須二十萬人數月之食, 然後緩急可恃. 我國裝船疎淺, 率多臭載, 必學中國海舶之制, 然後益漕沿海之粟, 以達于漢水. 益漕之不足, 又必陸運, 陸運不可責之人肩馬背, 則非行車不可. 車既通矣, 私穀不可悉輸, 故須置屯田. 屯田既設, 試以古方, 則事半而功倍, 三十萬之數, 不期致而自致矣. 昔宋人有心太平菴之號, 明人有將就園之記, 皆擬辭也. 彼皆在下而不得於志, 故以之擬之於辭耳. 今我殿下光臨九五, 撫御熙洽, 匡之直之, 高下在心, 豈但擬之言語而止哉? 臣農官也, 其所爲言, 皆從經理稼穡上起論, 至於講武·修文·敎化·禮樂之事, 不敢擬及. 但願縣民安居樂業, 溝洫合軌, 屋廬齊整, 貌言潔信, 器服堅完. 樹木蕃膴, 六畜孳長, 男女不惰, 各執其事, 工商湊集, 盜賊屛退. 橋梁傳舍, 以及圂溷, 莫不修治, 釣游弋獵, 有船有車, 童稚不痿, 耆艾歌詠. 此皆敦本力農之效, 家給人足以後事也, 而中和位育, 槩不出此矣. 一縣如此, 通國如此, 草偃郵傳, 其應如響, 臣朝而見此, 夕死無憾矣. 臣少遊燕京, 喜談中國事, 國之人士, 以爲今之中國, 非古之中國也, 相與非笑之已甚. 今此進言, 不出於向所非笑中一二, 則又復妄發之譏, 固所自取, 而舍此亦無以爲說矣. 菲之采, 寔荷監觴, 蒭蕘之私, 不敢自隱. 謹錄所爲論說·箚記, 凡二十七目四十有九條,[13] 命之曰北學議. 瀆冒崇嚴, 庸[14]備裁擇. 才非杜牧, 無罪言之可稱; 學慚王通, 豈獻策之敢擬? 臣無任皇[15]恐屛營之至, 謹昧死以聞.

---

12 矣가 경인본, 초정고본에는 也로 되어 있다.

13 二十七目四十有九條가 월전본, 국립본, 동양본, 버클리본에는 二十八目五十有三條로 되어 있다.

14 庸이 연경본, 도남본에는 肅으로 되어 있다.

15 皇이 장서각본에 惶으로 되어 있다. 도남본에는 이 문장이 臣無任惶恐云云으로 되어 있다.

附進上北學議目錄[16] 四十九則[17]

車 九則	田
糞 五則	桑
農器 六則	鐵
稻種	穀名
地利[18] 二則	水田
水利	老農
區田	注秧
種藷	末利
汰儒	屯田之費
濬河 二則	築倉 三則
(船 四則[19])	
五行汩陳之義	樊遲許行
祈天永命[20]	農蠶總論
財賦論	通江南商舶論[21] 二則
尊周論	

---

16 목록은 모든 이본에서 「應旨進北學議疏」 뒤에 놓여 있다. 진상본 북학의 목록의 명칭은 자연본, 연민본, 연경본, 금서본, 장서각본을 따른다. 월전본과 국립본, 규장각본에는 '進北學議目錄'으로 되어 있다. 동양본, 버클리본에는 '北學議目錄'으로 되어 있다.

17 자연본, 연민본, 연경본, 금서본, 장서각본을 따라 '四十九則'을 표기한다. 월전본, 국립본, 동양본, 버클리본, 규장각본에는 표기되어 있지 않다.

18 제목이 연민본에는 地理로 되어 있다.

19 자연본, 연민본, 연경본, 금서본, 장서각본에는 船 四則이 목록에서 빠져 있고, 월전본, 국립본, 동양본, 버클리본에는 들어 있다.

20 제목이 월전본, 국립본, 동양본, 버클리본에는 祈天永命本於力農으로 되어 있다.

21 제목이 월전본, 국립본, 동양본, 버클리본에는 通江南浙江商舶議로 되어 있다.

車 九則

車出於天而行於地, 萬物以載, 利莫大^{22}焉, 而我國獨不行, 何也? 輒曰:"山川險阻." 夫羅麗以前, 無不用車之理, 柳車達, 助高麗太祖戰車者, 是也. 古稱劍閣·九折·太行·羊腸之車者有之, 此亦不^{23}必言. 直于可行處行之,^{24} 如道各有車, 州各有車, 戶各有車, 以次遞傳. 間有絶險, 依舊人輸馬載, 亦不甚遠. 其用一車千萬里^{25}者, 天下罕矣. 況車行則路自成, 東之大關·南之鳥嶺·北之鐵嶺·西之洞仙, 略加修治, 無不可通者.

今京中軍門大車太質, 空車而行, 已疲一牛. 又用大木壓牛項, 牛多病死. 凡駕車^{26}之牛, 肉不可食, 角不可用, 勞之極而毒發, 可知也. 咸鏡道自用車, 頗輕快, 但轂有耳出尺許, 蓋猶用蒙元舊制也. 濬川司有沙車, 或人家私造車, 皆不合規度. 凡車有乘車, 有載車, 其大小輕重疾徐之分, 中國之人, 所以閱歷而相度之者, 亦已深. 只令巧工倣而成之, 毫釐有差, 便非車矣.^{27}

古者梓匠輪輿, 皆從車起名, 我國不行車, 而考工之職遂廢. 道涂^{28}室屋, 苦^{29}無規度, 非人所堪者, 槩由於此.

我國東西千里, 南北三之, 而王都居其中. 四方物貨之來集者, 橫不過五百里, 縱不過千餘里. 又三面環海, 近海處各以舟行, 則陸地之通商者, 度

---

22 大가 장서각본에는 不로 되어 있다.

23 不이 월전본, 국립본, 동양본, 버클리본, 규장각본에는 빠져 있다.

24 之 뒤에 월전본, 국립본, 동양본, 버클리본, 규장각본에는 之가 첨가되어 있다.

25 里가 연민본에는 빠져 있다.

26 車가 장서각본에는 牛로 되어 있다.

27 서유구, 『임원경제지』, 「섬용지」(贍用志), '운수지구'(運輸之具) 〔수레〕(車)의 대차(大車)에 본 단락의 내용이 다음과 같이 실려 있다. "我國軍門大車太質, 空車而行, 已疲一牛. 又用大木壓牛項, 牛多病死. 凡駕車之牛, 肉不可食, 角不可用, 勞之極而毒發, 可知也. 咸鏡道自用車, 頗輕快, 但轂有耳出尺許, 蓋猶用蒙元舊制也. 濬川司有沙車, 或人家私造車, 皆不合規度. 凡車有大小·輕重·疾徐之分, 中國之人, 所以閱歷而相度之者, 亦已深. 只令巧工倣而造之, 毫釐有差, 便非車矣."

28 涂가 연경본에는 塗로 되어 있다.

29 苦가 경인본에는 若으로 되어 있다.

遠不過六七日程, 近則二三日程, 自一邊至一邊者, 倍之. 若如劉晏之置善
走者, 則四方物貨之貴賤, 可以平準於數日之內矣. 然而峽人有沈楂梨取酸,
以代鹽豉者, 見鰕蛤醢而[30]爲異物焉. 其裏如此者, 何也? 斷之曰:"無車之
故也."今夫全州之商, 挈妻子, 負生薑比梳,[31] 而步往北關·龍灣, 則利非不
倍徙也. 筋力消於路, 而室家之樂無時也. 原山之馬, 馱海帶黿[32]魚, 晝夜亘
乎北路而無甚贏者, 馬之費過半也. 故嶺東產蜜而無鹽, 關西產鐵而無柑橘,
北道善麻而貴綿布,[33] 峽賤赤豆, 海厭鰇鰂, 嶺南古刹出名紙, 青山·報恩饒
棗林, 江華在京江之口而多柹, 民莫不欲相資而足用也, 顧力不及耳. 或曰:
"馬亦足矣."夫一馬之與一車, 雖敵焉而[34]猶甚[35]利者, 牽之之力與負之之勞
絶殊, 故馬不病. 而況五六馬之於車也, 有數倍之利者哉? 今大車[36]雖癡
鈍, 以五牛載十五石, 比之單牛背各載兩石, 已獲三分一之利矣.[37]

今守令及奉命使臣之行, 無論千里萬里, 己則乘馬而使人步從, 又必不
離左右, 疾徐如馬. 故汗喘太過, 不敢休歇. 凡國中之皂隷·役夫之疾病, 皆
原於此. 嘗見中國一官人, 乘小輿, 穿輿之腰而杠之, 故無夾持者而不傾. 前
後各二人縱擔之, 後有大車一兩, 共載一十九人, 駕五馬隨官人而去. 蓋遞驛
民夫, 至五里或三里而一易之,[38] 以資其生力也.

麻鞋百里而穿,[39] 藁鞋十里而穿. 麻昂[40]於藁十倍, 故小民皆着藁鞋, 日

---

30 경인본에는 而 다음에 以가 첨가되어 있다.

31 比梳가 규장각본에는 箆梳로 되어 있다. 梳가 월전본, 국립본, 동양본, 버클리본에는 疏로 되어 있다.

32 黿가 鼀으로 되어 있는 사본이 있다.

33 布가 경인본에는 빠져 있다.

34 而가 월전본 국립본에는 빠져 있다.

35 甚이 경인본에는 빠져 있다.

36 '今大車'가 서유구, 『임원경제지』,「예규지」,〔무천〕(貿遷) 항목에는 '今京中軍門大車'로 되어 있다.

37 「예규지」〔무천〕항목에 이 단락 전체가 인용되어 있다.

38 之가 월전본, 국립본, 동양본, 버클리본에는 빠져 있다.

39 이 단락이 국립본과 규장각본에는 앞 단락과 연결되어 있는데 오류다.

40 昂이 장서각본, 규장각본에는 卬으로 되어 있고, 연민본, 연경본에는 빠져 있다.

不暇給. 皮屨之翔, 比麻鞋爲十倍, 此皆無車之害也. 夫車輪者, 萬民之木靴[41]着釘者也.

欲令西路州縣官, 各於每歲使行, 貿置中國車子幾兩, 凡迎送驛遞皆用之, 令我人熟見, 又以馬頭數輩爲御者, 當爲[42]學車之一助.

我國多山, 故車材林立, 而歸於爨柴燒炭之外, 無他用. 自棄其寶, 而患無材何也.

細想作車之理, 直[43]與天地同其造化.

田[44]

田以一牛之脚之間, 種穀一行, 穀長而培[45]之, 則再駕牛以耘[46]刃. 其兩端廣如牛, 循故道而耕之, 新土出而穀從牛腹下颼溜然而起, 其三行之間, 如我兩行之廣, 是我無故而失田三分之一矣. 單耘, 人所耕者, 半於牛, 田也·牛也·人也·器也,[47] 尺寸相應,[48] 又種法至均, 不疊不斜, 長則俱長, 短則俱短, 絶無參差. 我國種荳·種麥, 隨意灑之, 自相叢結, 以至受風不齊, 陰陽各異, 高

---

41 靴가 경인본에는 鞋로 되어 있다.
42 爲가 장서각본에는 빠져 있다.
43 直이 장서각본에는 卽으로 되어 있고, 금서본에는 빠져 있다.
44 자연본, 연경본, 금서본, 장서각본에는 전체 내용이 외편에 실려 있다 하여 생략했다.
45 培가 경인본에는 倍로 되어 있다.
46 耘가 월전본, 경인본에는 耟로 되어 있다.
47 田也·牛也·人也·器也가 월전본, 국립본, 규장각본, 동양본, 경인본에는 人也·牛也·田也·器也로 되어 있다.
48 연민본에는 "單耘, 人所耕者, 半於牛, 田也·牛也·人也·器也, 尺寸相應."의 내용은 빠지고 그 자리에 "苟人事旣盡, 則雖天運之不齊, 亦可禦也. 若伊尹之區田·趙過之代田, 是已. 以近日所驗言之, 歲丁巳, 於後苑試治田, 極人力, 果遇旱, 不能爲災, 禾頗稔熟. 是則偶爾天災, 其以人力而可救也, 審矣-出世宗寶鑑"의 내용이 들어가 있다. 이 글은 하위지(河緯地)가 쓴 「권농교서」(勸農敎書)의 일부로서 『동문선』과 『국조보감』에 실려 있다. 이는 외편 「밭」(田)의 자연본과 연경본을 베껴 넣은 것이다.

者結實幾熟, 而低者方花未已, 此皆傷其類而不實. 故凡播粒在顆顆不病, 不在種子之繁, 如麥一穗得百顆, 則一斗當收十斛, 而不能然者, 有不均焉耳. 由是觀之, 我國旣以耕之時而失田, 又以種之時而費穀, 收之時而減穀, 穀安得不貴, 民安得不貧. 今我國之所謂幾日耕·幾斛種者, 實半於其數,[49] 是歲棄穀幾萬斛於地中也.[50]

糞 五則

中國惜糞如金, 道無遺灰. 馬走, 則擧畚而隨其尾, 以收其矢, 甚至掘取驢馬溲過之泥土. 道傍之民, 日持筐曳小杷, 揀馬通於沙中. 人盡拾之, 豈可多得?[51] 初見壯夫一日之功, 不滿二斗, 頗笑其拙, 細思之, 乃知此乃來歲穀一斗也. 日得斗穀, 不已多乎? 種田之家, 多鋪蜀秸·雜草於門前, 牛馬之所踐, 車輪之所輾,[52] 雨雪之所沉, 積而腐之, 其色膩黑, 與土同體, 又翻覆之而成糞焉. 積之皆正方,[53] 或三稜六稜, 如大浮圖, 而浚其下埋甕, 以收其瀝. 或用大甕和黃糞,[54] 以杖攪之, 以盡解無塊爲度, 如稀粥. 夏日用長柄瓢, 舀而覆之于沙場,[55] 沙熱卽乾, 團圓[56]如茜餠, 銖兩不差. 碎爲末, 用之茉田者也.

物之有顯效者, 莫如糞之於田, 莊周所謂腐臭化爲新奇者, 而都城萬家之圊溷, 以其無車也, 莫能出之, 所謂出之者, 只是病馬之背, 重不滿數十斤, 以藁草疎結爲網, 掃取藁莖草荄之亂街者, 蘸其泥而去眞, 所謂掛一漏

---

49 實半於其數가 월전본, 국립본, 규장각본, 연민본, 동양본, 경인본에는 實不能半於其數로 되어 있다.
50 연민본에는 이 하단에 외편 「밭」에 수록된 전 내용을 첨부했다.
51 "人盡拾之, 豈可多得?"이 「본리지」에는 빠져 있다.
52 輾이 경인본에는 碾으로 되어 있다.
53 積之皆正方이 「본리지」에는 中國積糞皆正方으로 되어 있다.
54 위 본문이 서유구, 『임원경제지』, 「관휴지」(灌畦志) 권1, '총서'(總敍) 〔거름덩이를 다루는 법〕(糞餠法)에서는 "中國有大甕貯水和黃糞"으로 되어 있다.
55 沙場이 「관휴지」 권1, '총서'(總敍) 〔거름덩이를 다루는 법〕에서는 場이 빠져 있다.
56 圓이 「본리지」에는 團으로 되어 있다.

萬, 藁芟性本疎鬆, 入土不能密貼, 生糞又不和勻, 著種反爲毒損. 其經多積
置之糞堆, 旣不浚濠, 雨雪洗其全膏, 悉力輪田者, 查滓而已. 溲溺則尤無其
器, 鄕村種麥之家, 受以破槽, 收者半, 溢者半, 都下則日委之於庭宇街巷,
以至井泉皆鹹. 川橋石築之邊, 人乾鼕鼕, 非大霖雨則不洗, 六畜之矢, 恒汚
人襪, 田疇之不易, 此可推矣. 糞旣不收, 灰則全棄於道, 風稍起, 目不敢開,
轉輾飄搖, 以至萬家之酒食不潔. 秦法, 棄灰者死, 此雖商君之酷, 要亦力農
之意.

　　百畝之耕,[57] 當畜二牛, 二牛當具役車一乘. 車必有箱, 箱以河柳結爲大
筐, 內塗以紙, 傅以油灰, 令水不漏, 盛溲溺而載之. 凡載油酒, 皆此器也.

　　大約人一日之糞, 足生一日之穀.[58] 棄百萬斛糞者, 豈非棄百萬斛穀者
歟?[59]

　　今水田者, 生[60]取檞葉鋪之. 旣未腐朽, 必無當年之效. 古方種菉豆, 待
其茂耕而[61]覆之, 勝於糞, 亦一法也. 凡年久溝渠腐黑之土, 悉可糞, 皆行車
以後事也.

桑

近世草綿盛而蠶桑衰, 然桑最易種. 斷取半尺細枝如筆管者, 燒其兩頭而種
之, 無不活, 千株萬株, 一年可成. 或以葚直種[62]于田, 如種荣之法. 或種一
年而焚之, 二年而刈之, 叢生茂盛, 伐其枝而飼蠶. 灤河之西, 多沙田, 一望
無際, 皆新桑. 僅齊於人, 其葉沃然異常.

57　百畝之耕이 「본리지」에는 凡百畝之田으로 되어 있다.
58　足生一日之穀이 경인본에는 足一斗之穀으로 되어 있다.
59　歟가 경인본에는 耶로 되어 있다.
60　生 앞에 월전본, 국립본, 동양본, 규장각본에는 或이 첨가되어 있다.
61　而가 경인본에는 以로 되어 있다.
62　種이 월전본, 국립본, 동양본, 규장각본에는 耕으로 되어 있다.

農器 六則

今[63]之言農器者曰: "古今異宜", 曰: "南北殊制". 一言以蔽之曰: "我國無農器", 則古今南北不須論也. 大抵耒耜廣尺定, 然後畎畝可成, 耘耔易爲力也. 今峽用兩牛犁, 野用單牛犁, 皆所以起土, 起土之後更無他物. 峽犁亦各不同, 野犁亦各不同. 溝畦畎畝, 皆以臆成, 或合三犁爲一畦, 或合五犁爲一畦, 畦廣則散種, 散種則穀之行列亂, 及其除草, 用力十倍. 今薥黍葉短柄鋤, 不知起於何時. 觀其鋤時,[64] 左執苗, 右把鋤, 傴背而尻坐, 計根而培之, 逐草而拔之. 壯夫一日之力,[65] 不過五六畝. 古法犁耕之後, 必以小鋤[66]劃而爲溝, 種苗溝中, 苗生, 以長柄鋤立劃脊土, 分堆左右雜草, 因此倒拔, 自然培根.

櫌, 破塊器也. 犁耕[67]之後, 田必有塊, 有塊則穀不茂, 古語大塊之下無良穀,[68] 是也.

長柄鋤, 柄長二尺半, 項一尺, 如大葛葉而內曲之, 宜於立刮也.

耙用水田者, 耕時水波汨汨, 尤難破塊. 先用一字大耙, 次用人字細耙, 又次用鐵耙, 使土細解如篩麵, 無[69]片塊, 然後可種. 今人只用大耙, 一次滾水而已.

農器, 當考徐光啓『農政全書』圖式, 擇用之.

今人安於故常, 官賣農器, 必不肯買. 只當先試屯田, 見其功效, 不數年, 必從之如市. 舜之所在, 成聚成都, 非但聖德所致如是之速. 其耕稼陶漁之智, 必有使民樂趨, 如水就下也.

---

63 今 뒤에 연민본에는 日이 첨가되어 있다.

64 서유구,『임원경제지』,「본리지」에는 其鋤時가 생략되어 있다.

65 力이 장서각본에는 役으로, 경인본에는 功으로 되어 있다.

66 鋤가 월전본, 국립본, 동양본, 규장각본에는 耡로 되어 있다.

67 耕이 장서각본에는 耘으로 되어 있다.

68 穀이 경인본에는 苗로 되어 있다.

69 경인본에는 無 뒤에 一이 첨가되어 있다.

鐵

中國鍛鐵, 皆用石炭, 石炭力猛, 能煉鋼鐵. 故其兵器農器, 堅利倍我. 或有
貿來于我, 而遇傷則不能改鍛. 聞端川·楊根等地出石炭, 凡裝車輪, 造農器,
當就用之.

稻種

宋時種占城稻, 取其先霜早熟, 能免災荒. 今燕京西山水田種者, 皆江南早稻
種.[70] 每於黃曆之行, 貿取傳種, 必有異也.

穀名

今穀名, 皆以方言相傳, 南北不同, 古今殊謂. 一物異號, 轉不可訓. 宜令博
雅者, 尋出本字, 定其名.

地利 二則

今人莫不以荒田皆墾·阡陌無棄爲盡地利, 殊不知家田已荒, 何用荒田; 溝
睆不修, 何用阡陌. 故占廣而農益病, 力疲而功不顯. 薄田瘠地姑無論, 今之
所謂上等田, 由中國觀之, 皆荒田者, 無法故也. 卽以菘茉論之, 京都之[71]人,
歲取種於燕京, 然後甚美. 三年不易, 則化爲蘿菖. 種之於鄉者, 當年已不及
京市, 豈其地之有殊哉? 蓋其糞之不若也. 百穀莫不皆然, 故學中國然後, 可
以一變至道也.

---

70 種이 규장각본에는 稻로 되어 있는데 오자다.
71 之가 경인본에는 빠져 있다.

農切忌貪多廣占. 古者百畝, 一夫所受, 卽方百步地, 不滿今二日耕耳. 猶能仰事俯育, 上農得九人之食是也. 遼田耕一日, 收粟五六十斛, 而地半于我. 由是觀之, 生穀之道, 在人而不在地,[72] 明矣. 今松都城內, 縣田一日耕, 歲收千斤, 價至四五百兩, 平壤外城, 田一日耕, 收粟百斛, 則幾於古矣.[73]

水田

大約漢水以北, 水田不可多. 蓋新羅學唐之國, 而其地又與淮口相値. 故學江淮間水田之法, 慶尙之飯稻固也. 至於漢北, 則高句麗[74]也. 統合之後, 見南人之食稻, 從而效之. 是欲移江淮風俗於高句麗也, 其可乎? 畿東之歲比不登, 職由於此.

水利

今之言水利者, 日積公車, 皆以水車爲歸趣. 此特農之一事, 非專靠此以爲農也. 又灌漑堤堰, 皆令甲中事. 但不改農法, 則雖有水田萬頃, 猶無用也. 生穀之不殖, 豈無地而然哉!

老農

今之老農不可信, 此非有識而在野者, 卽不過下愚而筋力者. 如今溺器入地, 千年不能爲古董也, 明矣. 正月上元, 占月高低, 竟沒著落; 二月初六,[75] 看

---

72 경인본에는 난외에 "不在地, 作不專在地, 宜矣."로 보완하는 주를 달았다.
73 경인본에는 난외에 "千斤·百斛, 豈人力所致耶?"란 주가 달려 있다.
74 麗가 월전본, 국립본, 동양본, 규장각본, 연민본, 금서본에는 驪로 되어 있다. 다음 문장의 麗도 마찬가지다.

460

昻前後, 有⁷⁶何意義? 只當使有慧識者, 就古人方策中, 審天時, 相土宜, 盡人力三者, 而會通之而已. 地高川⁷⁷卑, 則制車而升之; 地甚磽确, 則淤蔭而肥之; 土性浮疎, 則屢耕而碌碡之; 高原荒蕪, 則區田而水澆之, 此其大略也.

區田

區田出於伊尹, 七年之旱, 民不阻飢. 其法不擇土之肥瘠·地之高下, 凡丘陵·壠坂·傾仄·沙礫之中, 皆可爲之. 但糞田澆水, 作町治溝, 不失尺寸, 然後可效. 嘗略試數畞之麥, 例收七八斗者, 得五六石. 如能盡用其法, 無毫髮之差, 則必不止此, 又況種子減四五分之一者乎? 大小荳木綿等種尤有利. 『金史』: 章宗試區田於苑中, 與他田較, 區田勝.

注秧

注秧, 非設法可禁者. 在初未有此法時, 必有亟上疏章, 請行之如法者矣. 法久弊生, 竟亦利多而害少.

種藷

甘藷爲救荒第一, 宜令屯田官別種之. 又於箭串·栗島等處,⁷⁸ 可以多種. 又勸民自種, 當年內不患不繁. 但傳種,⁷⁹ 忌濕忌凍. 冬天屋裏置土於盆中, 埋

---

75 六 뒤에 자연본에는 日이 첨가되어 있다.
76 有가 자연본에는 빠져 있다.
77 川이 국편본, 금서본, 장서각본에는 天으로 되어 있다.
78 處가 경인본에는 地로 되어 있다.
79 傳種 이하가 서유구의 『감저보』(甘藷譜)에 전재되어 있다.

之數日, 拔之數日, 切勿放過, 以致萬顆之一時壞了也.

末利

今之議者, 必曰: "近世之民, 專尙末利, 悉驅之而緣南畝, 則農可勸也." 此偶見賈生「治安策」中一語而先入者也. 夫商處四民之一, 以其一而通於三, 則非十之三不可. 海民之以魚爲農, 亦猶峽民之以木爲農. 今若一切食土, 則民失其業, 農日益傷矣. 孟子曰: "萬室之邑, 一人陶, 可乎?" 今欲並廢一人之陶而農之云耶?

汰儒

問: "欲汰儒, 儒安能束手退去乎?" 曰: "使其門長, 具薦狀, 保其文行足赴試, 然後又令所在地方官, 點擇起送. 入都, 又嚴照訖之, 講旣中試, 有面前試. 凡經四節拍, 而冒犯者, 亦幾希矣."

屯田之費

屯田, 以十頃爲率, 當用牛二十頭·車十乘·徒二十人. 自開墾下種, 至春簸作米, 大而水閘·水車之類, 小而犁檴·鋤耙·鎌鋤·颺扇·碙碓·石杵·連磨·碌碡之屬, 費當不下數萬緡錢. 若只就閑地, 姑取北車及軍兵受本料者用之, 當略省[80]費. 然「禹貢」一篇, 不言經費, 以事所當爲, 雖擧天下而聽之, 不可不行故也.

---

80 省이 장서각본, 연경본, 연민본, 자연본, 금서본, 경인본에는 有로 되어 있다.

濬河 二則[81]

京城東十里, 有水出佛巖山, 流注于粟橋, 南過石串圩, 又南入于中冷[82]浦,
而浦之西地方數里. 其中舊有民田, 契券俱存. 近自數十年來, 每當夏潦暴
至, 流沙漂下, 漸至堆積, 水失故道, 汎濫橫流, 仍成荒野. 過客之指畫者,
欲事隄防, 則計其功力, 望洋而返. 今若依中州濬河之法, 講造龍爪等器, 疏
其支脈, 通其咽喉. 但使水由地中行而已, 則比諸隄防, 難易懸隔. 治其舊
畛, 闢其新畝, 則田乃復初, 歲可收數千斛稻米, 亦屯田之一助矣. 且水道之
闊塞者, 如以十里論之, 非盡十里皆然, 必有處處礙滯, 因爲橫濫而然也. 惟
當察其高低肯綮, 因勢而利導之. 非特此也, 漢水・錦江, 在在可濬, 今人但
不講究耳.

　　凡疏濬, 當於水微漲時行之. 先用高低衡, 度其丈尺,[83] 立標[84]記之.[85]

築倉 三則

倉庫必甓築, 或石卵爲底, 以避火・備鼠・禦濕. 非特倉庫, 凡屋壁・火炕, 皆
當用甓. 今民家善圮不正方[86]者, 無甓故也.

　　今天下出地五六丈, 入地五六丈, 皆甓也. 高則爲樓臺・城郭・垣墻, 深
則爲橋梁・墳墓・溝渠・炕堗・隄堰之屬, 衣被萬國, 使民無水火・盜賊・朽濕・
傾圮之患者, 其[87]甓也. 其功如此, 而東方數千里之內, 獨廢而不講, 失策大
矣. 或曰: "甓由於土性, 故我國瓦而不甓." 是大不然, 圜則瓦, 方則甓.

81　동양본과 규장각본에는 二則 두 글자가 빠져 있다.
82　冷이 자연본, 동양본, 규장각본, 경인본에는 冷으로 되어 있다.
83　尺이 규장각본에는 빠져 있다.
84　標가 규장각본에는 木標로 되어 있다.
85　연민본에는 이 단락을 앞 문장과 구별하지 않았는데 오류다.
86　正方이 경인본에는 方正으로 되어 있다.
87　其가 경인본에는 皆로 되어 있다.

近世或有燒甓者, 苦患窰不如法, 必用松肬烈火, 又無燒訖灌頂之妙. 甓恒燥硬不受灰黏. 瓦亦同.

船 四則

中國裝船之法, 縱用長板, 橫用短板. 鑢平如鏡, 而複造焉. 縫隙, 黏襯油灰瀝靑. 凡盛米穀, 皆直寫於中, 覆以橫板. 下爲倉庫, 上卽人所處者. 皆版屋, 或層樓. 樓上又可貯物, 雖津渡無屋小船, 亦必有橫板如軒.[88] 大約彼船如今象戲局面, 我船如雙陸局內.

我國旣失全車之利, 又不盡舟船之用. 無論運船津船, 隙水常滿. 舟中之膛, 如涉川然. 舀而棄之, 日費一人之力, 載穀必用編木, 鋪其底, 而居下者, 猶患腐濕. 又無上軒下倉之法, 人身器什, 限舷而止. 穀用藁包, 囊以藁索, 一斛之載, 恰容二斛. 或有篷而短甚, 天雨, 則船爲貯雨之器. 又泊岸不橋, 另有一隊裸民, 入水雇負. 津船亦負人以上. 躍馬令入. 舷旣如閾, 以可橋之高, 躍如閾之深, 幾何而馬不折脚也? 故買馬, 有善舟不善舟之稱, 不備橫板故也.[89]

若有漂人, 來泊沿海諸邑, 船中必有帶來船匠及他技藝人. 卽其候風留住之間, 亟令巧工倣學其制, 盡其術而後, 方許其歸可也. 今不徒不學, 或有棄船陸還者, 卽令該地方, 焚其舶, 不知何義.

---

88 이상의 내용은 서유구,「섬용지」(贍用志), '운수지구'(運輸之具) 배(舟) 조항의〔중국의 제도](華制)에 인용되어 있다.

89 이 단락의 내용이 서유구,「섬용지」, '운수지구'〔배]의〈동제〉(東制)에 다음과 같이 수정되어 실려 있다. "我國旣失全車之利, 又不盡舟船之用. 無論運船津船. 隙水常滿, 舟中之膛, 如涉川然. 舀而棄之, 日費一人之力. 載穀必用編木, 鋪其底, 而居下者猶患腐濕. 又無上軒下倉之法, 人身‧器什, 限舷而止, 穀用藁包, 囊以藁索, 一斛之載, 恰容二斛. 或有篷而短甚, 天雨則船爲貯雨之器. 又泊岸不橋, 另有一隊裸民, 入水負津船, 亦負人以上, 躍馬令入舷. 旣如閾, 以可橋之高, 躍如閾之深, 幾何而馬不折脚也? 故買馬有善舟‧不善舟之稱, 不備橫板故也."

潞河運船記

東潞河, 去燕京四十里, 抱通州城, 合玉河, 而南入渤海, 海運之入, 皆自此. 望見河口, 百里之間, 柁檣密於竹林. 船旗上各書浙江·山東·雲·貴等號. 聞山東督撫何裕城, 運領小米三十萬石, 方在船中, 船大而麗. 余與靑莊李君登焉. 船高二丈, 長十餘丈, 橋板滑而彎動, 升降可懼. 鮑紫卿者, 錢唐西湖人, 何督撫之女壻也, 揖余以入. 文窓彩閣, 屹然高峙, 當中有室方丈, 上樓下庫, 書畫牌額帷帳衾枕, 芬馥幽深, 曲折遮掩, 杳不可測. 登船之際, 婦女之從深處觀望者, 繡襦寶髻, 珮聲珊然, 蓋絜其家眷云. 設椅命茶, 燒香筆語,[90] 紫卿請詩. 余以東扇書[91]贈一律, 其一聯有'萬里生涯春水宅, 一天魂夢白鷗鄕.'之句. 紫卿極讚之曰: "春水宅是張志和船名, 諒非隱僻, 白鷗鄕卽近代江南船名, 公何從知之?"余謝以偶然. 紫卿云: "歸當刻揭楹帖也."時四月旬後, 風日淸美, 簾牖之外遙見鷗鳥, 雲煙樓臺人物與夫沙堤風帆之出沒悠然, 忘其爲水, 若寓身山林之間, 而遊目丹靑之內. 若是, 則雖風濤萬里, 有時危急, 而亦何憚於浮海而遐征也. 宜乎華人之多遠遊也. 運船初皆直貯米, 而各備縣布袷袋, 至此始分貯于袋, 每袋一斛, 用小船運入玉河.

五行汨陳之義

箕子之『洪範』曰: "汨陳其五行."五行者, 民所資以爲生, 日用而不可闕者. 故水火金木土穀曰六府, 五行之汨陳, 卽六府之不修也. 汨猶汨喪也,[92] 陳猶陳棄也. 水不能水, 火不能火, 金不能金, 木不能木, 土不能土, 是也. 今有千里之長江, 而無一閘以磨穀, 則水利廢矣. 石炭之鋼爐不能制, 寧海之銅鑄不得鎔, 則火非火而金不金矣. 行無車而屋無甃, 則木工衰而土德虧矣. 此所以爲汨喪與陳廢之道也.

---

90 語가 규장각본에는 話로 되어 있다.
91 書가 월전본에는 빠져 있다.
92 也가 경인본에는 빠져 있다.

樊遲許行

世之恥爲農者, 輒以樊遲·許行爲口實. 彼皆不知農之上面別有事體, 故聖人斥之耳. 二子而在, 顧不可中後世力田之科, 補搜粟都尉之缺耶!

祈天永命

人主之祈天永命, 修鍊之延年益壽, 力農之凶荒不入, 同一理而事亦相通. 天下之延年益壽, 無過於五穀, 穀益豐而民益壽, 則祈天永命, 又本於力農矣.

農蠶總論

我國旣事事不及中國, 他姑不必言, 其衣食之豐足, 最不可當. 中國之民, 雖荒村小戶, 率皆灰築數間之庫. 不用斛包, 直輸穀于中. 或全庫, 或半庫, 或環簟于屋中, 如大鐘, 高接于梁, 梯而下之. 多者可百斛, 小者不下二三十斛, 往往一室之內有數堆焉. 我國小民之生, 皆無朝夕之資, 十室之邑, 日再食者, 不能數人. 其所謂陰雨之費者, 不過蜀黍數柄·番椒數十, 懸之于蔀屋烟煤之中而已. 中國之民, 率皆服錦繡, 寢氍毹, 有牀有榻. 耕夫亦不脫衣, 皮鞋束脛, 叱牛於田. 我國村野之民, 歲不得木綿一衣, 男女生不見寢具, 藁席代衾, 養子孫於其中. 十歲前後, 無冬無夏, 裸體而行, 更不知天地之間有鞋襪之制焉者, 皆是也. 中國邊裔之女, 無不傅粉挿花長衣繡鞋, 盛夏之月, 未嘗見其有跣足焉. 我國都市之少女, 往往赤脚而不恥, 着一新衣, 衆已睍睍然疑其爲娼也. 中國無京外之別, 其大都會如江南·吳蜀·閩粤之遠, 而其繁華文物, 反勝於皇城. 我國都城數里之外, 風俗已有村意. 蓋其衣食不足, 貨財不通, 學問喪於科擧, 風氣限於門閥, 見聞無由而博, 才識無由而開也. 若是而已, 則人文晦而制度壞, 民日衆而國日空. 故書曰: '正德利用, 厚生惟修.' 大學傳曰: '生財有大道, 爲之者疾.' 疾之云者, 用之利也. 生之厚者, 衣食足也. 然則爲今之計者, 莫如先從農之族類與蠶之高曾而盡改之, 然後可以

與中國參矣. 何謂農之族類? 凡未耜溝洫糞壤之法, 不合則不可謂農矣. 何
謂蠶之高會? 凡取蛾之法, 與飼之法·繅之法·織之之法不合, 則不參於
中國矣. 今夫我國之人, 亦莫不耕且蠶矣. 然而彼之穀已米, 而我方不及刈
焉; 彼之織已成, 而我方不及繅焉; 彼之綿已彈, 而我方一月之後與之齊焉.
中國之人, 方馳騁弋獵以爲樂, 而我方園有菓而不暇收. 山有樵, 水有魚, 而
不暇漁採, 百藝怠荒, 有廢而無修, 日有加而力不足者, 何也? 不學中國之過
也. 今卒然敎其民以栽花木·蓄禽獸, 音樂陳列古器玩好之物, 作爲奇技淫巧
云爾, 則亦足謂之非急務矣. 惟其日用而不可闕者, 器凡十數, 有颺扇焉, 一
人扇之, 則萬石之春不難簸矣. 有石杵焉, 萬斛之種, 不難鑿矣. 有水車焉,
能水乾地, 亦旱水地. 有瓠種焉, 蒔不勞踵矣. 有立鋤焉, 耘不病僂矣. 櫌杷
者, 所以破塊也. 碌碡者, 所以均種也. 有蠶箔·蠶網·繅車·織機之制焉, 一
歲之絲不難治矣. 有攪車焉, 人日核八十斤, 彈弓亦同. 今夫聚稻而簸之, 當
風而揚之, 踏長席之中, 擧其兩端而夾鼓之. 數人之力, 日盡於十餘斛之粟,
而猶患不精. 又種粟·種豆, 且掬且灑, 苗雜而傷實. 又隔塍之田, 一患於水,
一患於旱, 而不能相資其沾濕也. 用瓢瓢水, 如秋千狀, 鈍極可笑. 其灌漑
也, 水在一射之內, 而不能激上於半尺之高, 率壅大川, 令水積而望其餘波之
逆入焉, 一遇衝擊, 十家之産已沒於波濤之中矣. 此數者, 宜用桔槹·玉衡·
龍尾·筒車之屬以敎之. 又一間之屋, 養一間之蠶, 則人無所容足. 矼瓦以飼
之, 婢誤跌, 則死蠶滿足. 不知箔而層懸, 則盡屋之高, 其蠶數十倍, 而屋自
有餘. 移蠶者, 箇箇而別之, 窮日而無多, 不知覆網而飼桑, 則萬蠶齊出于網.
又天生一蠶之吐, 至均也. 繅者初不計繭, 隨意增減, 令絲棘而帛毛. 又繅不
用車, 手汲之而積於前, 水合而凝乾, 再以沙壓之而理之, 動費時月. 不知籰
之功, 能省數層, 又遠鈎而汲之, 絲先乾而色不黃也. 又織機, 勞縛·勞蹴·勞
引·勞擧, 而日不過二十尺.[93] 不知古機安坐如椅, 微動足尖, 而自開·自合·
自來·自去, 其織之倍徙, 惟視接梭之加捷而已. 攪車, 兩人日四斤焉, 彈綿
一人四斤. 夫四斤[94]之與八十, 亦甚遠矣. 凡此十數者, 一人用之, 其利十倍,
通國用之, 其利百倍, 行之十年, 利不可勝用矣. 然而有志者不必有力, 有力

---

93 二十尺이 동양본, 규장각본에는 十餘尺으로 되어 있다.
94 夫四斤이 규장각본에는 빠져 있다.

者不必有時. 當塗之人,[95] 卒無有擧而行之者. 民見其農桑之利不夥也, 則去之而他趨. 米穀騰而布縷貴者, 豈其無所然而然哉, 蓋其所由來者漸矣.

財賦論

善理財者, 上不失天, 下不失地, 中不失人. 器用之不利, 人可以一日, 而我或至於一月·二月, 是失天也; 耕種之無法, 費多而收少, 是失地也; 商賈不通, 遊食日衆, 是失人也. 三者俱失, 不學中國之過也. 昔新羅以慶尙一道, 北拒句驪, 西伐百濟, 唐以十萬之師, 來留於境上者歲月也. 當是時也, 一有犒饋接待之失禮, 飛芻輓粟之告竭, 則新羅之爲國, 未可知也. 然而卒能左右枝梧, 成功而有餘. 今我國如慶尙者八, 而平時頒祿, 人不過斛, 勑使一去, 經費蕩然. 昇平百餘年, 上不見有征伐巡遊之事, 下不見有繁華奢侈之俗, 而國之貧也滋甚, 何也? 此其故可得而言矣. 人種穀三行, 而我二行, 則是以方千里而爲方六百餘里也; 人耕一日得穀五六十斛, 而我得二十斛, 則是方六百餘里而爲方二百里也; 人播穀五分, 而我十分, 則是又失一年之種也. 如此而又有舟車·畜牧·宮室·器用之法, 廢而不講, 則是失全國之內百倍之利也. 橫計於土地也如此, 則豎計於百年, 已不知其幾矣. 失天·失地·失人, 雖地方千里, 而實不過百里, 無怪乎新羅之百勝於我也. 今急選經綸才技之士歲十人,[96] 雜於使行神譯之中, 以一人領之, 如古質正官之例, 以入于中國, 往學其法, 或買其器, 或傳其藝. 使頒其法于國中, 設局以敎之, 出力以試之, 視其法之大小與功之虛實, 以爲賞罰. 凡一人三入, 三入而無效者, 黜之而改選. 如此則十年之內, 中國之技, 可以盡得. 向之方千里者, 始可以方萬里, 向之三四年之穀, 始可以一年而得之矣. 若是而財賦不足, 國用不裕者, 未之有也. 夫然後, 雖人服錦繡, 戶設金碧, 將與衆樂之而不暇, 亦何患乎民之奢侈也?[97]

---

95 "有志者不必有力, 有力者不必有時. 當塗之人"이 동양본과 규장각본에는 빠져 있다.
96 歲十人이 규장각본에는 빠져 있다.
97 연민본에는 이 뒤에 외편에 실린 「재부론」에 따라 余昔有詩云 이하 두 편의 시가 첨부되어 있다.

通江南浙江商舶議 二則

我國國小而民貧, 今耕田疾作, 用其賢才, 通商惠工, 盡國中之利, 猶患不足, 又必通遠方之物, 而後貨財殖焉, 百用生焉. 夫百車之載不及一船, 陸行千里不如舟行萬里之爲便利也. 故通商者, 又必以水路爲貴. 我國三面環海, 西距登萊, 直線六百餘里, 南海之南, 則吳頭楚尾之相望也. 宋船之通於高麗也, 自明州七日而泊禮成江, 可謂近矣. 然而國朝四百年, 不通異國之一船. 夫小兒見客, 則羞澁啼哭, 非性也, 特見少而多怪耳. 故我國易恐而多嫌, 風氣之貿貿·才識之不開, 職由於此. 嘗見黃茶一船, 漂到南海, 通國用之十餘年, 至今猶有存者, 物莫不然. 故知今之衣綿布·書白紙而不足者, 一通舶, 則被綺紈·書竹紙而有餘矣. 向者倭之未通中國也, 款我而貿絲于燕, 我人得以媒其利. 倭知其不甚利也, 直通中國而後已. 異國之交市者, 至三十餘國. 其人往往善漢語, 能說天台·鴈蕩之奇, 天下珍怪之物·中國之古董書畫, 輻輳於長崎島, 竟不復請於我矣. 癸未信使之入日本也, 書記偶索華墨, 俄持華墨一擔而來. 又終日行, 盡鋪紅氈毹於道, 明日復如之, 其誇矜如此. 人莫不欲其國之富且强也, 而所以富强之術, 又何其讓於人也? 今欲通商舶也, 倭奴黠而常欲窺覘隣國, 安南·琉球·臺灣之屬, 又險又遠, 皆不可通, 其惟中國而已乎! 中國昇平百餘年, 以我爲恭順無他也. 善辭而請之曰:"日本·琉球·安南·西洋之屬, 亦皆交市於閩浙交廣之間, 願得與諸國齒!"彼必許之而不疑, 且無非常之慮. 於是集國中之巧工, 裝造船隻, 務令堅緻如華制. 今荒唐船之來舶黃海道者, 皆廣寧覺花島之民, 常以四月來, 採海蔘, 八月歸也. 旣不能禁, 則不如因而爲市, 厚賂以誘之, 學其船制, 不難也. 又必招募曾經漂人及大靑·小靑·黑島之民, 以導水路. 往招中國之海商, 歲以十餘舶, 一再泊于全羅·忠淸之間及京江之口, 嚴置戍堡, 以備他虞, 登船交易之際, 勿令喧呶挈攫, 以取笑侮於遠人, 厚遇船主, 以客禮待之如高麗故事. 如是則不待自往, 而彼亦自來, 我乃學其技藝, 訪其風俗, 使國人廣其耳目, 知天下之爲大·井䵷之可恥, 則其爲世道地也, 又豈特交易之利而已哉? 土亭嘗欲通異國商船數隻, 以救全羅之貧, 其見卓乎, 眞不可及矣! 詩云: '我思古人, 實獲我心!'

　　不通江浙, 先通遼陽船亦可. 蓋遼陽之於鴨綠, 隔一鐵山嘴, 不過全羅之於慶尙, 亦猶慕齋不得入燕京太學, 願入遼東學之意也.

尊周論

尊周自尊周也, 夷狄自夷狄也. 夫周之與夷, 必有分焉, 則未聞以夷之猾夏而
並與周之舊而攘之也. 我國臣事明朝二百餘年, 及夫壬辰之亂, 社稷播遷, 神
宗皇帝動天下之兵, 驅倭奴而出之境, 東民之一毛一髮, 罔非再造之恩. 不幸
而値天地崩坼之時, 薙天下之髮而盡胡服焉, 則士大夫之爲春秋尊攘之論者,
磊落相望, 其遺風餘烈, 至今猶有存者, 可謂盛矣. 然而淸旣有天下百餘年,
其子女玉帛之所出・宮室舟車耕種之法・崔盧王謝士大夫之氏族, 自在也. 冒
其人而夷之, 並其法而棄之, 則大不可也. 苟利於民, 雖其法之雖出於夷, 聖
人將取之, 而況中國之故哉? 今淸固胡矣. 胡知中國之可利, 故至於奪而有
之. 我國以其奪之胡也, 而不知所奪之爲中國, 故自守而不足, 此其已然之明
驗也. 世傳丁丑之盟, 淸汗欲令東人胡服. 九王諫曰: "朝鮮之於遼藩, 肺腑
也. 今若混其衣服, 通其出入, 天下未平, 事未可知也. 不如仍舊, 是不拘而
囚之也." 汗曰: "善!" 遂止. 自我論之, 幸則幸矣, 而由彼之計, 不過利我之
不通中國也. 昔趙武靈王, 卒變胡服, 大破東胡. 古之英雄有必報之志, 則胡
服而不恥. 今也以中國之法而曰可學也, 則群起而笑之. 匹夫欲報其讐, 見其
讐之佩利刃也, 則思所以奪之. 今也以堂堂千乘之國, 欲伸大義於天下, 而不
學中國之一法, 不交中國之一士, 使吾民勞苦而無功, 窮餓而自廢, 棄百倍之
利而莫之行. 吾恐中國之夷未暇攘, 而東國之夷未盡變也. 故今之人欲攘夷
也, 莫如先知夷之爲誰; 欲尊中國也, 莫如盡行其法之爲逾尊也. 若夫爲前明
復讐雪恥之事, 力學中國二十年後共議之未晚也.

470

열린사회를 꿈꾼 개혁과 개방의 사상
초정 박제가의 『북학의』

안대회

1.

의욕적으로 국정을 이끌던 정조正祖가 죽고 나이 어린 순조純祖가 왕위에 오른 사건을 시작으로 조선의 19세기는 출발했다. 정조의 급서急逝에 뒤이은 벽파僻派 세력의 전면적인 등장은 정국을 완전히 경색시켰다. 이는 주체적 개혁의 실종으로 연결되었고, 한 세기에 걸쳐 국정의 혼란과 외세의 침략이 거듭되면서 국가의 몰락이란 수렁으로 빠져들었다. 천주교 신자를 색출하여 처단한 신유사옥辛酉邪獄의 공포감이 온 나라를 짓누르던 그때, 청나라의 우수한 문물을 수용하여 부국강병을 이루자고 주장하여 중원벽中原癖, 당벽唐癖의 괴수로 지목받던 초정楚亭 박제가朴齊家가 사돈인 윤가기尹可基의 옥사에 연루되어 의금부에 끌려갔다. 혹독한 고문을 받았으나 초정은 굴복하지 않았고, 마침내 처형하자는 적대자들의 주장을 뒤로 한 채 두만강 국경의 종성鍾城으로 유배를 떠났다. 초겨울에 접어든 함경도의 이원利原을 지나며 초정은 비감한 어조로 시를 지었는데 그 시에는 다음 대목이 보인다.

가렴주구에 박대가 심해서	征斂至無厚
초췌한 백성들 늘 사경을 헤매네.	憔悴常瀕死
선왕께서 개혁에 뜻을 두고	先王志更張
폐습 씻어 기강을 회복하려 하셨건만,	洗滌復綱紀
퍼지던 향기 중도에서 끊어졌으니	馨香中途訖
고통에 허덕이는 백성을 누가 되살리나?	疲癃孰能起
신을 불러 왕안석王安石에 비유하신	呼臣比安石
그 말씀 아직도 귀에 쟁쟁하구나!	玉音猶在耳

　　―이원利原에서

　　조선의 백성들이 빈사瀕死의 처지에 놓이고, 개혁을 추진하던 군주마저 갔으니 이제는 누가 이 난국을 헤쳐 나갈지 개탄한 시이다. 당대 최고의 시인으로 중국 명사들의 극찬을 받은 인물인 데다 『북학의』를 통해 개혁의 주장을 굽히지 않는 초정을 보수적 인텔리들은 눈엣가시처럼 여겨 호시탐탐 제거의 기회를 노리던 터였다. 그의 든든한 울타리가 되어 준 사람이 다름 아닌 정조였다. 그런 군주가 사라진 뒤 고립무원의 처지가 된 초정은 사지로 떨어질 운명을 감수할 수밖에 없었다. 그 참담한 현실에 대한 우울한 회상이 자신도 모르게 시로 흘러나온 것이다.

　　그런데 초정의 시에 특별히 주목할 대목이 보인다. 초정을 왕안석에 비유했다는 구절이다. 왕안석이라! 그가 누구인가? 송대宋代에 과감한 개혁을 시도하다 보수파의 반대로 결국 실패한 개혁가다. 왕안석은 중국 역사상 가장 위대한 개혁 사상가로 공인된 사람이다. 그러나 그는 보수파에게 소인배로 낙인찍혔다.

주자학이 지배 이데올로기화한 조선 사회에서 소인배를 대표하는 인물 왕안석에 빗대어지기를 원하는 사람은 아무도 없었다. 왕안석의 개혁이 너무도 급진적이어서 수용할 수도 없었지만 그렇게까지 급진적 개혁을 추진한 인사도 없었다. 초정에게 큰 영향을 준 것으로 보이는 유수원柳壽垣(1694~1755)이 '백성의 재산을 불려서 나라 재정을 넉넉하게 하는 것'이 급선무인 나라에서 이재理財에 힘쓴다고 왕안석으로 몰아가는 사대부의 논리를 강하게 비판한 이유는 그 때문이다. 경제 개혁에 큰 뜻을 둔 유수원과 박제가 두 사람은 조선 선비들이 그렇게 사갈시蛇蝎視한 왕안석에 빗대어지는 것을 마다하지 않았다. 정조가 왕안석이란 호칭을 부여한 것을 초정은 모욕이 아니라 후한 칭찬으로 받아들이고 있다.

유배를 가는 길에 정조의 평가를 회상한 이 대목은 의미가 깊다. 초정이 제기한 개혁적 주장이 왕안석의 개혁에 견줄 만큼 급진적 혁신임을 정조가 인식했고, 초정 자신도 그 점을 자부했음을 말한다. 이는 동시대 사람들 사이에 공유된 사실이다. 그런 주장을 당당하게 책으로 저술하여 공표했기 때문이다. 이렇게 왕안석에 비유될 만큼 급진적 개혁주의자였던 초정은 자신의 혁신적 사상을 『북학의』를 통해 펼치며 18세기 사상계의 한 상징이 되었다.

2.

『북학의』는 조선의 경장更張을 꿈꾼 18세기 후반의 사상가 박제가의 저술이다. 이 책은 선진적인 중국의 문물을 배워서 부국강병을 이루자는 주장을 담고 있다고 알려졌으나 그렇게 단순한 문장으로 요약할 수 없는, 깊고 넓은 사상을 담고 있다. 위기에 봉착한 조선 사회의 현실에 대한 통렬한 분석과 자기부정을 통해 미래를 설계하고자 한 뼈아픈 자각과 통찰의 저작이다. 조선 시대에 쓰인 많은 저술과 비교하면 저술의 패러다임 자체가 다르다. 일반 저술에서는 찾아보기 힘든 변화에 대한 강렬한 욕구와 개혁의 논리가 펼쳐져 있다. 사변적이거나 현학적이기를 지양하고 직선적으로 또렷하게 소견을 표출한다.

이러한 『북학의』를 이해하려면 저자의 삶을 두루 살펴보는 것이 먼저 할 일이다. 초정은 본관이 밀양密陽이고, 우부승지右副承旨를 지낸 박평朴坪(1700~1760)의 하나밖에 없는 친아들이다. 1750년 11월 5일에 태어나 1805년 4월 25일에 죽었다. 초명初名은 제운齊雲이다. 자는 재선在先·차수次修·수기修其이며, 호는 초정楚亭·위항도인葦杭道人·초비당茗翡堂·정유貞蕤·해어화재解語畵齋·뇌옹纇翁 등을 사용했다.

초정의 집안은 소북小北 당파의 명문가였다. 이 집안은 소북 당파의 형성과 전개에서 큰 역할을 했다. 부친 박평은 1735년 문과에 급제하여 우부승지를 지냈다. 조부는 박태동朴台東으로 문과에 급제하여 필선弼善을 지냈다. 증조부와 고조부, 오대조까지 포함하여 5대째 내리 문과에 급제한 가계에서 그는 부친의 외아들로 태어났다.

그러나 초정은 적자가 아니라 서자였다. 아버지 박평의 초취初娶 부인은 청풍 김씨로서 광해군, 인조 시대에 국가 재정을 굳건히 한 재정통이자 소북의 영수로 활동한 김신국金藎國의 현손녀다. 초정의 스승인 김복휴金復休(1724~1790)가 바로 김신국의 5대손이다. 집안으로는 고종사촌인 그에게 어릴 때부터 같은 집에 살며 학업을 배웠다. 김복휴는 북인北人 집안의 계보를 정리한『북보』北譜를 처음으로 만든 학자다. 초정의 자형인 임희택任希澤과 사위 셋도 모두 소북 집안이다. 소북 명문가의 후예로서 학맥도 충실하게 잇고 있다.

친어머니는 박평의 소실小室로 전주 이씨다. 외조부의 이름은 이정화李正華다. 외가는 세종의 왕자 영풍군永豊君의 봉사손奉祀孫이다. 외가의 행적은 자세하지 않다. 초정은 서울에서 태어나 성장하고 생애의 대부분을 보낸 그야말로 서울내기였다.

초정은 키가 작고 다부진 체격이었으며, 수염이 많았다. 농담을 잘하고 남에게 지기 싫어하는 직선적인 성격의 소유자였다. 후배이자 검서관 동료인 성해응成海應(1760~1839)은 초정 사후에 초정의 성격을 이렇게 표현했다.

"초정은 뛰어난 재능을 자부하여 남의 뒤를 좇아 움직이려 하지 않고 자기 천성이 가는대로 스스로 터득했다. 말을 꺼내면 바람이 일어 그 예리한 칼날을 거의 맞설 수 없었다. 그를 힐난하는 자가 나타나면 기어코 꺾으려 애썼다. 그런 탓에 쌓인 비방이 크고도 요란했다. 그러나 그의 이름은 끝내 덮어 버릴 수 없다."

초정의 오만하고 직선적인 성격과 강한 자부심, 호승심好勝心을 지적했는데 그를 용납하지 않는 적을 많이 만들어 낸 요인을 성격과 자부심 탓으로 돌리고 있다. 충분히 수긍할 만한 지적이다. 게다가 초정은 서자였다. 내로라하는 명문가 출신이었으나 서자인 처지에 이런 성격과 능력과 태도를 지녔으니, 그는 주변에 숱한 적을 만들면서 문예와 학문에 종사한 것이다. 『북학의』에 표출된 선명하고 선이 굵은 주장은 그런 성격과 태도에도 잘 부합한다.

초정은 10대부터 예술에 두각을 나타내 청년이 되어서는 명성이 크게 났다. 어려서부터 글씨를 잘 썼고, 시와 문장에도 뛰어난 재능을 발휘했다. 『북학의』로 인해 도전적인 사상가로 비춰지지만 그것은 그의 일부일 뿐 실제로는 르네상스적 인간의 전형이다.

초정은 문기文氣가 도도하게 넘치는 예술가다. 초정의 글씨는 독특한 개성을 지녔다. 중국에서도 높이 평가하여 생존시에 북경에는 그의 글씨를 위조한 작품이 돌았다. 기재奇才로 인정받아 궁궐의 병풍에 글씨를 썼고, 『무예도보통지』武藝圖譜通志의 글씨도 초정의 작품이다.

초정은 또 참신하고 예리한 감각의 시를 짓는 그 시대를 대표하는 시인이었고, 분세질속憤世嫉俗의 격정을 담거나 고고한 소품취小品趣를 표현한 빼어난 산문가였다. "선입견에 얽매이지 말고 세상의 비난을 두려워 말라! 늘 스스로 깨어 있어 오묘함을 잃지 말자!"(「이사경李士敬의 제문」)라며 창작에서도 일체의 권위와 관습 및 제도에 맞서 도전하고, 새로운 경지를 개척하려 노력했다.

특히 초정의 참신한 시는 시단에 큰 변화를 불러일으키고 높은 명성을 누렸다. 다산 정약용은 벽에 걸어 놓고 싶은 시 작품으로 초정의 시를 꼽았다. 이덕무, 유득공, 이서구와 더불어 이른바 한시사가漢詩四家로서 조선 후기 한시의 새 경향을 대표하여 일세를 풍미했는데 그 인기는 20세기까지 지속되었다.

청년기를 보내며 초정은 문예 활동에 쏠린 관심을 현실 사회에 대한 관심으로 확장해 갔다. 1776년 27세 때 쓴 자전自傳에서 초정은 "어려서 문장가의 글을 배웠으나 성장해서는 나라를 경영하고 백성을 제도할 학문을 좋아했다"라고 밝혀서 20대에 경세제민經世濟民의 학문으로 방향을 전환했다고 분명하게 표명했다. 이 언급은 초정의 인생에서 선언적 의미를 지닌다. 그가 속한 소북 당파의 사대부들은 문예 분야에서도 재능을 발휘했지만 다른 당파 사대부에 견주어 유난히 상업과 유통, 경제 문제에 깊은 관심을 기울였다. 초정의 스승인 김복휴는 집안과 당맥黨脈, 학맥으로 초정에게 소북 당파의 학문적 특징과 긴밀히 연결되도록 고리 역할을 했을 것이다. 초정은 가계와 학맥을 통해 그에게 전해 온 뿌리 깊은 경세학經世學의 연원을 본격적으로 공부하면서 발견하였다.

경세학에 대한 관심은 초정의 주변에 포진한 서명응·박지원·성대중·이덕무·이희경·정철조鄭喆祚 등 진보적 학자들과 교유하면서 한층 계발되었다. 사회 현실에 눈을 떴을 때 초정의 눈에 들어온 조선은 암담하기 그지없는 가난하고 폐쇄적인 나라였다. 많은 사람들이 입버릇처럼 떠들듯이 청淸이란 되놈의 나라와 일본이란 왜놈의 나라에 둘러싸인 유일한 문명의 나라, 이른바 소중화小中華란 조선의 실상을 초정은 세심하고 분석적으로 관찰했다. 관찰의 결과 지금 당장 개혁하지 않으면 곧 무너질 것이라는 불온하면서도 비관적인 전망을 내놓았다.

초정의 진단은 조선 밖의 외부 세계에 시선을 돌려 외부의 눈으로 내부를 관찰하면서 더욱 확고해졌다. 대부분의 사람들이 내부에 시선을 고정하여 자만하고 있을 때 초정은 외부 세계의 선진성과 문명에 충격을 받고 외부 세계와 소통하고 배워야 한다고 판단했다. 청과 일본의 실상을 보니 조선을 개혁하여 그 수준으로 도달하지 않으면 제2의 임진왜란과 병자호란을 겪을 수도 있다는 절박한 위기의식을 느꼈다. 초정 주변에 포진한 청과 일본 교류의 선봉에 섰던 인물들이 전해 준 정보와 서적이 그에게 새로운 시각을 가져다주었다. 초정이 실상을 눈으로 직접 확인한 것은 바로 청의 수도 북경 여행이었다. 초정은 모두 네 차례 북경을 여행하여 수많은 명사들과 사귀고 건륭乾隆 연간의 전성기 청의 문명을 직접 확인하고 나서 확신을 갖고 주장을 펼쳤다.

첫 번째 연행에서 돌아온 초정에게 새로운 기회가 열렸다. 1779년 정조는 규장각奎章閣을 설치하고 검서관檢書官이란 직책을 만들어 재야에 머문 서족 신분의 사대부에게 문호를 개방했다. 이때 초정은 이덕무, 유득공, 서이수와 함께 초대 검서가 되었다. 국왕의 배려로 이들은 재야 문사의 처지를 벗어나 조정에 출사할 수 있었다. 정책을 입안하는 고위직은 아니지만 자신의 견해를 떳떳하게 제출하고 군주를 가까이서 접할 기회를 얻었다. 이후 초정은 이인찰방, 부여현감, 영평현령 등 지방 관직을 맡기도 했으나 대부분의 시간을 검서관으로서 왕명에 따라 서책을 간행하고 교정하는 일에 종사했다. 초정은 정조가 가장 아낀 하급 관료의 한 사람이었다.

초정의 주업무는 서책의 편찬과 교정이었고, 그 업무 탓에 시력이 약해져 사퇴하기까지 했다. 하지만 초정의 학문적 관심의 밑바닥에는 언제나 경세학이 있었다. 관료 생활을 하는 중인 1786년에 「병오년 정월에 올린 소회」(이하 「병오소회」)를 정조에게 바쳐 개혁 구상을 펼쳤고, 1798년 정조가 농업을 권장하여 농서農書를 구하는 윤음綸音을 반포하자 『북학의』를 농업에 초점을 맞춰 개편하여 진상했다. 기회가 주어질 때마다 초정은 적극적이고 강한 어조로 시급하게 개혁해야 한다고 외쳤다. 초정은 조선 사회의 많은 낡은 제도와 문화를 비판했고,

기득권을 누리는 사대부 계층을 개혁의 대상으로 몰아세웠다. 유생을 도태시키고, 그들을 상업에 종사하게 하자는 주장이 이를 대변한다. 당연한 결과로 그들로부터 가해지는 집요한 공격을 피할 수 없었다.

　1800년 정조가 급서하자 평소 초정을 몹시 미워하던 심환지沈煥之가 주축인 벽파 세력이 정권을 장악했다. 정계는 살벌하고 냉랭한 분위기로 바뀌었다. 그 결과 신유사옥이 발생하고 정조 치하에서 세력을 유지하던 개혁적인 세력들은 조정에서 추방되었다. 초정과 친했던 많은 이들이 처형되거나 유배되었고, 그도 아니면 정계를 떠났다. 1801년 둘째딸의 시아버지인 윤가기가 처형되는 옥사에 연루되어 초정은 의금부에 구속되었다. 모진 고문에 처형을 요구하는 자들이 많아 사지에 내몰렸으나 구체적인 혐의가 없었다. 초정은 심문을 받고 함경도 종성으로 유배를 갔다. 초정을 석방하라는 정순왕후의 명령이 여러 차례 내려졌음에도 불구하고 의금부는 집행하지 않았다. 1805년 3월 정순왕후의 사망 후에야 겨우 집으로 돌아왔다. 귀향하고 곧바로 4월 25일에 죽어 경기도 광주 엄현崦峴의 선영에 묻혔다.

3.

초정이 보인 학문하는 태도는 개방성과 국제성이다. 18세기 중후반 초정은 개방적 사유와 국제적 시각을 갖춘 대표적인 학자였다. 대부분의 지식인이 지식과 관심을 국내의 내부 문제로 제한하는 배타성을 굳게 지키고 있을 때, 초정은 외부로부터 다가오는 충격을 인식하고 주체적으로 외국을 관찰하고 그들과 다방면으로 접촉하고 배워야 한다고 주장했다. 외부와 접촉하지 않는 폐쇄적 태도를 지키면 몰락한다는 위기의식을 바탕으로 개방과 개혁을 역설했다.

사고의 개방성은 초정이 접촉한 인물의 넓은 범위에서 잘 드러난다. 초정은 국내는 물론 국외에서도 폭넓은 교유 관계를 만들었다. 국내에서 신분과 당파에 제한을 받지 않고 벗을 사귀고자 하여 홍대용, 박지원, 강세황, 채제공, 황윤석黃胤錫, 서호수徐浩修, 정철조, 이벽李檗 등 진보적인 학자, 문인들과 활발하게 교유했다. 영조 말엽 문단에는 서족庶族의 처지로서 학문과 예술 분야에서 발군의 재능을 보인 사람들이 많았다. 원중거元重擧, 김인겸金仁謙, 성대중成大中, 서상수徐常修, 이덕무, 유득공, 이희경李喜經, 김용행金龍行 등이 손꼽히는 인물인데, 초정은 서족 문사의 중심으로서 그들과 친밀하게 교유하면서 예술적 재능을 심화시키고 학문의 깊이를 더해 갔다.

초정의 교유는 폭이 넓어 신분이 낮은 수레 기술자인 이길대李吉大와도 친하여 그를 선비로 대우하라며 인사를 담당한 관리에게 추천한 일도 있다. 『북학의』의 「수레」에서는 바로 그 이길대가 한 말을 인용하기도 했다. 인간관계에서의 개방성은 중국인, 만주인, 일본인을 적대시하지 않고 적극적으로 사귀고자 노력하는 태도로 확장되었는데, 이는 세 번에 걸쳐 쓴 「회인시」懷人詩 연작에 잘 드러난다.

넓은 교유 관계는 국제 정보를 얻는 데 큰 도움이 되었다. 초정의 주변에 모여들었던 지식인들 가운데에는 통신사행에서 실무를 맡아보던 사람들이 많았다. 초정이 일본에 관한 소상한 정보를 많이 갖고 있었던 것은 그들로부터 얻은 도움이 컸다. 『북학의』에서 일본이 문화와 기술이 발달하여 우리가 배울 점이 많은 나라로 묘사되는 근거는 초정의 개방적 태도와 그가 접한 정보의 힘이다.

하지만 초정이 국제적 시각을 얻은 데에는 중국 여행이 결정적이었다. 초정은 한평생 모두 네 차례 연행燕行을 했다. 연행의 시기와 목적을 정리하면 다음과 같다.

1차 연행   1778년(정조 2)에 이덕무와 동행하고, 귀국 후에 체험과 견문을 바탕으로 『북학의』를 저술했다.

2차 연행   1790년(정조 14) 5월에 건륭제의 팔순절八旬節을 맞아 유득공과 함께 연행했다.

3차 연행   1790년 9월 2차 연행에서 귀국하던 중 왕의 특명으로 다시 연경에 들어갔다.

4차 연행   1801년(순조 1) 사은사謝恩使 일행과 함께 주자서朱子書 구매와 청나라 서남부 지역 민란의 정세 파악을 목적으로 연행했다.

중국어를 잘 구사한 초정은 연행에서 저명한 학자, 예술가들과 교유했다. 조선 시대에 중국을 여행한 학자가 적지 않았지만 초정만큼 많은 수의 명사와 친분을 두텁게 쌓은 사람은 일찍이 없었다. 초정이 사귄 이들은 기윤紀昀, 옹방강翁方綱, 나빙羅聘, 홍양길洪亮吉, 손성연孫星衍, 장문도張問陶, 이조원李調元 등 청대의 학술과 예술 분야에서 최상급으로 평가할 만한 인물들이다. 한족뿐만 아니라 만주족, 베트남 지식인, 위구르 왕자 등과도 터놓고 대화했다. 초정의 셋째아들이 정리하여 엮은 『호저집』縞紵集이란 책에는 초정이 사귄 인물 110명을 올려 놓았다. 초정이 쌓아 놓은 중국 학계와 예술계의 화려한 인맥은 훗날 조선 학자들이 청나라의 명사들과 교류하는 든든한 밑거름이 되었다.

그 같은 인맥이 국제적 시각을 갖추고 정보를 얻는 데 도움을 주었 겠지만, 초정은 서적을 통해서도 국제 정세에 대한 안목을 갖추고자 애썼다. 자바섬에 네덜란드가 진주한 사실 등의 동남아 정세와 서양 세력이 동양에 침투하고 그들의 문명과 학문이 매우 우수하다는 사 실에 대한 상당한 이해도 갖추었다. 초정은 청나라 오진방吳震方이 편 찬한 『설령』說鈴이란 총서를 소장했는데 이 책에는 국제 동향의 정보 가 적지 않다.

서양 서적을 구하려는 노력에서도 초정의 태도가 엿보인다. 초정 은 청나라에서 한문으로 번역된 서양 의서를 구하기 위해 애를 썼다. 1800년 봄에는 다산 정약용과 함께 천연두 치료법을 연구하여 적지 않은 효과를 거뒀다. 그 치료법을 의원인 이종인李鍾仁에게 주어 경 기 이북 지역에서 치료하게 했다. 후에 이종인은 그 처방을 정리하여 『시종통편』時種通編을 저술했다. 여기에는 초정이 중국에서 가져온 의 서가 큰 도움이 되었다.

4.

초정이 『북학의』를 저술한 과정은 어떻게 전개되었을까? 초정은 중 국에 가기 이전부터 상당한 기간 동안 사회 현상을 분석하고 난국을 해결할 방법을 숙고했다. 연암이 서문에서 『북학의』가 "일찍이 비 내 리는 지붕 아래 눈 오는 처마 밑에서 연구한 내용과 술기운이 거나하 고 등심지가 가물거릴 때 맞장구를 치면서 토론한 내용을 눈으로 한

번 확인해 본 것이다"라고 밝힌 것과 같다. 중국 여행은 그런 구상을 구체화시키는 결정적 계기가 되었다.

1778년 7월 1일 연경에서 돌아온 뒤 초정은 바로 경기도 바닷가 고을인 통진通津의 전사田舍에 우거하면서 평소의 구상과 연행에서 보고들은 견문을 정리하여 『북학의』를 저술했다. 저술에 임하는 초정의 심경은 『정유각시집』 제2권 첫머리에 실린 몇 편의 시에 잘 드러나 있다. 그 가운데 일부를 들어 보면, "긴 여행을 마치고 초가집에 앉아/저서의 근심을 오래도록 품고 있다"(「가을의 느낌을 적어 아내에게 준다」秋感贈內)라든지 "일신의 의식주를 걱정하지 않고/아득히 천지를 그리워하며 수심에 잠긴다", "천 개의 글자로 가슴속 생각을 풀어 내려니/어느 겨를에 내 한 몸 위해 고민하리오?"(이상 「새벽에 앉아 감회를 쓴다」曉坐書懷 7수 가운데 제3·5수)라는 시구들이 보인다. 여기서 저서가 『북학의』임은 말할 나위가 없다. 개인의 편안한 삶을 추구하려는 목적을 넘어 나라를 위해 쓴다는 충정이 드러난다.

이렇게 하여 연경에서 돌아온 뒤 3개월만인 9월에 『북학의』의 초고를 완성하고 스스로 서문을 썼다. 초정은 자서自序의 끝에서 서문을 쓴 시기를 밝혔는데 그것을 통해 『북학의』가 일차적으로 1778년 9월 29일에 완성되었음을 알 수 있다. 그의 나이 29세 때의 일이다.

그런데 이때 내편과 외편이 모두 완성되었다고 보기는 어렵다. 무엇보다 초정의 자서에서 자신의 저서를 내편·외편으로 구분하지 않았기 때문이다. 3년 뒤에 쓰인 박지원과 서명응의 서문에서 내편·외편으로 구분한 것과 차이가 나므로 1778년에는 현재와 같은 체재를 미처 갖추지 못했을 것이다. 외편의 일부가 이때 지어졌을 것이나 상당수는 그 뒤에 지어진 것으로 보인다. 자서가 쓰인 때로부터 3, 4년 지난 1781년의 박지원 서문과 1782년의 서명응 서문에서 비로소 내편·외편이 있다고 말했으므로 1778년의 가을에는 내편 전체와 외편 일부가 지어졌고, 이후 2, 3년 사이에 외편을 완성한 다음 박지원과 서명응에게 서문을 부탁했다.

그러한 정황을 잘 보여 주는 이본이 바로 삼한총서본三韓叢書本 필사본『북학의』1책이다. 연암 박지원이 1784년을 전후하여 편집한 대외관계 총서에 편입된 이 사본은 연암에게 서문을 부탁하면서 보여 준『북학의』를 필사한 것이라고 나는 추정한다. 박지원이 서문에서 "내가 연경에서 돌아왔더니 초정이 그가 지은『북학의』내편 외편 2권을 내어 보여 주었다"라고 한 것으로 보아 1780년 후반기에 부탁했고, 그로부터 1년 사이에 서문을 썼다. 그런데 이 삼한총서본의 외편은 현존하는 사본과는 크게 다르다. 내편의 기본 체제는 같으나 외편의 「뽕과 과일」과 「장지론」, 그리고 부록인 「이희경의 「농기도서」」와 「용미차설」이 빠져 있다. 그리고 「과거론」科擧論 후반부는 완성되지 않은 글이다. 이 사본을 볼 때 연암에게 서문을 부탁할 때도 외편은 채 완성되지 않은 상태였다.『북학의』의 초고본 모습을 고스란히 담고 있는 이 사본을 통해서 초정이 적어도 몇 년에 걸쳐 지속적으로 원고를 수정했음을 알 수 있다.

이렇게『북학의』가 일단 내편과 외편의 기본 체재를 갖추고서 박지원과 서명응의 서문을 받아 놓은 상태였으나 이후에도『북학의』와 사상적으로 깊은 관련을 지닌 글이 첨부된 듯하다. 연암이 서문을 쓴 이후에 쓰인 「시학론」詩學論(「북학변 3」)을 외편에 편입시키고, 삼한총서본『북학의』에는 없던 '수고'水庫의 내용을 비롯한 여러 조항이 첨부되었다. 초정 친필본과 그 친필본을 그대로 필사한 숭실본에는 부

전지附箋紙와 난외에 내용을 보충한 것이 보이고 글의 일부를 지우거
나 수정한 것이 있는데, 이는 『북학의』의 수정과 보완이 그 이후에도
계속되었음을 보여 준다. 1786년 1월 22일 정조에게 바친 「병오소회」
도 외편에 부록으로 편입시켰다.

『북학의』의 새로운 변신은 1798년 연말에 정조가 농업을 권장하
여 농서農書를 구하는 윤음綸音을 반포했을 때 『북학의』에서 농업을
다룬 내용을 추리고 새로운 내용을 보강하여 상소문과 함께 진상한
진상본 『북학의』에서 일어났다. 기왕에 쓴 내용을 수정하고 보완한
것이므로 대체로는 중복되지만 적지 않은 변화가 일어났다. 예를 들
어, 「똥거름」 조는 '진상본'이 대폭 확대된 반면, 「수레」 조는 대폭 축
약되었다. 이렇게 하여 『북학의』는 모두 세 부분으로 구성되어 현재
에 전한다.

『북학의』세 부분을 구별해 보면, '내편'은 대체적으로 중국 여행
을 통해서 확인한 문명세계에 대한 보고가 주축인 반면, '외편'은 북
학의 논리를 설명하는 글이 주축이다. 특히, 내편이 구체성을 띤 각
론이라면, 외편에서 펼친 초정의 논설은 개혁의 자세를 직설적으로
주장하는 원론에 속한다. 내편에서 밝히지 못한 이론이 전개된다는
점에서 사상의 심화를 엿볼 수 있다. 사상의 심화는 '진상본'에서도
예외가 아니다. 새로 설정된 항목인 「유생의 도태」 조에서 그야말로
조선왕조 신분제도의 근간인 양반의 도태를 유도하자고 주장함으로
써 사회제도의 근본까지 개혁의 대상으로 삼았다. 청년기에 갖고 있
던 사고가 나이가 들어가면서 퇴색하지 않고 유지되거나 강화되었음
을 엿볼 수 있는 것이다. 그것은 1786년에 쓰인 「병오소회」에서도,
1796년 자형 임희택에게 자신의 연행 체험을 시로 써 준 「연경잡절」

燕京雜絶 140수에서도 크게 달라지지 않았다.

『북학의』는 1778년 연행에서 돌아온 뒤 지어졌으므로 초정이 겨우 29세일 때의 저술이다. 외편이 대략 완성되었을 것으로 추정되는 1782년 어름으로 계산해도 33세에 불과하다. 패기만만한 젊은 시절의 저서인 것이다. 사상적 순수성과 열정을 간직한 나이에 18세기의 가장 위대한 사상서의 하나를 완성한 것이다. 이는 초정 자신의 학문적 능력과 열정의 산물이기도 하지만 홍대용과 박지원, 이덕무와 성대중을 비롯한 동시대 학계의 지적 역량의 총화다. 현재 서울 인사동 주변에 몰려 살면서 형성한 문예그룹 백탑시파白塔詩派가 이 새로운 사상 형성에 구심점으로 작용했다.

한편으로,『북학의』의 출현은 토정土亭 이지함李之菡 이래 유몽인柳夢寅, 김신국金藎國과 같은 북인北人 경세 사상가로부터 면면히 이어져온 상업과 유통을 중시한 학문적 토양에서 배양되었다. 소북 당파의 학문적 자산을 초정은 가장 극적으로 되살려냈다.

여기서 반드시 유념해야 할 것은 바로 『우서』迂書를 저술한 유수원의 존재다. 초정은 이 사상서를 탐독하고 그 영향을 깊이 받았음이 틀림없다. 18세기를 양분하여 전반기의 유수원과 후반기의 초정은 그 시대의 위기를 해결할 대책을 경제 문제를 중심으로 내놓았다. 유수원이 국가의 제도 전반에 걸쳐 문제를 진단하고 대안을 제시한 거시적 구도의 사상을 구축했다면, 초정은 시급히 개혁하고 실천할 구체적인 사실 중심의 대안을 제시한 차이가 있다(이는 나의 논문「초정 사상의 성립 배경과 그 영향」,『초정 박제가 연구』, 성균관대출판부, 2013에서 상세하게 논의했다). 두 사상가는 원론과 각론에서 당시 사회가 나아가야 할 방향을 날카롭게 분석하고 있다.

5.

『북학의』에서 제기한 주장은 북학론北學論이란 말로 요약할 수 있다. '북학의'北學議는 이름 그대로 풀이하면 북쪽을 배우자는 논의다.『맹자』「등문공 상」滕文公上의 "나는 중화中華가 오랑캐를 변화시켰다는 말은 들었지만 중화가 오랑캐에 의해 변화되었다는 이야기는 듣지 못했다. 진량陳亮은 초楚나라 출신이다. 주공周公과 공자孔子의 도道를 좋아하여 북쪽의 중국에 가서 공부했다. 그 결과 북방의 학자들 가운데 진량보다 나은 자가 없었다"는 글에서 나온 말이다. 요점을 추리면, 남방의 후진 지역에 사는 자가 선진적인 북방으로 가서 선진문물을 배웠다는 뜻이다.『북학의』는 결국 조선의 학자가 문화가 발달한 중국에 가서 선진문물을 배우자는 주장을 담고 있다. 책 이름이 북학北學이란 표어를 강렬하고 선명하게 표현하고 있다.

실제로『북학의』에는 "중국을 배워야 한다"(學中國)는 언급이 20번쯤 나온다. 문제 해결의 열쇠를 중국 문화와 기술의 학습으로 환원하는 느낌이 들 정도다. 과도한 점은 있으나 초정은 당시 조선의 문화 수준과 기술의 상태가 남에게 배우지 않고는 세계 수준에 도달할 수 없다고 보았다. 남에게 배우는 것을 부끄럽게 여겨서는 안 된다는 것이 초정의 생각이었다. 그런 생각이므로 자연스럽게 배우는 대상이 꼭 중국이어야 할 이유는 없다.『북학의』에는 여러 차례 배워야 할 대상으로 일본을 꼽고 있다. 또 장편시「일본방야도병풍가」日本芳埜圖屛風歌에서 "일본의 번화함이 오랑캐 중 으뜸일 뿐이랴?/그 제도가 주관周官의 수준임을 자못 아낀다"라고 말한 것처럼 일본의 제도와 기술도 배워야 할 대상으로 내세웠다.

그렇게 보면, 초정의 북학론은 중국 문물의 맹목적 수용을 의미하는 데 그치지 않는다. 세계로 향해 문호를 열어 우리보다 나은 문화와 제도와 기술을 배워서 부국강병과 윤택한 생활을 성취하자는 것이다. 중국과 통상을 확대하자고 주장하면서 초정은 "중국의 배하고만 통상하고 해외의 많은 나라와는 통상하지 않는다고 했는데 이것은 일시적인 임시변통의 책략에 불과하고 정론定論은 아니다. 국력이 조금 강성해지고 백성들의 생업이 안정을 얻은 상황에 이르면 마땅히 차례대로 다른 나라와도 통상을 맺어야 한다"(외편,「강남 절강 상선과의 통상론」)라고 주장한 것처럼 중국과 일본은 모방과 개방과 통상의 일차 목표이고 궁극의 목표는 전 세계로 확장하는 데 있었다.

　　초정은 국제 정세에 대한 인식을 바탕으로 서양 제국주의가 세력을 확장하는 시기에 국제적이고 역사적인 관점에서 조선이 당면한 현실의 문제를 해결하고자 하였다. 제국주의의 강압에 의해 개방되기 훨씬 이전에 주체적인 개방을 통해 스스로를 지키자고 웅변적으로 주장한 것이다.

　　북학론이 『북학의』에서 제기한 기본 태도라면, 실질적인 주장은 이용후생론利用厚生論이다. 여기서 이용利用은 일상생활을 편리하게 영위하는 것을 가리키고 후생厚生은 삶을 풍요롭게 누리는 것을 가리킨다. 이는 거창한 무엇이 아니라 일반 사람이 의식주를 비롯한 기본적인 생활을 윤택하고 편리하게 영위하는 민생民生을 의미한다. 초정은 "이용과 후생은 둘 중 하나라도 갖추어지지 않으면 위로 정덕正德을 해친다"고 서문에서 밝히고 있다. 조선 시대의 주류 학문이 대체로 정덕正德──인간의 도덕적 완성──에 초점을 맞추는 것에 반해, 초정은 도덕의 문제는 이용과 후생 가운데 어느 하나가 갖추어지지 않아도 존립할 수 없다고 잘라 말했다. 의식주 문제가 해결되지 않은 상태에서 도덕을 말하는 것은 허울 좋은 이상에 불과하다는 것이다. 초정은 물질의 가치를 인정하여 물질적으로는 윤택하고, 정신적으로는 풍요로운 삶을 추구하자고 하였다. 물질적 풍요를 적극적 추구의 대상으로 전환한 것은 도덕적 우위의 학문이 권위를 행사하던 학문에 반하는 것이다. 조선조 학문의 전통에서 『북학의』는 분명 이단적이다.

이용후생의 구체적인 내용으로 초정은 상업과 공업을 발전시키고, 바닷길로 외국 여러 나라와 통상하며, 전국의 육로 유통망을 확충하고 운송 도구를 도입하고 개선할 것을 주장했다. 기술 발전론, 해로 통상론, 상공업 발전론 등으로 요약할 수 있는 초정의 주장은 개항 이전에 나온, 가장 선진적이고 혁신적인 정책안으로 평가받고 있다.

『북학의』에서 구체적으로 설명하거나 주장한 내용 가운데 중요한 것만 몇 가지 들어 보면 다음과 같다. 상업과 유통을 천시하지 말고 활성화시킬 것, 수레와 배·벽돌을 비롯한 문명 도구를 적극적으로 도입하여 사용할 것, 도로와 교량·시장과 같은 사회 인프라를 구축할 것, 농기구와 물탱크·수차·잠업 기계 등 각종 기술과 기계를 도입하여 자체 제작하는 방안을 강구할 것, 노동의 효율성을 제고하고 도량형과 각종 도구와 물자·제도를 표준화할 것, 광석을 채굴하는 등 자원과 국토를 개발할 것, 직업의 분화와 전문화를 촉진시킬 것, 사회 전반을 개방할 것 등을 들 수 있다.

이를 통해서 국가는 부국강병을 이루고, 개인은 가난을 벗어나 윤택하고 편리한 생활을 영위할 것을 목표로 내세웠다. 초정은 개인과 국가가 부유하고 여유로워야 문화생활도 누리고, 국방도 튼튼해진다고 믿었다. 경제는 화려한 문명과 강한 나라의 전제다. 초정은 사회가 나아가야 할 목표를 설정하고 그 목표를 이루는 구체적 방법을 제시했다. 동시에 목표의 추구와 달성을 가로막는 걸림돌의 실상과 그 걸림돌을 제거하는 방법도 강구했다. 초정은 신분제도, 과거제도, 국민의 의식과 같은 측면에서 걸림돌을 이야기하고 이를 혁명적으로 바꾸어야 한다고 주장했다.

초정은 개선하고 개혁해야 할 조선 사회의 각종 폐단과 문제점을 예리하게 지적하고 있다. 기성 사회에 완강하게 고착된 폐쇄성과 봉건성을 해부하고 제거할 것을 역설했다. 수백 년에 걸쳐 형성된 틀 속에 틀어박혀 나오지 않는 폐쇄성은 조선의 진보와 발전을 가로막는 가장 큰 적인데 그 대상이 바로 지배집단 즉, 유자儒者임을 부각시켰다. 그리하여 유자의 도태까지 주장하고 그들이 상업에 종사하도록 유도하려는 시도를 하고 있다.

초정은 그런 과격한 제안이 쉽게 실현되기 어렵다는 것을 알면서도 주장했다. 국가의 개방은 유자의 낡은 인식을 깨기 위해서도 필요하다고 보았다. 초정은 개방을 통해 무역하고 인적 교류를 늘리고 도서와 기계, 물자가 수입되면 "조선의 풍속에 얽매인 선비들의 편벽되고 꽉 막히고 고루하며 좁디좁은 견해가 굳이 깨트리려고 애쓰지 않아도 저절로 파괴될 것입니다"라고 정조에게 진언했다.

초정은 조선 사회를 총체적으로 해부하고 진단한 결과 근본적인 개혁을 피할 수 없다고 판단했다. 조선왕조의 사상적 원천인 주자 성리학의 틀로는 총체적 난국을 해결하지 못한다고 보고 현실에 바탕을 둔 사회 발전의 틀을 새롭게 구축하려 했다. 그 같은 원대한 구상이 『북학의』에 담겨 있다. 이 저술은 조선 사회의 제반 현실을 주변

국가의 실상과 구체적으로 비교해 보고 그 현격한 거리를 폭로하여 무엇을 어떻게 해야 하는지를 제시했다. 그러므로 읽어 보면, 지나치게 구체적이고 기술적인 측면에 대한 묘사와 설명이 장황하게 펼쳐진다는 느낌을 받는다. 그러나 초정은 그 구체성을 넘어 철학으로 승화된 새로운 패러다임을 만들고 있다. 겉으로는 조선의 가난한 현실에 대한 충실한 보고서로 출발하지만 끝에서는 개혁의 철학을 담은 사상서로 맺는다.

초정은 나라의 이상을 거부하지 않았다. 청나라와 일본으로부터 침략을 당해 국토가 유린되고 큰 피해를 입은 것에 보복하려는 복수설치復讐雪恥를 실현하기 위해서는 경제를 살려 부유한 국가가 되어야 하며, 그것이 먼저 이루어지지 않으면 불가능하다고 보았다. 조선 사회가 지향하는 도덕이 바로잡힌 사회, 곧 정덕正德은 백성 한 사람 한 사람이 윤택한 경제생활을 하지 않는 한 이루어질 수 없는 공허한 목표라고 주장하였다. 도덕적 이념의 강화만으로는 개인과 나라의 빈곤을 해결할 수 없고, 빈곤이 해결되지 않는 한 어떤 명분도 도덕적 이념적 세례도 허구라는 것이다. 그렇게 보면 경제만 발달하면 다른 것은 모두 자연스럽게 성취된다고 보는 경제 환원주의로 이해될 위험성도 내포하고 있으나 초정은 경제와 기술의 발전이 사회 모든 부분의 발전과 인문적 문명 발달을 촉진하는 토대가 될 것으로 예상했다. 다음 문장을 보자.

백성들은 살아오면서 눈으로는 반듯한 것을 보지 못했고, 손에는 정교한 기술을 익히지 못했다. 온갖 분야의 장인匠人과 기술자들이 모두가 이 가운데 배출되었으므로 모든 일이 형편없고 거칠며, 번갈아들며 그 풍습에 전염되었다. 이런 상태에서는 아무리 훌륭한 재간과 고매한 지혜를 소유한 자가 나타나도 이렇게 굳어진 풍속을 타개할 방도가 없다. _내편,「주택」

꽃에서 자란 벌레는 그 날개와 더듬이조차도 향기가 나지만 똥구덩이에서 자란 벌레는 구물거리고 숨을 쉬는 것조차 몹시 추악하다. 사물이 본래가 이러하므로 사람이야 당연히 그렇다. 빛나고 화려한 환경에서 나서 성장한 사람은 먼지구덕의 누추한 처지에서 헤어나지 못한 자들과는 틀림없이 다른 데가 있다. 나는 우리나라 사람의 더듬이와 날개에서 향기가 나지 않을까봐 염려한다. _내편,「골동품과 서화」

초정이 구체적으로 제시한 내용은 조선 사회가 전반적으로 높은 수준의 문명을 이루는 풍속과 환경을 조성하는 것이었다.

『북학의』가 이렇게 혁명적 개혁안을 제시한 저서이지만 이러한 내용으로만 가득한 것은 결코 아니다. 다른 한편으로 『북학의』는 예술가인 초정의 면모도 보여 준다. 효율성의 제고, 기술 발달만이 능사가 아니라 미적 아름다움과 인간다운 삶의 추구 역시 조선인에게 필요하다는 점을 말하고 있다. 그는 평양의 대동강변에 나무가 곧게 수십 리 길에 뻗어 있어 아름다운 장관을 연출하는 사례를 들고 있다. 도로에 가로수를 심음으로써 보행자의 편리를 도모하는 일차적 목적 외에 그 아름다움까지도 고려하는 것이 진정한 변화의 방향이라는 지적이다. 또 골동품이나 서화 감상과 같은 예술 활동이나 교양적 품위의 향유를 배제하고 물질만을 탐닉하는 것은 "인간의 내면적 지혜를 살찌울 수 없고, 하늘로부터 받은 생을 마음껏 발휘할 수 없다"(「골동품과 서화」)라고 강조했다. 초정을 기술 문명에 경도한 속물이나 개발 지상주의자로 볼 수 없는 이유가 여기에 있다.

『북학의』는 조선 현실에 대한 분석을 거쳐서 외국을 모델로 하여 주체적으로 개혁하자는 것이었다. 불행하게도 당시의 정책 담당자와 정국은 그의 개혁 논의를 적극적으로 받아들일 태세가 되어 있지 않았다. 초정의 개혁은 태생적으로 실현될 수 없었다. 『북학의』에서의 주장이 실현되기에는 자신의 정치적 역량이 너무도 부족하고, 주장 자체가 너무도 급진적임을 본인 스스로도 알고 있었다. 그러나 정책으로 실현된 것이 적기는 하지만 『북학의』는 동시대와 그 이후 사상에 큰 영향을 끼쳤다.

정약용은 『경세유표』經世遺表에서 이용후생을 담당한 이용감利用監이란 부서를 설치하여 각종 기계와 도구의 제작을 주관하게 할 것을 제안했는데 이는 초정의 제안을 정부 기구로 구체화한 것이다. 정약용은 "이용감을 개설하여 북학의 방법을 논의하고 부국강병을 도모하고자 하니 이는 가볍게 여길 수 없다"라고 하여 박제가의 북학론과 이용후생론을 부국강병의 방안으로 설정했다. 정약용의 제자인 이강회李綱會(1789~?) 역시 초정의 영향을 깊이 받아 북학과 이용후생을 주장하며 "박초정朴楚亭의 『북학의』는 헐뜯을 수 없다"(「제차설」諸車說)라며 초정의 주장에 동조했다. 그밖에도 서유구徐有榘와 이규경李圭景 등에게도 깊은 영향을 끼쳐 『북학의』는 동시대와 그 이후 사상계에서 조선의 부국강병과 선진문물의 수용, 이용후생과 기술 문명의 향상을 강조하는 사회사상의 모델이 되었다.

개혁이 이루어지지 않은 결과에 대해 초정이 경고한 것은 그 뒤의 역사가 그대로 확인시켜 주었다. 다음은 「병오소회」의 일부이다.

만나기 어려운 것은 성스런 군주이고, 아까운 것은 때를 잘 만나는 것입니다. 현재 천하는 동쪽으로는 일본으로부터, 서쪽으로는 서장西藏(티베트), 남쪽으로는 과왜瓜哇(자바섬), 북쪽으로는 할하喀爾喀에 이르기까지 전쟁 먼지가 일지 않은 지 거의 200년입니다. 지난 역사에는 없었던 일입니다. 이 천재일우의 기회에 온힘을 다하여 우리의 국력을 닦지 않는다면 다른 나라에 변고라도 발생할 때 더불어 우환이 발생할 것입니다. 그렇게 된다면 직책을 맡은 신하가 태평성대를 아름답게 꾸밀 겨를이 없을 것입니다. 신은 그것을 염려합니다.

국제 정세가 안정되어 있는 지금 주체적으로 개방을 통해 개혁을 실행하지 못한다면 바로 국가 위기로 이어진다는 경고이다. 이처럼 초정은 강력하게 개방을 요구했으나 조정은 반대로 쇄국의 방향으로 가닥을 잡아 갔다. 안타깝게도 초정의 경고는 수십 년이 지나지 않아 그대로 현실로 드러났다. 그로부터 수십 년이 지난 고종 시대에 일본과 서구 제국주의 압력 아래서 개혁과 개방이 진행되었다. 『북학의』의 주장과 구한말의 개혁을 놓고 볼 때 유사점이 참으로 많다. 다만 자율적 개혁과 타율적 개혁의 차이는 너무도 컸다.

초정의 경고는 현재도 현실적 의의를 지닌다. 『북학의』를 통하여 초정이 제기한 많은 구상은 18세기 중후반 조선 사회의 특수한 역사적 배경에 기원을 두고 있다. 그러나 현재 용도 폐기할 낡은 사상이라고 볼 수 없다. 한국의 현실 속에서 지속적으로 반추할 가치가 있는, 보편성을 갖춘 생동하는 사상으로서 그 의의를 잃지 않을 것이다.

6.

『북학의』는 출간되지 않은 채 필사본으로 널리 읽혔다. 조선 후기의 사상서 가운데 필사본의 수량이 많은 편에 속한다. 중간에 전란과 여러 가지 이유로 소실된 것까지 포함한다면 그 수는 더 늘어나겠지만 현재까지 알려진 사본의 수는 대략 20여 종을 웃돈다. 나는 교감에 필요한 사본을 널리 수집하여 정본定本을 만들고자 노력했다. 교감에 사용한 필사본을 다음에 간명하게 소개한다. 자세한 교감의 내용은 별도의 논문으로 밝히고자 한다.

1. **국편본國編本**　국사편찬위원회에서 1961년에『정유집부북학의』貞蕤集附北學議(韓國史料叢書 제12집, 국사편찬위원회, 1961.)의 활판으로 간행했다.

2. **삼한본三韓本**　삼한총서본三韓叢書本, 필사본 내편과 외편 1책. 고려대학교 만송문고萬松文庫(만송 E2 A33 1)에 소장되어 있다. 연암 박지원 소장본이다.

3. **자연본自然本**　자연경실본自然經室藏本, 일본 나카노시마 도서관 소장. 2책. 내편과 외편, 진상본이 갖춰져 있다. 서유구 집안이 소장한 사본이다.

4. **월전본月田本**　한국화가 월전月田 장우성張遇聖(1912~2005) 화백의 구장본으로 내편과 외편, 진상본 3책으로 구성되었다. 월전미술관 소장.

5. **국립본國立本**　국립중앙도서관본. 내편과 외편, 진상본이 갖춰진 사본이다. 송신용宋申用 구장의 원본에서 1943년 7월에 베낀

사본이다.

6. **가람본** 서울대학교 가람문고본으로 내편과 외편 2책.『정유각전집』貞蕤閣全集(전2권, 여강출판사, 1985.)과『초정전서』楚亭全書(전3권, 아세아문화사, 1992.)에 영인되었다.

7. **규장각본**奎章閣本 서울대학교 규장각 소장. 2책. 내편, 외편, 진상본이 모두 갖춰져 있다. 내편—진상본—외편의 순으로 필사되었다.

8. **장서각본**藏書閣本 한국학중앙연구원 장서각 소장. 내편, 외편, 진상본이 모두 갖춰져 있다. 자연본, 연경본과 같은 계열이다.

9. **연경본**燕京本 미국 하버드대학 옌칭燕京 도서관 소장. 2책. 내편, 외편, 진상본이 모두 갖춰져 있다. 추사 연구가로 저명한 후지스카 지카시藤塚鄰(1879~1948) 구장본이다.

10. **금서본**今西本 이마니시 류今西龍(1875~1932) 구장본으로 일본 덴리天理대학에 소장되어 있다. 내편, 외편, 진상본이 모두 갖춰져 있다. 획을 잘못 쓰는 등 필사의 오류가 많고, 오자와 탈자가 많다.

11. **육당본**六堂本 고려대 도서관 육당문고六堂文庫(육당 B7 A21)에 소장된 육당 최남선 구장본이다. 내편과 외편 2권 1책. 월전본 계열이다.

12. **숭실본**崇實本 숭실대 기독교박물관 소장. 내편과 외편 1책. 초정 친필본을 형식 그대로 필사했다. 다만 오자, 탈자가 많은 편이다.

13. **일람본**一覽本 고려대 육당문고(육당 B7 A21) 소장. 육당 최남선 구장으로 판심에 일람각一覽閣이 새겨진 원고지에 정사淨寫되

어 있다. 일람각은 육당의 서재로, 일람각이 새겨진 원고지는
바로 육당의 전용 원고지이다. 필사의 저본은 규장각본으로 거
의 똑같다.

14. **고대본高大本**　　고려대 중앙도서관 소장(대학원 B7 A19). 내편과
외편 2권 2책. 자연본 계열이다.

15. **동양본東洋本**　　일본 동양문고東洋文庫 소장. 진상본 1책. 『초정
전서』(전3권, 아세아문화사, 1992.)에 영인되었다.

16. **연민본淵民本**　　단국대 퇴계기념도서관 소장. 진상본 1책. 연민
이가원 선생 구장본이다. 다른 사본과 비교하면 차이가 많다.

17. **버클리본**　　미국 버클리 대학 소장. 진상본 1책.

18. **경인본絅人本**　　경인絅人 임형택 교수 소장. 1권 1책. 박제가가
선호한 중국본 모습을 띤 19cm×12.2cm의 작은 책자로 4침
으로 책을 묶었다. 행서 달필로 필사했고, 곳곳의 문장에 평점
이 달려 있다. 진상본을 주축으로 외편 일부를 선택적으로 첨
가한 사본이다.

19. **초정고본楚亭稿本**　　국립중앙도서관 소장 『초정고』楚亭稿에 실린
진상본. 이덕무의 작품 선집과 이옥李鈺의 「이언인」俚諺引이 함
께 수록된 선집으로 경인본을 저본으로 필사한 것으로 보인다.

20. **도남본陶南本**　　도남陶南 조윤제 선생 구장본으로 영남대학교 중
앙도서관에 소장되어 있다. 내편과 외편 1책으로 연경본과 같
은 계열이다.

이상의 이본이 보이는 큰 특징을 살펴본다. 먼저 이상의 이본에 포
함되는 않았지만 가장 신뢰할 만한 텍스트는 통문관 주인 이겸로李謙

魯 씨 구장본이다. 이 사본은 내편과 외편 2책으로 저자 친필고본親筆 薹本이다. 이것을 친필고본으로 판단하는 근거는 필체가 초정의 글씨와 같고, 내용을 수정하거나 부전附箋을 붙여 첨가한 것도 있으며, 외편 끝에 박지원이 자필自筆로 쓴 「북학의서」北學議序를 수록하고 있고, 추사秋史 김정희金正喜의 제자인 서상우徐相雨의 장서인이 찍혀 있어 책의 소종래所從來가 분명하다는 점 등을 들 수 있다. 이 사본은 현재 소장자의 후손이 소장하고 있으나 공개하지 않아 접할 수 없다. 국편본이 이 친필본을 저본으로 교감하였기에 그 특징을 일부 반영하고 있다.

숭실대 기독교박물관이 소장하고 있는『북학의』내외편은 친필본을 원래 상태 그대로 필사하여 저자 친필본의 원형을 간직하고 있다. 내외편의 목록이 완전하게 같다. 관주貫珠와 비점批點을 단 것이 친필본과 똑같고, 난외에 부전지로 수정하거나 첨가한 내용을 똑같이 처리했다. 외편「북학론」에 실린 세 편의 글 가운데 뒤의 두 편이 연암 친필 서문 뒤에 부록으로 실린 체제도 똑같다. 「이확·나덕헌전」李廓羅德憲傳이 두 사본에 똑같이 마지막 부분에 부록으로 실려 있다. 연암 친필본 서문이 책의 마지막에 실린 것도 같고, 연암 글씨체도 거의 똑같다. 그러나 필사 자체는 정확하지 않아서 오자와 탈자, 빠트리고 베낀 구절이 적지 않다.

다음으로 중요한 사본은 삼한총서본 필사본『북학의』1책이다. 이 사본은 연암산방燕巖山房 원고지에 필사되어 있는데, 연암 박지원이 1784년을 전후하여 편집한 대외관계 총서의 하나로 편집되었다. 연암이 소장하던 사본으로서 현재『북학의』의 초고본 모습을 보여 주는 유일한 사본이라는 점에서 귀중한 의의가 있다. 다른 대부분의 사본이 모두 수정을 거친 완성본에서 필사한 것인 반면 이 사본만은 초정이 연암에게 서문을 부탁할 때의 초고본으로 보이기 때문이다.

1962년 국사편찬위원회에서 활판 간행한 『정유집』貞蕤集에 부록으로 수록한 『북학의』는 서울대 규장각본을 저본으로 하고 친필본으로 교감했다. 이 국편본은 오자와 오식, 표점의 오류와 자구의 누락이 너무 많다. 텍스트 비평이 엄밀하지 않아 신뢰감을 주지 못하는 판본이다. 진상본을 외편과 구분하지 않고 수록하여 편집자의 자의적 개입이 지나치게 가해졌다. 다만 친필본의 형태를 일부 보여 준다는 점에서 활용할 만하다.

전체적으로 이본은 다음 두 계열로 나뉜다. 월전본·국립본·가람본·규장각본·일람본·육당본이 하나의 계열이고, 자연본·연경본·도남본·장서각본·금서본·고대본이 또 다른 계열이다. 이 계열본의 큰 차이는 대략 다음과 같다.

1) 내편 목록에서 월전본 계열과는 달리 자연본 계열은 악樂, 운韻, 염染, 등燈이 제시되어 있다.

2) 내편 「성」城의 마지막 대목에 등장하는 이희영李喜英의 인명을 월전본 계열은 혹왈或曰로, 자연본 계열은 이길대李吉大로 표기하고 있다.

3) 내편 「여성복」 마지막 대목에 원주로 실려 있는 "이중존李仲存이 지은 글에 「다리를 놓는 것에 대한 논의」(鬌結議)가 있는데 상당히 채택할 만하다"는 내용이 월전본 계열에는 빠져 있으나 자연본 계열에는 실려 있다.

4) 외편의 「재부론」의 마지막 대목에 실린 초정의 자작시 두 편을 월전본 계열은 싣지 않았고, 자연본 계열은 실었다.

5) 외편의 목록상 계열에 따라 큰 차이가 있다. 월전본 계열은 본문이 있는 글만을 목록에 넣은 반면, 자연본 계열은 친필본에 수록된 목록을 그대로 반영했다. 자연본 계열의 목록은 1989년 '백상추념희귀본전'百想追念稀貴本展에 출품된 친필본에 실려 있는 '북학의외편목록'北學議外編目錄의 일부와 숭실본의 외편 목록과 같다. 자연본 계열의 외편 목록은 다음과 같다.

田 糞	桑 菓
農蠶總論 榨鋤之制	附李喜經農器圖序
搜粟都尉論	立覽司車院議
附李喜經龍尾車說	同律度量衡論
附李德楙禮記臆律度量衡條	
科擧論	附丁酉增廣試士策
科擧論二	官論
祿制	黨論
財富論	通江南浙江商舶議
葬論	兵論
名論	俠論
儉論	尊周論
北學辨	中國秕政
東方禮俗	日本論
行人雜議	瀋川議
山城論	附上李副使書
附送元玄川序	附李廓羅德憲傳

選士入太學議　　　　　族薦議
附上北學議疏

　　현재 일반적으로 알려진 목록과는 상당한 차이가 있다. 여기에 월
전본에 수록된 附丙午所懷가 자연본 계열에는 빠져 있다. 이 목록에
서 '搜粟都尉論' '立嬖司車院議' '同律度量衡論' '附李德棻禮記臆律
度量衡條' '黨論' '名論' '俠論' '中國秕政' '日本論' '行人雜議' '濬川
議' '山城論' '選士入太學議' '族薦議'와 같은 제목을 통해서 초정이
매우 다채롭게 사고를 펼쳤고, 그 주제로 글을 쓸 계획을 갖고 있었
음을 알 수 있다. 목록 자체만으로도 초정의 사고가 어디까지 접근했
는지를 짐작하는 데 도움을 준다.

　　이밖에도 적지 않은 차이가 계열에 따라 존재하고, 또 계열 내의
사본마다 존재한다. 구체적인 차이는 정본 원문에 달린 교감주에서
확인할 수 있다. 정본 텍스트를 만드는 작업을 통해 『북학의』 이본과
각 계열의 차이와 변모 과정을 파악할 수 있었다. 그 차이를 이해하
는 것은 내용을 파악하는 데도 적지 않은 도움이 된다.

　　다음으로 이미 출간된 『북학의』의 번역에 대해 검토한다. 학술적
으로 검토할 가치가 있는 것으로는 3종이 있다. 첫 번역은 1947년 김
한석金漢錫에 의해 조선금융조합연합회朝鮮金融組合聯合會에서 나왔으
나 이는 진상본을 대상으로 한 것이라 한계가 있다.

　　이어서 북한의 학자 홍희유·강석준이 1955년 평양의 국립출판사
에서 번역본을 간행했다. 번역의 저본은 사회과학원 역사학 연구소
가 소장한 필사본 『북학의』다. 이 번역은 전반적으로 오역이 적고 문

장이 매끄러워 참고할 가치가 있다. 그러나 내·외편을 전역하지 않았고, 내편을 위주로 하고 외편의 주요 내용만을 번역했다. 더구나 「중국어」 조와 같이 주체사상으로 볼 때 문제가 되는 항목은 일부러 번역에서 제외했다. 그러나 『북학의』 번역으로서는 수준작이라 평가한다.

1971년에 이익성李翼成이 번역하여 을유문고에서 『북학의』를 간행했다. 종래에는 이 번역본이 가장 널리 이용되었다. 이 번역에서 처음으로 완역이 이루어졌다. 그러나 오역이 적지 않고, 진상본의 일부 내용을 번역하지 않았다. 게다가 번역의 내용도 학계의 연구 성과를 반영하지 못해 한계가 있다.

이상의 번역본 외에도 몇 가지 번역본이 있으나 이미 나온 번역본의 수준을 넘어선다고 보기 어렵다. 지금까지 진행된 번역은 대부분 내편과 외편, 그리고 진상본의 전체 내용을 모두 반영하지 못했다. 게다가 이본을 교감하지 않고 특정한 사본을 저본으로 번역하여 그 사본이 가진 오류를 해결하지 못했다.

나는 2003년 『북학의』를 번역 출간하면서 당시까지의 번역본이 지닌 문제점을 해결하고자 일부 이본을 대상으로 교감했고, 내편과 외편, 그리고 진상본의 전체 내용을 충실하게 번역하고자 노력했다. 그러나 전체 이본을 대상으로 교감을 진행하지 못한 한계가 있었고, 더욱이 원문에 대한 텍스트 비평을 꼼꼼하게 가하여 정본을 만들지 않았다. 그때로부터 초정이 『북학의』를 저술한 사유의 깊은 세계를 정확하게 이해하는 데 기여하는 번역과 주석, 교감과 연보를 통해 정본을 만들려는 꿈을 갖고 있었다. 이에 10년 동안 이본을 수집하여 정본을 만들고 표점을 달았으며, 번역의 오류를 수정하여 새롭게 번역하고 주석과 연보의 내용을 대폭 보완했다. 이 정본『북학의』가 학술적으로 신뢰할 만한 비평판 고전의 하나가 되어 전문 연구자들과 일반 독자들이 믿고 이용할 수 있기를 바란다. 여전히 미진하고 부족한 점은 독자 제현의 질책과 성원을 받아 지속적으로 보완하려 한다.

박제가 연보

1750년(영조 26, 경오, 1세)

• 11월 5일, 밀양 박씨 박평朴玶(1700~1760)의 서자로서 외아들로
태어나다. 조부는 박태동朴台東으로 문과를 급제하여 필선弼善을
지냈다. 증조부는 박순朴純으로 문과를 급제하여 황해도 감사를
지냈다. 고조부는 박수문朴守文으로 문과를 급제하여 장령을 지냈
다. 박제가는 5대째 내리 문과에 급제한 가계의 아들로 태어났다.
박평의 자字는 평보平甫, 호는 치치재癡癡齋이다. 1735년 문과에
급제하여 우부승지를 지냈다. 박평의 집안은 소북小北의 명문가로
서 그 혼맥도 소북 명문가와 맺고 있다. 박평의 초취初娶 정실부인
은 청풍 김씨로 광해군, 인조 때의 명신 김신국金藎國의 현손녀다.
재취再娶 부인은 전주 이씨로 이진환李震煥의 손녀다. 정실부인에
게서는 자식이 없어 제도齊道(자 성언聖彦)를 양자로 들였다.

• 친어머니는 박평의 소실小室로 전주 이씨다. 외조부의 이름은
이정화李正華로『북학의』「화폐」에 따르면, 외조부가 문집을 남겼
고, 거기에 「청전통용론」淸錢通用論이 실려 있다고 하였다. 외가
는 세종의 왕자 영풍군永豊君의 봉사손으로 박제가가 쓴 「영풍군
의 사적」(書永豊君事)에 외조부와 외숙의 활동이 나온다. 박제가는
영평현령으로 재직할 때 세조에 의해 죽임을 당한 유응부兪應孚의
형 유응신兪應信의 후손을 찾아가서 하룻밤 묵었는데, 이때 「양암
초당에 유숙하며 청성의 시에 차운하여 주인 유재건에게 주다」(留
宿陽巖草堂, 次靑城韻, 贈主人兪生載健)를 지었다. 그 시의 미련尾聯에

서 "원님이 찾아와 묵는 뜻을 알고 싶은가? 외가에서 영풍군의 제사를 받들어서지"(要識使君來宿意, 外家承祀永豊君)라고 하여 자신의 외가가 영풍군을 봉사하고 있음을 직접 밝혔다.

• 박제가의 초명初名은 제운齊雲이다. 자는 재선在先·수기修其·차수次修이고, 호는 초정楚亭·위항도인葦杭道人·초비당苕翡堂·정유貞蕤·해어화재解語畵齋·경신당竟信堂·뇌옹纇翁을 썼다. 그보다 두 살 위인 유득공柳得恭과 생일이 같다.

1760년(영조 36, 경진, 11세)

• 6월 21일, 아버지 박평이 죽어 광주부 엄현崦峴(현재 경기도 광주시 중부면 엄미리) 선산에 묻히다.

• 네 살 위의 누이가 치재巵齋 임정任珽의 서자 임희택任希澤(자 은수恩叟, 호 삼수재三秀齋)과 혼인하다.

• 인척이자 스승인 김복휴金復休(1724~1790)에게 어린 시절부터 학업을 배우다. 그는 북인의 영수 후추後瘳 김신국金藎國의 현손으로 박제가의 고종사촌이다. 또 김복휴의 모친이 박선朴璿의 딸로 박제가와 6촌 관계가 되어 대대로 연혼聯婚 관계가 있다. 어릴 때부터 같은 집에 살며 학업을 배운 스승이다.

1763년(영조 39, 계미, 14세)

• 성대중成大中, 원중거元重擧, 김인겸金仁謙이 계미통신사癸未通信使의 일원으로 11개월 동안 일본 에도까지 다녀오다.

1764년(영조 40, 갑신, 15세)

• 백동수白東修의 집에 초어정樵漁亭이란 현판 글씨를 쓰다. 이 무렵 남산 아래 필동에 살다.

1765년(영조 41, 을유, 16세)

• 11월, 홍대용이 연행하여 엄성嚴誠, 반정균潘庭筠 등 명사와 교류하고 돌아오다.

1766년(영조 42, 병술, 17세)

• 봄, 남산 백동수의 집에서 이덕무와 처음 만나다.

• 덕수德水 이씨 경상좌병사慶尙左兵使 이관상李觀祥의 서녀庶女와 혼인하다.

• 이 무렵부터 현재 종로3가에 있는 백탑白塔 부근에 사는 이덕무, 유득공, 서상수, 이응정, 이희경 등의 서족 문사와 어울려 시문 창작을 활발하게 하다.

• 여름, 홍대용이 『회우록』會友錄을 완성하다. 박제가는 이 책을 읽고 감동하여 중국을 여행할 마음을 갖다.

1767년(영조 43, 정해, 18세)

• 조카 임득상任得常이 출생하다.

• 퉁소를 주제로 박제가, 박지원, 서상수, 윤가기, 유금, 유득공, 이응정이 연구聯句를 짓다.

1768년(영조 44, 무자, 19세)

• 봄, 관례冠禮를 하고 자字를 재선在先이라 하다.

• 이해를 전후하여 백탑 북쪽으로 이사한 연암 박지원을 찾아가 교유를 맺고, 평생 변함없이 관계를 유지하다.

• 『초정시집』楚亭詩集을 엮다. 이덕무가 「초정시고서」楚亭詩稿序를 쓰다.

• 12월, 이덕무가 윤회매輪回梅란 조화를 만들고 「윤회매십전」輪回梅十箋을 짓다. 이 안에 박제가의 시도 들어 있다.

1769(영조 45, 기축, 20세)

• 『초정집』楚亭集을 엮다. 박지원이 박제가의 문집에 「초정집서」楚亭集序를 쓰다. 이 무렵 『초비당외서』苕翡堂外書, 『명농초고』明農草稿를 엮기도 했다.

• 2월 23일, 장인 이관상이 영변도호부사로 임명되어 27일 부임하였다. 장인을 따라가 과거 공부를 하다.

• 5월 1일(임오일), 일식日食 현상이 일어났다. 영조가 숭정전崇政殿 월대月臺에서 구식救食 행사를 거행했는데 박제가는 일식을 관찰하여 사흘 동안 눈이 어질어질했다. 그 경험을 「일유식지」日有食之란 장편시로 쓰다.

• 9월 13일부터 19일까지 처남 이한주와 묘향산을 유람하고 「묘향산소기」妙香山小記를 짓다.

• 겨울, 밤중에 유금柳琴의 집을 찾아 술을 마시고 해금을 연주하며 '혜금지아'稽琴之雅의 아회雅會를 갖다.

1770년(영조 46, 경인, 21세)

• 과거 답안을 정리하여 『서과고』西課藁를 엮고 그 서문을 쓰다.

• 8월 19일, 이관상이 재임중 사망하여 28일 조정에서 반장返葬의 예를 갖추도록 허락하다.

• 이 무렵 첫딸을 낳은 것으로 보인다. 첫딸은 후에 판서를 지낸 윤방尹坊의 서자 윤겸진尹兼鎭에게 시집을 갔다. 박제가는 아들 셋 딸 셋을 낳았다.

1771년(영조 47, 신묘, 22세)

• 3월, 이서구에게 편지를 보내다. 같은 달 이덕무는 황해도 황주와 평양을 유람했다. 박지원과 백동수가 동행하여 개성에서 헤어졌다.

1773년(영조 49, 계사, 24세)

- 정월 초하루, 처남 이한주로부터 기이한 것을 너무 좋아하지 말라는 충고를 듣고 자신을 옹호하는 답장 편지를 보내다.
- 봄, 금강산과 동해안을 유람하고 「해렵부」海獵賦를 쓰다.
- 6월 20일, 자형 임희택이 이인찰방利仁察訪이 되어 떠날 때 시를 지어 배웅하다.
- 8월 말, 창라蒼蘿 이승운李承運이 죽자 그를 애도하는 「이사경 제문」(祭李士敬文)을 지어 창작론을 펼치다.
- 9월 2일, 연경의 곽집환郭執桓에게 편지를 쓰다.
- 10월 15일, 어머니가 죽다.
- 2년 전에 사망한 장인의 혼유석명魂遊石銘과 행장을 짓다. 처남 이한주로부터 장인의 묘지명을 부탁받고 박지원을 글쓴이로 추천하는 편지를 쓰다.

1774년(영조 50, 갑오, 25세)

- 처남 이한주李漢柱(자 몽직夢直)가 남산에서 활쏘기를 익히다가 빗나간 화살에 맞아 26세로 죽다. 박지원이 「이몽직애사」李夢直哀辭를 써서 박제가에게 주었고, 박제가도 「이몽직의 제문」(祭李夢直文)을 지어 애도하다.

1775년(영조 51, 을미, 26세)

- 스승 김복휴의 집을 찾아가 묵다. 그의 아들 김희우金熙宇가 이해에 돌연 사망하여 위로하다.
- 이해 무렵에 절친한 친구 이희경李喜經이 박제가를 비롯한 백탑시파白塔詩派 동인의 작품을 모아 『백탑청연집』白塔淸緣集을 엮었는데 박제가가 서문을 쓰다.

1776년(영조 52, 병신, 27세)

- 2월 29일, 대비과大比科가 시행되었다. 일소一所의 시험 제목은 「백이와 강태공은 서로 어긋나지 않는다를 논하라」(伯夷太公不相悖論)였다. 박제가는 이 주제를 가지고 문장을 지었다. 윤기尹愭가 쓴 같은 제목의 글과 박지원이 쓴 「백이론」伯夷論 상하上下는 모두 이 과거 시험 문제에 대한 답안이다. 응시를 했는지 여부는 확인되지 않으나 응시했을 가능성이 높다.

- 3월 25일, 이덕무 등과 함께 배를 타고 선릉宣陵을 찾아가 참봉으로 재직하는 원중거元重擧를 방문하고 한강 일대를 노닐었다. 이때 배 안에서 「산골로 들어가는 원현천 선생을 배웅하며」(送元玄川先生入峽序)를 구슬프고 격정적으로 읊었다. 이덕무가 「협주기」峽舟記를 지어 그 사실을 묘사했다.

- 「소전」小傳이란 이름으로 자전自傳을 써서 경제經濟에 대한 관심을 본격적으로 드러내다.

- 가을, 「형암선생시집서」炯庵先生詩集序와 「유혜풍시집서」柳惠風詩集序를 짓다.

- 9월 25일, 규장각奎章閣을 창덕궁 금원禁苑의 북쪽에 세우고 제학提學·직제학直提學·직각直閣·대교待教 등의 관원을 두다.

- 11월, 진하사 부사 서호수徐浩修와 서장관 신사운申思運이 연행하다. 성대중成大中이 그들에게 각각 송서送序를 써서 학술과 예법, 전제, 융정戎政, 천문, 성율 같은 분야에서 채택할 만한 장점이 있다면 오랑캐라도 배워야 한다고 말하다. 절친한 벗 유금이 서호수의 막객으로 연행하며 이덕무, 유득공, 박제가, 이서구의 시 각 100편을 뽑은 『한객건연집』韓客巾衍集을 가져가 중국에 소개하고 학자들의 비평을 받아 오다. 서호수는 『고금도서집성』古今圖書集城 5,020권 502갑匣을 은자銀子 2,150냥을 주고 구매하여 왕실에 수장했다.

- 12월 27일, 둘째딸을 낳다.

1777년(정조 1, 정유, 28세)

- 1월, 『한객건연집』에 이조원李調元과 반정균潘庭筠이 비평을 가하고 서문을 쓰다.
- 2월 25일, 증광시增廣試에 응시하여 이소二所에서 시험을 치르다. 이날의 시험 문제는 "묻노라. 과거를 베푸는 것은 선비를 시험하고자 한 것이다"로 시작하는 질문이었다. 그 답안인 「정유증광시사책」丁酉增廣試士策이 문집과 『북학의』에 실려 있다. 이때 3등 53인의 합격자 가운데 2등으로 합격했다.
- 3월 24일, 북경에서 돌아온 유금으로부터 이조원·반정균의 비평과 서문을 받고 그들에게 편지를 쓰다.

1778년(정조 2, 무술, 29세)

- 1월, 「밤에 이서구의 집에서 자며」(夜宿薑山) 10수를 지어 감회를 표현했는데 유득공이 그 시에 차운하여 「그윽한 회포를 읊은 차수의 여덟 수의 운자에 차운하다」(次次修幽懷八首韻)를 짓다.
- 1월, 이덕무가 철각鐵脚 새를 그리자 이서구, 박제가, 이덕무, 유득공이 차례로 「철각도가」鐵脚圖歌를 짓다.
- 1월과 2월 사이에 호동壺洞으로 스승 김복휴를 찾아가 함께 잠을 자며 위로하다.
- 이 무렵 「장난 삼아 왕어양의 세모회인시 육십 수에 차운하여 짓다」(戲倣王漁洋歲暮懷人六十首) 61수를 지어 그가 사귄 동시대 조선과 중국, 일본의 명사들을 묘사하다.
- 3월 17일, 이덕무와 함께 진주사陳奏使의 일원으로 연경에 가다. 정사正使는 채제공蔡濟恭, 부사副使는 서호수, 서장관書狀官은 심념조沈念祖다. 박제가는 정사 채제공의 종사관이었고, 이덕무는

서장관 심념조의 종사관이었다.

• 6월 16일, 연경을 출발하여 귀국하다.

• 윤6월, 유득공과 자형 임희택이 문안사問安使로 심양瀋陽에 다녀오다. 임희택은 지인들에게 별장別章을 두루 구해서 강세황은 「성경에 가는 은수에게 주는 증별시」(贈別恩叟赴盛京. 성균관대 박물관 소장 『근묵』에 수록)를 지어 줬고, 임희택의 조카 임지상任趾常도 절구 10수를 지어 줬다. 윤광호尹光濩도 「5수의 절구를 지어 심양에 가는 유득공을 보낸다」(賦得五絶句, 送柳惠甫隨瀋陽使行)를 지어 축하했는데 세 번째 시에서 "듣자니 늙은 정승 한 분이/자리를 만들어 박군과 이군을 맞아들였다지./유군도 그 뒤를 이어 간다니/우리 수많은 선비를 놀라게 하리라"(聞說老閣老, 掃榻延朴李. 柳也踵其後, 應驚我多士)라 하여 앞서 박제가와 이덕무가 연행을 가고, 뒤이어 유득공이 심양에 간 일에 대한 놀라움을 표현하고 있다. 비슷한 시기에 이루어진 이 사행이 지닌 의의를 드러내 보인다. 박제가는 귀국 중이라 자형이 돌아온 뒤에 시를 지어 주었다.

• 7월 1일, 서울에 도착하다.

• 9월 15일, 연행하는 윤방尹坊을 배웅하는 시 5수를 짓다.

• 가을, 경기도 통진通津의 집에 머물면서 「새벽에 앉아 감회를 쓴다」(曉坐書懷) 7수를 지어 중국 여행에서 돌아온 뒤에 일어나는 감회를 표현하다. 그 가운데 제3수와 제5수가 외편 「재부론」에 인용되다.

• 가을, 통진에서 『북학의』를 1차 완성하고, 9월 29일, 자서自序를 쓰다.

• 겨울, 임천상任天常과 함께 전겸익錢謙益의 글을 읽다. 전겸익이 명청明淸 교체기에 오락가락하는 행동을 보인 것을 개탄하며 "새 신랑을 껴안고 전 남편을 추모하는 것이 절의를 잃은 처신에 아무 도움도 되지 않는다"고 평가하다.

1779년(정조 3, 기해, 30세)

• 여름 무더위에 박남수朴南壽의 기소원寄所園에 가서 이덕무, 남공철 등과 함께 술을 마시며 토론하고 시를 써서 「기소축」寄所軸을 만들다.

• 6월, 이덕무, 유득공, 서이수와 함께 규장각 초대 검서관檢書官으로 임명되다(『흠영』과 『이재난고』에 도승지 홍국영洪國榮의 추천이라고 전함).

• 7월, 왕명으로 「규장각 팔영」을 짓다. 이후 왕명으로 여러 편의 시를 짓다.

• 12월 이후, 청나라에 잡혀가 굽히지 않고 절개를 지킨 이확과 나덕헌의 충절을 기린 「이확·나덕헌의 전기」(李廓羅德憲傳)를 짓다. 이는 연경에 가서 건륭제의 『전운시』全韻詩를 통해 그들의 행적을 확인하고, 그 사실을 재확인한 정조가 그들에게 1779년 12월에 시호를 내린 조치를 반영하여 지은 것이다. 이덕무도 「나통어사 일사장」羅統禦使逸事狀을 지었다.

1780년(정조 4, 경자, 31세)

• 5월, 박지원이 건륭제의 70세를 축하하는 진하별사陳賀別使의 수행원으로 연경에 가다. 귀국한 이후 『열하일기』를 쓰다.

• 8월, 「문징명의 화첩 뒤에 붙인 글」(題文衡山畵帖後跋)과 「문징명의 간정춘수도 화제 뒤에 쓰다」(書文衡山澗亭春水圖畵題後)를 짓다.

• 이해부터 1782년 사이에 이조참의 정지검鄭志儉에게 수레 기술자인 이길대李吉大를 추천하는 편지를 쓰다. 정지검은 이해 7월에 이조참의에 임명되어 1782년 체차될 때까지 이 자리에 번갈아 있으면서 인사의 실무를 담당했다.

1781년(정조 5, 신축, 32세)

- 1월부터 검서관의 근무지를 교서관校書館에서 이문원摛文院으로 바꿔서 출근하다.
- 3월 15일, 이문원을 홍문관 부근의 도총부都摠府 자리로 이전하다. 박제가는 「이문원 절구」摛文院絕句 5수를 지어 이곳 풍경을 묘사하다.
- 3월 21일, 이덕무는 사도시주부司導寺主簿, 유득공은 상의원별제尙衣院別提, 박제가는 군자시주부軍資寺主簿를 겸직하여 승륙陞六되다.
- 윤5월 3일, 제용감주부濟用監主簿로 교체되다.
- 이 무렵 맏아들 장임長稔이 태어나다.
- 9월 9일, 박지원이 「북학의서」北學議序를 짓다.
- 9월 19일, 밤에 정조가 숙직하는 신하에게 술과 고기를 하사하여 정지검과 박제가가 기은시紀恩詩를 짓다.
- 10월, 「시학론」詩學論을 짓다.
- 이해 가을부터 다음해 봄까지 염서染署의 직책을 겸직하다.
- 12월 27일, 이덕무가 사근도찰방이 되다.

1782년(정조 6, 임인, 33세)

- 4월 20일, 정조의 명으로 병풍에 글씨를 써서 바치다. 유득공이 축하하는 장편시 「초서행 증차수」草書行贈次修를 썼고, 저자는 그에 화답하여 또 장편시를 짓다.
- 6월, 유득공이 금정찰방이 되다.
- 늦가을, 서명응徐命膺이 「북학의서」北學議序를 짓다.

1783년(정조 7, 계묘, 34세)

- 1월 6일, 충청도 공주에 있는 이인찰방梨仁察訪이 되다. 사근도

찰방 이덕무, 금정찰방 유득공과 장편시를 여러 차례 주고받다.

• 1월부터 9월까지 이문원 왼편에 위치한 건물을 수리하여 검서청檢書廳을 만들었다. 박제가가 「당직하는 집이 새로 이루어져 여러 동료에게 보이다」(直廬新成, 示諸僚)를 지어 그 기쁨을 표현하다. 1785년 2월, 이덕무가 「검서청기」檢書廳記를 쓰다.

• 가을, 충청도 내륙 지역을 여행하며 많은 시를 짓다.

• 10월, 담헌 홍대용이 사망하다.

• 11월 5일, 버려진 아이를 구휼하는 『자휼전칙』字恤典則을 전국에 반포했는데 유득공과 박제가가 그 글씨를 쓰다.

1784년(정조 8, 갑진, 35세)

• 부여 일대를 두루 여행하고 많은 시를 짓다.

• 4월 28일, 서호수가 국왕에게 검서관 박제가를 외직에서 불러들일 것을 건의하다.

1785년(정조 9, 을사, 36세)

• 5월, 화훼를 전문적으로 그린 화가로서 규장각에 함께 근무하는 자비대령 화가 김덕형金德亨의 화첩에 「백화보서」百花譜序를 써서 벽癖의 가치를 천명하다. 유득공도 「제삼십이화첩」題三十二畵帖을 써 주다.

• 7월 1일, 전설서별제典設署別提가 되다. 검서관이 실직이 없으면 군함軍銜을 준다는 정식에 따라 이인찰방에서 물러난 박제가의 공로를 인정하여 임명되었다.

• 9월, 『병학통』兵學通 편찬 간행의 공로로 아마兒馬를 하사받다.

• 가을, 전해에 완성된 유득공의 『발해고』渤海考에 서문을 쓰다.

1786년(정조 10, 병오, 37세)

• 1월 22일, 「병오소회」丙午所懷를 바치다. 이보다 앞서 정조는 인정전에서 신하들로부터 조참朝參을 받을 때 대신과 시종侍從 신하는 국왕에게 직접 소회所懷를 밝히고 나머지 관료는 소회를 글로 써서 바치라는 어명을 내렸다. 이때 박제가가 조선의 피폐한 경제를 근본적으로 일으켜 보려는 비장한 소회를 담아 상소를 올리다. 이 글은 정월 22일자 『일성록』에 전문이 실려 있다.

• 2월 22일, 사용원司饔院 주부가 되다.

• 5월 6일, 상의원尙衣院 주부로 교체되다.

• 6월 26일부터 어떤 사유가 있어 검서관에서 면직되고 쌀 한 섬 백지 3속束 등을 하사받다.

• 8월 14일, 왕명으로 겸검서관兼檢書官 제도를 실시하다. 현임 검서관 4명 중 사정이 생겨 결원이 있을 때 원임原任 검서관에게 군직軍職을 주어 검서관으로 근무하게 하다.

1787년(정조 11, 정미, 38세)

• 3월 초사흘, 정조가 농가정農稼亭에 거둥하여 각신과 검서관에게 상화조연賞花釣宴을 베풀고 「치주낙양남궁부」置酒洛陽南宮賦를 지으라 했는데 박제가가 장원을 차지했다. 또 「음중팔선도서」飮中八仙圖序도 지을 것을 명했는데 박제가도 지어 상을 하사받았다. 두 편이 모두 문집에 수록되어 있다.

• 8월 29일, 박제가를 검서관에 복직시키라 했으나 실행되지 않다.

1788년(정조 12, 무신, 39세)

• 4월, 기하幾何 유금柳琴이 사망하다. 「사도시」四悼詩를 지어 애도하다. 비슷한 시기에 죽은 이유동李儒東, 이광석李光錫, 이벽李檗을 함께 애도하다.

- 5월 26일, 복호復戶의 은전을 입은 무신란의 의병 이유련李裕鍊의 사적을 묘사한 「진주이씨일문충효찬」晉州李氏一門忠孝贊을 짓다. 이덕무도 같은 주제로 「이씨삼세충효전」李氏三世忠孝傳을 짓다. 다음 해에 여러 편의 글을 모아 『이씨삼세충효록』李氏三世忠孝錄을 간행하다.
- 6월 3일, 둘째아들 장름長廩이 태어나다.
- 6월 20일, 외숙으로 무과 출신인 이재천이 인산첨사麟山僉使가 되다.

1789년(정조 13, 기유, 40세)
- 1월 12일, 검서관에 다시 임명되다.
- 4월, 왕명을 받들어 이덕무, 백동수 등과 함께 『무예도보통지』武藝圖譜通志의 편찬을 시작하다.
- 6월 26일, 왕명으로 『해동읍지』海東邑誌의 편찬에 착수하다. 정조가 편찬을 주도하여 세부적인 편찬 방침과 범례를 설계했고, 이덕무, 박제가, 유득공, 원중거 등도 일부 책임을 맡았다. 박제가는 각도의 건치연혁建置沿革을 담당했다.
- 가을, 양평 물푸레여울에 사는 천민 시인 정초부鄭樵夫가 죽다. 양근군수로 재직하던 유득공이 이임里任으로 관아에 출입하던 그의 아들로부터 『초부유고』樵夫遺稿를 구해 보다. 정초부의 시집은 흔히 박제가의 시선과 함께 묶여 전해진다.

1790년(정조 14, 경술, 41세)
- 2월 17일, 정조가 세종의 왕자 영풍군의 무덤을 찾아 수축하라는 명을 내리다. 박제가는 「영풍군의 사적」(書永豊君事)을 썼는데 조정의 조치를 이끌어 내고자 지은 것으로 추정된다. 이는 영풍군의 봉사손인 외조부 이정화의 노력을 이어받아 외숙 이재천李在天

의 부탁으로 지은 것으로 보인다. 이재천이 기미년 가을에 연로輦路에서 격쟁하여 정조에게 하소연한 성과다.

• 4월 29일, 『무예도보통지』가 완성되다. 박제가가 간본의 글씨를 썼다.

• 5월 27일, 건륭제의 팔순절八旬節을 맞아 진하사은사進賀謝恩使의 군관軍官 자격으로 유득공·이희경과 함께 연행燕行하여 9월에 귀국하다.

• 6월 17일, 외숙 이재천이 구례현감이 되다.

• 8월 18일, 양주화파揚州畵派의 저명한 화가 나빙羅聘이 박제가의 소조小照를 그려 선물하다. 청나라의 소조 양식을 따라 그린 이 그림은 『치지회수첩』置之懷袖帖이라 이름하여 훗날 차례로 추사 김정희와 옥수玉垂 조면호趙冕縞(1804~1887)의 소장품이 되었다가 일제강점기에 추사 연구가로 이름 있는 후지스카가 입수하여 소장했다. 현재 일본에 고스란히 전해지고 있다.

• 9월 27일, 사은사 황인점이 장계를 보내 건륭제가 세자(곧 후의 순조)가 탄생한 조선 왕실의 경사를 특별히 축하했다는 사실을 보고하자 정조는 바로 광은부위光恩副尉 김기성金箕性을 동지사 겸 사은사로 파견하다. 이때 귀국 중인 박제가와 역관 홍명복洪命福을 다시 연행하도록 명했다. 박제가는 급히 말을 타고 편전에서 정조를 알현하고 군기시정軍器寺正의 직함과 함께 혼인하는 둘째 딸의 혼수를 하사받았다. 이 사행에 이기원李箕元이 동행했다.

• 겨울, 둘째딸이 윤가기尹可基의 아들 윤후진尹厚鎭에게 시집가다.

• 현천玄川 원중거元重擧가 죽어 「원중거의 만사」(挽元玄川重擧)를 짓다.

• 12월 1일, 스승이자 인척인 김복휴가 죽다. 「사간 김복휴의 제문」(祭金司諫復休文)을 짓다.

• 12월 28일, 셋째아들 장암長馣이 태어나다.

1791년(정조 15, 신해, 42세)

- 3월, 연경에서 돌아오다. 귀국 후에 중국에서 만났던 50여 명의 명사를 추억하는 「회인시방장심여」懷人詩倣蔣心餘 50수를 짓다.
- 이덕무, 유득공과 함께 『국조병사』國朝兵事를 편찬하다.
- 겨울, 박지원이 안의현감으로 부임하여 1796년까지 재직하다.

1792년(정조 16, 임자, 43세)

- 2월, 경모궁景慕宮 담장 밑의 장경교長慶橋(현재 서울시 종로구 연건동 128번지 부근에 있던 다리)에 있는 박제가 집의 잡목을 하인이 베어 의금부의 조사를 받다.
- 4월 24일, 왕명으로 성시전도城市全圖를 주제로 초계문신抄啓文臣과 검서관은 7언 백운고시百韻古詩를 사흘 안에 지으라는 명령을 받다. 1등은 병조정랑 신광하申光河, 박제가가 2등으로 '말할 줄 아는 그림'(解語畵)이란 어평御評을 받다. 다시 7언 배율排律 「금강일만이천봉」金剛一萬二千峰을 지어 바치다.
- 눈이 나빠져 검서관직을 사직하다. 사직을 용인해 달라고 서유구徐有榘에게 편지를 쓰다. 「눈이 어두워져 관직을 사직하고 여러 동료에게 보이다」(以眼昏辭官, 示諸寮)의 시를 써서 앞이 잘 보이지 않는 고충을 토로하다.
- 7월, 『규장전운』奎章全韻의 교정을 담당한 9인의 신하에게 문자의 문제를 질문하는 「육서책」六書策을 지으라는 하명을 받고 책문을 지어 올리다. 9월 2일에 정조는 이 책문에 대해 평가하여 포상했는데 박제가는 "문장과 글씨와 종이가 그 사람과 비슷하다"(文與筆與紙, 與其人也相似)라는 평을 받고 상을 받았다.
- 7월 7일, 내각과 승정원 관원에게 칠석七夕에 관한 책문을 내렸는데 박제가가 「칠칠책」七七策을 지어 상을 받다.
- 8월 16일, 부여현감에 임명되어, 8월 24일, 검서관에서 해임되다.

- 9월 20일, 부인 덕수 이씨가 서울 집에서 사망하다.
- 11월 6일, 부교리 이동직李東稷이 이가환 등이 패관소품의 문체를 사용한다며 문체 문제를 거론하자 정조가 문체에 대한 자신의 속뜻을 보이는 비답批答을 내렸다. 비답 안에 박제가와 이덕무의 문체까지 소품체임을 지적하였다. 12월, 순정한 문체를 쓴다 하여 특별히 북청부사에 임명된 성대중成大中을 전별하다.
- 이 무렵 집안의 옛 사적을 기록한 『가세구문』家世舊聞을 편찬하다.

1793년(정조 17, 계축, 44세)

- 이덕무가 새해를 맞이하여 박제가에게 장문의 편지를 보내 문체에 관한 국왕의 견해를 밝히며 문체를 순정하게 지을 것을 권유하였다.
- 1월 3일, 소품문을 지은 죄를 반성하는 자송문自訟文을 바치라는 정조의 하명에 대하여 「비옥희음송인」比屋希音頌引을 지어서 오히려 소품문을 지을 수밖에 없다고 항변하는 글을 올리다.
- 1월 25일, 이덕무가 사망하다.
- 절친한 벗 서상수徐常修와 그 아들 서유년徐有年이 죽다.
- 여름, 호서 암행어사 이조원李肇源으로부터 다른 지방관과 함께 탄핵을 받고 조사를 받은 뒤 부여현감에서 파직되다.
- 여름 이후에 소실 장씨張氏를 맞이하다. 유득공과 이기원이 각각 해학적인 「초정소실혼서」楚亭小室婚書와 「희제박차수최장시」戲題朴次修催粧詩를 쓰다.
- 섣달에 정조 임금의 활쏘기 솜씨를 기록한 「어사기」御射記를 짓다.

1795년(정조 19, 을묘, 46세)

- 2월 12일, 정조가 검서청檢書廳에 들러 박제가에게 청수廳首이자 20년 근무한 공로를 표창하며 특별히 오위장五衛將에 제수하

다. 검서관에서 물러나다.

• 2월 그믐에 정리의궤청整理儀軌廳 감동관監董官에 임명되어 유득공과 함께 장용영壯勇營에 출사하여 5월 12일에 『정리통고도설』整理通考圖說 4책을 봉진封進하다.

• 3월 7일, 정조를 따라 세심대洗心臺에서 열린 상화賞花의 모임에 참여하다. 이후 많은 신하들과 함께 시를 짓다.

• 6월, 가승지假承旨에 특별히 임명되어 북영北營으로 행차한 정조를 수행하고, 또 광주廣州 정림리靜林里에 머문 봉조하 김종수金鍾秀에게 왕명을 전하고 그의 말을 국왕에게 전하다(유득공도 1799년 10월 28일 가승지에 낙점되어 북영으로 행차한 정조를 수행한 일이 있다).

• 9월 18일, 검서청을 개축하여 완공하다. 이해 2월 12일, 이문원 검서청에 들른 정조가 공간이 협소한 것을 보고 규장각에서 재력을 마련하여 그 옆에 검서청을 신축하라고 지시하였다. 이 공사를 박제가가 감독하도록 하였다. 8월 20일에 개기開基하고 22일에 상량식을 한 뒤 이날 낙성식을 하였다. 기둥이 열 개인 건물이었다. 금천을 내려다보는 누각을 세우고 금천을 끌어들여 연못을 만들었다. 북악을 등지고 남산을 바라보며 곡란曲欄과 유창油窓을 갖추어 규모가 크고도 널찍했다. 정조가 낙성식에 참석해 하룻밤을 묵고 갔는데 그 방을 어재실御齋室로 삼고 소유재小酉齋란 편액을 달고 검서관이 수직守直하게 했다. 이 건물의 상량문을 유득공이 지었다.

• 10월 30일, 유득공의 아들과 함께 박제가의 아들 박장임이 왕명으로 『태상감응편』太上感應篇을 쓰고 국왕을 알현한 뒤 모두 대년검서待年檢書에 이름을 올리다.

1796년(정조 20, 병진, 47세)

• 2월 6일, 정조로부터 중화척中和尺을 하사받고 어제시에 화답하는 시를 짓다. 같은 때 유득공과 정약용도 같은 시를 짓다.

• 2월 9일, 눈이 내려 유득공의 둘째아들 유본예柳本藝가 취성당聚星堂 운에 따라 눈(雪)을 읊은 장편시를 짓자 박제가가 같은 운으로 답시를 7편 지었고, 이어서 아들 박장임·유득공 등이 차운시를 여러 편 지었다. 모두 시집에 실려 있다.

• 2월, 오위장에서 면직되고 군직軍職의 녹봉을 받다.

• 초여름, 「아정집서」雅亭集序를 쓰다. 이덕무의 사후 1795년 4월에 정조는 문집 『아정유고』雅亭遺稿를 간행하라고 내탕금 500냥을 하사하였다. 박제가의 이 서문은 그 문집의 편찬과 관련이 있으나 실제로는 그 문집에 실리지 않았다.

• 4월 12일, 진사 이정용李正容이 술에 취해 궁궐 담에 쓰러져 있다가 나졸에게 붙잡혔다. 정조가 그를 관대하게 풀어주고 쌀 한 섬을 하사했다. 이 사연이 항간에 널리 퍼졌는데 그 은혜를 읊은 이정용의 시에 차운하여 박제가가 시를 짓다.

• 4월 26일, 친구 이희경李喜經의 부친 이소李熽가 죽다. 이태 뒤인 1798년 제삿날에 제문을 지어 올리다.

• 여름에 유득공이 호박을 주제로 지은 「남과이십운증차수」南瓜二十韻贈次修에 차운하여 두 편의 시를 짓다. 박제가는 호박 요리를 즐겨 자칭 과주지주사瓜州知州事라 하다.

• 연행하는 자형 임희택에게 자신의 연행 체험을 시로 써서 「연경잡절」燕京雜絶 140수를 짓다.

• 8월, 교정에 참여한 『규장전운』이 전국에 반포되고 그 공로로 하사품을 받다.

• 10월, 왕명으로 정약용, 이익진李翼晉과 함께 『어정사기영선』御定史記英選의 교정에 참가하여 11월에 완수하다. 책이 12월 15일

에 완간·반포되다. 정약용의 「규영부교서기」奎瀛府校書記에 자세한 내용이 실려 있다.

1797년(정조 21, 정사, 48세)

• 2월 25일, 심환지沈煥之가 신분에 맞지 않게 호상胡床에 앉았다 하여 박제가를 탄핵하다.

• 4월 24일, 친구인 담수淡叟 권처가權處可 등과 광나루에서 배를 띄워 미호渼湖에서 노닐고 7언시 21수를 짓다.

• 6월 3일, 서울에 온 제주기생 김만덕金萬德(1739~1812)을 제주도로 배웅하는 시를 짓다.

• 6월 25일, 정약용이 집에 찾아와서 『북학의』를 읽다(『함주일록』含珠日錄).

• 윤6월, 교정에 참여한 『어정육주약선』御定陸奏略選이 반포되다.

• 7월, 「문사민의 그림 두루마리에 쓰다」(題文士敏畫卷)를 지었는데 청나라 장경張庚의 『국조화징록』國朝畫徵錄을 인용하여 최근 중국 화단의 동향에 대한 관심을 드러내다.

• 9월 15일, 경기도 영평현령에 제수되고 말을 하사받아 17일에 부임하다.

• 11월, 셋째딸을 현감을 지낸 남명관南命寬의 아들 남근중南謹中에게 시집보내다.

1798년(정조 22, 무오, 49세)

• 5월 22일, 「야치도」野雉圖에 제시題詩를 쓰다.

• 11월 30일, 정조가 「농정을 권하고 농서를 구하는 윤음」(勸農政求農書綸音)을 반포하다. 정조는 구전口傳으로 하교下敎하여 유사당상有司堂上을 영춘헌迎春軒의 외헌外軒에 입시하게 하고 윤음을 반포하다. 박제가는 윤음에 응하여 『북학의』(진상본)를 바치고 「응

지진북학의소」應旨進北學議疏를 짓다.

1799년(정조 23, 기미, 50세)

- 이응정李應鼎의 아들이자 서유년徐有年의 사위인 생원 이행묵李
行墨이 3월 28일에 사망하자 그의 묘지명을 짓다.
- 5월 6일, 둘째딸이 죽어 천안군 삼기점三歧店의 시집 선영에 묻
혀 묘지명을 짓다.
- 7월 27일, 초대 검서관인 박제가와 유득공을 영구히 겸검서관兼
檢書官으로 삼다. 다만 박제가는 외직에 있어 체직되는 대로 임명
하게 하다.
- 8월 22일, 자형 임희택이 56세로 죽다.
- 12월 22일, 겸검서관에 임명되다.

1800년(정조 24, 경신, 51세)

- 봄에 정약용과 함께 종두방種痘方을 연구하여 영평현의 이방吏
房과 관노의 아들에게 차례로 시험해 보고 자신의 조카도 치료하
다. 그 처방을 의원 이종인李鍾仁에게 주어 경기 이북 지역에서 널
리 치료하게 했다. 후에 이종인은 그 처방을 정리하여 『시종통편』
時種通編을 저술했다.
- 6월 28일, 정조가 승하하다. 「정종대왕만사」正宗大王挽詞 12수를
짓다.
- 8월 15일, 영평현령에서 면직되다. 본래 전년 12월이 임기만료
였으나 칙사 영접 건으로 연장 근무했는데 이때 와서 심환지의 건
의로 해임되다.

1801년(순조 1, 신유, 52세)

- 2월, 사은사謝恩使 일행으로 유득공과 함께 주자서朱子書 선본善

本의 구매와 중국 천초川楚 지역 민란의 정보를 수집하는 목적으로 연경에 가서 6월 11일에 돌아오다. 연경에서 이조원李調元·진전陳鱣을 만나 『정유고략』貞蕤稿略의 서문을 받다.

• 9월, 사돈 윤가기尹可基의 옥사에 연루되어 고문 당하고서 종성鍾城으로 유배되다.

• 신유박해로 사돈 윤가기와 친구인 이희경의 아우 이희영李喜英이 처형되다.

• 9월 16일, 유배를 떠나다.

• 박제가는 유배 이후 당호堂號를 경신당竟信堂으로, 호를 뇌옹顪翁으로 바꾸다. 경신당은 『예기』「유행」儒行의 "아무리 위기에 몰려도 그의 의지를 끝까지 펼쳐서 여전히 백성들의 질병을 잊지 않는다"(雖危, 起居竟信其志, 猶將不忘百姓之病也)라는 구절에서 취해 왔고, 뇌옹은 어린 시절 어머니가 초정을 두고 "이름은 천하에 가득하련만 몸에는 큰 어긋남이 있겠다"(名滿天下, 身有大類)라고 예언한 말을 추억하여 유배된 처지와 고문으로 상한 신체를 표시했다.

• 종성에 도착하여 옛 일을 회상하는 「억언」憶言 22수를 짓다.

• 10월 25일, 손위 누이가 56세로 죽다.

• 11월 5일, 생일을 맞아 시를 짓다.

1802년(순조 2, 임술, 53세)

• 3월, 정조의 죽음을 애통해하는 장편시 「만곡편」萬哭篇을 짓다.

• 4월, 「차운하여 남에게 보이다」(次韻示人) 18수를 지어 감회를 밝히다.

• 5월 6일, 둘째딸 기일에 제문을 짓다.

• 6월 28일, 정조의 국상일에 곡을 대신하여 8수의 시를 짓다.

• 7월 7일, 전 해에 죽은 손위 누이를 애도하며 동기간의 우애를 애절하게 회상한 「칠석편」七夕篇을 짓다.

1803년(순조 3, 계해, 54세)

- 이 무렵 『정유고략』이 중국에서 목판으로 간행되다.
- 2월 6일, 대왕대비가 종성부에 정배한 박제가를 향리로 방축放逐하라는 명을 내렸으나 의금부가 봉행하지 않다.
- 여름에 「여차잡절」旅次雜絶 13수와 「수주객사」愁州客詞 79수를 지어 유배지 종성의 풍토를 묘사하다.
- 6월 15일, 판윤 정대용鄭大容 등이 박제가에 대한 관대한 처분이 옳지 않다고 거듭 상소하다.

1804년(순조 4, 갑자, 55세)

- 2월 24일, 박제가를 풀어 주지 않은 의금부 당상을 파직하고 즉시 풀어 주라고 명하다.
- 25일, 판의금부사 황승원黃昇源이 하명에 불복하여 상소를 올리고 사직을 청하다.
- 9월, 적형嫡兄 박제도가 집안의 족보 『갑자보』甲子譜를 6개월의 기간에 걸쳐 편찬하여 발간하다.
- 유배 기간에 경학經學을 공부하고 저술을 집필했는데 현재 그중 하나로 『주역』 해설서인 『주역해』周易解가 남아 전한다. 이규경은 『오주연문장전산고』에서 경학 저술로 박제가의 『정유해』貞蕤解가 있음을 밝혔다.

1805년(순조 5, 을축, 56세)

- 1월 12일, 정순왕후가 승하하다.
- 3월 22일, 박제가의 방면을 허락하다.
- 족형族兄 박도상朴道翔이 죽어 광주 선영에 장사하고 제문을 지어 바치다. 그는 과거 문장을 잘 짓기로 유명했다.
- 4월 25일, 박제가가 죽다. 경기도 광주부 엄현崦峴의 선산에 묻

히다. 그의 죽음을 애도하는 시를 지은 이가 많지 않았다. 추재秋齋 조수삼趙秀三은 「초정 박제가를 곡하다」(哭朴楚亭齊家) 3수를 지어 그의 죽음을 애도했다. "이 사람을 그 누가 미칠 수 있으랴? 신하를 아는 이로 임금보다 나은 자 없네. 푸르고 푸른 건릉健陵(정조의 능)의 나무여! 네 죽음은 더디다 하겠구나"(此子人誰及, 知臣主莫如. 蒼蒼健陵樹, 爾死亦云徐)라고 읊었다. 함께 검서관을 지낸 성해응成海應은 박제가의 사후에 「박재선시집서」朴在先詩集序를 지어 그를 애도했다. 그가 조선에서는 용납되지 못했으나 중국에서는 명사로 명성을 드날렸다고 예찬했다. 또한 빼어난 능력을 지녔으나 질시하는 자들의 함정에 빠져 절망하다 죽었으며, 그를 괴롭힌 자들은 바로 잊혀져도 그의 명성은 영원하리라고 하였다.

• 10월 20일, 연암 박지원이 죽다.

1807년(순조 7, 정묘)

• 9월 1일, 유득공이 죽다.

1809년(순조 9, 기사)

• 5월, 셋째아들 박장암이 박제가가 중국 명사와 교류한 각종 자료와 사실을 편집하여 『호저집』縞紵集을 6권 2책으로 완성하다. 이 저작은 현재 후지스카 구장본인 하버드 옌칭 소장 완질과 연민 이가원 선생 구장본인 연민문고본 낙질, 청명 임창순 선생 구장본이 낙질로 남아 있다.

찾아보기

538